KB115850

비교문학과

텍스트의 국적

지은이

박진임 朴珍姙, Park Jin Im

1964년 경상남도 통영에서 태어났다. 서울대학교 국어국문학과에서 학사학위, 같은 대학원에서 석사
학위를 취득했다. 미국 워싱턴주립대학교 영문학과에서 학사학위, 오리건주립대학교 비교문학과에
서 석·박사학위를 취득했다. 1999년 시카고대학교 박사후과정 연구원, 2007년 스탠포드대학교 풀브라
이트 강의교수, 2011년 남가주대학교(USC) 객원교수를 지냈다. 2004년 『문학사상』으로 평론계에 등
단했다. 저서로는 *Vietnam War Narratives by Korean and American Writers*(New York : Peter Lang,
2007)가 있고 문학평론집으로 『두겹의 언어』(고요아침, 2018)가 있다. 편저로 『꽃, 그 달변의 유혹―
박재두 시전집』(고요아침, 2018)이 있다. 현재 평택대학교 교수로 재직 중이다.

비교문학과 텍스트의 국적

초판 인쇄 2019년 7월 20일   초판 발행 2019년 7월 30일
지은이 박진임   펴낸이 박성모
펴낸곳 소명출판   출판등록 제13-522호
주소 서울시 서초구 서초중앙로6길 15(란빌딩 1층)
전화 02-585-7840   팩스 02-585-7848   전자우편 somyongbooks@daum.net   홈페이지 www.somyong.co.kr

값 32,000원

ISBN 979-11-5905-245-3 93840
ⓒ 박진임, 2019

비교문학과 텍스트의 국적

박진임 지음

TEXTUAL HYBRIDITY
NATIONALISM AND TRANSNATIONALISM
IN COMPARATIVE LITERARY STUDIES

소명출판

　　1998년 박사학위를 취득한 이후 발표한 논문들을 책으로 묶는다. 어린 시절 세계 여러 나라의 동화책들을 읽으며 낯선 문화에 신기해하던 기억이 새롭다. 외국 국적의 텍스트를 번역으로 읽으며 꿈을 키워왔다. 지금은 전지구화 시대, 다양한 언어로 의사소통하는 시대이다. 문학 텍스트는 오래 전부터 번역을 매개로 하여 국경을 넘어 자유롭게 여행해 왔다. 비교문학의 장場은 국경 없는 텍스트 연구의 영역이다. 국민국가의 개념이 어떻게 발생하여 변화해 왔는지 그 기원과 기능에 대한 의심이 어느 때보다 강하다. 그러나 국내 문학연구의 영역에서는 여전히 텍스트의 국적에 따른 경계가 공고하다. 여행하는 텍스트를 통하여 텍스트의 국적이 지니는 의미를 다시 생각해본다. 아랍어를 모르면 슬픔을 모른다는 말이 있다. 우리말과 영어가 지니는 깊은 뜻과 느낌을 문학 텍스트를 통해 이해하고자 노력해 왔다. 독자에게 도움될 것이 있을까 생각하면 조심스럽다. 그러나 읽으면서 깨닫는 즐거움을 얻게 해 준 텍스트들이었고 쓰면서 혼자 우둔함을 깨치고자 애썼던 흔적의 글들이다. 은사 오세영 교수님께 감사드린다. 원고의 일부를 읽고 유익한 논평을 해 준 강지수 교수께도 감사드린다. 편집, 교정 그리고 제작에 이르기까지 노고를 아끼지 아니한 소명출판 여러분께도 고마움을 느낀다. 편집부 정필모 선생님의 꼼꼼한 작업에 특히 감사드린다.

2019년 7월 박진임

차례

01

전지구화 시대의 비교문학과 번역

시조의 번역과 한국문학의 세계화

시조의 영어 번역을 중심으로

민족이 민족이 되기 위해서는 두 가지가 필요하다.

국경을 넓히고 고유의 문학을 창조하는 것이다.

물리적 국경만 넓히는 것이 아니라

정신의 국경도 넓혀야 한다.

A nation, in order to become a nation, needs two things :

to extend its boundaries and to create its own literature.

It has to extend not only its physical

but also its mental boundaries

—이아니스 시하리스(Yianis Psiharis)[1]

---

1   Gregory Jusdanis(1991:46)에서 재인용

1. 서론 – 번역과 한국문학

최근 전지구화globalization라는 말이 정치, 경제, 사회, 문화 각 영역에서 핵심어로 부상하고 있다. 전지구화 시대의 도래와 함께 국가 간의 문화 교류가 활발해 짐에 따라 번역의 중요성 또한 더욱 부각되고 있다. 최근 한국문학계에서는 한국문학이 자국 내에서만이 아니라 세계문학 시장에서도 동시에 소비되고 그 가치를 인정받게 하려는 다양한 시도들이 이루어지고 있다. '한국문학의 세계화'라는 기치 아래 이루어지고 있는 다양한 작업들이 이를 증명한다.[2]

문학 작품 번역의 실제에 있어서 일차적으로 고려되어야 할 사항은 번역의 대상이 되는 원 텍스트가 생산된 사회의 문화적 특수성에 대한 이해가 얼마나 철저한가 하는 점이다. 이에 대해서는 기왕의 연구를 통하여 어느 정도 학계의 동의가 이루어지고 있다고 본다.[3] 이 장에서는 이와 같이 원 텍스트가 배경으로 삼는 문화에 대한 이해와 그 문화의 포괄적인 번역이 함께 이루어질 때 제대로 된 번역이 가능하다는 전제 하에 그 논의를 연장하고자 한다. 번역에 있어서는 원본의 축자적, 문

---

2 한국문학 연구의 장에서는 최근 10여 년 사이에 재외동포문학을 한국문학의 장으로 포섭해야 한다는 주장이 제기되면서 한국계 미국작가나 중국, 러시아 동포 작가들에 대한 연구가 활발히 진행되고 있다. 이산문학이 대체로 외국어로 창작되었고 따라서 번역 텍스트를 매개로 해서만 연구가 가능한 까닭에 번역의 문제에 대한 총체적인 접근의 필요성이 더욱 높아지고 있다. 창작의 매개체로서의 언어와 문학의 국적문제에 대한 문제제기는 박진임(2005:96~99)을 참조할 것.
3 문학 작품의 번역에 있어서 문화 이해가 차지하는 중요성에 대해서는 박진임(2005:97~111)을 참조할 것.

화적 이해 못지않게 원본이 갖는 구조적, 미학적 성격 등과 같은 텍스트의 본질에 대한 이해가 또한 필요하다는 것을 주장하고 이를 증명하여 보이고자 한다.

이 장에서는 번역의 범위를 한국문학의 영어 번역의 경우에 한정한다. 그중에서도 특히 한국 시가의 고유한 형식이라고 불리는 시조의 번역에 대해 고찰하고자 한다. 그것은 시조라는 형식이 다른 세계문학에서는 찾아 볼 수 없는 한국 고유의 것이므로 번역되어 세계에 소개되어야 한다는 것이 첫째 이유이다. 그 밖에도 시조라는 한국 고유의 문학 형식을 고찰하고 그 고유성을 충분히 살릴 수 있는 번역 방향을 점검함으로써 다른 문학 장르의 번역에 있어서도 활용 가능한 규범을 제시하고자 한다. 결론부터 말하자면 원전에 대한 포괄적이고 정확한 이해가 좋은 번역의 가장 중요한 구성요건임을 제시할 것이다. 즉 원전의 구조와 성격에 대한 철저한 이해가 전제될 때 바람직한 번역이 가능하다는 것을 보일 것이다.

2. 좋은 번역의 요건

노벨문학상의 역사를 살펴보면 심사자들이 초기의 유럽 중심적 태도에서 벗어나 점점 더 전지구인의 다양한 삶의 재현에 관심을 보이고 있음을 알 수 있다. 그리하여 일본, 남미, 중국의 작가 등 다양한 지역의 다양한 국적의 작가들이 노벨문학상을 수상했다. 한국은 급격한 정치, 경제, 사회적 발전에도 불구하고 아직 문화의 영역에서는 본격적인 세계 무대에의 진출에 이르지 못하고 있다. '전지구화'라는 용어의 등장과 함께 한국문화의 장에서도 지역적 편협성을 넘어 설 수 있는 방법을 더욱 적극적으로 모색하게 되었다. 세계의 문화를 받아들여서 우리의 것으로 만드는 것이 중요한 만큼 우리의 것을 세계인에게 알리고 우리 문화의 우수성을 세계인이 공감하게 하는 것 또한 중요한 일이다.

한국문학이 세계인에게 다가가기 위해서는 번역이 필수 불가결의 요건이다. 번역은 최근 10여 년 내에 그 양과 질에 있어서 폭발적인 증가를 보여 왔다. 그러나 좋은 번역의 예를 찾는 것은 그다지 쉬운 일이 아니다. 특히 산문, 즉 소설의 번역은 줄거리가 있고 사건이 있어 다소 좋은 번역의 텍스트를 찾기가 쉬운 형편이지만 시문학의 경우는 그 장르의 특수성으로 인하여 좋은 번역 텍스트를 찾기가 쉽지 않다. 번역의 문제에 대해서는 유영난의 『번역이란 무엇인가』를 참조할 수 있다. 유영난은 번역에 관해 다양한 담론들을 다음과 같이 정리하여 바람직한 번역의 길을 모색한다.

비크만과 캘로우(John Beekman · John Callow 1978)는 네 가지 종류의 번역이 있다고 분류했다. '문자 그대로의 번역(highly literal)', '조금 완화된 문자 그대로의 번역(modified literal)', '관용어적인 번역(idiomatic)', '아주 자유로운 번역(unduly free)'이 그 네 가지이다. 보통 독자들이 큰 거부감을 가지지 않고 읽을 수 있는 것은 '조금 완화된

문자 그대로의 번역'과 '관용어적인 번역'이다. 한편 나이더와 테이버
(Eugene A. Nida · Charles Taber 1969)는 '동적인(dynamic) 번역이 이상적
인 것'이라고 말했다. 그들이 말하는 '동적인 번역'이란 정보를 제대로
옮길 뿐 아니라 원전이 주는 것과 똑같은 감흥을 번역어로 옮겨놓은
번역을 뜻한다.

반웰(Katherine Barnwell 1980)은 정확성, 명확성, 자연스러움이야말
로 좋은 번역의 필수조건이라고 열거했다. 풀러(Frederick Fuller 1984)는
좋은 번역의 기본 조건인 의미, 형태, 기분, 문체 등이 제대로 전달되
어야 한다고 말했다.

(…중략…)

사보이(Theodore Savoy 1968)는 전제조건이 무엇이냐에 따라 무엇이
좋은 번역인지가 달라진다는 입장을 취하는데 나이더(Eugene A. Nida
1974)도 사보이의 태도에 수긍하고 있다. 즉 '누구에게 최선인 번역이
냐'를 전제 조건으로 놓고 좋은 번역을 판단해야 한다는 것이다. 사보
이는 독자를 네 집단으로 나누었다. 첫째는 '원어를 모르는 사람들'로
서 호기심, 또는 외국문학에 대한 순수한 흥미로 번역문을 읽는 집단
이다. 이런 독자에게 가장 알맞은 번역은 자유 번역이다. 호기심을
만족시키고, 깊은 생각을 하거나 애쓰지 않고도 손쉽게 읽을 수 있는
것이 자유 번역이기 때문이다. 두 번째는 '원어를 배우고 있는 학생'
이다. 번역을 학습도구로 이용하므로 이런 집단의 사람들에게는 문
자 그대로의 번역이 가장 알맞다. 셋째는 '양 쪽 언어를 아는 학자이거

나 이중 언어 사용자들'이다. 학술적인 관심을 가지고 읽으며 신랄한 비난을 퍼붓기를 즐기는 사람들이다. 넷째는 '외국어를 한 때 알았다가 잊은 사람들'이다. 이런 사람들은 번역같은 번역을 좋아한다. 회고적인 만족감을 주기 때문이다. (유영난 1995:11~12)

이상의 논의를 종합하여 이 장에서 다루고자 하는 바람직한 번역은 나이더와 테이버의 정의에 따른 동적인 번역, 반웰이 주장하는 정확성, 명확성과 자연스러움을 갖춘 번역, 그리고 풀러가 지적한 대로 의미, 형태, 기분, 문체 등이 제대로 전달되게 하는 번역으로 규정하고자 한다. 또한 사보이가 제기한 독자의 문제에 관한 한, 이 장에서 다루는 번역 텍스트는 대체로 한국문화와는 깊은 접촉을 해보지 않은 영어권 사람들을 가상 독자로 삼는다. 한국문학을 영어권 독자들에게 소개한다는 것이 일차적인 목적인 까닭에 한국문화에 친숙한 사람들이나 한국문학 연구자 등은 예외적인 독자가 된다. 번역 텍스트가 한국어에 대해 거의 알지 못하고 한국문화에 노출된 적이 거의 없는 가상 독자들에게 얼마나 용이하고도 영향력 있게 다가갈 수 있게 번역되었는가 하는 것에 초점을 맞추어 접근할 것이다. 좋은 번역 텍스트가 우수한 원 텍스트의 존재에서 비롯된다는 점에 대해서는 재론의 여지가 없을 것이다. 좋은 번역은 좋은 번역 대상 텍스트의 선정이 기초가 된다.

3. 시조 번역의 문제

한국문학의 번역 문제를 논함에 있어서 시조를 논의의 중심에 놓은 것은 무엇 때문인가? 그것은 시조가 민족문학의 요체에 해당하며 민족문학은 민족의 형성과 지속에 지대한 역할을 담당하는 까닭이다. 그레고리 주스다니스Gregory Jusdanis는 그리스의 근대를 민족문학의 역사를 통하여 탐구한 바 있다. 주스다니스가 강조하는 것은 민족의 성립에는 민족문학이 중추적인 역할을 한다는 점이다. 그는 그리스문화가 서구문화에 완전히 함몰되는 것을 막을 수 있었던 것은 그리스의 고유한 민족문학이 전승되었던 까닭이라고 본다. 그리스문학의 경우는 한국문학에 비추어 볼 때에 시사하는 바가 많다. 민족어로 구성된 민족문학이 소멸할 때 민족의 고유성 또한 함께 소멸하는 까닭에 민족의 독자성을 유지하기 위해서는 민족어와 민족문학의 계승과 발전이 필요한 것이다.[4]

오랜 역사를 지닌 민족 고유의 문학 양식인 시조의 미학을 확인하고 계승한다는 것은 따라서 민족 정체성의 확립과 민족 고유문화의 수호

---

4   노튼(Charles Eliot Norton)이 언급한 문학의 중요성 또한 같은 맥락에서이다. 노튼은 문학 유산을 저버린 민족은 야만적이 되며 문학 창조를 중단한 민족은 사유와 지각을 멈추게 된다고 주장한다. 또한 시는 민족의 언어 사용에서 생명력을 취하며 역으로 그 민족어에 생명력을 불어넣어 준다고 본다. 시는 민족의식의 최고점이며 민족 최강의 힘이며 가장 민감한 지각력이라는 것이다. "The people which ceases to care for its literary inheritance becomes barbaric; the people which ceases to produce literature ceases to move in thought and sensibility. The poetry of a people takes its life from the people's speech and in turn gives life to it; and represents its highest point of consciousness, its greatest power and its most delicate sensibility." (T. S. Eliot, 이승근 역 1981:15에서 재인용)

라는 중차대한 의미를 지니게 될 것이다. 박철희는 우리 민족의 경우 시조가 민족의 '자기 동일성'을 담보하는 문학양식이라고 본다. "한국 시가사상 오직 시조의 형식만이 시형으로서 지속적인 가치를 지녔다는 것은 시조의 형식이 한국시가의 다양한 변화 속에서도 일관하는 종족 적 동일성과 가장 가깝다는 것을 의미한다"(박철희 1997:141)고 하여 민족 과 민족문학의 관련을 강조한 것이다.

이제 시조 번역의 문제에 대해 살펴보자. 유성호는 「문학 세계화, 시 조에 길 있다」라는 제목의 글에서 한국문학의 세계화라는 관점에서 시 조 옹호론을 제기한 바 있다. 서구인들의 상당수가 한국의 시 양식 중 시조에 관심이 많다는 것과 시조는 견고한 생명력과 강한 자기 갱신력 을 갖고 있다는 것을 시조 옹호론의 이유로 들었다(유성호 2006:146). 시조 가 갖고 있는 한국 고유의 독특한 시형식이 세계문학의 장에서 갖는 의 미는 일본의 하이쿠가 세계문학에 발휘하는 영향력에 대비해보면 알 수 있다.[5]

자유시와 시조를 비교해 볼 때 시조가 한국적 고유성을 나타내는 형 식이라면 자유시는 '보편성'이라는 이름에 대응할 것이다. 그리고 보편 성이란 '서구 중심의 서구 보편성'에 다름 아니다. 세계가 급격하게 전 지구화의 길에 들어섬에 따라 주목되는 것은 보편성이 아닌 특수성, 동 일성이 아닌 차이이다. 문학의 경우에도 새로운 창조성의 원천은 지금 까지 세계의 중심이 아닌 변방으로 간주되어 온 지역문화에서 찾을 수

---

5   이에 대해서는 에즈라 파운드, 엘리어트, 에이미 로웰을 포함한 이미지스트 시인들을 살펴보면 알 수 있다. 또한 김만수(2001)을 참고할 것. 미국과 캐나다에 영어로 하이쿠를 창작하는 시인이 300명 이상이라는 사실 또한 참고할 만하다.

있을 것이다. 들뢰즈의 주장처럼 문학의 새로운 생명력은 소수문학mi-nor literature에만 남아 있는 것인지도 모른다.[6]

이제 영어권 독자를 위해 영어로 번역된 시조 텍스트에 한정하여 시조 번역의 문제를 살펴보자. 먼저 시조는 간결하고 정제된 문학 양식이며 서경과 서정의 결합이 유기적으로 이루어져 있어 번역 텍스트에서도 원 텍스트의 미학이 상당히 많이 유지된다는 장점을 지닌다. 즉 간결한 형식 자체가 번역을 용이하게 할뿐더러 그 형식 속에 전개되는 풍부한 이미지와 의미 또한 용이하게 번역될 때가 많다. 고시조의 경우 이 점은 확연하게 드러나며 현대시조의 경우에도 고시조 못지않게 번역을 통해서도 원래의 생명력을 유지하는 경우가 많다. 흔히 '번역은 반역traduttore tradi-tore'이라고 하는데 이는 번역의 과정이 대체로 원작의 왜곡을 초래할 수 있음을 이른 것이다. 더구나 시는 번역이 불가능하다고까지 말해진다. 시는 언어를 도구로 부리는 것이 아니라 언어에 봉사하는 특별한 언어 사용의 경우이기 때문이다. 그러나 시조 번역의 경우, 시조가 지니는 선명한 상징성과 간결한 전언으로 인하여 성공적인 번역의 경우를 많이 찾을 수 있다. 시조 중에서도 현대시조보다는 고시조에서 상징과 전언의 선명성과 간결성은 더욱 두드러지게 나타난다.

둘째는 영역된 텍스트를 통하여 이상에서 살펴본 시조의 구성과 특질을 다시 한번 확인할 수 있다는 것이다.[7] 번역의 과정에서 글자 수는

---

6   소설가 박상륭은 소수 언어의 가치에 대해 언급하면서 "서양의 12음계로는 만들 수 있는 모든 멜로디가 이미 다 만들어져 이제 더 이상 새로운 멜로디를 지어낼 수가 없다"고 지적한 바 있다. 2000년 9월 26일부터 29일까지 서울에서 개최된 Seoul International Forum for Literature(서울 국제문학 포럼)의 토론자로서 한 말이다. 문학에 있어서도 소수 언어, 소수문학의 중요성은 더욱 강조될 수밖에 없을 것이다.
7   시조의 형식적 특징에 대한 논의는 크게 음수율론과 음보율론으로 나누어진다. 음수율

그대로 번역되기 어렵다는 것은 자명한 사실이다. 그럼에도 불구하고, 즉 자수율이 번역 과정에서 무시된 이후에도 시조의 리듬은 그대로 남게 되는데 그것은 음보율 덕분임을 확인할 수 있다. 휴지와 끊어 읽기로 담보되는 4음보율은 번역 텍스트에도 그대로 드러나게 되는 것이다.[8] 리듬이 주는 쾌감에 대해서는 많은 논의가 이루어진 바 있거니와

논의의 대표적인 학자는 조윤제로 보인다. 조윤제는 한국시가의 음보가 3 · 4조 또는 4 · 4조를 기본 단위로 하는 자수율로 이루어진다고 보았다(조윤제 1954:172). 고시조의 음수율에 대해서는 데이비드 맥켄(David McCann)의 *Form and Freedom*(1998)을 볼 것. 맥켄이 고찰한 기생 시조 29편 중 가장 보편적으로 드러난 음수율은 3444 / 3444 / 3643이며 그나마 보편적인 음수율이 되기에는 변수의 폭이 넓었다. 이는 일반적으로 알려져 온 시조의 음수율 3434/3434/3543론을 반박한다. 정병욱 또한 음수율에 관한 한 탄력적인 입장을 보인다. 즉 3 · 4조나 4 · 4조가 보편적이기는 하지만 1, 2음절 정도의 가감은 무방하며 다만 종장에 있어서는 규제가 다소 엄격해진다고 보았다. 즉 종장의 제1구를 3음절로 제2구를 5음절 이상으로 해야 한다는 것이다(정병욱 2003:202). 3 · 4조와 4 · 4조를 가장 보편적이고 규범적인 것으로 제시하면서 정병욱은 3 · 4조나 4 · 4조가 율격의 기본 단위이기 이전에 한국어의 자연스러운 존재양식이라고 본다(정병욱 2003:25). 즉 한국어의 대부분의 어휘는 3음절 또는 4음절로 이루어져 있고 일반문장에서는 3음절, 또는 4음절 단어가 가장 보편적으로 나타난다고 본다(정병욱 2003:25). 김용직은 한국어 어휘가 2, 3음절로 이루어진 것들이 주도적이라 주장한다. 그러나 이는 정병욱의 주장을 오해한 것으로 보인다(김용직 1989:217). 종합하면 3 · 4조나 4 · 4조가 한국어의 자연스러운 존재양식이 된다.

그러나 음보에 관한 한 위의 논자들은 한결같이 4음보라는 통일된 입장을 보인다. 예를 들어 맥켄은 위에 든 29편 시조에서 4음보는 공통적으로 드러난다는 점을 확인한다. 이를 통하여 시조 형식은 음수율보다는 음보율로 규정되어야 함을 확인할 수 있다(David McCann 1988:14~17). 정병욱은 형태의 면에서 시조는 고려의 별곡체가 붕괴되면서 형성되었다고 보고 고려 시대 『만전춘』의 제2연과 제5연에 드러나는 3장 4음보율을 시조 형식의 모태로 파악한다(정병욱 2003:44 · 201).

8   '음보'라는 용어가 등시적 분할과 반복을 의미하는 영미시의 'foot' 개념을 번역한 것이며 한국시가에 적용할 때는 적절하지 못한 개념임은 오세영, 조창환 등이 밝힌 바와 같다. 조창환은 '음보' 대신에 '율마디'라는 용어를 사용할 것을 제안한다. 필자는 이에 동의하면서도 기존의 한국시가 연구에서 '음보'라는 용어가 이미 광범하게 쓰이고 있음을 이유로 하여 편의상 '음보' 용어를 계속 사용한다. 조창환이 주장하는 바는 다음과 같다. "한국시가의 경우 음보를 분단하는 경계표지의 자질은 쉼에 의한 것 말고는 달리 특별한 변별적 특성의 요소를 찾을 수 없다. 즉 영시 같은 경우에는 강약의 되풀이가 이루는 규칙적 반복이 실러블의 간격을 확실히 함으로써 한 율행이 몇 음보인가가 분명해지나 우리와

시조는 원 텍스트와 번역 텍스트 모두에서 고유의 리듬을 손상 없이 드러낼 수 있는 강점을 지닌다.

시상이 선명하고 전언이 간결한 고시조의 경우 이 점은 가장 분명히 드러난다. 고시조의 경우 대개 자연 현상에서 소재를 취하고 충, 효 등의 유교적인 덕목을 주제로 삼거나 자연에의 회귀나 천명에의 순종 등 초절적이고 도가적인 사상을 중심으로 전개된다. 시조의 영어 번역자 중 이네즈 배Inez Kong Pai, 리차드 러트Richard Rutt, 데이비드 맥켄David MaCann의 경우 시조의 4음보율에 충실하게 번역하고 있다. 그리하여 그들의 번역 텍스트는 시조가 3장 6구의 형식임을 자연스럽게 드러내준다. 왕방연의 시조를 번역한 리차드 러트의 경우를 보자.

천만리 머나먼 길에 고흔 님 여희압고

내 마음 둘듸 없어 냇가에 안잣시니

져 물도 내 안과 갓틔여 우러 밤길 예놋다. (왕방연 병가:58)

Ten thousand li along the road

I bade farewell to my fair young lady.

My heart can find no rest

as I sat beside a stream.

That water is like my soul:

같은 단순 율격의 경우에는 그러한 특징적 요소가 없으므로 breath group 사이의 쉼과 연결에 따른 경계 구분만이 의의 있는 요소일 뿐이다."(조창환 1986:28)

> it goes sighing into the night. (Richard Rutt eds. 1988:27)

임종찬은 이 번역 텍스트를 두고 원 텍스트의 성격을 잘 반영하는 것으로 평가한다. "한 장을 두 구로 나눌 때 나누는 것이 통사적으로도 자연스럽고 각 구의 음절수 또한 서로 알맞게 안배되어서 의미상으로 장과 구를 구별하였음은 물론 각 구를 읽을 때에 걸리는 시간도 일정하도록 음절수를 조절해놓은 것이 특이하다."(임종찬 2005:229) 즉 의미에 따른 구와 장의 구별, 이를 수반하는 적절한 휴지 표기, 그리고 음절수의 조절 등을 통해 시조의 고유한 형식 또한 번역의 과정을 거치면서도 유지된다는 것이다.[9] 리차드 러트의 번역은 번역의 과정에서 시조 고유의 리듬 전달을 잃지 않는다는 점에서 기타의 번역들과 비교해볼 때 돋보인다. 그 밖에도 4음보에 유의한 번역의 예는 쉽게 찾을 수 있다.

> 이화우 흩뿌릴제 부여 잡고 이별한 님,
> 추풍낙엽에 저도 날 생각는가
> 천리에 외로운 꿈만 오락가락 하노매라. (계랑)
>
> I bade him farewell,
> in the pear blossom shower!
> Would he be thinking of me

---

9   임종찬은 영어의 경우 휴지 표기에 있어 세미 콜론(sem-colon)등이 적절히 사용될 수 있다고 본다.

as leaves fall in autumn winds?

Wandering is my lone dream

over one thousand li. (박진임 역)

위에 든 고시조의 경우만이 아니라 현대시조 또한 4음보 율격을 유지하면서 번역할 수 있는 텍스트도 많이 있다. 다음은 그 한 예이다

The sound of flowing water:

soft words between lovers at night.

From the narrow alleyway

filled with my faded memory,

I hear your voice

in the water drenching the night.

Unlike the quiet fathoms of water,

my heart is ever trembling

How long till I wear it out,

until I forget the pebble thrown at my heart?

Through closed eyes I can hear you,

weeping in my backyard

Scattering petals behind,

you turned away from me.

My heart remains yet unquenched,

since you stopped digging the well.

It repeats your sweet words,

every returning season.

The sound ceases once in a while,

as if I have now forgotten you.

Yet it sneaks back on restless nights,

and unreels the thread again.

The sound of flowing water:

the music of my heart. (박진임·Michelle Ha 역, 2006:186~187)[10]

---

10 수록된 원전은 다음과 같다(박재두, 「물소리」).

밤내 도란거리는 여울소리 스며들어
그리움 어룽져 앉은 나의 좁은 골목에도
어리는 그대 목소리, 밤을 젖는 물소리

갈앉은 물속 같이는 못 배기는 마음 바닥
얼마나 닳아 잊히랴 굴러 온 자갈 한 알
감으면 그대 목소리, 뒤 안에 숨어 우는 ……

꽃잎 쩌 흩으며 발길 돌린 머언 사람
가슴 속 깊은 골짜기 샘 하나 파다가 두어
철마다 끊이지 않고 하던 말을 되뇌인다.

위에 든 번역 텍스트는 현대시조의 번역이지만 선명한 시상과 4음보의 가락을 잘 이용한 음악성이 쉽게 파악되어 균등 4음보의 3장 6구 번역을 가능하게 해 주는 텍스트이다. 시조의 리듬감을 살리는 번역의 미덕은 충분히 강조될 필요가 있다. 4음보 율격을 유지하는 또 다른 현대시조의 번역 예를 살펴보자.

내 오늘은 서울에 와
만평 적막을 사다.

안개처럼
가랑비처럼
흩고 뿌릴까보다.

바닥 난
호주머니엔
주고 간 벗의 명함. (서벌, 「서울」)

I came to Seoul today

only to buy solitude of ten thousand Pyeong.

가다간 잊고 지내듯 물소리 끊기어도
잠 못 이루는 밤은 베개 밑에 스며들어
못 다 푼 실꾸리 푸는 여울소리, 내 소리.

Shall I scatter it away

like this fog, like this misty rain?

Left alone in my worn out pocket

is the name card a friend gave me. (박진임 역)

한 나절은 숲 속에서

새 울음소리를 듣고

반나절은 바닷가에서

해조음 소리를 듣습니다

언제쯤 내 울음소리를

내가 듣게 되겠습니까. (조오현, 「산일(山日) 3」)

One day in a forest,

I hear birds singing.

Another day at a seashore,

I hear waves rushing.

When can I hear

myself weeping? (박진임 역)

　위에 보인 3편의 현대시조는 대체로 4음보 율격을 살린 번역의 예를 보여준다. 그러나 이러한 4음보율에 따른 번역으로 시조 번역의 규범이 정리될 수는 없다. 이러한 번역은 시조가 균등 4음보의 3장 6구 형식이라는 기존의 시조론을 잘 설명하지만 이능우, 조창환, 성기옥, 김학성 등이 제기한 바, 불균등 4음보론, 즉 초중장과 종장 사이에는 본질적인 차이가 존재하고 있고 시조 형식은 이러한 차이를 변증법적으로 봉합하여 더욱 정밀한 시형식으로 탄생한 것이라고 보는 논의는 전혀 반영하지 못한다. 시조의 구조적 특징에 대한 다양한 접근을 보여준 위의 논자들 중 김학성의 주장을 인용해 보자.

　잘 알다시피 시조의 율격적 틀짜기는 초장과 중장을 똑같이 4음 4보격으로 반복하여, 반복의 미감을 단 한 차례 즐긴다. 그리고 이어서 종장에는 이러한 반복의 미감을 따르지 않고 변화를 주어 변형 4음보격(첫 음보를 3음절의 소음보로 고정하고 둘째음보는 5음절이상의 과음보로 직조함을 의미)으로 마무리함으로써, 초-중장의 반복구조를 벗어나 전환의 미감을 즐긴다. 이렇게 시조의 3장 구조는 반복-전환의 미적구조를 최대한 살리는 3장의 완결구조로 이루어져 있다.
(김학성 2006:118~119)[11]

위에 보인 번역 텍스트들의 원 텍스트들에서는 종장이 파격적 성격을 보이기보다는 초장과 중장의 리듬을 유사하게 반복한다. 그러나 종장이 초중장과는 급격히 다른 파격적 성격을 띠게 되는 시조 텍스트 또한 많이 있다.

종장의 파격적 성격을 간파하고 그 파격성을 전달하고자 파격적인 시행으로 종장을 번역한 경우, 이러한 번역이 실패한 번역, 또는 미달의 번역으로 받아들여져서는 안 될 것이다. 종장은 시조 형식 내부의 이질적 성격의 장임을 인정할 때에는 번역 텍스트에서 보이는 종장의 불규칙성을 받아들일 수 있다. 그랬을 때 음절과 호흡 등의 면에서 균등한 안배의 규칙을 종장에서 일탈하는 번역이 오히려 적절한 시조의 번역이 될 수 있는 것이다. 고시조 중 성혼의 다음 시조는 시조 종장의 이러한 파격적 특질을 잘 보여주는 한 예이다.

---

11 김학성은 반복과 전환이라는 용어의 사용을 성기옥에 빚지고 있음을 밝힌다. 또한 이들 논자들의 논의가 더 근원적으로는 조윤제의 한국시가 전반의 특징 파악에서 비롯되고 있음을 밝힌다. 즉 조윤제가 우리 시가의 형식적 원리를 전대절－후소절의 구조에 기초한 것으로 파악하며 이를 한국시의 이념적 형식으로까지 지목한 점을 밝힌 것이다. 시조의 경우, 초. 중장은 전대절을, 종장은 후소절을 구성하는 것으로 본다.
김학성은 이러한 '반복과 전환'의 구조틀을 대입하여 현대시조 작품 개별 텍스트를 설명하는데 필자는 그중 '전환'에는 동의하면서도 '반복'의 항목에서는 입장을 달리한다. 김학성이 예로 든 텍스트의 상당 부분을 포함하여 많은 현대시조 텍스트의 초, 중장의 성격은 반복이라고 보기보다는 '도입과 전개' '발상과 연역' 또는 '발화와 변주'로 보아야 더욱 적절하기 때문이다. 김학성이 예로 든 텍스트 중 특히 이우걸의 「팽이」, 조오현의 「산일 3」, 홍성란의 「애기메꽃」이 그러하다.
필자와의 이러한 차이에도 불구하고 김학성의 주장은 시조의 구성미학의 핵심을 관통하는 것으로 보인다. 특히 한시와 하이쿠의 특징과 대비하여 시조가 종장에서 보여주는 일탈의 성격에서 시조의 특성을 찾는 것은 주목할 만하다. 그리하여 그는 시조의 주된 미학을 '비주신형적 주신형의 시', '무질서 속의 질서, 비균제 속의 균제, 무기교 속의 기교'에서 찾는다. 또한 이를 기준으로 하여 이은상의 양장시조 실험을 비롯한 유사 시조의 보기들을 적절한 시조의 반례로 제시한 점은 앞으로의 시조 논의에서 거듭 강조되어야 할 것이다.

> 말업슨 청산이오, 태업슨 유쉬로다.
>
> 갑업슨 청풍이오, 임자업슨 명월이라.
>
> 이 중에 병업슨 이 몸이 분별업시 늙으리라. (성혼, 김천택 편, 홍문표·강중탁
>
> 역주 1995:96)

'청산', '유수', '청풍', '명월'의 4가지 자연 현상에서 소재를 취하여 서경을 전개한 다음 종장에 이르러서는 서정으로 전환하여 자아를 그 자연 속에 투사하고 동화시키고자 하는 갈망을 노래한 시이다. 다음은 이를 영역한 경우이다.

> Speechless is the green mountain
>
> Shapeless is the running river,
>
> Chargeless is the fresh wind
>
> Ownerless is the bright moon.
>
> Acheless and mindless in all these
>
> Do I hope to grow old. (박진임 역)

번역 텍스트에서 주목할 부분은 역시 종장이다. 시조의 종장은 그 내용의 면에서도 초장과 중장과는 분리되는 이질적인 성격을 지닌다고 이미 지적한 바 있듯이 종장에 이르면 주어는 일반 명사 'mountain', 'river', 'wind', 'moon'으로부터 인칭대명사 'I'로 전환된다. 서경에서 서정으로의 변화를 다시 한번 확인할 수 있다. 그러나 내용상의 변

화보다도 더욱 현저한 차이는 '명사 1＋less＋is＋정관사 the＋형용사 ＋명사 2'로 동일하게 반복되던 구조가 종장에 이르면 깨져 버린다는 데에 있다.

앞서 언급한 대로 종장에서 보이는 이러한 일탈과 파격은 선행하는 초 중장의 리듬으로부터의 이탈이며 휘모리장단의 특질에 대비될 수 있는 파격적 성격을 지닌다. 종장에서는 '-less' 어휘가 중첩되어 초, 중장의 구조를 일정 부분 반영하면서도 길이나 문장 구조에서 확연히 달라지는 것이다. 이러한 내용과 형식상의 파격이 종장에서 이루어진다는 점은 시 조의 특질 중 가장 중요한 부분으로 다시 한번 강조되어야 할 것이다. 주 목할 것은 시조의 번역에 있어서 러트 등의 번역에서 보이듯 균등 4음보 의 3장 6구 번역본만이 시조의 리듬에 맞게 번역한 것이 아니라는 점이 다. 종장의 2구에서 불균등한 음보가 출현하거나 반복적인 율격이 완전 히 파기된 듯이 번역된 경우에도 그것을 수준 미달의 번역으로 간주해서 는 곤란할 것이다. 텍스트의 성격에 따라서는 그러한 경우 더욱 충실한 번역이 될 수도 있는 것이다.

케빈 오룩Kevin O'Rouke의 경우, 시조의 종장이 시조 형식 내에서 갖는 특수성에 대해 인식하고 이를 번역에 반영하고자 하는 시도를 보이는 예외적인 경우에 속한다. 오룩은 다른 역자들과는 달리 5행으로 시조 를 번역하는 경우가 많다. 즉 초장은 2행으로, 중장은 1행으로 번역한 다음, 종장의 첫 3음절에 1행을 할애하고 나머지 5/4/3음절을 다시 한 행으로 처리하고 있는 것이다. 이색의 시조, 「백설이 잦아진 골에」를 번역한 다음의 예가 대표적이다.

백설이 잦아진 골에 구름이 머흐레라

반가온 매화는 어늬 곳듸 피였는고

석양에 홀로 서서 갈 곳 몰라 하노라 (이색, 김하명 편 1985:37)

Clouds cluster thick

where white snow melts in the valley.

The lovely plum, where has it bloomed?

I stand alone

in the setting sun, not knowing whither I should go. (Kevin O'Rouke

2001:53)[12]

　　오룩의 이러한 번역은 김대행의 시조 형식 분석에 의존하는 것으로 보이는데 3장 6구 4음보 번역의 정형을 벗어나는 시도라는 점에서 주목할 필요가 있다.[13] 또한 오룩의 경우, 중장을 초장과는 달리 한 행으로 처리함으로써 김학성의 주장처럼 중장은 초장의 반복에 불과한 것

12　5행시로 번역한 다른 시조 작품들의 예는 Kevin O'Rouke(2001)을 참조할 것.

13　오룩의 번역을 이해하기 위해서는 김대행의 주장을 요약해 볼 필요가 있다. 김대행은 "우리나라의 시가는 대체로 무한정 길어질 수 있는 연첩율을 그 특징으로 하는데 시조가 3장에서 완결되는 형식이라면 그 3장이 어떻게 해서 종결되고 있는가?"(김대행 1976:220) 하는 의문을 제기하며 구체적인 시조 텍스트의 예를 들어가며 시조의 종장이 4보격이라기 보다는 5보격 정도로 길이가 길어지고 있음을 지적한다(김대행 1976:223). 그리하여 종장을 율독하는 3가지 방법적 가설을 제시한다. 즉, 첫째는 종장의 첫 3음절을 따로 읽고 나머지를 4보격으로 읽어 처리하는 것, 둘째, 시조 창의 경우에 보이는 것처럼 맨 마지막의 3음절을 별도 처리하는 법, 그리고 셋째로 종장의 둘째 마디를 5음절이든 7음절이든 음절수에 상관없이 늘여 읽으며 4음보율을 유지하는 것이 그것이다. 오룩의 경우는 첫째 방법을 따르고 있는 경우에 해당한다.

으로 파악한 것으로 보인다. 다시 한번 필자의 입장은 중장을 반복으로 보기보다는 전개와 심화로 보는 것이다. 따라서 초장과 중장은 균등하게 4음보로 번역되고 또한 각각 2행씩으로 번역되었을 때 시조의 형식적 특징을 더 잘 드러내 준다고 본다.

고시조의 경우는 몇몇 예외적인 경우를 제외하고는 대체로 간단하고도 명징한 정서나 사상을 단시조의 4음보로 노래하였기 때문에 위에 보인 것처럼 형식과 내용을 모두 번역하는 것이 크게 어렵지 않다. 현대시조에 있어서는 그 성격이 고시조와 달라진 까닭에 번역에 있어서도 또한 고시조의 경우와는 다른 형식을 취할 수밖에 없다. 현대시조의 경우에는 형식의 양보 없이 내용을 충실히 번역하기는 매우 어렵다. 현대시조는 자유시의 속성과 고시조의 형식적 유산이 고도의 기술로 교묘하고 치밀하게 결합한 것이기 때문이다.

박철희의 지적을 상기해보자. 박철희는 유기적 형식으로서 성공하는 현대시조에 대해서 "정형이면서 자유시형이고 자유시형이면서 정형"(박철희 1997:156)이라고 했다. 이는 현대시조가 형식의 면에서는 시조 고유의 리듬을 유지하면서도 내용의 면에서는 자유시가 구사하는 이미지와 사상, 경험의 고유성과 표현의 창조성을 함께 구사해야 한다는 점을 지적한 것이다. 한국의 현대시조 시인들의 성취는 바로 시조의 형식을 크게 와해시키지 않으면서도 보다 탄력성 있게 이를 받아들이면서 자유시가 갖는 이미지, 상징성, 복잡하고 다양한 정서와 사상을 함께 그 형식 속에 구현하고 있다는 데에 있다. 그렇다면 현대시조의 번역에 있어서 시조 형식 번역, 즉 음보율의 번역에 치중할 것인가 아니면 형식보다 내용에 더욱 충실하여 자유시를 번역하듯이 하여 음보의 번역은 포기하고 이미

지와 상징, 서정과 사상의 번역에 치중할 것인가 하는 것에 대한 합의가
이루어져야 한다.

　필자는 현대시조의 번역은 자유시 번역의 형식에 준해야 한다고 주
장하는 바이다. 현대시조라는 이름에서 드러나는 바, '현대'와 '시조'라
는 두 명사의 결합에서 현대성을 강조하고자 하는 것이다. 자유시의 번
역이라고 해도 그것이 산문의 번역과는 구별되는 리듬감을 유지해야
하는 것은 물론이다. 또한 시조인 까닭에 가능한 한 4음보의 리듬감에
가까워지고자 한다면 더욱 바람직할 것이다. 그러나 이러한 리듬감을
위하여 텍스트 내부의 서정과 사상, 상징성 등을 희생할 수는 없는 것
이다. 보다 다양한 번역의 가능성에 대해서는 실제 번역의 경우를 들어
가며 더욱 살펴보아야 할 것이다. 4음보에 맞추어 번역할 수도 있지만
약간의 일탈을 의도하여 원작에 더욱 충실한 번역을 시도한 예로 다음
을 살펴보자.

　어루만지듯
　당신
　숨결
　이마에 다사하면

　내 사랑은 아지랑이
　춘삼월 아지랑이

장다리

노오란 텃밭에

나비

      나비

나비

      나비 (이영도, 「아지랑이」)

When your breath

is warm on my forehead

like your gentle caress,

My love is the spring shimmering,

the shimmering in March.

All yellow,

in the blooming radish garden,

butterfly

      butterfly

butterfly

      butterfly (박진임 역)

위의 번역에서는 1연을 2행이 아닌 3행으로 번역하였다. 4음보율에 맞추기 위해서는 도입 부분의 "어루만지듯"을 의도적으로 삭제하거나 의미를 축소시켜 번역해주어야 한다. 삭제를 한다면 "when your breath is warm on my forehead"라고 하여 "어루만지듯"을 탈락시키는 경우가 된다. 아니면 "when your caressing breath is warm on my forehead"라고 번역함으로써 '어루만지는 듯한'의 의미를 유지시키는 것은 가능하다. 그러나 "caressing breath"는 원문의 뜻과는 거리를 둔 표현이 될 것이다. 원작에서 "당신의 숨결"로 표현되는 '님'의 존재가 시적 화자로 하여금 "아지랑이"로 탄생하는 것을 가능하게 하지만 그것은 단지 소극적인 '님'의 숨결만의 작용이 아니라 "어루만지듯"이라는 표현을 통해 드러나듯이 좀더 적극적인 개입을 매개로 한다고 보아야 할 것이다.

또한 종장에서도 원문의 "장다리 / 노오란 텃밭에"에서 "노오란"을 강조하기 위하여 "노오란"과 "장다리"를 도치시키며 "노오란"을 "all yellow"라는 한 행으로 처리하였음을 볼 수 있다. 원작자의 의도가 '주제의 시각화'에 있고 그 매개체로서 '숨결', '아지랑이', '장다리 꽃', '나비'의 은유를 사용하였음에 주목한 것이다. 그리하여 균등 4음보의 병렬 배치에서 발견할 수 있는 음악성은 약화되었지만 시각성을 강조하는 효과를 의도하였다. 그렇다고 시조의 음보율이 완전히 배제되었다고는 볼 수 없고 다소 변화된 형태로 남아 있으며 4음보의 흔적이 이루어내는 내재적인 리듬감은 어느 정도 담보된다고 볼 수 있다.

물론 현대시조 중에서도 단순한 이미지와 간결명료한 감정이나 사유의 직접 토로를 보여주는 텍스트도 다수 있으며 이는 고시조의 경우와 마찬가지로 충분히 음보를 살리면서 번역될 수 있다. 또는 리듬감을 유지하기 위하여 불가피하게 중요한 다른 시적 구성 요소를 희생하고 번역해야 하는 경우도 있을 수 있다. 김기태 어린이의 시조는 시조의 음보율을 주제로 삼은 메타 시조이다. 그런 까닭에 음보를 살리는 번역 작업이 필요할 것이다.

> 삼사로 반복해서 네 걸음 다가가고
> 또다시 방향 바꿔 징검다리 쿵짝쿵짝
> 종장은 조심해야 돼, 물에 빠지기 쉬우니. (김기태, 「시조」)
>
> Three four three four, four steps at three four
> Another four steps, tap-dancing on stepping stones.
> Careful with the last line, though, not to fall into the
> stream. (박진임 역)

음보를 살려서 번역하는 과정에서 "또다시 방향 바꿔 징검다리 쿵짝 쿵작" 구절 중 "쿵짝쿵짝"이라는 요긴한 의성어를 생략할 수밖에 없다. 음보를 위해 이미지, 음향 효과 등의 다른 구성 요소를 희생하게 되는 경우에 해당한다.

그러나 이미지와 상징 등이 음보율의 음악성보다 중요하다고 판단 되는 텍스트의 경우, 그 번역 텍스트는 자유시의 번역에 더욱 가까울 것이다. 즉 음보보다는 내재적 리듬을 따라 이미지와 상징 중심으로 번 역되었을 때 더욱 적절한 번역 텍스트가 될 것이다. 또한 전언을 강조 하는 서사적 성격의 시조인 경우 음악성을 위하여 음보에 치중하기보 다는 다소 산문화하는 경향을 보일지라도 전언을 충실히 번역하도록 해야 할 것이다. 상당수의 사설시조, 또는 성격상 역사성, 저항성, 사회 참여성 등이 주도적으로 드러나는 시조 또한 전언에 충실한 번역을 염두에 두어야 할 것이다. 물론 서사성이 강한 시는 반드시 율격을 버리고 산문 번역에 준하게 번역하라는 것은 아니다. 율격을 유지하면서도 서사를 충분히 전달할 수 있다면 더할 나위 없이 바람직한 번역이 될 것이다. 그러나 만일 양자가 제로섬zero sum 상태에 놓여 있어 율격에 충실하면 내용이 지나치게 간략해지고 내용에 충실한 번역을 시도하면 율격의 번역이 희생되기 쉬운 경우라면 텍스트의 성격에 보다 부합하는 요소에 치중하는 번역이 바람직하다는 주장일 따름이다.

4. 결론

이상에서 시조의 형식에 대한 기존의 논의들에 바탕을 두고 시조의 영어 번역을 재검토함으로써 바람직한 번역 방향에 대해서도 고찰해 보았다. 시조의 요체는 4음보 3장 6구의 형식에 있고 그 3장 6구 중에서도 종장은 시조 형식 내부의 이질적인 요소임에 주목하였다. 그리하여 시조의 기본 4음보격은 다만 시조의 가락을 유지하는 중요한 부분으로 기능해야지 그것이 구속이 되어서는 안 된다는 것과 종장을 중심으로 하는 파격과 규율 이탈은 폭넓게 수용되어야 할 것임을 밝혔다.

현대시조는 고시조의 4음보율을 근간으로 하면서도 더욱 다양한 파격과 변주를 보여주고 있음을 살펴보았고 고시조의 경우와는 달리 이미지나 전언의 역할이 현대시조에서 더욱 중요해짐을 또한 살펴보았다. 현대시조는 이전에 창으로 불리었던 고시조의 음악성을 리듬의 측면에서 수용하면서도 동시에 현대시에서 강조되는 이미지와 메타포 또한 주요한 구성 요소로 삼아 고시조의 전통성과 현대시의 새로움을 구비할 때 성공적일 수 있음을 밝혔다.

미국의 문학이론가 낸시 비커스Nancy Vickers는 비디오 시대의 서정시의 운명에 대해 이렇게 말한 바 있다. "서정시는 어디에서든 우리를 따라다닌다. 서정시는 도저히 가라앉힐 수 없이 만연한 담론의 장을 형성한다."(Nancy J. Vickers 1993:6~27) 벤야민Walter Benjamin이 지적한대로 아우라 aura가 사라진 대량복제의 시대에 사는 동안에도 결코 우리 곁을 떠날 수 없는 문학 장르는 바로 서정시lyric이다. 서정시라는 말의 어원이 되는 '리라lyre'가 악기의 하나이듯이 시의 음악성, 음악성을 지닌 시는 기술이 서정을 현저하게 압도한 우리 시대에도 변함없이 우리 주변을 떠돌 것이다. 비커스가 이른 바대로 그 '어찌할 수 없는 만연성unsettling ubiquity' 때문에 대중가요의 가사로, 자장가의 가사로, 짧은 전자 메일의 인용문 속에, 보다 세련된 담화의 일부분으로 서정시는 살아남을 것이다. 그리고 만연한 서정시 중에서도 한국어의 고유한 리듬을 잘 간직한 시조는 앞으로도 오랜 생명력을 지니고 창작되고 향수될 것이다.

국제적인 문학 교류와 문화 교류가 더욱 활발해 짐과 동시에 세계문학계에 상대적으로 덜 알려져 온 한국문학 작품의 보급은 활성화될 것이다. 시조 장르에 관한 한 현대시조단과 학계가 힘을 합하여 좋은 시조를 찾아내고 시조 창작과 비평을 통한 보급과 교육에 더욱 주력해야

할 것이다. 시조는 리듬이라는 음악성과 자유시의 상징, 메타포 등을
모두 포괄하는 까닭에 번역을 통해서도 그 미학이 잘 유지될 수 있는
독특한 장르이다. 시조의 유기적 형식과 간결성, 그리고 한국 고유의
시가 형식이라는 특징으로 인하여 번역을 통한 한국문학의 해외 소개
에서도 시조는 주도적인 역할을 담당하게 될 것이다.

문학 번역과 문화 번역
한국문학 작품의 영어 번역에 나타나는 문제점 연구

1. 서론

21세기는 문화의 시대가 될 것이라고 한다. 문화를 뜻하는 영어 단어, 'culture'는 다양한 논자들에 의해 다양한 방식으로 정의되고 있다. 그리고 그 정의는 시대의 흐름에 따라 달라져왔다. 문화의 개념 정의가 다양한 까닭에 영국의 문화 평론가 레이먼드 윌리엄즈Raymond Williams는 '문화'는 영어에서 가장 어려운 어휘라고 말한 바 있다. 19세기까지만 하더라도 문화는 곧 문명civilization과 동의어처럼 사용되었고 그때의 문화 또는 문명은 당연하게도 서구의 남성 중심적인 문화와 문명을 뜻하는 것이었다. 그리하여 그 문화가 정의되기 위해서는 그 문화의 타자, 또는 부정태negativity가 필수적으로 요구되었는데 문화의 부정태는 다름 아닌 미개, 원시, 또는 야만이었다. 서구가 동양과 아프리카 등을 점령해 나가던 제국주의 시대의 역사는 에드워드 사이드Edward Said가 대표적으로 주장하듯 문화에 의한 야만의 타파라는 서구인들의 신념에 기초해 있었다고 볼 수 있다.

이제 문화는 더 이상 그러한 이분법적인 구도에서 설명되지 않는다. 문화는 이전의 문명 개념에서 찾아보듯 특정 지역의 특정인들이 전유한 것이라거나 자연에 반하여 인간이 이룩한 어떤 것으로 이해되지 않는다. 문화는 모든 사람들의 다양한 삶의 방식을 일컫는 것으로 새로이 받아들여지고 있다.

전지구화globalization 시대에 접어들어 문화의 교류와 전파는 한층 더 중요한 의미를 갖게 되었다. 통신과 운송 기술의 급속한 발달에 힘입어 세계가 빠르게 하나의 마을로 변화하고 있으며 국가 간의 경계는 점점 더 무의미한 것으로 변하고 있다. 경제적으로는 다국적기업Multinational Corporation이나 초국적 기업Transnational Corporation의 역할이 점점 더 중요해 지고 있다(Miyoshi, Masao 1998:248). 로버트 라이치Robert Reich의 지적처럼 "특정 국적을 가진 상품이나 기술 또는 기업은 더 이상 존재하지 않게 되었으며 국경 안에 남는 것은 국가를 이루는 구성원, 즉 국민들뿐이다".(Reich, Robert 1991:3) 'made in America'는 더 이상 'made in America'라고 부르기 어려운 시대가 도래한 것이다. 정치적으로도 이데올로기 대립은 약화되고 국가 간의 공조와 협력이 점점 더 중요해지고 있다. 따라서 국가 간의 문화교류도 그 중요성이 날로 증가하고 있다.

그렇다면 국경 없는 시대의 도래에 있어서 문화는 어떤 형태로 교류될 것인가? 국가 간의 문화 교류가 활발히 이루어지기 위해서 가장 중요한 작업 중의 하나는 바로 각국의 모국어로 쓰인 문학 작품을 다른 언어로 번역하는 일일 것이다. 번역은 단순히 하나의 언어를 다른 언어로 치환하는 것에 한정되는 문제가 아니다. 문학 작품의 번역은 개별 작품에 사용된 언어가 내포하는 문화적, 이념적 특수성까지 번역되지 않으면 제대로 된 번역이 될 수 없다.

이 장에서는 문학 작품 번역의 실제에 있어서 번역 대상 텍스트가 생산된 사회의 문화적 특수성과 번역된 텍스트가 수용될 사회의 문화적 특수성에 대한 이해가 얼마나 중요한 역할을 하는가를 번역의 실제 사례를 들어 밝히고자 한다. 여기서는 그 범위를 한국문학 영어 번역의 경우에 한정한다. 필자가 주장하는 바는 영미문학의 한국어 번역에도 물론 적용될 수 있는 것이다. '한국문학의 세계화'라는 명제가 국민적 공감대를 형성해 가는 작금의 상황을 고려할 때 한국문학의 영어 번역에 드러나는 문제점들은 속히 시정되어야 할 것으로 보이며 후속 번역자들은 이전의 번역자들의 공과에 힘입어 보다 나은 번역을 시도해야 할 것이다. 인간문화의 모든 부분이 그러하듯이, 번역 또한 '거인의 어깨에 올라타기'를 통해서 가능하기 때문이다. 2002년 국내의 모 한국문학 번역지원사업에 제출된 응모작들을 검토의 대상으로 삼아 한국문학의 영어 번역에 나타나는 문제점들을 지적하고자 한다. 또한 그 오역의 예들에서 문화 번역의 중요성을 확인하고자 한다. 문학 번역 과정에서 드러나는 오역의 예들이 대개는 문학 작품 번역이 문화의 번역으로까지 나아가지 못하고 문장의 단순 번역에 불과한 경우에 주로 드러났기 때문이다.

2. 한국문학의 영어 번역 사례에 나타난 문제점들

구체적인 번역 사례를 들기에 앞서 우선 좋은 번역은 좋은 번역 대상 텍스트의 선정이 기초가 된다는 점을 확인할 수 있다. 월드럽Waldrop이라는 학자는 "번역은 몸에서 혼을 짜내서 다른 몸으로 꼬여내는 것과 같다. 그것은 죽음을 뜻한다"라고 표현했다. 번역이란 전적으로 새로운 창조물이라는 뜻이다(유영난 1995:11). 번역은 원전의 죽음을 넘어 새로운 탄생으로 가는 것이기 때문에 하나의 원전을 두고도 번역은 여러 종류가 있을 수밖에 없다. 그러나 번역은 원전을 토대로 하기 때문에 부실한 원전의 토양에서 훌륭한 번역의 탄생을 보기는 실로 힘들다 할 수 있다.

편의상 번역 대상 텍스트를 일차 텍스트라 부르고 번역된 텍스트를 이차 텍스트라 부르자. 일차 텍스트가 그 구성이 산만하다거나 문체가 난삽하다거나 불분명한 언어 사용을 포함하고 있다면 그 텍스트는 모국어를 사용하는 독자들에게조차 감동을 주기가 어려울 것이다. 하물며 그것이 번역되었을 때에랴?[1] 따라서 문학적 감수성이 부족하거나 문학 분야에서 충분한 훈련을 받지 않은 사람은 좋은 문학 번역가가 되기 힘들다는 것을 알 수 있다. 좋은 일차 텍스트를 골라내는 것은 문학적 감식안이 없이는 불가능하고 감식안은 훈련 없이 그저 생기는 것이 아니기

---

1   필자는 예외적인 경우도 드물게 있을 수 있음은 인정한다. 필자의 견해로는 황석영의 『무기의 그늘』의 영역본인 전경자 역, *Shadow of Arms*의 경우 번역의 문체가 원작의 문체에 결코 버금가지 않는다.

때문이다.

좋은 일차 텍스트라는 말의 정의는 단순히 문학성이 뛰어난, 완성도 높은 텍스트에만 한정되는 것이 아니다. 번역의 문제가 개입될 때에는 더 한층 까다로운 것이 된다. 번역되었을 때 좋은 텍스트가 되기 위해서는 그 원 텍스트가 인류 공통의 문제universality를 다루고 있거나 또는 한국적 특수성specificity을 지니고 있어야 한다. 둘 다를 아우를 수 있다면, 즉 인류에게 보편적인 주제인 동시에 한국적 특수성까지 곁들인 것이라면 더욱 좋을 것이다. 브루스 풀턴Bruce Fulton과 주찬 풀턴Ju-Chan Fulton 공역의 *Words of Farewell*은 한국의 세 여성 작가, 오정희, 강석경, 김지원의 단편들을 모아 번역한 것이다. 출간 당시까지만 하더라도 미국 도서 시장에서 한국 여성 작가의 작품을 찾기는 매우 어려웠다. 그 책은 페미니즘문학에 대한 세계적인 관심이 날로 높아가던 1980년대에 출간되어 예외적인 성공을 거두었다. 그 책의 성공은 여성 문제라는 보편성과 한국 여성만의 정서와 상황이라는 한국적 특수성의 겸비에서 찾을 수 있을 것이다.[2]

둘째, 번역자가 일, 이차 텍스트의 언어를 모두 정확하게 구사할 수 있을 때 좋은 번역을 기대할 수 있다는 점이다. 풍부한 어휘력과 정확한 통사구조의 이해는 좋은 번역의 두 번째 기초가 된다. 마지막으로 위에 든 두 요소가 구비되었을 때, 좋은 번역을 위해서는 일, 이차 텍스트가 뿌리내리고 있는 문화에 대한 충분한 이해가 필요하다.

---

2 풀턴 부부는 필자와의 사적인 대화에서 미국 출판업계의 출판 대리인(agent)의 역할에 대해 언급한 바 있다. 세계문학과 문화계, 또는 최소한 영어권 문화계의 전반적인 지향점과 흐름에 일치하는 문학 작품의 번역이 보편성을 획득하는 첩경임을 짐작할 수 있다.

이제 구체적인 번역 사례들을 들어가며 위에 든 세 가지 점의 중요성을 살펴 보기로 하자. 이 장에서는 필자가 접한 11편의 텍스트 중 6편을 검토한다. 문학 작품의 한글 텍스트와 영어 번역본을 비교 검토하는데 일부는 한글 원본의 작가와 제목을 정확히 알 수 없는 경우도 있었다. 그 경우 원 텍스트와 번역 텍스트 자체만을 통하여 작품의 문학적 완성도를 가늠하여 번역을 검토한다.

1) "The Colours of Life"의 경우

"The Colours of Life"라는 제목으로 번역된 작품은 원저자나 원제를 알 수 없는 경우에 속한다. 이야기는 한 남자가 병원에서 시체 해부 작업하는 일에 관여하면서 그가 다루는 시체를 매개로 하여 삶과 죽음에 대해 명상과 독백을 전개하는 것으로 파악해 볼 수 있다.

텍스트 속의 화자가 시체에게 말을 건네는 장면에서 "잘 들 사셨수?"라고 일차 텍스트에 드러나 있는데 이를 "Have you lived well?"이라고 직역한다. 영어로도 한글로도 전달하고자 하는 느낌이 정확이 무엇인지 의문이 드는 표현이다. "인생이란 어차피 한 번 나서 한 번 죽는 것인데"라는 구절을 "Since a man is born once and dies once"라고 번역한 것도 어색하다. "같은 일을 계속하다보니 무덤덤하게 되었다"라는 표현을 "they get benumbed to their repeating work"으로 번역한 것도 영어의 표현으로는 어색하며 원문이 뜻하는 바가 전달되지 않는다. "they became less and less sensitive to their work as they did the same thing over and over again" 등으로 번역할 수 있을 것이다. "그것을 완전히 잊어버린 것은 아니었다"라는 구절의 번역 또한 직역에 해당한다. 그 구절은 완전히 잊어버리지 않고 머릿속에 남아 있었다는 뜻이므로, 역자의 "I have not forgotten it completely"보다는 "the notion was still lingering" 등으로 번역하는 것이 좋다. "과거의 충격"이라는 표현을 "shock of the past"라고 번역했는데 이는 "과거에 내가 받았던 충격"을 뜻하므로 "shock I felt in the past"라고 해 줄 때 제대로 전달될 수 있다. 그 밖에도 "내가 아직 그 죽은 자의 얼굴에 깃든다는 참된 평화가 무엇이지를 모르기 때문인지도 모른다. 그러나 정말 그 특별한 평화가 죽은 자의 얼굴에 떠도는 것을 본다면 나 역시 당장에 알아볼 수 있지 않을까"라는 부분이 있다. 이를 역자는 "(…중략…) However, If I saw the uncommon peace dwelling on the dead's faces, I think I could recognize it immediately"라고 평범하게 문구에 충실하게 번역했다. 그러나 여기에 내포된 바는 '그 평화가 현저하여 결코 눈치채지 못하게 되는 일은 없을 것'이므로 "I guess it would be too apparent to es-cape even my dull eyes"로 번역한다면 원래의 의미에 가까울 것이다.

2) "What is Darkening"의 경우

나희덕 시집을 번역한 경우이다. 「복숭아 나무 곁으로」의 경우, "Without knowing why, I did not want to come near the peach tree"라는 번역 구절에서 "want to"는 너무 강한 표현으로 보인다. '왠지 모르게 가고 싶지 않았다'라는 의미를 살리기 위해서는 "without knowing why, I did not feel like coming to the peach tree"로 표현할 수 있겠다. "thinking the tree may have shade which no one can sit down"에서는 'which'가 아닌 'in which'가 문법적으로 정확하다. 시 「상현달」의 경우, "신도 이렇게 들키는 때가 있으니"라는 구절이 있다. 상현달을 여신에 비유하고 그 상현달이 쉬는 모습을 시적 화자가 몰래 지켜보는 정황을 표현한 것이다. 역자는 "How the God is detected often like this"라고 번역했는데 시적 분위기와 다소 유리된 표현이다. 그보다는 "She would not know that I watched her in silence"이 더 나은 표현이 되겠다. 또한 "이글거리는 석탄으로 입을 씻은 이사야처럼"이라는 구절을 "like Isaiah who washed his lips with a glaring charcoal fire"라고 번역했다. 영어의 'wash'는 우리말 '씻다'에 해당하지만 웹스터 영어사전의 제1번 정의를 따르자면 액체로 씻는 것이다.[3] 따라서 이 경우 "like Isaiah who had his mouth cleansed with a burning coal"이 조금 더 적절하겠다. 이 경우 'cleansed' 대신 'purged'를 써도 좋겠다. 다음으로 "group of wild geese" 제목의 시편은 문학 번역이 얼마나 어려운 작업인지를 보여주는 부분이다. "羊이 큰 것을 美라 하지만 저는 새가 너무 많은 것을 슬픔이라 부르겠습니다"라는 시구를 보자. 그 부분은 한자어에 대해 알지 못하는 사람은 전혀 이해할 수 없는 부분이다. 이러한 말놀이pun는 참으로 번역하기가 어렵다. 각주의 형식 등을 빌어 이와 같은 언사가 어떤 배경에서 나왔는지 왜 재미가 있는 것인지 설명해 줄

---

3   웹스터 사전의 정의는 "To clean by means of water or other liquid, as by dipping, tumbling, or scrubbing, often with a soap, a detergent, etc"이다.

수밖에 없다.[4] 역자는 "Much amount is called beauty, but I will call a group of too many birds sadness"로 번역했다. "Some say a large lamb is beautiful, I will say a flock of wild geese makes one sad"로 번역하고 각주로 설명해 주는 것이 좋겠다. 또한 "한 쪽 모서리가 부서진 밥상을 끌며"를 "pulling the table broken its comer"로 번역했는데 이는 "pulling the table with chips on its comer"가 더 정확하다.

다른 시 "Sounds"에서는 '하늘이 세 평, 꽃밭도 세 평'이라는 표현이 있다. 역자는 이를 "The sky is just three pyong and flower field also three pyong"으로 번역했다. 여기서의 '평'은 넓이의 단위이므로 얼마만한 넓이인지를 각주로 밝혀 주어 그다지 넓지 않다는 것을 설명해 주어야 한다. "The sky is just three-pyong-wide; the flower garden is also that wide"가 더 적절한 번역이 되겠다. "지붕이 옆의 지붕에 웅웅거리는 소리"라는 표현은 "sound of roof mumbling to roof"보다는 "sound of roof mumbling to another roof"가 더 적절해 보인다. 마지

---

4 1970~80년대 여자 대학생들은 남자 대학생 선배를 요즘 학생들이 하듯이 '오빠'라고 부르지 않고 '형'이라 불렀다. 당시를 배경으로 하는 문학 작품을 번역함에 있어서 번역자들이 이 문제를 놓고 번역의 어려움을 토로한 적이 있다. 공동체 중심의 한국사회의 특성상, 가족 관계에 한정될 호칭들이 그 범위를 넘어서 사용된다는 것에 대해 영어권 독자들이 선행 지식을 갖고 있지 않다면 '아주머니', '아저씨' 등의 용어가 빈도 높게 등장하는 것은 이해하기 힘들다. 위에 든 '형' 호칭은 단순히 'brother' 외에는 근접한 대체어가 없고 'brother'는 적절한 번역어가 아니다. 우선은 이름을 호명하는 것으로 바꿀 수밖에 없을 것이다. 자신의 성적 차이(gender difference)를 무시하거나 거부하고 무성적인 (gender-neutral) 존재로, 혹은 초성적인(trans-gender) 존재로 자신의 정체성을 구성한 다음 남자들이 주류를 이루었던 대학사회에 합류하고자 하는 여대생들의 의도가 감지되는 부분이다. 비평의 용어를 벌자면 정신분열적(schizophrenic) 현상으로까지 해석될 수 있는 이 용어는 당대의 남성 중심 문화와 이데올로기, 그리고 그로 인한 차별을 암묵적으로 수용하거나 분열적인 방식으로 타협을 시도할 수밖에 없었던 여자 대학생들의 위치를 나타내고 있다.

막 행의 "고요도 세 평"이라는 표현은 완전한 오역을 낳았다. 고요는 "silence"로 번역되어야 한다. 모든 것이 세 평인 그곳은 아주 고요한데 그 고요도 아마 평수로는 세 평이리라는 뜻일 것이다. 이를 역자는 "goyodo three pyong"으로 오역했다. '고요'라는 말의 뜻을 파악하지 못하고 있어 일차 텍스트에 대한 이해 부족을 드러내는 부분이다.

또 하나의 시 "raining like an Anodyne" 또한 몇 부분에서 어색함을 보이고 있다. "without knowing my uprooting"이 그 첫 번째 경우이다. "나 스스로가 벌써 뿌리 뽑혔다는 것을 모른 채"의 번역인데, 그보다는 "not knowing (that) I was already uprooted"가 낫겠다. "without knowing that it is a funeral flower for myself" 또한 "not knowing they would be the funeral flowers for my own death"가 더 의미를 명확히 해준다.

이 번역은 일차 텍스트의 선정에는 무리가 없어 보인다. 나희덕의 시는 이미지도 명료하고 삶에 대한 성찰도 보여주는 좋은 시로 보인다. 따라서 번역에도 적합한 텍스트가 될 것이다. 다만 이 번역의 경우 원문의 시적 분위기를 적절히 살려주는 시적인 번역어를 더 모색해 낼 때 효과적인 번역이 될 것이다.

3) *Land* 2의 경우

박경리의 『토지』 2를 번역한 경우를 살펴보자. 박경리의 작품은 번역이 쉽지 않다. 방언의 사용, 토속 문화에 대한 묘사 등의 이유로 그야말로 문화 이해 없이는 번역할 수 없는 작품이다. 그 번역은 크게 두 가지 문제점을 노정한다. 첫째는 한국문화의 코드가 번역이라는 과정을 통과할 때 제대로 유지되지 못하였다는 점이다. 둘째는 원작에 대화체가 빈번하게 등장하는데 이를 적절한 연결고리 없이 원문대로만 번역함으로써 장면의 변화나 이야기의 전개가 너무 급하다는 느낌을 주게 되었다는 점이다. 그 결과 한국소설을 번역할 때 영문소설의 형식을 참조한 번역이 필요하다는 점을 일깨워준다.

우선 일차 텍스트나 그 텍스트가 기반을 두고 있는 문화에 대한 이해 부족으로 오역이 드러난 경우들을 살펴보자. 먼저 작중 인물 두만네가 혼잣말처럼 남편에게 하는 말을 번역한 부분이 있다. 남편이 일만 너무 많이 해서 입맛을 잃었음을 안타까워하는 부분인데, 두만네는 경상도 하동 근방의 사람들이 지아비를 지칭하는 방식대로 남편을 '이녁'이라 부른다. 따라서 이녁은 'you'로 번역되어야 하는데 이를 'he'로 번역하는 오류를 보였다. 즉 "things could be much easier for him if (…중략…)"으로 번역할 것이 아니라 "things could be much easier for you if (…중략…)"으로 번역해야 할 것이다.

다음 이한복의 아버지가 칠성, 귀녀 등과 모의하여 최치수를 살해한 것이 밝혀지자 이한복은 처형을 당하게 되고 그 아내는 이를 부끄러워하여 자살한다. 이한복은 결국 고아처럼 떠돌다 고향을 다시 찾아오게 된다. 한복을 따뜻이 맞아주는 마을 아낙은 "니는 양반집 자손이고 니는 어머님을 닮았인께 ……" 하면서 한복을 격려한다. 이 말은 한복의 가문은 원래 양반 가문이었으나 한복의 아버지는 살인을 함으로써 양반의 반열에서 이탈되었고 한복의 어머니는 양반의 법도를 지켜 자살을 택하였다는 것, 그리고 한복은 아버지보다는 어머니 쪽에 속한다는 것을 일컫는 것이다. 역자가 이를 "You are son of a gentleman and you take after your mother"로 번역한 것은 이한복의 아버지가 'gentleman'이라는 의미로밖에 읽힐 수 없어 원작과는 맞지 않는다. 원작의 의도를 살리기 위해서 는 "You are originally from a noble family. Your mother was a very virtuous lady and I am sure you are exactly like your moth-er" 정도로 번역해주는 것이 적절하겠다.

더 한층 문화 번역의 중요성을 실감케 하는 번역의 오류는 긍정과 부정을 표시하는 방법에 있어서의 영어권 문화와 한국문화의 차이가 간과된 다음과 같은 경우이다. 이한복이 수십 리 길을 걸어 고향에 돌아온 것을 맞아들이며 마을 아낙이 말을 건넨다. "아무도 (달구지 하나) 안 태워주더나?" 하고 묻는 것이다. "한복은 고개를 끄덕였다"가 그 질문을 뒤따른다. 즉 아무도 태워주지 않았다는 대답이다. 역자는 "'Didn't any of them offer you a ride?' He nodded"로 번역했다. 한국문화에서는 고개를 끄덕이는 몸짓은 영어 "No one did"라는 언술의 등가물이다. 똑같이 "None did"를 표현하기 위해 영미문화에서는 고개를 끄덕이는 것이 아니라 고개를 가로 저어야 한다. 한국문화에서는 상대방이 부정문으로 물어 올 경우 상대방이 언술한 바를 맞다고 긍정하는 의미에서 고개를 끄덕이지만 영미문화권에서는 아무도 태워주지 않았다는 대답 자체가 갖는 부정성의 표현으로 고개를 젓는 것이다. 따라서 이 번역은 "he nodded"가 아니라 "he shook his head"가 옳은 번역이다.

또 하나, 문장의 직역만으로는 뜻하는 바가 전달되지 못하고 그 문장이 내포하는 바를 부연 설명해 주어야 제대로 된 번역이 될 때가 많다.

예를 들어 "(하루 종일 뼈 빠지게 일해도) 밥 묵을라카븐 하늘 치다 뵈는데"의 번역을 보자. "Even then we look up the heaven when we eat our meals"라는 번역만으로는 뜻하는 바가 제대로 드러나지 않는다. 자신들의 노동이 밥 한 그릇의 가치가 있는지 두려워하는 농민의 마음을 표현해 주기 위해서는 보충이 필요하다. "wondering if our labour deserves a bowl of rice" 등이 추가될 때 비로소 원본의 의미가 제대로 전달될 수 있을 것이다.

또 하나, 먼 길을 걸어온 한복의 얼굴을 "탈바가지가 된 얼굴"로 표현했는데 이를 역자는 "damaged face"로 번역했다. 이 경우에도 "dirty face"가 더 적절할 것이다. 상처를 입은 것이 아니라 씻지 못해 보기에 나쁜 얼굴이라는 뜻인 것이다. 이상에서 살펴본 바와 같이 박경리의 작품은 한국문화의 특수성에 더하여 경상도라는 특정 지역의 특정 언어 사용이라는 또 하나의 특수성을 지니고 있으므로 적절한 문화 번역이 절실한 번역 대상 텍스트의 한 예를 보여준다.

4) "Our Grandfather"의 경우

이 번역은 이데올로기 갈등의 역사적 사건을 다룬 현길언의 단편을 번역한 것이다. 가정 먼저 눈에 띄는 것은 "온 가족이 할아버지의 임종을 기다리고 있었다"를 번역한 부분이다. "all family members were waiting for him to pass away"라고 번역했다. 문자 대 문자의 직역으로서 그 뜻하는 바는 '모두가 할아버지가 빨리 돌아가시기를, 또는 돌아가

실 때까지 기다리고 있었다'에 더 가까울 것이다. 이 경우 우리말 '임종을 기다리다'는 임종이 임박했음을 느끼고 임종의 순간에 지켜보는 것을 자식된 도리로 생각하는 한국의 문화를 표현하는 것이다. 이를 위와 같이 번역하면 그와 같은 문화적 정황이 번역되지 않는다. "all family members were watching over him in the fear that (혹은 because) he might pass away soon"으로 번역해 주어야만 할아버지의 죽음을 대하는 가족들의 태도를 제대로 번역한 것이 될 것이다.

또한 "마당에 서 있을 때 내 이름을 부르는 소리가 들렸다"의 경우, "I was standing in the yard when I heard my name"이 라고 번역했는데 "standing"의 경우 지나친 직역으로서 없는 것이 더 자연스럽다. "I heard my name"도 자연스럽지 못한데, 이 경우 "I was in the yard when someone called me"로 번역하는 것이 좋겠다.

"외삼촌이 우리를 보고 말했다"의 경우 또한, "my uncle saw us and said to us"라고 번역하는 것도 어색하다. "my uncle told us"로 충분하다. "이장의 죽음을 보고 나서 사람들은 이상하게 행동하기 시작했다"의 경우에도 역자는 "after seeing the dead body of the village chief, the villagers began to behave strangely"로 번역했다. 마을 사람들이 이상해 진 것은 시체를 본 데서 연유하는 것이 아니라 이장의 죽음 그 자체에서 연유하는 것임으로 "after the death of the village chief, the villagers changed" 정도로 번역해 주면 적절할 것이다.

5) "The Silhouette of Mother and Grandmother" etc.의 경우

이는 신경림의 시 「농무」 외 여러 편을 번역한 경우이다. 시의 경우 번역은 고난도의 기술을 요한다 할 것인데 역자는 뛰어난 영어 구사력을 보여주고 있다. 이 역자의 경우 한국어와 영어 모두에 대해 상당한 수준의 이해와 구사력을 보여주고 있는데 그럼에도 불구하고 영어 쪽이 더 능숙한 것으로 판단된다. 「고양이」라는 시를 번역함에 있어서 "애물단지가 되어버렸다"는 부분을 번역한 것을 통하여 그 점을 짐작할 수 있다. 역자는 "애물단지"를 "the object of affection"으로 번역했다. 국어사전에는 '애물'에 대한 두 가지 정의가 있다. 하나는 '몹시 속을 태우는 사람이나 물건'이고 다른 하나는 한자어로는 '愛物'로서 '사랑하여 아끼는 물건'이다.[5] 이 경우에는 동사 '되어 버렸다'의 사용에서 알 수 있듯이 '귀찮은 대상'으로 변했다는 뜻으로 전자의 경우에 해당한다. 그렇지 않고 역자의 번역에 나타난 것처럼 '사랑하여 아끼는 대상'이라면 '되어버렸다'는 동사는 자연스럽지 못하다. '애물단지'라는 말이 현대어에서는 그다지 잘 쓰이지 않는 말이기는 하지만 한국문화에 익숙한 사람이라면 "object of annoyance"로 번역했을 것이다.

---

5   이기문 감수, 『동아 메이트 국어사전』, 두산동아, 1995, 930쪽.

6) "The Broker's Office"의 경우

이는 이태준의 단편 「전당포」를 번역한 것이다. 이 경우에도 앞에 든 박경리 텍스트 번역에서와 마찬가지로 배우자를 지칭하는 용어가 잘못 번역된 것을 볼 수 있다. "화투패나 밤낮 떼면 너의 어멈이 살아 온다뎬?"에 나오는 너의 어멈은 명백히 죽은 아내의 지칭이지 실제 돌아가신 어머니가 아니다. 이를 역자는 "your late wife"가 아니라 "your late mother"로 번역하는 오류를 보였다. 또, "네깟 놈 술 더러 안 먹는다"를 "Bastards like you don't know how to drink"로 번역한 것도 적절하지 못하다. "I do not feel like having a drink you buy me"로 해 주어야한다. "무용이란 건 문명국일수록 벗구 한다네 그려"의 경우 또한 어색한 직역에 해당한다. 이는 "With dancing, the more civilized the country, the more clothes they take off"로 번역되었다. "네가 안방 건넌방이 몇 칸 이요나 알았지"의 경우도 또 하나의 부정확한 번역의 예가 된다. 역자는 "the size of inner rooms and side rooms"로 번역했다. 그보다는 "the only thing you know about is how many rooms there are in the houses you sell" 정도로 번역하는 것이 좋을 것이다.

그 밖에도 젊은 여성 무용수들이 춤추는 모습을 보면서 작중 인물 안초시가 "지금 총각놈들 모두 등신인가 봐" 하고 말하는 장면이 있다. 역자는 이를 "men these days must be fools"로 번역했는데 여기서의 등신이라는 말은 성적인 암시를 포함해야 하므로 "fools"보다는 "eunuchs"로 번역해 주는 것이 적절할 터이다.

3. 결론

이상에서 6편의 한국문학 작품의 영어 번역의 경우를 놓고 번역상의 문제점과 보다 나은 번역을 위해 고려할 점들을 살펴보았다. 외국어를 모르면 타인은 물론 자기 자신도 모른다는 괴테의 말과 같이 타인과 타문화를 이해한다는 것은 국제화와 정보화의 현대사회에서 중요한 의미를 지닌다. 그리고 타인과 타문화에 대한 이해는 대부분 번역을 통해서 이루어진다(김효중 2002:29).

문학 번역에 있어서 문학 텍스트의 단순 번역은 진정한 타문화의 이해에 도움을 주는 번역에 이르기 어렵다. 문학 번역은 그 문학을 탄생시킨 문화에 대한 철저한 이해와 그 문화 자체의 번역으로 연장되어야만 하는 것이다. 언어학, 지역학, 번역학, 문화인류학, 비교문학 등 다양한 학문 분야의 발달은 이러한 문화 번역에 대해 밝은 전망을 갖게한다. 이와 같은 다양한 학문의 발달에 힘입어 문화 번역을 아우르는 문학 번역이 제대로 이루어질 것이다. 번역은 국가 간의 경계가 무화되고 전지구인이 평등히 교류하며 다양한 문화를 공유하게 되는 미래를 추구하는 데에 기여할 것이다.

한국 비교문학의 현황

수용과 발전 과정

1. 서론

1980년 한국에서 번역, 간행된 울리히 바이스슈타인의 『비교문학론』의 끝 부분에, 역자인 이유영은 비교문학은 크게 두 개의 방향 또는 학파로 나누어져 있다고 밝히고 있다. 즉, 작품의 영향과 계승을 전제로 하는 전통적인 프랑스 학파와 이러한 전제를 무시하고 작품과 작가의 대비만으로도 학문적 타당성을 획득할 수 있다고 보는 미국 학파가 있다는 것이다. 비교문학이 프랑스에서 성숙한 것은 19세기의 30년대와 40년대였다. 프랑스의 비교문학은 문학사 연구의 일환으로 연구되기 시작하였으며, 이는 독일의 경우에도 마찬가지였다. 미국의 경우에는 에머슨이나 롱펠로우 등이 표방한 코스모폴리타니즘에서 비교문학의 태동을 찾을 수도 있으나, 1871년 코넬대학의 쉐포드 목사Rev. Shackford의 '일반문학 또는 비교문학' 강의에서 비교문학 연구가 시작되었다고 보면 무리가 없을 것이다.

이혜순의 주장에 따르면 한국에 있어서는 비교문학이라는 용어가 처음 쓰인 것은 1949년이었으나 비교문학의 이론적인 소개가 이루어진 것은 1950년대 중반에 이르러서였다고 한다. 1950년대 말에는 방티겜의 책, 『비교문학』과 월렉과 워렌의 『문학의 이론』이 번역되기도 했다. 1960년대에 들어 한국에서의 비교문학 연구가 본격화되었다고 볼 수 있는데 미국 쪽의 연구경향보다는 유럽 쪽의 경향이 우세하게 나타났다. 1960년대에 등장한 비교문학적 연구업적들은 국문학연구의 외연을 확장하는데 기여하였다. 그러나 그 연구들은 한국작가와 작품과 외국의 작가와 작품들을 상호비교하면서 영향관계를 분석하는데 치중하였다. 그리하여 한국문학이 외국문학의 영향이나 모방의 결과물인 것처럼 파악하는 한계를 보이기도 했다.

비교문학의 이름을 내걸지는 않았어도 한국에 있어서의 비교문학의 역사는 실로 유구하다 할 수 있다. 한글이 태생에서부터 한자와의 차이에 대한 인식을 전제로 했던 것처럼 한국 고전문학이란 중국 고전에 대한 대타의식 없이는 불가능한 성격의 것이었다고 볼 수 있다. 고전문학의 경우에도 비교문학의 토양은 풍부한 것이었다고 볼 수 있고 현대문학의 경우에도 그러하다. 필자가 보기에는 일제강점기 시기였던 1930~40년대에 이루어진 문학 담론들 또한 크게 보아 비교문학의 범주에 드는 것이 많다. 일본에 유학하고 돌아왔던 당시의 문학연구자들, 양주동, 최재서, 김환태 등의 글들은 그들이 서구문학과의 영향과 대비 속에서 사유하고 한국문학을 연구했다는 것을 잘 보여준다. 백철의 논문 중 하나인, 「서구의 근대와 한국의 근대」는 그 제목만 보더라도 비교문학 연구 업적이 아니라고 할 수 없다.

비교문학에 대한 관심은 최근에 들어 더욱 높아지고 있는 것으로 보인다. 21세기에 들어와 세계는 전지구화하고 있으며, '국경 없는 세계'라는 말이 자연스럽게 받아들여지고 있다. 자본과 정보의 이동이 이전에 비해 훨씬 자유롭게 되었으며 노동력과 인구의 국제적 유통도 하루가 다르게 촉진되고 있다. 불과 몇 십 년 전만 하더라도 2개 국어 이상의 말을 사용한다는 것은 유럽인을 선조로 하는 서구인의 특성이었지만 이러한 전지구화 시대에는 반드시 그런 것도 아니다. 한 국가의 문학을 다루는 국민문학 연구보다는 국가의 경계를 넘어서는 연구를 목표로 하는 비교문학이 더욱 필요한 시점이 되었다. 인문학의 위기라는 용어의 유행에서 보듯, 고정된 문학 텍스트에 대한 훈고, 주석학적 고증과 해석은 더 이상 문학 연구의 영역에서 중심적인 위치를 차지할 수 없게 되었다. 그보다는 문화이론가들의 주장처럼, 문학 텍스트는 영화, 광고, 대중가요 등의 기타 '저급한' 텍스트들보다 더 우월한 위치에 놓일 필요가 없다는 것을 인정할 때, 그리고 문화는 인간 삶의 각 층위에서 고루 작용한다는 것을 전제로 할 때, 비교문학의 필요성과 중요성은 강조되어 마땅하다.

이 장에서는 미국에서의 비교문학의 전개 과정을 개괄한 다음, 이를 바탕으로 한국의 비교문학을 검토하고 문제점을 지적하고자 한다. 유럽의 비교문학의 전통은 소략하게 스케치할 뿐인데 그것은 필자가 미국에서 교육받은 까닭에 유럽의 풍토에 대해서는 아는 바가 부족한 까닭이다. 그 부족한 부분은 그것을 보완할 수 있는 자격을 갖춘 사람을 위해 남겨두는 바이다.

2. 미국의 비교문학

1994년 뉴욕주립대 출판부에서 발간된, *Building a Profession : Autobiographical perspectives on the History of Compartive Literature in the United States* 라는 책은 미국의 대표적인 비교문학자들의 수필들을 모은 책이다. 아직 번역되지 않은 이 책을 필자는 '비교문학 만들기'라는 제목으로 우선 부르고 자 한다. 이 책에 수록된 글들은 격식이 따로 없이 자유로운 회고록 형식으로 씌어 있는데, 필자들은 회고록의 형식을 통하여 자신들이 비교문학을 공부 하던 학생 시절로부터 비교문학 전문가로 활동하며 살아온 날들의 체험들 을 기록하고 있다. 따라서 이 책에 수록된 글들을 읽다 보면 미국에서의 비교문학이라는 학문 분야가 어떻게 태동하였으며 어떤 식으로 변화해서 오늘에 이르렀는지, 그리고 비교문학이라는 학문의 특징은 무엇인지 한눈 에 볼 수 있다. 수록된 글들이 모두 미국 비교문학 역사의 산 증언이 될 만한 것들이지만 그중에서도 스탠포드대학의 비교문학과 교수인 마저리 펄롭Marjoree Perloff의 글은 특히 흥미롭다. 펄롭의 회고를 바탕으로 미국에 서의 비교문학 연구가 진행되어온 양상을 살펴보자.

> 미국에서 비교문학이 학제로서 성립된 것은 19세기 후반이었지만
> 비교문학자들의 약진은 제2차 세계대전이 끝남과 동시에 시작되었
> 다. 제2차 세계대전 기간 동안 유럽을 휩쓸었던 파시즘으로부터 도피
> 해 온, 매우 지적이고 교육을 많이 받았으며, 여러 나라 말을 구사할

수 있었던 학자들이 미국에서 활약하게 되었던 것이다. 에리히 아우얼바하, 레오 스피처, 르네 윌렉, 로만 야콥슨, 클라우디오 귀엔, 죠프리 하트만, 마이클 리파테르 등이 그 대표적인 인물들이다. 이들 비교문학자들은 공통적으로 한 국가 문학에 연구 범위가 제한되는 것에 대한 불만을 갖고 있었다. 월렉이 자신의 책,『문학의 이론Theory of Literature』에서 천명한 바와 같이 비교문학, 일반 문학, 또는 그냥 문학을 연구하는 것은 "자족적이고 배타적인 국가중심의 문학이라는 것의 오류falsity"에 대한 저항에서 출발한다는 것이다. 유럽에 있어서의 문학 전통이 각 국가들 간의 무수한 상호 관련 아래 이루어진 것임을 고려에 넣는다면 한 국가의 문학사를 따로 떼어내어 저술하는 것은 오류이며 비교문학은 이 오류에 저항할 수 있는 많은 장점을 갖고 있다고 월렉은 주장한 것이다.

유럽의 비교문학 연구를 대표하는 인물로 방티겜Paul Van Tieghem과 발덴스퍼거Fernand Baldensperger를 들 수 있는데, 이들을 중심으로 한 비교문학 연구는 지금 일반인들이 '비교문학'이라는 단어를 대할 때 흔히 떠올리는 '원천과 영향 관계'로 간단히 설명될 수 있는 것이다. 월렉은 또한 이러한 영향 관계 중심의 비교문학 연구를 지양해야 한다고 주장한다. 월렉은 '비교문학'은 뚜렷한 목표도 독자적인 방법론도 갖추지 않은 학문 분야라고 말하면서, 바로 이 점이 비교문학이 늘 '흔들리면서/방향을 찾아가는' 불안정한precarious 학문이라는 것을 보여준다고 한다. 비교문학은 '이론theory' 외에는 다른 구심점을 갖기가 힘든 분야가 되었고 오히려 바로 그 점 때문에 인문학의 그 어떤 다른 분야보다도 앞서가는 '열린' 분야가 되었다고 볼 수 있다.

미국에서의 비교문학은 영문학의 타자the other로서 존재해 왔다. 영문학의 교과 과정이 18세기라든가, 빅토리아조라든가 하는 하나의 시대나 몇몇 작가의 연구에 치중하고 있는 동안, 비교문학은 '문학이란 무엇인가' 또는 '문학성은 어떤 것인가' 하는 보다 크고 이론적인 문제를 다룰 수 있었던 것이다. 더군다나 세월이 흐름에 따라 제2차 세계대전 직후의 비교문학자들처럼 유럽의 전통을 등에 진 채 그 영향으로 3, 4개의 외국어를 구사하던 비교문학자는 점점 감소하고 그 후속 세대는 보통 2개 국어 정도를 구사하며 대부분의 외국문학은 영어 번역본으로 소화하게 되었다. 그 결과 비교문학은 화려하고 흥미로운 문학 이론의 각축장이 되어 일종의 초학과적super-department 성격을 띠게 되었고, '비교문학에는 문학이 없다'는 명제를 붙여도 좋으리만치 비교문학이라는 용어는 일종의 잘못 붙인 이름misnomer이 된 듯한 느낌도 있다. 전통적인 의미의 문학 연구가 없을 뿐 아니라 영향관계로 대표되는 전통적인 의미의 비교는 더더구나 없는 것이다.

1986년에 이르러 미국의 비교문학계는 또 한번의 전기를 맞게 되는데, 유럽중심주의를 넘어서야 한다는 주장이 대두된 것이다. '문학 정전은 기존의 권력구조를 공고히 하는데 필요한 가치체계를 영속화하는 이데올로기적 구축물'이라는 전제하에, 페미니즘의 주장들을 수용하여 타자를 제대로 보아야 한다는 반성이 나온 것이다. 그리하여 프랑스, 독일 등의 유럽문학에 눌리어 있던 아시아, 아프리카, 또는 남미의 문학들이 비교문학계 내부에서 활발히 연구될 수 있는 계기가 마련되었다. 사실 지역이나 인구를 고려해 보더라도 문학연구에서 프랑스 등의 한 개 국가가 차지하는 지위가 아시아 대륙 하나에 비근한 것이라는 점은 명백한 유럽중심주의의 증거가 될 것이다. 이러한 자성은 아카데미아에서의 다문화주의의 대두와 대학 내 소수 인종 학생들의 증가와 무관하지 않을 것이다.

1990년대 이후로 비교문학은 비평 이론, 다문화주의, 제3세계문학론 등 관심의 초점이 되고 있는 다양한 여러 연구들을 아우르는 일종의 '우산'과 같은 용어가 되었다. 이제 문화이론의 대두와 함께, 정전, 고급문화, 인간 정신의 위대한 산물로서의 문명 등의 개념이 퇴색하고 있다. 대신 제3세계 연구, 소수 인종 연구나 대중매체의 연구 등이 그 자리를 메워 가고 있는 것이다. 이에 따라 비교문학도 또 한번의 변신을 시도해야 할 것이다. 이제 '비교'는 더 이상 작가들이나 텍스트들 간의 영향 관계나 유사성과 차이점의 비교가 아니라 고급문화와 하위문화의 비교 등으로 바뀌어야 할 것이다. 그리고 '문학' 또한 이전의 특권적인 지위를 누리던 문학이 아니라 '여러 가지 담론들 중의 하나'로서의 문학이 되어야 할 것이다. 이렇게 비교문학이 가장 앞서가는 사상과 경향을 대변하게 될 때, 학문의 틀이 다시 바뀐다 할지라도 비교문학은 그어떤 변화에도 살아남을 수 있는 학문이 될 것이다.

3. 한국의 비교문학

비교문학자 클라우디오 귀엔Claudio Guillen은 비교문학은 국가의 경계를 넘어선다는 의미의 '초국성supranationality'을 전제로 한다고 주장하며 초국성의 3가지 모델을 제시한 바 있다. 초국성의 첫 번째 모델은 서로 다른 국가나 문명권에 속한 작가들이나 그들의 창작 과정에서 직접적이고 발생론적인 상관관계가 놓여 있는 경우가 된다. 우리가 흔히 알고 있듯이, 누가 누구의 작품을 읽고 영향을 받아 어떤 작품을 썼는가 하는 것을 연구하는 것이 첫 번째 모델이다. 서구에서 유명한 '돈환'의 예를 들어 보자면, 르네 르사지가 마테오 알레망의 글을 번역하고, 스몰렛이 르사지의 글을 다시 번역하고 디킨스가 스몰렛의 글을 읽고, 카프카가 다시 디킨스를 읽었던 사실을 상기하면 국적을 넘어선 이들 작가들 간의 상호 영향 관계를 연구 할 수 있는 것이다. 두 번째로는 직접적으로는 작품 발생 과정에 상호 영향 관계가 없었다 할지라도 공통된 사회 역사적 조건을 가지고 문학 작품이 등장했을 때 이에 대한 연구를 할 수 있다. 예를 들어 18세기 영국에 있어서의 소설의 발생과 17세기 일본의 소설 발생 사이에는 발생 과정상의 직접적인 접촉은 없었지만 두 경우 모두 새로운 중산층과 신흥 부르조아지의 등장이라는 사회 역사적 조건을 전제로 하고 있기 때문에 비교 연구가 가능한 것이다. 그리고 세 번째로는 위에 든 어느 경우에도 해당하지 않을 때에도, 하나의 문학 이론에 비추어 비교연구를 할 수 있다는 것이다. 물론 이 세 번째 모델은 종종 처음에 든 두 모델과 겹칠 수도 있다. 탈식민주의 이론에 바탕하여 아시아와 아프리카의 문학을 비교하는 것이라든지, 페미니즘에 근거하여 동서양 여성의 체험을 재현한 문학을 비교하는 것 등이 여기에 해당할 것이다.

한국에서의 비교문학에 있어서는 제1번 모델이 압도적으로 우세한 형국이었다. 한국에서 비교문학회가 설립된 것은 1970년대였다. 이후 비교문학회는『비교문학』이라는 학술지를 발행해 오고 있다. 이 학술지에 수록된 논문들을 일괄해 보면, 학문 경향을 파악할 수 있다. 앞서 서술한 바와 같이 영향, 모방, 수용, 유사점과 차이점등의 용어는 유럽의 비교문학이 강조하는 단어들이라 할 것이다. 그리고 이는 귀옌의 정의에 따르면 제1번 모델에 해당하는 것이다. 최근에 이르기까지 영향 관계의 연구는 자주 등장하는 주제였고 이는 현재에도 계속되고 있다. '김춘수 시에 끼친 릴케의 영향', '염상섭과 자연주의', '노신과 이광수의 비교', '프랑스 실존주의와 한국 전후 작가', '보들레르 시와 서정주시' 등의 주제는 한국 비교문학에 자주 등장해 왔다.

여기에서 이혜순의 표현을 다시 한번 따르자면 중국이나 서구를 전언 또는 텍스트의 발신자로, 한국을 수신자로 전제하는 것이 반복되고 있음을 볼 수 있다. 이 점에 대해서는 블라드 고직크Wlad Godzich라는 학자가 비판한 바를 상기해 볼 필요가 있을 것이다. 1988년에 나온 논문에서 고직크는 동양과 서양의 예를 들면서, 중심과 주변이라는 이항대립 구도가 둘 사이에 엄존해 왔음을 비판한다. 즉, (서구비교문학의 풍토안에서) 중국의 시를 연구한다는 것은 대개 중국 시가 얼마나 서구 시에 가까운가 또는 벗어나 있나를 연구하는 것에 불과했다는 것이다. 그리하여 고직크는 이들 주변화되었던 비서구문학에게 중심의 위치를 돌려주어 이를 대등한 위치에 놓고 연구를 해야 한다고 주장한다. 고직크는 중국문학으로 대표되는 주변의 문학이 결코 그 본질에서 주변적인 것이 아니라 다만 주변적인 것으로 다루어져 왔었다는 사실을 강조하기 위하여, 이들 문학을 '부상하고 있는ememrging' 문학이라 부르지 않고 '부상해 있는, 그러나 잘 보지 못한emergent' 문학이라 부른다.

　서구에서 이와 같이 서구 중심의 이항 대립 구도 속에서 이루어지는 비교문학 연구에 대한 반성이 일어나고 있는 것과 마찬가지로 최근에 이르러서는 한국 비교문학계에서도 조금씩, 그리고 천천히 연구 경향에 변화가 일어나고 있음을 볼 수 있다. 「한국 근대문학과 폴란드 근대문학의 전개 과정」, 「한국과 터키의 근대소설을 통해 본 탈식민주의 페미니즘과 제3세계 신여성」, 「필리핀의 호세 리잘과 한국의 윤동주를 중심으로 한 제3세계문학과 탈식민주의」, 「콘라드의 아프리카 담론에 대한 저항으로서의 치누아 아체베 소설」 등의 제목에서 볼 수 있듯이 세계문학의 중요한 위치를 차지하면서도 주목의 대상으로 떠오르지 못했던 제3세계문학들에 대한 연구가 확대되고 있음을 볼 수 있는 것이다. 이러한 연구 경향은 귀엔이 주장한 세 번째 모델에 해당하는 것으로서 미국에서의 비교문학 연구의 새로운 흐름과도 궤를 같이하는 것이다.

　또한 새로운 매체에 대한 관심도 비교문학 내부에서 활발하게 진행되고 있다. 영문학을 비롯한 다른 국민문학에서도 일어나고 있는 연구 동향이기는 하지만, 학제 간 연구로서의 비교문학의 특성상, 소설의 영화 각색, 소설 텍스트와 영화, 미술, 음악 텍스트 등의 비교 연구가 활발하게 진행되고 있다. 영화 〈JSA-공동경비구역〉과 〈우리들의 일그러진 영웅〉에 대한 연구가 가장 최근의 논문으로 등장하고 있다. 두 개

이상의 국어를 구사하는 것이 비교문학자의 필요조건이니 만큼, '번역'의 문제 또한 비교문학의 중요한 주제가 되고 있다. 앞서 펄롭의 지적처럼 비교문학의 장이 가장 진보적인 모든 연구의 집산지가 될 수 있음을 이런 점에서 확인할 수 있다.

비교문학이라는 학술지의 공간을 떠나서 개별적으로 이루어지는 비교문학의 공과도 빠뜨릴 수 없다. 최근의 업적 중 필자의 관심을 끈 것은 김환희의 『국화꽃의 비밀』이라는 이름의 책이다. 김환희는 고등학교 교과서에 수록되기도 했던 서정주의 시 「국화 옆에서」가 한국적인 정서보다는 일본적인 정서를 더 많이 표현하고 있다는 데에 착안하여 일본문화의 전통 속에서 대상 시를 다시 분석해 보았다. 이러한 접근법은 국문학 내부에서는 이루어진 적이 없었다. 김환희는 국문학자가 아니라 불문학, 영문학, 국문학의 텍스트들을 아우르는 비교문학자이다. 연구자가 국문학 연구 풍토에 덜 익숙한 까닭에 전형적인 국문학자와는 다르게 볼 수 있었던 것이 아닌가 생각한다.

여기에서 비교문학자라는 이름의 개별연구자들의 처지에 대해 잠깐 언급해야겠다. 필자가 비교문학을 공부하고 있을 때, 많은 분들이 한국 학계의 현실을 들어 한국처럼 학제 간 연구의 전통이 일천한 곳에서는 비교문학자가 학자로서 활동하며 연구할 수 있는 공간이 제한되어 있다고 조언하곤 했다. '아류 영문학, 아류 국문학'을 하지 말고 '본격 영문학, 국문학'을 해야 한다고도 했다. 지금까지도 비교문학은 영문학, 국문학 등의 국민문학에 비해 뭔가 다른, 그리고 조금은 모자란other than and less than 것으로 간주되고 있는 것 같다. 마찬가지로 비교문학자는 어떤 국민문학을 연구하고 교수하기에는 덜 자격이 갖추어진 것으로 여겨지는 경향이 있다. 학문 연구 자체에 관한 한, 그것은 별 문제가 아닐 수도 있다. 필자 또한 "아류가 아류적인 방법으로 주류나 본류가 보지 못하는 것을 볼 수 있으면 그만이다"라고 비교문학회에서 이야기한 바도 있다. 그럼에도 불구하고 개별 학자들 하나하나는 또한 그 학문의 성립에 있어서 필수 불가결한 요소들이며, 그들의 연구환경이 곧 그 학문이 처해 있는 현실이기도 하다.

앞서 인용한 고직크는 학문의 구성 요건으로 네 가지를 들고 있다. 일정한 학문의 목표, 정해진 연구의 범위, 일정한 이론과 방법론, 그리고 마지막으로 스스로 그 학문에 종사한다고 주장하는 개별 연구자들이 그 네 구성 요소이다. 현재 한국에서의 비교문학자의 위치는 극도로 불안정하다. 대부분의 대학들은 '인문학의 위기'와 '개혁'을 이야기하면서도 학제 간 학문의 현실에 대해서는 무지하거나 무관심한 형편이다. 아이러니는 전술한 바와 같이 비교문학이 가장 진보적이고 열려 있으며 시대의 흐름에 맞는 연구 분야일진대, 비교문학을 등한시하면서 인문학의 경향이 바뀌어야 한다고 주장하는 데에 있다.

언젠가 비교문학회 학술대회장에서 아인슈타인의 일화를 생각했던 적이 있었다. 천재 아인슈타인에게는 아들이 하나 있었는데 그는 정신병자로 수용소에서 일생을 보냈다. 그리고 아인슈타인은 일생동안 한 번도 그 아들을 찾아 간 적이 없었다고 한다. 비교문학의 현재를 이야기하면서 아인슈타인의 아들이 자꾸만 생각나는 것은 무슨 까닭일까?

02

비교문학과 아시아계 미국문학

한국계 미국문학, 그 시작에서 현재까지

1. 전지구화 시대, 한국문학의 범위

베네딕트 앤더슨Benedict Anderson의 유명한 저서, 『상상의 공동체—내서 널리즘의 기원과 확산에 대한 연구Imagined Communities : Reflections on the Origin and Spread of Nationalism』가 발간된 이후 '국가'란 무엇인가에 대한 생각이 달라지고 있다. 국가는 실체라기보다는 담론으로 형성된 허구적 구성체라는 견해가 광범위한 지지를 얻고 있다. 전지구화를 통하여 사람과 물자의 이동이 이전보다 훨씬 자유롭고 교류가 활발한 '국경 없는 세계'에 우리는 살고 있다. 이런 변화 속에서 국문학 또는 한국문학의 테두리를 어떻게 설정할 것인가 하는 문제를 생각해 볼 수 있다. "한국인이 한국어를 통하여 한국인의 고유한 사상과 감정을 글로 표현한 예술 장르"라는 기존의 국문학 정의는 더 이상 유효한 것 같지 않다.

국문학계에서는 한국어가 아닌 외국어로 쓰였지만 한국을 작품의 배경으로 삼았거나 한국적인 소재를 취하여 한국인의 경험을 그려낸 작품들을 한국문학의 장에 포함시키려는 움직임을 보이고 있다. '해외동포문학'이나 '재외한인문학'이라는 이름으로 그러한 작품들을 국문학의 범위에 수용하고자 한다. 혹자는 '한민족 문화권의 문학'이라는 이름으로 한국과 직접, 간접으로 관련된 문학 작품들을 국문학의 범주에 포함시키고자 하기도 한다. 반면 영미문학계에서는 동일한 작품들을 '한국계' 자국문학으로 통칭한다. 영어로 쓰인 경우, '한국계 미국문학', '한국계 캐나다문학'등으로 부른다. '한국계 미국문학'의 경우, 미국문학계에서는 문학 작품의 국적은 미국임을 분명히 한다. 작가가 영어로 작품 활동을 하였으며 미국에서 활동하고 있음을 그 이유로 삼는다. 다만 한국인을 선조로 두었거나 한국문학 전통을 수용하고 있음을 인정하여 작품 혹은 작가와 한국과의 관련성을 일정부분 인식하게 하는 장치로 '한국계'라는 말을 사용하는 것이다.

이 글에서는 영어로 쓰인 문학, 그중에서도 미국문학에 포함되는 '한국계 미국문학'의 성격을 설명하고 작가들의 작품 세계를 소개하고자 한다. 위에서 간단히 살펴본 바와 같이 한국인을 선조로 하는 미국작가들의 작품에 대한 접근 방식에는 국내외 학계에 차이점이 있음을 볼 수 있다. 그러나 공통적으로 인정하는 부분도 있다. 우선, 창작자가 어떤 형태로든 이산diaspora을 경험한 존재들이고 한국인을 조상으로 삼고 있다는 점을 인지한다는 것이 그 첫 번째이다. 둘째는 '한국계 미국문학'의 범주에 영어로 번역된 한국문학은 포함시키지 않는다는 점이다. 즉 번역된 한국문학은 철저히 한국문학의 범주에 넣고 있다. 필자는 번역에 대한 그러한 태도 또한 재론의 여지를 남기고 있다고 본다. 그래서 머지않은 장래에 번역 텍스트를 중심으로 문학 작품의 국적 문제는 다시 논의의 대상으로 부상할 것이라고 생각한다. 어떤 언어로 창작했느냐가 문학의 국적을 결정하는 데 핵심적인 역할을 한다면 그 언어의 문제 또한 모호한 영역을 포함하기 때문이다. 언어 또한 문학의 국적을 결정하는 명확한 변별항이 될 수 없음을 보여주는 작가들이 있다. 김용익이나 안정효와 같은 이중 언어 구사자들이 그 그룹에 포함된다. 문학 텍스트의 국적은 작가와 독자의 언어적 감수성에 따라 결정될 수밖에 없는 미묘한 성격의 것이다. 인류에게 국적이란 인위적인 구성물이며 그 본질에서는 국적 개념은 연속적으로 자기 부정의 교란 과정상에 놓여 있는 애매한 대상이다. 텍스트의 국적 또한 그러한다. 문학 작품과 국가성의 논의는 전지구화가 가속화됨에 따라 더욱 복잡한 양상으로 진행될 것이다.

2. 한국계 미국작가의 계보학

한국계 미국문학은 한국문화를 영어권 독자에게 소개하는 데에 큰 역할을 담당하였다. 월터 류Walter Lew가 지적한 바와 같이 영어로 번역된 한국문학보다 한국계 미국문학은 훨씬 효과적으로 독자층에 접근했다. 그 좋은 예로 월터 류는 강용흘Younghill Kang의 『초당The Grass Roof』이 수많은 외국어로 번역되었음을 상기시킨다.

초기의 한국계 미국작가로는 류일한Ihan New, 강용흘, 김난영Ronyoung

Kim 등을 들 수 있다. 초기 한국계 미국문학의 대표적인 주제로는 '미국문화에의 적응acculturation', '세대간의 간극generational stratification', '자아추구quest for self-identity' 등을 찾아볼 수 있다. 강용흘의 경우는 훌륭한 문체와 뛰어난 문학적 감수성을 보여주고 있어 한국계 미국문학의 한 전범을 형성한다. 더 나아가 강용흘은 '한국계' 미국문학에 한정되지 않고 보다 광범위한 아시아계 미국문학의 모델이 되기도 했다. 이를테면 필리핀에서 이주해온 칼로스 불로선Carlos Bulosan은 자신의 자전적 소설『미국은 내 가슴에America is in the Heart』에서 강용흘을 실명으로 언급하고 있다. "강용흘이 그렇게 좋은 작품을 썼는데 나라고 그처럼 되지 못하라는 법이 있는가?" 하고 그는 썼다. 강용흘은 '아시아계 이민 금지법'이 발효되기 불과 3년 전인 1921년에 단돈 4달러를 들고 미국에 단신으로 이주했다. 초기에는 한국어와 일본어로 작품을 쓰다가 1928년경부터 영어로 글을 쓰기 시작하였다. 그는 아내인 프랜시스 킬리Francis Keeley의 도움을 많이 받았다. 1931년에『초당』을 발표하고 1937년에는『동양 선비 서양에 가시다East Goes West』를 발표하였다. 일레인 김Elaine Kim은 강용흘의 작품이 "아시아계 미국문학의 새 출발을 알리는" 것이라고 긍정적으로 평가했다. 강용흘은 이민자로서 또한 소수 인종 미국작가로서 드물게 보는 성공적인 인물이었다.

미국명이 '리차드 김Richard Kim'인 김은국은 「순교자The Martyred」, 「심판자The Innocent」, 「빼앗긴 이름Lost Names」 등의 작품을 남기며 한국계 미국작가로서의 자신의 위상을 분명히 하였다. 그의 소설들은 한국의 역사를 배경으로 주로 취한다, 대표작 「순교자」는 김은국이 아이오와대학 문예창작과 석사학위 취득을 위해 제출한 작품이다. 「순교자」는 6·25전쟁을 배경으로 삼고 있다. 「심판자」는 5·16군사쿠데타를, 그리고 「빼앗긴 이름」은 일제시대를 배경으로 한다. 김난영은 '글로리아 한Gloria Hahn'이라는 이름을 사용하기도 했다. 그는 1926년 로스앤젤레스에서 태어났다. 그의 『토담Clay Wall』은 그가 암 선고를 받고나서 쓰기 시작한 작품이다. 『토담』은 초기 이민 세대의 고난과 역경, 그리고 식민지 조국에 대한 애착을 그리고 있다. 또한 급속히 미국화되어 가는 자녀세대에 대한 묘사도 담고 있다.

김용익Yong-ik Kim은 1920년 경남 통영에서 출생하였다. 한국, 일본, 미국에서 수학하고 한국과 미국에서 한국어와 영어의 두 언어로 창작활동을 했다. 그의 대표작인 『푸른 씨앗Blue in the Seed』은 1964년 미국의 리틀, 브라운Little, Brown사에서 출간되었다. 이후 그 소설은 1966년 독일 우수도서로 선정되었고 덴마크 교과서에 수록되기도 했다. 그리하여 김용익은 1967년 오스트리아 정부에서 주는 상을 수상했다. 한국에서는 1991년 『푸른 씨앗』 한글판이 출간되었다. 김용익은 한국의 풍습이나 전통문화를 충실하게 재현했다. 그런 점에서 그는 독일에서 창작 활동을 한 이미륵에 비견된다고 할 수 있다. 『꽃신The Wedding Shoes』 또한 김용익의 대표작 중의 하나이다. 그 소설에서 김용익은 사라져가는 전통의 아름다움을 그려낸다. 장인 정신을 고집하는 주인공을 통하여 황폐해진 현실 속에서 빛을 잃어가고 파괴되는 전통과 예술가 정신을 서정적이고도 압축적으로 재현한 것이다.

위에 든 작가들이 초기 이민자들의 삶을 그려내거나 한국의 문화를 서구에 소개하는 데에 집중했다면 1950년대 이후 출생한 작가들의 작품세계는 보다 다양하다. 이들에 이르면 주제와 기법 등에서 훨씬 다채로움을 느낄 수 있다. 캐시 송Cathy Song은 한국인 미국 이민 1세대의 후손으로서 1955년 하와이에서 출생했다. 1983년에 『사진 신부Picture Bride』라는 제목의 시집을 출간했다. 캐시 송은 624명의 경쟁자를 제치고 이 시집으로 '예일 젊은 시인상'을 수상했다. 그의 시는 조지아 오키프Georgia O'Keefe의 그림을 연상시킬 만큼 시각적인 요소가 강한 것으로 평가받는다. 그가 주로 다루는 소재는 가족, 세대차이, 여성의 목소리, 모순적인 인간의 내면과 인간 심리의 복합성 등이다. 김명미Myung mi Kim는 1957년생으로서 1991년 첫 시집 『깃발 아래에서Under tha Flag』를 간행했다. 그의 시는 한국어와 영어, 두 언어 사이의 균열을 포착하며 내면의 분열된 자아를 형상화하고 있다.

차학경Teresa Hakkyung Cha의 『딕테Dictée』는 매우 독특한 성격의 소설이다. 자서전적 요소를 다분히 담고 있으며 서술의 기법은 포스트모더니즘적 요소를 강하게 보여준다. 과거의 기억과 현재의 사건들이 교차되어 서술된다. 문장 차원에서도 쉼표나 따옴표 등의 문장부호들을 모두 생략한다. 그리하여 독자가 끊어 읽기하고 해석하는 바에 따라 동일한 문장은 여러 개의 다른 의미를 지닐 수 있게 된다. 그리스 신화의 여성상을 등장시키기도 하면서 신화적, 여성학적, 신비주의적 요소를 보여준다. 영어, 프랑스, 한국어가 혼용되어 사용되기도 한다. '딕테'가 '받아쓰기'를 뜻하기 때문에 문법을 벗어나서 서술하는 차학경의 글쓰기는 불러주는 것을 받아쓰는 행위에 대한 저항으로도 해석될 수 있다. 받아쓰기 행위에 대한 자의식이 문법의 틀을 벗어난 서술을 가능하게 한다고 볼 수 있다.

그 밖에도 하인츠 인수 펭클Heinz Insu Fenkle, 이창래Changrae Lee, 게리 박Gary park, 미라 스타우트Mira Stout, 돈 리Don Lee, 노라 옥자 켈러Nora Okja

Keller, 수잔 최Susan Choi 등의 한국계 미국작가들이 왕성한 활동을 보여주고 있다. 그중에서도 가장 주목받는 소설가는 이창래이다. 그는 '헤밍웨이상'을 위시하여 많은 상을 이미 수상한 바 있으며 펴내는 소설마다 평단과 일반 독자의 주목을 받았다. 이창래나 게리 박은 '한국계 미국작가'라는 명칭에 대한 거부감을 피력해 왔다. 작품 외적인 이유로 자신들이 조명받고 있다는 의심에 대한 불만의 표현으로 보인다. 이를테면 정체성의 정치학으로 인해 과분한 평가를 받고 있다고 보는 편견에 그들은 반발한다. 미국사회에서 다문화주의가 강조되는 시대가 오자 소수 인종 작가가 그 수혜자로 부상하고 있다는 견해도 없지 않다. 문학 작품의 작품성에 대해 자부심을 갖고 있는 소수 인종 작가들이 그런 견해에 대해 예민하게 반응하는 것은 한편으로는 당연한 일이다. 앵글로 색슨계 백인 미국인은 그냥 미국인이고 다른 민족성을 지닌 미국인은 '-계'라는 한정사를 수반한 미국인으로 분류되고 있는 것이 현실이다. 게리 박의 경우, '그렇다면 백인들은 '유럽계 미국인'이라고 불러야 형평성에 맞다'고 주장하기도 한다. 이창래는 『원어민Native Speaker』에서 한국계 미국인을 주인공으로 삼고 있고 『제스처 인생A Gesture Life』에서도 아시아의 역사를 소재의 하나로 취하고 있다. 그러나 『가족Aloft』에 이르러서는 아시아계 미국인과는 무관한 인물들을 소설에 등장시킨다. 이창래의 경우, 미국의 대표적인 작가로 부상하여 그가 노벨문학상을 수상할 날이 머지않았다고 주장하는 사람들도 있다.

바야흐로 한국계 미국문학은 전성기에 들어선 것으로 보인다. 전지구화가 더욱 진행됨에 따라 2개 국어 이상을 구사하는 작가들이 국내에서도 국외에서도 다수 출현할 것이다. 이들의 다문화적 감수성과 통찰력은 '국경 없는 세계'의 도래를 앞당길 것이다. 한국문학의 범주와 성격을 세계문학과의 관련 속에서 다시 살펴보아야 할 때이다.

김용익의 『푸른 씨앗』에
나타난 주체와 차이의 문제

1. 서론 – 한국계 미국문학과 김용익

　김용익은 1920년 경남 통영에서 출생하여 한국, 일본, 미국에서 수학하고 한국과 미국에서 한국어와 영어라는 이중 언어로 창작활동을 한 작가이다.[1] 그러나 최근까지 문학인으로서의 김용익의 존재는 미국

---

[1]　김용익의 문학적 고향은 한국의 통영이라 볼 수 있는데 그가 활동한 시대의 통영이라는 공간은 유수한 문화 예술가의 산실이었다. 작곡가 윤이상, 시인 유치환, 소설가 박경리, 시조 시인 김상옥과 박재두등이 통영에서 성장하였거나 통영을 중심으로 문화활동을 한 바 있다. 시조 시인 이영도 또한 통영 출신은 아니지만 통영에서 생활하는 동안 활발한 창작활동을 하였다.

　김용익의 단편들은 국내에서는 『인간/꽃신 외』(금성출판사, 1981)에 수록되어 있다. 그의 대표작이라 할 수 있는 「꽃신」외에 「겨울의 사랑」, 「주역과 T. S. 엘리어트」, 「동지 날 찾아온 사람」, 「밤배」가 수록되었다. 김용익은 대부분의 경우 영어로 창작을 먼저하고 이를 한국어로 스스로 번역하는 형식을 취한 듯하다. 이 책에 따르면 「밤배」는 「여기서는 달이 보여(From Here You can See the Moon)」라는 제목으로 미국 『텍사스 계간지(Texas Quarterly)』에 게재되었던 것을 원작자가 번역한 것으로 되어 있다. 「꽃신」 또한 미국 『하퍼스 바자(Harper's Bazaar)』에 「결혼 구두(The Wedding Shoes)」라는 제목으로 먼저 게재한 후 원작자 자신의 한국어 번역으로 재게재했다. 「꽃신」의 한글 번역본을 검토한

문학계에서는 물론이고 한국문학계에서도 거의 언급되지 않았다. 미국에서는 아시아, 태평양계 미국문화의 개괄서라고 볼 수 있는 레너드George Leonard의 『아시아 태평양계 미국의 유산—문학과 예술 입문서The Asian Pacific American Heritage : A Companion to Literature and Arts』가 김용익의 작품에 대해 간략히 언급하고 있는 정도이다.

　한국문학 연구의 장에서도 김용익에 대한 연구는 찾아보기 힘든 실정인데 그것은 한국문학 연구가 정전 중심으로 이루어져 왔다는 사실의 반영으로 볼 수 있다.[2] 즉 한국문학 연구는 한국문학사에서 주목할 만한 위치를 차지한 대가급 작가에게 쏠려 있었으며 1980년대 이후 여성 작가를 비롯한 비주류 작가에 대한 연구로 연구 범위가 확장되기는 했으나 아직도 일정한 한계를 넘어서지 못하고 있는 것이 현실이다. 한국문학 연구에서 김용익이 제대로 주목받지 못한 것은 크게 2가지 점에 말미암은 것으로 볼 수 있다. 첫째, 김용익이 한국어로만 창작을 하면서 한국문학계에서의 반향을 염두에 두기보다는 동시에 영어로 작품 활동을 한 작가라는 점, 둘째, 오랫동안 미국에 체재했던 까닭에 한국

　　결과, 김용익은 문체나 서사 구성에서 뛰어난 자질을 보이고 있어 당대의 대표적인 한국소설가의 대열에 충분히 포함될 수 있을만하다는 것이 필자의 입장이다.

　　미국문학계에서 김용익의 작가로서의 위치가 애매한 것은 단지 그의 민족적 소속의 문제에서만 야기되는 것은 아니다. 미국문학계에서 『푸른 씨앗』을 비롯한 그의 작품 세계는 대체로 4~8세나 9~12세의 독서 인구를 주 대상으로 한다고 간주된다. 문학에 대한 담론, 즉 비평이론이나 문학사가 이러한 아동, 청소년 문학 장르를 충분히 다루지 못할 때 그 장르의 작가가 드러나지 못할 것은 일견 자명해 보인다.

2　2003년에 출간된 김종회 편, 『한민족 문화권의 문학』(국학자료원)은 한민족 문화권이라는 포괄적인 개념으로 한국문학을 다룸으로써 재외 한국작가를 한국문학 연구 대상으로 포괄하고자 한다. 이는 편자가 밝힌 것처럼 '한국문학의 확장된 범주'를 꾀하는 시도로 볼 수 있다(김종회 2003:5). 그러나 이 연구서에서 언급되는 재미 한인 작가는 포괄적이기보다는 대표적인 몇 작가에 제한되며 김용익은 포함되어 있지 않다.

문학계와는 일정한 거리를 유지했다는 점이 그것이다.

김용익이 비로소 조명되기 시작한 것은 한국의 영문학계에서 최근 활발하게 일어나고 있는 한국계 미국문학 연구의 시작과 함께이다. 미국문학의 주변부에 불과하게 간주되던 아시아계 미국문학이 미국문학 연구의 장 내부에서 새로이 주목받게 된 것과 궤를 같이 하여 한국계 미국문학의 특수성을 조명하려는 시도가 활발하게 되었고 이에 따라 김용익의 작품들이 주목받게 된 것이다.[3] 임진희의 「한국 영문과의 상황에서 한국계 미국문학 교수법의 모색」은 한국계 미국작가에 대한 종합적인 개괄과 통시적인 접근, 더 나아가 이들 작가들의 텍스트를 중심으로 한 영미문학 교육법에 대한 모색을 보여주는 논문으로서 그 대표적인 경우가 된다.[4]

---

3   이중 언어 작가의 경우, 소위 '정통 국가문학'의 범주를 벗어난 곳에서 본격적으로 다루어진다는 점은 시사하는 바가 많다. 영어와 한국어로 창작을 한 김용익의 경우, 정전 중심의 전통적인 연구 방법을 취하는 미국 내의 영문학계나 한국의 국문학계에서는 적절히 다루어지지 않았다. 그가 한국의 영문학계에서 다루어지고 있다는 것은 이중 언어 글쓰기와 혼종적 주체의 문제에 대한 심도 있는 연구를 요한다. 문화적 지형변화가 획기적으로 일어나지 않는 한 당분간은 김용익의 작가적 위치는 한국의 영문학계와 미국의 한국문학계에서 한정되게 다루어질 것으로 본다.

4   임진희가 제시하는 한국계 미국문학 발전사는 다음과 같다. 유학 또는 망명을 목적으로 미국으로 이주한 지식인들이 주축이 된 선구적(1920~1950년대) 작가로는 류일한, 강용흘이 있고 다양한 전문작가들이 배출된 중기(1960~1970년대) 작가로는 박인덕, 김용익, 리차드 김, 김기청 등이 있다. 특히 한국계 미국문학의 중흥기라고 할 만한 1980년대 이후 작가 중 먼저 1980년대를 살펴보면, 피터 현, 차학경, 김난영, 마가렛 배, 캐시 송이 있고, 1990년대 작가로는 이창래, 노라 옥자 켈러, 수잔 최, 최숙렬, 미라 스타우트, 이혜리, 김명미, 게리 박, 하인츠 펜클 등의 작가들이 있다(임진희 2005:143~144). 한편 일레인 김(Elaine Kim)은 한국계 미국인들이 영어로 쓴 작품들이 발표된 것은 주로 1980년 이후라고 언급한다. 김의 분류에 따르면 한국계 미국문학은 다음과 같은 네 그룹의 사람들에 의해 이루어져 온 것으로 볼 수 있다. 첫째, 20세기 초와 1960년대 중반까지의 시기에 미국에 온 유학생과 정치적 망명자들, 둘째, 1903년부터 1905년까지 하와이에 이민 온 사람들의 후손들, 셋째, 20세기 초 캘리포니아 지방과 서부 지역 농장과 수산 가공업에 종사하러 이민 온 사람들의 후손들, 넷째, 1965년에 이루어진 미국 이민 제한의

그러나 김용익의 개별 텍스트를 분석하여 김용익의 작가적 고유성과 그의 작품의 특수성을 규명하려는 시도는 아직 이루어지지 않고 있다.[5] 이 장에서는 김용익의 대표작 중 하나인 『푸른 씨앗』의 주제와 모티프들을 분석함으로써 본격적인 김용익 문학 연구를 시도한다. 그리하여 김용익 문학의 주제는 영어권 독자에게 한국문화를 소개하는 수준에 머무는 것이 아니라 나름대로의 독자적인 문학 세계를 형성하는 데에 까지 나아가 있다는 점을 주장하고자 한다.

기존의 연구자들에 따르자면 김용익은 한국의 토속 문화에서 소재를 취하여 서구 영어권 독자에게 한국문화를 소개하고 한국문화의 특수성에 대한 이해를 도모하는 '에스노그라퍼ethnographer', 또는 에드워드 사이드Edward Said의 용어대로 '네이티브 인포먼트native informant'의 역할을 담당했다. 이 점은 단지 김용익에게만 한정되지 않고 초기 한국계 미국 작가들에게 전반적으로 해당된다. 즉 연구자들은 서구인의 한국에 대한 지역학적 관심을 충족시키는 데에서 대부분의 한국계 미국작가의 역할을 찾아왔다. 예를 들어 월터 류는 한국계 미국문학이 영어로 번역된 한국문학 작품보다도 훨씬 효과적으로 서구 독자들에게 한국의 문화와 역사를 알려주는 기능을 담당해 왔다고 주장한다. 그리고 그 예로

변경에 따라 1968년 이후에 이민 온 사람들의 후손들이다. 또한 김은 한국계 미국인의 경험의 재현 중에서 간과되고 있는 중요한 요소로서 초기 노동 이민자들, 최근의 노동 이민자나 영세 자영업 이민자, 그리고 미군과 결혼하여 미국으로 이주해 온 수 만 명의 여성들의 경험을 꼽는다. 대부분의 한국계 미국인의 경험이 교육받은 소수 지식인에 의하여 재현되어 온 까닭에 사실상 한국계 미국인의 주종을 이룬다고 할 이들 다수의 경험은 제대로 재현되지 못하고 희석되어 왔다는 것을 지적한 것이다(Elaine Kim 1982:156).

5   김용익에 대한 개별 논문으로는 신진범(2004)이 있다. 신진범은 신체의 일부인 눈의 모티프를 중심으로 두 텍스트의 비교를 시도한다.

서 강용흘의 『초당The Grass Roof』이 여러 외국어로 번역된 점을 든다(임진희 2005:146에서 재인용). 또한 임진희의 경우, "전통적인 한국의 풍습, 관습 등을 직접적인 소재로 사용한 작품들이 한국적인 미학을 교과 과정의 내용으로 구성하는 데에 적극적으로 활용될 수 있다"고 주장하면서 류일한, 김용익, 린다 수 박Linda Sue Park, 최숙렬Sook Nyul Choi 등의 작품들을 그 예로 들었다(임진희 2005:150).

이 장에서는 김용익이 단순히 한국문화를 소개하는 차원에 머문 작가가 아니라 그의 작품은 현대 미국문화에서 그 중요성이 더욱 강조되고 있는 다문화주의적 가치관을 일찍이 제시하고 있음을 주장한다. 그리하여 김용익이 한국계 미국작가가 드물던 시절 이중 언어로 작품 활동을 하고 영어권 독자에게 한국문화를 소개했다는 것으로 그 의미가 한정될 작가가 아니라 정통적인 문예 연구의 방법론을 통하여 연구해 볼 가치가 있는 작가임을 주장하고자 한다. 다시 말하면 그의 작품의 주제나 모티프들에 대한 분석을 통하여 작가 김용익의 위상과 그의 작품 세계가 본격적으로 조명되어야 한다는 것을 보이고자 한다.

한국에서 아시아계 미국작가, 그중에서도 한국계 미국작가의 연구가 활발히 이루어지고 있기는 하지만 많은 학자들은 연구 대상 작가와 작품이 몇몇에 제한되는 것에 대한 불만과 우려를 표명해 왔다. 예를 들어 이기한Kihan Lee은 구체적인 조사 자료를 제시하면서 국내의 한국계 작가 연구에서 보이는 편향성을 지적한다(Kihan Lee 2005:58).

김용익의 작품 세계 연구는 이러한 연구의 편향성을 극복하는 시도가 될 뿐만 아니라 더 나아가 위에 든 일군의 연구자가 지적하는 또 하나의 문제점을 넘어서게도 한다. 그것은 이기한의 지적처럼 대표적인 소수 특정

작가로 한국계 작가가 한정되어질 때 드러나는 문제점이다. 즉 연구범위가 제한되면 그 결과는 집중적으로 연구되는 유명 작가들이 작품에서 제시하는 전형적인 주제들로 한국계 미국인의 재현이 한정된다는 것이다. 이를테면 잘 알려진 몇몇 작가가 모든 한국계 미국작가를 대표하는 것으로 인식될 때 그 부작용은 이들 텍스트의 주제인 '성의 정치학gender politics', '세대 간의 간극generational stratification', '자아에 대한 추구quest for self-identity'만이 한국계 미국작가의 제한된 관심인 것처럼 확정되는 효과가 있다는 것이다. 그 결과 드러나는 부정적인 면은 다른 한국계 작가들의 작품에서 다루어질 수 있는 '계층 간의 갈등class struggle', '이산의 문제diaspora', 초국주의 transnationalism' 등의 주제가 망각 된다는 점이다. 김용익은 전형적인 한국계 미국작가가 다루는 주제를 비켜가 있음으로 해서 이기한 등의 학자들이 제기한 문제에 대한 대안적 연구를 가능하게 한다.

이상에서 살펴본 바에 더하여 김용익의 이중 언어 글쓰기의 의미 또한 간략하게 검토할 것이다. 그것은 이중 언어 작가라는 김용익의 작가적 특수성은 전지구화 시대의 민족문학의 위치에 대한 시사점을 제공하기 때문이다.

2. 주체 형성과 차이의 문제

김용익의 대표작인 영어소설, 『푸른 씨앗』은 1964년 미국의 리틀,

브라운Little, Brown사에서 출간되었다. 이후 이 작품은 1966년 독일 우수도서로 선정되었고 덴마크 교과서에 게재되었다. 1967년에는 오스트리아 정부 청소년 명예상을 수상했다. 이 작품의 한글판은 『푸른 씨앗』이라는 제목으로 1991년 샘터에서 간행되었다.

김용익의 문학 세계는 한국의 토속 문화에 기반을 두고 있음에도 불구하고 김용익 문학의 주제는 앞으로 논할 바와 같이 '다양성diversity'과 '통합성unity'이라는 두 축 사이의 긴장과 균형이라는 미국문화의 본질에 닿아 있다. 즉 『푸른 씨앗』은 주체 형성에 작동하는 차이의 문제를 탐구하고 있는 것이다.

작가는 『푸른 씨앗』의 한글판 서문에서 "나는 (…중략…) 눈빛이 다르다 하여 이 작품의 주인공 천복이처럼 따돌림을 당하는 등 형제 싸움 같은 인종 차별이 없고, 인류의 앞날이 우리네의 지난 세월보다 더 평화롭게 서로 도와가며 조화로울 수 있기를 축원하는 나의 꿈을 표현하고 싶었다"(김용익 1991)라고 밝힌다. 다양성이 차별의 원인이 되지 않고 조화로운 사회를 위한 바탕이 되었으면 하는 작가의 지향성이 여기에 드러나 있다. 문화적 다양성과 차이의 문제가 미국문화의 한 핵심어로 부상한 것이 다문화주의의 발흥과 함께라고 할 수 있고 다문화주의가 미국사회에서 보편화되기 시작한 것은 1980년대라고 볼 수 있다. 따라서 김용익이 '차이'의 문제와 '주체 형성identity formation'의 문제를 1964년에 다루었다는 것은 상당히 선구적이라 할 것이다.

차이와 다양성에 대한 작가의 믿음은 어머니의 목소리를 통하여 다음과 같이 드러난다. "내 나이 삼십이 다 되도록 이날 이때까지 색깔이나 크기 모양이 꼭 같은 전복은 못 봤거든. 사람도 마찬가지지", "두 쌍둥이 세 쌍둥이들도 아주 같지는 않거든."(김용익 1991:43) 전복이라는 하나의 이름으로 통칭되지만 모든 전복은 나름대로의 특징과 차이를 갖고 있다는 말이다. 심지어 쌍둥이는 겉으로 드러나는 모습이 똑 같아서 쌍둥이라고 불리지만 심지어 쌍둥이조차도 나름대로의 미세한 차이를 가지고 있다고 어머니는 말한다. 전복이 제각각이듯이 차이는 생물의 기본 속성임을 지적하는 대목이다.

차이의 문제는 천복의 눈 색깔로 연장될 때에도 동일하게 설명된다. 삼판 장터에서 요술쟁이가 소리치는 대로 "두 눈을 가졌으면 두 푼이요. 한 눈 외눈쟁이는 한 푼이고 눈 멀었으면 공짜요 공짜. 먼 눈 노인은 뒷자리 앉고 가까운 눈 애들은 앞자리 앉고 똑 알맞게 좋은 눈은 가운데 앉으소이"(김용익 1991:9). '눈'이라는 한 마디를 놓고도 다양성이 인간살이의 한 축임을 확인할 수 있다. 사람들마다 눈이 둘인 사람도 있고 하나인 사람도 있으며 눈 먼 사람이 있음은 물론이고, 눈 중에서도 가까운 것을 잘 보는 눈, 먼 것을 잘 보는 눈, 고루고루 잘 보는 눈 등 눈의 종류는 실로 다양하다는 것이 요술쟁이의 우스갯소리에 담겨 있다. 더 나아가, 먼 것을 잘 보는 눈을 가졌으면 멀리 앉고 반대로 가까운 것을 잘 보는 사람은 가까이 앉으라는 말에는 각자의 차이를 인정하고 그 차이에 적합한 환경을 제공하여 조화로운 사회를 만들어야 한다는 철학까지 내포되어 있다.

천복과 그 어머니는 대부분의 한국인들과는 다르게 푸른 눈을 가지고 있다. 텍스트에서 동네 노인들의 대화에서 드러난 것처럼 천복의 조상 중에 제주도에 표류한 서양인이 있었던 까닭이다. 천복이 자아를 형성해 가는 과정은 다름 아닌 푸른 눈이라는 육체적 차이를 대면하여 의

문을 제기하고 그 차이 때문에 자괴감을 갖고, 차이를 부정하거나 덮어 감추려고 시도하는 과정을 포함한다. 이야기의 전반부에 다루어지는 차이에 대한 이러한 부정이 후반부에 이르면 차이를 다르게 볼 수 있는 계기를 얻어 결국에는 그 차이를 긍정하기에 이르는 것이다.

그런데 『푸른 씨앗』의 주인공인 천복의 자아 형성 과정과 새로운 삶의 출발은 브루스 풀턴Bruce Fulton의 지적처럼 이주displacement에서 시작된다. 풀턴은 20세기 한국인과 한국계 미국인의 삶은 뿌리 뽑히고 고향을 떠나는 것으로 특징지어 진다고 본다(Bruce Fulton 2004:13). 그러나 대부분의 한국계 미국작가의 자전적 소설들이 한국을 떠나오는 고향으로, 미국을 옮겨 가는 새 세계로 설정하는 반면 『푸른 씨앗』에서는 주인공은 제주도라는 섬을 떠나 육지의 통영으로 옮겨 간다. 천복의 이주는 천복의 건전한 자아 형성을 추구하는 어머니의 결심과 실행으로 촉발된다. 그리고 어머니가 천복의 새로운 인생에 결정적인 역할을 맡게 되는 것은 텍스트에 드러난 대로 아버지의 죽음으로 말미암는다. 아버지의 죽음은 가부장제의 붕괴를 의미하게 되며 역설적으로 어린 주인공이 자기 인생의 독립적인 주역으로 자라갈 수 있는 기틀을 제공한다.

천복의 고향, 제주도는 어머니의 대사에서 엿보이듯 할머니가 어머니의 삶에 간섭하고 친구들이 천복의 눈을 '고기눈깔'이라고 놀리는 곳이다. 어머니는 과거와 전통을 거부하며 자족적이고 강한 자아를 추구하도록 천복을 계도한다. 새로운 세계를 향해 옮겨 가는 시점에서 어머니는 "우리가 이사 가는 동네 애들이 '새눈깔'이라고 놀릴지 모르지만 애들 보는 앞에서 울면 안 돼. 쌈을 할지언정 울면 못 써"(김용익 1991:8) 하고 천복을 타이른다. 우는 것이 현실에서 상처 받고 그 현실에 패배하는 것이라면 쌈을 하는 것은 억압적인 현실에 대항해 나가는 것이다. 어머니는 천복이 적극적으로 현실에 대처해 나가야 한다고 가르치는 것이다. 또한 육지로 이주해 가는 배 위에서도 "여기서 떠나온 섬을 쳐다볼 게 아니라 육지가 보이나 선두로 보러 가자"(김용익 1991:13)고 말하며 과거로의 회귀나 향수를 거부하고 미래 지향적 삶을 아들에게 제시한다.

'눈'이 '차이'를 위해 고안된 메타포라면 '씨앗'은 동질성의 상징으로 텍스트에 동원되어 있다. '눈'과 '씨앗'의 이미지는 이야기의 단계마다 적절한 비유와 새로운 의미의 내포를 얻으며 변주되어 통합적이고 효과적인 결론에 이르게 하는 역할을 한다. 모든 개인은 차이를 지니고 있지만 동시에 '씨앗'이 상징하는 바대로 바뀌지 않고 계승되는 통일성과 연속성을 지니고 있는 것이다. 할머니, 어머니, 천복에 이르기까지 삼 대가 모두 푸른 눈을 가지고 있는 이유에 대해 천복이 물었을 때, 어머니의 대답은 "나도 모른다. 씨앗 속에 파란 싹이 있어 그런 게지"(김용익 1991:9)이다. 콩에서 콩나물이 자라나는 것을 보고 천복이 "엄마, 어떻게 해서 마른 콩에서 이런 노란 대가리가 나오고 키가 커요?" 하고 물었을 때, 어머니는 역시 "씨앗 속에 콩나물이 되라는 그 무슨 싹이 들었을 거다"(김용익 1991:45) 하고 대답한다. 즉 어머니는 전복이나 쌍둥이의 예를 통하여 차이를 인식시키고자 하면서 동시에 씨앗의 예를 통해서 동질성과 통합성을 가르치고 있는 것이다. 통합성과 다양성이 조화를 이룰 때 균형 잡힌 삶이 가능하다는 교훈을 주고 있는 것이다.

이러한 에피소드들은 천복에게 동일성과 차이에 대한 인식을 가져다준다. 푸른 눈이라는 차이에 대한 천복의 태도는 일차적으로는 자각,

자기혐오, 회피, 그리고 은폐의 과정을 거친다. 그런 다음 차이를 보는 새로운 관점의 획득에 의하여 자기혐오에서 벗어나 차이와의 화해에 이르게 된다. 크라운의 눈에 대해 선생님이 이야기할 때 천복이 보여주는 첫 태도는 회피이며 이러한 일차적인 회피는 이후 적극적인 은폐를 도모하게 하는 계기가 된다.

> "글쎄, 크라운의 눈은 웃는 것 같기도 하고 자세히 보려 하면 새눈처럼 딴 데만 보는 것 같기도 하다."
> 천복은 누가 돌아보고 손가락질할 까 봐 얼른 눈을 내리 깔았다.
>
> (김용익 1991:28)

이윽고 "나도 안경을 써볼까. 그러면 사람들이 내 푸른 눈을 못 보겠지"(김용익 1991:51) 하는 생각으로 적극적인 은폐를 기도하게 된다. 천복이 시도하는 것은 차이를 무화시킴으로써 동화에 이르고자 하는 것이다. 그러나 동화는 차이를 회피하거나 은폐하는 데에서 가능한 것이 아니라 그 차이를 긍정하고 보다 다양하고 조화로운 사회를 위해 적극적으로 포용하는 데에서 이루어진다. 주인공 천복의 성장 과정은 긍정적인 자아 형성의 전단계로서 이루어지는 부정과 회피, 은폐의 과정을 잘 드러낸다. 천복이 지닌 차이는 축구의 에피소드에 이르러 더욱 강조된다. 친구들이 모두 고무신이나 운동화를 신고 축구를 할 때 천복만이 짚신을 신고 공을 차게 되고 결국은 짚신이 벗겨져 날아가게 된다. 이 장면은 친구들이 천복을 도와 새 신을 사주는 계기가 되기도 하지만 천복의 차이를 선명히 드러내는 부분이다. 천복은 차이로 특징지어져 있고 그 차이 때문에 건전하고 긍정적인 자아관을 갖지 못하고 있다. 『푸른 씨앗』은 이렇게 부정적인 자아관을 극복하고 타협과 화해를 모색해나가며 결국에는 긍정적인 자아관에 이르는 과정을 그리는 텍스트이다. 그런 의미에서 『푸른 씨앗』은 성장소설이다.

3. 마음의 눈의 발견과 차이의 수용

천복이 잃어버린 소를 찾아 헤매다 절에 들어 노장 스님을 조우하는 장면은 천복에게 전환의 계기를 마련해준다. 천복은 '푸른 눈'의 압박에서 벗어나 '마음의 눈'에 대해 처음으로 알게 되는 것이다. 스님의 사유 방식은 가시적인 세계에 반하여 불가시적인 세계, 육체와 실재에 반하여 마음의 세계를 우선하는 것이다. "나비말 사는데 소를 잃어버려서 찾으러 다니다가 저도 길을 잃어 버렸습니다" 하는 천복의 말에 스님은 "네가 부처님 도량에 들어왔으니 길을 잃어버린 게 아니다. 마음의 눈으로 세상을 보면 잃어버릴 게 하나도 없는 것이다"(김용익 1991:74)라고 대답한다.

길을 잃음, 즉 길에서 벗어남이야말로 천복을 부처님 도량에 들어오게 만든 것이다. 그런 까닭에 잃음은 곧 얻음이요 벗어남은 곧 들어옴이다. 현실계에서의 원인과 결과라는 이항대립의 구조는 부처님 세계에서는 와해되고 무無로 화한다. 원인이 곧 결과이고 결과가 곧 원인이 되는 것이다. '공즉시색 색즉시공空卽是色 色卽是空'이라는 불교의 가르침처럼 잃음이 얻음이고 얻음이 잃음이 되어 궁극적으로는 잃은 것이 없어지고 만다. 천복이 결국 "푸른 눈이 재수가 있다"며 부끄럽게 여기고 감추려고만 하던 자신의 푸른 눈을 긍정하게 되는 것은 스님의 가르침대로 전혀 새로운 방식으로 세상을 대하는 계기가 주어진 까닭이다.

검은 눈이라는 보편성과 푸른 눈이라는 특수성의 구별은 단순히 색깔을 기준으로 하는 대립적인 두 항목인 반면 천복이 배운 '마음의 눈'은 제3의 눈으로 양자의 대립을 무화시키며 양자를 초월할 수 있는 길을 제시한다. 스님은 아울러 "네 마음의 눈을 환하게 떠서 자신의 참모습을 보고 자기의 참 목소리를 들을 수 있도록 하여라"(김용익 1991:81) 하고 말한다. 마음의 눈은 그것이 '참모습'과 '참목소리'로 이끄는 까닭에 주체 형성에 결정적인 역할을 한다. 천복이 찾는 '마음의 눈'은 거울을 통하여 확정된다. 천복은 절에서 거울을 발견하고 그 거울을 통하여 자신의 눈을 들여다본다.

> 방구석에 작은 손거울이 있기에 그는 거울을 들고 한참 동안 들여다봤다. 거울 속에 마주 내다보는 두 눈, 들여다보고 있노라니 그 두 눈이 한없이 커 보였다. 그는 혼자 중얼거렸다. "이놈 고기눈깔 새 눈깔아, 에이 보기 싫어. 겨우 두 개 쬐그마한 것이." 그의 푸른 두 눈엔 슬픈 듯이 이슬이 고이고 눈부신 햇살이 반짝 빛났다. 노스님이 말한 '마음의 눈'이란 뭘까, 그는 거울 속의 두 눈을 손가락으로 만져 봤다.

이어 거울 뒤도 더듬어 봤으나 아무것도 없었다. 아무것도 없는 그 속에 뭐가 있다는 것이었다. 보이기는 하지만 만질 수가 없는 그 푸른 두 눈은 눈물방울을 머금은 어머니의 눈으로 보였고 왠지 마음속에서 어머니가 울고 있는 것 같았다. (…중략…) 그는 거울을 탁 떨어뜨리며 '엄마'하고 울었다. (…중략…) 그 어머니의 두 눈이 뭣보다도 그의 마음속에서 생각나는 것은 그것이 자기의 '마음의 눈'이기에 그럴 것이다. (김용익 1991:80~81)

천복이 거울을 통하여 자신의 상을 들여다보고 결국에는 그 거울을 떨어뜨리며 울게 되는 것은 각성의 순간을 암시한다. 라캉이 거울상 단계에서 설명한 자아의 형성에 그대로 대입되는 경험이다. 거울 속의 자신의 상이 마음의 눈을 매개로 하여 어머니의 상으로 이어지는 것은 어머니의 사랑과 기대로 인하여 천복이 자아를 긍정하게 됨을 알려주는 복선으로 기능한다.

천복은 자신이 혐오했던 자신의 푸른 눈으로 인하여 잃어버린 소를 되찾게 된다. 이 사건은 천복이 자아를 충분히 긍정하며 행복한 결말에 이르도록 한다.

"보소. 이 애 파란 눈빛 때문에 알아봤단 말이요."
"진짜여요."
나비말 애들이 덩달아 말했다.

> "파란 눈 가진 애는 이 세상에 저 애 하나뿐이여요. 우리 학교 다니
> 는 앤데 그 애가 참말 임자라구요." (김용익 1991:93)

파란 눈이라는 차이는 여태까지는 천복이 남들의 놀림감이 되도록 하
는 부정적인 기능을 했다. 그러나 그의 차이, 즉 특수성으로 인하여 많은
사람들 중에서 천복만이 기억될 수 있다는 점은 그 차이의 긍정적인 기능
이다. 결국 천복은 "파란 눈은 재수가 있는 눈이야"(김용익 1991:108) 하고 자
신의 차이를 긍정적으로 수용하게 된다.

천복이 자신의 차이와 화해하게 되는 이야기의 결말은 단지 주인공
인물의 내면적인 화해에 그치지 않는다. 그의 긍정과 화해는 학교 친구
들이 그에게 보여주는 우정과 협조, 그리고 도움의 손길에 의해 부각되
는 효과를 지닌다. 독사에 물려 위기에 처한 천복을 친구들이 구해내
응급처치를 하고 집으로 데려온 것이다. 천복은 친구들의 우정과 포용
으로 인하여 조화롭고 화목한 사회생활로 나아가게 되는데 이 점은 여
자 친구 정란이가 꽃병에 꽂아주는 배꽃에서 가장 잘 드러난다. 학교에
가기 싫다고 울던 천복이 결국은 "발이 다 안 나도 황소 타고 학교 가면
되지?"(김용익 1991:108) 하고 말하게 되는 것은 차이를 넘어 조화로 나아
가게 된다는 전망을 보여준다.

이야기의 배경으로 등장했던 마을 노인네들의 달라진 태도 또한 천
복의 변화와 맞물려 있다. 노인네들은 텍스트의 곳곳에 등장해서 신식
교육을 못마땅해 하고 비난하는 인물들이다. 그들은 고루한 사회의 군
어진 가치관에 사로잡힌 채 자신들과 다른 것을 용납하지 못하는 것으

로 그려진다. 차이를 수용하기보다는 전통의 이름으로 자신들이 믿는 것만을 고집하는 인물군을 대변하는 것이다.

> "학교 가는 것은 좀 있다가 하고 황소를 양지판에다 내보내서 녹초를 실컷 먹게 하고 햇볕을 쬐도록 하오. 신식 교육인지 뭣인지 창가 부르고 뛰고 한다는 짓들이 모두 애들 배곯리는 것들이거든. 애꿎은 부모들이 그놈들 밥통 채워주기가 바쁘지."
>
> 마주 앉은 돋보기 노인도 말했다.
>
> "우리네 소싯적엔 땔나무하고 논밭에 나가 부모를 도와 일하면서 힘살을 올렸건만. 요즘 애들은 쓸모있는 일은 아무것도 할 줄 모르고 중구난방 뛰엄박질만 하거든."
>
> (…중략…)
>
> "저것 보란 말야. 맨날 노래만 하니 조용히 앉아서 글 배울 틈이 있겠나. 천복이 어머니, 그 애가 학교 안 갈 때는 우리한테 보내시오. 옛사람의 좋은 말씀, 격언들을 일러줄 터이니." (김용익 1991:36)

이러한 폐쇄된 인물들은 사실이나 과학을 부정하고 신화myth에 집착하는 경향을 보여주는 것이 보통인데 동네 노인 중 하나인 한의사 또한 천복의 푸른 눈이 보약을 제대로 먹지 못한데 기인한 것이라고 언급하기도 한다. 그러나 결말에 이르러서는 이들이 천복의 친구들의 행동을 보고 생각을 바꾸는 대목이 등장한다.

> "학교 애들이 아무것도 모르는 철부진 줄 알았더니 웬걸 주머니 칼로 독사 이빨 자국을 그 자리서 쨌다니 장하오. 학교 선생님한테 들어서 알고 있었다 합디다."
>
> (…중략…)
>
> "우리네는 괜시리 애들이 창가나 하고 함부로 뛰어다니고 맨날 배 곯을 짓이나 하는 줄 알았더니 그게 아니었구만."
>
> "애들이 제법 쓸 만한 것들을 배우는 모양이렷다." (김용익 1991:103)

천복이 혐오하던 자신의 푸른 눈이 '재수 있는 눈'이라고 다시 보게 되는 것과 노인네들이 신식교육을 다시 보게 되는 것은 동시적인 사건 으로 제시되어 작가가 의도한 '조화로운 사회'에 대한 선망을 강조하게 된다. 결국 기존의 정형화된 가치관을 따르는 폐쇄성은 주인공의 내면 과 그가 속한 사회에서 동시에 극복되는 것이다. 폐쇄적이고 단일적이 며 고착된 가치관은 차이와 다양성을 부정하게 만들고 더 나아가 사회 내부의 차별과 소외를 조장하게 된다. 그러나 차이와 다양성이 수용되 고 그 긍정적인 면모가 재평가될 때 분리와 불화를 넘어서는 상호 이해 와 상호 존중이 가능해지는 것이다. 천복이 자신을 긍정하는 인물로 변 화하는 것은 전통적인 가치관과 심지어 미신적인 것을 고집하던 노인 들의 변화된 태도를 배경으로 더욱 강조되는 효과를 갖는다.

4. 주체와 이중 언어 글쓰기의 문제

김용익의 시대에는 한국인으로서 영어로 창작을 한다는 것은 상당히 예외적인 일이었다. 류일한과 강용흘이 영어로 작품 활동을 한 선구적 인물로 존재할 뿐이다. 한국사회의 화두가 된 전지구화로 인하여 영어로 작품 활동을 하는 한국인이 앞으로도 늘어갈 것인데 한국 여권 소지자로서 한국문화를 영어로 형상화하는 작품 활동을 하는 작가들의 위상을 어떻게 설정할 것인가는 아직 규정되지 않았다. 그것은 '민족'의 애매한 범주와도 긴밀히 관련되어 있다. 특정한 '민족문학' 또는 '국민문학'을 구성하는 것이 무엇인가 하는 것은 '민족'을 구성하는 것이 무엇인가 하는 문제보다 훨씬 복잡다단하다. 민족의 구성 요소로 알려져 왔던 혈통, 문화, 언어, 역사의 동일성이 도전받게 됨에 따라 '민족의 동질적 문화를 민족어로 형상화'한 것이라고 대체적으로 동의된 '민족문학'의 개념은 가일층 모호해 지는 것이다.[6] 따라서 김용익에 대해 연구하는 것은 전지구화 시대의 도래에 따라 점점 문제적으로 변해가는 민족문학의 경계를 재고하게 한다.

언어가 주체구성에서 발휘하는 역할에 주목하면서 쓰인 책으로 글로리아 안잘두아Gloria Anzaldua의 『접경 지대Borderlands』를 들 수 있다. 안잘두아는 그 책에서 지리적이고 물리적인 경계에 거주하는 경계인의

6　도남 조윤제는 한국문학을 다음과 같이 정의하고 있다. "국문학은 조선 사람의 사상과 감정, 즉 심성 생활을 언어와 문자에 의하여 표현한 예술이다."(조윤제 1949:1) 여기에서 한국문학이라는 민족문학의 구성 요소는 언어, 그리고 사상과 감정이다. 여기서 '조선 사람의 사상과 감정'은 민족의 고유문화의 등가적 표현이다.

존재와 함께 심리적인 경계인에 대해 지적하고 있다.

> 사실상 두 가지 이상의 문화가 서로 맞물려 있는 곳이라면 어디든지 경계 지대라 할 수 있다. 서로 다른 인종이 같은 영역을 차지하는 경우, 하층, 중산층, 상층 계급이 서로 부딪치는 곳, 두 개인들 사이의 거리가 친밀성으로 인하여 수축되는 곳이라면 어디든지 경계 지대인 것이다. (Gloria Anzaldua: 1987)

또한 안잘두아는 한 무리가 주도적인 권력을 독점하는 곳에서 이질적인alien 존재로 살아가는 삶에 대해 '편하지comfortable'는 않지만 익숙하며familiar, 그 공간은 편하지는 않지만 그래도 집home이라고 언급한다. 안잘두아는 자신을 형성하는 일부가 된 모든 언어들, 즉 영어와 스페인어, 북부 텍사스주 방언과 텍사스-멕시코 접경 지대 언어 등을 섞어서 언어들끼리 서로 넘나들게 하면서 자신의 '새로운 언어'를 구성해 간다.

김용익의 경우 텍스트를 각각 독립시켜 영어권 독자를 위한 영어 텍스트와 한국어 독자를 위한 한국어 텍스트를 제시한다. 그러나 김용익의 텍스트는 또 다른 의미에서 혼종적이며 새로운 텍스트이다. 텍스트의 소재는 한국의 고유문화와 한국인에서 취하면서 주제는 '신체적인 차이'가 주도적인 차이를 산출하는 미국문화를 취급하고 있다. 동시에 텍스트의 언어는 한국어로 대표되는 지방성과 영어로 대표되는 세계 보편성을 모두 구현하고 있다. 김용익의 독특한 이중 언어 글쓰기의 시도는 한국문학, 재미 한인문학, 한국계 미국문학, 그리고 미국문학이라는 작위적 범주의 애매성을 폭로하는 구실을 한다. 그의 글쓰기는 한국문학이면서 재미 한인문학이고 한국계 미국문학이며 또한 미국문학이다. 더구나 '재미 한인문학'이라는 허술한 범주 내에서 시도되는 세대론적 갈래 나누기 또한 무화시킨다. 예를 들어 김용익의 경우는 김윤규가 분류한 세대와 언어의 연관성을 반박하게 한다.

> 재미 한인들의 세대적인 구분은 그들이 문학 창작을 위해 사용한 언어로까지 이어진다. 이민 1세대의 대부분과 일부 1.5세대가 창작한 작품은 한국어로 되어 있지만 1.5세대 이후 세대 상당수 작품은 현지어인 영어로 되어 있다. (김윤구 2002:134)

김용익의 경우, 이민 1세대이면서 이중 언어 글쓰기를 시도하였다는 점에서 위의 세대 구분을 벗어나 있고 '대부분의 1세대'라는 언급으로 인하여 제외된 류일한이나 강용흘과도 구별된다. 후자가 영어로 글쓰기를 하면서 미국인과 미국문화에 자신의 정체성을 두고자 했음에 반하여 김용익은 경계인이며 이중적인 주체를 지향한 것이다.

영어를 중심으로 하는 전지구화가 급격히 이루어진 수십 년 후에는 한국계 미국문학이라는 이름은 물론 한국문학, 미국문학이라는 용어조차 생소해 질지도 모른다는 전망을 해 본다. 문학, 또는 세계문학이라는 이름만 남고 모든 나라의 언어로 이루어진 문학 텍스트가 모두 동시적으로 영어로도 창작되거나 바로 번역되는 시대를 살게 될지도 모르기 때문이다. 김용익은 전지구화의 문제가 관심의 대상이 되기 이전에 두 가지 언어로 작품 활동을 하면서 한국문화와 미국문화의 혼종성을 시도했다고 볼 수 있으며 그 점에서 선구적이다. 김용익의 텍스트를 분석하고 평가

하는 것은 문학사적인 의미에서도 필요할 뿐 아니라 현재성을 띠고 있는 작업이기도 하다. 김용익 문학의 주제는 오늘날에도 유효한 것일뿐더러 오히려 오늘날 그 의미가 배가되는 성격의 것이기 때문이다.

5. 결론

『푸른 씨앗』에서 천복이 '마음의 눈'을 통하여 자기 부정에서 전환하여 긍정으로 나아가는 것은 다분히 불교적이고 따라서 동양적이라고 볼 수 있다. 또한 천복이 체현하는 차이의 정치학은 작금의 미국문화의 핵심 주제에 닿아 있다. 더구나 한국사회에서는 극소수에 달하는 혼종적 존재를 주인공으로 삼아 소외와 그 극복의 문제를 다룬 점은 그의 텍스트가 한국문화의 핵심을 건드리기보다는 미국문화에 호소력이 더 큰 주제를 다루고 있다는 것을 말한다. 차이의 문제는 다분히 인류 보편의 주제라 할지라도 피부색으로 대표되는 인종의 문제는 미국적 특수성에 더 친밀하다고 볼 수 있기 때문이다. 그런 의미에서 김용익은 한국의 토착적인 풍습의 색채로 미국문화의 핵심 주제를 그려내었다고 볼 수 있다.

이상에서 김용익의 『푸른 씨앗』에 드러나는 눈과 씨앗 등의 모티프를 분석하고 차이와 주체성의 문제라는 주제를 이 모티프와 연관하여 살펴보았다. 그리하여 김용익은 한국문화라는 특수성에서 소재를 취하면서도 미국문화의 핵심어 중의 하나로 부상하게 될 '다양성과 통합성의 조화'라는 주제를 형상화 해 낸 작가임을 보였다. 더 나아가 김용익이 한국어와 영어라는 두 가지 언어로 작품 활동을 한 사실 자체 또한 두 문화의 경계에 선 경계인이라는 주체의 문제와 다시 연결됨을 보였다. 그런 의미에서 김용익은 문화의 혼종성을 텍스트의 안과 밖에서 이루어내었다고 할 수 있다. 김용익의 경계인으로서의 위치, 그의 글쓰기가 보여주는 혼종성은 민족과 민족어라는 불투명한 정체성에 기반을 두고 규정되는 민족문학의 협소하고 애매한 정의를 와해시키고 있음을 또한 보였다. 전지구화와 영어의 문제가 한국문화에 중요한 역할을 하게 되는 이즈음 김용익의 선구적인 이중 언어 글쓰기는 더 많은 연구의 영역을 남기고 있다 할 것이다.

강용흘의 조국관, 미국관, 세계관

『동양 선비 서양에 가시다』를 중심으로

1. 서론

    강용흘은 1903년 한국에서 출생하여 성장하였으며 청년기인 18세 경에 미국으로 이주한, 초기 한국계 미국작가의 한 사람이다. 그의 대 표적인 작품으로는 『초당The Grass Roof』과 『동양 선비 서양에 가시다East Goes West』가 있다. 구한말 한국에서 유년기를 보냈으며 일본에서 수학 한 바 있고 1920년대에 미국으로 이민하여 작고할 때까지 창작활동을 계속하였으므로 강용흘의 자전적인 소설들은 당대의 시대상을 광범위 하게 반영하고 있다. 따라서 강용흘의 문학 텍스트들은 문학적 가치는 불론이고 사회문화적 문서로서의 가치도 함께 지닌다고 볼 수 있다.[1] 급변하는 세기말의 한국 실정과 일본 제국주의의 한반도 침략 양상, 당 시 한국에서 활동하던 미국 선교사들에 대한 한국인들의 감정, 삼일운

---

1   강용흘에 대한 전기적인 자료와 그의 문학 텍스트에 대한 연구사 개괄은 Jinim Park (2007:273~276)을 참조할 것.

동을 포함한 항일 운동의 양상, 국가와 민족, 그리고 근대화의 문제를 두고 다양하게 드러난 당대 한국지식인들의 모습 등을 조감하게 하는 중요한 텍스트로 작용하기 때문이다.

강용흘은 한국계 미국인 작가들에만 한정해서가 아니라 전체 아시아계 미국작가를 통틀어 볼 때에도 아시아계 미국문학의 전통에서 매우 중요한 분기점을 형성하는 작가라 볼 수 있다. 일레인 김Elaine Kim이 지적한 바와 같이 강용흘 이전의 아시아계 미국작가들이 자신들을 단순히 미국의 방문자로 간주하여 자신들의 정체성을 본국과 본국문화에 둔 채 관찰자적인 시점에서 미국의 사회와 문화를 그려내고 있음에 반하여 강용흘은 자신의 집home을 미국에 두기를 갈망하며 미국 시민으로 동화되기를 원했고 내부자의 시선에서 미국을 그려내고자 한 최초의 작가들에 속하기 때문이다.[2]

강용흘의 문학적 성취에 대해서는 이미 다양한 연구가 이루어져 있고 그의 문학적 자질은 그가 '구겐하임Guggenheim 펠로우십'과 '북 오브 더 센츄리Book of the Century상'을 받았다는 사실과 그의 최초의 작품, 『초당』이 10여 개 국어로 번역되었다는 사실에서 확인할 수 있다. 그러나 강용흘이 자신의 작품들에서 보여주는 미국에 대한 찬양과 그의 학자적 자질에서 배어나는 엘리트주의적 태도는 평자들로부터 부정적인 평가를 불러오기도 하였다.

예를 들어 일레인 김은 강용흘이 한국계 미국작가이기는 하지만, 대

---

2   Elaine Kim(1982:32). 또한 김욱동에 따르면 강용흘에 앞서 미국에서 영어로 책을 출간한 한국인으로는 정한경(Henry Chung)과 류일한(Ilhan New)이 있으나 이들의 책들은 한국문화에 대한 소개서이기는 하지만 본격적인 문학 작품이 아니라는 한계를 지닌다. 이에 대해서는 김욱동(2004:4~5)을 참조할 것.

다수 한국계 미국 이민자들이 교육수준이 낮은 노동자계급인 반면 강용흘은 양반 계층 출신으로서 미국에서도 고등교육을 받은 엘리트이므로 그가 한국계 미국작가의 대표성을 가진다고 볼 수 없다고 주장했다. 더 나아가 일레인 김은 강용흘이 당시로서는 미국을 포함한 서구 사회에 거의 알려진 바가 없었던 한국의 문화를 소개함으로써 서구인의 동양에 대한 호기심을 충족시키는 오리엔탈리스트라는 데에 그의 작가로서의 성공 요인이 있다고 평가하기도 했다.[3] 일레인 김의 그러한 부정적 평가는 상당 부분 강용흘의 작품들에 드러난 함축적 의미를 의도적으로, 또는 문화적 차이에 의하여 간과하거나 왜곡되게 해석한 결과이고 강용흘은 진보적인 코스모폴리탄cosmopolitan, 즉 세계주의자로 보아야 한다는 것이 필자의 입장이다.[4]

일레인 김과 필자의 견해 차이에서 드러난 것처럼 강용흘의 문학 텍스트에 대한 일차적 해석에 있어서 차이가 날 때 작가의 태도와 세계관에 대한 이해의 차이는 더욱 커질 수밖에 없다. 강용흘을 오리엔탈리즘의 작가로 파악하는 또 다른 논문으로 임선애의 「한국 이야기하기와 미국 찾아가기—강용흘의 『초당』 읽기」를 들 수 있다. 임선애는 강용

---

3   이에 대한 반론은 Jinim Park(2007:277~288)을 참고할 것.
4   일레인 김의 강용흘 텍스트 이해, 또는 오해는 문화적 차이에서 야기되는 문제라고 본다. 필자는 강용흘이 동양의 고전에 정통하고 유교와 불교, 그리고 도가 사상의 영향을 받았기 때문에 그의 텍스트에 드러난 '죽음'이나 '불사조'의 이미지를 도가사상의 맥락에서 긍정적으로 재해석해야 한다고 주장한다. 동시에 그러한 문화적 상황(컨텍스트)을 제거하고 텍스트를 해석하면 일레인 김의 주장처럼 강용흘이 암울한 비전을 보여준다는 해석이 가능하다는 점을 지적한 바 있다. 구체적인 것은 Jinim Park(2007:286~288)을 참고할 것.
     강용흘의 코스모폴리탄적 면모에 대한 연구로는 구은숙(2002)을 참고할 것. 구은숙은 『초당』의 주인공 한청파가 "국가의 경계를 넘어 생각하고 느끼는 코스모폴리탄의 선구자"(구은숙 2002:123)라고 주장한다.

흘이 백인우월주의에 젖어있던 서구인들의 욕망을 합리화시키는 근거를 제공하여 작가로서 성공하였다고 주장한다. 임선애의 주장을 그대로 인용해 보자.

> 그는(강용흘은-인용자) 근대지식의 원형은 미국이라는 편견을 가지고 문명의 표준을 미국으로 설정하고 미국 찾아가기에만 열중한다. 주인공의 이런 모습은 동양의 문명화는 백인의 의무라는 백인우월주의에 젖어있던 서구인들의 욕망을 합리화시키는 근거를 제공하는 역할을 했을 것이다. 서구의 제국주의의 통치에 저항하는 동양인과는 달리 자발적으로 미국을 열망하는 강용흘에게 미국은 찬사를 보내지 않을 수 없었을 것이다. 따라서 『초당』은 강용흘의 욕망과 미국의 욕망이 미묘하게 교차상승하면서 당대 서구세계에서 베스트셀러가 될 수 있었다. (임선애 2005:92~93)

강용흘이 작품을 통하여 보여준 바, 미국의 장점을 긍정하고 찬양하는 태도가 당시의 미국이 추구하고 있던 제국주의적 입장에 유리한 정보를 제공하고 미국의 정책들을 합리화시키는 데 봉사하고 있고 그것이 강용흘이 미국 문단을 포함한 서구 세계에서 명성을 얻게 된 핵심요인이라고 분석하고 있다.[5] 그의 주장은 어느 정도의 타당성은 견지할 수

---

5 임선애는 '서구인들의 오리엔탈리즘'이라는 막연하고 광범한 언급을 하고 있을 뿐 그 구체적인 면모는 다루지 않는다. 다블뤼 주교의 저술에 나타난 민족지적인 서술을 인용하며 서구인의 왜곡된 한국 재현의 모습을 다룰 뿐 그 외에는 '오리엔탈리즘적인 사고를 가졌던 서구'라는 식으로 개괄적이며 주관적인 주장으로 일관한다. 임선애(2005:95)를 볼 것.
  그러나 동양에 대한 민족지적인 묘사는 일시적인 시대적 유행이었을 뿐 그것이 서구 지

있다. 즉 강용흘이 『초당』을 펴낸 1930년경에는 미국에서 한국은 그야말로 일레인 김의 표현대로, 머나먼 동양 나라far away Oriental nation(Elaine Kim 1982:159)이었고 미국 독자들은 자신들이 세계의 중심이라 믿고 미개와 야만의 동양을 계몽할 필요를 찾고 있었으며 그러한 시대적 요구에 강용흘의 텍스트가 적절하게 봉사했을 가능성이 전혀 없다고는 볼 수 없다.

그러나 위에 든 바와 같이 강용흘의 문학적 성취를 폄하하는 부정적 평가는 몇 가지 근원적인 물음을 불러일으킨다. 그것은 첫째 미국의 대부분의 독자들은 대체로 오리엔탈리즘에 젖어있었고 의식 있는 독자는 드물었던가 하는 것, 더 나아가 지각있는 미국작가들조차 오리엔탈리즘에 젖어 그를 찬양한 것인가 하는 점이다. 둘째 미국 외의 다른 서구 독자들도 한결같이 오리엔탈리즘적인 태도를 지녔던가 하는 점, 그리고 당대의 한국작가들도 모두 강용흘의 이런 사상적 경도를 간과했던

성계를 지배한 것이라고 보는 것은 무리이다. 미국의 경우에 한정해 볼 때, 1898년 미국은 스페인과의 전쟁에 관여하면서 제국의 중심으로 부상하게 되었다. 그러나 심지어 당대에도 미국 내의 반제국주의적 지성인들은 미국의 탄생이 영국의 식민지배에 대한 저항에서부터 출발하였음을 상기시키며 미국의 제국주의적 태도를 비판하였다. 이에 대해서는 Jerome Karabel(2005:24) 참조.

카라벨의 조사 결과에 따르면 "미국이 제국주의화하던 1898년경에만 한정하여 살펴볼 때 미국의 제국주의화의 주동세력이었던 인물로는 루스벨트(Theodore Roosebelt), 로지(Henry Cabot Lodge), 루트(Elihu Root), 헤이(John Hay), 마한(Alfred T. Mahan) 등이 있다. 그러나 같은 WASP(White Anglo-Saxon Protestant : 미국사회의 지배 세력인 개신교 신자인 앵글로 색슨계 백인을 지칭함)들도 제국주의자와 반제국주의자로 양분되어 있었는데 제국주의에 저항한 인물로는 제임스(William James), 웬트워쓰 히긴슨(Thomas Wentworth Higginson), 곰퍼스(Samuel Gompers), 트웨인(Mark Twain), 카네기(Andrew carnegie) 등이 있다"(Jerome Karabel 2005:24)고 한다.

따라서 '서구'라는 통칭적인 개념을 사용하여 서구인들을 일원적으로 파악하는 것은 합리적이지도 못하고 정확하지도 않다. 임선애의 글에서 '서구'란 구체적인 지역을 지적하지 못하여 지나치게 광범하고 막연하며 따라서 부정확한 개념이다.

가 하는 점 등이다. 이를 더 구체적으로 살펴보자.

먼저 일반 독자common reader는 물론이고 미국의 의식 있는 독자와 평론가들도 모두 오리엔탈리스트들인가 하는 의문에 대해 살펴보자. 일반 독자가 상업주의나 시대적 유행에 경도된 독서에 익숙하다는 것은 시대와 지역을 불문하고 의문의 여지가 없는 정설일 것이다. 아시아계 미국문학의 경우에만 한정해서 보더라도 에이미 탠Amy Tan 등의 상업주의 작가가 문제의식을 지닌 다른 아시아계 미국작가들보다 일반 독자에게는 더욱 잘 알려지고 그의 소설이 베스트셀러가 된 것이 사실이다. 그러나 문학은 늘 시대의 파수꾼으로서 세태를 거슬러서 진리와 정의를 찾고 지키는 것을 그 목적으로 한다는 것, 그리고 그 결과 작가들은 대체로 불평불만주의자들 또는 회의주의자들로 호명되어지곤 한다는 사실을 인정할진대 임선애의 주장을 따르자면 미국의 평론가들은 모두 직무를 유기한 제국주의의 선봉장들이며 구겐하임펠로우십은 순수한 목적을 잃고 정치적으로 오염된 것이라는 결론에 이르게 한다.

둘째는 다른 작가들에 의한 강용흘의 평가가 매우 호의적이었다는 사실을 어떻게 받아들여야 하는가 하는 문제이다. 강용흘은 소수 민족 작가에게 작가로서의 규범이 되었는데 극단적인 강용흘 찬양자는 필리핀계 미국작가 칼로스 불로선Carlos Bulosan이다. 불로선은 자신의 소설, 『미국은 내 가슴에America Is in the Heart』에서 강용흘처럼 훌륭한 작품을 쓰고 싶다는 자신의 소망을 강용흘을 실명으로 언급하며 토로한 바 있다. 그런데 볼로산은 미국으로 이주한 후 유랑 노동자로 평생을 보냈으며 그의 소설은 자신의 인생을 사실적으로 그려낸 것으로서 미국문학사에서 드물게 발견하는 마르크스주의적 사실주의 소설에 해당한다.[6]

불로선의 작품세계가 인종과 계급에 의한 차별에 저항하고 미국이 자유와 평등과 기회의 땅으로 기능했으면 하는 소망을 주제로 삼았다는 것은 주지의 사실인데 임선애의 주장을 따르면 불로선과 같은 비판적 작가를 포함한 대다수의 미국인 독자가 모두 제국주의적 경향성을 견지했거나 강용흘의 소설이 가진 오리엔탈리즘의 면모를 간과했다고 보아야하는 모순에 이르게 된다. 그 밖에도 강용흘은 토마스 울프Thomas Wolfe 등의 명성 있는 당대 미국작가들과 깊은 교우관계를 유지하였다는 점도 기억해야 한다.[7]

셋째, 앞에서 언급한 바와 같이 강용흘의 텍스트는 이탈리아어, 프랑스어 등의 외국어로도 번역되었는데 미국 외의 국가들도 강용흘의 텍스트를 번역을 통하여 적극적으로 받아들인 사실을 설명하기가 어렵다. 이 사실 또한 임선애의 주장처럼 '서구의 제국주의적 욕망'으로 해석해야 하는 것일까? 오히려 그러한 적극적인 번역은 강용흘의 텍스트가 제국주의자의 시선에 호소하기보다는 다문화주의의 교육에 적합한 것이었기 때문이라고 보아야 할 것이다. 즉 강용흘의 텍스트, 특히 『초당』이 각 문화권의 고유한 문화를 보존하여 타 문화권에 알리고, 다른 문화에 대한 수용과 이해를 통하여 인류 보편의 평화를 추구하고자 하는 다문화주의적 경향에 부합하는 텍스트임을 증명하는 사실로 받아들여야 할 것이다.

마지막으로 강용흘을 "당대의 거시 담론이었던 조국의 독립과는 상관

---

6   미국문학사에서 마르크스주의의 전통이 특별히 미약함은 많은 문학사가 들이 지적하는
     바이다.
7   이에 대한 구체적인 것은 김욱동(2004) 참조.

이 없고, 오로지 자신의 개인적인 이상이었던 미국에 가기 위한 노력만 하는 인물"(임선애 2005:92)로 본다면 당대 한국의 지식인들은 그러한 강용흘을 왜 칭찬했을까하는 의문이 생긴다. 강용흘은 이광수를 위시한 당대 한국문인들과 지식인들과도 깊은 교류를 하고 있었고 인정을 받았는데 이들의 강용흘에 대한 평가가 매우 긍정적이었다는 점을 설명하기가 어렵다. 이광수는 강용흘의 『초당』에 대하여 "'근대 조선의 혼의 고민의 호소'가 주제이며 성공한 작품"이라고 칭찬한다. 아울러 "그의 비범한 감각과 정서는 결코 용이하게 가질 바가 아니다"고 평한다.(『동아일보』, 1931.12.17) 또한 1934년 미국에서 발행된 『한국 학생 불리틴』에는 강용흘을 포함한 5명의 한국인을 「한국 학계의 창공에 새로운 별 다섯」이라는 제목으로 소개하고 있다. 그 기사는 강용흘에게 "새로운 한국 문예 부흥의 주인공"이라는 이름을 부여하였다(김욱동 2004:35).

이 장에서는 위에 든 문제의식을 염두에 두고 강용흘의 텍스트를 분석하여 강용흘의 조국관, 미국관, 그리고 세계관을 설명하고자 한다. 텍스트에 근거한 해석을 통하여 강용흘의 작가적 성공이 미국인의 오리엔탈리즘에 호소하여 얻어진 것이 아님을 보일 것이다. 동시에 강용흘의 미국관을 작가가 처해있던 시대적인 상황 속에서 재조명할 것이다. 강용흘이 민족의 문제에는 관심이 없고 개인적인 안위만을 염두에 두었던 지식인이라는 비판에 대하여는 강용흘이 협소한 민족주의와 그것이 동반하는 폭력성을 혐오한 인물이었음을 보이고 더 나아가 그의 비폭력주의와 평화주의의 근원을 에머슨Ralph Waldo Emerson과 소로우Henry David Thoreau로 대표되는 초절주의 사상의 영향에서 찾을 것이다. 강용흘의 첫 소설, 『초당』이 소설 미학적 측면에서나 지명도에서 그 후속편인 『동양 선비 서양에 가시다』를 능가하는 까닭에 이 장에서는『초당』을 주된 연구 대상으로 삼고 후자를 보충적 텍스트로 사용할 것이다.[8]

2. 미국과 미국인에 대한 강용흘의 태도

강용흘이『초당』에서 미국과 미국인에 대해서 호의적인 태도를 지니고 있으며 미국이 세계를 주도할 중심 세력이라는 것을 긍정하고 개인적인 삶과 일본 제국주의의 침략이라는 위기에 놓인 조국의 미래에 대한 희망을 미국에서 찾으려고 한 것은 부정할 수 없는 사실이다. 그의 미국에 대한 긍정적인 평가는『초당』의 곳곳에서 드러나고 있고 후속편,『동양 선비 서양에 가시다』에서도 자주 발견된다. 그러나 그렇다고 해서 강용흘이 미국을 찬양하며 미국의 이익에 봉사했다고 결론짓는 것은 비약이다. 우선 강용흘이 미국을 긍정한다는 사실을 그가 속했던 시대상황에 비추어 이해해야 한다. 강용흘이 작품 창작을 하던 1920~30년대는 의식 있는 지식인이라면 누구나 일본에 저항하는 방법에 대해 고민하는 것이 당연했고 강용흘도 예외가 아니었다.

실제로『초당』이 그의 자서전적인 성격의 텍스트일진대, 텍스트에 드러난 바로는 그는 반일 활동을 위해 만주지역으로 가기도 하고 투옥

---

8   유영 번역본은 'East Goes West'를 '동양 선비 서양에 가시다'로 번역하고 있다. 여기서
     는 유영의 번역을 따른다.

되기도 했다. 그리고 『초당』의 한 장은 삼일 운동의 목적과 이상의 숭고함을 자세히 묘사하고 3·1운동의 실상을 묘사하고 있어 사회사적 연구의 가치를 지니기도 한다. 텍스트를 그 텍스트가 산출된 시공간적 배경을 제거하고 그 자체로 분석하는 형식주의적 방법이 아니라 이러한 역사성을 고려하는 신역사주의적 접근법을 취하여 조명해 볼 때 강용흘이 미국을 찬양하여 미국의 제국주의적 이익에 봉사했다는 평가는 부당하다. 강용흘이 미국을 희망의 땅으로 보고 미국에서 식민지 조국의 구원의 가능성을 본 것은 미국을 지향하는 것이 곧 일본에 저항하는 한 방법이기도 했기 때문이다.[9] 강용흘이 미국을 통하여 일본에 대한 저항을 꿈꾸었다는 점을 텍스트에서 확인해 보자.

> "만일 천년의 문화가 일본인들에게 약탈되고 우리 자손들은 오로지 일본인과 그들 동맹국의 나쁜 본보기만 본다면?"
> 당숙은 턱수염을 잡아당기며 길고 흰 수염의 노인을 향해 눈동자를 굴리며 서울에서의 서양인들과의 경험을 이야기했다. 그는 조심스럽게 결국 서양인들은 비범한 사람들로 아마도 저들의 습성에서 국가적으로 군사적으로 많은 것을 배울 수 있을 것 같다고 말했다. 사람은 신사와 학자의 넓은 마음을 가져야 한다. 서양 사람들은 일본인이 아니니 홍수가 난 강물에 빠진 사람에게 구명의 밧줄이 될 수도

---

9 제2차 세계대전이 진행되고 더구나 일본이 진주만을 폭격하는 시점에 이르면 일본과 미국은 자동적으로 적국의 관계에 놓이게 된다. 그리고 일본의 식민지였던 당시의 한국은 일본과 동화되기를 강요받았기에 당시의 한국인, 즉 1945년 일본 패망 이전의 한국인은 미국을 적국으로 간주하도록 교육받고 이를 내재화해야만 했다.

『초당』에 빈번히 등장하는 인물인 당숙은 박사, 또는 시인으로 불리는데 그는 한학에 조예가 깊고 높은 관직에 올랐던 인물이며 현실적으로는 무능하지만 지적으로 탁월한 학자이며 지도자로 그려지고 있다.[10] 강용흘이 말하고자 하는 바는, 한국은 일본 제국주의의 침략이라는 홍수에 휩싸여 있고 한국이 도움을 요청할 문명권은 서구이며, 그 서구는 미국이 대표한다는 점이라고 볼 수 있다. 당숙을 통하여 주인공이 접하게 되는 일본의 침략상에 대해서는 다음과 같이 표현되어 있다.

> 당숙은 고개를 흔들며 작은 턱수염을 잡아당기면서 러일전쟁 중에 일본이 먼저 한국에 몰려왔고 그 후 한국인을 속이는 온갖 교묘한 수단을 쓰고 있다고 말했다. 일본은 악마처럼 피를 빨려 하고 있었다.
>
> (강용흘, 유영 역 2002:115)

위의 인용은 강용흘이 전해들은 바의, 본격적인 침략 이전의 일본에 대한 언급이다. 이후 강용흘은 일본에 유학하여 일본어 번역을 통하여 서구 문명을 배우게 되는데 일본 유학에서 강용흘의 반일감정은 더욱 고조되게 된다.

---

10 강용흘을 엘리트주의자라고 보는 평가는 대부분 강용흘이 위 인용에도 보이는 대로, '사람은 신사와 학자의 마음을 가져야 한다'는 식의 유교적 선비 상을 강조하고 '시인'으로 상징되는 바, 현실의 물질적 세계보다는 정신적 여유를 강조하기 때문이다.

나는 내 나라를 어떻게 이끌어나가야 하는지 배우기 위해 일본에 왔다. 나는 언젠가는 총리가 되겠다고 생각했으니까. 그런데 지금 나는 충격을 받았다. 일본처럼 간계와 현대장비로 내 나라를 돕고 또 이렇게 수백만의 고통에 책임을 지도록 해야 하는가? 나는 중국에 21항의 요구조건을 만들어 낸 가토 남작이나 나라를 송두리째 멸망시키려는 정책이었던 한국의 왕비 살해 암살단을 조직했던 미우라 남작의 본보기를 따라야 하는가? 새로운 독가스를 선전하는 데 내 인생을 보내야 하는가? 만일 내가 최신 민족주의자라면 나는 이런 일본학생처럼 되어야 한다. 그들은 황제와 일본제국을 위해 세계를 상대로 싸우고자 동경하면서 의기충천하며 교실에서 나와 대기 속으로 뛰어들었다. '오 나는 영웅이 되고 싶었나.' 그들은 일본 시민의 애국가를 부르는 것이다.

바다에서 싸우다 죽으면
내 시체는 바다에 던져지리.

육지에서 싸우다 죽으면
내 시체는 산에 묻히리

오, 천황이시여, 오로지 내 그대 위해 살리라!

결코 편안히 죽지 않으리.

오모도가 전래의 옛노래

그들의 애국주의에 나는 냉담했다. 나는 일본이 정신적으로 위대한 국민이라고 믿을 수가 없었다. '이 학교에서 내가 배운 것은 전부 어떻게 하면 사람을 한 번에 많이, 더욱 많이 죽일 수 있는가 하는 것이다' 하고 나는 생각했다. (강용흘, 유영 역 2002:242)

강용흘은 광적으로 진행되는 일본 내에서의 애국주의에 경악하고 일본이라는 나라의 문화적 야만성과 폭력적 공격성에 극도의 염증을 드러낸다. 그러나 일본에의 혐오는 단순한 한 국가와 그 국가의 폭력적 속성에의 거부감과 저항에 그치지 않고 그의 사상을 세계주의자, 사해동포주의자, 평화주의자로 귀납되게 한다. 위의 인용에서 확인할 수 있는 것은 일본의 식민주의에 저항하고 조국을 구원할 새로운 학문을 추구하여 일본으로 간 강용흘이 결국에는 국가 단위의 민족주의가 필연적으로 내포하는 힘의 논리와 그 폭력성에 염증을 느끼며 민족주의를 넘어선 사해동포주의로 기울고 있었다는 사실이다. 강용흘이 "조국의 독립에는 거의 아랑곳하지 않고 어떻게 하면 미국에 정착할 수 있을까 하는 데만 관심을 기울였다"거나 "일본형 오리엔탈리즘을 넘어서 서구의 오리엔탈리즘을 추구하는 당대 일부 지식인들의 모순을 볼 수 있다"는 주장(임선애 2005:105)은 강용흘의 텍스트를 정확히 읽었을 때에는 불가능한 주장인 것이다.

또한 강용흘이 미국을 '신생의 국가'로 보고 그 기상을 찬양하는 것은 사실이지만 그가 무조건적으로 서구의 모든 것을 긍정하고 한국의 모든 것을 부정하여 미국의 '제국주의'적 태도를 강화하는데 봉사했다는 것은 텍스트에 비추어보면 균형을 잃은 단정임을 알 수 있다. 반대로 그는 한국의 자연친화적인 삶을 찬양하고 '뉴욕'이 대표하는 바, 자연을 파괴한 문명의 건설에 비판적인 모습을 보인다. 강용흘이 한국의 주거문화를 뉴욕의 그것과 비교하는 장면을 보자.

> 우리의 거주지는 나지막하고 풍상에 닳았고 이끼가 끼었다. 그 거주지는 정확하고 분명하고 삶에서 멀리 떨어지거나 하는 그런 비유기적 선을 싫어하고 둥그스럼하고 약간 위로 치켜 올라가는 선을 좋아하는데 지붕의 끄트머리는 마치도 배가 그 배를 흔들리게 해주는 (물결이라는) 요소들에 늘 민감한 것처럼 그렇게 경사져 있었다. 내 집은 반구의 바로 저 너머에 있어서 이보다 더 멀리 간다면 나는 집에서 더 멀어지는 것이 아니라 오히려 집에 가까워지게 되어 있었다. (박진임 역)

> Our dwelling, low, weathered, mossed, abhorring the life-less line —the definite, the finite, the aloof — loving rondures and an upward stroke, the tilt of a roof like a boat always aware of the elements in which it is swinging — most fittingly my home was set a hemisphere apart, so far over the globe

> that to have gone would have meant to go nearer not farther.
>
> (Younghill Kang 1997:6~7) [11]

이는 뉴욕의 화려한 빌딩들이 자연을 파괴한 덕분에 가능한 것임에 반하여 한국의 주거는 매우 자연친화적임을 나타내는 구절로 보아야 한다. 뉴욕의 장엄하고 거대한 빌딩으로 대표되는 미국문화에 대해 비판적이면서도 동시에 매력을 느끼고, 자연 친화적이면서 전통미를 지키는 한국문화에 대해 찬양하면서 동시에 한국은 그 전통 때문에 죽음으로 기울고 있다고 강용흘은 본다. 따라서 강용흘의 태도는 양가적이라고 보는 것이 타당할 것이다. 한국을 서구의 구원을 기다리는 어둠의 공간으로 표현했다고 볼 수는 없다.

작중 인물인 한국인 학장, 바우 씨의 말을 통하여 강용흘이 가진 한국문화에 대한 긍지를 다시 한번 확인할 수 있다.

> "아메리카는?" 하고 그는 말했다. "돈 때문에 세계에서 가장 위대한 나라요. 대영제국은 해군 때문에, 일본은 육군 때문에 강한 나라,

---

11 유영 번역본에서 번역자는 이 부분을 강용흘이 한국의 주거문화가 매우 열악하다고 표현한 것으로 파악한 듯하다. 강용흘이 긍정과 부정의 이분법적 잣대로 한국과 미국을 파악하고 있는 것처럼 오해할 수 있게 하는 대목이다. 동일한 문단에 대한 유영 번역본을 보자.
"우리 고향 마을은 지저분하고 천하고 비바람에 시달리고 이끼가 끼고 사람 못 살 진저리나는 고장이었다. 한국계에 이른 극한적이요 또 고립된 곳이다. 끈질긴 굴렁쇠요 박치기라도 하듯이 지붕이 기울면 마치 쪽배와 같이 흔들려 늘 비바람에 시달렸다."(강용흘, 유영 역 2002:15).

> 한국은 조그만 나라요 육군도 해군도 없소. 그러나 어느 나라도 한국
> 보다 더 시와 지성의 극치를 찬미하는 나라는 없소. 아마도 한국은
> 또한 정복자의 불의 앞에서도 인간적으로나 정신적 우월성으로나 가
> 장 위대한 나라가 될 수 있소." (강용흘, 유영 역 2002:295~6)

위에 드러난 바와 같이 강용흘이 한국문화에 대해 가지고 있는 긍지와 자존심을 고려해 본다면 그가 "문명의 표준을 미국으로 설정"했다거나 "동양의 문명화는 백인의 의무라는 백인우월주의에 젖어있던 서구인들의 욕망을 합리화시키는 근거를 제공"했다는 주장(임선애 2005:92~93)은 설 곳을 잃게 된다. 동시에 강용흘은 미국인, 더 구체적으로는 한국에 선교사 등의 자격으로 진출해 있는 미국인에 대해서도 그들의 교양 없음을 가차 없이 비판하고 있다.

> 나는 두 유형의 선교사를 알고 있다. 하나는 정식 교육을 받고 성실
> 한 사람이다. (…중략…) 두 번째는 거의 보편적으로 보이는 종류로
> 서양에서는 어떠한 직업도 얻을 수 없는 유형이다. 그는 동양에 와서
> 싸게 살고 요리사도 두며 심부름꾼과 정원사도 두고 '이교도'에게서
> 우월감을 누릴 수도 있다. 그는 주께서 봉사하라고 자기를 불렀다고
> 말하지만 실제에 있어서는 서양에서는 적임자가 아니라고 차 버린
> 사람인 것이다. (강용흘, 유영 역 2002:293)

교양 없는 미국인들에 대한 이와 같은 통찰은 강용흘이 백인우월주

의에 편승하여 서구인들의 동양 지배 욕망에 적합한 정보들을 제공했다는 주장이 무리임을 보여준다. 또한 강용흘은 식민지인의 현실에 대해 명확한 자각을 갖고 있음을 보여준다. 다음은 강용흘이 식민지인은 주권을 가질 수 없다고 보고 식민지인에게 미래는 없다고 판단했으며, 그리하여 식민지인으로 사는 것에 대한 대안으로 미국행을 고려하였음을 보여주는 대목이다.

> 그러나 한국에서는 일본인의 종이 되어야 하고 일본인이 받는 정도의 십분의 일을 받으리라. 박사는 거기에 없고 또 한국 수상이 존재하지 않으므로 박사도 결코 될 수가 없다. 한국은 대강국의 하나가 되는 것이 불가능하다고 생각되었다. (…중략…) 나는 일본의 정책이 한국에 대해 어떠리라는 것을 알았다. 동화될 수 없는 자는 모두 살해되고 약탈되고 쫓겨나리라. 그러면 아메리카로 가야 하는가? 무엇하러? 서양의 발전에서 다시 더 믿을 것이 있을까? (강용흘, 유영 역 2002:242~243)

강용흘에게서 특기할 사항은 그의 일본 혐오가 한국 독립을 위한 애국지사로 그를 변화시킨 것이 아니라 그로 하여금 조국에 대한 애국심을 넘어 세계의 평화를 추구하게 한다는 점이다. 이 점은 강용흘이 미국의 초절주의 사상이나 간디의 무저항 비폭력 사상을 수용하였음을 추론하게 한다. 또한 강용흘이 『초당』의 여러 장chapter들 중 한 장을 온전히 3·1운동의 정신을 알리는 데에 바치고 있다는 사실은 시대적 사조로서의 평화주의에 그가 깊이 경도되어 있었음을 확인하게 한다.

3. 미국 초절주의의 영향과 사해동포주의

강용흘이 초절주의 사상가와 톨스토이와 간디의 평화주의의 지지자가 된 것은 일본 유학시절의 독서를 통하여서인 것으로 볼 수 있다. 일본에서의 학창 시절에 대한 강용흘의 회상은 그가 독서를 통하여 이러한 사상에 깊이 침윤되어 있었음을 확인하게 한다. 강용흘의 철학적인 기반은 한학자 양반 집안의 교육의 결과로 유교가 기본을 이루고 있지만 그의 일본 유학시절의 독서와 교우관계를 통한 신지식의 확대는 그로 하여금 과학과 합리성에 바탕을 둔 서구의 지식에 더욱 몰두하게 만든다. 강용흘의 평화주의, 사해동포주의가 미국의 초절주의자의 영향하에서 이루어진 것은 쉽게 짐작할 수 있다. 강용흘의 다음과 같은 언급은 소로우의 '시민불복종'을 즉각적으로 연상시킨다.

> "전쟁과 정치에 대해 일본이 서양에서 배운 것은 모두가 잘못이야. 내가 생각하게 된 것은 그것이야. 그리고 나는 또한 천황의 자질도 믿지 않아. 너희 나라가 너에게 죄를 지으라고 하는데 네가 천황을 위해 죽는다는 것은 완전히 어리석은 일이야."
> (…중략…) 이야도는 지금 내가 말한 바를 믿게 되고 천황 숭배는 모두가 엉뚱한 잘못으로 서양에서 하는 민족주의와 같다는 것을 믿게 되었다. 그는 일본은 잘못되었고 한국에서의 일본 정책은 나쁘고 또 극악하다고 말했다. (강용흘, 유영 역 2002:244~245)

위는 강용흘이 국가와 민족의 이익 때문이라 할지라도 개인이 자신의 양심에 반하여 반인륜적인 행동을 해서는 안 된다는 소로우Henry David Thoreau의 사상을 내재화하고 있었음을 그대로 반영한다. 소로우의 '시민불복종' 사상은 다음과 같이 표현된다.[12]

> 법률은 인간을 조금이라도 더 정당하게 만들지 못하였다. 법을 존중하면 성격이 좋은 사람조차 날마다 불의의 대행자가 되어야 한다. 정당하지 못한 이와 같은 법에 대한 존중이 흔히, 그리고 당연하게 빚어내는 결과는 당신이 엄청나게 질서를 잘 지키며 행진하는 군인이나 장군이나 병사 등이 된다는 것이다. 그리고 그것은 상식이나 자신의 의지에 반하는 것이며 그것은 가파른 행진이며 가슴이 쿵쿵 뛸만한 일이다. 그들은 이 욕먹을 만한 일에 할 수 없이 걸려들었음을 안다. 그들은 인간인가? 아니면 어떤 이해 못할 사악한 권력자의 의지에 휘둘리는 조그마한 요새이거나 총인가? (박진임 역)

> Law never made men a whit more just; and, by means of their respect for it, even the well-disposed are daily made the agents of injustice. A common and natural result of an undue respect for law is, that you may be a file of soldiers, colonel, captain, corporal, privates, powder-monkeys, and all, marching in ad-

---

12 '첫째 인간이어야 하고 그 다음이 신민이다'라는 *Civil Disobedience*(1849)의 주제는 톨스토이, 간디 및 마틴 루터 킹 등에게 지대한 영향을 미쳤다(Peter B. High, 송관식·김유조 역 1999:48).

mirable order over hill and dale to the wars, against their wills,
ay, against their common sense and consciences, which makes
it very steep marching indeed, and produces a palpitation of
the heart. They have no doubt that it is a damnable business
in which they are concerned; they are all peaceably inclined.
Now, what are they? Men at all? or small movable forts and
magazines, at the service of some unscrupulous man in power?

(Joseph Wood Krutch ed., 1962:86~87)

소로우가 지적한 바와 같이 강용흘은 민족의 이익을 위하여 개인의
양심을 저버리지 말아야 한다고 피력하고 있다. 강용흘이 소로우에 대
해 직접 언급한 바는 없지만 그가 에머슨의 영향을 받았음은 확실하다.

이즈음에 나는 영어책을 많이 읽고 있었다. 그것이 내 유일한 관심
사였기 때문에 내 영일사전은 닳아 빠졌다. 나는 셰익스피어와 칼라
일, 에머슨을 원서로 소화하고 있었다. 나는 이미 이것들을 일본 번역
으로 읽은 적이 있었기 때문에 그 사상을 이해할 수 있었다. (강용흘,

유영 역 2002:293)

또한 일본 유학 시절의 공부에 대해 쓴 것을 보면 이를 확인할 수 있다.

> 도쿄에는 수많은 동양 학생들이 있었는데 모두 일본학교를 통해서 서양 문명의 사상을 공부하고 있었다. 그곳은 신학문을 연구하는 동양의 지성의 중심지였다. 그 당시 책들은 거의가 서양의 작품을 번역한 것이었다. 셰익스피어, 칼라일, 에머슨, 러스킨, 테니슨, 브라우닝, 찰스 디킨스, 존 스튜어트 밀, 허버트 스펜서, 그리고 더 많은 것들이 번역되어 있었다. 이런 것들이 제일 잘 팔리는 책들이었다. 이때 도쿄에는 장차 동양의 지도자가 될 사람들이 교육을 받고 있었는데 이들은 어쨌든 유럽이나 아메리카의 학위를 얻을 여유가 없었다. 많은 수의 한국 젊은이들도 자존심을 누르며 원수의 나라 학교에 가고 있었다. (강용흘, 유영 역 2002:227)

강용흘이 당대의 일본 유학생들의 독서 목록으로 제시한 책 중에 에머슨의 것이 포함되어 있다는 사실은 텍스트에 드러나는 다른 사상이나 에피소드의 편린과 더불어 강용흘이 초절주의 사상에 깊이 영향받았음을 상기시킨다. 이념, 혹은 이념을 통한 선동과 교육, 학습보다는 자신의 내면을 조응함으로써 대령oversoul에 이르러야 한다는 에머슨 식의 초절주의는 그 어느 다른 사상보다도 강용흘에게 호소력이 큰 사상이었음을 알 수 있다.[13] 이는 『초당』 전편에 드러나 강용흘의 개인적 시인 기질과 텍스트에 일관되게 드러나는 그의 삶의 태도에 비추어보

---

13 '대신령(Over Soul)'이란 '하나의 통일체로서 (…중략…) 그 속에서 모든 사람의 독특한 개체가 모두 포함되어 있고, 다른 모든 물체와도 하나가 되는 것'이다. (…중략…) 대신령으로부터 모든 사상과 지성이 나오는 까닭에 '우리는 무엇을 생각할는지 결정하지 않으며 다만 오관을 열어두고서 — 지성이 보게 할 따름이다'(Peter B. High, 송관식·김유조 역 1999:46).

면 더욱 분명해진다. 강용흘이 자연에 대한 묘사에 텍스트의 많은 부분을 할애하는 것, 그리고 자연을 예찬한 중국과 한국의 옛 시인을 자주 인용하는 것 또한 인위적인 노력보다는 자연을, 그리고 행위보다는 내면을 중시하는 초절주의의 성격에 부합하는 것으로 볼 수 있다. 더 나아가 민족에 대한 '봉사'나 교화를 강조한 이광수를 실명을 들어가며 비판하기도 하면서 강용흘은 자신의 내면의 소리에 충실한 것이 결국은 인류에게 봉사하는 길이라고 주장한다(강용흘, 유영 역 2002:229).

강용흘이 민족의 운명과는 무관하게 개인적 안위와 출세를 위한 지식 획득에 부심한 인물이라는 주장은 『초당』의 텍스트 읽기에 기초해 볼 때에는 근거가 박약하다. 강용흘은 신지식의 획득을 통하여 민족의 지도자가 될 꿈을 갖고 있었음을 텍스트에서 확인해 볼 수 있다. 다만 강용흘은 민족의 이름으로 행해지는 폭력에 대해서는 매우 비판적이었으며 이는 부연하건대 그가 에머슨과 소로우에서 기원하여 톨스토이와 간디로 이어지는 철학적 전통을 깊이 숭상하고 있었음을 반영한다. 뉴욕에서 일어난, 한국 동포가 친일파 인물에 대해 살해를 시도한 사건에 대해 언급하면서 그는 자신이 민족의 이름으로 이루어지는 폭력에 대해 혐오하게 된 것을 직설적으로 표현한다. 그것을 '효과 없는 야만성'이라고 부르는 것이다.

그러나 한국이 내게서 점점 멀리 사라져가는 것을 보는 것 같았다. 린은 내게서 애국심을 불러일으키지 못했다. 그는 다만 내 고독감과 민족주의적 정열의 부족, 끊임없이 내 눈앞에서 어른거리는 조국과

> 내 동포사이에서도 불쾌한 망명객의 의식을 단순히 높여줄 뿐이다.
> 내 속에 있는 반항적인 개인주의가 그 유혈극에 대한 아시아적인 논
> 지를 받아들일 수가 없었다. 그것은 내게 야만적일 뿐만 아니라 백해
> 무익하게 보였다.[14] (강용흘, 유영 역 2002:87)

더군다나 강용흘은 피격을 당한 '진완'이라는 동포가 일본의 고위
공직자이기는 하지만 그가 몰래 독립 운동가들을 보호하고 있었기 때
문에 진완의 도움이 없었더라면 그 독립 운동가들이 목숨을 잃을지도
모르는 위험에 더러 처했었다는 아이러니를 언급한다. 그리하여 이분
법적인 발상에서 비롯된 '친일' 또는 '반민족' 개념이 부적절하다는 것
을 지적한다. 개인의 행적을 세밀히 살펴볼 때에는 일견 친일적으로 보
이는 인사가 사실은 민족주의자였음을 확인할 수 있기 때문이다. '진
완'이라는 인물을 통하여 강용흘은 민족의 이름하에 행해지는 폭력의
부당성을 다시 지적하는 것이다.[15] 동시에 '민족'이라는 협소한 개념이
불러올 수 있는 폭력성을 경계하고 전 지구적인 평화주의를 옹호하고
있는 것이다. 물론 일제치하에서 '민족'을 지키는 문제는 당시 한국인
들에게는 매우 절실한 문제였다. 그러나 '민족'을 넘어 인류애를 추구
했다는 이유로 강용흘이 '민족'의 안위에는 관심이 없고 개인적인 영달
만을 추구하였으며 그의 미국에 대한 동경과 예찬이 순전히 개인적인

---

14 인용 부분에 대한 필자 나름의 번역은 다음과 같다. "(…중략…) 그는 단지 나의 고독감을
    강조하고 내가 민족적 정열이 부족하다는 것을 확인하게 했으며 심지어 동포들 사이에
    있을 때에도 거기서도 내가 불안한 망명객임을 다시금 깨닫게 해 주었다. 동포들 사이에
    있으면 계속 조국이 바로 눈에 어른거리는데도(…중략…)"
15 이에 대한 구체적인 언급은 Jinim Park(2007:282~284)를 참조할 것.

이익으로 말미암은 것이었다는 주장은 부당하다.[16]

더군다나 『초당』의 한 장을 차지하는 '만세'장에는 3 · 1운동의 이념과 지향점이 자세히 소개되어 있다. 강용흘이 특별히 3 · 1운동을 자세히 묘사하고 소개한 것은 3 · 1운동의 기본 성격에 그가 크게 찬동하고 있었기 때문이다. 또한 3 · 1운동의 이념에 드러난 비폭력 무저항 사상은 간디의 사상에서 크게 영향받은 것이었으며 간디의 사상이 앞서 언급한 대로 에머슨과 소로우의 초절주의 사상과 연결되어 있음은 주지의 사실이다. '만세'장은 강용흘이 '민족'의 문제에 무심한 것이 아니라 오히려 '민족'의 자주와 자립에 큰 관심을 갖고 있었고 그가 평화주의자로서 식민주의의 폭력성을 적극적으로 비판한 인물임을 증명해 주는 부분이다.

이상에서 살펴본 바와 같이 강용흘은 개인적인 안위에만 관심이 있고 '민족'의 문제를 무시했다고 볼 수 없다. 다만 '민족' 개념이 폭력을 합리화시키는 기제중의 하나로 작동할 수 있다는 사실을 인식하고 그에 따라 편협한 민족주의에 저항했던 것이다. 민족주의가 폭력을 불러올 수도 있다면 그것은 그가 추구한 평화의 사상과는 매우 거리가 먼 것이었다. 따라서 강용흘이 민족 현실을 외면하고 미국을 열망한 개인

16　임선애는 "주인공 한청파가 당대의 거대 담론이었던 조국독립의 문제에는 별로 관심이 없었고 오로지 미국으로 가기만을 열망했던 인물이라는 점이 한계로 지적되기도 하지만 일본제국의 가혹한 식민통치로 인해서 겪는 우리 민족의 고통, 독립선언문 전문과 공약3장을 보여줌으로써 우리 민족들이 가진 탈식민의식 등 식민통치 아래에 있던 당대의 한국의 사정을 세계에 알린 점은 높이 평가되어야 한다"(임선애 2005:102)고 주장한다. 『초당』의 제21장 「만세」장은 온전히 일제치하 피폐한 민족의 삶을 구체적이고도 생생하게 묘사하고 있으며 삼일운동의 평화적 정신을 문학적으로 구현하고 있는 장이다. 더구나 강용흘 또한 독립운동의 동조자로서 투옥의 경험을 갖고 있음을 보여준다. 이에 대해서는 강용흘, 유영 역(2002:309~324)을 참조할 것.

주의자라는 주장은 강용흘의 '사해동포주의'나 평화주의에 대해 무지한 결과이거나 의도적인 오독의 결과로 볼 수밖에 없다.

4. 미국 사회문화의 변화와 강용흘 문학의 수용

이상에서 강용흘의 작가적 성공이 오리엔탈리즘에 의지한 것이라는 주장에 이의를 제기하고 그 근거를 제시했다. 강용흘의 작품이 미국 문단에서 호평을 받은 것이 서구의 독자들이 기대하는 민족지를 제공하는 원주민 정보제공자의 역할을 했기 때문이라는 주장은 근기가 희박하다는 것을 보이고 그의 문학적 성공을 텍스트 자체의 우수성에서 찾아야 한다고 주장했다. 강용흘이 미국과 미국문화에서 미래사회의 희망을 발견하고 그 결과 미국을 찬양하고 미국사회의 일부가 되고자하는 열망을 가졌던 것은 부인할 수 없는 사실이다. 그러나 동시에 그는 한국으로 대표되는 동양문화의 가치도 충분히 인정하고 있었으며 작품 속에 이를 형상화했다. 강용흘의 성공은 주로 그의 작품에 드러난 문학성과 철학의 깊이, 동서양 문학에 대한 해박함 등에서 말미암은 것이다. 그러나 단지 문학 작품의 우수성만으로 제1세대 이민자인 소수 인종 작가가 당시의 미국 문단에서 그만큼의 성공을 거둘 수 있었던 것일까?

이 장에서는 강용흘의 문학적 성취를 충분히 인정하는 지점에서 논의를 미국사회와 문화로 확장하여 그의 성공이 부분적으로는 그의 문학 텍스트가 변화하는 미국 사회문화에 적절한 호소력을 견지하고 있었기 때문임을 주장한다. 즉 미국사회 내에서 자체적 변화가 활발하게 일어나서 기존의 전통에 대한 회의가 시작되고 미국사회가 새로운 방향성을 추구하고 있을 때에 강용흘이 그 새로운 방향성에 부응하는 텍스트를 제공하였기 때문에 더욱 호의적인 평가를 받았다고 보는 것이다. 그러한 시대적인 변화가 없었다면 강용흘의 작품은 미국문학사의 변방에 머무르고 말았을지도 모른다.

구체적으로 그 미국 사회문화의 변화란 미국 철학자 조지 산타야나 George Santayana가 주창한 소수문화에 대한 관심의 제고를 의미한다. 『초당』이 발간되었던 1928년을 전후한 시기는 미국사회에 커다란 변화가 일어나던 시기였다. 김서형은 문화적 다양성을 추구하는 미국의 새로운 정체성에 대한 모색이 20세기 초에 시작되었다고 분석하며 특히 1910년경에 출현한 청년 지식인 그룹의 새로운 주장들에 주목한다. 그는 "20세기 초는 다른 어느 시기보다도 미국사회에 대한 신랄한 비판과 총체적 반성, 그리고 성찰이 출현했던 시기였다"(김서형 2008:79)고 주장한다. 특히 청년 지식인들과 그들에게 가장 큰 사상적 영향을 미친 조지 산타야나의 철학에서 이러한 미국사회문화의 새로운 움직임의 기원을 찾는다.

> 1910년대를 전후로 등장한 청년 지식인들은 급변하는 미국사회를 제대로 표상하지 못했던 전통문화를 비판하고 이에 대한 대안으로서 다양성을 바탕으로 하는 미국적 정체성과 문화를 추구했다는 점에

> 서 다른 시대, 그리고 다른 집단과 구별될 수 있다. 그리고 누구보다도
> 이들에게 가장 많은 영향을 미친 사람은 바로 조지 산타야나(George
> Santayana)였다. (김서형 2008:82)

산타야나에게 전통문화와 당대의 지배문화는 다양한 인종적, 문화
적 배경을 지닌 사람들을 동질성을 지닌 집단으로 규정하려는 시대착
오적 시도의 결과였다.[17] 동시대의 다른 지식인들과 달리 산타야나는
'문화는 한 사회를 구성하고 지배하는 동시에, 공동체 전체를 통합할
수 있는 기능을 담당해야 한다'고 주장했다. 이를 바탕으로 산타야나는
다양한 인종적, 문화적 배경을 지닌 사람들까지 포함할 수 있는 새로운
미국문화 형성의 필요성을 적극적으로 주장했다(김서형 2008:96~97).

> 산타야나는 새로운 미국문화에 '소수 집단(minor group)'의 개
> 별적 경험이 반영되어야 한다고 주장했다. 다양한 사고와 행동이 반
> 영될 때, 미국사회가 직면한 문제점들을 해결하고 나아가 개방된 사
> 회 그리고 국가가 형성될 수 있다는 문화관은 산타야나의 이와 같은

---

17 미국이 서구의 다른 제국주의 국가들과 함께 확장에 나서던 1898년을 전후한 시기에
    대하여 역사학자 페인트(Nell Painter)는 "미국이 미국의 독립전쟁과 특히 1812년의 전
    쟁으로 그 맥을 이어가던 영국 공포증(anglophobia)의 전통을 버리고 영어권 인구와
    앵글로 색슨족의 생래적 우월성에 동조"한 시기라고 진단한다. 앵글로 색슨주의의 핵심
    은 '다른 종족들은 앵글로 색슨 족의 고유한 특질인 자기 통제(self-governance)가 부족
    하다'고 보는 점이다. 다른 종족이란 흑인은 물론 미국 원주민, 아시아인, 막 팽창하고
    있는 미국 내의 이탈리아인, 유태인, 폴란드인, 아일랜드 인을 포함한 모든 이민자들을
    가리킨다. Jerome Karabel(2005:24)를 참조할 것.

주장에서 다시 한번 확인된다. (김서형 2008:100)

산타야나가 주장하고 젊은 지식인들에게 커다란 반향을 불러일으킨
바, 새로운 미국문화란 다름 아닌 "산업화와 도시화, 그리고 이민을 통해
더욱 다양해진 미국사회 전체를 포괄적으로 반영할 수 있는 문화"(Douglas
Wilson ed. 1967:21~24; 김서형 2008:101에서 재인용)였다. 사실 다양성을 포괄하는
문화가 미국문화의 중심이 되어야 한다는 산타야나의 이러한 주장은 아
주 새로운 것은 아니었고 미국의 기원을 살펴볼 때 시대의 변화와 무관
한, 당연한 명제이기도 하다. 초기 이민자들의 문화를 '다양성 속의 통일
성과 통일성 속의 다양성'으로 정리하면서 밀드레드 실버Mildred Silver는
다음과 같이 서술한다.

> 통일성 속의 다양성과 다양성 속의 통일성은 미국 적인 모든 것의
> 특징이다. 그것은 부분적으로는 미국 대륙의 광대한 물리적 차이들
> 에서 말미암는다. 그러나 더 정확히는 초기 이민자들의 국가적, 정치
> 적, 사회적, 종교적 차이들에서 오는 것이다. 이러한 모든 차이들을
> 불러 모은 힘은 다름 아닌 자유에 대한 갈망이었다. (Mildred Silver 1966:19)

실버가 언급한 것처럼 미국문화는 본질적으로 동일성과 다양성의
갈등과 조화를 바탕으로 하는 것이다. 20세기 초반, 위에 든 바와 같이
산타야나의 미국문화 비판이 일어나게 된 것은 그동안 미국문화가 앵
글로-색슨족의 문화로 단일화되고 있었고 그 결과 소수 인종 미국인에

대한 직접 간접의 소외가 만연해 있었기 때문이었다. 구체적으로 산타야나는 당시의 미국문화가 "모든 사회 구성원들에게 앵글로-색슨 족의 동질성을 강요하는 문화"였다고 비판했다(Mildred Silver 1966:99).

19세기 말부터 20세기 초반에 걸쳐 태동하기 시작한 주류 미국문화에 대한 비판이 미국사회의 저변으로 확대되어 나가는 데에는 그러나 상당히 오랜 기간이 요구되었다.[18] 오히려 1924년에는 정치적으로는 보수 반동의 물결이 더욱 거세어져서 새로운 이민법의 제정으로 표상되는 이민배척운동이 일어나기도 했다.[19] 그러나 그러한 보수 반동의 물결은 일시적인 것이었으며 미국문화에 대한 자성의 목소리 자체를 대체할 수 있는 성격의 것은 아니었다.

이는 교육계의 변화에서도 확인할 수 있다. 미국 엘리트 대학의 입학허가 사례를 고찰하면서 성, 인종, 계급의 측면에서 미국사회의 변화를 추적한 카라벨Jerome Karabel의 『선택된 사람들―하바드, 예일, 프린스턴의 입학허가와 탈락의 숨은 역사The Chosen : The Hidden History of Admission and

---

[18] 김서형은 "이미 19세기 후반부터 미국의 상업주의나 물질주의를 비판하고 이에 대한 대안으로 윤리적 가치의 보편성이나 진정한 민주주의 등 미국사회의 이상을 추구하는 움직임이 출현했다"(김서형 2008:79)고 주장한다.

[19] 19세기 말 남동유럽 지방에서 가톨릭계와 유태계 이민이 물밀 듯이 쏟아져 들어왔을 때 양키 프로테스탄트 우월주의를 신봉하는 일부 국민들이 이민배척운동을 일으킨 적이 있었다 (…중략…) 1921년에 제정된 이민법은 1910년의 인구조사를 토대로 당시 미국에 거주하고 있는 외국 태생의 인구를 출생국별로 분류하여 출생국별 인구의 3%에 해당하는 수로 이민을 제한하였다. 그러나 1910년을 기준으로 하면 가톨릭계와 유태계 이민에게 유리했으므로 1924년에 다시 이민법을 개정하여 기준을 1890년 현재로 올리고 입국 허가율을 3%에서 2%로 인하하였다. 개정된 이민법은 앵글로 색슨과 프로테스탄트를 핵심으로 하는 북서유럽계 이민에게 크게 유리하였다. 이때 동양인은 귀화자격이 없다는 이유를 내세워 이민을 완전히 금지하였다(이보형 2005:278~279).
강용흘이 의회에 탄원하고 미국 문인들이 그의 시민권 획득을 위해 분투했음에도 불구하고 그가 미국 시민권을 받지 못했던 것은 이 새로운 이민법에 의거한 것이다.

Exclusion at Harvard, Yale, and Princeton』에 드러난 사례들은 이러한 시대적 변화를 잘 보여준다. 그 사례 중의 하나로 1933년부터 1953년까지 하버드 대학의 총장을 지낸 코난James Bryant Conant의 교육 철학을 들 수 있다. 코난의 연설에 드러난 교육철학은 민주화와 사회적 기회의 균등을 향한 그의 전망을 드러내고 있는데 이는 또한 미국사회의 시대적 변화가 반영된 것으로 볼 수 있다.

코난의 주장은 다음과 같이 요약된다. "자유사회로서의 미국의 생존 그 자체는 교육이 세습 특권의 장벽을 무너뜨릴 수 있는가 없는가에 달려 있다."(Jerome Karabel 2005:155) "부를 가진 특권층의 세습은 제퍼슨의 이상에 대한 엄청난 도전이다."(Jerome Karabel 2005:155~156) "세습적인 특권이 과도해지면 이는 계급의식을 낳게 된다. 부와 빈곤의 양극화현상은 이러한 계급 의식에 따른 계급 갈등을 과속화시킨다."(Jerome Karabel 2005:159)

권력층의 세습과 그에 따른 갈등을 막는 방안으로 코난이 제시한 것은 사회적 유동성social mobility을 향상시키는 것이었다. 그러기 위하여 필요한 것은 "부의 급작스러운 분배a radical equalization of wealth"가 아니라 "기회의 균등한 분배more equitable distribution of opportunity"였다(Jerome Karabel 2005:156). 더욱 구체적으로 코난은 미국이 "공산주의나 나치주의"에 이른 국가들의 전철을 밟지 않기 위해서는 "미국역사의 길을 따르는 것"이 중요하고 이를 위하여 "봉건적인 경향을 부단히 청산하면서 유동적인 사회라는 중요한 미국의 이상을 새록새록 강조하는 것"이 필요하다고 주장했다(Jerome Karabel 2005:159). 코난이 옹호한 기회의 균등은 이후 엘리어트 총장에게도 그대로 계승되었다.

> 엘리어트는 주장하기를 하버드대학은 '도시 상인이나 전문직'의 자식들에게만이 아니라 '엄청난 희생을 감수하지 않고는 자식들이 대학 준비를 일찍 시작할 수 있을 만한 시간을 준비해 줄 수 없었던 농부나 공장 노동자'의 자식들에게도 그 문호가 개방되어야 한다.
>
> (Jerome Karabel 2005:40)

위는 기득권층의 특권이 아닌 개인의 능력에 의하여 학생을 선발함으로써 사회의 지도층을 형성해 나가야 한다고 주장한 것이다. 물론 하바드를 위시한 엘리트 대학의 총장들이 한결같은 목소리로 사회의 소수자들에게 문호를 개방해야 한다는 신념을 보여준 것은 아니었다. 그러나 프린스턴의 윌슨 총장의 주장에서 확연히 드러나듯 미국 교육계의 이상은 사회적 기득권층에게 특권을 연장시켜주는 구실을 하는 교육이 아니라 교육 기회의 균등을 통하여 소외 계층의 잠재적 능력을 개발시켜주는데에 있다는 것이었다. 물론 미국 교육계에서 일어난 이러한 소외 계층에 대한 배려가 직접적으로 소수 인종을 겨냥한 것이라고 보는 것은 무리일지도 모른다. 그러나 주디스 버틀러Judith Butler나 밀튼 베이츠Milton Bates를 비롯한 많은 학자들의 주장처럼 성별gender, 인종race, 계급class은 상호 긴밀하게 연관되어 있어 계급이나 성별의 측면에서 평등권이 확보된다면 이는 곧 인종간의 평등으로 발전되기 마련이다.

20세기 초반에 나타나기 시작한 미국사회 내부의 변화는 일시에 급진적으로 이루어진 것은 아니었다. 그러나 그 이전의 시대, 즉 "19세기 후반," "미국사회의 결정적인 계층decisive startum이 WASP 상류층과 그들의 이상, 즉 영국의 전통을 따라 문명의 세례를 받은 신사들"[20]이었음에 비추어 볼 때 이러한 움직임들은 커다란 변화라고 하지 않을 수 없다.

이상에서 살펴본 바와 같이 미국 사상계와 교육계에서 일어난 변화들을 종합해 볼 때 강용흘의 『초당』이 미국 문단에 등장했던 1928년경, 미국사회에는 WASP 중심의 문화에 대한 저항이 태동되고 있었다고 볼 수 있다. 또한 정치적으로는 아시아인들에게 불리한 이민법이 제정되기도 했지만 산타야나가 제기한 미국문화 비판을 통하여 볼 수 있듯이 소수 인종의 다양한 문화에 대한 이해의 필요성이 서서히 대두하고 있었음을 알 수 있다. 물론 이러한 새로운 문화적 경향이 문화계의 주도적인 세력으로 자리 잡는 데에는 더 많은 시간이 요구되었고 그것은 1960년 이후 미국 인권 운동의 전개와 페미니즘의 부상이 이루어질 때 비로소 본격적으로 진행되었다고 볼 수 있다.

그러나 강용흘이라는 아시아 이민자의 자전 소설이 미국 문단의 주목을 받고 10여 개의 외국어로 번역되었다는 역사적인 사실은 이러한 미국 사회문화의 변화를 배경으로 하여 가능한 것이었다. 그렇다고 해서 강용흘 작품의 문학성을 폄하해도 좋다는 것은 결코 아니다. 『초당』이 단순히 민족지적인 정보 제공의 텍스트에 불과했다면 강용흘의 문학적 위상이 지금과 같을 수는 없을 것이다. 동양의 이질적인 문화와

20　Jerome Karabel(2005:2). 이와는 대조적으로 1894년에 창설된 '이민 제한 리그(Immigration Restriction League)'는 "미국 시민에게서 바람직하지 않은 요소들과 미국의 성격에 상처를 줄만한 요소들을 제거"할 필요성을 일반에게 인지시킬 목적으로 창설되었다. 19세기말 미국의 보수 반동적 성격을 대변하는 사건으로 볼 수 있다. 이에 대해서는 Jerome Karabel(2005:47~48)을 참조할 것.

풍습이 서구 독자들의 관심을 유발한 것은 그것이 서구문화의 결핍과 부족을 보완하며 서구문화의 자성을 추구하는 충격적 효과가 있을 때에나 가능한 것이다.

강용흘이 보여주는 동서 문학 고전의 이해와 이들의 상호 교섭, 상호 비판의 기능이야말로 강용흘의 작가적 우수성을 증명하는 요소들인 것이다. 동시에 20세기 초반 미국의 변화하는 문화 지형도에서 강용흘이 한 지점을 차지할 수 있었던 것은 미국이 추구하고 있던 자기반성과 문화적 다양성의 가치에 『초당』이 직접 호소하는 힘이 있었기 때문이다. 강용흘은 한국문화의 자연 친화적 성향과 역사의 유구성에 힘입은 고전적 전아함을 찬양한다. 동시에 동전의 이면과도 같이 그 오래 묵은 전통의 폐쇄성과 개성 파괴에 대해 비판한다. 마찬가지로 그는 미국의 자유, 이상, 신생의 힘을 찬양한다. 그러나 동시에 미국문화의 인공성, 소외, 단절과 과도한 물질주의를 비판한다.[21]

강용흘의 문학 텍스트는 그 결과 오리엔탈리즘이라는 공격도 용이하게 만들며 동시에 미국 비판의 텍스트로도 읽힌다. 텍스트의 부분들만을 모아서 특정한 시각을 적용하면 의도에 부합하는 결과를 도출해 주기 때문이다. 그러나 그렇기 때문에 강용흘의 텍스트에 접근하는 데에는 균형 잡힌 시각이 필요하다. 강용흘은 결코 한 문화를 찬양하기 위하여 그 타자를 왜곡하는 이념주의자도 오리엔탈리스트도 아니기 때문이다. 또한 강용흘에 접근하기 위해서는 그가 처했던 격변의 시대에 대한 거시적인 접근이 선행되어야 한다. 강용흘은 한국, 일본, 미국이

---

21 미국문화의 비판은 강용흘의 두 번째 작품인 『동양 선비 서양에 가시다』에 훨씬 현저하게 나타난다.

라는 공간을 가로지르며 일제의 식민주의 침략과 그에 대한 저항, 미국으로의 이민과 뿌리내리기를 경험했다. 다양한 경험의 소유자로서 문학 텍스트를 통하여 그가 체험한 역사를 증언하는 증언자가 강용흘이기 때문이다.

5. 결론

강용흘은 초기 아시아계 미국작가 중 대표적인 인물로서 그에 대한 연구 또한 다양하게 이루어져 왔다. 이 장에서는 강용흘을 오리엔탈리즘을 사상적 기반으로 하는 작가로 보는 부정적인 평가에 저항하며 그의 문학 텍스트에 드러난 사상의 편린들을 통하여 강용흘이 오리엔탈리스트가 아님을 주장하였다. 강용흘은 열렬한 애국주의자의 면모를 보여주지 않지만 이는 그가 개인의 안위만을 생각하는 인물이어서가 아니라 민족주의가 갖는 폭력성을 파악하여 민족주의를 넘어서고자 하였기 때문임을 주장하였다. 강용흘의 그러한 탈민족주의적 성향은 미국의 사상가 에머슨에서 비롯된 초절주의 사상의 영향으로 파악하였으며 텍스트에 드러난 그의 독서 편력을 묘사한 장면과 기타 그의 사상이 표출된 에피소드들을 증거로 제시하였다.

다른 한편으로는 그의 문학적 성공이 20세기 초반의 미국 지성계의 자성적 변화에 힘입고 있다는 것을 지적하였다. 즉 20세기 들어 미국

사회에서는 앵글로 색슨 백인 중심의 동질적 문화에 저항하고 소수 인종의 문화적 다양성을 포용하고자 하는 목소리들이 문화의 여러 분야에서 등장하게 되었는데 강용흘의 문학적 성공은 일정 부분 이러한 새로운 움직임의 혜택을 입었다고 볼 수 있다.

일본계 미국인의 자화상

존 오카다의 『노노보이』 연구

기억하는 것은 결코 조용한 자성이나 회고가 아니다.

그것은 끔찍한 현실의 상흔을 이해하기 위하여

조각난 과거를 새로이 짜 맞추는 것이다.

— 호미 바바(1994:63)

Remembering is never a quiet act of interpretation

or retrospection.

It is a painful re-membering,

a putting together of the dismembered past to make sense

of the trauma of the present.

— Homi Bhabha(1994:63)

1. 서론

민족ethnicity 개념을 중심으로 미국인의 정체성을 논할 때 일본계 미국인들의 위상은 독특하다. 그 특수성은 일본계 미국인들이 제2차 세계대전 이전까지는 다른 소수 인종 그룹에 비하여 주류 백인 미국인들에게 훨씬 근접해 있었다는 점accculturated에서 출발한다. 조안 장Joan Chang은 세 가지 점을 들어 왜 그런 근접성이 생겨났는가를 설명한다. 첫째, 일본계 미국인들이 코카시안 미국인과 결혼하는 비율이 다른 소수 인종들에 비해 볼 때 상대적으로 높았다는 점, 둘째, 일본계 미국인들은 자신들이 다른 아시아계 미국인들보다 문화적으로 우수하다고 믿었다는 점, 그리고 셋째, 일본계 미국인들이 중국계 미국인보다도 더 일찍 미국에 정착했다는 점 등이 그것이다(Joan Chang Chiung-huei 2000b:379).

그러나 일본계 미국인들은 그들이 다른 아시아계 미국인들보다 더 주류 백인 미국인에 근접해 있었다는 사실에도 불구하고 제2차 세계대전 중 캠프에 보내어져 극심한 인종차별의 대상이 되었다. 그 결과 일본계 미국인들의 자아정체성 형성에 가장 중요한 역할을 담당한 것은 다름 아닌 이 수용소 경험이다. 일본계 미국인들, 특히 이민 일 세대와 이 세대인 '이세이Issei'와 '니세이Nisei'들의 분리된 자아정체성은 이 캠프 경험으로부터 말미암은 것이다. 그런 까닭에 일본계 미국인 작가의 소설들에는 캠프 수용 경험이 자주 등장한다.[1]

---

1   Monica Sone(1979) 참조.

아메리카 대륙의 남반부와 북반부에 거주하는 일본계 사람들을 지칭하는 용어는 '니케이Nikkei'다. 이들 니케이들에게는 세대 간의 변별력이 강하게 작용하고 있다. 니케이들은 스스로 세대마다 이세이, 니세이, 산세이Sansei라는 이름을 붙였다. 즉, 이세이는 1885년부터 1924년 사이에 하와이나 미국 본토에 도착한 이민자들을 일컫는 이름이다. 니세이와 산세이는 이 세대와 삼 세대를 각각 지칭한다(Stan Yogi 1996:126). 일본계 미국인들의 경험에서 가장 핵심적인 것이 전술한 수용소 경험일진대, 이 수용소 경험에 가장 민감할 수밖에 없었던 이들은 다름 아닌 니세이들이었다. 니세이들은 대개 1910년부터 1940년 사이에 태어나 그중 대다수가 전쟁 기간 동안에 성년으로 진입하는 예민한 시절을 보내야 했던 것이다. 스텐 요기Stan Yogi의 지적처럼, 니세이들은 "부모 세대가 가진 일본적인 가치와 동료들로부터 획득한 미국적 이념에 동시에 영향을 받으면서도 궁극으로는 자신들을 미국인이라고 간주했다. 따라서 그들이 수용소에 갇히게 되는 경험을 한 것은 그들로 하여금 인종의 문제와 국가의 개념을 심각하게 회의하도록 만들었던 것이다"(Stan Yogi 1996:126).

제2차 세계대전 이후의 일본계 미국인에 의해 쓰인 문학 작품들은 이 수용소 경험으로부터 자유로울 수가 없었다. 모니카 소네Monica Sone의 『니세이 딸Nisei Daughter』, 그리고, 이 장에서 다루는 존 오카다John Okada의 『노노보이No-No Boy』가 이 수용소 경험을 문학으로 재현한 대표적인 문학 텍스트라 할 것이다.

오카다의 『노노보이』와 소네의 『니세이 딸』이 공통적으로 수용소 경험을 다루고 있다는 데에서 두 작가는 공통점을 보여주기도 하지만 그들이 그 경험에 접근하는 방법은 대조적이다. 우선 공통점을 언급하자면 모니카 소네와 존 오카다는 동일하게 일본계 미국인들이 겪는 정체성의 혼란과 갈등을 보여준다는 것이다. 일본계 미국인들은 다른 소수 인종 미국인이 그러하듯이 하이픈으로 연결된 상태로 자신의 주체를 구성할 수밖에 없는 존재들이며 '일본'과 '미국' 둘 사이에 놓여 분열된 모습을 보여준다.[2]

그러나 소네과 오카다의 태도는 대조적이다. 먼저 소네의 작품은 주어진 고통을 인내하고 감수하며 주류 미국사회의 흐름에 동화해가려는 태도를 보이고 있다. 소네의 경우에는 '일본'적인 것을 부정하고 '미국'적인 것을 받아들이는 데로 나아간다. 소네의 작품은 일본계 미국인들에게 행해진 불의에 항거하기보다는 그 아픔을 안으로 수용하면서 인내하는 모습을 주로 그림으로써 이해와 수용을 지향한다고 볼 수 있다.

이에 반하여 오카다의 작품은 저항과 분노, 그리고 좌절을 거칠게 드러내고 있다. 텍스트 속의 주요 인물들은 한결같이 부정적 시각을 갖고 있으며 각기 다른 방식으로, 그러나 공통적으로 분노와 절망을 표출한다. 다시 말해서, 오카다의 작품은 수용소경험이라는 상흔trauma과 그 후유증aftermath을 정공법으로 다루고 있는 것이다.

따라서 미국 내에서 소네의 작품이 독자층을 두껍게 형성한 것과는 대조적으로 오카다의 작품은 거의 주목을 받지 못했다. 1957년 오카다의 이 작품이 출판되었을 때, 미국 내의 주류 미국인들은 말할 것도 없고 일본계 미국인들 사이에서도 부정적인 반응을 얻은 것은 당시의 시대적인 분위기를 고려해 볼 때에는 그다지 놀라운 일이 아니다(Stan Yogi 1996:126).

---

2 이러한 이중적 주체의 문제에 대해서는 Jinhee Yim(1999)를 참조할 것.

즉, 당시에는 아직 1960년대의 시민운동이 시작되기 전이라 인종차별이나 분리segregation의 문제에 대한 각성이 제대로 이루어지지 않았던 것이다. 더구나 수용소 경험을 했던 일본계 미국인들 자신들조차 미국 정부의 결정에 순응적인 태도를 보였으며 그들 사이에서 그들 스스로가 미국 사회에 동화되어야 한다는 정조가 우세하기도 했던 것이다.[3]

이 장에서는 『노노보이』에 나타난 일본계 미국인, 그중에서도 특히 니세이의 주체성을 탐구하고자 한다. 『노노보이』의 주인공이 갖는 '이도 저도 아닌neither nor' 정체성은 이치로Ichiro라는 주인공 인물을 통하여 극명하게 드러날 것이다. 동시에 『노노보이』는 이러한 분열된 주체의 문제가 한 문제적 인물에게 국한되어 나타나는 문제가 아니라, 주인공 이치로로 대표되는 니세이들의 공통된 자화상에 해당한다는 것을 보여준다. 그리하여, 일본계 미국작가 오카다의 작품을 검토하는 것은 한편으로는 일본계 미국인의 정체성에 대한 탐구이며 다른 한편으로는 자서전이 역사와 맺는 관계의 탐구가 된다.

---

3 돌이켜보면 비민주적이고 불법적인 이 '수용소 수용 명령(명령 제9,066호)'이 내려졌을 때, 당시의 일본계 미국 시민 연합(the Japanese American Citizens League)의 결정은, "법률을 따르라, 대통령이 명령하면 소란을 피우지 말고 조용히 수용소로 가라"는 것이었다 (Joan Chang Chiung-huei 2000b:388). 또한, 나카니시의 조사에 따르면, 상기 연합이 캘리포니아에 거주하는 일본계 미국인을 대상으로 조사를 했을 때, 1942년에는 조사 대상자의 80%가 그 결정에 동의한 것으로 되어있다. 또한 25년 후인 1967년에는 48%가 여전히 그 결정에 동의하고 있음을 이 조사는 보여준다. 미국 정부가 이 명령이 "전쟁 기간 동안의 최악의 실수"임을 인정한 것은 약 40년이 지난 1981년이었다(Joan Chang Chiung-huei 2000b:397).

2. 수용소 경험과 일본계 미국인의 정체성

책의 제목이기도 한 '노노보이'는 무엇을 뜻하는가? 제2차 세계대전 기간 중 미국 정부는 일본계 미국인 남성들을 대상으로 미국 정부에 대한 충성심을 확인하는 질문서에 답하게 했다. 그 질문서는 "일본인 후예의 미국 시민 성명Statement of United States Citizenship of Japanese Ancestry"이라는 이름의 것이었다. 그리고 이 질문은 단지 이세이와 니세이뿐만 아니라 미국이나 일본에 거주하는 일본인들 모두를 분열시키는 결과를 낳았다(Joan Chang Chiung-huei 2000b:392). '노노보이'는 그 질문서의 맨 마지막 두 조항에 부정적인 대답을 한 이들을 지칭하는 말이다. 이 질문서는 미국 서부 지역에 위치한 수용소에 수용되었던 17세 이상의 일본계 미국인들 모두에게 주어졌다. 앞에서 언급한 두 질문이란 27번과 28번의 질문이었다. 그 질문을 그대로 인용하면,

> 27번—미국 전역에 걸쳐 어디에 배치 받든지 간에 미국 군대를 위해 싸우겠는가?
> 28번—미국에 무조건적인 충성을 약속하고 국가 내부로나 외부로부터의 어떤 세력으로부터도 미국을 보호할 것이며, 또한 일본 천황은 물론 어떤 외국이나 외부 조직, 외부 세력에도 결코 복종하거나 순응하지 않을 것을 맹세하는가? (Shirley Geoklin Lim 2000:162)

대부분의 일본계 미국인들이 '예스yes'라고 답했음에 반하여 일부는

'노no'라고 거절의 의사를 밝히게 되는데 후자는 그로 인해 범죄자로 취급받게 되는 것이다. 텍스트의 주인공 이치로 야마다Ichiro Yamada는 위의 두 질문에 '노'라고 대답함으로써 이중의 수난을 겪게 된다. 1차적으로는 감옥에 보내져 2년의 감옥 생활을 해야 했으며 출옥하여 홈타운인 시애틀로 귀향한 이후에도 전후 시애틀에 만연해 있던 인종 차별적인 태도의 희생물이 되는 것이다.

여기에서, 먼저 일본계 미국인들이 자신들이 살던 영토에서 축출되어 캠프에 보내어진 역사적 사실을 먼저 살펴보기로 하자. 일본이 하와이의 진주만을 공격한 지 십 주 쯤 후에 미국의 루스벨트 대통령은 '명령 제9,066호'를 발동하였다. 이 명령은 워싱턴, 오리건과 캘리포니아주, 그리고 애리조나주 남단에 살고 있는 일본 이민자들과 귀화한 일본계 미국인 120,000명을 효과적으로 감시하기 위하여 캠프에 집단 수용한다는 것을 골자로 하는 것이었다(Joan Chang Chiung-huei 2000b:386). 그것은 이들 일본계 미국인들이 미국의 적인 일본에게 동조할 우려가 있다는 근거 없는 우려에서 나온 결정이었다. 그러나 그 바탕에 놓인 것은 그런 실제적인 이유보다는 일본인에 대한 혐오의 감정에 기반한 인종 차별이었다. 그러한 사실은 여러 역사적, 문학적 문서에서 발견되는 바이다.

루스벨트의 이 명령에 대하여 역사가 다니엘스Roger Daniels는 불법성을 지적한다. '명령 제9,066호'에 따라 수용소에 수용된 이들은 개인적인 청원hearing을 할 수 있었어야 했음에도 불구하고 그 누구도 그런 기회를 갖지 못했다는 것이다. 단지 이세이만이 아니라 미국 시민으로 태어난 니세이를 포함한 그 누구에게도 그런 기회는 주어지지 않았다. 니세이들의 죄는 조상이 일본인이라는 것뿐이었다(Roger Daniels 1993:27).

그 뿐만 아니라 수용소에의 수용과 감호를 표현한 용어들도 문제적이었다. 우리말로는 둘 다 '수용'이라고 번역될 'incarceration'과 'internment'가 그것인데, 법적으로 '수용'의 뜻을 가진 'internment'는 오직 개개의 외국인alien individual에게만 해당되는 용어라는 것이다. 그러나 일본인의 수용소 수용은 집단적으로 행하여졌으며 인종적 기원과 소재지에 바탕한 것이므로 문제적이다. 수용소 수용에 동원된 수많은 단어들은 직접적인 자극을 피하기 위한 의도로 만들어진 애매한 것들이었다. 그 수용 행위는 'evacuation', 'replacement', 'relocation', 'incarceration' 등으로 불리었고, 수용소는 'assembly centers', 'relocation camps', 'concentration camps', 'internment camps' 등으로 불리었다(Joan Chang Chiung-huei 2000b:389~390).

『노노보이』의 서문은 일본의 진주만 공격이 야기하게 되는 일본계 미국인들의 위상 변화를 묘사하는 데에서 시작한다.

> 1941년 12월 7일은 일본의 폭탄이 진주만에 투하된 날이었다. 그 순간을 시작으로 미국에 거주하는 일본인들은 그들의 어찌할 수 없는 갈색 피부와 가느다란 눈으로 인하여, 종류가 다른 동물로 변해 버렸다. 사실 자세히 들여다보면 그 눈은 그다지 가느다랗지도 않긴 하지만. 진주만 침공을 알리는 말의 효과가 미국 전역의 수백만 개의 라디오로 전달되는 순간, 일본과 관련된 모든 것과 일본과 관련된 모든 사람은 경멸스러운 그 무엇인가로 돌변해 버렸다. (John Okada 1976:vii)

진주만 공격 이전까지는 다른 소수 인종의 미국인들과 큰 차별이 없었을 뿐 아니라, 오히려 다른 아시아계 미국인보다 상당히 더 주류 미국인 쪽에 가까운 듯 보이기까지 했던 이들이 바로 일본계 미국인들이었다. 그러나 진주만 공격 이후 순식간에 그들은 미국인의 적으로 돌변해버린 것이다. 그 경험은 일본계 미국인들에게는 치유하기 힘든 상처로 남을 수밖에 없는 성질의 것이다. 동시에 이는 이성적으로 용납하기 힘든 모순에 가득 찬 것이기도 하다. 이 캠프 수용 명령의 모순성은 곳곳에서 드러나고 있다. 조안 장이 지적한 것처럼, "'명령 제9,066호'가 하와이에 거주하는 일본계 미국인에게는 적용되지 않았다는 사실은 그 명령이 순수히 국방의 차원에서 결정된 것이 아니라 경제적인 이유와 인종차별의 결과물"이라는 것을 증명한다(Joan Chang Chiung-huei 2000b:387). 미국 내에 거주하는 일본인들이 미국의 첫 공격 목표가 된 것을 오카다는 다음과 같이 설명한다.

> 이제 큰 눈덩이(the snowball)는 떠오르는 태양(the rising sun)을 쓸어낼 수 있을 만큼 충분히 컸다. 떠오르는 큰 해는 아마 쓸어내기에 시간이 좀 걸릴 것이다. 그러나 떠오르는 작은 해, 서부 해안에 위치한 워싱턴, 오리건, 캘리포니아주의 수많은 일본인들을 일컫는 말인 이 작은 해를 쓸어내는 것은 문제될 것이 없었다. (John Okada 1976:ix)

'떠오르는 태양'이 일본과 일본 자국민을 지칭하는 것일 때, '작은 해'는 미국 영토에 흩어져 있는 일본인들, 즉 미국으로 이민한 일본인들을 일컫는다. '작은 해'는 '큰 태양'보다 더 쉬운 공격의 목표가 되었던 것이다. 그것은 단지 '큰 태양'과 '작은 해'가 한 종류의 것이라는 미국 정부와 미국인들의 편견에서 말미암는 것이다. 이들 일본계 미국인들은 아무런 죄 없이, 단지 그들의 조국이 일본이라는 이유만으로 이른바 재정착 센터 relocation center에 보내졌던 것이다(John Okada 1976:ix). 그 수용소는 철조망과 감시탑이 있고, 총을 맨 병사들이 감시하는 그런 곳이었다.

일본계 혈통을 가지고 미국에서 태어난, 니세이들에게는 그 모순 투성이의 결정이 이민 1세대인 이세이들에게 보다 더욱 첨예하게 느껴졌을 것이다. 니세이들, 2세대 일본계 미국인들은 사실 그들 부모의 조국이 되는 일본과는 거의 무관한 존재들이라 할 수 있다. 니세이들은 외양이 순수 일본인들과 같을 뿐 법률적, 문화적 면에서는 '일본'과는 거의 무관한 존재들이다. 그들은 미국 영토 내에서 출생한 까닭에 미국의 시민권법에 따라 출생과 동시에 미국 시민권을 부여 받은 자들이다. 그리고 그들은 스스로를 일본적이라기보다는 미국적인 사람들로 느껴 왔던 것이다. 스스로를 일본인 이라기보다는 미국인으로 여겨왔다는 바로 그 점이 그들 니세이를 이세이로부터 분별하는 지점이다.

이세이와 니세이, 두 세대는 엄연히 분리되고 단절되는데 세대 간의 단절은 언어와 연결하여 볼 때 잘 드러난다. 이세이들이 일본어를 더욱 자유롭게 사용하며 영어라고는 단순한 몇 마디 밖에 사용하지 못하는 반면 니세이들은 일본어보다 영어를 쓰는 것이 더 편리한 세대인 것이다. 텍스트에서 이야기는 『노노보이』의 주인공 이치로가 감옥에서 풀려나 부모에게 돌아오는 데에서 시작하는데, 이치로가 아버지를 재회하는 장면에서 세대 간의 단절이 언어를 매개항으로 하여 바로 드러난다. 아버지가 이치로를 환영하는 말을 일본어로 한다. 이치로에게는 감옥에 있느라 오랫동안 듣지 못했던 그 일본어가 이상하게 들린다.

> 그(이치로—인용자)는 이제 집에 왔으므로 이러한 말을 많이 들을
> 것이다. 그의 부모는 다른 나이든 일본인들과 마찬가지로 영어를 거
> 의 하지 못했다. 반면, 이치로와 같은 자녀들은 거의 일본어를 못했다.
> 그래서 부모들은 주로 일본어로 말했고 가끔 한 번씩 아주 발음이 나
> 쁘게 영어를 한 두 마디 했다. 그리고 젊은이들은 그들의 입술에 쉽게
> 떠오르는 한 두 마디 쉬운 일본어를 제외하고는 금방 부모들이 기피
> 하는 그들의 말, 영어 속으로 계속 돌아가 버리곤 했다. (John Okada
> 1976:ix~xi)

즉, 이치로로 대표되는 니세이들이 영어를 더 자유롭게 사용하는 데에
서 알 수 있듯 니세이들은 그들 속의 일본인적인 요소를 거의 느끼지 못하
는 존재들인 것이다. 그들 니세이 스스로의 눈에는 그들 자신이 일본계
미국인Japanese-American이었던 것이다. 미국인 그 자체American, 하이픈 없
는 미국인임이 불가능하다면 하이픈을 끼고 '일본계'라는 한정사를 선행
시킨다 하더라도 그들은 스스로를 최소한 미국인이라 여겼던 것이다 .
그러나 진주만 공격 이후에는 그들은 일본계 미국인은커녕, 미국화된 일
본인American-Japanese으로도 취급받지 못한 채, 그냥 일본인으로 취급당
하게 된다.

> 그 미국인들의 원한, 적대감, 애국심은 곧바로 그들의 땅을 더럽힌
> 일본인에 대한 엄청난 저주로 변했다. 미국인으로 태어나서, 생물학

> 이 애국의 의미를 이해하지 못하는 이유로 인해서, 일본인으로 남아
> 있어야 했던 이들은 자신들이 일본계 미국인인지, 미국화 된 일본인인
> 지 더 이상 걱정하지 않았다. 그들은 자신들의 일본인 어머니나 일본인
> 아버지, 일본인 형과 누나처럼, 마찬가지 일본인일 뿐이었다. 라디오
> 가 그렇게 말해 준 것이다. (John Okada 1976:7)

작가 오카다가 표현한 바대로 "생물학이 애국의 의미를 모른다"는
것은, 이들 니세이들이 아무리 자신들이 태어난 땅, 미국을 사랑한다고
해도 그들의 생물학적인 특성, 즉 생김새가 일본인의 생김새라는 것 때
문에 미국인으로는 여겨지지 않는다는 것이다. 진주만 공격이후 니세
이들은 그들의 미국적 요소는 빼앗긴 채 단순히 일본인으로 간주되게
된 것이다. 진주만 공격은 이제 일본계 미국인들에게 미국 내 소수 인
종 중 가장 문제적인troublesome 지위를 선사한 것이다. 미국인과 일본
인, 두 항목은 절대 공존, 병립 할 수 없는 것으로 변해버린 것이다.

텍스트 속의 다른 부분에서 니세이들이 나누는 대화를 통하여 그들
이 느꼈던 불합리와 모순, 그리고 그 모순에 대한 분개를 다시 확인할
수 있다. 작중 인물 중의 하나가 이렇게 토로한다.

> "그건 우리가 미국인이기도 하고 일본인이기도 하기 때문이지. 그
> 리고 그 둘이 가끔 섞일 수 없는 것들이기 때문이지. 독일인이면서
> 미국인이라거나 이탈리아인이면서 미국인이라거나 러시아인이면

> 서 미국인이 되는 것은 아무 문제가 없지. 하지만 벌어진 일들을 보면
> 알 수 있듯 일본인이면서 미국인이 되는 것은 괜찮지가 않더란 말이
> 거든. 이것(one)이 아니면 저것(the other), 둘 중 하나가 되어야
> 한다는 말이지."(John Okada 1976:viii~ix)

일본과 관련된 모든 것을 경멸과 저주의 대상으로 삼는 이러한 미국
인들의 태도나 정책은 일관적이지도 못하여 더 한층 모순적인 것이 되
었다. 전술한 바와 같이 일본의 진주만 공격 이후 미국 정부는 처음에
는 일본인들과 일본계 미국인들을 캠프에 수용했다. 그러나 그 다음에
는 일본계 미국인들, 그중에서도 특히 니세이들에게 미군 병사가 되어
일본에 대항하여 싸워 달라고 요청한 것이다. 미군 병사가 되어 달라는
것은 그들 니세이들이 미국에서 태어난 미국 시민임을 인정하는 데에
서 가능하다. 즉, 한때는 적으로 간주하다가 곧 바로 아군으로 간주하
겠다고 태도를 돌변한 것이다. 미국 정부의 참전 요구 앞에서 니세이들
은 두 가지 길 중 하나를 선택하도록 강요받는다. 미국 시민임을 받아
들여서 미군으로 일본에 대항하여 싸우거나 감옥에 수감되거나 하는
것이다. 참전을 않겠다는 의사 표명은 미국 시민권이 요구하는 의무를
저버리는 것으로 간주되어 범죄 행위를 구성하는 것이었다.

주인공 이치로는 그 점을 지적하며 그가 느꼈던 괴로움을 토로한다.
군대 경험은 작가와 소설의 주인공을 분리시키는 부분이다. 저자 오카
다 자신은 '노노보이'가 아니라 미국 정부의 요청에 순응했던 대부분의
일본계 미국인 중의 하나였다. 반면 텍스트의 주인공 이치로는 징집을

거부함으로써 감옥에 보내져 2년 간 감옥살이를 한 것으로 그려진 것이다. 소설은 작가의 자서전적인 요소를 다분히 가지고 있는 것이 보통이다. 따라서 소설은 한 개인의 이야기를 통한 역사 서술의 한 방법이 되기도 한다. 그러나 소설이 갖는 허구성의 요소는 이 자서전적 소설을 변형된 자서전으로 만드는 것이다. 소설이 자서전이면서도 또한 변형과 위조를 필수적으로 내포하는 자서전이라는 것, 즉 소설 쓰기가 역사 서술이면서도 동시에 변형된 역사의 서술임을 확인할 수 있다.[4] 주인공 이치로는 말한다.

> "(…중략…) 전혀 납득할 수가 없어요. 처음에 그들은 우리를 서부 해안에서 쫓아내서 캠프에 보냈거든요. 우리는 신뢰해도 될 만큼의 충분한 미국인이 아니라는 거지요. 그 다음엔 군대에 징집을 하는 거예요. 쓰라렸지요. 화나고 비참했어요. 많은 사람들이 군에 갔어요. 나는 거부했지요." (John Okada 1976:152)

니세이들이 경험한 것은 이중의 축출double displacement이었다. 군대에 내보내는 것 또한 미국 정부가 그들을 진정한 미국인으로 포용하겠다는 것이 아니라 그들을 도구로 이용하겠다는 것에 불과한 것이었다.[5] 주인공 이치로는 이러한 모순된 역사의 폭력으로 인하여 분열되고 분노하는

---

4   자서전과 중국계 미국 소설에 관한 논의로는 Joan Chang Chiung-huei(2000a)을 참조할 것.

5   『노노보이』의 발문에서 프랭크 친은 오카다 자신이, 군대에서 비행기를 타고 일본군인들에게 일본어로 항복하기를 권고하는 일을 했음을 밝히고 있다. 필요에 의해 이용되었음을 보이는 부분이다. John Okada(1976:256)를 볼 것.

니세이의 모습을 대표하고 있다.

3. 니세이의 세 가지 삶의 방식

이제 작중 인물들을 통하여 니세이들의 삶의 방식을 살펴보자. 이세이들, 즉 주인공 이치로의 부모들의 삶은 다소 단순한 편이다. 이치로의 아버지는, 대부분의 이민자 가정의 무력한 가장이 그러하듯 무기력하고 슬픈 인물로, 조용히 자신에게 주어진 길을 걷다 갈 사람으로 그려진다. 어머니가 가지고 있는 삶의 전망 또한 지극히 단순하고 소박한 것이다. 어머니의 꿈은 단순히 열심히 일하고 저축하여 약간의 재산을 마련한 뒤 조국으로 돌아가 편안한 삶을 사는 것이다. 이와 같은 소박한 꿈은 어머니의 삶을 단순하게 한다. 어머니는 아들이 공부 이외의 것을 하는 것을 이해하지 못하며, 실제 삶에 있어서 단돈 1달러를 아끼기 위해 몇 블록의 길을 걸어가는 억척스러움을 보여 준다. 이들 이세이들에게는 미국은 영토 이상의 의미를 가지지 않는다. '부'의 꿈을 실현 시켜 줄 수 있는 공간의 의미로만 그들은 미국을 인식한다. 어머니에게 조국이란 처음부터 끝까지 일본이며 어머니의 조국에 대한 집착은 어머니로 하여금 전쟁이 끝난 후에도 일본의 패배를 인정하지 못하도록 한다.

문제는 니세이들에게 와서 복잡해진다. 『노노보이』에 나타난 니세이의 삶의 양상은 세 가지로 대별해 볼 수 있다. 세 인물 프레디Freddie, 겐지kenji, 그리고 이치로Ichiro는 각각 세 가지 다른 삶의 방식을 대표한다. 먼저 주인공 이치로는 예민하고 섬세한 감각을 가지고 있어서 세상의 부조리에 쉽게 타협하지도 못하고 그렇다고 정면으로 대결하지도 못하는 중간자의 모습을 지니고 있다. 이치로는 위선과 허세, 피상적인 포용을 거부한다. 이치로가 캠프 수용으로 받은 상처는 쉽게 아물어질 수 없는 성격의 것이다. 개인의 자격으로 미국인이 유감을 표할 때 그는 냉담하다. 정부 차원의 공식적인 사과나 역사의 공식적인 수정이 아닌, 개별적인 미국인 한두 명의 동정이나 동조는 무의미하다는 것을 이치로는 보여준다.

이치로는 마지막 진리와 정의의 보루라고 믿고 있던 상아탑, 대학에서도 교수의 피상적인 태도에 실망하는 경험을 한다. 이치로가 감옥에서 형기를 마치고 나와서 사회에 복귀하기 위하여 제일 먼저 찾아간 곳이 그가 다니던 대학이었다. 이치로의 교수는 이치로가 미국사회의 편견과 불합리한 인종 차별의 희생자로서 감옥살이를 하고 나왔음을 알고 있다. 그러나 그 교수는 이치로의 기대를 저버린다. 이치로는 교수가 진리의 신봉자와 수호자로서 그의 아픔을 이해하고 사회의 부조리를 비판해 주리라고 믿었던 것이다. 교수가 보여준 태도는 사건의 본질을 피해감으로써 불편한 상황을 회피하고자 하는 것이었다. 그리고 이치로는 진정성이 결여된 형식적인 다정함을 느끼게 된다. 또한 교수를 위선적인 인물이라고 생각한다. 교수를 만나고 난 뒤의 씁쓸한 마음을 이치로는 다음과 같이 토로한다.

> 그건 내가 원했던 방식이 아니었어. 무슨 일이 일어났냐고? 교수는 아주 친절했지. 악수하고 이야기하고 미소 짓고. 그래도 모두 엉터리야. 그건 마치도 회전문에서 누군가를 만나는 것과 같았어. 너는 이쪽으로 가고 친구는 저쪽으로 가고. 미소 짓지, '안녕'하고 말했을 지도 모르지. 그리고는 너는 밖으로 나오고 친구는 빌딩이 삼켜 버리고. 그건 만나지 않고 보는 것(seeing without meeting) 듣지 않고 말하는 것(talking without hearing) 느끼지 않고 미소짓는 것(smiling without feeling)과 같아. 날씨만 이야기하지 않았달 뿐. (John Okada 1976:57)

사실 미국인의 삶에서 두드러지게 드러나는 것은 이와 같은 피상적인 다정함과 예의라고 할 수 있다. 이치로는 많은 미국인들은 이 피상적인 것들에 익숙한 채, '느끼지 않고 미소짓는' 사람들이라고 보는 것이다. 이치로의 민감한 감수성은 이치로로 하여금 모든 피상적인 것들을 거부하게 만든다. 이치로는 자신의 주체성 문제에 있어서도 자신의 반쪽은 미국, 반쪽은 일본임을 알고 있으며 그는 둘 다를 부정할 수밖에 없다. 미국인과 일본인, 이치로는 둘 다인 까닭에 둘 다를 부정하고 마는 것이다. 그가 일본을 위해 싸울 수도, 일본에 저항해서 싸울 수도 없는 이유가 바로 여기, 동시에 둘 다이면서both and 또한 아무 것도 아닌 점neither nor에 있다. 이치로는 말한다.

"법률 앞에서만 미국인인 것으로는 충분치 않아. 반쪽짜리 미국인이면서 그 반쪽이 텅 빈 반쪽(empty half)이라는 것을 아는 것도 충분치 않아. 나는 아버지의 아들도 아니고 일본인도 아니고 미국인도 아니야." (John Okada 1976:16)

"전에 튼튼하고 완벽했던 이치로는 이제 텅 빈 껍데기일 뿐인걸."

(John Okada 1976:60)

제2차 세계대전, 일본의 미국 공격, 그리고 그에 따른 미국 내 일본인들과 일본계 미국인들의 캠프 수용과 전쟁 동원, 이치로는 그 일련의 역사적 사건들을 통과한다. 이 사건들은 주인공 이치로의 정체성을 송두리째 앗아가 버린 것이다. 죄 없이 감옥살이를 하고 나온 이치로의 삶은 이러한 분열된 정체성으로 인하여 살아 있어도 살아 있는 것 같지 않고 죽은 것과 마찬가지 상태인 것이다.

이제 이치로의 두 친구를 살펴보자. 이치로의 두 친구 프레디와 겐지는 이치로가 드러내 보이지 않은 이치로의 내면으로 이해할 수 있다. 이치로의 내부에 내재해 있을 수 있는 두 가지 다른 기질이나 잠재적인 삶의 양태가 각각 프레디와 겐지를 통하여 드러난 것으로 볼 수 있는 것이다. 먼저 프레디는 이치로가 세상에 적응하지 못하는 성격임에 반하여 세상의 시류에 맞게 쉽게 살아가기를 선택하는 인물이다. 그는 세상의 모든 것에 체념하고 물결치는 대로 살아간다. 프레디는 세상을 분석하거나 부조리를 따져 보기를 포기한다. 프레디의 말을 빌면, "내 두뇌는 엉덩이에 있어. 네 머리도 네 엉덩이에 있는 거야"(John Okada 1976:47). 프레디에게 문제가 되는 것은 생각하는 것, 의문을 갖는 것이 아니라 '그냥 살아가는 것'일 뿐이다. 즉, '생각하기'를 방지하기 위하여 '무엇인가를 하기'이다. 쉼 없이 무엇인가를 하면서 생각이 끼어들 틈을 주지 않는 것이다. 이를 두고 이치로는 말한다.

> 그의 삶은 수상 스키를 타는 것과 같았다. 적절한 속도를 유지하며 타고 있는 동안은 수면 위를 잘 스쳐갈 수 있는 것. 그러나 속도를 조금이라도 늦추거나 멈춘다면 아무런 버팀대도 없는 텅 빈 곳으로 떨어지고 마는 것이었다. (John Okada 1976:201)

멈추고 가만히 앉아 있는다는 것은 곧 생각한다는 것을 의미했으므로 프레디의 삶은 쉼 없이 그저 달리는 것이었다. 따라서 어떤 의미에서 프레디의 삶은 절벽을 향해 달려가는 것과 마찬가지이며 그 절벽은 죽음일 것이다. 프레디의 맹목적인 삶은 결국 사고로 인하여 우연하게 막을 내린다. 프레디의 죽음 앞에서 이치로가 이렇게 말하는 것은 따라서 당연하다. "프레디는 이제 더 이상 싸우지 않아도 되겠군."(John Okada 1976:249)

이치로가 캠프 수용 후 미군으로서 참전하는 대신 감옥을 택한 것과는 대조적으로 겐지는 미국을 위하여 참전했다. 그런 의미에서 겐지는 이치로가 '걷지 않은 길'을 걸어간 인물이다. 따라서 겐지를 통하여 우리가 볼 수 있는 것은 이치로가 감옥 대신 군대를 택했더라면 어떠했을까 하는 것이다. 겐지를 이치로의 또 다른 모습, 이치로 내면의 한 부분의 반영으로 볼 수 있는 것은 겐지와 이치로가 함께 한 장면의 묘사에서 확연히 드러난다.

> 그들은 그 다음 잔을 들며 조용히 앉아 있었다. 한 명은 벌써 죽었으면서 여전히 살아 있는 자로서 5, 60년 이상 지속될 죽은 생존에 대해 생각하고 있었다. 다른 한 명은 살아 있는 채 서서히 죽어 가고 있었다. 그들은 두 극단이었다. 한 명은 미국을 위하여 죽음의 문턱까지 기어 갔던 자이기에 대부분의 미국인들보다 훨씬 더 미국인다운 일본인이 었다. 다른 한 명은 자신의 출생이 준 권리, 미국 시민권을 깨닫는 것이 모든 것을 의미할 만큼 중요한 때에 출생의 권리라는 선물을 깨닫지 못한 탓에 일본인도 미국인도 아닌 자였다. (John Okada 1976:73)

겐지와 이치로가 이렇듯 대조적이면서도 또한 동질적이라는 것은 둘 다가 모두 지금 이대로의 미국은 부정한다는 데에 있다. 겐지 또한 전쟁과 징집, 캠프 수용 등의 과정을 통하여 확연하게 드러난 미국사회의 인종 차별과 모순에 대하여 날카로운 비판을 하고 있다. 먼저 그는 자신이 군에 봉사한 까닭에 자신에게 주어지는 엄청난 보상에 대하여 냉소적이다. "메달, 차, 연금, 그리고 심지어 교육까지. 단순히 총대를 매었다는 것만으로. 그게 괜찮은 거야?"(John Okada 1976:60)

겐지의 쓰라린 캠프와 전쟁 경험은 겐지에게 미국사회에 대한 환멸을 가져다준다. 겐지는 인종은 없고 단지 사람들만 있는 사회를 꿈꾼다. 겐지는 또 다른 세상에 대한 전망을 토로한다. "내가 어디로 가든지 축배를 들어 줘. 거기에 일본인이나 중국인, 유태인, 흑인, 프랑스인,

폴란드인 등이 없도록 해 줘. 단지 사람들만 있도록 해줘."(John Okada 1976:165)

겐지가 이야기하는 또 다른 세상은 죽은 뒤에 그가 다시 태어나고자 하는 세상이다. 그의 말처럼 인종의 구별과 차별이 없이, 그저 하나의 사람으로만 개인들이 인식되고 그렇게 사람으로만 불리는 곳은 이 세상에서는 거의 불가능한 이상향인 것이다. 겐지는 그가 지금 속해 있는 일본인 집단 거주지, 워싱턴주의 와셀리를 극단적으로 혐오한다. 그리고 거기서 벗어나고자 한다. 겐지가 이치로에게 하는 경고의 말은, "나를 여전히 이곳 와셀리에 다른 일본인들과 함께 붙들고 있다면 그냥 두지 않을 거야. 나는 이 다음에 갈 곳을 알고 있고 거기서는 제대로 시작해 보고 싶거든"(John Okada 1976:183). 겐지가 이야기하는, 인종은 없고 사람들만 있는 곳, 그것은 궁극적으로 미국이 추구하는 이상향의 모습이기도 하다. 그리고 오카다의 텍스트가 끊임없이 환기시키고 문제 삼는 차별의 문제 또한 이와 같은 차별 없는 사회를 지향점으로 하는 문제이다.

미국 현대문학, 그중에서도 소수 인종의 문학들이 공유하는 점들 중의 하나가 오카다의 텍스트에 드러난 바와 같은 '차별 없는 사회, 구별 없는 공동체'에의 지향일 것이다. 예를 한 가지만 들자면, 토니 모리슨Toni Morrison의 『술라Sula』는 가정의 범주 내에서 동일한 '차별 없는 공동체'를 제시한다. 한 가정의 아이들을 모두 한 가지 이름, '듀이Dewey'라고 부르자고 하는 할머니 에바Eva의 의견에 어머니 헬렌Helen이 질문한다. "그러면 어떻게 그 아이들을 구별할 수 있어요?"라고 묻는다. 그 질문에 대한 에바의 대답은 "왜 우리가 그 아이들을 구별해야 하지? 걔들은 모두 다 듀이인거지" 하고 되묻는 것이다. 그리하여 세 명의 아이들이 모두 듀이로 불리게 된다. 그러나 이로 인해 야기되는 문제점은 없다. 오히려 그들은 모리슨의 표현대로, "이름이 하나인 것처럼 하나가 되어, 삼위일체를 이루며, 분리할 수도 없고, 자기 자신들만을 사랑"하는 것이다(Toni Morrison 1973:38). 가정을 국민국가의 축소판이라 본다면 모리슨이 제안하는 차별 없는 가정의 공간은 오카다의 인종 차별 없는 국민 국가의 전망과 유사하다 할 수 있을 것이다. 오카다의 '중국인, 유태인, 흑인, 프랑스인, 폴란드인 등이 없고 사람들만 있는 곳'은 곧 모리슨이 말하는 '모든 아이들이 하나의 이름으로 불리는 곳'에서 멀지 않은 것이다.

겐지와 프레디의 삶의 방식을 양편에 둔 채 끊임없이 갈등하는 존재가 이치로이다. 이치로를 통해서 확인하는 니세이의 모습은 장 폴 사르트르가 서구 문명의 세례를 받은 알제리인 알베르 메미Albert Memmi에 대해 언급한 바를 상기시킨다. "정확히 그는 누구인가? 식민주의자인가 피식민인인가? 그 자신은 "둘 다가 아니라고 할 것이다". 당신은 "둘 다이다"라고 말할 것이다. 결국은 같은 말이다."(Albert Memmi 1976:xxi) 이들이 처한 경계적 위치는 분리와 구별에 의해 주체를 구성하는 이분법적 사고 방식에 도전한다. 흑인/백인, 여성/남성, 주체/객체 등의 이분법적인 구도 위에서는 이치로와 같은 혼종적 존재hybrid identity는 설 데가 없어지는 것이다.

이러한 혼종적 존재의 문제를 두고, 중국계 미국작가의 특수성을 논하는 자리에서 조안 장은 다음과 같이 질문한다.

중국인 혈통을 가지고 미국에서 태어난 중국계 미국인은 누구인가? 중국인? 미국인? 중국인이면서 미국인? 중국인도 미국인도 아닌

> 사람? 이 쉬운 듯해 보이는 질문이 역사, 문화, 인종, 문학과 결부해서
> 생각해 보면 대답하기 힘들다. (Joan Chang Chiung-huei 2000a:1)

이 질문의 주어를 일본계 미국작가로 바꾸어 읽어도 무리가 없다. 살펴본 바와 같이 주인공 이치로가 보여주는 갈등은 '이도 저도 아니거나 neither nor 둘 다both and'일 수밖에 없는 '하이픈으로 연결된' 이중적 주체라는 데에서 연유하는 것이다. 물론 이 문제점은 아시아계 미국인들에게 공통적인 것이며, 더 확대하자면 미국에 존재하는 모든 소수 인종 주체들에게로 연장될 수 있는 성격의 것이기도 하다.

그러나 일본계 미국인들에게 유독 이 점이 상흔으로 다가온 것은 미국이라는 국가 권력이 이 '반쪽만의 미국성'을 부정하기도 하고 인정하며 이용하기도 하는 모순을 보인 까닭이다. 『노노보이』는 공공연한 국가의 폭력 앞에 배반당하고 분노하는 '반쪽만의 미국인'의 자화상이다.

4. 결론

고통을 이기고 살아남아 증언하는 것의 중요성에 대해서 아우슈비츠를 경험한 한 유태인은 말한다. "우리는 히틀러보다 하루 더 살기를 원했다. 하루 더 살아서 우리의 이야기를 전할 수 있도록."(Dori Laub 1995:63) 그 말을 메아리처럼 되울리듯 오카다는 『노노보이』에서 미국이 일본계 미

국인에게 가한 상흔을 고발한다. 프랭크 친Frank Chin이 『노노보이』의 발문에서 언급하듯, "그 옛날 1957년에 오카다는 지금의 아시아계 미국인들조차 말하기는커녕 생각하기조차 두려워하는 것들을 다 말했다"(Frank Chin 1976:254). 오카다는 자신이 겪은 역사의 폭행을 정공법으로 그려내었다. 일본계 미국인들이 겪은 분노를 직설적으로 묘사하고 그들이 그 역사의 부조리에 맞서 대결하고 각기 다른 방식으로 그 체험을 끌어안는 방식을 세 인물을 통해 보여주었다. 그것은 소설이며, 자서전이며, 살아남은 자의 증언이며, 그 자체로 또 하나의 역사가 된다. 그가 글로 쓴 것은 인종차별을 공공연히 행할 수 있었던 시대에 대한 고발이며, 반복되어서는 안 되는 과거에 대한 기억의 촉구인 것이다.

인종과 자본의 시각에서 일본계 미국문학 읽기
존 오카다, 모니카 소네, 그리고 일본계 미국인의 수용소 경험

1. 서론

19세기 중반 미국의 제임스 러슬링 장군General James F. Rusling은 당시 미국 서부에 거주하고 있던, 중국으로부터 온 노동 이민자들에 대해 다음과 같이 언급한 바 있다.

> 제1세대가 수명을 다한 다음, 탈중국화하고 미국화되었으며 교육을 잘 받은 그다음 세대는 곧 미국인의 삶에 흡수될 것이다. 그리하여 모범적인 기술자와 노동자로서만 인식될 것이다. 대양이 모든 빗물과 강물을 다 받아들이듯이. (…중략…) 그렇게 미국은 모두를 흡수할 것이다. 샘이든 존이든 그 모두를.
>
> The first generation passed away, the next deChinaized, Americanized and educated, would soon become absorbed in

the national life, and known only as model artisans and workers. As the ocean receives all rains and rivers (…중략…) so America receives Sam and John, and absorb them all. (Bruce Cumings 1986:197에서 재인용)

러슬링의 주장에 제시된 것은 미국정신의 중요한 요소 중의 하나인 동화assimilation와 수용의 정신이다. 미국의 수용력은 대양에, 소수자들은 빗물과 강물에 대비되었다. '대양'에 비유된 미국의 거대한 수용력이 '빗물'과 '강물'에 비유된 인종적, 민족적 소수자들을 '예외 없이 흡수'하게 되리라고 그는 본 것이다.

내양이라는 어휘가 제시하는 거대함의 표상으로서의 미국, 사소한 차이들을 무시하고 모두를 하나로 포용할 수 있는 여유의 상징인 미국의 이미지는 시간과 장소를 초월하여 매우 보편적인 것으로 받아 들여져왔다. 한 예로 20세기 초반 미국으로 이주해 온 일본 여성, 에수 수기모토Etsu Sugimoto는 1926년에 발간된 회고록, 『사무라이의 딸A Daughter of Samurai』에서 미국을 거인족의 나라로 표현하며 미국의 호방한 포용성에 찬양을 보낸 바 있다.[1] 러슬링이 사용한 대양의 이미지나 수기모

---

1   모든 것은 거인 족을 위해 만들어진 것처럼 보였다. 사실상 그 점이 미국의 실체라는 진실에 부합하는 것이기도 했다. 대단한 사람들, 아무 것도 억압되거나 짓눌린 것이 없는 것 같은 사람들 ─ 경탄할 만한 일에도 잘못하는 일에도 한결같이 통 크게 그러했다. 신체도 크고, 지갑도 잘 열고, 마음도 넓고, 심장도 강하고, 정신도 자유로운 사람들 이었다. (미국에 대한) 내 첫인상은 결코 변하지 않았다.
     Everything seemed made for a race of giants; which, after all, is not so far from the truth that is what Americans are ─ a great people, with nothing cramped or repressed about them; both admirable and faulty in a giant way; with large person,

토의 거인 이미지는 미국의 포용력을 표현한다. 오랫동안 사용되어온 '용광로' 이미지가 상징하는 것처럼, 미국사회와 문화는 다양한 인종과 민족성을 다 통합해낼 수 있는 것으로 정의되고 선전되고 또 받아들여 져 왔다. 위에 든 러슬링의 주장은 중국으로부터의 이민자들을 대상으로 하지만 그 대상이 단지 중국계 미국인들에게만 한정될 필요는 없다. 그것은 아시아계 이민자들 모두에게 적용될 수 있는 주장이기도 하다.

그러나 아시아계 미국문학 작품들을 고찰하면 이민자들의 현실은 위에 든 러슬링이나 수기모토가 이해한 바와 일치하지 않는다. 동화와 다문화주의, 수용과 흡수의 '너그러운' 미국정신을 문학 작품에서 찾아보기는 쉽지 않다. 미국 서부에서 아시아계 이민자들이 경험한 바는 사실상 남부의 흑인 노예들의 경험과 오히려 유사할지언정 결코 더 나았다고 볼 수 없다.

브루스 커밍스Bruce Cumings는 미국 서부의 발달사에 초점을 맞추어 미국사를 서술한다. 그가 주목한 것 또한 많은 아시아계 이민자들이 이민 초기에 겪어온 인종 차별의 역사이다. 아시아계 미국인들의 현실은 은밀한 노예제라 불러도 과언이 아닐 정도였다고 커밍스는 주장한다. "노예제가 만연했다고 할 수 없다면 (때때로 노예제는 존재했다) 다양한 종류의 기한부 고용계약으로 아시아초기 이민자들의 삶은 시작되었다. 집단 폭력도 흔했고 대량 학살의 피가 흙을 적셨다."(Bruce Cumings 1986:197)

커밍스는 비참했던 아시아계 미국인들의 현실이 극한점에 다다른 것을 보여주는 사건으로 캠프 수용이라는 역사적 사실을 든다. "이러한 슬

generous purse, broad mind, strong heart, and free soul. My first impression has never changed. (Shirley Geoklin Lim 2000:9에서 재인용)

픈 기록은 일본의 진주만 공격 이후에 있었던 일본인의 후손 12만 명을 10개의 수용소에 강제 수용한 사건에서 그 극한점에 이른다"(Bruce Cumings 1986:197)는 그의 지적처럼 제2차 세계대전 기간 중 일본계 미국인들이 겪었던 축출과 감금의 경험은 아시아 이민자들이 당한 고통의 경험 중 가장 대표적인 것이다.[2]

이 장에서는 일본계 미국인들의 캠프 수용 경험을 재현한 존 오카다의 『노노보이No-No Boy』와 모니카 소네의 『니세이 딸들Nisei Daughters』을 분석하여 미국에서의 인종적 타자에 대한 수용과 차별의 문제를 검토하고자 한다. 그러나 인종 차별의 원인을 인종적 소수자를 향한 배제와 증오라는 감정적 맥락에서 찾는 것이 아니라 그러한 감정 체계의 토대를 이루는 물질성에서 찾고자 한다. 인종 증오의 감정이 물질적 조건의 진공상태에서 나온 것이 아니라 경제적 이익과 자본의 독점을 향한 기득권층 백인 미국인들의 이기심이 그 증오감의 기저에서 작동하고 있었음을 밝히고자 한다.

미국문학 연구에서 아시아계 미국인에 대한 인종차별 문제를 자본과의 연관이라는 관점에서 살핀 본격적인 연구 결과물로는 비엣 탄 응웬Viet Than Nguyen의 『인종과 저항Race and Resistance』을 들 수 있다. 필자의 논의는 기본적으로 응웬이 주장한 바에 동의하며 출발한다. 응웬의 논지는 다음과 같이 요약할 수 있다. 첫째, 20세기 중반의 미국문화를 특징짓는 것 중의 하나로 풍요와 소비를 들 수 있다. 둘째, 국가는 소비재의 불평등

---

2 일본인 후손들을 수용소에 감금한 행위를 표현함에 있어서 이와 같이 축출, 감금, 수용 등의 용어가 혼용되고 있다. Joan Chiung-huei Chang(2000:389~390)을 참조할 것. '일본인을 선조로 하는 사람들'을 지칭하는 용어로 '일본계 미국인'이라는 포괄적인 개념을 사용한다.

한 분배와 소비재를 통한 보상이라는 기재를 통하여 시민들로 하여금 풍요의 미국사회에 참가하게 하거나 그로부터 소외되도록 조종하였다.

이 장에서는 응웬의 주장을 지지하면서도 그 역사적 맥락을 확대하여 자본과 인종 차별 간에 존재하는 긴밀한 관계를 살펴보고자 한다. 즉, 응웬이 주로 '소비'의 문제에 주목하였음에 반해 이 장에서는 단순한 소모품의 소비를 넘어서는 사회 구조적인 경제적 차별과 불평등, 불이익을 살피고자 한다. 그럼으로써 경제적 불평등이 응웬이 주장하는 정도보다 훨씬 심각하게 인종의 문제와 연결되어 있음을 보일 것이다. 텍스트 분석을 통하여 일본계 미국인들이 겪은 캠프 수용의 경험이 20세기 중후반의 미국 경제와 은밀하면서도 긴밀한 관계를 맺고 있음을 밝힐 것이다.

2. 캠프 수용, 그리고 미국의 부와 인종의 문제

앞서 언급한 바와 같이 일본계 미국문학에서는 제2차 세계대전 기간 중 발생한 일본계 미국인들에 대한 캠프 집단 수용 사건의 경험과 그 기억이 주요 텍스트들의 핵심이 된다. 캠프 수용 경험은 문학과 영상 텍스트를 통하여 거듭 재현되어 왔다. 히사예 야마모토Hisaye Yamamoto의 『사사가와라의 전설The Legend of Miss Sasagawara』, 다니엘 오키모토Daniel Okimoto의 『위장한 미국인American in Disguise』, 진 휴스턴Jeanne Houston의 『만자나여

안녕Farewell to Manzanar』등과 함께 모니카 소네의『니세이 딸들』, 존 오카다의『노노보이』가 이 수용소 경험을 재현한 대표적인 문학 텍스트라 할 수 있다. 대표적인 영상 텍스트로는 스콧 힉스Scott Hicks 감독의 〈삼나무 숲에 내리는 눈Snow Falling on Cedars〉을 들 수 있다.[3]

이에 대한 연구는 대체로 트라우마trauma의 관점에서 일본계 미국인들이 경험한 인종 차별과 그에 따른 심리적 고통을 해석하는 데에 집중되었다. 즉, 일본과 미국이라는 두 국가 사이에서 어느 쪽에 자신의 충성심과 소속감을 둘 것인가 하는 정체성 규정 또는 혼돈의 문제, 미국 사회와 문화에 동화되고자 노력하지만 주류 사회의 인종 차별적 태도 때문에 겪어야했던 심리적 분열의 문제 등을 주로 고찰했다.[4]

그러나 이러한 인종 차별적 정책을 가능하게 한 직접적 요인은 무엇인가 하는 점을 살펴보는 것은 트라우마의 이해 그 자체만큼이나 중요하다. 일본계 미국인들이 경험한 캠프 수용의 경험은 미국사회의 주류 세력인 백인들의 경제적 독점 욕구와 결코 무관하지 않다. 일본계 미국인들이 미국 서부 해안에서 축출되어 내륙의 캠프에 수용된 사실은 백인들의 경제적 이권과 깊이 관련되어 있다.

이와 같은 문제 제기는 아주 새로운 것은 아니다. 일본계 미국인의 캠프 수용이 미국 전역에서 일어난 것이 아니라 유독 서부 해안에 위치

---

3 그 밖에도 조이 코가와(Joy Cogawa)의『오바상(*Obasan*)』또한 동일한 경험을 다루고 있으나 일본계 캐나다문학에 속하는 까닭에 제외한다.
4 이에 대해서는 박진임(2001), Junghyun Hwang(2003)을 참고할 것. 황정현의 논문은 오카다 텍스트에 나타난 남성간의 동성애적 결합이라는 모티프를 중심으로 오카다가 성적, 인종적 타자들을 통합하고자 하는 국가적 상상(national imaginary)을 문학으로 재현하였으나 동시에 그것이 문화적 중심이 아닌 변방인의 눈을 통한 미국의 재현이므로 차이(parallax)의 시각을 보여준다고 주장한다.

한 워싱턴, 오리건, 캘리포니아와 아이다호주에서만 일어난 사건이라는 점을 상기해보면 캠프 수용 결정이 특정한 의도와 기획에 의한 것이었음을 쉽게 알 수 있다. 같은 시기, 하와이에 거주한 일본계 미국인들에게는 아무런 제재나 억압도 가해지지 않았던 것이다. 국민의 권리와 복지를 보호하고 유지해야하는 것이 국가의 역할이고 의무라면 일본계 미국인의 캠프 수용이라는 역사적 사실에 이르러서는 미국이라는 국가가 오히려 그 국민의 권리를 박탈하는 역할을 담당하였던 것이다.

인종적 소수자에 대한 억압을 경제의 관점에서 보는 이러한 접근에는 메이주 뤼Meizhu Lui 등의 논자가 주장하는 바가 도움이 된다. 뤼는 공동 저서 『부의 색깔―인종에 따른 미국의 부와 빈곤Color of Wealth : the story behind the U.S. racial Wealth Divide』에서 미국 국민이 부를 형성해 간 과정은 미국 역사를 통해볼 때 일관되게 인종 차별에 기반을 두고 있었다고 주장한다. 그리고 구체적인 역사적 사례를 들어가며 유색 인종들이 부의 형성과 분배 과정에서 끊임없이 차별되고 소외되어 왔음을 보인다. 결론적으로 인종 차별의 문제가 해소되어야만 미국 내의 경제적 불평등 해소가 가능하다고 그는 주장한다.[5] 경제 문제를 논하면서 인종 문제를 논하지 않을 수 없는 원인을 뤼는 구체적으로 다음과 같이 밝힌다.

---

5   현재 시점에서 백인들에 비하여 상대적으로 훨씬 많은 수의 아프리카계 미국인들이 절대 빈곤에 처해 있는 현실은 바로 노예제와 노예 해방 이후에도 지속된 아프리카계 미국인에 대한 인종 차별적 정책들에 바탕을 두고 있다는 주장이 그 대표적인 것이다. 또 다른 예들로 1850년대의 미국 역사를 추적해보면 미국 원주민들의 급격한 인구 감소, 아일랜드 인들의 대량 이민으로 인한 아프리카계 미국인들의 대량 실직, 캘리포니아 금광에서 행해진 중국인들에 대한 재산상의 여러 가지 금지조항과 규제 등의 사례들을 들 수 있다. 이러한 사례들 또한 백인들에게 경제적 혜택이 배타적으로 주어지게 만든 결과를 낳았다고 이들은 주장한다(Meizhu Lui et al. 2006:10).

인종문제를 무시하고 개인적인 차원에서 빈곤과 경제적 불안을 해소할 방안을 단순히 찾아볼 수 없는 것은 무슨 까닭인가? 그것은 현재의 심각한 경제 문제가 백인들에게보다는 유색 인종에게 훨씬 더 많은 장애물을 가져다주는 까닭이다. 빈곤을 해소하려는 과거의 시도들이 대부분의 유색인종들은 배제해 온 까닭이다.

따라서 우리가 의도적으로 인종차별주의를 공격하지 않는 한 만인을 위한 경제적 안정은 결코 이루어질 수 없다. 어떤 식으로 유색인종이 백인에 비하여 더 심각한 경제적 장애물에 직면하는가? 직접적이고 명백한 인종 차별과 인종 분리 정책의 대가, 두 가지가 다 유색인종의 경제적 개선을 가로 막는다. (Meizhu Lui et al, 2006:15)

더 나아가 그는 인종 간에 엄연히 존재하는 부의 불평등에 대하여 국가가 적극적으로 개입하여 이를 해소하고자 노력해야 한다고 주장한다. 그러지 않고서는 미국의 경제적 평등은 영원히 불가능할 것이라고 본다.

정부정책이 개인적인 수입(income)이 아닌 부(wealth)의 불평등에 공격을 가하고 인종 간에 존재하는 부의 불평등을 명확히 인지하고 국가의 책임 부족에 대해 보상을 해 나가려는 노력을 보이지 않는다면 미국은 결코 인종 평등도 경제적 평등도 이룰 수 없을 것이다.

(Meizhu Lui et al, 2006:8)

부와 빈곤의 문제는 개인의 능력이나 노력에 의해 결정되는 것으로

주로 이해되어 왔다. 더구나 건국의 아버지들로부터 그 기원을 찾을 수
있는 미국정신의 전통에서는 개인의 자조 자립정신이 개인적 부의 절
대적 조건인 것으로 받아 들여져 왔다. 국가의 정책이나 사회적 조건의
문제는 각 개인의 부의 형성에 있어서 개인의 자립심보다는 부차적인
것으로 간주되었다. 센 존 드크레베쾨르St. Jean de Crevecoeur의 글이나 벤
자민 프랭클린Benjamin Franklin의 『자서전The Autobiography』 등에서 발견
되는 것이 바로, '하늘은 스스로 돕는 자를 돕는다'로 대표되는 근면과
자조, 자립의 정신인 것이다. 하지만 뤼의 주장에 따르면 부는 사회적
조건의 진공 상태에서 개인적 노력에 의해 결정되는 것이 아니다. 오히
려 부는 국가의 정책이 제공하는 보호와 간섭, 배제와 소외의 기계가
만들어 내는 생산품인 것이다. 그렇다면 '하늘은 스스로 돕는 자를 돕
는다'는 격언은 미국 역사에서는 백인들에게만 주로 적용될만한 격언
이었다고 볼 수 있다.

이제 논의의 초점을 제2차 세계대전을 중심으로 한, 1930년대부터
1950년대에 이르는 시기로 옮겨서 당시 미국의 정치, 경제, 사회의 틀
속에서 일본계 미국작가들의 소설 텍스트를 살펴보자.

3. 미국의 풍요, 그 안과 밖

19세기 후반부터 시작하여 미국은 경제적 풍요의 시기에 들어서게 된다. 20세기에 들어 두 번의 세계대전을 거치며 미국은 정치적, 경제적으로 전 세계의 패권 국가로 부상하였다. 1929년 대공황을 맞아 경제적 침체기를 겪기도 했지만 이는 일시적이었고 19세기 후반부터 미국이 경험해 온 풍요는 선례를 찾기 어려운 것이었다. 일본의 미국 공격이 이루어진 1941년 또한 미국 경제가 호황기에 들어선 기간에 속한다. 1950년대까지 이어지는, 당시의 미국 경제가 누린 풍요의 시절은 위필드Whitfield를 인용해보면 매우 구체적으로 드러난다.

> 전세계 인구의 6%가 미국에 살았다. (…중략…) (미국은-인용자) 전지구상의 3분의 1이상의 재화와 용역을 생산하고 있었다. 미국 산업은 세계 철강과 석유의 반을 사용하였고 지구상의 자동차와 전자제품의 4분의 3이 미국에서 소비되었다. 국민 총 소득 (GNP)은 1940년 2천 6십조 달러였던 것이 1960년에는 5천조 달러 이상이 되었다.
>
> (Stephen J. Whitfield 2006:69~70)

이와 같은 유례없는 풍요 속에서 미국문화에서 소유와 소비가 갖는 의미는 더욱 커지게 된다. 대외적으로 경쟁 상대를 찾기 어려운 풍요의 사회가 미국사회였다. 그러나 그 이면에서 미국의 풍요를 떠받쳐 주는 축의 하나가 인종적 소수자들의 존재였다. 미국 내부에는 인종적 소수자의 값싼 노동력과 그들의 소유에 대한 부당한 착취가 자리 잡고 있었다. 전후 미국이 누린 어마어마한 부는 미국 시민들이 골고루 향유할 수 있었던 것이 아니라 주로 백인들에게만 집중되었던 것이다. 대부분의 인종적 소수자들에게는 그 시절이 동등한 풍요의 시절이 아니었다.

앞에서 아시아계 이민자들은 매우 적은 임금을 받아 사실상 '노예제 폐지 이후의 노예'나 마찬가지 신분이었다고 밝힌 바 있다. 사실 아시아계 이민자들은 거주 지역에서부터 백인들과 분리되어 그들만의 한정된 구역에서 생활해야 했고 종종 정당한 이유 없이 축출되기도 했다. 일본계 미국인들을 서부해안에서 축출하고 집단 수용한 것은 그 연장선상에서 파악할 수 있다. 미국 법률이 규정하는 바대로 미국 시민권자였던 니세이들 또한 무차별적으로 캠프에 수용되어야 했던 것은 이와 같이 미국사회에 아시아 인종에 대한 차별의 태도가 팽배해 있었기 때문이다.

이제 구체적으로 일본계 미국인들의 캠프 수용 경험의 재현 양상을 살펴보기로 하자. 우선 일본이 미국을 침략한 직후 일본계 미국인들이 어떤 처지에 놓이게 되었는지 살펴보자. 일본의 진주만 공격이 시작된 지 10주 후에 루스벨트 대통령은 '명령 제9,066호'를 발동한다. 일본에서의 이민자들과 귀화한 일본인, 그리고 미국에서 태어났으나 일본인 선조를 둔 일본계 미국인 등 모두 12만 명을 효과적으로 감시하기 위하여 10곳의 캠프에 집단 수용한다는 것이 그 명령의 내용이었다.[6] '명령

6　'명령 제9,066호' 발효의 근거가 될 수 있는 것은 1798년에 제정된 '외국인 법 및 보안법 (The Alien and Sedition Acts)'이라고 볼 수 있다. 1798년 6월 25일에 통과된 외국인법과 1798년 7월 6일에 통과된 적국인 법은 각각 다음과 같이 규정하고 있다. "이 법이 시행되는 동안 어느 때라도 미국 대통령은 그가 판단하기에 치안과 안전을 침해할 우려

제9,066호'가 발효된 직후의 장면을 소네는 다음과 같이 증언한다.

> 2월에 명령 제9,066호가 발효되었다. 전쟁 담당 부서에게 필요하
> 다면 외국인이거나 미국 시민권자이거나를 가리지 말고 군사지역으
> 로부터 일본인들을 제거할 수 있는 권리를 부여하였다. 만일 조금이
> 라도 일본인의 피를 지녔다면 명령만 주어지면 떠나야 했다.
>
> In February, Executive order No.9066 came out, authorizing
> the War Department to remove the Japanese from such military
> areas as it saw fit, aliens and citizens alike. Even if a person
> had a fraction of Japanese blood in him, he must leave on
> demand. (Monica Sone 1979:158)

조금이라도 일본과 관련되어 있으면 명령에 따라 축출될 수 있었다
는 사실은 명령 제9,066호가 매우 극단적인 인종 차별적 조치였음을

가 있거나, 정부에 대해 어떠한 형태로든 반역이나 은밀한 음모에 관련되어 있다고 혐의
할 만한 합당한 근거가 드러나는 모든 외국인에 대해 출국 명령장을 발부하여 그 명령장
에 기재된 기한 내에 미국을 떠나도록 명령할 수 있다", "미국과 외국 사이에 선전 포고가
있을 때, 또는 외국이 미국 영토를 침략 또는 약탈을 하거나 위협을 가함으로써 미국
대통령이 사태의 위험을 공식적으로 선언할 때는 언제라도 그 당시에 미국 내에 거주하
면서 실질적으로는 귀화하지 않은 자로서 14세 이상의 남자에 해당하는 적대국이나 적
내국 성부의 모든 출생자, 시민, 서주민, 종속민을 석국인으로서 체포, 구속, 구금, 축출할
수 있다."(한국미국사학회 편 2006:89~91)
일본이 미국 영토를 침략하였고 이에 대응하여 미국 대통령은 대일 선전 포고를 국회에
청원하자 국회가 거의 만장일치로 이를 통과시켰다. 그러므로 외국인 또는 적국인 개념
을 적용하여 미국에 거주하는 일부 일본인에 대하여 구금 혹은 축출을 명할 수 있는 근거
는 마련되었다고 볼 수 있다. 귀화한 일본인과 미국 출생자들은 당연히 미국 시민이므로
외국인의 범주에 해당한다고 볼 수 없다. 명령 제9,066호의 위법성은 이후 사법권에 의하
여 인정되었고 그에 따라 피해자들의 보상이 국가차원에서 이루어진 바 있다.

말해준다. 이방인, 혹은 외국인aliens과 시민권자citizens가 구별되지 않았다는 사실은 전쟁 발발 직후, 미국 전역에 걸쳐 나타난 비이성적인 태도를 반영한다. 개인이 갖는 국가적 정체성이 매우 불분명한 경계선에 의해 규정되고 있었다는 점, 종종 인종적 증오의 감정 앞에서 이성적 판단은 매우 무력해 진다는 것을 보여주는 장면이다.

소네는 일본계 미국인들이 느꼈던 불합리성에 대해 다음과 같이 서술한다.

> 어둠이 우리 집에 드리웠다. 일본계 미국인들조차 떠나야한다고 정부가 명령했다는 것을 믿을 수 없었다. 우리는 극단적 애국자들이 "저 무리 전부를 던져버려. 일본 놈은 일본 놈이야. 아무리 잘게 잘라도. 일본 어린애한테 시민권을 준다고 해서 그 애한테서 미국시민이 나올 것 같아?" 하고 소리치는 것을 들었었다.
>
> 우리는 미국 시민으로서 우리가 가진 권리가 훼손당하거나 외국인 적과 같이 취급되어 집에서 쫓겨나지 않을 것이라고 믿었었다.
>
> A pall of gloom settled upon our home. We couldn't believe that the government meant that the Japanese-Americans must go, too. We had heard the clamoring of superpatriots who insisted loudly, "Throw the whole kaboodle out. A Jap's a Jap, no matter how you slice him. You can't make an American out of little Jap Junior by handing him an American birth certificate." We were quite sure that our rights as American

citizens would not be violated, and we would not be marched
out of our homes on the same basis as enemy aliens. (Monica Sone
1979:158)

정치적으로 그릇된 '극단적 애국자'의 인종차별적 인식과 언술 앞에
서도 일본계 미국인들은 국가가 그들을 보호해 줄 것이라고 믿고 있었
음을 위에서 확인할 수 있다. 명령 제9,066호가 그 기대와 신뢰를 파괴
하였을 때 주인공 카주코와 동생 헨리는 혼돈과 배신감을 토로하게 된
다. 헨리에게 있어서 군인으로서 국방에 참여 한다는 것은 단지 국민만
이 누리는 의무이자 권리이고 카주코에게 있어 투표권을 부여받았던
경험은 자기 자신에게 스스로 국민임을 확인시키는 일이었다.

국방과 투표라는 제도는 바로 국가라는 무형의 존재가 자신을 현현
하는 징후이며 개인을 국가의 구성원으로 영입시키는 일종의 통과의례
인 것이다.

분노 속에서 나와 헨리는 명령을 읽고 또 읽었다. 헨리는 손에 들고
있던 신문을 구겨서 벽에 던졌다. "내 시민권이 아무에게도 아무런
의미도 없단 말이야? 누가 내 대신 나를 결정해주지. 처음엔 군대에
가라고 했어. 이제 조상을 이유로 삼아 외국인 4-C를 나한테 던진단
말이야. 이런 망할!"
In anger, Henry and I read and reread the Executive Order.

> Henry crumpled the newspaper in his hand and threw it against
> the wall.
>
> "Doesn't my citizenship mean a single blessed thing to any-
> one? Why doesn't somebody make up my mind for me. First
> they want me in the army. Now they're going to slap an alien
> 4-C on me because of my ancestry. What the hell!" (Monica Sone
> 1979:158)

동생 헨리가 모순된 국가의 태도에 대해 느끼는 혼돈의 느낌을 "누
군가가 나 대신 내 마음을 정해 달라"고 표현한 것과 같이 주인공 카주
코 또한 정체성의 혼돈을 느낀다. 국가의 명령 앞에서 자신의 분열된
주체성을 확인하게 된 것이다.

> 한 번 더 나는 나 자신이 경멸스럽고 불쌍한 두 얼굴의 괴물로
> 느껴졌다. 일본인이면서 미국인인 것, 둘 중 어느 것도 나한테 도움
> 이 되지 않는 것 같았다.
>
> Once more I felt like a despised, pathetic two-headed freak,
> a Japanese and an American, neither of which seemed to be
> doing me any good. (Monica Sone 1979:158~159)

"두 얼굴의 괴물"로 표현된 주인공의 분열된 주체성은 텍스트의 마
지막에 다시 등장하므로 특별히 주목을 요한다. 수용소 경험이 끝난 다

음 내면적 치유의 과정을 거친 주인공은 결국 그 외상적 경험과 화해하는 방법으로서 자신이 지닌 이중성과 분열성을 '복수성'과 '다양성'이라는 긍정적 요소로 변화시켜 받아들이는 태도를 취한다.

앞에서 일본계 미국인들에게 주어진 이주 명령이 미국 서부 해안인 워싱턴, 오리건, 캘리포니아, 그리고 애리조나주 남단에 한정되어 내려졌으며 하와이에 거주하는 일본계 미국인들은 이주와 캠프 수용에서 면제되었던 점을 환기시킨 바 있다. 소네는 당시 일본계 미국인들이 이점에 대해 잘 알고 있었음을 밝히고 있다. 지역성에 따른 이러한 대접의 차이를 설명할 수 있는 방법은 미 서부 지역에서 경제권을 놓고 벌어진 권력 다툼의 반영으로 이 사건을 보는 것뿐이다.

군사적 전략지인 하와이에서는 일본인은 하와이의 경제에 중요한 요소로 여겨졌으며 강력한 경제적 힘이 축출에 대항해서 싸웠다. 델로스 에몬스 장군은 당시 하와이를 지휘하고 있었는데 하와이 사람들이 가진 공포를 누그러뜨리고 혼돈과 폭동을 저지하려고 권위 있는 목소리를 내보냈다. 에몬스 장군은 계엄을 선포했다, 하지만 그는 일본인을 제거하는 것이 하와이의 안보에 필수적이라고 보지 않았다.

서부해안에서는 서부 보안을 책임진 드윗 장군이 계엄을 필요하다고 보지 않은 반면 일본인과 니세이들의 축출에는 호의적이었다. 우리를 대량 축출함으로써 경제적 정치적 이해관계에서 유리해질 사람들이 압력을 넣었을 것이라고 생각했다.

In Hawaii, a strategic military outpost, the Japanese were

regarded as essential to the economy of the island and power-ful economic forces fought against their removal. General Delos Emmons, in command of Hawaii at the time, lent his authoritative voice to calm the fears of the people on the island and to prevent chaos and upheaval. General Emmons established martial law, but he did not consider evacuation essential for the security of the island.

On the West Coast, General J.L. Dewitt of the Western Defense Command did not think martial law necessary, but he favored mass evacuation of the Japanese and Nisei. We suspected that pressures from economic and political interests who would profit from such a wholesale evacuation influenced this decision. (Monica Sone 1979:159)

사건 당시에 이미 일본계 미국인들은 자신들의 캠프 수용이 경제적 요인에 의하여 추동된 것이었다는 점을 충분히 인식하고 있었던 것으로 보인다. 이와 같이 경제적 문제가 캠프 수용의 궁극적 원인이었음에 주목하는 것은 작가 소네만이 아니다. 오카다 또한 소네와 같은 입장을 보여준다. 하와이는 일본계 미국인들 없이는 주 경제를 유지하기가 어려웠다. 그래서 하와이에서는 그들에게 이주나 감금을 요구하지 않았던 것이다. 반면 확장되어 가는 일본계 미국인들의 경제권을 위협으로 받아 들였던 서부 해안의 미국인들은 그들의 축출을 요구했던 것이다.

오카다는 희화화된 한 등장인물의 목소리를 통하여 이 사건의 배후에 경제적 요인이 자리 잡고 있었다고 제시한다.

그는 말했다: 나는 다 알아요. 경제. 바로 그거죠. 당신 군대의 대장, 일본인들을 서부해안에서 다 쓸어버린, 그 별 단 사람이 그 덕에 수백만 불을 받았다고 들었어요. 안보의 위험이라느니, 사보타지를 한다느니, 신토니 하는 난리법석들, 그건 바보들한테나 통하는 이야기죠. 이해가 가는 유일한 것은 돈 문제라는 관점이죠.

당신한테는 얼마나 주던가요? 판사님. 판사님은 현명하니 잘 아시지 않아요? 내 몫을 주세요. 내 몫을 주면 홀로 가서 당신들의 전쟁에 싸워주지요.

He said: I got it all figured out. Economics, that's what I hear. This guy with the stars, the general of your army that cleaned the Japs off the coast, got a million bucks for the job. All this bull about us being security risks and saboteurs and Shinto freaks, that's for the birds and the dumbheads. The only way it figures is the money angle. How much did they give you, judge, or aren't your fingers long enough? Cut me in.

Give me a cut and I'll go fight your war single-handed. (John Okada 1976:32~33)

중국계 미국인들은 히스패닉계 미국인들과 함께 값싼 노동력의 직접적 제공자들로서 미국 경제에 기여했다. 반면 상대적으로 튼튼한 자본을 구축했던 일본계 미국인들은 자신들의 재산을 거의 몰수당하다시피 포기해야 했다. 자신들이 축적하고 확대해가던 자본과 소유를 일시에 포기하거나 헐값에 매각해야 했던 것이다. 캠프 수용은 일본계 미국인들의 경제적 손실에 결정적 역할을 담당했던 것이다. 그 현실에 대해 소네와 오카다의 텍스트는 한 목소리로 증언한다. 오카다 텍스트에 나타난 해리Harry라는 인물의 경우를 보자.

> 해리의 아버지는 수백만 불의 농산물 사업을 하고 있었는데 가진 것 전부를 다 싣고 떠났다. 4분의 1 값에 가진 것을 파느니 차라리 트럭이나 건물이나 창고 전부를 썩게 내버려두는 편이 나을 거라고 말 했다.
>
> Harry, whose father had a million-dollar produce business, and the old man just boarded everything up because he said he'd rather let the trucks and buildings and warehouses rot than sell them for a quarter of what they were worth. (John Okada 1976:34)

2년이 넘는 긴 캠프 생활은 대부분의 일본계 미국인들에게 막대한 경제적 손실을 가져다주었고 심지어는 그들로 하여금 삶의 토대를 완전히 잃게 만들었다. 마음과 영혼의 상처는 차치 하고서라도 그들은 막대한 물질적 손실은 입었던 것이다. 소네도 자신의 아버지가 입은 재산 손실을 그린다.

아버지는 시애틀에 두고 온 사업이 잘되지 않고 있다고 말했다. 매달 들어오는 보고서에서 아버지는 누군가가 거금을 횡령하고 있다는 것을 눈치챘다. 마치 비용이 많이 드는 보수가 이루어지는 것처럼 회계를 조작한다고 의심했는데 아버지가 확인할 길은 없었다.

Father told me that things were not going too well with his business in Seattle. From the looks of the monthly reports, Father suspected that somebody was siphoning huge sums of money into his own pockets, and juggling books to make it appear that vast improvements were being made, which Father had no way of checking. (Monica Sone 1979:232)

아버지가 평생 동안 돌보고 성장시켜 온 사업을 스스로 돌볼 수 없게 되었다는 사실은 이전에 아버지가 가졌던 소박한 꿈과 대조되어 더욱 그의 손실을 부각시킨다. 소설의 전반부에서 소녀는 아버지가 의과대학에 진학하려던 원래의 꿈을 버리고 성실한 가장으로서 가계를 돌보는 과정을 자세히 묘사한 바 있다. 따라서 아버지가 겪는 손실은 단순히 금전적 손해에 한정되는 것이 아니라 아버지의 삶 전체에 대한 도전이고 파괴를 의미하는 것이다.

아버지는 사려 깊게 우리를 보았다. "너희들에게 호텔업에 대해 별로 얘기하지 않은 것은 그것이 언제 좋아질지 알 수 없이 험난한 일이었기 때문이다. 사업 확장하느라 빚낸 것을 최근에야 다 갚았다. 이제 앞으로의 오 년이나 십 년 안에 그동안 투자해 온 것들이 수익을 내고 마침내 하고 싶었던 일들을 할 수 있으리라 믿었지. 헨리를 의대 보내고." 아버지는 헨리 쪽으로 고개를 끄덕였다. "카주와 수미는 자기 하고 싶은걸 공부하게 하려고 했지."

Father looked at us thoughtfully, "I've never talked much about the hotel business to you children, mainly because so much of it has been uphill climb of work and waiting for better times. Only recently I was able to clear up loans I took out years ago to expand the business. I was sure that in the next five or ten years I would be getting returns on my long-range investments, and I would have been able to do a lot of things eventually. Send you through medical school" Father nodded to Henry. "and let Kazu and Sumi study anything they liked."

(Monica Sone 1979:161~162)

미국에 정착하면서 뿌리 내리기 위해 보낸 고통의 시간들이 결실을 맺으려는 즈음에 그 모든 것이 일시에 사라져 버릴 위기에 처한 것이다. 소설 속의 다른 인물, 카토 씨의 경험 또한 아버지가 겪어야 했던 경제적 손실의 경험과 유사하다.

카토 씨는 호텔 임대권을 잃었고 어떤 사람들이 호텔에서 그의 물건들을 모두 옮겨버렸다. 주정부 보관업자라고 한 그들은 모든 것을 창고에 옮길 거라고 했다.

카토 씨와 부인은 더 나은 계획이 만들어 질 때까지는 당분간 누군가의 가정에서 일꾼과 가정부 노릇을 할 것이라고 말했다.

Mr. Kato had lost his hotel lease and his entire personal property had been carted away from the hotel by men, posing as government storage men, who said they were going to move everything into the storehouse.

Mr. Kato and his wife said they would probably work together as houseman and cook in a home, for a while, when they returned to Seattle until they had a better plan. (Monica Sone

1979:232)

카토 씨는 일정한 자본의 소유자로서 자영업을 하던 사람이었다. 캠프에서의 2년으로 인하여 이제 육체노동을 제공하는 단순 노무자의 지위로 그의 경제적 위상이 추락하게 되었음을 알 수 있다. 앞에서 언급한 바와 같이, 미국의 부가 제2차 세계대전 이후부터 1950년대 중반까지의 기간 동안 최고점에 달했다면 그 물질적 풍요의 일정 부분은 소수인종의 희생과 그들의 권리에 대한 박탈로 가능했다는 것을 두 텍스트는 보여 준다.

국가의 명령으로 인해 캠프에 수용되면서 포기했던 소유권을 회복할 수 있는 유일한 방법은 다시 국가가 원하는 것을 받아들이는 것이었다. 캠프 수용의 마지막 단계에서 국가는 일본계 미국인들에게 새로운 조건을 제시한다. 그것은 미국에 충성을 서약하고 애국심을 증명하면 시민의 권리를 되돌려 주겠다는 약속이었다. 일본계 미국인들은 대체로 그 조건을 받아들이는데 그것은 상당 부분 잃어버린 소유권의 회복을 위한 것이기도 했다.

이를 더 구체적으로 살펴보자. 1943년 일본계 미국인 남성들은 '미국에 대한 충성심을 확인하는 질문서Statement of United States Citizenship of Japanese Ancestry'의 27번, 28번 문항에 '네' 혹은 '아니오'라고 답할 것을 요구 받는다.[7] 『노노보이』의 이치로가 둘 다에 '아니오'라고 대답함으로써 감옥행을 선택한 반면 많은 일본계 미국인들은 '네'라고 답함으로써 미국 군인의 자격으로 전쟁에 참여한다. 오카다는 그들의 충성 맹세가 일차적으로는 시민권 회복을 위한 것이지만 궁극적으로는 소유 재산의 회복에 있었음을 보여준다.

> 다양한 이유로 각각 거부한 사람들이 있었는가하면 다른 수천 명의 사람들은 미국 시민으로 남기 위한 권리를 위해서 참전하기를 선택했다. 시민으로서의 권리가 회복되어야만 집과 자동차와 돈이 회복될 수 있었으며 그것이 그들에게 전부였기 때문이다.

---

7   질문의 내용은 다음과 같다. 27번-미국 전역에 걸쳐 어디에 배치 받든지 간에 미국 군대를 위해 싸우겠는가? 28번-미국에 무조건적인 충성을 약속하고 국가 내부로나 외부로부터의 어떤 세력으로부터도 미국을 보호할 것이며, 또한 일본 천황은 물론 어떤 외국이나 외부 조직, 외부 세력에도 결코 복종하거나 순응하지 않을 것을 맹세하는가?(Shirley Geoklin Lim(2000:162)에서 재인용)

For each and every refusal based on sundry reasons, another thousand chose to fight for the right to continue to be Americans because homes and cars and money could be regained only if they first regained their rights as citizens, and that was everything. (John Okada 1976:34)

결국 일본계 미국인들에게 캠프 수용 경험은 일차적으로는 인권의 침해를, 그 다음으로는 재산권의 박탈을 의미했다. 그 경제적 권리의 회복을 위하여 잉여의 국가적 충성심을 서약하고 이를 증명해 보여야 했다. 그랬을 때 비로소 정지되었던 시민권을 회복할 수 있었고 경제적 권리행사 또한 다시 가능해졌던 것이다. 백인 중심의 주류 미국인에게 는 요구되지 않고 오직 인종적 소수자에게 이와 같은 시험이 필요했다 는 것은 주목해야 할 점이다. 그러한 차별은 다인종 다문화 사회라는 미국사회의 기본적 성격에 정면으로 배치되는 것이다. 일본계 미국인 의 캠프 수용은 미국의 민주주의에 명백한 도전이 되었던 역사적 사건 임이 분명하다.

일본계 미국인의 캠프 수용의 주된 추동 요인으로 경제적 요소가 자 리 잡고 있었음에 대한 증언은 위에 든 사실들에 한정되지 않는다. 수 용소 생활 이후에도 경제의 문제는 일본계 미국인들에게 호의적이지 않았다. 대부분의 일본계 미국인들에게 경제적 재건이나 부활의 기회 는 주어지지 않았다. 1948년에 발효된 명령에 의하여 일본계 미국인들 이 수용소 감금으로 인해 잃어버린 재산을 만회할 법적 장치가 주어지기는 했다. 그러나 다시 한번 앞에 든 뤼의 주장에 따르면, 그들이 만회한 것은 잃어버린 것의 10분의 1정도에 불과한 것이었다(Meizhu Lui et al. 2006:12).[8]

뤼가 보여주는 바와 같이 미국의 국가 권력은 인종 간의 경제적 차별에 개입 하여 조정하는 기능을 하기보다는 인종적 소수자의 권리를 침해하는 데에는 적극적이고 보상하는 데에는 소극적이었다. 두 일본계 미국인 작가의 텍스트에서 확인할 수 있는 사실은 바로 미국 정부가 인종적 소수자의 재산권을 보호하기보다는 오히려 침탈하는 데 기여했다는 점이다.

오카다의 주인공 이치로가 2년간의 감옥 생활에서 돌아와 제일 먼저 대면하게 되는 현실 또한 미국 내의 궁핍과 풍요의 대조적 장면들이다. 15센트 정도의 이윤을 남기기 위하여 열 블록이 넘는 길을 걸어 다니며 빵을 사 오는 어머니의 모습과 이와 대조적으로 거리에 넘쳐나는 풍요의 징후들이 제일 먼저 그의 눈에 띄는 것이었다. 국가의 명령에 순종하고 충성심을 증명한 대가로 일부 일본계 미국인은 전후 미국의 풍요에 동참할 수 있었다. 오카다는 일본계 미국인들의 거주 지역에서 목격하는 길거리의 풍요를 다음과 같이 그려낸다.

그는 밤을 낭비하는 젊은 일본인들을 보았다. 밤은 호주머니에 돈

---

8 아시아계 미국인들은 경제적인 측면에서는 물론 시민권의 문제에게 있어서도 불리한 입장에 놓여있었다. 1952년 맥카렌 월터령(McCarren-Walter Act)이 시행되기 전에는 아시아에서 온 이민자들에게는 시민권이 부여되지 않았다. 자세한 것은 Meizhu Lui et al.(2006:12) 참조.

이 있고 콜라와 맥주와 핀볼 기계와 빠른 자동차와 디럭스 햄버거와
카드와 잘 면도된 다리에 대한 갈증을 지닌 젊은 미국인들을 위한 것
이었기 때문에 그 밤을 그렇게 낭비하는 일본인들을.

He saw groups of young Japanese wasting away the night
as nights were meant to be wasted by young Americans with
change in their pockets and a thirst for cokes and beer and
pinball machines or fast cars and de luxe hamburgers and
cards and dice and trim legs. (John Okada 1976:34~35)

위의 인용에서 보이는 풍요로운 모습은 주인공 이치로와는 달리 국
가 권력에 저항하지 않았던 또 다른 그룹의 사람들의 모습이다. 물질적
풍요가 미국 사회문화의 가장 현저한 특징이 된 시대에 그 문화에 융합
되고자 하는 일본계 미국인들의 모습은 주류 미국사회의 구성원들이
그러하듯 충실히 소비하는 것에 집중하는 모습이다.

물질적 풍요는 20세기의 미국인의 삶의 핵심적 구성요소라고 볼 수
있다. 그러나 지구상에서 달리 비근한 예를 찾아보기 어려울 정도로 대
단했던 그 풍요는 인종적, 성적, 민족적 소수자의 권리에 대한 위반에
바탕을 둔 것이었기에 불안한 것이었다. 웅웬은 『노노보이』가 미국사
회의 물질, 특히 소비재의 소유 권리문제를 예리하게 보여주는 텍스트
라는 점을 지적한다.

냉전 시대의 물질적 풍요는 『노노보이』에 스며들어 가 있다. 『노노보이』에는 소비재의 존재와 역할이 명백하게 드러난다. 자동차, 텔레비전, 집, 가구들은 단지 풍요의 기호들일 뿐만 아니라 국가에 대한 충성심의 기호이기도 하다. 즉 미국 군인으로 나가 싸웠던 니세이들에게는 중산층의 사치가 허락되었던 반면 미국에 충성하기를 거부했던 니세이들은 빈곤 속에 살아야했던 것이다. 제2차 세계대전과 냉전 시기 동안 국가에 충성한 자들에게는 풍부한 보상이 주어졌던 것이다.

The reality of this Cold War prosperity filters into No-No Boy, where the presence and function of commodities are made explicit: commodities such as cars, televisions, houses, and furnishings are signs not only of prosperity but also of loyalty. This is, the Nisei veterans and their families live in middle-class luxury, while the disloyal Japanese Americans live in poverty. The reward for loyalty, both during World War II and then implicitly during the Cold War, is the participation in America's bounty of plenty. (Viet Than Ngyuen 2002:73)

오카다의 텍스트에서 겐지Kenji는 위에 든 응웬의 주장을 체현해 보이는 인물이다. 주인공 이치로가 충성 질문에 '아니오'라고 대답함으로써 미국의 풍요에 동참할 기회를 박탈당한 것과는 대조적으로 친구 겐지는 '네'라고 대답하고 참전함으로써 국가로부터 오는 충분한 물질적 보상을 누리게 된다. 일본계 미국인들에게 요구된 선택, 즉 캠프 수용과 군대 참여는 국가의 요구에 순응하는 '순종적 육체'를 생산하는 기제였던 것이다. 그리고 그런 겐지의 순응에 대한 보상은 중산층으로서의 삶에 필요한 모든 소비재였다.

더 자세히 살피자면 그 물질적 풍요는 겐지의 육체에 대한 대가이다. 겐지는 전쟁 중에 한쪽 다리를 잃었다. 즉 육체의 일부를 국가에 바침으로써 완전한 시민의 권리를 대가로 받은 것이다. 하지만 그 다리는 썩어 가기를 계속해서 겐지는 계속 몇 인치씩 그 다리를 잘라 내어야 한다. 한 번에 끝나지 않고 지속적으로 육체를 조금씩 헌납함으로써만 유지되는 불안한 여분의 삶을 겐지는 이어가는 것이다. 이치로는 스스로 '노노보이'가 되면서 영혼을 완전히 잃어버리고 삶이 아닌 죽음의 나날을 보내고 있다고 믿는다. 그러나 그는 겐지가 겐지 자신의 삶과 이치로의 삶을 교환하겠느냐고 묻는 순간 아무런 답도 하지 못한다. 이치로의 삶만이 붕괴된 삶이 아니라 겐지의 삶 또한 살이 썩어 들어가는 것과 비례하여 이미 붕괴된 것이다.

오카다 텍스트에 등장하는 일본계 미국인 중 직접적으로 고통을 말하지 않는 이는 프레디Freddie이다. 그는 "내 두뇌는 엉덩이에 있어. 네 머리도 네 엉덩이에 있는 거야"(John Okada 1976:47)라고 말하며 그 말처럼 생각하기를 거부하고 생존만을 추구하는 인물로 그려진다. 그러나 그러한 프레디의 태도마저 국가가 개인에게 가한 폭력에 대한 조용한 고발이자 반항이라고 해석할 수 있다. 생각하기를 거부하고 영혼 없는 시민으로 살아가겠다는 결심은 불합리한 국가의 결정 앞에 무력하게 복종할 수밖에 없었던 일본계 미국인의 절망을 드러낸다.

오카다와 소네의 문학 텍스트의 시간적 배경은 루스벨트 대통령이 집권했던 시절이다. 루스벨트 대통령이 개인의 복지조차 국가가 개입하여 보장해야 한다고 믿었던 진보적인 대통령이었음을 고려한다면 일본계 미국인들이 겪은 고통은 아이러니라 할 만하다. 전향적이고 적극적이라고 평가받는 루스벨트의 정치적 전망에 대하여, 오카다와 소네의 텍스트는 비판을 요구한다. 루즈벨트의 '복지'와 '경제적 풍요'라는 개념 항은 주류를 이루는 특정 부류의 미국인만을 포함 했다는 것, 거기에는 일본계 미국인과 같은 인종적 소수자는 배제되어 있었다는 것, 그리고 오히려 인종적 소수자의 소유와 권리를 착취하고 위반하는 방향으로 국가가 간섭하였다는 것을 그 비판의 이유로 제시한다.

4. "미국인, 그들은 누구인가?"―일그러진 미국의 꿈

오카다와 소네가 문학으로 재현한 일본계 미국인들의 경험은, 18세기 미국인 들이 지녔던 전망과 그들이 찬양했던 미국의 정체와 정반대되는 모습을 보인다.

미국문학 개척기의 미국인들은 미국 대륙을 희망과 가능성과 평등의 공간으로 파악했다. 모든 억압과 구속과 불법과 인권 유린 등의 부패의 요소들을 구대륙인 유럽과 결부시키고 미국을 그 대안으로 제시했다.

특권을 가진 귀족 계급이 토지와 생산 수단을 독점하고 과도한 세금을 부과하며 정당한 재판 없이 불법적인 감금을 일삼는 곳, 그래서 권력이 없는 일반인들은 토지를 소유할 기회도, 자연을 개척하여 자신의 소유물로 삼을 기회도 가질 수가 없고 모든 희망을 봉쇄당한 채 살아가는 곳, 그곳이 유럽이라고 보았다.

반면에 미국은 풍요로운 자연을 가지고 있고 그 자연은 자유로운 개인의 능력이 발휘되기를 기다리는 곳, 만인이 평등하여 불법적인 억압이나 감금이 없는 곳, 정부는 '다정하고 유순한' 정부일 뿐인 곳으로 묘사되었다.[9]

이제 오카다와 소네의 텍스트를 보면 거기에 등장하는 미국 정부는 18세기 미국인에게 비판의 대상이 되었던 유럽의 정부와 차이가 없는 억압적이고 부정한 정부로 변모해 있음을 알 수 있다. 시민의 사유 재산을 정당한 재판을 거치지 않고 강탈하고 시민을 감금하는 정부가 바로 다름 아닌 미국 정부였음을 두 텍스트는 증언하기 때문이다.

오카다가 직접적인 분노를 회의적이고 자조적인 주인공의 모습으로 재현했다면 소네 또한 자신이 겪은 혼란과 분노를 텍스트 곳곳에 표현한다. 주인공 카주코에게 있어서는 캠프 수용의 과정은 자신의 정체성 찾기의 여정으로 파악된다. 집을 떠나 캠프로 향하는 길에서 자신은 누구인가 하는 질문과 자신의 조국은 어디인가 하는 질문을 스스로에게 던진다. 그리고 캠프에서 풀려나 집으로 돌아오는 과정을 통하여 자신의 분열되었던 주체성을 통합할 방법을 찾게 된다. '두개의 머리를 지

---

9   그러한 희망의 땅으로서의 미국을 찬양한 대표적인 인물로 앞에 언급한 드크레베쾨르를 들 수 있다. 더 구체적으로는 『미국 농부의 편지(Letters from an American Farmer)』 연재물 중 세 번째 글인 「미국인이란 누구인가(What is an American)?」를 참조할 것 (George Perkins · Barbara Perkins 1999:127).

닌 괴물'로부터 '두 문화의 융합체'로 자신을 다시 보게 되는 과정을 겪은 것이다.

주인공이 스스로에게 "나는 누구인가? 나는 미국 시민인가 아닌가? 그리고 내 부모는 또한 어떠한가?" 하고 묻게 되는 것은 먼저 자신을 둘러싼 쇠로 된 담장을 확인하면서 시작된다. 그리고 자신과 부모의 귀속 국가의 정체성에 대한 질문은 마지막에 '갇힌 공간'을 다시 확인하는 것으로 마무리된다. 민주주의에 대한 신념은 말에 불과하고 이상에 불과하다는 주인공의 자조적 목소리는 쇠담장의 물질성과 대조되어 나타난다. 아이다호주에 있는 캠프로 이송되기 전, 워싱턴주의 푸알럽에 설치된 임시 캠프에서 철조망 담 안에 갇히게 된 후, 주인공 카주코가 느끼는 좌절감은 다음과 같이 드러난다.

> 나는 우리를 둘러싼 쇠철조망을 기억했다. 그러자 분노의 매듭이 내 가슴을 죄어 왔다. 마치 죄수처럼 철조망 뒤에서 무엇을 하고 있단 말인가? 기소할 것이 있었다면 왜 정당한 재판이 주어지지 않았던가? 아마 나는 더 이상 미국인으로 간주되지 않았던 것이다. 내 시민권은 진짜가 아니었다, 결국은. 그럼 나는 무엇이었나? 내 부모님은 일본시민이어도 나는 확실히 아니었다. 그러나 한 번 더 생각해보면 부모님도 고국과 관련이 거의 없었기 때문에 일본 시민이라기보다는 미국의 외국인 영주권자라고 보아야 했다. 생애의 25년 동안 미국에 살면서 다른 시민 권자들과 마찬가지로 부모님은 자신이 선택한 정부를 위해 일하고 거기에 세금을 바쳤다.

한 가지는 확신할 수 있었다. 철조망 담은 확실한 것이었다. 나는 더 이상 그 담 밖으로 나갈 권리가 없었다. 일본인 선조를 두었기 때문이었다. 일부 사람들이 민주주의의 개념이나 이상에 대해 별로 신뢰가 없었기 때문이기도 했다. 그들은 그건 말에 불과한 것이고 그 말이 애국심을 보장할 수 없다고 했다. 그보다는 새 법과 캠프가 그들에겐 더 확실한 (보호) 장치였다.

I remembered the wire fence encircling us, and a knot of anger tightened in my breast. What was I doing behind a fence like a criminal? If there were accusations to be made, why hadn't I been given a fair trial? Maybe I wasn't considered an American anymore. My citizenship wasn't real, after all. Then what was I? I was certainly not a citizen of Japan as my parents were. On second thought, even Father and Mother were more alien residents of the United States than Japanese nationals for they had little tie with their mother country. In their twenty-five years in America, they had worked and paid their taxes to their adopted government as any other citizen.

Of one thing I was sure. The wire fence was real. I no longer had the right to walk out of it. It was because I had Japanese ancestors. It was also because some people had little faith in the ideas and ideals of democracy. They said that after all these

> were but words and could not possibly insure loyalty. New
> laws and camps were surer devices. (John Okada 1976:177~178)

주인공 카주코가 수용소에 감금되어 있을 때 그에게 미국 정부는 결코 드크레베쾨르가 묘사한 것과 같은, '비단의, 순한' 정부가 아니다. 오히려 그것은 시민을 무차별적으로 축출하고 감금하는 유럽의 전제 군주의 모습이다. 유럽에서는 아무런 작위도 소속감도 갖지 못하고 방랑하던 개인들이 당당하게 시민권을 부여 받을 수 있는 곳, 미국은 더 이상 그런 새로운 국가가 아니다. '25년 동안' 성실하게 세금을 납부했음에도 불구하고 일시에 시민으로서의 권리를 포기하게 만드는 무차별적이고 폭압적인 권력 기구로 변해 버린 미국 정부의 모습이 거기에 나타나 있다. 근면하고 성실하기만 하다면 법률이 '시민권자'로의 변신을 보장해 줄 것이라고 했던 18세기 미국의 전망은 20세기 중반, 일본계 미국인들에게 행해진 불법적 감금 앞에서 완전히 퇴색해 버린 것으로 드러난다. 그들은 수십 년을 성실히 일하고 세금을 바치고도 일시에 모든 것을 잃고 '이불 한 채와 가방 2개'에 전재산을 담아 살던 곳에서 축출되어야 했던 것이다. 여기에서 재산권을 포기하고 정부가 지정한 곳으로 이동할 것을 지시하는 명령문을 구체적으로 살펴보자.

> 집과 재산을 처분하라. 사업을 정리하라. 가족들을 등록시키라. 1인 당 침구류 한 가방과 옷가지 두 가방이 허용된다. 1번 구역 거주자

들은 4월 28일 오후 8시까지 8가와 레인가가 만나는 곳에 나타나야
한다.

　　Dispose of your homes and property. Wind up your
business. Register the family. One seabag of bedding, two
suitcases of clothing allowed per person. People in District #1
must report at 8th and Lane Street, 8 p.m. on April 28. (Monica
Sone 1979:160)

위 명령문에 드러난 것처럼 일본계 미국인은 시민이 아니라 불법을
자행한 범죄자인 것처럼 취급되었다. 정부가 등을 돌린 곳에서 일본계
미국인들은 미국사회 내부의 인종 차별직 증오의 표현에 고스란히 노
출되었다. 소네는 '들쥐도 죽이고 일본인도 죽입니다We kill rats and Japs
here'라는 현수막이 상점 창문에 나붙었던 사실을 증언한다(Monica Sone
1979:160). 증폭된 인종 차별적 태도를 경험하면서 소네의 주인공은 자신
에게 다가온 위험을 감지한다. 더 이상 일본계 미국인의 삶은 동물적인
생존 이상의 것일 수 없음을 감지한 주인공 카주코는 토로한다.

　　"나는 단순히 동물적인 생존을 하게 될 것임을 알았다I was certain this
was going to be a case of sheer animal survival."(Monica Sone 1979:161) 드크레베쾨
르는 '가난뱅이 떼the poor'로 밖에는 분류되지 않았던 유럽의 평민들이
미국 땅에서는 법이 보장하는 '시민권'의 영광을 누리게 되리라고 했
다. 바로 그 신대륙 미국에서 일본계 미국인들은 인간으로서의 최소한
의 위엄과 인격적 대우도 거절당한 채 '쥐'에 대비되고 '동물적 생존'을

받아 들여야 하는 처지에 놓였던 것이다.

여기에서 한 가지 질문을 제기해 볼 수 있다. '한 국가의 시민권을 구성하는 것은 무엇인가?' 하는 것이 그것이다. 미국적 상황에 한정해 보자면, 기원에서부터 다인종 다문화 사회인 미국사회에서 그 시민권을 구성하는 것은 결국은 마음과 정신heart and mind의 귀속처일 것이다. 소네는 '어떤 정부를 위해 일하고 어디에 세금을 바쳤는가?' 하는 질문에의 답이 한 개인이 갖는 국가적 소속감, 또 그 소속 국가에의 충성심의 증거물이라고 주장한다.

일본계 미국인의 캠프 수용은 미국이라는 국가의 구성 요소에 대해 의문을 갖게 하는 불합리한 사건이다. 속지주의 원칙에 의거하여 미국 영토에서 출생한 모든 이들에게 천부적으로 주어지는 시민권의 권리가 일본계 미국인에게는 거부되었고 그들은 미국의 적국, 일본의 시민으로 간주되었다. 미국이 모든 물줄기를 다 수용해 줄 수 있는 '대양'이 결코 되지 못했음을 두 일본계 미국작가는 증언하고 있다. 타락하고 변질된 '미국의 꿈'을 재현하고 미국 역사의 오점을 충실히 기록한 것이다.

5. 결론

이상에서 분석한 두 텍스트는 모두 자서전적인 성격을 지니는 소설이다. 즉 오카다는 이치로라는 이름의 주인공을, 소네는 카주코라는 주인공을 소설에 내세우지만 두 인물의 모습은 모두 상당 부분 작가 자신의 자화상에 해당하는 면모를 지닌다. 두 저자는 공통 분모로서 '분열된 주체성'과 그에 따른 혼돈의 문제를 보여주었다. 아울러 시민권자로서 그들이 가져야 할 권리를 부정하는 국가의 모순된 태도에 대한 일본계 미국인의 분노와 억울함의 감정을 공통되게 기록하였다.

이 장에서는 그 캠프 수용의 문제가 당대 미국 경제와 맺고 있는 관계에 초점을 두고 미국의 부와 인종의 관계를 중심으로 텍스트 읽기를 시도하였다. 인종 차별은 경제적 토대와 분리되어 나타나는 개인이나 집단의 증오의 감정이나 광기의 문제가 아니다. 일견 무관한 듯 보이는 인종 문제와 경제의 문제가 사실은 매우 긴밀한 관련을 맺고 있다. 인종 차별은 개인과 집단의 이기심의 왜곡된 표현이며 그 이기심은 기본적으로 자본의 문제에 닿아 있다는 것을 밝히고자 했다. 인종 차별의 문제는 더 이상 개인적 트라우마와 치유의 문제로 한정될 수 없다. 그것은 매우 직접적이고도 긴밀하게 개인과 집단의 경제적 풍요와 빈곤의 문제에 연결되어 있는 것이다. 트라우마와 그 치유로서의 문학적 글쓰기를 넘어서 사회 경제적 맥락에서 문학 텍스트를 파악하고자 한 것은 그런 이유 때문이다.

피터 바초의 『세부』와 필리핀계 미국문학

1. 서론

미국문화에서 다문화주의가 중요한 역할을 담당하게 되면서 미국문학계에서 아시아계 미국문학에 대한 관심 또한 급격하게 고조되어 왔다.[1] 미국에 사는 아시아계 이민자와 그 후손의 문학을 지칭하는 '아시아계 미국문학'이라는 용어는 자칫 개별화되기 쉬운 미국문학의 한 하위그룹에게 동일성을 부여하는 역할을 한다.[2] 그러나 아시아계 미국문

---

[1] 1960년대 미국사회에서 시민권 운동이 발흥한 이후 반세기에 걸쳐 흑인, 여성, 소수 인종 미국인의 자아정체성과 그들의 문화에 대한 관심이 집중되어 왔다. 그들은 백인, 앵글로 색슨계, 개신교 신봉자 남성이라는 미국사회의 주류 문화에 의해 주변화되고 침묵하기를 강요받아왔는데 다양성과 다문화를 존중하는 방향으로 미국사회가 변모 발전하게 됨에 따라 목소리를 내기 시작한 것이다.

[2] 스테픈 수미다(stephen H. Sumida)와 소-링 신시아 웡(Sau-ling Cynthia Wong)은 『아시아계 미국문학의 길잡이』 「서론」에서 아시아계 미국문학을 다음과 같이 정의한다. "그것(아시아계 미국문학-인용자)은 미국에 사는 아시아계 후손, 미국에서 살고 미국과 관계를 맺으면서 독특하게 형성된 역사를 가진 개인과 민족 집단이 쓴 문학이다. 대개의 경우, 그것은 처음부터 영어, 즉 많은 아시아계 미국인의 교육용, 문학용 언어인 영어로 쓰인 문학이다."(소-링 신시아 웡·스테픈 수미다 편 2003:xiii).

학의 전통을 찾아 그 정합성에 주목하다보면 아시아계 미국문학 내부의 다양성과 차이를 간과하게 되는 결과에 이를 수 있다. 설리 림Shirly Lim은 아시아계 미국문학을 논함에 있어서 통일성보다는 그 내부의 개별성이 더욱 강조되어야 한다고 주장한다.

> 모든 아시아계 미국인을 대변할 수 있는 단일한 이민 이야기는 있을 수 없다. 대신에, 아시아 땅으로부터 미국 대륙으로의 이주, 즉 태평양 건너오기와 정착하기를 그려내는 이야기는 다양한 아시아 국가의 다양한 역사와 문화의 맥락 안에서 컨텍스트로 다루어져야 한다.
>
> There is no single immigtrant story that can be said to represent all Asian Americans. Instead, the narratives that describe the journey from an Asian territory to an American space, the crossing over and setting in, must be contextualized within the histories and cultures of a number of different Asian nations. (Shirley Geoklin Lim 2000:1)

> 일반적으로 이민의 경험을 다룬 아시아계 미국문학은 다양한 아시아 국가들로부터 건너온 미국인들의 다양하고 이종적인 감수성과 역사성을 이해할 수 있게 하는 강력한 문학적 전통을 형성하고 있다. 그것은 식민주의, 계급, 성별 등을 아우른다.
>
> As a whole, Asian American writing of the immigrant experience constitutes a powerful literary legacy that is capable of

> communicating the heterogeneous sensibilities and histor-
> ies-including histories of colonialism, class, and gender sta-
> tus-of Americans who are descended from people of different
> Asian nations. (Shirley Geoklin Lim 2000:3)[3]

즉, '아시아계 미국문학'이라는 개념은 태생적으로 불안정성과 내적 모순을 가졌다고 볼 수 있다. 한편으로는 아시아계 미국문학은 파편화되기 쉬운 아시아계 미국인들의 존재와 그들의 목소리를 총체적으로 대변할 필요가 있다. 그러나 동시에 그러한 정체성의 추구는 곧 아시아계 미국인 그룹 내부의 다양성과 개별성을 간과하게 만드는 효과가 있다.[4]

따라서 아시아계 미국문학의 연구에는 개별 문학 텍스트의 분석과 이를 범주화하여 공통성과 이질성을 다시 추려 구조화하는 작업이라는 두 층위의 접근이 함께 필요하다. 개별 문학 텍스트를 분석하는 데에는 특히 텍스트에 드러나는 인종, 계급, 성별, 국가의 문제 등을 구체적 역

---

3 로우(Lisa Lowe) 또한 성, 계층, 국가라는 다양한 문화사적 배경을 지닌 아시아계 미국인을 단순히 에스닉 정체성으로만 환원하는 경향은 양분법적 체계에 의존하는 기존의 백인 인종 담론을 지지하는 셈이 된다고 지적한다(Lisa Lowe 1996:71).

4 예를 들어 식민주의 담론의 틀에서 아시아계의 미국문학을 조명할 때, 일본계 미국문학과 중국계, 한국계, 필리핀계 미국문학은 동일성보다는 다양성을 주도적으로 보인다. 예를 들어, 일본계 미국인 존 오카다(John Okada)의 『노노보이』에서는 미국의 제국주의적 속성과 피식민화된 일본계 미국인의 혼돈과 좌절이 강조되어 있다. 반면, 필리핀계 미국인, 피터 바초의 텍스트에는 미국이 풍요와 질서의 긍정적 공간으로, 필리핀이 무지와 타락의 부정적 공간으로 등장한다. 그러나 계급이나 성별의 범주로 아시아계 미국문학을 분석할 때에는 통일성의 요소가 개별성의 요소보다 현저하게 드러난다. 모녀간의 갈등과 화해, 세대 간의 언어 단절의 문제, 약화된 부권과 강력한 모권의 등장 등은 민족성과 무관하게 다양한 아시아계 미국문학의 텍스트에 공통적으로 등장하는 주제라고 볼 수 있다.

사성의 맥락에서 살펴야 한다.

이 장에는 국내 연구에서 다루어진 적이 없는 필리핀계 미국작가 피터 바초Peter Bacho의 『세부Cebu』의 의미를 텍스트의 분석을 통하여 밝히고자 한다.[5] 『세부』는 4부로 구성되어 있어 필리핀으로의 주인공 벤Ben의 여행, 어머니 레미디오스Remidios와 그 친구인 클라라Clara가 경험한 식민지 시대의 필리핀, 벤이 체험하는 필리핀, 그리고 미국으로 돌아온 벤이 관찰하는 필리핀계 미국인들의 삶의 모습을 각각 다룬다. 이와 같은 4부의 구성은 필리핀의 과거와 현재, 필리핀계 미국인의 삶의 양상을 포괄적으로 아우르는 것을 가능하게 한다. 아울러 주인공 벤의 중간자적 위치는 미국과 필리핀 문화의 차이, 그리고 필리핀계 미국인들의 다양한 삶을 관찰하고 재현하는 것을 가능하게 한다.

『세부』에 드러난 다양한 모티프들을 검토하는 것은 필리핀계 미국인의 삶의 양상을 파악할 수 있게 한다. 이 장에서는 특히 주인공이 보여주는 주체의 혼종성, 어머니의 존재가 드러내는 성별의 문제, 그리고 '필리핀' 또는 '필리핀계'라는 단어에 나타나는 민족성 문제를 중심으로 텍스트를 검토하고자 한다. 더 구체적으로는 세대 간의 차이, 미국과 필리핀이라는 두 국가의 사회문화적 차이, 주인공 필리핀계 미국인의 주체성 문제, 주인공의 어머니 친구인 클라라의 삶이 보여주는 식민주의와 탈식민지 여성 주체 문제를 중심으로 살펴볼 것이다.

---

5 국내의 아시아계 미국문학 연구는 한국계 미국문학에 다소 편향된 형편이다. 그중에서도 필리핀계 미국문학 연구는 특히 부족한 편이다. 2006년 기준 지난 10년간 국내의 대표 학술지에 발표된 아시아계 미국문학 관련 논문의 수는 총 62편 가량이다.

2. 필리핀계 미국문학 연구사 검토

아시아계 미국문학의 영역에서 필리핀계 미국작가는 V. M. 곤잘레스Gonzalez, 비앤베니도 산토스Bienvenido Santos, 제시카 하게돈Jessica Hagedon, 니노츠카 로스카Ninotchka Rosca, 피터 바초, 칼로스 불로선Carlos Buloson을 들 수 있다. 이들 중, 로스카와 불로선, 하게돈에 대한 연구만 이 국내에서 이루어져 있다. 노재호의 불로선 연구와 김민정의 로스카 연구, 이숙희의 하게돈 연구가 그것이다.[6]

피터 바초는 1951년 생으로 미국 워싱턴주 타코마에서 강의와 집필 생활을 하고 있으며 『세부』로 1992년 미국 도서상American Book Award를 수상했다. 그는 또 다른 소설 『검푸른 양복Dark Blue Suit』으로 워싱턴 주지사 상을 받기도 했다. 그의 소설들은 모두 필리핀계 미국인의 삶을 주로 다루고 있다.

『세부』는 필리핀을 떠나 미국에 이민해 온 이민자 2세이면서 미국

---

[6]　Jaeho Roh(2013); Minjung Kim(2000); 이숙희(2003).
　　불로선의 자전적인 소설, 『미국은 내가슴에』는 미국 내에서 필리핀계 미국문학의 정전으로 알려져 있는데 이는 초기 이민자가 미국사회에 적응해 나가면서 경험하는 좌절과 소외, 고국인 필리핀 사회의 변화하는 모습, 그리고 수용과 소외의 양면적인 미국사회의 모습을 재현하고 있는 까닭이다. 로스카는 여성주인공의 시각에서 필리핀의 역사를 재구성함으로써 공적인 역사담록에 도전하고 대안적인 시각을 제시한다. 성별과 국가의 규범적 경계선을 일탈한 여성주인공을 통하여 억압적 국가권력을 비판하는 것이다. 이들 두 작가는 필리핀 사회의 붕괴와 격동, 그리고 이에 중심적인 역할을 하는 미국의 영향력을 보여주는 중요한 텍스트다. 하게돈의 『개먹는 사람들』은 1950년대 말에서 시작하여 1980년대 중반 마르코스 정권(1965~1986)이 무너지는 순간까지의 필리핀 현대사회를 다루고 있다. 1956년을 소설의 출발점으로 삼아 역사적 사실과 소설적 허구를 직조하는 방식으로 구성되어 필리핀사회의 식민주의와 탈식민주의 문제를 보여준다.

땅에서 시민권을 가지고 태어난 세대의 인물을 주인공으로 취한다. 그리하여 불로선과 로스카가 재현한 필리핀, 필리핀 역사, 필리핀계 미국인을 넘어서 "그 이후"의 필리핀계 미국인의 삶을 보여주고 있다. 즉, 필리핀 사회의 모순을 직접적으로 다루거나 미국으로 이주한 필리핀계 이민자의 뿌리내리기 과정을 보여주는 것이 아니라 미국 땅에서 태어난 2세대 필리핀계 미국인의 모습을 그림으로써 필리핀과 미국을 동시에 조명하는 것이다. 따라서 바초의 『세부』에 대한 연구는 필리핀계 미국인의 삶에서 영속되는 점과 단절되는 점, 그리고 그들의 정체성의 변화를 점검할 수 있게 한다. "미국에서 태어나America-born" 새로운 의미의 혼종성과 양가성을 구현하는 세대를 이해하고 이들이 자신들의 조국인 미국, 그리고 부모 세대의 조국인 필리핀에 대해 가지는 태도를 이해함으로써 필리핀계 미국인의 특수성을 파악할 수 있는 것이다.

세대 차이의 문제는 아시아계 미국문학 연구에서 아주 중요한 주제이다. 자신의 문화적 시민권을 여전히 자신들이 떠나온 조국에 두고 있는 부모 세대, 반면 미국이라는 신세계를 자신들의 문화적 시민권의 근원으로 삼는 자녀 세대라는 이항대립적인 구조를 아시아계 미국문학에서 종종 발견할 수 있다.[7]

바초가 그리는 필리핀은 혼돈, 무지, 타락, 비합리성, 음모, 그리고 사기가 횡행하는 디오니소스적 공간이다. 반면 미국은 질서, 합리성, 정돈과 청결로 요약되는 아폴론적 공간이다. 즉 바초는 기본적으로는

---

[7] 에이미 탠(Amy Tan)과 같은 중국계 미국인 작가나 존 오카다를 비롯한 일본계 미국인 작가의 작품에서도 발견되는 주제이다. 『세부』에 나타난 이민 2세대들의 삶은 존 오카다의 『노노보이』에 나타난 바와 같이 일본계 미국인이 자신들의 부모 세대와 구분되게 보여주는 특성을 공유한다. 『노노보이』에 대해서는 박진임(2003)을 참조할 것.

미국을 긍정하고 필리핀을 비판하는 입장을 취하는 것이다.[8] 이러한 구도는 텍스트의 등장인물로 그려진 필리핀계 미국인들의 전반적인 삶의 양상으로 확대된다. 그 결과 주인공 벤을 제외한 대부분의 필리핀계 미국인들은 폭력과 무지의 대변자로 그려지고 있다. 바초는 이들에게서 긍정적인 덕목을 거의 발견하지 못한다.[9] 그렇다면 바초의 작가로서의 입장은 다소 문제적이라 할 수 있다. 이에 대해서는 그의 다른 텍스트들을 검토하여 더욱 연구할 필요가 있다.

아시아계 미국문학 중에서도 필리핀계 미국문학에서 현저하게 드러나는 주제는 무엇보다도 '제국주의, 식민주의, 자본주의의 20세기 지구 역사', 즉 '자본과 노동 이주의 지구적 맥락'이라고 할 수 있다. 그것은 필리핀과 미국의 긴밀한 정치적 관계에서 비롯되는 것으로서 필리핀의 역사적 특수성 문제로 볼 수 있다. 하게돈과 불로선의 연장선상에서 바초는 그 주제를 더욱 심도 있게 다룬다. 불로선의 텍스트에서는

---

8   이는 바비 앤 메이슨(Bobbie Ann Mason) 같은 미국작가가 보여주는 미국문화 비판과 대조된다. 이에 대해서는 Bobbie Ann Mason(1986)을 참조할 것.
9   텍스트의 일부에서 작가는 주류 백인들이 보여주는 인종차별적인 태도 또한 스케치함으로써 미국사회의 부정적인 모습을 재현하기도 한다. 그러나 이는 매우 예외적인 장면이며 바초의 기본적인 태도는 불로선에 비하면 훨씬 더 미국사회에 우호적임은 부정할 수 없다.
     불로선의 텍스트는 한편으로는 미국사회에 대한 비판이면서 동시에 미국사회의 이상적인 모습에 대한 찬미라는 이중적인 성격을 갖는다. 그것은 한편으로는 텍스트의 애매성을 드러내고 다른 한편으로는 그러한 이중성 자체를 통해 미국사회의 복합적 성격, 즉 미국사회의 기능성과 한계를 보여준다고 할 수 있다. 이에 반하여 바초는 미국사회의 재현에 있어서는 불로선으로부터의 후퇴라고 보아야 할 것이다. 미국과 필리핀에 대한 바초의 이항대립적 이해, 그리고 필리핀을 '미친 집'이라고 부르는 데서 드러나는 바와 같이 필리핀 문화에 대한 부정적 태도를 보여준다. 그런 태도는 바초를 맥신 홍 킹스턴과 같은 오리엔탈리즘의 작가로 비판할 여지를 남긴다. 즉, 아시아의 문화를 유치하고 저급하게 폄하하여 재현하고 서구를 이상화된 공간으로 표현하는 불균형한 시각을 보여준다는 비판이 가능한 것이다.

주인공이 미국 땅에서 노동자로서 생존하기 위해 투쟁해나가는 과정이 주로 드러나 있다. 하게돈의 텍스트는 필리핀의 실정에 더욱 충실하다고 볼 수 있다. 반면 바초의 텍스트는 두 공간을 넘나드는 주인공을 통하여 미국과 필리핀을 동시에 그리고 있다. 따라서 위에 든 제국주의, 식민주의와 이주의 문제가 야기하는 다양한 삶의 양상을 총체적으로 살피기 위해서는 바초의 텍스트에 대한 검토가 절실히 요구된다.

그러나 필리핀계 미국문학이 보여주는 이러한 특징적인 주제들은 필리핀계 미국문학에 한정되는 문제가 아니다. 그것은 수체타 마줌다 Sucheta Mazumdar가 지적한 바처럼 아시아계 미국문학을 다룰 때 반드시 고려해야 할 중요한 주제이다(Sucheta Mazumdar1991:41). 따라서 『세부』 텍스트를 분석하고 연구하는 것은 아시아계 미국문학 연구가 요구하는, 아시아계 미국문학 전반의 공통성과 각 텍스트 내부의 특수성에 접근하는 데에 있어서 중요한 시사점을 제공할 것이다.

3. 여성과 국가

소설 『세부』는 주인공인 필리핀계 미국인, 벤이 그의 어머니가 죽은 후, 유언을 따라 유해를 들고 어머니의 조국인 필리핀을 방문하는 데에서 시작한다. 이야기의 도입인 '프롤로그'는 난생 처음 필리핀을 방문하게 되는 벤의 여행을 다룬다. 벤의 어머니, 레미디오스는 필리핀에서 미국으로 이민 간 남자와 결혼하여 미국으로 이주했고 미국에 정착한 후 벤을 낳았다. 벤은 어머니의 죽음 이전에 필리핀에는 가 본 적이 없었다. 벤이 필리핀과 필리핀 문화에 노출되는 것은 단지 어머니의 이야기를 통해서만 가능했던 것이다.

어머니 레미디오스의 존재가 지니는 의미는 결코 간단하지 않다. 텍스트의 1부는 레미디오스와 그의 절친한 친구 클라라의 이야기를 다룬다. 그것은 그들이 아직 소녀였던 시절의 이야기이며 시대적 배경은 제2차 세계대전이 막바지에 이르러 필리핀을 점령했던 일본이 패망하기 직전이다. 1부에서 보이는 레미디오스와 클라라의 모습은 식민주의와 여성의 관계에 주목한 에피소드들을 통하여 드러난다. 식민주의는 종종 여성의 육체와 여성 주체의 알레고리 속에서 그 모습을 드러낸다.[10] 레미디오스는 일본이 필리핀을 식민지로 삼았던 시절 필리핀에서 자라났기 때문에 그의 인생은 국가로서의 필리핀의 운명과 궤를 같이한다. 필리핀의 슬픈 역사가 곧 레미디오스의 인생사이다. 주인공 벤은 그의 어머니가 잠자는 도중 심장마비로 죽었다는 의사의 설명을 한 귀로 흘리며 들을 뿐이다. 벤은 어머니의 죽음의 직접 원인은 슬픔이라고 파악한다.

> 어머니는 늘 말씀하셨다. 필리핀 사람들, 특히나 어머니 세대의 필리핀 사람들은 그 무엇보다도 슬픔이 무엇인지를 제일 잘 안다고, 수

---

10 식민주의, 탈식민주의, 신식민주의의 내포와 문학 텍스트상의 여성 인물들이 이들 개념에 대응하는 알레고리로 쓰인 예에 대한 분석은 박진임(2005)을 참고할 것.

> 많은 사람들이 절망으로 죽었었다고. 벤에게는 그것으로 충분했다. 그는 무엇이 어머니를 죽였는지 알게 되었고 또한 한 번도 가 본 적이 없었던 나라(필리핀)로 가는 비행기에 자기가 앉아야 할 자리를 알게 되었다.
>
> Filipinos, his mother always said, particularly those of her generation, knew sorrow better than most. Many had died of broken hearts. For Ben that was good enough. It explained his mother's death and place on a plane to a city he had never seen. (Peter Bacho 1991:6)

벤이 파악한 바는 자신의 어머니는 다른 많은 필리핀 사람들이 그랬던 것처럼 일상의 슬픔 속에 살았고 슬픔과 절망이야말로 어머니를 서서히 죽음으로 몰아간 것이었다는 사실이다. 필리핀 사람들의 삶이 절망에 연결될 수밖에 없는 궁극적인 이유는 필리핀이 겪은 식민과 탈식민의 역사와 그 역사가 초래하는 궁핍에서 찾을 수 있다. "필리핀 사람들 사이에서는 슬픔은 한번 흘러나오면 댐이 없는 강의 물처럼 흘러간다"(Peter Bacho 1991:146)는 언술은 레미디오스를 포함한 필리핀 사람들의 삶에 자리 잡은 슬픔을 그린 것이다. 레미디오스의 경우에 그 슬픔의 근원은 레미디오스 자신이 식민지 소녀로서 겪었던 강간이라는 인권 유린의 상처에 있다. 그리고 그 사건은 점령군 일본인에 의해 자행된 것으로서 피식민인에 대한 식민주의자의 물리적 권력의 행사라는 점에서 필리핀 역사의 파생물로 파악되어야 한다.

필리핀과 미국이라는 공간의 대비는 정확히 레미디오스와 클라라라는 인물과 그들이 각각 이끄는 두 가지 삶의 대비와 평행한다. 뒤에서 구체적인 예를 들어 재론하겠지만 필리핀이 일본의 식민지배에서 벗어나고 레미디오스와 클라라가 성인이 되는 시점부터 두 사람은 대조적인 삶의 길을 걷게 된다. 레미디오스는 전형적인 순종적 필리핀 여성의 삶의 방식을 따른다. 부모가 정해준 배우자를 만나 아이를 낳고 기르는 평범한 삶을 산다. 반면 클라라는 필리핀의 역사적 격변기를 이용하여 물질적 부를 형성한 기업가로 변모한다. 클라라는 레미디오스가 숭상하는 종교적 세계관을 부정하고 물질과 권력의 화신으로 변한다. 벤은 어머니의 생존시에는 어머니의 의지에 충실하게 복종하는 삶을 살며 조용히 사제의 길을 걷지만 어머니의 임종 후에 필리핀으로 여행을 가게 된다. 필리핀에서는 클라라가 벤의 어머니 역할을 대행하며 벤을 보살펴주게 된다. 그러나 클라라는 단지 벤의 주거를 도와주는 것으로 자신의 역할을 한정하지 않고 벤이 레미디오스에게서 물려받은 종교적 세계관 대신 세속적이고 물질적인 삶을 경험하게 하여 벤의 자아정체성의 변화를 꾀한다. 클라라가 레미디오스의 유고시에 벤을 책임지고 양육하겠다고 약속했던 것과 레미디오스의 죽음 후에 클라라가 벤의 삶에 개입하는 것을 통해 볼 때 클라라는 벤에게 문자 그대로 '대리모'적 존재라는 것을 확인 할 수 있다. 벤의 삶은 클라라의 삶과 레미디오스의 삶이라는 이항대립의 구조 속에 중간자로 자리 잡고 있다. 벤은 두 사람의 상반된 삶의 방식 속에서 분열을 경험한다.

전쟁과 전쟁이 남긴 상흔에 대응하는 클라라와 레미디오스의 상반된 삶의 방식은 식민주의 종결 이후 탈식민 국가가 겪는 정치적 변화를 드러내는 알레고리로 파악할 수 있다. 먼저 일본의 식민지배가 종식된 후, 수도 마닐라를 중심으로 한 필리핀의 모습이 드러나 있다. 그것은 '참상'이라는 표현에 근접할 만한 것이다.

클라라는 1946년 12월 23일, 마닐라에 도착했다. 필리핀이 독립한 것도 그 해였다. 그러나 클라라에게 그날은 우울한 날이었다. 새로운 정치체제도 크리스마스 시즌의 즐거움도 일본의 끔찍한 죄가 남긴 것들을 숨길 수 없었다. (…중략…) 아이였을 때 클라라는 마닐라를 사랑했다. 사진으로 본 것이 전부지만, 그의 기억에는 그 마닐라가 남아있었다. 클라라는 이제 사라져 버렸거나 알아볼 수 없을 만큼 심각하게 훼손된 그 도시의 멋진 스카이라인과 넓은 가로수길을 애도했다. 그보다 더욱 끔찍한 것은 있지도 않은 음식을 찾아 쓰레기통을 헤매는 뼈만 남은 어린이들의 모습이었다. 결코 잊을 수 없는 모습이었다.

Clara arrived in Manila on December 23, 1946. Earlier that year, the Philippines had become independent. Yet it seemed to her a melancholy day. Neither the excitement of the new political era nor the festivity of the season could hide impact of Japan's terrible sin. (…중략…) She had loved Manila as a child, though she had seen it only through pictures. There she had committed to memory. She mourned the city's once-graceful skyline and broad, tree-lined boulevards, now gone or damaged beyond recognition. For worse was sight, never to be

> forgotten, of skeletal children scrambling like animals through garbage, searching for food that wasn't there. (Peter Bacho 1991:20)

위에 나타난 바와 같이, 마닐라에 도착해서 소녀 클라라가 목격한 것은 식민지배의 결과로 궁핍의 극한에 내몰린 피식민인의 모습과 식민지배 이전의 고유한 존재 모습을 잃어버리고 내부구조가 완전히 파괴되어버린 피식민국 수도의 참상이다.

또 다른 장면의 묘사는 식민지배와 그 뒤를 잇는 신식민 지배에 따른 피식민국의 피폐상을 보여준다. 교회 종의 파괴가 한번에 이루어진 것이 아니라 두 번에 걸쳐 서로 다른 힘에 의해 이루어졌다는 점은 식민지배와 신식민지배가 협력하여 만들어낸 필리핀의 현실을 보여준다.

> 교회 종탑의 남은 곳에서 교회 종이 공손하지 못하게 울렸다. 약간 멀리서 들리는 듯한 어색한 소리였다. 세부에 있는 많은 것들과 마찬가지로 종 또한 살아남기는 했지만 겨우 살아남았다. 그 과정에서 큰 덩어리를 잃어버린 채 종소리에 울림을 가져다주던 타워는 대부분 파괴되었다. 일본 군인들이 그 타워를 저격병을 위한 지점으로 사용했고 미군들은 일본군 저격병과 그들이 숨어있던 타워를 동일하게 날려버렸다.
>
> 뼈대 구조만이 남아 있어서 이제 너무 큰 듯해 보이는 종을 지탱하고 있었다. 하지만 오늘 그 종이 울렸다. 전쟁 전에 울리던 것처럼.

그리고 중요한 것은 바로 그 점이었다.

The church bell chimed rudely in the remnants of the old parish steeple. It was an odd sound, a bit off. Like so many other things in Cebu, the bell had survived the war but just barely, losing a chunk of itself in the process. the tower that had given it resonance had been substantially destroyed. The Japanese had used it as a sniper post, and the Americans had displaced both sniper and tower in equal portions.

Only the skeletal structure remained, supporting a bell that now seemed too large. But it rang today, as it had rung before the war, and that was what mattered. (Peter Bacho 1991:32)

전쟁 이전에 종이 울렸던 것처럼 다시 종이 울렸다는 것은 필리핀의 탈식민지적 성격을 상징적으로 드러낸다. 그러나 주변의 대부분의 건축물은 파괴되었다는 점, 그것도 일본의 필리핀 점령과 그 점령에 대한 미국의 공격과 재점령으로 인한 파괴이었음은 외부 세력에 의해 거듭 수난을 겪은 필리핀 역사를 대변한다. 전쟁과 폭격의 잔해가 필리핀을 구성하고 있는 절대적 요소임은 다음에서도 확인된다.

"그건 오래된 성곽으로 이루어진 스페인의 도시야. 아니, 정확히는 그 도시의 잔해지. 미국인들이 필리핀에 들어왔을 때 폭격했어. 폭격으로 폐허를 만들었지. 그중 일부는 재건되어 보존되고 있지만 이전 같지는 않아."

"It's the old walled Spanish city. Or rather, what's left. The Americans bombed it when they had returned, and reduced it to rubble. Some of it's been rebuilt and preserved, but it's not the same." (Peter Bacho 1991:112)

필리핀의 현재는 결국 식민지배와 탈식민의 과정에서 중요한 것은 와해된 채 그 잔해로 존재하고 있는 것임을 위의 공간 묘사는 증언한다. 벤이 필리핀을 방문하여 목격하게 되는 장면들에 앞서서 텍스트에 등장하는 것은 식민시기 동안의 필리핀의 모습이다. 필리핀의 톨레도길Toledo Road은 필리핀이 경험한 식민주의의 잔학성을 상징적으로 보여주는 공간이다. 톨레도길 위에서는 학살과 그 학살에 대한 보복이 전개되었다. 식민 기간 동안의 학살과 보복의 잔인함은 매우 강도 높은 것이었다.

침략자들이 상륙한 이후로 숲은 그 빨아들인 것은 결코 내어주지 않았다는 것을 그는 알았다. 피는 대상을 성스럽게 하기 때문에 숲은 성스러운 곳이 되었다. 점령기 동안 너무나 많은 피가 쏟아졌기 때문에 그 피는 땅을 벌겋게 물들였다고 한다. 몬순이나 세월의 경과도, 기억의 쇠퇴도 지울 수 없는 붉은 빛깔을 남겨두었다고.

> He knew that since the days of the invaders, what the forest took in was not really surrendered. The forest was hollowed because bloodshed will sanctify, and during the Occupation so much blood was spilled it was said to have colored the ground, giving it a reddish hue that not even the monsoon nor the passage of time and the erosion of memory could erase.
>
> (Peter Bacho 1991:46)

> 일본 점령기에 톨레도길에서 일본인들은 필리핀 사람들을 공포에 휩싸이게 했다. 필리핀 게릴라가 일본군 한 명을 죽이면 일본군은 반드시 같은 방식으로 복수하곤 했다.
>
> During the Occupation, the Japanese soldiers had terrorized the people by the road to Toledo. For every soldier killed nearby in a guerilla ambush, the Japanese had repaid in kind.
>
> (Peter Bacho 1991:47)

학살과 보복이라는 끔찍한 과거는 식민 지배의 산물이지만 그러한 비인간적인 만행의 기억은 탈식민이 이루어진 상태에서도 시간과 공간을 넘어 오래도록 필리핀을 사로잡게 된다. 벤이 필리핀에 와서 목격하게 되는 필리핀 사람들의 야만적인 삶이나 극심한 빈부 격차는 모두 직접, 간접적으로 식민의 역사에 연루된 것이다. 바초가 묘사하는 바, 필리핀 전역에서 발견되는 식민지배의 흔적들은 폐허가 된 도시의 모습에 한정되지 않는다. 식민지배의 역사는 필리핀 사람들의 각기 다른 삶의 방식을 다양한 형태로 결정짓는 역할 또한 담당한다. 식민주의의 유산과 제국주의의 지배는 그것을 이용하는 새로운 자본가의 출현을 낳게 된다. 클라라 또한 그러한 시대적 변화의 산물이다. 클라라는 매판적 자본의 성장을 통하여 부상하는, 신식민국가 필리핀 지배 계층을 대표하게 된다.

마사오 마요시Masao Mayoshi는 식민주의 통치는 필연적으로 신식민주의에 연결될 수밖에 없다는 점을 지적하며 그 원인을 식민주의의 성격에서 규명한다. 그에 따르면 식민주의를 경험한 국가는 탈식민의 계기를 맞는다 해도 진정한 독립을 이루지 못한 채 예외 없이 신식민주의를 맞게 된다. 즉 피식민국이었던 국가는 식민지배로부터 벗어나 독립을 이룬다 해도 주체적인 국가를 형성할 내부구조가 형성되지 못한 상태에서 거의 다 곧바로 신식민지로 변한다는 것이다. 제2차 세계대전의 종식과 함께 지구상의 여러 곳에서 식민주의자는 철수하고 피식민국은 근대 국가의 형성을 위한 노력을 하게 된다. 그러나 이들은 합법성과 독립성을 갖춘 근대국가의 수립에는 이르지 못한 채 대부분 이전의 식민주의자들이 남긴 체제를 흉내 내거나 복제하는 데 그칠 뿐이었다(Masao Mayoshi 1993:726~751). 이와 같이 식민지배가 야기하는 역사상의 불연속성이라는 문제점은 체제 변화를 틈탄 자본가의 성장을 가능하게 한다. 그 자본가 세력은 필연적으로 신식민지배 집단의 권력과 맞물리게 되고 그 권력을 이용하거나 그에 봉사하게 된다. 대개 권력에의 봉사와 이용은 동시적으로 진행된다. 전쟁 종식 이후의 혼란상과 그를 틈탄 자본가의 상징을 대표하는 인물이 『세부』에서는 클라라인 것이다.

당시에는 법의 이용과 악용이 훨씬 용이했다. 전쟁이 판사들을 죽음에 이르게 했고 법원을 폐쇄했고 재판기록을 파괴했다. 전쟁이 끝난 후의 세부에는 법의 적용이란 가장 좋게 말해도 불공정한 것이었고, 이 모든 것이 클라라에게 유리하게 작용했다. 클라라는 입국하는 미군 병사들을 따라 들어온 필리핀 관료들이 지명한 새 판사들을 알고 있었다.

The use or abuse of law was easier then. The war killed the judges, closed the courts, and destroyed legal records. In post-war-Cebu, law's application was at best uneven, all of which favored Clara's case. She knew the new judges, appointed by Philippine officials who accompanied the returning American soldiers. (Peter Bacho 1991:19)

그러나 다음날 아침, 클라라는 전후 마닐라의 황폐한 공간이 바로 자신이 있어야 할 곳임을 알게 되었다. 클라라에게는 돈이 있었다. 미국인들은 필리핀을 떠나고 있었다. 다른 모든 사람들은 바닥에서부터 새로 시작하고 있었다. 겨우 24세의 나이에도 불구하고 클라라는 귀한 기술을 갖고 있었는데 그것은 눈앞에 미래를 그려 볼 수 있다는 것이었다. 그녀가 시각화한 것은 복구중의 도시와 일 페소, 이 페소하고 돈을 벌어들이며 멋지게 늙어가는 자기 자신의 모습이었다.

'어떻게'의 문제는 미국인들이 해결해 주었다. 미국 병사들은 운반해 갈 수 없는 것들은 다 남겨 두었다. 전쟁 중 낳은 아이들 외에 그들이 남긴 것은 잉여의 기구들, 그중에서도 특히 지프 차량이었다. 미래의 마닐라 시는 값싼 교통수단을 필요로 할 것이었고 클라라는 그 요구에 부응하기로 했다.

But by morning she realized that the moonscape of postwar Manila was when she had to be. She had money; the Americans were leaving; and everyone else was starting from below scratch. Even at age twenty-four, Clara had a rare and valuable skill- the capacity to visualize. What she saw was a city on its way back, and along the way she saw Clara Natividad, aging gracefully-and making a peso or two.

The question of how was answered by the Americans. What the soldiers could not carry with them, they left behind. And what they left-aside from war babies-was surplus equipment, jeeps in particular. Her Manila of the future would need cheap transportation, and Clara intended to meet that demand. (Peter Bacho 1991:20~21)[11]

---

11 빈곤과 정치적 군사적 억압이 지배적인 필리핀의 사회문화를 묘사하는 장면에서 예외 없이 등장하는 '미제' 소비재는 주목을 요한다. 이들 소비재들은 미국의 신식민주의 지배의 상징물로 파악할 수 있다. 『세부』의 첫 장면은 주인공 벤이 미국에서 사용하다 폐기될 시점에 필리핀으로 수출된 제트기를 타고 필리핀에 도착하는 것이다. "수년전에 미국

자본가로서의 클라라의 부상은 위에 나타난 바와 같이 식민 지배와 그에 따른 전쟁이 불러 온 빈곤과 파괴, 신식민 세력의 주둔과 그 부산물 등을 이용하여 가능해진 것이었다. 클라라는 국가의 운명과 그 변화라는 정치적 물결에 편승하여 경제적, 정치적 권력을 획득해가는 필리핀의 새로운 지배 계층을 대변한다. 지프를 이용한 클라라의 운수업의 시작과 번창은 합법적이기보다는 음성적이고 불법적이며 상당 부분 필리핀 정치와 연결되어 있음을 또한 확인할 수 있다.

> 시민들이 그녀의 지프차를 탔고 클라라는 점점 더 부유하게 되었다. 클라라에게는 부란 다양화를 의미했다. 밀수, 다양한 악덕 경영, 그리고 정치 …… 1950년에 이르기까지 클라라는 상원의원 2명을 실질적으로 소유했고, 대통령까지 구매 옵션과 함께 빌리고 있었다.
>
> The people rode her jeepneys, and Clara got rich, very rich. For her, wealth meant diversification-smuggling, assorted vices, and politics. By 1950s she owned two senators and had a lease, with an option to purchase, on the president himself.
>
> (Peter Bacho 1991:22)

위는 정치적 혼돈기에 놓인 탈식민 국가에서 흔히 드러나는 바, 정경

하늘을 날기에는 안전하지 못하다고 판명된 비행기. 그러나 미국의 다른 골동품이 그러하듯이 그 비행기 또한 필리핀을 새로운 집으로 삼게 되었다."(Peter Bacho 1991:3) 로스카 니노츠카(Rosca Ninotchka)의 『전쟁국가(State of War)』에서는 필리핀 정치범들이 수용된 감옥에 썩어가는 시체가 던져지는 장면이 등장한다. 거기에서 죄수들이 사용하는 접시에 '메이드 인 유에스에이(Made in USA)' 글자가 새겨진 것 또한 유사한 맥락에서 파악할 수 있다(Rosca Ninotchka 1988:71).

유착을 증언하는 에피소드이다. 클라라의 개인사가 보여주듯 새로운 지배계층으로 떠오른 부유층의 모습과 그들과 결탁한 정치인들의 현실을 보여준다. 식민지배를 경험한 대부분의 국가에서 공통적으로 드러나는 것처럼 필리핀 또한 군사 정치의 역사를 갖게 된다.[12] 이러한 정치적 경제적 모순과 혼돈은 반미 세력의 태동을 야기하는데 벤이 필리핀에서 목격하는 반미시위가 그 점을 증거한다.

> 그는 대규모 군중이 앞으로 몰려 나왔다가 뒤로 밀려나는 것을 볼 수 있었다. 그들의 목표물은 만의 모퉁이에 위치한 하얀 벽돌 건물이었다. 그 건물을 둘러싸고 있는 것은 카키색 옷을 입은 마닐라 경찰대의 철제 벽이었다. 건물 내부에는 건물의 정체를 드러내는, 지울 수 없는 표지가 있었다. 긴 장대와 그 상단에 휘날리는 미국 성조기였다. (또 다른 미국 성조기는 길거리에서 불에 타고 있었다.) 그 포위된 건물이 미국 대사관이라는 것을 벤은 바로 알 수 있었다.
>
> He could see a large crowd surging forward and being pushed back. Their object was a white stucco building set near the edge of the bay. Surrounding it was a metal fence, ringed

---

12　바초의 텍스트에 나타난 클라라의 모습은 로스카 니노츠카의 『전쟁국가』에 나타난 여성 주인공과 대조적이다. 클라라가 필리핀 정세에 편승하여 부와 권력을 쌓아가는 반면, 로스카 니노츠카의 여성 주인공들은 노동조합을 구성하여 국가 권력에 저항하고 구속, 감금되며 고문과 죽음을 경험하는 것으로 그려진다. 김민정의 논문은 로스카 니노츠카가 식민주의, 가부장제, 독재주의, 자본주의, 신식민주의 등을 비판하고 있음을 보인다. 또한 근대화, 발전, 진보를 표방하면서 억압적인 권력을 행사하는 필리핀의 신흥 부르조아 계급, 군, 정치가들의 모습을 재현한 것에 주목한다. 구체적인 것은 Minjung Kim(2000:329)을 참조할 것.

on the outside of khaki-clad Metro-Manila police. The white compound was an indelible mark of identification — a long pole arose which flew an American flag. (Another American flag was burning in the street.) Ben immediately knew the be-sieged building was the U.S. Embassy. (Peter Bacho 1991:130)

반미 시위대는 총검을 앞세운 경찰에 의해 무력으로 진압된다. 수많은 사상자를 남기게 마련인 진압 과정 또한 신식민지국가 정치현실의 보편적인 장면 중 하나에 불과하다. 그런데 이와 같은 필리핀의 역사는 벤의 어머니 세대 여성들의 삶과 무관하지 않고 그들의 인생 행로에 깊게 개입해 있다. 일본 식민지배 기간 동안 소녀 시절을 보내고 전쟁을 통과하며 성숙에 이른 두 여성 클라라와 레미디오스는 필리핀 여성의 두 가지 상반된 삶의 양상을 드러내준다. 클라라가 국가의 운명과 정치적, 역사적 변화를 이용하여 권력을 얻게 되는 주체적 인물로 부상한 반면 레미디오스는 전통적인 필리핀 여성의 수동적 삶의 방식을 따른다.

레미디오스는 애정 대신에 안정을 보장받으며 2세에게 자신의 삶을 투영하고 그에게서 자신이 이루지 못한 꿈의 실현을 추구한다. 레미디오스의 삶은 사실상 일본의 식민지배시기에 종결된 것과 마찬가지이다. 필리핀이 일본의 식민지였던 기간 중 레미디오스의 육체가 일본병사들에게 유린되었으므로 그는 마음과 육체의 이분법에 의지하며 종교에 의지한 여생을 살게 되었던 것이다. 레미디오스가 선택한 삶의 방식은 자신을 부양할 대상을 찾아 그에게 삶을 의탁하는 것이다. 레미디오스의 어머니, 아우렐리아Aurelia가 딸의 삶에 필요하다고 본 것은 '안정'과 '미국'이라는 두 가지로 요약된다. 사윗감 알버트Albert에게서 아우렐리아가 찾은 것이 바로 그것이었다.

> 알버트는 잘생기지도 않았고 영리하지도 않았다. 그러나 아우렐리아에게는 이 점들이 딸의 미래를 위해서는 좋은 징표로 보였다. 두 가지가 다 따라주지 않으므로 그는 결코 태어나는 아이를 배신하는 아버지가 되지 않을 것이었다. 일본이 패망한지 일 년이 지났지만 알버트는 여전히 군복을 입고 있엇고 결코 벗을 것 같지 않았다.
> "나는 군복을 입은 채 죽어 묻힐 거야" 알버트는 자랑스레 말했다.
> "안정성과 미국" 하고 아우렐리아는 자기 자신에게 중얼거렸다.
>
> Albert was neither handsome nor bright but, for Aurelia, these were good traits in her daughter's future mate. Since he was neither, she figured he would never, could never, cheat on her baby. It had been almost a year since Japanese surrendered, but Albert was still in uniform and gave no indication of ever taking it off.
> "I'll be buried in it." Albert declared proudly.
> "Stability and America." Aurelia murmured to herself. (Peter Bacho 1991:22)

위에서 '미국'은 경제적 풍요의 상징이다. 탈식민국으로서의 필리핀이 곧바로 미국의 절대적인 영향력 아래 놓이는 신식민국으로 변화하였으므로 미국이 새로운 지배 세력이 된 것이다. 미요시는 "탈식민은 해방과 평등을 가져다주지도 못했고 번영과 평화를 가져다 준 것도 아니다. 세계의 모든 곳에서 고통과 비참은 계속되었는데 다만 변화된 모습으로 나타났을 뿐이고 지배의 주체가 달라졌을 뿐이다"고 주장한다 (Masao Mayoshi 1993:729). 필리핀의 경우 또한 일본의 지배에서 벗어나자마자 미국의 간접적인 지배하에 복속되게 되어 이러한 미요시의 주장을 뒷받침한다.

딸의 남편감으로 미국 시민권자가 선호되는 위의 장면은 탈식민국가 여성의 존재 양상과 정치적 변화의 관련성을 보여준다. 어머니에게 사윗 감이 가진 매력은 미국 시민권자라는 것과 평범성이었다. 알버트는 "자신이 가지고 태어나지 못했고 앞으로도 결코 가질 수 있을 것 같지 않은 것들을 동정심과 유머와 용기로 대신하며 적응"(Peter Bacho 1991:38)하는 사람이었다. 레미디오스가 결혼을 통하여 얻게 되는 것은 바로 미국 시민권이 보장되는 안정된 생활뿐이었다.

레미디오스의 인생은 스스로 권력을 가지거나 자신의 주체성을 발휘해 볼 기회가 전혀 주어지지 않았던 대다수의 필리핀 여성의 삶을 대표한다. 식민화된 무력한 국가의 시민으로서 국가의 보호를 받지 못하고 일본군에 의해 성적으로 유린당했으며 어머니가 마련한 중매결혼을 통하여 자신의 의지와는 무관한 결혼의 길에 들어선 것이다. 식민지 경험과 전쟁 후의 혼란, 그리고 정치 경제적으로 상당 부분 미국에 예속당한 신식민지 국가로의 변화라는 필리핀의 역사가 그대로 레미디오스의 인생에 투영된다. 필리핀 여성 대부분의 삶을 레미디오스의 존재는 간명하게 드러내주는 것이다. 레미디오스의 삶은 그리하여 필리핀의 굴곡 많은 역사를 상징적으로 구현하게 된다.

미국이 필리핀에 대해 가지는 절대적인 권력은 미국의 화폐를 언급하는 부분에서 다시 확인할 수 있다. "'난 미국달러를 벤에게 줄거야' 하고 클라라는 힘주어 말한다. 필리핀 사람들에게는 미국 달러는 결코 가볍게 다루어지는 어떤 것이 아니다. 그것은 설득의 궁극적인 무기였다."(Peter Bacho 1991:24) 미국이 가지는 상징적 자본으로서의 가치는 클라라와 레미디오스가 속한 전후 세대 만에 한정되지 않고 영속적으로 유지된다. 레미디오스의 결혼에 알버트가 가진 미국 시민권이 절대적인 역할을 담당했던 것과 마찬가지로 레미디오스의 아들 벤에게도 그 시민권의 권력은 계승된다. 잡지에 실린 미모의 여성들 사진을 두고 청소년기의 벤에게 어머니의 지인들은 말한다.

"대단한건 말이야, 벤. 너는 그들 하나나 둘 정도는 아주 쉽게 손에 넣을 수 있다는 거야. 너는 잘생겼고, 키 크고, 미국 시민권까지 가지고 있잖아. 미스 유니버스도 가능하겠다. 아니면 최소한 미스 필리핀이라도. 고국에는 그런 여자들이 많단다."

"And what's great for you, Benny, is that you can have one, maybe two, easy as pie. You're good-looking, you're tall, and you got U.S. citizenship. Maybe even a Miss universe, eh? Or at least a miss Philippines, home got lots of'em" (Peter Bacho 1991:92)

벤으로 하여금 특히 필리핀 여성들의 선망의 대상이 될 수 있게 만드는 조건중 하나가 바로 그가 가진 미국 시민권이다. 미국 시민권은 필리핀에서는 획득하기 어려운 부와 안정의 상징성을 지속적으로 보유하고 있음을 보여준다. 벤이 필리핀에서 만나게 되고 사제로서의 탈선을 경험하게 만드는 인물이 엘런Ellen이다. 엘런의 등장에서도 미국이 상징하는 것이 어떻게 필리핀인의 욕망과 관련되는지를 확인할 수 있다.

> 엘런이 들은 바로는 자신의 아버지는 미국인이었다(사업가, 여행자, 군인? 순간적으로나마 자식을 끔찍이 위했던 아버지? 아니면 하룻밤의 인연? 그녀는 알 길이 없었다). 그녀는 미국이 꿈이라고 했다. 벤은 후자에 대해서는 수없이 들었다. 수백만의 필리핀 사람들이 똑같이 원했다. 좌절시킬 수 없는 강박관념 같은 것이었는데 시골에서 마닐라로, 그 다음엔 샌 프란시스코로, 그 다음엔 그 이상으로 가는 것이었다. 대부분의 사람들은 그 꿈을 이루지 못했지만 그는 엘런에게는 그 꿈이 좀더 직접적이라는 것을 알 수 있었다. 그녀는 자신의 일부가 미국산이므로 성공할지도 모르는 일이었다.
>
> Her father, she was told, was an American(businessman, tourist, soldier, doting parent even for a moment, or one-night stand, she never found out), and the U.S. was her dream. Ben had heard at least the second part many times before. it was like that for millions of Filipinos—an obsession, impossible to discourage, of escape from the province, bound for Manila, then San Francisco and beyond. Most didn't make it, but for Ellen he knew the dream was more personal. She was

American made, at least partly, and because she was, she just might succeed. (Peter Bacho 1991:98)

탈식민의 시기는 물론이고 이후에도 끝임 없이 반복 재생산되는, '미국'이라는 상징이 가지는 가치는 필리핀인들의 삶과 긴밀히 관련될 수밖에 없다. 이와 같은 사회경제적 맥락 속에서 레미디오스의 결혼은 그 의미를 제대로 파악할 수 있다. 이제 결혼 이후의 레미디오스의 삶의 양상을 보자. 막상 결혼의 주체인 레미디오스가 담당하게 되는 것은 자신에게 주어진 운명을 수동적으로 받아들이는 것일 뿐이다.

결혼은 교회의 여분의 땅에서 이루어진다. 신부는 즐거운 표정을 지으려고 했으나 그가 할 수 있는 것은 기껏해야 그 무엇에도 특별히 눈길을 주지 않는 것 뿐이었다. 그것은 피난민의 모습이었다. 레이스에 둘러싸였다는 것 외에는 피난민과 다를 바가 없었다.

The wedding was held in the remnants of a church. The bride made an effort to look gay, but the best she could was a glassy-eyed stare at nothing in particular. it was the look of the refugee, except set in lace. (Peter Bacho 1991:23)

클라라가 적극적으로 시대와 국가 운명의 변화를 활용하여 현실적인 욕망을 충족시키며 자신의 주체성을 형성한 반면 레미디오스는 운명에 수동적으로 순응하는 여성상을 보여준다. 요컨대 클라라와 레미디오스, 두 여성의 상반된 삶은 필리핀이라는 국가의 운명이 빚어낸 것이고 두 사람은 생물적 어머니와 대리모적인 인물로 벤의 삶에 개입한다. 그 결과 벤이 태생적으로 갖게 된 양가적, 중간자적 성격은 두 사람의 존재와 그들의 상반된 삶의 모습에 의하여 더욱 복합적인 성격을 띠게 되는 것이다.

4. 필리핀과 미국, 그리고 혼종적 주체

벤은 어머니의 강력한 영향력 아래 성장하는데 그가 레미디오스의 큰아들이라는 점이 그 주된 원인이다. "첫 아이라는 것, 특히 이민자의 첫 아이라는 것은 특별한 의미를 지닌다. 새 땅에서 태어나긴 했지만 어린 시절 그들이 배우는 것은 고국의 것들이다."[13] 그리하여 벤은 어머니의 사후에도 어머니가 대표하는 필리핀적인 것의 요소들을 상당 부분 지니는 인물로 존재하게 된다.

필리핀과 미국은 모든 면에서 대조적인 세계로 드러난다. 그리고 주인공 벤과 어머니 레미디오스는 두 세계를 잇는 중간자의 역할을 한다. 어머니는 필리핀이라는 조국에서 출발하여 배를 타고 바다를 건너 미국이라는 신세계로 건너오게 되고 벤은 미국에서 태어나서 살다가 필

---

13 There's something special about first-borns, particularly thoese of immigrants. Although born in the newland, their earliest lessons are the ones from home(Peter Bacho 1991:23).

리핀으로의 여행을 하고 다시 미국으로 귀환하는 궤적을 그린다. 주인공 벤은 여러 가지 의미에서 중간자이며 매개자이다. 그는 필리핀으로 여행하며 미국과 필리핀의 문화적 차이를 목격하는 필리핀계 미국인이다. 카톨릭 사제라는 그의 직업은 성聖과 속俗의 세계를 매개하는 성격의 것이기에 그의 직업 또한 그를 중간자로 만드는 요소이다. 벤은 필리핀어를 거의 구사하지 못하지만 인종적으로 필리핀계라는 이유로 필리핀계 미국인들이 주 구성원을 이루고 있는 교구에 배치된다. 그 또한 벤이 지닌 다층적 중간자적 위치를 확인하게 만드는 사실이다.

먼저 레미디오스가 필리핀을 떠나 미국으로 가는 장면을 보자. 어머니 레미디오스의 이주는 절망과 공포 속에서 이루어진다. 비록 남편을 찾아가는 이주 여행이기는 하지만 그 남편이 레미디오스가 사랑하는 대상이 아니기에 레미디오스에게 그 이주는 '축출'로 받아들여진다. 다른 모든 사람들이 배에 오르고 난 후에도 레미디오스는 선뜻 승선하지 못한 채 자기 앞에 놓인 불투명한 미래에 대한 두려움과 내키지 않는 새 출발로 인하여 눈물을 흘리게 된다.

> 난데없이 망명, 또는 심지어는 '버림'이라는 생각이 들자 그 생각은 뜻하지 않았던 작은 눈물 한 방울을 자아내었다. 눈물이 났다면, 그리고 그 눈물이 떨어졌다면 그 눈물은 재빨리 그녀의 볼 윗부분에 솟아난 땀에 휩쓸려버렸다. 모여들어 있는 사람들에게는, 혹은 누구에게라도 그녀의 눈물은 보이지 않았을 것이다 그들이 본 것은 이제 조금씩 손을 천천히 흔들고 있을 뿐인, 미소 띤 소녀였을 뿐이다.

> A sudden sense of exit — even of abandonment — triggered what might have been one small, involuntary tear. If it was, and if it fell, it blended quickly with the thin film of perspiration on her upper cheek. For the crowd, or anyone else, there was never a tear - just a lady with smile, waving a bit slower now.
>
> (Peter Bacho 1991:34)

미국으로 가는 배로의 승선이 흔쾌하게 이루어지기보다는 눈물과 소외감을 동반했던 것처럼 항해의 과정 또한 레미디오스에게는 기대에 찬 여행이 아니라 일정한 유예의 기간으로 받아들여진다. 태평양은 신세계 미국과 구세계 필리핀, 그 어느 쪽에도 속하지 않으면서 레미디오스의 인생에 대한 두려움을 연기해주는 중간 지대로 드러난다.

> 레미디오스에게는 바다는 그녀의 날들을 몽땅 싸서 그녀가 속한 세계를 두 불변항으로 축소시켜 주었다. 객실과 끝없는 움직임이라는 두 항으로. 하지만 그녀가 느끼기에는 그것이 이제 막 발을 들여놓아야 하는 세계보다도 훨씬 더 안전한 것이었다.
>
> For Remidios, the ocean had packed her days together, reducing her world to two constants — her cabin and a feeling of perpetual motion. It was a safer world — far safer, she felt, than the one she was about to enter. (Peter Bacho 1991:35)

바다가 레미디오스의 과거와 미래를 잇는 중간 지대이면서 모든 운명을 유예해 두는 공간인 것과 마찬가지로 배에서 내려 배와 부두를 연결하는 다리gangplank 위를 걸어갈 때 그 다리 또한 중간 지대, 또는 두 이질적인 세계의 완충 지대 역할을 한다. "다시, 그녀는 다리위에 서 있었다. 최근의 현실이 그 다리위에서 끝나고 다시 시작하는 것처럼 보였다. 두 세계 사이에 불안정하게 걸려있는 것처럼 말이다."[14] 마침내, 그녀를 기다리는 남편을 만나게 되자 레미디오스는 눈물을 흘린다. 레미디오스에게는 그 눈물의 의미는 예사로운 것이 아니다. 과거의 레미디오스에게는 눈물이 없었다. 전쟁과 일본의 점령이라는 각박한 현실 속에서 식민지 소녀가 겪는 고단한 인생으로 인하여 눈물이 대표하는 감정과 감상이 레미디오스에게는 허락되지 않았던 것이다. 레미디오스가 흘리는 눈물은 그리하여 궁극적으로는 신세계에서의 새로운 삶에로의 입문이라는 의식의 의미를 지니게 된다.

> 그녀는 상체를 배와 부두를 연결하는 다리의 난간에 기울인 채 상처입고 정신이 돌아버린 야수처럼 울었다. 울부짖음은 처음에는 눈물 없는 흐느낌으로 간간이 끊기곤 했다. 일찍이 그녀가 가졌던 원한의 마음이 고통을 분쇄해 버렸기 때문이었다. 그러나 그날 밤 그 다리 위에서 원한과 고통 사이의 연결이 되살아나려고 하고 있었다.
> 여인의 인생에서 소녀시절의 눈물은 가장 거침없이 쏟아져 나오

---

14 Again, she was on a gangplank. It seemed her recent realities ended and began on gangplank — in precarious suspension between two worlds(Peter Bacho 1991 : 35).

는, 혼돈스러운 것일 것이다. 그러나 레미디오스에게는 소녀시절이 없었다. 혼돈도 없었다. 다만 복수와 생존이 있을 뿐이었다.

She draped the top half of her body over the gangplank railing and howled like a mad, wounded beast, The howls were interspersed with sobs which at first were tearless, because pain had somehow been severed from remorse. But that night on the gangplank, the link was about to be re-established.

In the course of a woman's life, the tears of adolescence are perhaps the most profuse and surely the most confusing. But Remedios had had no adolescence. In her life there had been no confusion—simply vengeance and survival. (Peter Bacho 1991:36)

레미디오스의 눈물은 한편으로는 과거의 고통에 대한 일종의 한풀이 역할을 담당한다. 그러나 다른 한편으로는 앞으로 닥쳐올 희생과 전망 부재의 미래에 대한 억울함의 표출이다. 이때의 눈물은 또한 다른 어떤 구원의 방식도 갖지 못한 의존적인 여성 주체의 자기 위로의 표현이 된다.

그녀는 눈물의 길을 알고 있었다. 눈물은 천천히 얼굴을 타고 흘러내렸다. 말라버린 정열과 슬픔의 지점들을 건드리면서. 눈물의 반은

> 느끼기는 했어도 표현할 수 없었던 과거의 슬픔을 위하여 흘리는 복
> 고적인 것이었다. 그리고 다른 반은 희생에 비해 너무나 부족할 수밖
> 에 없는 보답이 기다리는 미래를 위한 눈물이었다. 레미디오스 루세
> 로는 24세였다.
>
> She was aware of the tear's course. It moved slowly down
> her face, touching upon arid points of passion and sorrow.
> Others followed. Some were shed retroactively for sadness
> felt but never expressed. Others were for a future that prom-
> ised a poor return for sacrifice rendered.. Remedios Lucero
> was twenty-four years old. (Peter Bacho 1991:36)

　레미디오스의 눈물은 자신의 신세에 대한 절망감의 표현이면서 동
시에 과거와 단절하고 새로운 세계로 진입하는 것을 알리는 신호이다.
필리핀과 미국 사이에 놓인 태평양은 두 세계 사이의 중간 지대로 작용
하는데 레미디오스가 죽어서 다시 조국으로 귀환하는 것은 그 태평양
을 다시 건넘으로써 가능해진다. 레미디오스의 영혼이 다시 바다를 건
너 귀환하면서 그 귀환이 동시에 아들 벤을 구세계 필리핀으로 불러들
인다는 것은 각별한 의미를 지닌다. 레미디오스의 생의 전반부가 형성
되었던 공간에 벤은 생의 후반부에 진입하는 것이다. 레미디오스에게
친숙했던 경치와 풍속, 사람들이 벤에게는 이질적이고 충격적인 것들
로 받아들여지는 '뒤집기reversal'가 태평양을 사이에 두고 이루어진다.
벤의 눈앞에 전개되는 필리핀의 모습들은 혼돈과 대조로 가득 차 있다.

미국이 구현하는 질서와 조화에 대비되어 필리핀은 미국의 문화적 대척점으로 재현된다. "마닐라는 밤의 도시다. 아침 여섯 시는 해질녘이며 대조의 시간이다. 다른 모든 사람들이 굴러 나갈 준비를 할 때 젊고 부유한 자들이 굴러 들어오는 시간이다."[15]

세부라는 도시는 텍스트에서 핵심적인 역할을 담당한다. 필리핀의 수도 마닐라가 아닌 세부가 소설의 주된 공간으로 설정된 것은 주목을 요하는 부분이다. 또한 텍스트의 제목이 『세부』로 설정된 것은 세부라는 도시가 의미하는 바가 지리적, 물리적 공간 이상의 것임을 뜻한다. 세부는 관광 휴양지이며 금융의 중심지로서 필리핀의 그 어느 곳보다도 풍요와 쾌락이 지배하는 곳이라고 볼 수 있다. 즉 세부는 전지구적 가본과 서구가 대표하는 것들이 필리핀의 토속적 문화와 공존하는 도시인 것이다. 세부는 또한 필리핀의 가난한 지역에서 사람들이 풍요와 기회를 찾아 모여드는 곳이다. 텍스트의 등장인물 카코이Cacoy가 자신이 살던 사마Samar 지역을 떠나 세부로 이주하는 장면은 세부의 특징을 잘 설명해 준다.

> 그는 사마의 끔찍한 가난에 너무나도 익숙해 있었다. 그 가난은 무엇보다도 사마가 필리핀의 태풍 지대의 중심에 위치해 있다는 점에서 연유하는 것이었다. 태풍은 그가 감내할 수 있는 것이었다. 그로 하여금 고향 사마를 떠나게 만든 것은 곧 어떻게 될 것 같은 그곳 사람

---

15 Manila is a city of night. Six in the morning is twilight and contrast —when the young and the rich ate stumbling in and everyone else is preparing to stumble out(Peter Bacho 1991:24).

들이었다. 그중에서도 특히 고질적인 절망과 그 절망의 결과물, 즉 신앙으로 오인되는 이유 없고 잔인한 미신들이 그를 못 견디게 했다. 세부, 중국계 은행과 자본, 온난한 기후, 그리고 부유한 사람들이 전혀 다른 삶을 약속하는 곳을 향하여 그는 집을 떠나가기로 했다.

He was only too familiar with Samar's grinding poverty, owing mainly to its position in the middle of the Philippines' typhoon belt. That much he could tolerate. It was everything else about these people on the brink — particularly their chronic despair and its consequence, an arbitrary and cruel superstition passing for faith—that drove him from home. To Cebu where Chinese banks and money, a mild climate, and a prosperous population promised a different life. (Peter Bacho 1991:64)

즉, 주인공이 필리핀의 여러 지역 중에서도 굳이 세부를 경험하게 되는 것은 주인공으로 하여금 필리핀의 대부분의 지역에 만연해 있는 빈곤과 동시에 일부 필리핀인들이 누리는 경제적 풍요를 동시에 경험하게 하는 결과를 낳는다. 또한 필리핀계 미국인이라는 주인공의 주체성은 주인공으로 하여금 미국과 필리핀의 문화를 동시에 비교하게 한다. 무지함에서 오는 반이성적인 종교 행위, 극심한 빈부의 격차, 그리고 일부 부유층이 지닌, 일반인들과 유리된 특권적 계층 의식 등이 벤의 눈에 비친 부정적인 필리핀의 모습이다. 벤에게 특히 충격적인 사건으로 다가온 것은 부활절시기에 이루어지는 미신적 종교행위이다. 사람을 나무에 매달아 손에 못을 박고, 그 못 흔적을 지닌 채 살아남아 내려온 사람들에게 일종의 신성성을 부여하는 미신적 행위가 필리핀에서 행해지고 있는 것이다. 더구나 그러한 미신적 종교 행위의 결과물로 칼리토Carlito라는 인물이 죽음에 이르게 되자 그의 의문과 분노는 극에 달한다. 그러나 그러한 분노와 의문은 오직 벤에게만 일어날 뿐이다. 필리핀 사람들에게는 그 사건은 특별한 의미도 의문도 불러일으키지 못하는 사소하고 일상적인 사건으로 이해될 뿐이다.

> 벤의 호기심은 천천히 분노에 길을 내주었다. "그건 가톨릭이 아니야. 주교는 어떻게 되거요?"
>
> "주교는 그들의 궁에 살아." 클라라는 근엄하게 말했다. "최소한 일반인들보다는 훨씬 좋은 곳에 살아. 너는 그걸 알아야 해. 그리고 이 일이 끝나면 모두가 행복해져. 그 바보들이 내려와서 못 박힌 상처들을 보여주지. 무식한 일반인들이 그들을 우러러보면서 기도를 부탁하지. 모든 사람들의 신앙심이 고양되고 주교는 행복해지지. 모두가 행복한거야."
>
> Ben's curiosity slowly gave to anger. "That's not Catholicism. What about the bishop?"
>
> "Bishops live in palaces," Clara said sternly, "or at least in places better than most. You should know that, too. And be-sides, everybody's happy after it's over. Those fools come down and show their wounds. Stupid people honor them and

> ask for their intercession. Everyone's piety is increased, and
> the bishop's happy. Everybody's happy." (Peter Bacho 1991:76)

가톨릭 사제로서 벤이 구현하고자 하는 것이 진정한 그리스도교의 원리라면 그가 필리핀에서 경험하는 가톨릭의 모습은 미신과 결탁하여 무지하고 우매한 필리핀 국민의 희생을 불러오는 타락한 종교 이상이 아니다. 벤의 분노는 벤이 자신의 문화적 정체성을 미국문화에 두고 있다는 데에서 온다. 클라라가 벤에게 지적하는 것은 필리핀의 현실이다. 벤이 제기한 의문에 대한 클라라의 대답은 "여기는 미국과 달라"라는 한 마디일 뿐이다. 즉 벤이 생각하는 합리성은 미국적 합리성에 다름 아니고 필리핀에는 필리핀의 삶의 방식이 존재한다는 것이다.

> 칼리토의 행동은 불경스럽고 벤의 눈에는 근본적으로 반종교적인 것으로 보였다. 망고 애비뉴로 운전해 돌아오면서 벤은 칼리토를 죽음에 이르게 한 것이 가톨릭의, 또는 필리핀 문화의 어떤 면이었나 이해하고자 애써보았다. 더 나아가 가톨릭이나 필리핀 문화의 어떤 점이 그의 죽음을 그토록 담담히 받아들일 수 있게 만들었나 생각했다.
> "조카, 조카는 여기서는 사정이 좀 다르다는 것을 이해해야해." 벤은 클라라가 자신이 제기한 질문 중 하나에 답하면서 한 말을 상기했다.
> Carlito's act was blasphemous, and, in his view, funda-
> mentally antireligious. As they drove back toward Mango

Avenue, he struggled to understand what it was within Chatholicism, or maybe culture, that drove Carlito to his death-and worse-Filipinos to accept so blandly his demise.

"You have to understand, nephew." Ben remembered Clara saying to one of his inquiries, "It's a little different around here." (Peter Bacho 1991:86~87)

필리핀인들의 눈에는 새삼스러울 것도 의문스러울 것도 없는 일이 외부자인 벤의 시선을 통하여서는 이해할 수 없는 불합리한 사건이 된다. 예수가 십자가형에 처해진 것과 똑 같은 방식으로 죽음에 이른 칼리토를 두고 또 다른 인물, 레이Rey가 사진을 찍어 상품화하고자 하는 것은 벤의 절망을 극도에 이르게 한다. 더 나아가 칼리토의 죽음을 두고 돈거래가 이루어지는 것을 목격하게 되자 벤은 더 이상 견디지 못하고 미국으로 돌아갈 것을 결심한다.

레이가 말할 때 몇몇은 엄숙하게 고개를 끄덕이고 다른 몇몇은 십자 성호를 그었다. 벤은 지켜보면서 듣고 있었다. 그는 세부 말로 "값"이라는 말을 들었고 레이가 손을 뻗치는 것을 보았고 그 손이 색색의 지폐와 반짝이는 은화로 뒤덮이는 것을 보았다.

칼리토의 십자형은 거래를 위한 것이었다. 그것을 깨닫자 벤은 천천히 뒤로 물러섰다. 그의 위가 흔들리는 것 같았고 그는 가까운 골목으로 달려갔다. 토하려고 했으나 아무 것도 나오지 않았다. 목과 창자에서 나오는 으르렁거리는 소리뿐이었다.

As Rey spoke, some nodded solemnly while others made the sign of the cross. Ben watched and listended, he could under-stand the Cebuano word for "price", followed by Rey's ex-tended palm, soon covered with multicolored paper money and the glint of silver coins.

Calito's crucifixion was for sale. Realizing this, Ben backed slowly away. His stomach churned and he ran to nearby alley. There, forehead and palms pressed against a damp, slimy wall, he tried to vomit, but nothing came forward. The best he got was a growl from his guts and throat. (Peter Bacho 1991:88)

어린 시절, 벤에게는 그리움이자 동경의 대상이며 마음의 고향 구실을 해주었던 필리핀, 그중에서도 세부라는 도시가 이제 성인이 되어 찾아온 그에게는 미신과 타락, 혼돈과 거래의 도시요 국가로 바뀐 것이다. 벤이 필리핀에서 발견한 것은 미신과 혼동되는 타락한 종교만이 아니다. 통제할 수 없이 극심한 빈부격차 또한 벤에게 충격으로 다가온다.

그는 가로수길의 양면을 다 보기 위하여 초점을 시토이로부터 돌렸다. 만에는 수많은 배들이 정박해 있었다. 한편으로는 해안을 따라

검고 더러운 사람들이 수풀 아래와 임시 숙소 아래로부터 나와 종종 걸음 치고 있었다. 록사스길 건너에는 또 다른 세계가 있었다. 활기차고 부유한 도시, 거기엔 아파트와 호텔이 늘어서있고 그 대부분은 최근에 완공된 것이었다.

"무숙자들," 해안을 가리키며 클라라는 말했다. "그들 대부분은 시골에서 오지. 거기 삶이 힘들거든, 그래서 이주해 와서 길에서 사는거야. 여기 못 오게 해도 무턱대고 오는거야. 정부도 그들을 막기를 포기했어."

"여기에 보편적 진리의 증거가 있지"하고 클라라가 가로수길 건너로 눈길을 돌리며 말했다. "부자들은 아름다움을 좋아해. 이 만의 석양을 즐기지." 그리고 덧붙여 말했다. "그리고 가난한 사람들도 마찬가지일지 몰라."

He turned his focus away from Sitoy to examine both sides of the boulevard. He was stunned by the contrast. In the bay, scores of ships lay anchored, while along its shore, dark, dirty people scurried from under bushes and makeshift shelters. Across Roxas lay another world, a city vibrant and wealthy, with rows of apartment and hotels, most of which had been recently built.

"Squatters", Clara said pointing to the shore. "Many are from the country, and times are had there. So they come here and

> live on the streets. They're not supposed to be here, but they
> come anyway, and the government's stopped trying to keep
> them out."
>
> "Over here," Clara said, her eyes shifting across the boule-
> vard, "is evidence of a universal truth. The rich like aesthetics,
> they like views of the sunset on the bay."
>
> "And," she added, "maybe the poor do, too." (Peter Bacho 1991:90)

많은 섬으로 이루어져 있어 지역 간 불균형이 클 수밖에 없는 것이 필리핀이다. 그런 필리핀의 지리적 요소와 빈곤에 의해 어쩔 수 없이 도회지로 몰려나온 사람들, 통제력을 잃어버린 정부의 모습, 가로수 하나를 사이에 두고 제1세계의 풍요와 제3세계의 빈곤이 공존하는 것이 필리핀의 실제 모습이며 그 모습은 외부자이며, 관찰자인 벤의 눈에 그대로 포착된다.

주인공 벤이 발견하는 필리핀의 모습은 개 먹는 풍습, 영양 실조의 거지들이 등장하는 장면에서 더욱 선명하게 그려진다. 벤의 중간자적 위치는 자신이 발견한 것을 미국의 실정과 끝없이 비교하게 만든다. 즉 벤이 필리핀을 관찰하며 이해하는 것은 미국에서의 과거와 대비되는 필리핀에서의 현재, 책에서 배운 것과 눈으로 목격하는 것, 미국에서 이해한 바의 필리핀의 삶과 필리핀 고유의 정황에서 파악하는 필리핀의 삶인 것이다. 구체적으로 개고기 먹기의 풍습은 학생 시절 필리핀계 미국인인 벤으로 하여금 인종 차별과 수모를 경험하게 한 사건이었다.

과거의 벤은 필리핀 사람들이 애완견을 잡아먹는다는 미국인 친구의 공격에 거칠게 항의하였다. 그러나 벤이 필리핀에서 발견한 것은 개먹기의 풍습이 만연해 있다는 점이었다.

"여기에 개가 있어?"

"뭐라고?" 그 질문이 엘런을 놀라고 실망하게 했다.

"독일 세퍼드나 도버만이 있냐고."

"아니, 없어. 클라라 아주머니가 전에 한번 혼혈종 한 마리를 키우려고 시도했었는데, 사라졌어. 아마도 누군가의 솥으로 사라졌겠지." "뭐라고?" "이 담 밖에서 사는 사람들은 먹을 수 있는 것이라면 다 먹어 ……" "됐어" 하고 벤은 말했다. 개를 먹는다는 생각이 그를 불편하게 만들었다.

이전에 그가 의심했던 것을 이젠 알 수 있었다. 필리핀에는 개가 별로 없다는 것이 눈에 띄었었다. 눈에 띄는 개들은 비쩍 마르고 처참한 개들뿐이었다. 개들은 힘없이 걷고 있었다. 고개는 영원히 어깨 너머로 뭔가를 말하면서. 마치도 다음 발걸음이 마지막 발걸음이라는 것을 알고 있는 것처럼.

"Are any dogs here?"

"Pardon?" The Question surprised and disappointed Ellen.

"You know, like German Shepherds and Dobermans."

"No, Tia tried it once, a mixed breed, but it disappear-ed-probably into somebody's pot."

"what?"

"You know, outside these walls, people eat what they can ······"

"Never mind," Ben said. The thought of eating a dog made him uneasy.

He had wondered about that and now he knew. He noticed there were few dogs in the Philippines, and the ones he saw were skinny, pathetic things. They walked tentatively, heads forever peering over shoulders, as if they knew their next step might be their last. (Peter Bacho 1991:10~12)

개고기를 먹는 풍습이 미국에서는 벤이 한사코 부정해야 할 모욕적인 풍문이었으나 필리핀에서는 어쩌지 못할 구체적인 현실인 것과 마찬가지로 참혹한 필리핀 거지의 모습 또한 벤의 눈앞에 구체성을 지니고 등장한다.

"담배!" 차에 다가서며 한 녀석이 외쳤다. 매우 가는 팔을 가진 마른 소년이었다. 갈색머리에 이상한 붉은색이 감돌았다. 벤은 영양실조가 그런 머리색을 만든 것임을 알아차렸다. 미국에서는 교과서에서 보던 것이었다. 그 가난의 얼굴이 이젠 수천 마일을 따라와서 바로 눈앞에서 자신의 차창을 들여다보고 있는 것이었다.

벤은 겁이 났다.

> "Cigarettes!" cried one who approached the car. He was a
> slender boy with straw-thin arm. His brown hair had an odd,
> reddish hue. Ben knew immediately that malnutrition pro-
> duced that tint; he'd seen it in the texts back home. But now
> the face of poverty had followed him several thousand miles
> and was peering into his car window, inches from his own face.
> It frightened him. (Peter Bacho 1991:113)

벤이 체험한 미국과 필리핀의 사회적 문화적 거리를 두고 엘런이 들려주는 조언은 시사적이다. 미국이 문화와 질서의 공간이라면 필리핀은 혼돈과 야만, 그리고 실존적 본능이 요구되는 공간임을 드러내고 있다.

> "이쯤에는 파악이 되었을 테지." 엘렌은 엘리베이터에서 나와 텅
> 빈 로비로 걸어가면서 조용히 말했다. "그러나 당신은 판단할 권리는
> 없어. 필리핀에서 살아가는 데에는 용기가 필요해. 미국 사람."
> "You've probably got it put together." Ellen said quietly as
> they walked out of the elevator into the empty lobby. "But you
> have no right to judge. It takes courage to live here,
> Americano." (Peter Bacho 1991:121)

엘런이 벤에게 들려준 충고는 미국생활에 필요한 예의와 미국적 개념으로서의 인간성이 필리핀에서는 통용되지 않는다는 것, 그리고 필

리핀에서의 삶에서는 필리핀의 특수상황이 필요로 하는 특수한 삶의 방식이 요구된다는 점을 적시한다. 그러한 필리핀적 삶은 벤이 미국에서 배운 것을 잊고 새로이 필리핀의 현실에 적응해야 가능하다는 것을 시사한다.

그러나 벤에게 필리핀은 단순한 문화적 충격의 공간으로만 작용하는 것은 아니다. 필리핀에서 벤이 경험한 미신적 기독교 제의, 엘런이라는 이성의 유혹으로 인하여 경험하게 된 파계, 필리핀에서 목도하게 된 야만적 삶의 모습, 길거리의 거지들이 집약적으로 보여주는 극심한 빈부갈등과 타락상등은 주인공 벤으로 하여금 미국에서는 꿈꾸어 볼 수조차 없었던 변신을 경험하게 한다. 미국에서의 벤이 어머니 레미디오스의 소망과 기원에 충실하게 응답하는 성聖의 존재였다면 필리핀에서의 벤은 그 성스러움을 완전히 배반하고 속俗의 세계에 들어서는 것이다. 그리고 그러한 벤의 변화는 벤이 레미디오스의 지배권으로부터 일탈하여 클라라의 영향권하에 놓이게 됨을 의미한다. 그것은 레미디오스의 인생에 개입하여 자신의 의지대로 그를 조종할 수 없었고, 그런 의미에서 친구로부터 배반당한 클라라가 자신의 삶의 방식을 주장하며 레미디오스에게 행사하지 못했던 자신의 세속적 권력을 벤을 통하여 대리 실현하는 과정이라고도 볼 수 있다. 레미디오스와 클라라의 상반된 삶의 방식이 벤을 두고 벌이는 경합은 벤의 꿈속에서 죽은 어머니 레미디오스가 나타나 "나는 바로 그 점을 걱정했었어. 너는 거세했어야 했어"(Peter Bacho 1991:124) 하고 소리치는 장면에서 분명해진다.

필리핀에서 벤이 행한 일은 정신에 대한 육체의 우위, 의지에 대한 욕망의 지배를 인정하는 것에 해당한다. 필리핀은 벤이 그동안 지녀왔던 원칙들이 일시에 무너져 내리게 만드는 혼돈의 공간인 것이다. 그 공간에서는 선과 악 등의 이분법적 구분 또한 모호하다. 벤이 필리핀에서 갖게 된 새로운 경험들은 벤으로 하여금 그가 그동안 유지해 왔던, 시험당하지 않은 총체적 존재로부터 이탈하여 새로이 탄생하게 만든다.

이것 아니면 저것이야, 벤. 사람들은 말할 것이다. 육체냐 정신이냐. 너는 선택된 존재야. 선택되었다는 것은 동시에 너 또한 선택해야 한다는 것을 의미해.

선택, 그것은 이제 그가 두려워하는 단어였다. 한 때 선택은 매우 쉬운 문제였다. 그는 사제직을 선택했다고 생각했다. 그런데 그게 아닐지도 몰랐다. 그는 자신이 분명히 아는 삶을 위하여 잘 알지 못하는 또 하나의 삶을 포기하는 데에 아무런 고통이나 후회를 느끼지 않았다. 그는 자신의 직업을 사랑한다. 그러나 자기 앞에 일어난 일을 저주할 수는 없는 것이었다.

One or the other, Ben, they'll say. Flesh or spirit. You are chosen, and to be chosen means to make choices.

Choices, a word he now fears. It was once so easy. He thought he had chosen the priesthood, but maybe not. He had felt no pang or remorse in surrendering one life, which he really didn't know, for another, which he did. He loved his vocation, but can't condemn what has happened. (Peter Bacho 1991:12

5~126)

엘런의 출현은 벤으로 하여금 자신의 내부에 있는 의지와 욕망의 대결을 경험하게 하는 사건에 한정되지 않는다. 사제에게는 금지된 육체적 관계를 맺게 되는 것은 당연히 이전의 벤이 가졌던 시험당하지 않은 순수를 포기하게 만드는 사건이다. 그러나 순수와 경험의 이분법을 넘어서 벤은 자신이 타자를 이해하는 방식 또한 엘런과의 만남을 통하여 재검토하게 된다. 엘런의 도전을 통하여 벤은 자신의 규제된, 순수한 사제로서의 삶이 일종의 자기기만에 불과했을 수도 있음을 자각하게 된다.

엘런은 계속 말했다. "당신이 속한 세상에서는 당신들은 나 같은 사람을 판단하지. 당신들의 눈에는 창녀는 아무런 삶의 기준도 없는 사람처럼 보이겠지. 하지만 난 내 기준이 있어."

벤은 다시금 고개를 끄덕였다. 다소 반성하듯이. 그는 엘런이 괴로워하는 것을 충분히 이해할 수 없을 테지만 이해하려고 노력했다. 그는 부끄러웠다. 그는 다른 남자들과 달리 여성을 존중했고 아니면 최소한 그렇게 생각하고 설교하고 조언하려고 노력해 왔다. 레미디오스가 그 점을 분명히 가르쳤다. 그러나 이제 어머니가 안 계시니 동시에 그러한 자기기만이라는 위안도 함께 사라져버렸는지도 알 수 없었다.

"In your world," she continued, "people like you judge people like me. In your eyes, whores have no standards. But I did."

Ben nodded again, somewhat reflexively. He didn't fully understand her pique — couldn't have — but he was trying. Ben felt ashamed. He wasn't like other men; he respected women, or at least that's what he thought and preached and counseled. Remedios had made sure of that. But now his mother was gone and maybe, too the comfort of self-deception. (Peter Bacho 1991:129)

　엘런은 벤의 고백대로 벤으로 하여금 "엘런이 없었더라면 볼 수 없었을 그의 다른 면"(Peter Bacho 1991:133)을 볼 수 있게 해 주었다. 필리핀은 결과적으로 벤이 이전에 가졌던 모든 신념을 시험하는 시험장이 되고 벤은 일탈과 파계를 경험하며 자신을 되돌아보게 된다. 벤의 이러한 일탈에 종지부를 찍고 벤으로 하여금 미국과 미국이 상징하는 질서와 통제로 복귀하게 만드는 사건은 그가 죽어가는 한 필리핀인에게서 완벽하게 자신의 정체성을 부정당하는 수모를 겪는 일이다. 반미 시위대를 진압하는 경찰의 총검에 의해 죽게 된 한 필리핀 남자에게 임종 제의를 베풀어주려다 벤은 그 남자에게서 거부당한다. 벤이 호텔에서 머물면서 사제의 계율을 어기고 엘런과 어울린 것을 그 남자가 목격해서 알고 있었던 까닭이다. "진짜 신부, 벤. 진짜 신부를 불러다 줘요"(Peter Bacho 1991:132)가 임종 제의를 베풀려는 벤의 호의에 대한 그 남자의 대답이었다. 벤은 더 이상 견디지 못하고 미국으로 돌아가야 할 것을 깨닫는다. 벤이 미국으로의 귀환을 결심하는 장면은 필리핀에서의 벤의 경험을 총괄적으로 평가하는 구실을 한다.

> 필리핀은 자신으로부터 너무 멀리 있었다. 그리고 그의 유일한 소
> 망은 이제 떠나는 것이다. 도착한 이후 처음으로 그는 집을 생각했다.
> 그가 막 들어선 '미친 집'보다 훨씬 안전한 곳으로서의 집을. 그리고
> 그가 얼마나 시애틀의 시원한 공기와 깨끗한 길거리와 명백히 표현할
> 수 있는 질서감을 그리워하는지 생각했다.
>
> The Philippines was far beyond him, and now his only wish
> was to leave. for the first time since arriving, he thought of
> home — a sanctuary, much safer than the madhouse he had
> entered — and how he longed for Seattle's cool air, clean
> streets, and pronounced sense of order. (Peter Bacho 1991:133)

결국 벤은 필리핀에서의 경험을 모두 뒤로 한 채 탈진하다시피 필리
핀을 떠나 미국으로 귀환한다. "그에게는 거의 아무 것도 남아 있지 않
았다"(Peter Bacho 1991:133)는 데에서 알 수 있듯이 필리핀으로의 여행이
벤의 삶을 통째로 뒤흔들어 놓았다는 것은 명백하다. 여기에서 작가 바
초가 그리는 미국은 필리핀의 부정적인 면모들이 모두 제거된 이상향
으로서의 미국이다. 위에 든 '시원한, 깨끗한, 질서' 등의 어휘들이 이
를 증거 한다.[16]

---

16 바초는 미국을 가장 이상적인 인간 사회로 보았다는 점에서 불로선과 일치한다. 그러나
그 속성을 들여다보면 불로선과 바초는 매우 대조적이다. 바초가 필리핀을 탈피하여 미
국으로 가고자 한 것은 필리핀이 그동안 보여준 무지, 혼돈, 가난, 빈부격차 등이 제거된
공간으로 미국을 파악하고 있기 때문이다. 반면 불로선은 미국의 가능성을 인간 삶의
고통을 모두 수용하고 포용하며 그 과정에서 가난과 무지의 인간 군상들도 함께 자유를
누릴 수 있는 공간이라는 점에서 찾고 있다. 다음은 불로선의 텍스트의 인용이다. "미국

아이러니는 벤이 가진 세계관이나 자아정체성과는 별도로 필리핀계 미국인이라는 벤의 정체성은 그로 하여금 '필리핀계' 미국인으로 남을 수밖에 없게 만든다는 점이다. 그가 필리핀을 부정하고 미국을 이상화한다고 해도 벤에게서 필리핀적인 요소를 제거할 수는 없는 것이다. 필리핀에서는 필리핀계 미국인이라는 벤의 정체성이 필리핀인들로부터의 거리를 의미하는 반면 미국에서는 벤은 보다 필리핀에 가까운 인물로 주류 미국인에게 받아들여진다. 벤이 처음으로 사제직을 수행하게 된 교구가 필리핀계 미국인 지역이라는 점은 이 점을 확연히 드러내준다.

> 그가 멀리 나가 있는 사이에 교구는 많이 변해 있었다. 흑인과 일본인은 줄어들고 필리핀인들이 늘어났는데 대부분 새로 이민 온 사람들이었다. 대주교의 입장에서는 벤을 거기 배치하는 것은 당연한 것이었다. 필리핀계 교회에 필리핀 사람의 얼굴을 가진 사제.
>
> 그러나 벤에게는 그다지 설득력이 있지 않았다. 그는 새로 온 이민자들을 전혀 알지 못했고 그들의 언어도 아는 것이 없었다. 그는 언어 중 세부 말을 아주 조금 할 뿐이었다.
>
> During his years away, the congregation, had changed-fewer blacks and Japanese and more Filipinos, mostly recent im-

---

은 또한 이름 없는 외국인, 집 없는 난민, 일자리를 구걸하는 배고픈 소년, 그리고 나무 위에 매달린 흑인의 몸이다. 미국은 책과 지적 기회의 세계가 자신한테는 닫혀져 있다는 것을 창피해하는 글을 모르는 이민자이다. 우리는 모두 그 이름 없는 외국인, 집 없는 난민, 배고픈 소년, 글 모르는 이민자, 그리고 린치를 당한 흑인의 몸이다. 우리 모두는 첫 번째 아담에서 마지막 필리핀까지, 미국에서 태어났건 아니면 외국인이건, 교육을 받았건 아니면 글을 모르건 — 우리는 미국인이다!(Carlos Bulosan 1973:189)

> migrants. In the archbishop's mind, assigning Ben there made
> perfect sense-a Filipino face for a Filipino church.
>
> For Ben, however, the archbishop's logic was less compelling.
> He had no experience with recent immigrants and spoke one
> of their dialects. He understood just one — Cebuano — badly.
>
> (Peter Bacho 1991:140)

텍스트에 종종 등장하는 '진짜real'라는 어휘는 어느 쪽에서도 '진짜'로 보이지 않는 이들 혼종적 주체의 분열성에 대한 언급인 것이다. 필리핀계 미국인이라는 이름 또한 단일적이고 통합적인 주체의 호명이 아니다. 같은 필리핀계 미국인들 사이에서조차 그들이 미국문화에 동화된 정도에 따라 다시 계층화되고 각 그룹 사이에 부조화와 충돌이 존재한다.

텍스트의 4부에 집약적으로 드러난 것은 미국화 된 필리핀계 미국인과 '필리핀에서 갓 이주한 필리핀인FOB(Fresh Off the Boat)' 사이의 거리이다. '미국 태생'America-born과 새로운 이민자들, 즉, '갓 배에서 내린 자들FOB' 간의 갈등은 필리핀계 미국인들 내부의 다층적 삶을 총체적으로 보여준다. 또한 그 갈등을 통해 노정되는 것은 곧 미국문화와 필리핀 문화의 차이 그 자체의 연장이기도 하다. 필리핀계 미국인의 분열적이고 양가적인 위치는 이로써 증명된다. 미국문화에 많이 동화된 필리핀계 미국인들은 갓 필리핀에서 이주해 온 필리핀인들을 "그들은 달라They are different"라고 말하면서 자신들로부터 구별한다. 로우Lisa Lowe는, 아시아계 미국인은 각각 자신이 떠나온 조국과의 동일시 정도와 미국 주류문화에 대한 동화 정도에 따라 그 연결성이 복합적으로 작용하는, 확정할 수 없는 변화하는 존재임을 지적한 바 있다(Lisa Lowe 1996:71). 바초가 보여주는 필리핀계 미국인들 내부의 또 다른 계층화와 구별의 정치학은 로우가 지적한 바대로 같은 민족성 내부에도 여전히 존재하는 특수성을 증거한다.

벤은 이들 필리핀계 미국인들 사이에서 문화적 갈등과 충돌이 일어나고 있음을 보게 된다. 신도들의 고해성사를 주도하는 사제라는 벤의 입장은 성과 속의 매개자 구실도 하게 만드는 것이다. 달리 말해서 필리핀계 미국인이면서 동시에 사제인 벤의 위치는 이질적인 두 세계 사이를 끝없이 넘나드는 중간자이며 매개자이고 동시에 그 자신은 그 어디에도 완벽하게 속할 수 없다.

필리핀에서 존중되는 필리핀적인 가치는 '공동체'의 가치이다. 그것은 개별성을 존중하는 미국적인 가치와 자주 충돌한다.

> 필리핀에서는 칠천 개가 넘는 섬으로 분산된 지형은 지리상의 저주였다. 그러한 지리적 특징은 필리핀 사람들로 하여금 소외와 상처에 민감하게 했다. 거기에서는 공동체가 의미하는 바가 많았다. 혼자서는 살아가기 힘든 것으로 이해되었다. 그래서 필리핀계 사람들은 실제적이든 상상이든 공통적인 특성이 드러나면 어울렸다. (…중략…)
> 미국에서는 달라야 했다. 그러나 사는 곳이나 국적이 달라진다고 해서 버릇이 달라지는 것은 아니었다. 시간이 흐르고 세대가 바뀌어

도 달라지지 않았다. 벤의 친구들은 모두 미국에서 태어나 영어를 구사했지만 그들은 여전히 부모들을 닮아있었다.

In the Philippines, geography's curse was a territory split into seven thousand islands, overwhelming its people with isolation and a pervasive sense of vulnerability. There barkada made sense. One alone could hardly survive, indeed, wasn't expected to. So Filipinos banded together on the basis of common traits, real, imagined. (…중략…)

Over here, though, it was supposed to be different. But habits don't disappear with a change of residence or nationality; sometimes not even with the passage of time and generations. Even though Ben's friends were all America-born and English speaking, they could still resemble their immigrant parents. (Peter Bacho 1991:150)

미국 내에서 벤이 만나는 필리핀계 미국인의 모습은 다양하다. 1960년대 소수자 우대 정책에 의해 경찰이 된 테디, 불운하게 태어나 적절한 돌봄을 받지 못하고 자신의 주체성을 확립하지 못한 채 소모적인 삶을 살다가 죽어가는 카롤라 등 ……. 테디는 새로 이민 온 사람들을 가장 차별적으로 대하지만 사실상 그 자신이 가장 보편성을 결여한 사람이라고 벤은 파악한다. 새로 이민 온 사람들은 필리핀에서 인정되던 무질서와 충동, 그리고 공격성에 더 근접해있다. 또한 필리핀 문화에 기반을 둔 공동체 의식을 여전히 갖고 있어 그 공동체 의식이 야기하는 의리에 따라 직접적인 보복을 꺼리지 않는다. 미국적 문화의 척도를 들이 대었을 때에는 단순한 야만과 폭력 이상일 수 없는 직접 보복이 필리핀 문화의 특수성 속에서는 공동체에 대한 의리와 충정으로 파악되는 것이다. 벤의 역할은 그들로 하여금 필리핀적인 것을 포기하게 하고 그들의 슬픔과 외로움을 달래주는 것이다. 벤은 "여기는 필리핀과 달라" 하고 조언하게 된다. 그 말이 필리핀에서 엘런이 벤에게 하던 말을 뒤집은 것에 불과하다는 사실은 아이러니를 느끼게 한다. 그 장면은 벤이 필리핀과 필리핀 문화를 부정하고 미국으로 돌아왔지만 필리핀적인 것으로부터 결코 벗어날 수 없음을 보여준다. 보복으로 살인을 하고 사제로부터 죄 사함을 받으면 된다고 믿는 젊은이에게 그 보복을 포기하게 만들기 위해 벤은 설득에 나선다.

젊은이는 울기 시작했다. 그는 흐느끼는 사이사이에 말했다. "신부님, 나는 당신이 필리핀 사람이라고 들어서 당신은 나를 이해해 줄 거라고 믿었어요. 당신은 내 가슴을 찢고 있어요. 나를 이해 못해요."

"이해한다." 벤은 말했다.

"이해 못해요. 진짜 필리핀 사람이 아니에요. 고국에서라면 아무 문제도 없다구요."

벤은 화를 참기 위해 애썼다. "아직 고국에 돌아간 게 아니잖아. 여기는 필리핀과 달라."

The young man was crying now. "Padre," he said between

sobs, "I came to you because I heard you're Filipino and you'd understand. You're hurting my feelings, Padre. You don't understand."

"I understand" Ben said.

"No, You don't," he argued, "not like a real Filipino. Back home, there'd be no problem."

Ben was trying hard not to become angry. "You're not back home now," he said, "things are different here." (Peter Bacho 1991:200~201)

필리핀으로의 여행에서 돌아와 벤은 이전의 자신으로 돌아간다. 그의 일탈과 파계 또한 보상의 방법을 찾게 된다. 사제도 결국은 인간이었음을 인정하는 자리에서 신과의 약속에 다시 헌신하는 것으로 벤은 자신과의 화해에 이른다. 그리하여 전과 같이 사제직을 수행하게 된다. 벤의 변화의 중심에는 필리핀이 놓여있다. 어머니의 고국이자 자신의 민족성을 깊이 자각하게 만든 것이 필리핀이었다. 자신이 발견한 필리핀문화와 미국문화 사이의 거리가 그로 하여금 미국 내의 필리핀계 미국인들 간의 문화적 거리 또한 더욱 잘 파악하게 한 것이다.

5. 결론

필리핀계 미국문화 중 불로선의 텍스트, 『미국은 내 가슴에』가 필리핀계 미국인의 주체 형성 과정을 그리고 있고 로스카 니노츠카 등의 작품이 필리핀적인 특수성을 재현하고 있다면 『세부』는 2세대 필리핀계 미국인의 혼종적 주체를 통하여 미국과 필리핀 문화에 대한 통찰을 시도하고 있다. 저자 바초의 작가적 시각은 필리핀을 혼돈과 야만의 공간으로, 미국을 질서와 합리성의 공간으로 지나치게 양분하여 도식화하고 있다는 비판의 가능성을 향해 열려있다. 그러나 필리핀계 미국인의 정체성에서 필수적인 요소들인 미국문화와 필리핀 문화에 대한 다양한 요소들이 적절하게 드러나고 있다는 점, 그리고 그 요소들이 보다 인간적인 삶을 위해 고민하고 갈등하는 주인공의 실존적 모습과 함께 드러난다는 점은 필리핀계 미국문학을 다루는 자리에서 『세부』가 담당하는 역할을 말해주고 있다. 주인공 벤의 모습은 형성 중이며 과정 중의 주체이며 그 과정에서 필수적으로 드러나는 것이 필리핀적인 것과 미국적인 것의 충돌과 그 화해의 모색 과정인 것이다.

아시아계 미국문학의 공통적인 분모로 드러나는 것이 주체의 혼종성일진대 『세부』는 그 혼종성의 문제에 대한 다각적인 분식을 가능하게 하는 텍스트이다. 또한 『세부』는 여성의 삶이 국가의 역사와 맺는 관계를 두 인물, 레미디오스와 클라라를 통하여 보여준다. 두 여성의 삶은 필리핀이 경험한 식민주의, 탈식민주의, 신식민주의에 긴밀하게 연결되어 있다. 레미디오스는 국가라는 이름의 공적 권력이 여성의 육체에 가하는 억압의 희생물로서 그려진다. 반면 클라라는 그러한 역사적 변화의 흐름을 이용하여 현실적인 이익을 얻는 인물로 그려진다. 이들의 대조적인 삶은 국가의 알레고리로 작용하는 여성의 존재를 보여준다. 『세부』는 필리핀계 미국문학 연구는 물론 아시아계 미국문학 연구 전반에 걸쳐 보편적으로 등장하는 혼종적 주체의 문제, 성별과 민족성의 문제를 논의하는 자리에서 빠뜨릴 수 없는 텍스트이다.

03

비교문학과 한국문학

국경넘기와 이주의 시학

안수길의 『북간도』 연구

1. 서론—『북간도』 연구의 필요성

안수길은 1935년에 소설 『적십자 병원장』을 발표하면서 작품 활동을 시작하여 1967년, 대표작 『북간도』를 완성한 작가다. 안수길의 작품 세계는 소재를 중심으로 살펴 볼 때 최서해 등과 공통점을 지닌다. 즉 안수길은 일제식민지 기간 동안 직접 간도에서 생활하였으며 실국민의 설움을 몸으로 겪고 해방 이후 귀국한 작가이다. 그리하여 그의 작품 세계는 만주라는 공간에 대한 집착을 보여준다. 그는 장편 『북간도』와 단편 「새벽」, 「원각촌」, 「목축기」 등의 작품에서 일제식민지하 조선 기층민의 간도 이주 체험을 주로 다루었다. 따라서 한국 현대문학에서 이산의 문제, 특히 간도로 이주한 한국인의 삶을 다룬 대표적인 작가로 안수길을 들 수 있다. 최서해의 「홍염」, 「박돌의 죽음」 등의 단편들이 유사한 작품 세계를 보여주고 있다. 안수길의 문학을 이해하는 것은 간도라는 공간과 일제강점기라는 시간의 두 축을 전제하고서야 가능한 작업이다. 즉, 일제의 식민 지배를 주원인으로 하는 식민지 조선인의 궁핍과 주체적인 국민으로서의 권리 상실, 그리고 이를 뒤따르는 국경너머로의 이주가 안수길 문학의 핵심을 이루는 것이다.

안수길의『북간도』는 상당한 수준의 문학적 성취를 보여주는 대작으로 고평을 받기도 했다. 백철은 "해방 뒤 십여 년래의 우리 문학사에 있어서 가장 뛰어난 작품"이라는 평가를 내렸으며, 신동한은 "민족문학의 하나의 초석이 되어줄만한 거작", "간도의 이민 생활과 독립 투쟁의 모습을 집대성한 대로망"이라고 평가 했다.[1]

김현과 김윤식 또한 안수길의 작품세계에 대하여 다음과 같이 언급했다. "일제의 악랄한 수탈정책 때문에 정든 고향을 등지고 떠나와서, 원주민과의 목숨을 건 투쟁 끝에 쟁취하였고 계속, 원주민들의 압력을 받을 수밖에 없었던 만주의 땅이 안수길의 정신적 고향이다."(김윤식·김현 1984:236)

안수길의 작가적 중요성과 안수길이 다룬 간도 체험의 의미에 주목한 본격적인 논의는 김윤식과 오양호에 의해 시도되었다. 김윤식의『안수길 연구』가 안수길의 작가적 중요성을 인식시키는 하나의 초석 역할을 담당한다면, 오양호는 안수길을 중심으로 한 간도문학이 한국문학사의 빈틈을 메워 줄 주요한 한 장르를 형성한다고 주장하며 '간도문학'이라는 이름을 제안하기까지 한다(김윤식 편저 1985::1986).[2]

---

1 안수길(1974:807).
2 김윤식 편저(1985)가 일반인을 대상 독자로 하여 안수길의 대표작을 소개하는 수준에서 저술되어 작가 평전과 작품 해설 수준에 머무르고 있음에 반하여, 김윤식(1986)은 보다 본격적인 작가 연구에 해당한다. 후자의 서문에서 김윤식은 "다른 많은 국내 작가와는 달리 안수길 문학은『북간도』와『벼』와 더불어, 훨씬 폭넓은 해석을 기다릴 것이다. 그러기에 안수길 문학은 미지에로 열려 있는 형국이라 할 수가 있다"고 밝히고 있다.

그러나 기존의 연구는 '간도 체험'이라는 모티프의 중요성은 인정하면서도 그 체험 자체의 특수성을 연구하거나 그 체험의 문학적 재현이 한국문학의 영역에서 차지하는 의미와 중요성을 탐구하는 데에는 이르지 못하였다. 그보다는 '민족'이라는 이념의 처리방식과 작중 인물들의 분석을 통한 현실과 문학적 재현과의 관련 양상에 주로 논의가 집중되어 왔다. 예를 들어 앞서 언급한 김현과 김윤식은 안수길의 작품에 드러난 민족 의식, 민족 교육의 문제와 농민들의 땅에 대한 집착, 그리고 현실 순응주의자(즉, 현실 타협자)와 비순응주의자(민족주의자)로 대별되는 인물들의 전형성에 논의를 집중하였다(오양호 1987:235~238). 또한 오양호는 '역사 소설'이라는 갈래(장르)의 특징을 중심으로 『북간도』를 논하였다. 즉, "이른바 정사적 역사소설이 아닌 평범한 중도적 인물을 주인공으로 내세움으로써 당대 민족의 역사의식의 핵심에 접근하여 리얼리티를 획득하려는 작품"으로 『북간도』를 규정하는 데에 머물러 있다(오양호 해설, 안수길 1983b:373).

특히 오양호는 안수길만이 아니라 '간도 체험'을 문학으로 재현한 작가들에 관한 한 가장 폭넓게 자료를 수집, 정리하고 있으면서도, 작품의 분석에는 다소 한정적임을 보인다. 즉, 『북간도』의 작품 구성을

오양호는 '간도문학'을 하나의 장르로 연구한다. 특히 백철, 장덕순, 임종국, 송민호 등이 한국문학사를 언급하는 과정에서 한결같이 1940년에서 1945년 사이의 한국문학을 문학사의 공백기 또는 암흑기로 보고 있음을 지적하고 이에 저항한다. 즉, '간도 공간'에서 이룩한 '독자적인 (문학)세계'에 주목함으로써 이 공백기론을 넘어서야 한다고 주장한다. 이 기간 동안 간도에서 생산된 한국문학 작품들은 친일 문학도 아니며 무시할 수 없는 수의 한국작가들이 이 시기동안 간도에서 활약했음을 밝힌다. 그리하여, 그는 "간도는 우리 민족이 재인식해야 할 제3의 국토이다"라고 주장하기에 이른다(오양호 1987:11~22 참조).

형식주의로 접근하여, '밝음'과 '어두움'의 모티프가 변주되어 나타나는 것으로 분석하고 있는데, 이는 그가 이주 모티프를 가진, 다른 작가의 작품을 다룰 때에도 다시 사용하는 틀이다(오양호 1987:31 참조). 즉, 어두운 현실을 그리면서도 밝은 미래에의 희망을 가지는 것이 간도로의 이주를 다룬 작품들의 특성이라는 것이다. 그리하여, 그가 결론적으로 말하는 『북간도』의 의미는, '재만선인在滿鮮人의 현장을 검증한 민족의 아이덴티티를 지닌 점', '강력한 민족의지의 형상화', '체험적 민족 궁핍화 고발'등으로 요약될 뿐이다(오양호 1987:65).

이 장은 안수길의 작품 세계가 이상에서와 같이 '민족 정기의 고취'라거나, '궁핍과 고난의 서사'로 한정되게 논의되고 있다는 데에 대한 불만에서 출발한다. 일제식민지 시대의 한국 현실을 그린 많은 문학 작품들에 대해서는 상당한 연구가 이루어져 있는데 반해, 안수길의 문학에 대한 연구성과는 상당히 미흡한 실정이다. 안수길은 염상섭, 채만식 등의 작가에 비해 훨씬 덜 주목받았지만, 그의 작품 세계는 다른 작가들에게서는 찾아보기 힘든 독특한 성격의 것이다. 특히 '국경 넘기border crossing'와 '이산diaspora'이라는 주제로 한국문학에 접근해 볼 때 안수길의 위상은 재고되어야 할 것임을 알 수 있다. 이 장에서는『북간도』를 중심으로 한 안수길의 문학세계를 간도 체험 그 자체의 특성에 주목하여 탐구하고자 한다.

이 장은 식민주의와 탈식민주의의 대두와 함께 그 의미가 각별해진 '국경넘기'와 '이산'의 의미를 안수길의 문학 작품을 통하여 검토하는 데에 목표를 둔다. 최근의 문학 논의를 통해 주체 형성에서 차지하는 타자의 중요성과 의미가 강조되면서 '국경넘기'와 '이산'의 주제는 부각되기 시작하였다. 타국에서 살아본다는 것은 주체이기를 멈추고 타자가 되어 보는 경험이다. 그리고 이와 같은 타자 되어보기의 경험은 더 성숙한 주체로 재탄생하는 데에 결정적인 역할을 하게 된다. 이러한 관점에서 안수길은 한국문학사에서 드물게 이 주제를 문학으로 형상화하고 심도있게 재현한 작가로 인식되어야 할 것이라는 것이 필자의 주장이다. 물론 안수길의 작품을 논할 때, 문체와 소설 구성이라는 미학적인 측면에서의 평가는 다소 부정적일 수 있다. 그것은 그의 문장이 탄탄하지 못하고, 작가가 너무 많은 이야기 요소들을 한 작품 속에 담으려고 하기 때문이다. 그러나 문학의 기능에는 직접적인 역사서술이 포착하지 못한 삶의 진실을 드러내는 기능이 있다는 사실을 인정한다면 그의 문학은 좀더 주목할 만한 가치가 있다. 즉 문학이 대체 역사alternative history의 역할을 담당하기도 하는 것을 고려할 때 안수길의 중요성이 부각된다. 안수길은 다른 작가들이 제대로 다루지 못한 소재와 주제를 집요하게 다룸으로써 중요함에도 불구하고 곧잘 잊히는 한국역사의 한 부분을 서술하였다. 이는 단지 그가 다루고 있는 소재의 특수성만이 문제적이라는 것이 아니다. 그가 제기하는 주제는 호미 바바Homi Bhaba가 제안한 것과 같이 세계문학의 주제에 바로 닿아있는 것이라 할 것이다. 이 점을 문학이론가 호미 바바의 논의에서 중요시되는 '타자他者', '이산離散', '집 없음'의 주제를 중심으로 먼저 살펴보도록 하겠다.

2. 집 없음과 집 없는 자의 당황

호미 바바는 중간자의 위치, 양가적인 존재의 중요성을 강조한다. 바바는 주변적인 존재unhomed beings들의 경험은 중심의 견고함을 변형시키는 동력이 될 수 있다고 보았고, 중간자들의 의미는 그들이 견고한 이항대립—가진 자와 못 가진 자, 중심과 주변, 주체와 객체 등—을 완화시킬 수 있는easing the rigidity of binary opposition 매개항이 될 수 있다는 데에 있다고 주장한다. '틈새영역'에서 생겨날 수 있는 이와 같은 새로움에 대하여, 바바는 "그것은 문화적 번역cultural translation이라는 모반을 꾀하는 insurgent 행위로서 새로움the new에 대한 감수성을 창조하는 것이다"(Homi K. Bhabha 1994:7)라고 말한다. 그 문화적 번역에 의한 새로움을 창조하는 데에 키워드가 되는 것은 바로 '중간inter'이라는 기호이다.

> 우리들은 문화의 의미에 있어서 그 무게를 옮기는 것은 바로 그 'inter'—즉 'in-between'의 영역인 동시에 번역과 타협이 이루어지는 두 영역이 마주치는 날카로운 가장자리로서의 'inter'임을 기억해야만 한다. (…중략…) 바로 이러한 제3의 영역을 탐색하는 작업을 통하여 우리들은 양극성(polarity)의 정치학을 회피하고 우리들 자신들의 타자로 등장하게 될 것이다. (Homi K. Bhabha 1994:38~39)

즉, 바바는 경계에 놓인 존재, 중간자들의 역할을 높이 평가하고 있는 것이다. 이와 같은 중간자들은 종종 집을 잃어버리거나 빼앗겨서,

집 아닌 곳에서 삶을 영위해 가는 존재들이다.

바바는 그의 저서, 『문화의 위치The Location of Culture』에서 '집 없음'이라는 말을 핵심 용어로 사용한다. 세계문학에서 공통적으로 발견되는 모티프들 중의 하나로서 집을 떠나온 자들, 집에서 쫓겨난 자들의 존재를 꼽는 것이다. 집이란 무엇인가? 집이란 자신을 안전하게 지켜줄 수 있는 가장 기본적인 조건이다. 집이라는 공간 안에서 개인은 자신의 주체성을 유지할 수 있는 것이다. 집을 빼앗긴 자, 집에서 쫓겨난 자는 그의 주체성을 위협하는 타자들과 타자들의 세력에 끊임없이 노출될 수밖에 없다.

그리고 바바에게 있어서 집이란 일차적으로는 국민국가nation-state의 개념으로 쓰인다. 바바의 논의의 대상 텍스트로 쓰이는 인도 작가, 사만 루쉬디Salman Rushdie의 작품은 자신의 국민국가인 인도를 벗어나 다른 국민국가인 영국을 체험한 자의 정체성을 다루는 작품이다. 국민국가, 인도가 그 주인공의 집인 것이다.

바바는 더 나아가 외형적, 제도적으로는 통합된 것으로 보이는 국민국가 내부에서 인종과 계급에 의해 구별되고 차별받는 존재들에 대해 언급한다. 그에 의하면 여전히 국민국가의 통합성을 거스르며 실제 생활에서 작동하는 차별적인 사회 규범들은 엄존하고 있다. 이러한 차별적인 규범들에 의하여 국민으로서의 자유와 주체성을 누릴 권리를 박탈당한 존재들 또한 집 없는 자들, 집에서 쫓겨난 자들이라 할 수 있다. 이 범주에 속하는 자들은 엄연히 한 국민국가의 정당하고 합법적인 국민의 지위cit-izenship를 가지고 있으면서도 노예 제도라든지 인종분리 정책apartheid 등의 차별적 사회 규범에 의하여 그 지위를 누리지 못하고 집 없는 설움을 겪는 자들이다. 남아프리카의 작가 나딘 고디머Nadine Gordimer, 미국의 흑인 여성 작가 토니 모리슨Toni Morrison의 작품들이 그리고 있는 세계는 각각 위에 든 인종 분리 정책과 노예 제도에 의하여 차별받고 집에서 쫓겨난 자들의 세계이다. 즉, 집안에 거하면서 집 없는 경험을 하는 자들의 이야기인 것이다. 여기에서 바바가 '집 없음'이라는 뜻을 가진 두 단어 'unhomed'와 'homeless' 중 'unhomed'를 사용하는 데에 유의할 필요가 있다. 이는 'homeless'라는 말이 집 그 자체가 없음을 뜻한다면, 'unhomed'는 집은 어디엔가 있으나 그 집에 거하지 못함을 나타내고자 하는 용어로 보인다.

그런데, 바바가 주목을 받고 문제시되는 이유는 무엇보다도 먼저 그가 이 '집 없음'의 주제를 중심으로 세계문학의 지도를 그려 볼 수 있다는 주장을 하기 때문이다.

> 한때 한 국가의 전통을 각국에 전파하는 것이 세계문학의 주제였다면, 이제 우리는 이민자들, 식민인들, 또는 정치 망명자들의 초국가적 역사들(transnational histories), 다시 말해 이들의 경계적, 변경적 조건들이 세계문학의 영토가 될 수 있지 않을까 하고 생각해 볼 수 있다. (Homi K. Bhabha 1994:12)

바바는 다시 묻는다. "이런 연구(위 인용에 언급한 연구—인용자)는 우리에게 다음과 같은 질문을 던진다 : 집 없는 자의 내면적 세계의 당황스러움perplexity이 세계적인 주제로 이어질 수는 없을까?"(Homi K. Bhabha 1994:12) 바바는 제대로 분석되지 못한 채 우리를 사로잡고 있는 역사 — 식민의 역사, 이민, 망명, 노예제, 인종 차별의 역사 등 — 가 구체적으로 드러나는 곳이 문학과 예술의 장場이라고 설명한다. 그리하여, 문학 연구자의 역할은 역사의 현재를 사로잡고 있는 말해지지 않은 과거, 재현되지 못한 과거를 제대로 되살아나게 해서 그 역사에 대해 책임을 지는 것이라고 주장한다(Homi K. Bhabha 1994:12).

바바의 주장은 다음과 같이 요약될 수 있다. 역사는 규정되지 않은 채 인류를 사로잡고 있다. 예술 작품은 이 유령같은 역사가 현실로 실현되는 장이다. 연구자와 비평가는 이 예술 작품을 제대로 들여다 보아 그 속에 묻힌 역사의 의미를 온전히 드러내어 설명할 책임이 있다. 그리고 이러한 역할의 수행에 있어 가장 중요한 것은 문학이요, 문학의 언어이다. 그런데, 바바의 이러한 발상은 아주 새로운 것은 아니고 바바 스스로 밝히고 있듯, 괴테의 사유에 의하여 촉발된 것이다. 괴테가 처음 시도한 세계문학의 시도가 오든W. H. Auden에 의하여 다시 한번 시도되고 바바가 이를 적극적으로 활용하기에 이른 것이다. 괴테는 전쟁으로 인한 두 문화의 충돌이 야기하는 문화의 접경 지대로부터 세계문학world literature의 가능성이 떠오른다고 주장한다. 괴테를 그대로 인용해보자.

> (끔찍한 전쟁과 상호 충돌을 겪은) 국가들은 알게 모르게 익숙해 져 버린 이국적인 사상들과 삶의 방식들을 무시하고 그 이전의 안정 되고(settled) 독자적인(independent) 삶으로는 되돌아 갈 수가 없 었다. 그리고 여기저기서 그 이전에는 느끼지 못했던 영적인 요구, 지적인 요구들을 느끼게 되었다. (Homi K. Bhabha 1994:11)

또한 오든은 말Speech은 '빛을 메아리처럼 되쏘는 그림자이자, 진실의 증인'이라고 주장한다(Homi K. Bhabha 1994:11). 오든은 끊이지 않는 문학 언어의 생존이 기억으로 하여금 말하게 한다고 본다. 인간의 기억은 살아 있고 그 기억은 언어로 재구성되어 계속 생존하는 것이며 그것이 문학의 존재이유라고 보는 것이다. 괴테에 따르면 둘 이상의 문화의 충돌은 자국home과 세계world를 잇는 접경 지대를 창조한다.[3] 그리고, 오든이 말한 바와 같이 역사를 기억하는 데에 있어 가장 중요한 역할을 하는 것이 언어이다.

이들의 논의에 기대어 바바가 주장하는 것은 이항 대립의 구도를 넘어서는 일종의 다리bridge의 중요성이다. 그리고 이 다리는 두 문화의 접경 지대를 살아가는 존재들에 의해 형성이 가능하다. 이 다리는 집과 세계를 연결하는 다리이다. 바바가 주장하는 중간 지대in-between space, 즉 다리의 이미지는 엠마누엘 레비나스Emmanuel Levinas의 황혼twilight 이미지에 근접한 것이다. 레비나스는, 미학적인 이미지는 '흐릿하게 하기 the very event of obscuring', '밤으로의 침강a descent into night', '그늘의 침투 an invasion of the shadow'이며, 이 이미지들을 통하여 진짜 세계가 괄호 안에 들어 있는 것처럼 드러난다고 본다(Homi K. Bhabha 1994:15).

바바의 논의의 새로움과 의의는 이와 같은 중간 지대를 통하여 엄격한 이항대립의 구도를 넘어서고자 하는 데에 있다. 공과 사, 과거와 현재, 남성과 여성 등의 대립항들이 존재할진대, 이도 저도 아니면서 동시에 두 분리된 영역을 넘나드는 틈새, 또는 중간자들intersticies, in-be-

---

3   여기서 말하는 괴테의 세계(world)는 곧 유럽이다. 괴테의 시대적 분위기를 고려에 넣는다면 그의 유럽중심적 사유는 비판받을 대상이라기보다는 당연한 귀결이기도 하다.

tweenness의 존재에 주목할 때, 이들의 존재와 그 존재가 거하는 곳으로부터 역사가 흘러나온다는 것이다. 그리고 그 역사는 새로운 곳으로 향해 가는 역사이다. 앞서 언급한 고디머와 모리슨의 작품에 나타난 여성들, 고디머의 아일라와 모리슨의 빌러비드는 자신들의 중간자적 존재 in-between identity와 이중적인 삶double lives을 통하여 인종 분리와 흑인의 소외라는 역사를 말하고 있는 것이다. 즉 문화의 충돌과 접경부분을 증명하는 것이다. 그리고 예술 작품에 드러난 균열 혹은 사회 속의 갈등이란 궁극적으로는 통합된 사회를 향한 열망의 확인이기도 하다. 모리슨 소설의 결말은 "이 이야기는 결코 전수할 이야기가 아니다"이다. 그러나, 그 언술은 매우 역설적이다. 소설 쓰기란 이야기를 전하는 것이 아니고 무엇이랴? "전수할 이야기가 아니다"라고 쓰는 것은 결국 역설적으로 이야기를 전수해야 한다고 주장함에 다름 아니다.

3. '잡종성'과 이항대립 넘어서기

바바가 문제삼는 작품들 속의 인물들은 모두 동일성identity으로부터 멀리 떨어져 있는 존재들이다. 즉 어떤 사회나 문화의 중심에 속하기보다는 주변에 위치한 존재들인 것이다. 바바가 자신의 논의에서 중시하는 인물들도 동일성이 아닌 차이difference를 경험하는 존재들이다. 그것은 바바의 표현대로 이 모든 차이를 분석하고 논하는 것이 결국은 어떻게 달리Other-wise 살 수 있는가에 대한 탐색이기 때문이다(Homi K. Bhabha 1994:64). 물론, 확고한 이항대립의 구조가 갖는 문제점들은 많은 문화연구자들이 이미 충분히 지적해 놓은 것이다. 인종의 흑과 백, 권력의 유무, 지배하기와 지배받기 ……. 억압과 저항에 대한 재현과 분석은 단지 마르크스주의 이론에 충실한 예술가와 연구자들의 단골 메뉴가 아니라 거의 모든 문화행위에 공통적으로 발견되는 주제가 되었다.

그렇다면, 이제 어떻게 이 이항대립의 엄격함을 넘어설 수 있을까를 논하는 지점에 이르게 된 것이다. 바바의 논의가 중요성을 띠는 것은 이 때문이며 이러한 맥락에서 이들 주변적 존재들, 접경 지대의 존재들의 삶이 중요시되는 것이다. 그것은 이들이 이항대립의 틀에 가두어지지 않는 양가적 존재들로서, 대립의 완충 지대에 놓여 있는 까닭이다.

바바의 시도는 이상에서 살펴 본 바와 같이 '이항대립'의 단순성과 도식성을 넘어서, 그 돌파구 없는 대립의 역사를 넘어서 보고자 하는 것이다. 그 목적을 위하여 그는 타자들의 경험에 주목하여, 그 타자들의 언술discourse을 연구한다. 즉 타자들의 언술이 어떻게 주체들의 언술을 모방하고 수용하는 듯하면서도 교묘하게 기존의 언술들을 교란시키고 그 언술들의 허점을 드러내 보이는가를 밝힌다.

바바의 이와 같은 이항대립 넘어서기 시도는 단지 이론의 차원에서 멈추지 않는다. 더 나아가 이론과 실천 개념 그 자체 또한 이항대립의 요소로 파악되어서는 안 된다고 그는 본다. 즉 이론과 실천은 분리된 것이 아니라 겹쳐 있다고 보는 것이다. 바바는 식민주의 담론의 선구자격인 파농Franz Fanon을 비판하곤 한다. 파농이 이항대립적인 구도로 세계를 해석하고 있다고 보는 까닭이다. 유사한 맥락에서 그는 사르트르J. P.

Sartre도 비판한다. 바바가 파논을 비판하고 더 나아가 사르트르를 부정하는 것은 그들이 이론과 실천을 엄격히 분리해 두고 있기 때문이다. 구체적으로 예를 들자면 파논이 "정치가는 '지금 여기'의 문제를 다룰 때 문화 관련자는 역사상의 어떤 문제를 다룬다"고 본 점 등은 파논의 이분법적 사고를 드러내는 부분이다. 바바는 파논의 대표작, 『검은 피부, 흰 가면Black skin, White masks』에 드러난 흑백의 이분법을 뛰어넘어 흰 가면 뒤에서 검은 피부가 연출하는 중간 영역을 상정한다. 또한 사르트르의 참여문학론은 이론과 참여의 이분법 위에 수립된 것이라고 보아 비판적으로 이해한다. 바바는 바흐친의 '대화적인 것the dialogic'에서 이 양분법을 넘어설 수 있는 가능성을 본다(Homi K. Bhabha 1994:30).

포스트모더니즘에 기반한, 이와 같은 바바의 파논 비판은 베니타 패리Benita Parry 등의 탈식민 페미니스트에 의해 다시 비판되기도 한다. 즉 토착민이 백인과 자신의 차이성을 인식함으로써 항거할 수 있는 힘을 얻으며, 토착 문화 전통의 회복이 식민 상태와의 절연을 야기하는데 주요한 요소라는 파논의 견해를 패리는 긍정적으로 파악한다. 이에 반해 바바는 파논의 이 대립을 거부함으로써 대립이 가지고 있는 전복적 잠재력을 와해시키고 있다는 것이 패리의 주장이다.

'이러한 열정적인 신봉을 기초로 토착민은 모든 형태의 인간 착취와 소외에 대항하여 싸울 결심을 할 것이다... 과거의 깊은 틈으로 뛰어드는 것은 자유의 조건이고 원천이다.' 여기서 파논의 글쓰기는 압제자에 대하여 완전히 적대관계에 있으며 지구상의 불행한 자들이 식민

세력에 대항하여 무장투쟁을 할 수 있도록 동원될 수 있는 전투적인 주체의 위치를 점유하는, 정치적으로 의식화되어 있고, 통일된 혁명적 자아의 구축을 촉진시키기 위하여 개입한다. (Benita Perry 1989:27~58)

　파논의 이항대립적 논의가 갖는 강점이 피식민인의 투쟁성의 고취에 있다할진대, 바바의 논의는 이런 이항대립을 넘어서도록 함으로써 식민세력과 피식민세력의 대립구도의 기반을 침식하여 투쟁성을 약화시키는데 이바지한다는 것이 패리의 바바 비판의 핵심이다. 아니아 룸바Ania Loomba 또한 바바의 잡종성hybridity 개념이 정치성에 대한 페미니스트들의 인식, 즉 정치적인 기대들이나 변화들을 약화시킨다는 문제점을 제기하고 있다(이소희 2001:110). 이러한 비판을 인식하는 자리에서, 전수용은 절충주의적 태도를 취하며 바바를 긍정적으로 수용한다. 즉 전수용은 바바의 입장을 이론가로서의 바바 자신이 지니고 있는 역사적, 문화적 특수성에 기대어 옹호하는 것이다.

　여기에서 재고할 것은 문학이론가 호미 바바가 처해있는 구체적인 시공간적인 현실이다. 파논이 고정된 인종적 정체성의 탈피를 통한 인간해방을 주장했다고 보는 호미 바바의 해석은 바바의 모국 인도와, 이미 정치적, 경제적으로 세계적 주도권을 잃어 버렸고, 문화적 주도권만을 유지하고 있는 전 식민 종주국 영국의 관계에 대한 그의 사변적 고찰을 주축으로 형성되었음을 상기할 필요가 있다. 식민지배의 종식 후에 피식민국에 남게 된 지배문화의 흔적이 이미 그 나라 문화의 일부가 되었고, 해방 후 식민 종주국의 대도시로 몰려들어 이채로운 도시문화를 형성하고 있는 이전 식민지 사람들의 군상이 이미 식민 종주국의 살아있는 현실이 되어있다. 그런 상태에서 패리가 바바를 비판하면서 파논의 주장에서 부각시키는 '투쟁의 출발점으로 삼는 주체성'이라는 것은 이전과 같이 단순한 실체가 아닌 것이 사실이다. 파논과 바바가 공통적으로 사용하는 '식민종주국'과 '식민지' 개념이 그 내포하는 바에서는 동일하지 않다는 것이다. 전수용의 지적을 살펴보자.

> 또한 그(바바)가 주장하는 것은 단일하고 절대적인 정체성의 불가능임이지 정체성 자체의 부인은 아니다. 가변적 경계와, 그리고 내부에 포함하고 있는 수많은 차이의 공간들에도 불구하고 정체성은 유동적 상태로 존재하는 것이다. 이제 안틸레즈나 남아공국같은 특수한 경우들을 제외하고는 지구상의 대부분의 전식민지국들이 겪고 있는 사회적 문화적 문제와 갈등들은 투쟁적 주체위치의 점유라는 파논적 모델보다는 호미바바의 정체성에 대한 심문이라는 모델에 의해 보다 쉽게 설명될 수 있는 부분들이 많다. (전수용 1997:3)

즉, 전수용은 바바의 논의가 힘을 얻을 수 있는 가능성을 현대가 가진 전지구화라는 특수성에 기대어 설명하는 것이다. 그러나 전수용의 입장과는 달리, 필자는 바바의 '잡종성' 개념은 현대라는 시간적 한계를 넘어 다양한 시간과 공간에 적용될 수 있음을 주장한다. 전지구화가 진행되기 이전의 근대 한국의 식민 현실 속에서도 경계적 존재들의 삶은 바바가 예로 드는 특수성을 충분히 나타내 보인다는 것이 그 주장의 근거이다. 식민지배는 단순히 식민인에 의한 피식민인의 지배라는 도식으로 구분해 버리기에는 너무나 복잡다단한 결과를 낳았다. 그리고 그 다양한 삶의 모습은 다양한 양태로 문학 속에 재현되어 있다. 식민지배에 의해 야기된 이와 같은 문화와 정체성의 혼융을 검토할 때, 바바의 탈식민주의 논의는 시대적 한계를 넘어 광범위한 설득력을 얻는다.

이 장에서 주로 다루는 안수길의 『북간도』는 조선 말기에서부터 해방 이전 — 더 구체적으로는 일본의 패망 시점 — 까지의 시간을 다루고 있으므로 위에서 전수용이 설명한 바와 같은 탈식민문화와는 무관하다. 오히려『북간도』에는 파논식의 이분법적인 대립이 주로 나타난다. 파논의 흑인과 백인의 대립이 청국인과 조선인의 대립으로 치환된 것이나 마찬가지이다. 달리 말하자면, 김윤식과 김현의 지적처럼, '신채 호류의 아와 피아의 투쟁'이 주제로 드러나는 텍스트이다(김윤식·김현 1984:237).

그럼에도 불구하고, 텍스트가 취하는 공간이 간도라는 접경 지대임으로 하여 '잡종성'으로 특징지어지는 바바식의 문화적 혼융은 텍스트 곳곳에서 드러나고 있다. 따라서『북간도』를 분석하는 데에는 식민주의 담론과 탈식민주의 담론이 함께 요구된다. 텍스트 전편을 통하여 '민족의식'과 '이국 문화에의 저항'의 에피소드가 펼쳐지고 있으며, 동시에 그들이 형성해 가는 '과정중의' '문화적 차이'가 또한 전개되는 까닭이다.

3. 「새벽」, 간도 체험의 전사前史―지리적 접경 지대와 잡종성의 양상

이제, 간도에 사는 조선 이주민들의 구체적인 삶의 모습을 살펴보자. 1935년작 「새벽」은 재만 조선인 작품집 『싹트는 대지』에 수록된 단편소설이다. 「새벽」은 장편 『북간도』의 축약판과도 같다. 즉 단편의 형태로 만주로 이주한 조선인의 생활상과 설움을 잘 드러내고 있는 것이다. 김오성은 "이 작품이야말로 개척민의 생활사의 한 토막이라 할 수 있다"고 지적한 바 있다(김윤식 편저 1985:202에서 재인용). 이 작품에는, 만주에서의 조선인 개척사의 전사前史라는 염상섭의 지적처럼, 간략한 구성에도 불구하고 만주에서 펼쳐지는 토착민과 이주민의 갈등과 계층 대립이 잘 드러나 있다.

장편 『북간도』가 1870년경부터 1945년경까지의, 4대에 걸치는 서사임에 반하여 단편 「새벽」은 어린이 주인공 '나'가 가족의 이야기를 회상하는 단순한 이야기이다. 부제 '어떤 청년의 수기'가 암시하듯이 청년이 된 주인공이 겪은 어린 시절의 이야기이다. 고국을 떠나 타지에서 가난하게 살아가는 궁핍한 가족이 겪을 수밖에 없는 박해를 그리고 있다. 그것도 특히 가족의 빚을 갚기 위해 원하지 않는 결혼을 해야 하는 누이의 이야기가 중심에 놓여있다.

이야기는 주인공이 어린 시절 살던 M골에 대한 지정학적 묘사로 시작한다. 이 도입 부분은 귀중한 역사적 자료로서의 가치가 있다. 앞서 언급한 바와 같이 바바는 "충분히 다루어지지 못한 까닭에 기억의 영역으로부터 밀려나와 있는 것을 증언하는 데에 언어와 문학의 한 역할이 놓인다"라고 했다. 따라서, 안수길은 언어로서 진실을 증언하는 것이며 후세의 독자로 하여금 그 경험을 함께 책임지도록 촉구하는 것이다. 조선 땅에서 간도로 넘어가는 접경 지대, M골에서 이야기는 시작된다. 구체적인 지리적 묘사를 보자.

> 우리가 살던 M골은 두만강 상류의 산골짜기에 있었다. 당시, 조선서 간도로 들어오는 사람들은 청진에서 배를 내려서 회령까지 기차를 타고 회령에서 두만강을 건넌 다음 오랑캐령을 넘고 명동을 지나 용정으로 통하는 길을 걸어 다니었다. 오랑캐령을 채 못 미쳐 동쪽으로 산골짜기를 들어가면 한 십리쯤하여 두만강의 조그만 지류가 흐르고 있다. 이 냇물과 산이 닥치는 곳, 만주면서도 훤언한 벌판이 아닌 삼면이 산으로 둘러싸이고 두만강 쪽이 겨우 트인 곳에 아늑히 자리 잡은 마을이 M골이었다. (김윤식 편저 1985:12)

위 M골의 위치는 두만강을 넘어서는 곳이다. 즉 국경을 넘어가야만 이를 수 있는 곳이다. 국경 너머 간다는 것은 시민권을—비록 식민의 시민권이나마—포기한다는 것이다. 「새벽」에 나타난 간도는 따뜻한 고향과 대비되는 "시산한 곳"이다.

> 우리 고향은 함경도 H읍 S포구였다. 포구에는 둥그스름한 섬이 조롱조롱 놓여 있어 경치도 좋고 물결이 잔잔하여 여름이면 미역 감기 좋고 겨울이면 명태 잘 잡히기로 유명한 곳이었다. 나는 무슨 까닭

에 좋은 고향을 뒤로 두고 이런 시산한 곳으로 찾아오는지 그 까닭은
도무지 알 수 없었다. (김윤식 편저 1985:19)

스산한 것은 풍경만이 아니다. 이질적인 풍습과 문화 또한 조선 이주
민을 스산하게 만드는 것이다. 문자 그대로 간도는 중간섬이다. 그것은
원래 조선과 중국의 경계가 되는 '강 가운데 있는 섬'을 이르는 것이었
다. 간도는 청과 조선 사이, 청인과 조선인 사이에 놓인 경계적 존재의
삶을 드러내기에 가장 적합한 공간일 수 있다.

지리적 접경 지대는 잡종성의 인물군을 산출한다. 「새벽」에 등장하
는, 악의 화신으로 묘사된 인물은 청인을 모방하는 조선인이다. 그는
지주인 청인이 선량하고 동정심 많은 인물로 그려짐과는 대조적으로
악랄하게 묘사된다. 자신의 근본을 위장하고 기득권층에 편입되려는
인물에 대한 강한 적개심이 이 인물을 통하여 표현되어 있다.

박치만이라는 이름의 이 인물은 경계에 놓인 인물들의 삶의 방식 중
가장 부정적인 방식을 대변하는 것으로 그려진다. 즉 조선인이라는 태
생적 정체성을 청국적 정체성과 조화시키려 들거나 또는 태생적 정체
성을 부정하고 감추면서 어설프게 후자와 자신을 동일시하고자 하는
미숙한 인물로 나타난다. 따라서 단편 「새벽」과 장편 『북간도』에 자주
등장하는 '얼되놈'이라는 이름은 한 인물에 대한 가장 경멸적인 표현이
되는 것이다. '되놈'이 청인을 깔보아 부르는 이름이라면, '얼되놈'은
'되놈'보다 더욱 경멸적인 이름이다. 완전히 청국인과 동화된 모습도
아니면서 자신의 고유성을 잃어버린 존재, 이도 저도 아닌 어중뜨기를

뜻하는 것이다. 『북간도』에 나타나는 '얼되놈'의 모습을 살펴보자. 『북간도』에서 창윤의 눈에 비친 얼되놈, 최삼봉과 노덕심의 모습은 다음과 같다.

> 따렌(大人) 동복산이 본을 따서 무늬 굵은 비단 마궬에 도토리 깍정 같은 마오즈를 머리에 올려 놓고 몸을 뒤로 젖히고 느릿느릿 걸음을 옮겨 놓던 최삼봉! 그를 호위하듯 푸른 다부쏸즈의 좁은 소매 속에 두 손을 엇바꿔 끼고 허리를 구부정 뒤를 따라다니던 노덕심의 꼴.
>
> (안수길 1983a:165)

이 '얼되놈'은 안수길 작품에 고유하고도 일관되게 드러나는 특별한 인물 유형이다. 「새벽」의 박치만, 『북간도』의 노덕심을 위시하여 「원각촌」의 한익상까지, 그들은 모두 청국인의 앞잡이 노릇을 하면서 조선인들을 괴롭히는 악의 화신으로 등장한다.

> 그는 원래 조선 태생이나 그 자신은 언제나 그런 티를 내지 않으려고 하였다. 그리고 그는 말을 하려면 으레 말끝마다 '디的' 자가 붙는 어색한 중어를 상용하는 것을 자랑으로 여기었다. 주민을 욕하는 경우 '왕바당' 따위의 만주어 뒤에 '밧도요마아지' 같은 노서아말이 나오고 맨 끝에는 으레 '간나새끼', '싸구쟁이(미친놈)'니 하는 욕지거리가 연달아 나오는데 그 사투리로 미루어 본다면 북도 사람인 것은 확실하나 어느 고을 태생임은 알 길 없다. 항상 만주복을 입고 있으며

> 일 년에 두세 차례는 '루바쉬카'를 입는 것으로 보아 해삼위에서 나와
> 만주로 뒹굴던 사람임은 짐작되나 누구하나 그의 경력을 아는 사람이
> 없었다. (김윤식 편저 1985:18)

박치만은 단순히 한 등장인물일 뿐 아니라 조국의 땅에서 뿌리 뽑혀
러시아 땅으로, 청국 땅으로 떠돌던 조선 민중의 대표 단수이다. 정체
성이 애매해지며 미움 받는 또 다른 인물로 최삼봉이 있다.

> "나는 조선 사람이 앙이란 말인가?"
> "조선옷에 갓을 쓰면 조선 사람인 줄 아시오?"
> "내가 앞서 청복을 했다구 해서 그러는 모양이지마는 ……" (안수길
> 1983a:135)

이 두 인물의 경우에서 확인될 수 있는 것은, 조선인으로서의 정체성
이 자연스럽게 부여되고 유지되는 고국에서와는 달리, 강 건너 간도에
서는 자신의 정체성은 스스로 선택하고 보존하여 유지하는 것이며 더
이상 가치중립적으로 주어지는 것이 아니라는 점이다. 고정되지 않고
떠도는 이들 간도 조선인들의 정체성은 시대 변화나 정치적 변화와도
밀접히 관련된 것이다. 일본의 세력이 간도에 접근하는 시점에서 다음
과 같은 대화가 등장한다.

> "일본이 아라사 대신 우리나라와 만주를 손아귀에 넣게 됐다."
> "이번에는 머리를 뒤르 드리우고 소매 긴 청복 대신에 펄덕 펄덕
> 신다리(정갱이)가 보이는 후매때다가 쪽바리 나무 판대기르 신게 맨
> 들지 뉘기 알겠음둥." (안수길 1983a:163)

국가권력의 비호가 없는 국경 밖의 공간에 거주하는 이들의 피식민
성이 드러나는 대목이다. 공간으로서의 북간도는 이러한 복잡다단한
권력의 자장이다. 그 공간에서 주변적 위치를 차지하는 조선인들의 심
리적 풍경에서 북간도는 스산하고도 황량한 곳으로 드러난다. 『북간
도』는 일차적으로는 생존과 자존을 위협받는 이주민들의 서사이다. 그
들은 국경을 넘어갔기에 국가의 권력에 의해 보호받지 못하고, 그들의
조국마저 원거리에서라도 힘이 되어 주기에는 철저히 무력할 수밖에
없는 식민지로 전락한 까닭이다.

주인공 이한복이 두만강을 넘어 간도로 이주했을 때, 그에게 간도는
조선 땅의 일부로 간주된다. 그것은 이한복이 백두산 정계비에 쓰인 것
을 직접 보았기 때문이다. 정계비는 간도를 조선 땅으로 규정하고 있
다. 그 믿음은 일본과 청 사이에 간도 땅을 청의 속령으로 한다는 간도
조약이 체결될 때까지 지속된다. 이한복 가에서 이한복은 가장 민족주
의적 기상을 강하게 지닌 인물로 나타난다. 그러나 이한복의 믿음과는
무관하게, 집 없음의 설움은 이한복 또한 경험하는 것이다. 주권이 없
는 까닭에 의복과 머리모양을 바꾸도록 강요받는 것이다.

> 청국 옷을 입었어도 청국 사람이 될 수 없는 일. 이 일을 강요하는
> 청국 조정. 제 백성이면서 제 나라 옷을 마음 놓고 입을 수 없게 만드는
> 조선 정부. 이러지도 저러지도 못하는 자신들을 비웃는 웃음이라는
> 데 젊은이뿐 아니라 장손이도 불끈했다. (안수길 1983a:70)

청의 요구는 변발 흑복의 강요에서 멈추지 않는다. 한 걸음 더 나아
가 이주 조선인으로 하여금 식민지인의 지위를 갖도록 만드는 조치를
취한다. 청국민으로 입적을 하지 않으면 토지 소유권 없는 소작권만을
인정하겠다는 것이 청국의 조치이다. 조선인의 신분을 유지하고서는
땅의 주인이 될 수는 없고, 경작할 수 있는 노동력을 제공할 수 있을 뿐
이다. 권리는 없이 봉사만 강요당하는 상태는 정확히 식민인의 특징에
해당하는 것이다.

> 그런 농민들은 집조는 발급받을 수 없고 따라서 토지를 소유할 권
> 리는 없으나, 청국 사람이나 입적한 조선 사람의 소작인으로 머무를
> 수 있다는 것, 이것은 조선 농민의 경작 능력을 제 국민을 위해 이용하
> 자는 정책이었다. (안수길 1983a:78)

간도 이주는 초기 이주민에게는 명료하지 않은 형태로나마 간도가
자국 영토임을 주장하는 행위였다. 그러나 세월이 지나고 국제정세가
바뀌어감에 따라 그 성격이 서서히 변질되게 된다. 청일전쟁을 거쳐 일
본의 세력이 커짐에 따라, 간도에서의 조선인은 점점 더 피식민인의 지

위로 전락하게 된 것이다.

청국인과 조선인 사이의 지배, 피지배라는 이항대립의 관계는 보다 큰 제국주의 일본 세력의 침략 앞에서는 흐려지게 된다. 일본의 침략 위협 앞에서는 청국인과 조선인의 관계는 이항대립의 구도에서 대립하기보다는, 다시 서로 협조해야하는 절충과 타협의 관계로 변화하게 되는 것이다.

> "한꿔렌 칭꿔렌 이양(한국인 청국인 마찬가지요)."
> 또 그전에 하던 말이었다.
> "스!"
> 창윤이 또 수긍해 주었다. 그리고 이 때라는 듯이 앞서의 의문을 해명해 두고 싶은 생각이 들었다.
> "일본은 당신네 도적이 앙이오?"
> "스!"
> 이번에는 청국 청년이 대답했다.
> 창윤이 이내 말했다.
> "꿔꿔렌 한꿔렌 이거양(貴國人 韓國人 一個樣)."
> "스!" (안수길 1983a:212)

위에서 확인하는 것은 민족이란, 베네딕트 앤더슨의 지적처럼 "상상된 공동체"라는 것이다. '민족nation'의 개념을 이론적으로 재구성함에 있어서 획기적인 역할을 한 것은 베네딕트 앤더슨의 논의이다. 즉, 민족을 '상상적 공동체'로 정의하면서 민족주의를 근대 세계의 사회적,

지적 조건에 적합한 정치적 조직 형식이라고 앤더슨은 보는 것이다(이경순 2001:139). '상상된 공동체'가 지나친 표현이라면, 적어도 '규약에 의한/합의된' 공동체임을 확인할 수 있다. 앤더슨의 지적대로 하나의 공동체됨은 타자에 대한 배타성을 전제로 하는 것일진대, 일본이 공통적으로 배제해야 할 타자로 떠오를 때, 청국인과 조선인 사이의 상호 배제는 무력해지는 것이다. 민족국가에 대한 앤더슨의 두 가지 논지를 환기해보자.

> 첫째, 민족/국가는 특수한 영토와 일체시되는데, 그것은 그들에게 그들 민족의 역사적 고향으로서 의미가 있는 세계의 일부 공간과 동일시된다는 의미이다. 둘째, 민족주의와 민족적 정체성은 이에 부합되지 않는 사람들을 추방하려 하며, 항상 그들이 함께 살 수 있는 공동체와 영토에 대한 상상적 경계선을 그리려 한다는 것이다. (이경순 2001:139)

즉, 민족적 동일성이란 반드시 영토와 결부된 것이며, 동시에 타자를 전제로 하고서야 성립가능한 것이다. 간도 조선인에게는 전자인 영토는 이미 유동적인 것으로서 굳어진 실체가 아닌 것이며, 그들에게 고향이란 마음이 머무는 곳으로서의 의미가 더 큰 것이다. 동시에, 배타적 존재로서 더욱 강력한 일본이 등장할 때, 청국인을 배제의 대상으로 삼아 규정했던 민족적 실체는 흔들리게 된다. 국경넘기와 이주의 경험을 통해 볼 때 '상상적 공동체'로서의 앤더슨의 민족 개념은 한층 설득력을 얻게 된다.

5. 『북간도』 — 역사 속 공간으로서의 간도 서사

장편 『북간도』에 이르면 간도라는 공간의 복잡한 역사적 의미가 1870년대로 거슬러 올라가 탐색된다. 소설 『북간도』는 간도로 옮겨간 조선인들의 삶의 자취를 조선시대 말부터 소상하게 그려내고 있다. 더불어 간도라는 공간이 갖는 역사적인 의미와 지리적인 특징까지 마치 역사서술가가 쓴 역사서처럼 그리고 있다. 이 점에서 문학이 대체 역사로 기능한다는 것을 다시 확인해 볼 수 있다.

조선 말기, 계속된 가뭄으로 먹을 것이 궁해진 국경 지대 조선 농민들이 '월강죄'를 지으며 국법을 어기고 먹을 것을 찾아 간도 땅을 넘나드는 것으로 이야기는 시작한다.

> '사잇섬'이란 이곳, 종성부중에서 동쪽으로 십리쯤 떨어진 이 동네 앞을 흐르는 두만강 흐름 속에 있는 섬이었다. (…중략…) '사잇섬 농사'란 여기 가서 농사를 짓는다는 말이었다. 그러나 그것은 겉에 내세우는 표방에 지나지 않았다. 불모의 섬에서 어떻게 곡식이 나랴? 그러므로 사잇섬에 가서 농사를 짓는다는 건 핑계에 지나지 않는 것이었고, 사실은 대안인 청국 땅에 건너가는 것이었다. (안수길 1983a:12)

청국에서 시조 누르하치의 발원지라는 이유로 200년 가까이 자연 그대로 보존하였기에 비옥하기 그지없는 땅이 간도 땅이었다. 그 점을 안수길은 소상히 그리고 있다. 또한 그 땅의 역사를 구전되어 내려오던

대로 작중 인물 한복이를 통하여 기술하고 있다.

> 그리고 한복이는 어렸을 때 할아버지에게서 들은 이야기를 생각했
> 다. 아득한 옛날, 만주는 우리 민족의 발상지였고 천여 년 전의 고구려
> 와 그 뒤를 잇는 발해 때에는 우리 판도의 중심지였다. 지금은 청국의
> 영토로 되어 있으나 사실은 우리나라 땅이라고 할아버지는 말했다.
> 그 증거로 할아버지는 1백 50여 년 전에 세운 정계비를 보면 알 일이
> 라고 했다. (안수길 1983a:24)

굶어죽기보다는 차라리 월강죄를 택하여 살 길을 찾는 백성들로 인
하여 마침내 정부가 도강을 허용하자 안수길의 표현대로 "변경 6진의
헐벗고 굶주린 백성들의 도강 행렬이 이곳저곳에서 그칠 사이가 없었
다"(안수길 1983a:50). 안수길이 묘사하는 이주의 장면은 상당한 수준의 리
얼리티 또한 획득하고 있다. 문학이 역사적 사실의 기록일 뿐 아니라
건조한 역사 기술을 넘어서는 기록임을 보여주는 부분이다.

> 이른 봄날이었다. 북변의 이른 봄이라 아직 땅 속의 얼음이 채 녹지
> 않은 때였으나, 볕은 제법 보드라왔다. 보드라운 햇볕을 받으며 일행
> 은 두만강을 향해 동구를 벗어져 나갔다.
> 솥, 항아리, 독, 뜨개 그릇까지도 모조리 갖고 가는 이삿짐이었다.
> 말 한 필을 내어 실었으나 나머지는 꾸려서 이고 지고 했다. 두남이는
> 제 아비가 업었다. 오줌 얼룩이 진 요에 싸 아버지의 등에 업힌 두남이

> 는 볼부리 난 아이 모양, 수건으로 턱에서 두 귀를 올려 싸맸다. 어머
> 니가 인 보통이에 매달아 놓은 바가지가 달랑달랑하는 걸 보다가는
> 놀란 토끼 같은 눈으로 따라나온 장손이와 삼봉이를 보기도 했다. (안수
> 길 1983a:54)

남부여대하여 새롭고 좀더 나은 삶의 터전을 찾아 떠나는 가족의 모
습이 생생하게 그려지고 있는 대목이다. 식민지배와 전쟁 등으로 인하
여 순탄하지 않은 한국 역사, 그리고 그 현실 반영으로서의 한국문학을
통하여 자주 등장하게 되는 이주의 장면들의 한 원형을 보여주는 풍경
이다. 북간도라는 공간에 대한 안수길의 주석은 계속된다.

> 희망의 땅, 사잇섬으로 ……
> 이제는 금단의 흐름, 두만강 속에 있는 모래섬 이름이 아니었다.
> 두만강 건너의 비옥한 농토 전반을 일컫는 이름이 되었다. 두만강에
> 합류하는 해란강과 후루하더강 유역에 전개되는 옥야일대를 일컫는
> 명칭이 되고 만 사잇섬. 한자로 '간도(間島)', 간동(幹東), 간토(墾土,
> 艮土,間土)가 와음된 것이라고도 하나 어떻든 간도! 압록강 이북을
> 서간도라고 하는 데 대해 두만강 건너는 '북간도'. 그 북간도를 향해
> 이 한복 일행은 힘찬 걸음을 옮겨 놓고 있었다. 하늘이 맑았다. 바람기
> 도 없는 날씨였다. (안수길 1983a:54~55)

4대에 걸친 이한복 일가의 간도 서사는 이렇게 희망차게 시작되었

다. 그 시점까지의 간도는 아무런 정치적 함의를 갖지 못한 비옥한 토지로서의 지리적 표지signifier에 불과했다. 그러나 곧 이 간도 지역에 정치적 주장권을 가진 청국이 자국민의 이주를 시작한다. 그와 동시에 간도는 조선인과 청국 사이의 갈등의 장으로 변질되어 간다. 조선인은 수적으로 우세이지만 청국의 정치적 세력이 더 큰 까닭에 야기되는 대립이다. 간도가 조선 땅이라는 사실은 역사 속 정치적 힘의 변수에 의해 지워져 버린 채, 이후 남는 것은 주권 없는 영토에서 삶을 영위해야 하는 민족의 수난사일 뿐이다.

그렇다면, 간도라는 공간은 식민지 시대, 일본 치하의 조선에서는 어떤 의미를 가지는가? 간도의 의미는 식민국 일본의 중심지 동경과 식민지 조선의 수도 서울을 먼저 대비해 볼 때 선명해진다. 간도의 의미는 동경과 서울의 연장선상에서 드러날 수밖에 없다. 염상섭의 『만세전』에는 식민지 조선의 지식인 이인화가 일본의 메트로폴리탄 도시 동경에서 출발하여 조선의 부산을 거쳐 서울로 돌아오는 여정이 사실적으로 묘사되어 있다. 잘 정비된 문화의 도시, 동경에 익숙해 있던 이인화가 부산항에 도착하여 목도하는 식민지의 도시는 깨끗하지도 않고 규범도 없다. 그런 조국의 도시 풍경을 보며 이인화는 스스로 이방인이 된 듯 느낀다. 또한 조선의 민중이 도박과 나태 속에 자신들의 가옥을 일본인들에게 넘기고 도시 외곽으로 밀려나는 모습을 비판적으로 보는 장면들도 있다. 이상이나 박태원의 소설들에 나타나는 경성 슬럼가의 집과 그 주변의 유흥 시설들, 그리고 박태원의 『천변풍경』에 등장하는 재래식 삶의 모습들은 문화와 정치적 힘을 상징하는 근대 도시 동경과 대비시켜 볼 때 그 성격이 더욱 부각된다. 자본과 권력은 동경으로 집중되고 동경으로부터의 물리적인 거리에 비례하여 더욱 낡고 슬럼화된 도시, 더 비참한 삶의 모습들이 전개됨을 볼 수 있다.

염상섭의 『만세전』에 나타난 바에 의하면, 조선인이 생활의 터전을 일본인에게 넘겨주고 도시 주변으로, 그 다음에는 조선의 시골로 차츰 밀려 나가다 궁극에는 고향 땅을 떠나 남부여대하여 먹고살기 위해 찾아간 곳이 간도이다. 비옥했던 삶의 터전을 일본에 빼앗기고 그 울분을 토로하는 노래가 『북간도』에 나타나 있다.

> 내가 이곳에 온 사정 생각하니
> 옷밥이 그리워서 온 것이 아니로다.
> 경상도 본가를 곰곰히 생각하니
> 양전옥답에 조곡이 흐즈려졌다.
> 열두거리 암소는 왜놈이 부리고
> 백일경 전답은 척식회사에 갔도다. (안수길 1983b:107)

소설 속의 한 부차적 인물인 진식이 주인공 창윤이에게 들려주는 노래가락이다. 창윤이는 진식이 간도 땅 산판으로 옮겨와 나무 베는 일을 하면서 고국에 있을 때는 즐기지 않던 술을 즐기는 것을 보고 가슴 아파한다. 진식이 말하는 바, "술백기(밖엔) 동무 되능기 있는 줄으 아능가? 그래 닥치는 대로 먹어 버릇이 했덩이 지금으는 두서너 잔에두 취하네"는 희망 없는 망국인의 비애를 드러낸다. "망국 후에 넘어온 삼남 사람들이 많은 모양이구" 하는 창윤의 말에 "말으 말게"가 진식의 대답이다(안수길 1983b:108). 조선인의 간도 이주의 규모가 상당한 것이었음을 알려주는 대목이다.

이 밖에도, 이광수의 『무정』 등에도 간도로의 이주 모티프가 등장하며, 시대적으로는 거리가 있지만, 1970년대에 나온 박경리의 『토지』에도 용정의 생활이 등장한다. 최서해의 「탈출기」, 「기아와 살육」 또한 간도 체험에 기반하여 쓰인 작품들이다. 간도라는 미개척지의 성격은 근대 도시와의 대비 속에 선명히 드러난다. 일본 제국주의는 침략과 박탈, 중심과 주변, 문화와 생존, 지배와 피지배등 수많은 이항대립의 항들을 산출해 내었다. 제국의 중심, 동경과 대비되는 주변으로서의 간도는 그 시대 문화를 파악할 수 있게 해주는 공간이다.

그러나 간도 또한 단순하게 성격이 규정지어질 수 있는 공간이 아니다. 천혜의 비옥한 자연으로서의 간도 영토에 대한 환상은 최서해의 「탈출기」에서 이미 깨어진 채로 드러나 있다. 간도는 누구에게나 열려 있는 영토가 아니다. 그 안에도 이전부터 터 잡고 살았던 토착민, 즉 기득권층과 새로이 유입된 이주민들 사이에는 엄격하고도 뛰어넘기 힘든 간극이 가로놓여 있는 것이다. 이 점은 「새벽」에도 드러나 있고 『북간도』에서는 더욱 치밀하게 다루어진다.

청국이 자신들의 통치권을 강조하며 조선인들로 하여금 귀화나 변발을 하도록 요구하게 되자 조선인들은 자국 문화를 지키려는 세력과 재빨리 새로운 환경에 적응하려는 부류로 나누어진다. 주인공 이한복 일가는 강직하게 전통적인 문화를 고수하는 전자를 대표한다. 이한복은 가족이 머리 모양을 바꾸는 것을 엄격하게 금지한다. 그러나 대다수의 간도 거주 조선인들은 전통적인 머리 모양을 버리고 단발을 택했음을 『북간도』는 보여준다. 바바는 두 문화의 접경 지대에서 발생하는

'잡종성'의 중요성에 주목하면서, 이도 저도 아닌 제3의 문화의 위치로 이 접경 지대를 주목했음을 전술한 바 있다. 바바는 주로 문자화되거나 구연되는 언술 속에서 이 잡종성을 찾고 있다. 『북간도』에 나타난 조선인의 단발 선택 또한, 청국의 문화도 아니고, 순수히 조선적이지도 않은 제3의 방식으로 두 문화의 충돌을 절충negotiation하는 모습을 보여준다. 조선에서는 아직 단발이 문화 속에 정착하지 못한 시대였지만, 간도 조선인들은 본국보다 먼저 단발로 나아갔던 것이다.

> 장치덕이는 자신부터 머리를 빡빡 깎았다. 그리고 부락 전체에 단발을 권했다. 본국에서는 갑오경장후의 단발령이 아직도 완전히 실시되고 있지 않은 이 때, 강 건너 이곳에서는 육십 노인부터 솔선 단발을 했던 것이었다. 반항의 표시였다. 어떤 일이 있든 청복과 변발(辮髮)은 하지 않는다는 의사 표시였던 것이다. (안수길 1983a:61)

또한, 주인공 이한복은 조선의 전통에 엄숙주의에 가까운 충성을 보인다. 손자 창윤이 청인들에 의하여 변발을 당하고 돌아 올 때, 그가 가위를 들어 손자의 머리를 단발하는 것은, 자신의 고유한 삶의 방식을 지켜나갈 수 없을 때, 그가 나아간 제3의 방식에 다름 아니다. 조선 전래의 머리 모양도, 그렇다고 청국이 요구하는 변발도 아닌 단발 문화로 나아간 점은 바바가 이야기하는 제3의 지대the Third Space로서의 접경 지대의 성격을 확인하게 하는 부분이다. 그처럼 제3지대를 연구하는 것은 다시 한번 바바를 따르자면, 양극성polarity를 넘어 우리 자신의 타자로 거듭나게 하는 효과가 있다.

작가 안수길은 텍스트 위에 군림하는 작가의 목소리를 직접 드러내며 간도에 면면히 이어져 온 조선인의 얼을 강조하고자 한다. 작가의 목소리가 직접 개입하는 다음과 같은 구절이 곳곳에서 발견된다. "교섭은 마침내 결렬될 수밖에 없었다. 남의 집 갈비를 몰래 물고 와서는, 주인은 아랑곳도 없이 으르렁거리고 쫓고 쫓기는 강아지의 싸움?"(안수길 1983a:149) 이 점은 안수길의 집필 동기에서도 드러나 있다. 안수길의 『북간도』 역사 서술의 동기는 책머리에 나타나 있는 그의 헌사가 말해주듯, "북간도에서 민족 수난으로 작고한 유, 무명 인사들"을 기리는 것이다. 그럼에도 불구하고 텍스트 자체가 드러내는 것은 이와 같은 잡종성의 징후들이다. 문학 연구가 텍스트의 징후들을 짚어가며 텍스트 속의 문화를 재구성해 내는 것이라면, 작가 안수길의 직접적인 언술은 텍스트 속의 인물들 뒤, 배경으로 물러서게 된다.

이한복의 뒤를 이어 가장 많은 활동을 하는 주인공으로 창윤이 등장한다. 창윤은 한복과 마찬가지로 주관이 뚜렷하고 활기찬 기상을 가진 인물로 그려진다. 그러나 보다 중요한 점은 창윤의 그러한 인물 설정보다는 창윤의 눈에 비친 국경의 이쪽과 저쪽이다. 창윤은 간도에서 민족 정체성을 지켜가기 위하여 조선으로 건너가 어린이들의 스승을 모셔오는 일을 한다. 창윤이 국경을 넘나들며 간도와 조선 땅의 풍경과 거기 사는 사람들의 삶의 풍경을 그리는 대목은 눈여겨 볼만하다.

우선 두 땅의 풍경을 놓고 창윤은 조선 땅의 아름다움과 평화에 매료된다. 그리하여 할아버지는 왜 평화로운 고국 땅을 버렸는지 스스로 의아해한다. 그러나 그 다음 순간, 조선 땅 종성부에 깃들여 사는 사람들의 생활의 빈한함과, 그에 따른 인정의 메마름을 깨닫고는 간도 비봉촌을 더욱 고향답게 여기게 된다. 여기서 발견되는 것은 국경을 넘나드는 자의 양가성ambivalence이다. 창윤의 이중성, 즉 원래의 고향도 아늑하고 평화롭다고 느끼며 동시에 간도 또한 "듬숙하고 믿음직스럽다고 느껴지는"(안수길 1983a:186) 상태는 접경 지대인border landers의 속성을 잘 드러내 보여준다. 이는 동시에 접경 지대인은 어디에도 완전히 만족하지는 못한다는 점을 말하는 것이기도 하다. 창윤은 또 말한다. "고국이구 고향 땅이구 벨 쉬 없어."(안수길 1983a:186) 창윤의 눈에 비친 국경의 이쪽과 저쪽은 다음과 같이 드러난다.

> 같은 계절이었다. 그리고 북으로 올라갔다고 하나 그다지 심한 차가 있달 수 없는 위도선 상에 위치하고 있는 비봉촌과 종성부의 고향 마을이었다. 그러나 두만강을 사이에 두고 어쩌면 이렇게도 다를까? 옥토와 박토라는 농사에 관한 문제가 아니었다. 더구나 지질학상으로 두만강 이북이 지형이 낮다는 그런 따위를 창윤이 애초부터 알 까닭이 없었다. 오직 인상이었다. 눈에 들어오는 자연의 모습과 풍토가 풍기는 분위기. 그것이 마음에 빚어 주는 감격이랄까? 창윤이의 입에서 탄성이 나오게 한 것은 오직 이 때문이었다. 능선이 부드럽게 굽이치다가도 높은 봉우리는 준수하게 쑥 빠져 올라갔다. 이른 겨울이었다. 잎 떨어진 나무들이 설멍한 가지 뿐이었으나 같은 설멍한 나무들이라도 북간도 일대의 나무는 징그맞도록 음흉스러웠다. 나무숲에서 낮에도 짐승이 나오고 도둑이 그 속에서 득실거리는 …….
> 그러나 고향의 나무와 숲속엔 평화와 그윽한 것이 깃들여 있는 것

같았다. "부드럽다." 같은 하늘의 푸르름도 북간도의 것과는 다른 맑은 푸르름이었다. "아늑하다." 강을 건너 고국에 발을 들여놓으면서 창윤이는 산과 들과 마을을 싸돌고 있는 공기마저 아늑한 것이라고 느꼈다. (안수길 1983a:180~181)

창윤이 받은 고국에 대한 첫인상은 그러나 곧 사람들의 생활이 풍성치 못하다는 것과 친척들의 서먹서먹한 대접을 발견하면서 퇴색한다. 그리고는 곧 떠나온 간도 비봉촌에의 그리움으로 변한다.

창윤이의 눈은 점점 고국의 땅, 부조의 고향의 깊게 감춰 있는 데를 파고들었다. (고국이고 고향 땅이구 벨 쉬 없어.) 거무튀튀하고 거칠다고 느껴졌던 북간도의 풍토가 듬숙하고 믿음직스럽게 느껴졌다. 투박하다고 스스로 깔보여지던 자신의 모습마저 건실하게 살펴졌다. 그리고 또다시 입속에서 뇌어졌다. (그래두 우리게가 제일 좋아.) (안수길 1983a:186)

그리하여 마침내 두만강 너머의 간도 땅에 되돌아 오자, 객관적인 풍경과는 무관하게 주인공은 간도에서 진짜 고향 땅의 느낌을 받게 되다.

종성에서 경성으로 경성에서 주을 온포로, 거기다가 조선생의 장례까지 치르고 나니 집을 떠난 지 거의 한 달이나 되었다. 그동안 고국

> 땅, 맑고 부드러운 산천에 익었던 눈인 탓일게다. 걸음을 재촉해 두만
> 강을 넘어서니 풍토가 더욱 침침하고 삭막한 듯했다. 그러나 그게 도
> 리어 창윤이의 감정에 어울렸다. 진짜 고향 땅에 온 것 같은 정다움이
> 었다. (안수길 1983a:194)

국경을 넘나드는 접경 지대의 거주자에게는 '고향'이란 굳어진 실체
가 아니라 유동적인shifting 것이다. 하나의 기표에 기의는 둘이 해당하
기도 하고 기의 없는 기표가 되기도 하는 것이다.

보다 나은 삶의 조건과 수탈당하지 않는 자유를 찾아 국경을 넘어 온
간도 이주민들이기에 그들에겐 고향의 의미가 유동적인 것이다. 간도
비봉촌의 삶의 조건이 열악해지자 또 다른 유랑의 터, 노령이 창윤을
설레게 하는 것은 그런 까닭에서이다.

> 그것보다도 노령엔 해가 풀 속에서 떠서 풀 속으로 넘어가는 넓고
> 기름진 땅이 얼마든지 개간자를 기다리고 있다는 이야기, 그 뿐이 아
> 니었다. 입적 문제가 시끄럽지 않고 세금 같은 것도 지극히 수월하다
> 는 이야기가 루바시카 차림인 노령 나그네의 훤한 얼굴과 더불어 비
> 봉촌 사람들의 마음을 들뜨게 만들었다. (…중략…) 쭈욱 시달려 왔
> 던 비봉촌 농민들. 더구나 비각 뒤의 살인 사건으로 곡식을 상납하지
> 않아서는 안 되는 어처구니 없는 결과에까지 이른 농민들의 마음은
> 멀리 노령을 향해 들뜨고 부풀고 있었다. (안수길 1983a:352)

유동적인 것은 고향만이 아니다. 접경 지대로서의 간도의 성격 또한 고정되어 있지 않고 변화한다. 식량 감자를 얻기 위하여 월강죄를 무릅쓰고 건너던 간도는 세월의 흐름과 함께 그 모습을 달리한다. 일본 제국주의의 지배하에 들어간 후, 간도는 조선 땅의 연장이 되고 간도의 모습은 안수길의 표현대로 '조선 내지'와 다름 없어진다. 고난 속에서 자아정체성을 찾아 충돌하던 초기 이주자들의 역사가 기억 속으로 사라져 가버리고 더 이상 이야기되지 않는 데에 대한 안타까움을 작가 안수길은 드러내고 있다. 일본 제국주의의 지배가 전 동북아로 확산된 뒤에는 청과 조선의 접경 지대인 간도의 '제3지대'로서의 성격은 희석되고 마는 것이다. 만주는 물론 청도 조선도 일본의 식민지라는 한 테두리 안에 들고 말 따름이다.

이제 간도 천지는 평온 무사하게 됐다. 그러나 그것은 간도도 만주의 다른 지역과 더불어 일본이 되어가고 있다는 증거 외에 아무것도 아니었다. 상삼봉에서의 경편 철도가 광궤 철로로 바꿔졌다. 경성에서 청진, 회령, 용정을 거쳐 길림, 신경에 급행이 쏜살같이 달렸다. 장진강의 전기가 이곳까지 송전돼 왔다. 이름만 만주일 뿐, 간도일 뿐, 조선 내지와 다를 것이 없었다. 중일전쟁이 일어난 뒤에는 더욱 그랬다. (…중략…) 북간도는 점점 밝아지고 있었다. 동경 유학생도 많아졌고, 정부의 고관이 되는 사람도 늘어났다. 군인, 기사들도 배출됐다. 밝아진 북간도를 찾아 조선 내지에서 많은 사람들이 두만강을 건너왔다. 망명의 숨어 넘는 두만강이 아니었다. 급행을 타고 담배

> 한 모금에 넘는 두만강이었다. (안수길 1983b:354)

간도의 중간 지대적 성격이 흐려졌다는 것은 곧 소설의 맺음을 예고한다. '조선 내지'와 동류의 식민지 현실을 그리는 것은 작가 안수길에게는 의미가 없는 것이다. 안수길의 글쓰기는 간도 조선인의 삶에 초점이 모아진 것이었고, 그 간도는 조선과는 다르면서도 또한 동시에 조선적인 것을 간직한 양가적 제3의 지대로서의 간도일 때에만 의미가 있는 것이다.

6. 결론과 남는 문제

이상에서 안수길 소설에 나타난 간도라는 접경 지대의 특수성과 간도로 이주한 조선인들의 삶을 바바의 '잡종성' 개념을 중심으로 살펴보았다. 간도라는 접경 지대 사람들의 삶의 모습은 단지 잡종성을 드러낸다는 것으로 규정될 수는 없다. 그들은 국가나 민족의 개념틀에 기대어 살펴볼 때에는 청인과 '조선 내지'인들 사이의 중간자로서의 성격을 가진다. 그리고 그 내부의 계급이나 권력을 중심으로 살펴볼 때는, 주권을 가진 청인(되놈), 그들의 앞잡이 노릇을 하는 중간자, 또는 '얼되놈', 그리고 조선인의 성격을 강하게 드러내는 인물군으로 다소 간략하게 구별될 수 있다.

그러나 성별gender의 개념을 도입하면 전혀 다른 삶의 모습을 발견하게 된다. 안수길의 작품들에서 다루어진 여성들의 삶을 고찰해 보면, '민족'과 '국가'의 담론이 어떻게 '여성'이라는 성별의 문제를 철저히 배제시키고 있는지를 확인할 수 있다. 민족의 주체성과 권력 회복, 민족의 자유와 해방이라는 것이 작가의 이데올로기적 지향일 뿐 아니라, 작중의 주인공 인물들이 내는 한결같은 목소리일진대, 이 '민족'의 카테고리에는 '여성'이 배제되어 있는 것이다. 단편 「새벽」과 장편 『북간도』에 동일하게 복동예라는 이름으로 등장하는 여성의 삶은 특히 문제적이다. 그 인물은 여성의 육체가 소모품으로 거래되는 것은 물론, 더 나아가 여성이 권력 없는 국가의 알레고리로 작동하는 것을 보여준다. 그러나 안수길 작품을 여성이라는 주제어로 고찰하는 것은 또 한편의 글을 필요로 하는 만큼 이 장에서는 문제제기에 그치고 다음 장에서 다루고자 한다.

'대동아 공영권'이라는 기치 아래 아시아를 자신의 집home으로 삼고자 한 일본 제국주의의 지배는 한국의 근대사를 이해하는 데에 있어 결정적인 역할을 한다. 식민지 근대화론, 식민지 수탈론 등의 다양한 이름으로 지금도 일제식민지 시대의 연구는 이어지고 있다. 한국인이 식민지 지배로 인하여 겪어야 하는 궁핍은 반도 내에서의 궁핍으로 한정되지 않고 국경을 넘어 간도 지역으로까지 많은 한국인을 내모는 결과를 낳았다. 간도 체험은 일제식민지 시대를 살아간 한국인의 체험의 꽤 큰 부분을 이루는 것이다. 이 시대를 대상으로 하는 문학 연구의 다양성과 풍부성에도 불구하고 일제강점기 한국인의 간도 체험은 아직도 많은 탐구의 영역을 남겨두고 있다.

안수길의 작품세계는 이 간도 체험과 분리하여 논할 수 없다. 안수길의 문학 작품들은 그 체험을 직접적으로 형상화한 것이 대부분이다. 직접적 형상화가 아닌 다른 작품들의 경우에도 간도 체험은 대부분 작중 인물들의 기억의 원형을 형성하고 있다. 안수길의 단편들과 장편 『북간도』는 그 어느 작가의 작품보다 간도 체험을 재구성할 수 있는 풍부한 질료와 주제들을 담고 있는 것이다.

한국작가 안수길은 한국인의 체험의 고유성과 특수성으로 바바가 제안하는 세계문학의 영역에 이바지하는 작가이다. 바바가 제안하는 바대로 경계에 선 자들의 문학, 두 문화의 접경 지대에 거하면서 주체와 타자의 긴장관계 속에서 폭넓은 주체를 재구성해 낼 수 있는 존재들의 경험이 세계문학의 주제가 될 수 있다면, 그 주제를 웅변하는 한국작가가 안수길이라 할 것이다.

포스트 콜로니얼리즘과 여성

안수길 소설의 여성 재현 문제

1. 서론

안수길은 주로 일제강점기 한국인의 간도 이주 문제를 문학적으로 형상화한 작가이다. 안수길의 집필 의도는 한민족의 간도 이산 경험을 재현함으로써, 민족의식을 고취하는 데 있었다.[1] 작가 안수길이 '민족 의식'을 염두에 두고 집필에 임한 만큼 기존의 연구는 텍스트에 드러난 민족 의식을 다루는, 이데올로기 중심의 접근이 주를 이루어 왔다. 그리고 힘없는 민족이 겪어야 했던 실향의 아픔과 궁핍의 형상화에 초점을 맞춘 접근법들이 또 하나의 경향을 이루었다.

예를 들어, 간도문학의 중요성에 대해 일찍이 주목한 오양호는 『한국문학과 간도』에서 간도에서 활동한 작가들의 문학 세계를 통하여 1940년부터 해방에 이르기까지의 한국문학사의 단절을 채우고자 한다. 그는

---

1 안수길 문학의 일반적인 특징들에 대해서는 다음을 참조할 것. 오양호(1987); 김윤식(1986); 천춘화(2002; 2004).

안수길에 대하여 "석남 안수길의 「벼」, 「새벽」, 「원각촌」 등은 1940년대 만주 이민의 고달픈 생활 현장을 자신의 체험을 바탕으로 하여 쓰임으로써 설득력을 획득하고 있다" 하고 논한다(오양호 1987:65). 또한 김윤식·김현의 『한국문학사』는 "『북간도』의 주제는 땅에 대한 농민들의 애착과 강렬한 민족의식이다. 땅에 대한 농민들의 애착이라는 주제도 「벼」에서보다 일보 전진하여 실국인의 이민이라는 상황보다는 자기 땅을 도로 찾는다는 능동적인 월강이라는 상황과 결부되어 있다"고 기술하고 있다(김윤식·김현 1973:237). 두 시각은 모두 전술한 바와 같이 『북간도』의 중요한 주제가 민족의식 고취와 실향, 궁핍에 있다고 보는 것이다.

앞 장의 「국경넘기와 이주의 시학」은 안수길 문학의 특성으로 주목되는 간도 체험을, 궁핍의 서사라거나 실향과 민족 투쟁의 이야기로 한정하는 기존의 논의를 넘어서 새로운 각도에서 보고자 한 시도이다. 호미 바바의 '잡종성' 개념을 통하여 접경 지대인으로서의 간도 한국인의 정체성을 규정하고자 한 것이다. 그리하여 간도라는 접경 지대 사람들의 삶의 모습을 드러내주는 데에 '혼종성' 또는 '잡종성'의 개념이 적절하다는 것을 보였다.

『북간도』에서 안수길은 4대에 걸친 남성 인물들, 이한복, 장손, 창윤, 정수에 초점을 맞추어 그들을 중심으로 조선인의 국경넘기와 이산의 시학을 연출한다. 안수길 텍스트에 드러나는 간도 주재 한국인들은 조선 문화와 청국 문화가 접촉하는 접경 지대인의 모습을 드러낸다. 국가나 민족의 개념 틀에 기대어 살펴볼 때에는 이들은 대체로 청인과 조선 땅에 사는 조선인들 사이의 중간자로서의 성격을 가진다. 또한 그 내부의 계급이나 권력을 중심으로 등장인물들을 살펴볼 때 그들은 주권을 가진 청인(되놈), 그들의 앞잡이 노릇을 하는 중간자, 또는 '얼되놈', 그리고 조선인의 성격을 강하게 드러내는 인물군으로 다소 간략하게 구별해 볼 수 있다.

안수길의 『북간도』를 중심으로 한 간도문학에 대한 연구가 상당히 진척되었음에도 불구하고 여전히 치밀한 접근을 요구하는 문제적인 부분이 남아 있는데 성별gender 개념에 주목한 연구가 그것이다. 이상에서 개략적으로 살펴 본 기존의 연구는 한결같이 남성 주인공들을 중심에 두고 이루어져 왔다고 볼 수 있다. 안수길의 「벼」는 찬수를 중심으로 그가 경험하는 땅에 대한 애착에 중점이 놓이고 『북간도』는 한복일가의 남성 인물들 중심으로 주로 연구되어 온 것이다.

성별의 개념을 도입하면 안수길의 작품들에서는 전혀 다른 삶의 모습을 발견하게 된다. 남성 인물들에 가려진 채, 그 배후에서 살다간 여성들의 삶을 조망할 때, 일제시대 간도로 이주해 간 한국 이주민들의 삶의 모습은 더욱 복합적인 형태로 재구성된다. 남성 주인공들을 중심으로 하는 이야기의 틈새 영역에 존재한 채 총체적이기보다는 파편적으로 삽입되어 있는 이들 여성들의 존재와 그들의 이야기에 주목할 때, 기존의 민족과 국가의 서사는 다시 검토되어야 한다는 것을 알 수 있다.

일제강점기 간도라는 공간에서 살아간 여성들은 주권 없는 민족국가의 이름 없는 구성원으로서 남성들과 똑같이 험난한 역사 속을 살아간 존재들이다. 오히려 남성들의 수난상에서는 쉽게 발견되지 않는 또다른 이중 삼중의 수난사가 이들 여성들을 중심으로 전개됨을 볼 수 있다. 일제강점기 동안 한국인이 경험했던 국경 넘기와 이산은 여성들의 경험 속에서 더욱 절실히 드러나고 있다 할 것이다. 『북간도』 등의 서사 장르만이 아니라 일제강점기에 쓰인 서정시들에도 조국을 떠나 유랑하는 여성들의 이미지는 더러 나타난다. 이용악의 시 「제비갖흔 소녀야」, 「전라도 가시내」는 그중의 한 예이다. 이용악의 시적 대상은 간도에서 술을 팔며 살아가는 조선 여인이다. 시 전편을 통하여 상실과 우울의 정조가 흐르고 있는데 그 정한의 기저에 놓인 것은 바로 고향 상실과 이산인 것이다. 그 밖에도 식민지 조국과 가난이라는 현실로 인하여 두만강을 넘어 대륙으로 쫓겨 온 여성들의 유랑하는 육체는 다양한 텍스트에서 드러나고 있다.[2]

2. 여성, 국가의 알레고리

문학 이론가, 주디스 버틀러Judith Butler는 인종, 국가, 성별 등의 다양한 카테고리들이 서로 얽혀 있으며 또 서로 의존하고 있다는 점에 주목

---

2   시 「전라도 가시내」의 일부는 다음과 같다.

네 두만강을 건너왔다는 석달전이면
단풍이 물들어 철리철리 또 철리 산마다 불탔을 겐데
그래두 외로워서 슬퍼서 초마폭으로 얼굴을 가렸더냐
두낮 두밤을 두루미처럼 울어울어
불술기 구름속을 달리는 양 유리창이 흐리더냐

두어마디 너의 사투리로 때아닌 봄을 불러줄게
손때 수집은 분홍댕기 회회 날리며
잠깐 너의 나라로 돌아가거라.
(오양호 편 1995:211~212에서 재인용)

한다. "식민지 단계나 신식민지 단계의 국가들이 그 국가 권력을 공고히 함에 있어서 어떤 방식으로 성별 관계를 흉내내고 있는가? 식민지배의 모욕이 어떤 형식으로 탈남성성emasculation의 양상을 띠고 나타나는가?"(Judith Butler1993:117)

식민지로서 타국의 지배하에 놓인 국가는 종종 여성화된 모습으로 나타난다. 그렇다면, 국가가 이미 여성화되었을 때, 그 식민지 국가의 국민으로서의 여성 주체는 어떤 양상으로 드러날까? 이 장에서는 안수길의 문학 작품에 나타나는 여성 인물들을 중심으로 국가와 여성이라는 범주가 서로 겹치는 지점을 밝혀보고자 한다. 그리하여 국가, 식민주의, 신식민주의, 탈식민주의 담론에서 흔히 제외되어 왔던 여성이라는 성별의 문제를 중심으로 하여 국가와 성별이 맞물리어 변주하는 복잡다단한 관계양상을 조명하고자 한다.

더 구체적으로 『북간도』의 여성 인물들을 '국가의 알레고리'로 파악하고자 하며 국가와 권력의 관계가 어떤 식으로 여성과 여성 육체를 통하여 재현되는가를 밝히고자 한다. 자본의 권력을 가진 남성에 의한 무력한 여성의 지배라는 구조는 곧 식민지와 피식민지의 관계를 드러내는 것이라고 할 수 있다. 그런 까닭에 안수길 작품의 문제적 여성들은 국가의 알레고리로 읽힐 근거가 충분한 것이다.

베네딕트 앤더슨Benedict Anderson의 민족 담론, 에드워드 사이드Edward Said의 오리엔탈리즘론, 호미 바바Homi Bhabha의 '식민과 피식민 사이의 상호작용'논의 등은 식민주의와 탈식민주의의 이론적 틀을 제공하는 대표적인 담론들이다. 이들의 논의에서 한결같이 배제되고 있는 카테고리가 있는데, 그것이 곧 성별gender의 카테고리이다. 페미니스트들은 이 점을 지적하고 나서며 민족 논의에서 '여성'이라는 문제적 카테고리를 도입하여 이를 함께 다루어야 한다고 주장한다. 민족을 논의 할 때 성별의 특수성이 함께 다루어지지 않는다면 그것은 민족의 해방은 곧 여성 해방이라는 등식을 가정하는 것이라 볼 수 있다. 그러나 많은 역사적, 문화적 관찰과 기록들은 민족 해방과 여성 해방이 무관할 뿐만 아니라, 더 나아가 때로는 남성 위주의 민족해방이 여성의 억압과 여성의 희생을 담보로 이루어져 왔음을 보여준다.

한 예로 이경순은 미국 여성 작가의 텍스트를 통하여 이와 같은 탈식민 페미니스트들의 주장을 증명해 보인다. 인도계 미국 여성 작가, 아니타 데사이Anita Desai의 『낮의 밝은 빛』에는 식민지 인도와 탈식민화된 인도에서 살아가는 여성 인물과 남성 인물들이 대비되어 나타난다. 그리하여 작중 여성 인물들의 삶이 인도라는 민족/국가에 의해 대표되거나 표현되지 않는다는 것을 보여준다. 텍스트에 드러나는 여성 인물들을 통해 알 수 있는 것은 '침묵을 강요받고 민족주의적 역사의 교환에 필요한 알레고리칼한 입장이 바로 여성'이라는 점이다(이경순 2001).

민족주의가 여성해방에 아무런 기여를 하지 못했음을 주장하는 이론가들로서는 앤 맥클린턱Ann Mclintock, 가야트리 스피박Gayatri Spivak, 파샤 챠터지Partha Chatterjee 등을 들 수 있다. 먼저 맥클린턱은 "대부분의 민족주의나 사회주의 국가에서 여성에 대한 관심은 기껏 입으로만 떠들어대는 인사치례에 불과한 것이었다. 결국 여성들은 민족주의의 하녀에서 벗어난 적이 결코 한번도 없었다"고 주장한다(이경순 2001:144에서 재인용). 또한 스피박은 "여성의 형상은 가부장제와 제국주의 사이, 주체—구성과 객체—형성 사이에서 사라진다"고 보았다. 챠터지는 "하위 주체로서의 여성문제의 출발점이 여성자신들의 역사 이데올로기와는 분리된 채, 서구의 민족주의로부터 '이성'이나 '근대성' 등의 개념을 받아들인 민족주의 지식인들에 의해 문제 틀이 형성되었고, 그로 인해 민족/국가는 그 국민들을 완전히 재현할 수 있는 가능성을 왜곡시켜버렸기 때문에 민족주의 담론은 '결국 여성들에 관한 담론'이며 '여기에서 여성들은 말하지 않는다'"고 주장한다(이경순 2001:146에서 재인용).

민족 담론에서 여성은 국가나 민족의 알레고리로만 기능할 뿐 여성의 주체성은 국가나 민족 담론에서 배제되어 있다는 이 지적은 인도계 미국 여성 작가의 텍스트에서만 타당한 것이 아니다. 안수길의 작품들에 나타난 여성들을 통해 볼 때에도 여전히 유효성을 지니는 지적이다.

단편 「새벽」을 비롯하여 『북간도』 등, 안수길의 작품들에서 여성들의 삶은 늘 주체적이지 못하고 종속적인 것으로 그려진다. 그들은 가부장제의 틀 속에서 권리는 없고 의무만 주어진 존재로 나타난다. 여성의 의무 중에는 생명의 보존자로서의 기능이 포함되어 있다. 『북간도』에 나타나는 4대에 걸친 아내들은 주어진 삶에 순응하며 아이들을 기른다. 더 나아가 그들의 남편들이 집을 나가 떠돌아다닐 때에는 가장의 역할까지 떠맡는 억척스러움도 보인다. 안수길의 다른 작품들에서도 여성 인물들은 대개 육체를 매개로 그려진다. 또한 그 여성 육체는 자본을 가진 남성들의 전유appropriation의 대상이 된다는 공통점을 가진다. 텍스트 전반을 통하여 조금씩 변주되어 나타나기는 하지만 여성 육체는 궁극적으로는 소모품에 불과하게 취급된다는 것을 볼 수 있다.

안수길의 작품들에서 다루어진 여성들의 삶을 고찰해 보는 것은, 민족이나 국가의 담론이 어떤 식으로 '여성'이라는 성별gender의 문제를 배제시키고 있는지를 확인하게 한다. '민족'의 주체성과 권력 회복, 또는 민족의 자유와 해방이라는 것이 작가 안수길의 이데올로기적 지향일 뿐 아니라, 작중의 주인공에 해당하는 인물들이 내는 한결같은 목소리일진대, 이 '민족'의 카테고리에 '여성'은 배제되어 있는 것이다. 여성은 '민족'이라는 이름의 보호에서 제외될 뿐 아니라 더 나아가 여성의 육체는 식민지배를 경험하는 국가의 알레고리로 작동함을 볼 수 있다. 안수길의 텍스트로 들어가 이 점을 더 구체적으로 살펴보기로 하자.

3. 훼손당한 여성 육체와 민족―「새벽」, 『북간도』, 「원각촌」

간도문학에 있어서 가장 특징적인 여성은 「새벽」과 『북간도』에서 공통되게 '복동예'라는 이름으로 나타나는 인물이다. 두 복동예는 모두 남성들 간의 거래의 대상이 된다. 두 텍스트에 나타난 대로 간도에서는 사람을 거래의 담보로 제공하는 것이 용인된다. 그것은 오래된 청국의 풍습 덕분이다. 고국 조선의 문화가 유교적인 문화인 까닭에 여성에게 우호적인 문화는 결코 아니었다 할지라도 청국의 다른 풍습까지 여성에게 더해질 때 간도에서의 여성의 억압은 배가되는 것이다. 남성들 간의 거래에 있어서 담보물이 되는 것은 궁극적으로는 여성 육체이다. 여기서의 여성 육체는 철저한 '교환가치'에 불과하며 '소모품commodity'일 뿐이다. '젊은 처녀'나 '젊은 아낙'이 선호된다는 것은 여성의 육체가 교환의 대상으로 거래된다는 것을 확인하게 한다.

「새벽」에서는 아버지가 빚을 얻는 담보로 딸 복동예를 제공한다. 사람을 담보로 하는 이 풍습은 조선인에게는 아주 낯선 풍습일뿐더러 조선인으로서는 받아들이기가 힘든 것이다. '나'의 조선인 가정에서 곱게 자란 누이를 '얼되놈' 박치만에게 넘겨주게 되는 이 장면은 「새벽」의 핵심을 이루는 사건이다. 작품의 인물들이 조국인 조선을 떠나 간도로 옮겨 온 후 자국 문화와 이국 문화의 접경 지대에 놓여 있기에 이 사건의 발생은 가능해진다. 마찬가지로 장편 『북간도』에서는 남편이 노름 빚으로 인하여 아내 복동예를 채권자에게 넘겨준다. 식민지라는 조국의 현실에 의해 추동된 궁핍과 이산이 이국의 풍습과 결합될 때 그 가장 궁극적인 희생물로 등장하는 것은 결국 여성인 것이다.

> 박치만뿐 아니라 대개의 지팡주는 빚을 주는데 사람도 볼모로 잡았다. '사람도'가 아니라 사람이면 더욱 좋다 하였다. 가진 것이라고 돈값에 가는 것이 없는 주민한테 무엇을 담보로 돈을 줄 것인가? 젊은 처녀나 젊은 아낙은 그것이 가장 확실한 담보가 되지 않을 수 없다고 그들은 생각하였다. (김윤식 편저 1985:20)

> 마침내 판돈에 딸린 노덕심의 도박심은 아내를 판돈의 담보로 내걸고 말았다는 거다. 사람, 더욱이 여자, 그것보다도 자신의 아내를 투전의 판돈으로 내건다? (…중략…) 만주 원주민은 남자에 비해 여

> 자의 수가 훨씬 부족했다. 더욱이 산동 지방에서 이주해 온 사람들은 거의가 남자 독신들뿐이었다. (안수길 1983a:175)

> 　이렇듯 자신 못지않게 아끼고 귀중하게 여기는 아내나 혹은 딸자식을 내건다는 건 가장 믿을 만한 담보가 아닐 수 없다고 생각하는 듯했다. 자신들은 거의 그런 일을 하지 않지마는 조선 사람이 그렇게 나온다면 두말없이 받아들이는 까닭이 여기에 있을 것이었다. 적어도 남의 아내나 딸자식을 빚, 더욱이 투전 빚 같은 것으로 억지로 제 소유를 만들자는 불순한 심보라고 구태여 해석할 수 없는 일이었다.
> (안수길 1983a:176)

　극도의 빈곤 속에서 육체는 빈곤층이 가진 최후의 자본으로 등장한다. 교환 가치를 지닌 재화를 거의 소유하지 못하는 식민지 조선인의 현실과 남성과 여성의 성비 불균형으로 더욱 촉발된 간도 지역의 특수성이 결합하여 조선 여성의 육체에 대한 거래가 등장하는 것이다. 조선의 특수성과 만주 원주민의 특수성이 어울려 이질적인 두 문화의 접경 지대라는 제3의 영역을 이루고 있는 것이다.

　궁핍으로 인하여 주체성을 지니지 못하고 굴욕적인 생을 살아야 하는 여성의 모습은 토니 모리슨Toni Morrison의 『빌러비드Beloved』의 주인공의 모습과 흡사하다. 모리슨 작품의 흑인 여성이 노예 신분을 세습할 수밖에 없는 운명이듯이, 「새벽」의 복동예 또한 빚에 의해 인질로 잡혀 있는 몸이다. 모리슨 텍스트와 안수길 텍스트에서 공통된 것은 여성의 육체가 곧 자본으로 이해된다는 것이다.

모리슨의 흑인 노예 어머니는 자신의 딸이 자신과 똑같이 노예로 평생을 살기보다는 차라리 죽는 것이 낫다고 보아 스스로 딸을 죽인다. 그리고 그 끔찍한 기억으로부터 벗어나지 못한 채 혼령에 사로잡힌 집에 거하게 된다. 「새벽」의 복동예는 스스로 목숨을 끊음으로써 자신에게 예비된 운명을 거부한다. 복동예의 어머니는 자신의 고통스런 삶을 딸에게 물려주기를 한사코 거부한다는 점에서 『빌러비드』의 여주인공을 연상시킨다. 복동예의 어머니는 복동예를 박치만에게 주자는 아버지의 제안에 울음으로 항거한다.

> 이런 되놈 땅에 끄을구 와서 죽을 고상 다아 시키다가 나중에는 딸까지 팔아먹겠소. 염치 없소 …… 어려서 최문집에 들어와서 지금까지 벼라별 종 노릇을 다아 했소. 범 같은 시어미 천대두 받을 대루 받았다우. 배두 곯을 대로 곯아 봤다오. 사나 매두 맞을 대루 맞았다우. 되놈 땅에 오장이 순순히 따라와서 손톱우 이즈러지두룩 일을 했다오. 이 위에 무엇이 모자라서 내 고기까지 뜯어먹자구 하오. 엣소. 죽여 …… 복동네야 늬 애비한테 한 뭉치에 맞아죽자 …… 죽여라 ……죽여라. (김윤식 편저 1985:31)

복동예 어머니의 절규는 조선 여성에게 가해진 여러 겹의 억압의 고발이며 여성이 받는 고통의 표출이다. 조선 사회의 여성 비하가 여성에게 가한 억압은 '시어미 천대', '배곯음', '사나매'라는 말로 요약된다.

사회 구성원 모두가 경험해야 했던 빈곤의 고통을 여성들은 예외 없이 나누어 가져야 했으며 그에 더하여 가정 내에서 또한 시어머니와 남편의 권력에 지배받아야 했던 어려움을 드러낸다. '되놈 땅에서의 일'은 식민지 현실과 그에 따른 이산이 가져다 준 또 다른 고통의 고발에 해당한다. 그 억압과 고통에도 불구하고 온전히 남겨진 유일한 것이 혈육이며 그 혈육의 육체라 할 것인데 딸을 넘겨준다는 것은 그 마지막 가진 것까지 내어주는 것이기에 "내 고기까지 뜯어먹자구 하오"라고 절규하는 것이다. 유보 없이 극단에까지 몰린 자의 위기 의식의 표현이다.

어머니의 절규는 이야기의 결말에 올 복동예의 자살을 충분히 암시하고 있다. 막상 딸 복동예의 자살이 일어났을 때 어머니는 곧 실성하고 만다. 그리고 스스로 목숨을 끊음으로써 어머니에게서 딸에게로 이르는 고통과 수난의 서사를 마무리하는 것이다. 복동예의 자살은 모리슨의 여주인공이 딸을 살해한 것과 같은 맥락에서 해석해 볼 수 있다.

자살과 살인은 종종 극한 상황에 처한 무력한 개인이 자신에게 가해지는 폭력에 저항할 수 있는 방법을 달리 찾지 못했을 때 저지르는 소극적인 저항의 몸짓으로 흔히 해석되어 왔다. 그러나 호미 바바는 이같은 기존의 해석에 저항하며 자본과 전유의 개념을 통하여 죽음을 새롭게 해석할 것을 제안한다. 즉 모리슨 작품의 이 살해 대목을 힘없는 자가 자신의 고유한 재산을 주장하는 행위, 즉 일종의 힘을 주장하는 행위라고 해석한다.

다시 한번 우리는 이 극도로 비극적이고 은밀한 폭력이 노예 세계의

> 경계를 뒤로 밀어 부치려는 시도로서 행해짐을 볼 수 있다. 집안에서 문제가 해결되기 마련인, 지배자나 감독에 대한 직접적인 항거와는 달리 아이를 살해한다는 행위는 제도 자체에 대한 반항으로 이해된다. 그것은 최소한 공적인 영역에서 여성노예가 법적인 저항을 하는 것이다. 아이를 죽이는 것은 주인의 재산권에 저항하는 행위이다―주인의 잉여 이윤에의 저항―. 그리고 팍스-제노비스(Fox-Genovese)가 결론 내리듯, 자신이 사랑한 아이를 죽임으로 하여 어떤 면에서는 자신의 아이가 진짜 자기 아이임을 회복하는 길이 된다. (Homi K. Bhabha, 1994:17)

바바의 주장처럼 여성 노예의 육체가 그 주인에게는 재산일진대, 살해는 곧 주인의 재산권 침해가 되며 따라서 주인에 대한 항거가 된다. 마찬가지로 복동예가 '얼되놈'의 첩으로 팔려가기를 거부하며 자살을 행하는 것은, 막다른 곳에 이른 절박한 존재가 할 수 있는 유일한 저항이 된다. 주인의 잠재적 재산권이 실현되기 이전에 그 권리를 완전히 침해하고 훼손하는 것이므로 가장 확실한 저항이 되는 것이다. 동시에, 이는 복동예가 주인의 재산으로 변하기 이전에, 온전한 자신의 주체성을 스스로 영구화하는 유일한 길이기도 한다.

스스로 자신을 죽임으로써 '교환 가치' 또는 '소모품'이 되기를 거부한 「새벽」의 복동예와 달리 『북간도』의 복동예는 담보로 팔려가고 결국에는 아편중독자로 스러져간다. 살아남은 복동예가 겪는 것은 이중의 축출double displacement이다. 복동예는 일차적으로 남편에 의하여 자신의 의지와는 무관하게 삶의 터전으로부터 축출 당한다. 그리고는 자발적인 행위가 아니었음에도 불구하고 '부정한 여자'로 취급되어 고향 동네에도 돌아오지 못하고 떠돌게 된 것이다.

> 복동예가 그동안 친정에 오지 못한 것은 이러한 사정에서였는지도 모를 일이었다. 그러나 이런 이야기를 하는 아낙네들은 복동예를 불쌍하게 여기면서도 천하의 부정한 여자로 생각하고 있었다. 마치 물건처럼 볼모로 잡히어 있었다는 사실, 그게 지독한 인권 유린이라는 사실에 의분을 느끼기 전에, 아낙네들은 복동예가 제 남편 아닌 청국 사람에게 몸을 맡겼을 게고 그 아내 노릇을 했을 거라고 상상하고는 더럽다고 생각했다. 거의 혈육으로 화한 완강한 정조 관념에서 오는 고집스러운 생각임에 틀림없었다. "얼되놈 노서방은 본래 사람 새끼가 앙이지마는 복동예가 무슨 낯으로 여길 찾아왔단 말이 ……" 입술을 오므려뜨리고 오목한 눈을 깜빡거리면서 노덕심이와 복동예를 나무라는 부인네도 있었다. (안수길 1983a:176~177)

여기에서 복동예를 그가 속한 공동체가 받아들이지 못하도록 하는 것은 단지 정조의 문제만은 아니다. 그보다는 국가의 문제가 여기에 더 깊이 관여하고 있다. 즉, 동족 남성에게 유린당한 육체가 아니라 타민족 남성에게 유린당한 육체이기에 복동예의 육체는 더한층 경멸과 혐오의 대상이 되는 것이다. 복동예는 여성에게 가해지는 가장 혹독한 형태의 시련을 감당해 내는 인물이 되는데, 그를 추방하게 되는 규율의 여러 항목 가운데 민족과 국가가 자리 잡고 있다는 점은 주의를 요한다.

다시 말하자면 민족이라는 카테고리가 부재하다면 여성의 육체는 순결한 육체와 그렇지 못한 육체, 즉 훼손당한 불순한 육체의 이분법적인 구도 속에 위치하게 될 것이다. 민족이 개입함으로써 여성의 육체는 순결한 조선 여성의 육체, 불순한 육체, 타민족 남성에 의해 훼손된 육체로 다시 분류되는 것이다. 이 세 가지 서로 다른 성격의 육체 중에서 가장 주변화되고 혐오의 대상이 되는 것은 다름 아닌 타민족 남성에게 유린당한 육체인 것이다. 민족이 매개하여 여성의 고통을 배가시킨 예는 이 밖에도 많이 있으며 이는 좀더 정교한 이론화 작업을 기다리는 한국사의 특수성에 해당할 것이다. 이 장에서는 간도의 조선 여성의 문제로 논의를 제한하자.[3]

여기서 복동예로 대표되는 여성은 무력한 식민 국가의 알레고리로 작동하고 있음을 볼 수 있다. 지배적인 권력을 가진 남성 — 아버지 또는 남편 — 의 권위 앞에 자신의 욕망이나 미래를 저당 잡히는 딸이나 아내는 바로 제국의 위협에 의해 조종당하는 식민국가의 알레고리에 다름아닌 것이다. 그렇게 본다면 「새벽」의 복동예의 죽음은 국가의 몰락에 해당하는 것이 된다. 『북간도』의 복동예는 약소국이 겪는 식민지 경험과 탈식민의 경험 두 가지를 알레고리로 드러내게 된다. 즉, 유흥가로 팔려가 정신과 육체가 쇠약해지는 아편쟁이로 타락해가는 과정은 전자에, 그 후 놓여나기는 해도 이전의 상태로 돌아갈 수도 없고, 그렇

---

3   오양호는 『일제강점기 만주조선인문학연구』에서 이 점을 개략적으로 기술하고 있다. 이용악의 시를 중심으로 논의를 전개한 데에서 원인을 찾을 수 있겠지만 오 교수의 관점은 흥미롭게도 거래되는 여성 주체보다는 동족 여성의 거래를 인내할 수밖에 없는 무력한 '남성상처'에 놓여 있다. "이 땅의 사내들이 오랜 역사를 통해 체험했던 불행한 남성상처가 자리 잡고 있다. 곧 중국에 '공녀'란 이름으로 딸을 바쳐야 했고, 병자년에 환향녀, 화냥년으로 돌아온 여자들을 맞아야 했고, 또 한 때는 데이신타이(정신대)로 여인들을 보내야 했던 사실 말이다."(오양호 1995:213)

다고 그 상태를 지속할 수도 없는 모순에 처하는 것은 후자의 알레고리에 다름 아닌 것이다. 따라서 『북간도』의 복동예는 식민지배에서 놓여났어도 여전히 식민의 삶과 유사한 삶을 살아갈 수밖에 없는 지구상의 수많은 탈식민 국가들의 현실을 보여주고 있는 것이다.[4]

복동예의 또 하나의 변형태에 해당하는 인물이 단편 「원각촌」에 금녀라는 이름으로 등장한다. 금녀는 만주인 지팡주에게 백 원 빚에 볼모로 잡혔다가 아버지의 빚을 대신 갚아준 청년, 원보의 아내가 된다. 그결혼 역시 주체적인 의사결정에 의한 것이 아니라는 점에서 교환가치로서의 여성 육체를 그대로 재현한 이야기이다. 금녀의 육체는 복동예의 경우와는 달리 직접적 착취와 수탈의 대상은 되지 않지만 그렇다고 자유로운 육체도 아니다. 백 원과 교환된 금녀의 육체는 영구적인 소유에 대해 불안을 느끼는 남편 원보의 끊임없는 의혹과 감시의 대상이다.

> 그리고 의혹과 감시가 한 시각도 그의 몸을 떠나지 않았다. 들에 정든 놈 있는 게로구나 ……. 그리고 자꾸 이 산판 저 산판, 산판으로만 끌고 다니었다. 가는 산판마다 역시 의혹이었고 감시였다. 매 때리는 법은 없었으나 매보다도 더 무서운 감시, 금녀는 마침내 그에게 몸과 마음이 완전히 사로잡히어 성격을 잃어버린 인형이 되고 말았다. (김윤식 편저 1985:53)

여기서의 결혼은 결혼 본래의 가치를 지니지 못하는 까닭에 금녀가

---

4   식민주의의 종식과 신식민주의의 지배에 대해서는 Masao Miyoshi(1993:726~751)를 참조할 것.

처한 현실은 앞서의 볼모의 상태와 크게 다르지 않다. 직접적인 지배와 착취가 식민주의Colonialism의 성격이라면 원거리에서 행해지는 간접적인 지배는 신식민주의Neo-Colonialism, 제국주의Imperialism의 지배 형태이다. 금녀의 처지는 이러한 식민종주국의 원격 지배를 알레고리로 드러내고 있다.

마사오 미요시Masao Miyoshi는, 식민주의를 경험한 국가는 탈식민의 계기를 맞는다 해도 진정한 독립을 이루지 못한 채 예외 없이 초국적 경제의 지배체제하에 놓이는 신식민국가로 변한다는 점을 지적한다. 즉 식민국은 주체적인 국가를 형성할 내부구조가 형성되지 못한 상태에서 갑작스럽게 식민지배의 종식을 경험하게 되기 때문에 거의 다 곧바로 신식민지로 변한다는 것이다. 미요시에 따르면 제2차 세계대전의 종식과 함께 지구상의 여러 곳에서 식민주의자는 철수하고 피식민국은 근대 국가의 형성을 향해 매진해 나갔다. 그러나 이전에 식민지였던 국가들은 거의 예외 없이 합법성과 독립성을 갖춘 근대 국가의 수립에는 이르지 못한 채 이전의 식민주의자들이 남긴 체제를 흉내 내거나 복제하는 데 그칠 뿐이었다(Masao Miyoshi 1993:726~730). 미요시는 "탈식민은 해방과 평등을 가져다 주지도 못했고 번영과 평화를 가져다 준 것도 아니다. 세계의 모든 곳에서 고통과 비참은 계속되었는데 다만 변화된 모습으로 나타났을 뿐이고 지배의 주체가 달라졌을 뿐이다"고 본다(Masao Miyoshi 1993:729).

금녀는 직접적인 감금의 대상이 되는 볼모에서 풀려났지만 곧 바로 원격 감시의 대상으로 전락한 채 주체성을 실현시킬 기회를 영원히 차압당한다는 점에서 신식민주의 또는 제국주의의 알레고리 역할을 한다.[5] 금녀의 몸을 원보가 백 원에 샀다는 것은 경제가 매개항이 되어 성립되는 신식민주의적 지배에 부합되는 형국이다. "매 때리는 법은 없었으나 매보다도 더 무서운 감시"라고 안수길이 표현한 바와 같이 직접적인 개입과 지배는 식민주의의 속성이며 신식민주의 또는 제국주의의 지배는 보다 간접적이고도 은밀한 형태의 것이다. 그러나 그것은 '매보다도 더 무서운 감시'라는 표현처럼 더 강력한 힘으로 주체를 억압하는 것이다.

미요시는 식민주의적 지배체제 하에서는 주체와 저항의 지점이 선명했음을 또한 지적한다. "이전(식민 지배 시절)에는 지배자에 저항하여 싸웠기에 주체의 규정은 어렵지 않았다. 즉 어떻게 저항하느냐가 주체의 정체성을 규정한 것이다."(Masao Miyoshi 1993:730) 식민지배가 몸에 대한 직접 지배임으로 하여 그에 저항할 수 있는 마음의 유보가 가능했음에 반해 은밀하고도 철저하게 일상의 곳곳에 스며드는 신식민주의적 지배는 '몸과 마음을 완전히 사로잡아' 저항의 거점까지도 파괴해버리는 효과를 가진다. 그 결과 '성격을 잃어버린 인형' 과 같은 무자각적이며 비판 불가능성의 탈주체화를 노리는 것이 신식민주의 또는 제국주의의 지배형태라 할 것이다. 금녀가 알레고리로 드러내는 것은 바로 그 점이라 할 수 있다.

---

5   제니 샤프(Jenny Sharpe)에 따르자면, 식민주의의 식민(colonial)이 식민지에서의 직접 지배를 다룬다면, 제국주의의 제국(imperial)은 "멀리 떨어진 지역을 직접 개입하지 않고 지배하는 것(the remote seat of government for overseas territories)"이다 (Jenny Sharpe 1993:165).

4. 결론

이상에서 살펴본 바와 같이 안수길의 텍스트에 드러난 세 여성 인물은 모두 소모품에 불과하게 취급되는 자신들의 육체를 매개로 자본을 가진 남성들의 전유appropriation의 대상이 된다는 공통점을 가진다. 남성, 그중에서도 자본의 권력을 가진 남성에 의한 무력한 여성의 지배라는 구조는 곧 식민지와 피식민지의 관계를 드러내는 것이기에 안수길 작품의 문제적 여성들은 국가의 알레고리로 읽힐 근거가 충분한 것이다.

프레데릭 제임슨Frederick Jameson이 제3세계문학에 나타나는 민족과 국가의 알레고리에 주목하였다가 아자즈 아마드Aijaz Ahmad 등 제3세계의 특수성을 지적하며 반박하는 논자들에 의해 비판받은 바 있듯이 알레고리로 문학 텍스트를 해석하는 것은 성급한 일반화의 위험을 내포할지도 모른다. 그러나 그러한 위험의 잠복에도 불구하고 알레고리의 개념을 동원해서 주변화된 여성의 존재 양태에 주목하는 것은 필요한 작업이다. 식민주의의 논의에서 여성의 문제는 철저하게 주변화되거나 언제나 민족 담론에 종속되기도 하고 더러 완전히 결락되기도 하는 등 여러 가지 문제점을 노정하기 때문이다.[6]

포스트 콜로니얼리즘의 담론 속에서 살펴볼 때 간도 지역을 작품의 공간적 배경으로 삼은 한국문학 작품의 문제점이 부각된다. 집적되고 정교화되는 연구 성과들에도 불구하고 여전히 포스트 콜로니얼리즘 담

---

6   제임슨의 국가알레고리에 대한 아마드의 반박은, Aijaz Ahmad(1992:95~122)을 참조할 것.

론에서 문제적인 영역으로 남아 있는 성별의 문제를 도입하여 볼 때 안수길의 텍스트들에 구현된 간도 체험은 전혀 다른 모습으로 드러난다.

위에서 살펴본 바와 같이 여성 주체는 민족이 식민화될 때 가장 노골적인 형태의 억압을 경험하게 된다. 민족이 힘을 잃은 때에는 여성이 가장 먼저, 그리고 가장 가혹한 형태의 억압 대상이 된다는 것은 비단 이 장에서 다루는 안수길 텍스트만이 아니라 '종군위안부' 등의 역사적 경험이 충분히 웅변하는 바이다. 우리의 텍스트에서 복동예의 어머니가 절규하는 바와 같이 여성은 봉건적인 사회제도의 억압과 식민지 조국이 가져다 주는 궁핍의 담당자이면서 남성들과 동등한 이산의 경험자이기도 하다. 더 이상 잃을 것이 없는 극도의 궁핍 속에서 여성들의 육체는 교환이나 거래의 대상이 되기도 한다. 여성은 직접적인 노역의 담당자이기도 하며 감시의 대상이기도 하는 등, 민족의 운명을 상징적으로 보여주기도 한다. 그럼에도 불구하고 민족 해방, 탈식민의 장면에서는 여성은 전경에 거의 등장한 적이 없다. 간도의 조선 여성들에게는 간도에서의 삶은 궁핍과 주체성 상실의 모욕의 역사였을 뿐만 아니라 자신들의 육체를 거래의 대상으로 용인하거나 죽음으로 이에 저항해야 할 만큼 비참한 것이었다.

민족이 남성에게는 정체성의 한 기표였음에 반해 자신의 육체와 긴밀하게 결부된 여성 주체에게는 민족은 오히려 여성에게 가해지는 억압을 가중시키는 부정적 존재로 기능했다. 민족과 여성의 상관관계는 문학 담론의 영역에서, 그리고 문학 텍스트의 분석과 검증을 통하여 더욱 연구되어야 할 주제이다.

이주와 공생의 전망

천운영, 김애란, 김재영, 공선옥의 소설에 나타난 다문화 주체 연구

1. 서론—성별화된 권력의 지도

전지구화는 현대의 여러 가지 특징적 성격 중 하나이다. 현대에 나타나는 여러 가지 현상 중에서 인구와 물자의 이동이 국경을 초월하여 이루어지고 있음을 두고 전지구화라 칭한다. 초국적 결혼 또한 그러한 전 지구적 특성 중의 하나이다. 광범하게 나타나는 초국적 결혼은 다양한 사회적 함의를 지니고 이루어진다. 니콜 콘스터블Nicloe Constable은 초국적 결혼은 "이미 존재해 왔거나 새로이 부상하고 있는 사회, 문화, 역사, 정치, 경제학적 요인들에 의해 특징 지어지거나 조건 지어지고 있다"(Nicloe Constable 2005:4)고 주장한다. 결혼은 일차적으로는 개인 간의 문제이다. 그러나 결혼을 개인 간의 결합으로만 파악할 수는 없다. 결혼은 개인이 처한 사회의 제반 상황들이 개입하여 이루어진다. 따라서 결혼이 국가의 경계를 넘어 이루어질 때 그 결혼의 성격을 정확히 파악하기 위해서는 개인들이 속해 있는 공동체의 성격을 파악하고 또 그 공동체가 다른 공동체와 맺고 있는 관계를 전반적으로 살펴볼 필요가 있다.

　콘스터블의 주장을 따르자면 초국적 결혼은 "성별화된 권력의 지도"에 따라 이루어진다.[1] 결혼으로 인한 이주는 성별과 권력의 특징을 고스란히 드러낸다. 초국적 결혼에 있어서 결혼을 통한 이주자는 대부분 여성이며, 그 여성들은 빈곤국에서 부국으로, 저개발의 지구 남쪽에서 공업화된 북으로 이동하는 특징을 보여준다. 더 구체적으로 아시아 일부 국가, 라틴 아메리카, 동유럽, 구소련을 출발지로 삼아 서유럽, 북미, 오스트레일리아, 동아시아의 부유국으로 이동하는 것이 초국가적 결혼 이주의 특징이라고 본다. 미국, 일본, 중국 일부 지역과 더불어 한국에서도 1990년대 이후 초국적 결혼이 활발하게 이루어지고 있고 따라서 이른바 "성별화된 권력의 지도"에서 한국은 분명한 위치를 차지하게 되었다. 초국가적 결혼과 그에 따른 이민자의 증가는 물론, 초국가적 결혼이 초래하게 된 혼종적 주체의 증가는 한국사회의 새로운 특징이 되고 있다.[2] 초국적 결혼을 중심으로 한, 이러한 한국사회 내부의 변화는 한국문학에도 다양한 모습으로 반영되고 있다. 이 장에서는 1990년대 이후 한국 현대소설에 나타난 초국적 결혼 이주 여성transna-

---

1　'Gendered geographies of power'를 이 장에서는 '성별화된 권력의 지도'로 번역한다. 이하 상술하는 바와 같이 초국적 이주 주체의 이동 양상을 살펴보면 경제적 빈국에서 부국으로의 이동이라는 것이 일차적 특징이다. 동시에 여성이 주도하는 그 이동 경로는 지도상에 성별적 특징을 드러내게 된다.

2　2009년 한국 여성 가족부 통계에 따르면 초국적 결혼을 통하여 한국 시민권을 획득한 여성의 수는 약 10,000명에 이른다. 그들은 대체로 중국, 베트남, 필리핀 등의 아시아 다른 국가들에서 이주해 온 여성들이다. 2006년 통계에 따르면 2006년 한국의 전체 결혼의 15%가 초국가적 결혼으로 구성되었음을 알 수 있다. http://www.mogef.go.kr/korea/view/news/news03_01.jsp?func=view&currentPage=3&key_type=&key=&search_start_date=&search_end_date=&class_id=0&idx=164304(검색 : 2014.2.19)

tional bride의 주체성을 분석하고 이주 노동자들의 삶의 양상을 고찰함으로써 초국적 주체들이 한국사회 내에서 삶을 영위하는 다양한 방식을 조명하며 공생의 전망을 점검하고자 한다.

1990년대부터 시작된, 한국사회에 있어서의 초국적 이주 주체의 증가는 2000년대 한국소설계에서 다문화주의적 감수성을 요구하는 다양한 소설들을 생산하게 만들었다.[3] 또한 그러한 문학 텍스트에 대한 이론적 분석도 다양하게 이루어졌다. 송명희, 장미영, 엄미옥, 박정애의 논문이 그 대표적인 것이라 할 수 있다. 송명희는 공선옥의 『가리봉연가』에 주목하면서 공선옥이 그동안 국내의 빈곤층 여성에 대해 갖고 있던 관심을 초국적 이주 여성에게로 확대함으로써 작품 세계를 확장했다고 주장했다. 장미영은 천운영의 『잘가라 서커스』를 디아스포라Diaspora와 트랜스내셔널리즘Transnationalism의 틀에서 살피면서 천운영이 '국가'의 경계를 넘고 동일성을 통한 자아정체성 확인이라는 한계를 넘어 탈영토화된 상상력을 구현하고 있다고 주장했다. 엄미옥의 논문은 결혼 이주 여성이 남성의 시각적 응시의 대상이 되는 장면들을 분석하고 스스로 말할 수 없는 하위 주체로 그 여성들을 이해하며 궁극적으로는 소설을 통한 '공감의 공적 이익'이 올바른 시민사회의 형성에 기여할 것이라고 주장한다. 박정애는 초국적 결혼 이주 여성을 다룬 천운영과 박범신 등의 소설에서 작가가 여성 주인공을 재현한 모습을 비판한다. 한국사회가 잃어버린 순수를 보유하는 예외적인 존재로 이주 여성을 묘사함으로써 그들에 대한 이중의 타자화를 시도하고 있다고 비판한다. 그리고 한국사회 내에

---

3   박범신(2005), 천운영(2005), 강영숙(2006), 공선옥(2005), 김재영(2005), 김종미(2006), 이혜경(2006), 서성란(2007), 김애란(2009), 정인(2009) 등이 대표적이다.

서의 초국적 주체들의 사실적인 모습에 대한 보다 핍진성 있는 접근이 필요함을 제안한다. 그 밖의 다른 논자들 또한 초국적 이주 주체를 다루는 한국소설들이 다문화사회로 급격히 변화하고 있는 한국 현실에 대한 심각한 자성을 요구하고 있으며 주변화 된 여성 주체들의 고통에 대한 독자의 감수성을 확장시키는 역할을 하고 있다고 공통되게 주장한다.

필자는 이와 같은 기존의 논의들을 바탕으로 하여 한국문화와 한국문학의 경계를 넘어 전지구적 인구 이동이라는 큰 틀 속에서 초국적 이주 주체의 문제를 살피고자 한다. 앞서 든 '성별화된 권력의 지도' 개념에 비추어 볼 때 한국문학에 반영된 사회 변화가 전지구적 인구의 유동성 현상과 별개의 것이 아니라 그 일부임을 먼저 보이고자 한다. 앞에서 살펴본 바와 같이 콘스터블은 "초국적 이주는 경제적 정치적 권력의 비대칭에 의해 추인되는 동시에 거기에는 성별적 특수성이 드러난다"고 주장했는데 그 주장을 한국문학의 정황 속에서 고찰할 것이다. 또한 한국문학에 나타난 초국적 이주 주체의 모습과 텍스트에 재현된 그들의 삶의 현실들을 다양한 각도에서 분석하고자 한다. 기존의 연구들이 대체적으로 결혼 이주 여성의 고통과 소외 문제에 집중하면서 혼종적 존재로서의 그들의 정체성에 주목해 온 것에 반하여 필자는 그들의 삶이 보이는 다양성에 주목하고자 한다. 최근의 인류학 연구의 성과는 한편으로는 한국사회의 희생자로 드러나기도 하지만 자기 주체성을 확보해가는 초국적 결혼 이주 여성들 또한 존재한다는 사실에 주목하고 있다. 인류학에서 제기된 바, 초국적 이주 여성의 주체 문제에 대한 '희생자the victimized'와 '타자희생자the victimizer' 개념을 도입하여 그 주체들을 새로이 조명하고자 한다. 또한 한반도에 거주하는 한국인을 주체 또는 기득권층으로, 초국적 결혼 이주 여성이나 이주 노동자들을 그 주체의 타자나 피해 계층으로 보는 이항대립적 관계의 틀을 벗어나 양 측이 모두 서로에게 위협이나 공존과 상생의 대상이 될 수 있다는 전망을 검토하고자 한다. 이분법적 억압과 피해의 대립항을 벗어나 새로운 역학관계를 보여주는 텍스트로서 공선옥과 김애란의 텍스트를 고찰할 것이다. 한국인과 초국적 이주 주체 사이의 대립이나 억압이 궁극적으로는 종족적 차이에서 말미암는 것이 아니라 자본과 노동의 전지구적 유통이 갈등과 반목의 근원이라는 점, 그리고 타자에 대한 동정과 이해, 상호존중에서 상생의 가능성을 찾을 수 있다는 점을 위에 든 두 텍스트를 분석함으로써 제시하고자 한다. 분석 대상 텍스트는 천운영의 『잘가라 서커스』, 김재영의 『코끼리』, 공선옥의 『유랑가족』, 김애란의 「그곳에 밤 여기의 노래」이다.

2. 초국적 여성 주체 — 천운영의 『잘가라 서커스』, 공선옥의 『유랑가족』, 김재영의 『코끼리』, 김애란의 「그곳에 밤 여기의 노래」

한국사회의 초국적 결혼 초기 단계에 결혼 이주 여성의 주류를 이룬 존재는 중국에서 온 동포, 즉 조선족 여성이었다. 조선족 여성은 결혼을 원하는 한국 남성들에게 다른 지역 출신 여성들보다 결혼 대상으로 선호되는 편이었다. 선호의 이유는 그들이 한반도에 거주하는 한국인들과 어느 정도 혈통을 공유한다는 믿음과 그들이 한국어를 사용하여 의사소통을 원활하게 할 수 있다는 점에 있었다. 억양의 차이를 보이기는 하지만 한국어로 의사소통 할 수 있다는 점, 그리고 한국에서 태어난 한국인들과 문화적 공통성을 지니고 있다는 점에서 결혼 상대자로 선호된 것이었다. 중국 조선족의 정체성을 이해하기 위해서는 한국 역사에서 20세기 초반에 일어난 한국인의 중국 이주 과정을 먼저 살펴볼 필요가 있다. 박혜란Hyerahn Pak에 따르면 일제식민 통치 기간에 일본의 인구 이주 정책에 따라 한국 인구의 6분의 1에 해당하는 사람들이 만주나 일본으로 이주했다(Hyerahn Pak 1991:2~3). 그리하여 중국에 거주하는 한국인, 즉 중국에서의 조선족 소수 민족은 총 55개 소수 민족 중 하나로 중국의 국가 통치하에 놓이게 되었다. 1990년 이후 그들 중 일부가 한국의 노동 시장으로 역이주해 오게 되었으며 이후 한국 내 이주 노동자 인구의 증가 중 조선족들은 가장 큰 그룹을 형성하게 되었다.[4]

초국적 이동의 문제에서 특히 여성의 이동은 성별, 계급, 교환, 자본주의 등의 개념 항을 놓고 볼 때 매우 다층적인 접근을 요구한다. 여성의 이주는 그들의 노동력 수입이라는 면과 함께 그들의 육체를 통한 성적 능력과 재생산 능력의 수입이라는 특징을 함께 지니기 때문이다. 국경을 넘는 주체 중 여성의 비율이 남성에 비해 월등히 높다는 사실은 많은 연구자들이 주목해 온 바이다.

초국적 이주자 중 여성이 남성보다 월등히 많다는 사실은 이들 초국

4　1998년 통계에서 불법 이민자는 총 100,000명 정도로 추정되는데 그중 20,000에서 30,000에 이르는 수가 조선족이다. 2005년에 이르면 한국의 국제화 시책의 효과로 한국 내 외국인 노동자는 305,000명에 이르게 되었다(Kiwook Shin 2006:206).

적 주체를 성적 능력과 재생산 능력이라는 문제를 중심으로 살펴보게 만든다. 초국적 입양의 문제에 있어서 여성 입양아가 남성 입양아를 수적으로 훨씬 능가하고 있다는 점에 주목한 민은경의 연구는 초국적 결혼 이주 여성 주체의 문제에도 많은 시사점을 제공한다. 기존의 디아스포라 담론이 여성 입양아의 선호현상을 충분히 설명하지 못하고 있다고 주장하면서 민은경은 다음과 같이 지적한다.

> 이들(입양아들)은 다른 형태의 디아스포라에 대한 기존의 논의들을 더 정교하게 다듬을 것을 요구한다. 그들은 국가 간의 경제적 불평등의 결과물이며 동시에 입양아의 수입(imports)은 여성의 육체와 그 재생산 능력을 구매하는 것이기 때문이다. (Eunkyung Min 2006:119)

인류 역사상 디아스포라가 정치, 경제적인 요인에 의하여 촉발되었다는 것은 잘 알려진 바이다. 고국을 떠나 전세계에 흩어져 살게 된 유대인의 존재를 설명하기 위하여 사용된 용어였던 디아스포라는 이후 정치적 망명자와 이주 노동자를 포함하여 다양한 이주민들을 포괄적으로 지칭하게 되었다. 남성 주체들을 중심으로 한 디아스포라 담론들은 따라서 국가 권력의 문제와 경제적 풍요와 빈곤의 문제에 기반을 두고 이주의 원인과 과정을 이해하고자 했다. 민은경의 연구는 디아스포라의 주체로서 주목받지 못해 왔던 여성 입양아의 특수성을 고찰함으로써 디아스포라 논의가 정치, 경제의 영역을 넘어서서 성과 육체의 영역을 아우르며 전개되어야 한다는 점을 부각시킨다. 부유한 국가의 시민이 아이를 입양함에 있어서 남아가 아닌 여아를 선호해 온 사실에 주목해 보면 기존의 디아스포라 논의는 수정되어야 한다. 초국적 이동의 근본 요인은 더 이상 정치적 경제적 문제에 한정되는 것이 아니라 여성이 지니는 성별과 육체의 특수성과도 긴밀한 관련을 맺고 있음을 알 수 있다. 여성이라는 성별과 여성의 육체는 출산, 즉 재생산 능력을 의미한다. 여성 입양아와 초국적 신부는 재생산 가능성을 지닌 여성 육체의 소유자인 까닭에 현대 초국적 이주의 주요 주체로 부상하게 되었다고 볼 수 있다.

일반적인 디아스포라는 대체적으로는 생존의 비용 차이나 노동력의 구매 가격 차이 등의 단순한 경제적 불평등을 주요인으로 하여 이루어진다. 아동의 입양에 기여하는 조건들, 즉, 국가 간에 존재하는 경제적 불평등, 여성 육체와 그 재생산 능력의 구매라는 조건들은 그대로 초국적 결혼 이주 여성의 경우에도 적용될 수 있다. 육체와 재생산 능력의 구매라는 조건은 오히려 초국적 결혼 이주 여성의 경우에 더욱 적절하게 적용된다고 볼 수 있다. 자국 내에서 적절한 배우자를 찾지 못한 한국 남성들이 자국의 경제적 우위를 내세워 빈곤국의 여성을 배우자로 데려오는 것은 크게 보아 경제적 불평등을 전제 조건으로 하여 여성을 구매하는 것으로 파악될 수 있다. 한편, 더 나아가 그 결혼을 통하여 가족 재생산이 가능해지므로 초국적 결혼은 남성으로 하여금 여성이 지닌 재생산 능력도 덤으로 구매할 수 있게 한다고 볼 수 있다.

우선 여성 육체의 재현장면을 살펴보고 여성 육체가 거래와 교환의 대상으로 취급되는 부분들을 살펴봄으로써 초국적 결혼에 일차적으로 개입하는 경제적 요소를 확인해 보기로 한다. 『잘가라 서커스』의 도입부는 국가의 경계 밖에서 수입해 올 신부를 찾아 나선 결혼 중개업자들의 대화로 시작된다. 그 대화는 인종적, 비인격적 편견으로 가득 차 있으며 그 안에서 외국인 여성은 대상화되고 물화한다.

> "베트남 아가씨들이 훨씬 더 순종적이다 아입니까. 라이따이한이 얼마나 많웅교. 우리가 아버지 나라라 이 말임더." (천운영 2005:59)

> "이 사람들이 뭘 몰라도 한참 몰라요. 말이 안 통해야 도망도 못가는 거라고. 한 이 년 살살거리다가 재산 홀랑 집어들고 도망가는 년들이 어디 한둘이야? 친척들 불러다가 일자리 마련해 줘, 뭐 해줘, 다 소용 없다니까. 조선족들은 하나 같이 어떻게 등쳐먹을까, 어떻게 하면 돈이나 많이 벌어갈까, 그 궁리만 한다구." (천운영 2005:10)

> "여자들이야 러시아 여자들이 최고지. 몸매 하나는 죽이잖아. 한국에선 한번 데리고 자려면 그게 얼만데. 경비까지 계산한다고 쳐도 열 번만 자면 남는 장사잖아. 근데 부부가 어디 열 번만 자? 여기서 괜찮은 여자 없으면 우리 러시아로 한번 더 가자구. 어때 응?" (천운영 2005:10)

위의 대화에서 드러나듯 초국적 신부 후보로서의 여성은 상품처럼 가치 평가되고 교환가치로 환산되어 거래된다. 순종성, 결혼 유지 기간, 그리고 성적 대상으로서의 상품 가치 등을 주제어로 한 다양한 담론들이 여성의 육체를 대상으로 하여 전개됨을 볼 수 있다. 이는 극단적인 장면이기는 하지만 자본주의 사회인 한국사회에서 성과 육체가 거래의 대상이 되어 있음을 보여준다.

그러나 텍스트에 드러난 바를 따르자면 여성의 성과 육체에 가해지는 억압에 관한 한 중국사회 또한 한국 못지않다. 중국사회 또한 매우 가혹하게 여성을 취급하는 것으로 드러난다. 여성 육체와 재생산 능력에 국가의 감시가 가해지고 제재가 일어나고 있는 것이다. 작중 인물 영옥의 고백은 이 점을 드러낸다. 가족을 부양하기 위해 영옥은 직업 시장에 진출하여 마사지 노동자로 일한다. 그런 영옥에게는 동생이 셋이 있다. 텍스트를 따르자면, 중국에서는 소수민족의 경우 한 가족이 2명 이상의 아이를 갖게 될 때 세 번째 아이부터는 벌금을 내고서만 가족부에 가족으로 등록시킬 수 있다. 영옥의 가족은 그 벌금을 감당할 수 없었던 것으로 그려진다. 결국 그의 동생들은 호적에 등재되지 않은 채, 기록에서는 존재하지 않는 유령과 같은 존재로 살아가게 된다. 그리고 그 결과 교육도 취업도 할 수 없는 운명에 놓인다(천운영 2005:29). 즉, 『잘가라 서커스』에는 국가가 소수민족의 재생산 능력도 조절하고 제한하는 것으로 재현되어 있는 것이다. 그러나 인류학적 연구에 따르면 이 부분은 중국의 현실과 다르다. 중국의 가족 수 제한 정책은 소수민족에게는 적용이 되지 않기 때문이다. 소수민족의 경우 오히려 출산에 관한 한 한족에 비하여 자유롭다.[5] 그러나 그렇다 하더라도 소수 민족으로서의 조선족이 처한 현실, 특히 그들 앞에 놓인 경제적 제약을 고려하면

---

5   중국 현실과 텍스트 상의 이러한 괴리는 작가가 중국 역사상의 소수 민족 인구 정책의 변화 과정에 대해 정확히 파악하지 못하고 1990년대 이전과 이후를 혼동한 까닭에 생겨난 것으로 보인다. 1990년대 이전에는 소수 민족에게도 적용되었던 산아 제한 정책이 이후에는 폐지된 것이다. 국가의 규제에 자발적으로 순종함으로써 국가가 제공하는 이익을 취하려는 의도에서 강제되지는 않으나 산아제한정책을 따랐을 것이라는 추측도 가능하다.

자유로운 임신과 출산은 무리일 것임이 분명하다. 또 다른 조선족 여성이 주인공 해화에게 들려주는 이야기는 다음과 같다.

> "그저 당에 충성할 줄만 알았다, 나는. 산아제한정책이라고, 그저 루프만 끼면 되는 줄 알았지. 그게 내 속에서 썩어 들어갈 줄 누가 알았겠니. 어쩌나 떼거지로 졸속으로 시술을 했던지. 자궁을 통째로 들어냈지. 다시 애를 낳을 것도 아닌데. 자궁이 없다니까 무섭더라. 생식력까지 통제당하는 국가에서 더 이상 살 수 없었다." (천운영 2005:230)

위에 드러나듯 조선족 여성에게, 그리고 그들의 육체에게는 중국도 한국도 우호적인 국가가 되어주지 못한다. 중국에서는 국가의 통제와 조절이 여성 육체의 보호라거나 여성의 자유 의지에 우선한다. 그 결과 국가가 여성의 출산에 제한을 가하는 것으로 묘사된다. 반면 한국에서는, 등장인물들의 고백에서 볼 수 있는 것처럼, 그들은 자신들이 희망했던 자유와 풍요를 누리기보다는 다시 억압을 받으며 자신들의 육체에 의존해 살아가게 된다. 텍스트상에 자세히 나타나듯 한국의 조선족들 대부분은 대체로 육체가 제공하는 노동력만으로 자신들의 존재가 규정되고 있음을 깨닫는다. 자신들의 존재가 물화된 육체, 곧 교환되는 육체로서만 가치가 있을 뿐이라는 것을 경험하는 것이다.

많은 논자들이 초국적 결혼을 통한 초국적 이동은 인류 역사상 남성의 특권을 강화하고 성적 불평등을 강화하는 방향으로 진행되어 왔다고 주장한다.[6] 이에 대해 반론을 제기하며 카렌 프리만Caren Freeman은 '권력의 지도'는 그보다 훨씬 복잡다단하고 따라서 경계와 영역을 구분하는 선을 긋기가 어려운 것이 현실이라고 주장한다. 프리만의 인류학적 연구에 따르자면 한국에 살고 있는 조선족 신부들의 경우, 일부는 가부장제의 희생물이 되기도 하지만 일부는 초국적 결혼을 통하여 자신의 주체성을 획득하는데 성공하기도 한다. 즉, 한편으로는 철저하게 소외되고 희생당하기도 하지만 다른 한편으로는 초국적 결혼을 통하여 자유를 획득하기도 한다는 것을 사례를 들어가며 설명한다(Caren Freeman 2005:100). 『잘가라 서커스』의 주인공 해화는 '희생자the victimized'가 된 초국적 결혼 이주 여성 주체의 이미지를 전형적으로 드러낸다. 한국은 아시아권에서 주도적인 경제적 부국으로서 물질적 풍요로 인하여 주변국의 시민들로 하여금 '한국의 꿈' 즉 '코리안 드림'을 갖게 만든다. 텍스트의 주인공은 그 꿈을 이루기 위하여 초국적 결혼을 선택한다. 결혼의 대상은 육체적, 정신적 불구성을 지닌 한국인 남성이다. 정신적 육체적으로 건강한 조선족 여성이 불구의 한국인 남성과 결혼할 것을 결심한다는 점은 주목을 요한다. 이는 해화의 경제적 궁핍이 곧 비가시적이며 은유적인 불구성을 해화에게 가져다 주는 것과 같음을 의미한다. 즉, 한국인 남성의 육체적 불구성은 조선족 여성 해화의 '비가시적' 불구성과 등가의 것으로 파악되고 그 등가성으로 인하여 그는 해화와 동등한 교환의 자격을 갖춘 것으로 이해된다. 국가 간의 경제적 불평등이 해화를 불구 아닌 불구자, 은유적 불구자로 변화시키고 있는 것이다. 결혼을 통하여 '한국의 꿈'을 이루고자 했던 주인공은 결국 한국사회의 배타성과 비인간적인 노동 착취의 현실 속에서 좌절하고 만다. 『잘가라 서커스』는 조선족 여성이 지녔던 '한국의 꿈'

---

6   이에 대해서는 Sarah J. Mahler(2001)를 참조할 것.

이 이지러지고 좌절되는 과정을 그려냄으로써 다인종 다문화 사회로 변모해가는 한국사회의 어두운 초상화를 제시하고 있다.

이제 공선옥의 『유랑가족』에 나타난 조선족 결혼 이주 여성의 모습을 살펴보자. 『유랑가족』의 주인공은 천운영 텍스트의 주인공 해화와는 큰 차이점을 드러낸다. 해화의 경우, 그는 한국인 남편에게 성실한 아내상을 구현하면서 한국의 꿈을 이루어 나가고자 한다. 그러나 남편의 불구성과 그의 열등감이 초래한 불안감이 해화를 가정 밖으로 몰아내어 그녀로 하여금 유랑하는 불법 체류 노동자가 되게 만든다. 그러나 소설집, 『유랑가족』에 수록된 「겨울의 정취」에 나타난 인물, 명화의 경우, 그는 인격적으로 성실하지 못하고 자신의 초국적 결혼을 단지 물질적 풍요를 누리기 위한 기회로만 이용하고자 하는 부정적인 모습의 초국적 결혼 이주 여성을 보여준다. 명화는 초국적 결혼을 통하여 한국 시민의 자격을 얻었지만 그 결혼 생활에 만족하지 못한다. 전라도 시골에서 농사를 지으며 농부의 아내로 살아가는 현실이 자신이 지녀왔던 한국의 꿈에 맞지 않기 때문이다. 명화가 그렸던 한국에서의 자신의 모습은 물질적으로 풍요롭고 화려하며 여유를 누리는 도회 여성의 이미지였다. 결국 명화는 자신이 꿈꾸던 삶을 찾아 남편을 떠나게 된다. 자신의 여성 육체가 자본을 추구하는 데 요긴한 도구가 될 수 있음을 자각하고 임의로 결혼의 계약을 파기한다. 더 나아가 이웃의 한국인 아내인 용자까지 유혹하여 함께 서울로 떠난다. 시골에서 농사를 짓는 대신에 서울의 가리봉동에서 노래방의 도우미 역할을 하면서 노동 대신 유흥으로 물질적 풍요에 이르고자 한다. 명화의 그런 변신은 그가 젊은 여성의 몸을 지녔기에 가능하다. 명화는 자신의 육체를 매개로 하여 원하는 풍요를 얻을 수 있음을 확신한다. 명화의 언술들은 오로지 결혼이나 유흥 등을 통하여 쉽게 돈 벌 궁리만 하고 자신의 개인적 이익만을 추구하는 태도를 잘 반영한다. 명화는 결혼과 유흥업 사이에 그다지 큰 차이를 찾을 수 없다. 그에게는 결혼이든 유흥업이든 그것이 자신과 자신의 원래 가족에게 풍요를 가져다 줄 수 있을 때에만 의미가 있는 것이다.

> "서울 가면 잘 먹고 잘 입고 잘 산다는데."
>
> (…중략…)
>
> "돈 많이 벌어 우리 양친, 동생들 다 불러들이는 꿈이었소. 그러나 이제 다 틀렸다 아니오."
>
> (…중략…)
>
> "이게 식모가 아니고 무엇이냐 말이오. 식모는 돈도 벌지만 나는 순전히 종이다, 종." (공선옥 2005:26~29)

다른 인물 용자는 "남의 밥 먹는 게 어디 그리 쉬운가?"(천운영 2005:28) 하는 말로 명화의 가출에 부정적인 의견을 제시한다. 그런 용자에게 명화가 응수하는 장면은 물질적 풍요만 생각하는 명화의 내면세계를 노정한다. "보안하게 멋쟁이"로 산다는 표현은 명화가 그려온 '한국의 꿈'을 간명하게 드러내 보여준다. 보람차고 성실한 삶, 평화로운 내면세계의 추구나 마음의 행복보다는 겉으로 드러나는 화려함으로 채워진 삶이 그가 한국에 올 때 원했던 것이었다.

> "그래도 얼굴은 안 탈 거 아니야?"
>
> (…중략…)
>
> "언니, 우리는 언제까지 이러고 살아야 돼? 같은 여자로 태어나 누구는 보얀하게 멋쟁이로 살다 죽고, 우리 같은 사람은 평생을 시커멓게 살다 죽으라고?"(공선옥 2005:28)

명화는 초국적 결혼을 자신의 꿈을 이루는 데 필요한 도구로 파악하고 이용하는 '타자 희생자'의 전형을 보여준다. 앞서 언급한 바와 같이 프리먼의 인류학적 연구 결과에 부응하는 모습이다. 명화와 용자가 서울로 가출하고 난 다음, 남겨진 그들의 가정은 바로 파탄에 이르고 만다. 가정이 파괴되는 모습은 용자의 시어머니인 할머니의 탄식에서 요약적으로 드러난다. "누가 내 속을 알 것이여이. 소금 떨어져, 하우스 망혀, 인사들은 발광이 나서 집 나가고, 새끼들은 저 지랄들을 허제, 예……"(공선옥 2005:41) 붕괴된 가정에서 노인이 자녀들을 돌보게 된 이 장면은 초국적 결혼이 농촌 사회의 유지를 위한 수단으로서 가지던 효용성을 거의 상실하고 있음을 보여준다. 중장년층이 도회로 흡수되고 어린이와 노인 인구만 남겨진 농촌 사회의 모습은 1960년대 농촌 인구의 도시 이주가 진행된 이후 변함없이 지속되어 왔기에 새로울 것은 없다. 1960년대와 1970년대에 한국이 산업화와 공업화의 길을 걷게 되자 그것은 곧 지방 청년들을 도시로 이주하게 만든 요인이 되었다. 이러한 도시 집중화는 동시에 농촌 총각들의 결혼을 어렵게 만든 요인이 되었다. 그러한 농촌 남성을 위하여 1990년대부터 초국적 결혼 문화가 형성되기 시작하였고 그것이 지속된 결과 21세기 초반의 한국사회는 다양한 문제점들을 노정하기에 이르렀다. 초국적 이주 여성들은 그러한 사회 변화의 중심에 서 있다. 결혼 대상을 찾지 못한 농촌 청년들을 위하여 조선족 여성을 위시한 외국인 여성을 신부감으로 받아들여 왔지만 그들의 존재가 농촌 사회의 붕괴 문제를 궁극적으로 해결할 수는 없었던 것이다. "소끔"과 "하우스"라는 말은 궁핍한 농촌의 현실을 압축적으로 보여준다. 소를 기르고 비닐하우스 영농을 권장하는 정부 정책을 충실히 따랐어도 여전히 생계에 어려움을 겪고 있는 농촌 사람들의 현실을 반영하는 것이다. 위의 장면은 초국적 신부의 수입이 농촌 가정의 안정에 기여하지도 못했을뿐더러 궁극적으로 농민의 빈곤 문제가 해결되지 못하고 있음에 대한 탄식과 실망감을 보여 준다.

한국사회의 기층부를 형성하는 농민들의 가정이 붕괴되는 모습이 「겨울의 정취」에 또한 상세히 드러나 있다. 텍스트에 드러난 바, 명화가 야기한 농촌 가정의 붕괴 양상이 예외적인 하나의 경우에 불과한 것이 아니라 상당히 보편적인 현상임은 「겨울의 정취」에서 관찰자 시점으로 서사를 전개하는 주인공 한의 서술에서 정확하게 드러난다.

> 팀장이 그랬었다. 그런 얘기라면 너무 빤하지 않은가요? 엄마가 집 나가고 아이들은 불쌍하고 …… 너무 상투적이예요. 상투적인 그런 얘기 새삼스레 할 필요 있나요? 그런 건 피디 수첩에서도 안 다뤄요. (공선옥 2005:54)

"상투적"이라는 부정적 어휘는 만연성의 표현이다. 초국적 결혼 이주 여성의 문제는 농민, 기층 노동자, 심리적, 육체적 불구 남성 등 한국사회 기층부의 남성 존재들의 문제와 불가분의 관계에 놓여있다. 그 관계의 특징들을 살펴볼 때 더욱 복잡다단한 한국사회의 계급적, 사회적, 경제적 불균등과 해결해야 할 과제들을 확인할 수 있다.

공선옥의 『유랑가족』 연작의 일부인 「가리봉연가」는 「겨울의 정취」와 짝을 이루며 주인공 명화의 관점에서 초국적 결혼 여성 주체 자신의 경험을 서술한다. 명화는 중국 연변에서 이미 결혼하여 딸을 두고 있었지만 남편 용철과 이혼한 후 처녀인 것으로 속여 한국인 기석과 다시 결혼한 것으로 그려진다. 명화가 한국인과 결혼하면서 지녔던 한국의 꿈이 붕괴되는 현실을 명화 자신은 다음과 같이 그리고 있다.

> 더군다나 기석에게 처녀라고 속이고 결혼을 했는데 그것이 탄로가 날까 봐 노상 불안한데다가, 땅 한 마지기 없이 가난한 주제에 애를 낳으라고 들볶는 시부모에, 부모 없는 조카까지 딸린 생활 능력도 없는 남편에, 그곳 전라도에는 명화가 정 붙이고 살만한 것이 아무 데도 없었다. (공선옥 2005:60~61)

명화가 느끼는 압박감은 경제적 궁핍이 그 주요 요인이지만 궁핍 못지않게 큰 부담으로 작용하는 것은 가부장제 사회 특유의 여성에 대한 억압이라 할 수 있다. 중국의 경우, 중국사회는 '해방된 딸'의 이미지와 강력한 '당 지도자'의 이미지를 사회주의 리얼리즘문학을 통하여 선전하면서 가부장제의 차별적 성별 문화를 폐지하고자하는 시도를 보여왔다. 그리하여 국가 주도의 성차별 철폐 정책이 지닐 수밖에 없는 한계를 일정 부분 노정하기는 하지만 표면적으로는 성차별이 일정 부분 해소되었다고 볼 수 있다. 국가가 개입하여 가부장제의 억압에서 여성을 해방시킴으로써 여성들에게 한국보다는 상대적으로 많은 자유와 권리를 허락한 것이다.[7] 중국에서는 최소한 제도적으로라도 유교적 남존여비 사상이 청산되고 여성들이 일정 부분 남성과 동등한 인민의 권리를 획득했다고 볼 수 있다. 이에 반하여 한국사회는 유교문화의 본산인 중국사회보다도 더 유교적인 전통을 오래 간직해 온 편이다. 중국사회의 문화와 대조되는 가부장적 한국문화는 조선족 초국적 결혼 여성 주체가 부딪쳐 극복해가야 하는 큰 장애물 중의 하나로 나타나 있다. 그들 대부분은 그 장애물을 이겨내기보다는 좌절하고 그로부터 도피하는 것으로 그려진다. 이상에서 살펴본 것처럼 중국으로부터 이주해 온 조선족이란 이름의 초국적 신부들을 주인공으로 삼은 한국소설들은 초국적 결혼 이주 여성의 전형을 보여준다. 그들은 한편으로는 한국사회의 자본주의의 희생자가 되기도 하고 다른 한편으로는 자신의 성과 육체를 활용하여 그 자본주의에 편리하게 편승하기도 하는 이중성을 보여준다. 동시에 그들이 일정 부분 간직하는 중국문화의 흔적들과 그들이 드러내는 중국 사회문화 속의 여성 주체의 위치는 한국 사회문화를 반

---

7 이 점에 대하여 리디아 류(Lydia Liu)는 비판적이다. 류는 국가 주도의 남녀동등사회 구상 기획이 남성과 여성의 이항대립적 상징적 차이의 구도 속에서 남성이 지닌 차이에 대해서는 내버려두고 여성의 차이만을 표적으로 삼고 그 차이를 억압하고 무화시키려고 했다고 주장한다. 따라서 그러한 국가 정책은 문제적이며 그 점이 서구의 페미니즘과 중국의 페미니즘이 지니게 되는 태생적 차이를 야기한다고 주장한다. 구체적으로 당은 여성으로 하여금 여성 또한 남성과 같이 어두운 색의 옷을 입고 머리를 자르고 화장을 하지 않아도 좋다고 규정했다. 즉 여성의 차이(difference)를 무화시켜 남성과 동등하게 만들고자 하였을 뿐 남성의 차이에 개입하여 남성에게 변화를 요구하면서 남녀의 동등성을 추구하려 하지 않았다. Lydia Liu(1993:35~36) 참고.

사하여 보여주는 구실을 한다. 경제적 요인과 성별의 특수성에 기인하여 전지구적으로 행해지고 있는 초국적 결혼 이주의 궤적은 이주자들의 출발지와 도착지의 문화 차이를 노정시키며 한국사회의 현실을 다각도로 반영하고 있다.

3. 갈등과 공생의 양상

공선옥의 『유랑가족』에 수록된 「가리봉연가」는 한국으로 이주하여 상업 활동이나 노동에 종사하는 외국인들을 재현함에 있어서 동정적이거나 우호적이지 않다. 텍스트에 나타난 가리봉 지역의 한국인들은 이주 노동자들이나 외국인 상인들에 대하여 비판적인 태도를 지니며 그들이 자신들의 삶의 토대를 전복 시킬 수도 있는 위협적인 존재라고 파악한다. 초국적 결혼 이주 여성들 또한 외국으로부터의 이주자에 속하기에 한국인들의 이와 같은 태도는 결국 초국적 결혼 이주 여성들에게로 연장된다. 초국적 이주 주체에 대한 공선옥의 접근 방식은 외국인 이주민을 소재로 취한 기타 소설들의 방식과 다르다. 『잘가라 서커스』를 비롯하여 초국적 결혼 이주 여성을 다룬 많은 소설들은 이주민들이 한국사회의 가장 주변부에 위치하고 있다고 파악한다. 그리하여 한국사회의 불평등과 착취의 대상이 되는 희생자들로 그들을 그려내고 있다. 그러나 공선옥은 오히려 한국사회의 기층민의 고통과 불만을 재현하는 데 주력한다. 그들이야말로 외국인의 한국 유입에 의하여 더 한층 어려운 삶을 영위할 수밖에 없게 되었다고 파악한다. 그런 점에서 그는 동일한 주제를 다룬 다른 작가들과 구별된다. 한국인은 기득권자이며 이주민을 착취하는 가해자이고 조선적 이주민들은 희생자라는 보편화된 이항 대립적 구도를 파괴한다.

> "하여간 여기 가리베가스 상권을 요새는 그자들이 다 잡고 있다 해도 과언이 아니지."
>
> "공산주의 사회에서 온 자들이라 그런지 의심들은 또 얼마나 많은지. 도대체 사람 말을 안 믿어요. 저 앞에 있는 군복 말여, 나 오천 원에 떼와 육천 원에 팔아. 그런데 이 뙤놈들이 그걸 삼천 원에 달라 그래. 내 참."
>
> "거 뭣이냐, 나는 지난번 텔레비전에 나와서 외국인 노동자가 어떻고, 인권이 어떻고 해쌓던 목사, 교수들 말 듣고 분개까지 했다니까. 뭐? 핍박? 돈 없으면 인간 대접 못 받는 건 당연한 것 아녀? 어이, 김 사장, 삼십 년 전에 우리 막 서울 와서는 어쨌어. 자국민 핍박받을 때는 암 소리 안 하고 있다가 외국인들 인권이 어쩌네, 야만이네, 하여간 배운 인간들 하는 짓거리란 이제나 저제나 맘에 안 들드만 이?"
>
> (공선옥 2005:88)

위의 대화에서 볼 수 있는 것은 빈곤층이라는 계급성의 문제, 사회구성체의 문제가 민족성과 그에 따른 문화적 차이의 문제보다 더욱 현저한 차별의 원인이라는 주장이다. 결국 가난한 기층 민중의 사회적 소외는 초국적 이민자의 유입으로 인하여 더욱 심화되고 있다는 것, 그리하여 생계의 문제, 경제적 이해관계를 두고 벌이는 약육강식의 사회적 투쟁과 갈등 속에서 한국 기층 민중의 위치는 더욱 주변화되고 무력해지고 있음을 보여준다. 등장인물의 언술에 드러난 것처럼 한국지식인들이 '자국민 핍박'에는 무심하다가 '외국인 인권'에 대해서는 한국인과 한국문화의 '야만'성을 언급하며 보호해야 한다고 나서는 것은 인권이나 평등에 대한 한국사회의 인식이 그다지 성숙해 있지 못함을 보여준다. 위에 든 「가리봉연가」의 한 장면은 휴머니즘에 바탕을 둔, 성숙한 사회로 가는 길이 단순하지 않음을 보여준다. 외국인 이주자들을 한국사회가 포용해야 한다는 당위성을 인식함과 동시에 오히려 그 이주자들로 인하여 삶이 더욱 척박해진 한국의 기층민이 존재한다는 것을 인식해야 한다는 점을 「가리봉연가」는 보여준다. 중국에서 온 조선족 이주민들이 차별과 빈곤 속에서도 한국사회에서 나름대로 기반을 잡아가고 있고 오히려 이제 그들이 역으로 기존의 한국 기층민의 삶에 위협이 되고 있는 현실을 그린 것이다.

초국적 이민자의 유입이 국내 기층민의 삶을 더욱 핍박하게 되는 것은 중국산 농산물의 수입으로 인해 빚어지는 한국사회의 변화가 상징적으로 보여준다. 외국인 이주 노동자들로 인하여 한국 기층민 노동자들의 삶이 어려워지는 것은 중국산 농산물의 수입으로 인하여 국내 농산물이 경쟁력을 잃게 되고 국내 농민의 삶이 더욱 궁핍하게 되는 것과 같은 이치이다. 공선옥의 『유랑가족』 중 「남쪽 바다, 푸른 나라」의 한 부분은 이 점을 지적한다.

> "울개는 이래 삽니더. 산 빗게서 감자 심가 먹고 나물 뜯어 뭉쳐 먹고 안 살았니껴. 요새는 인자 강할, 당구 삼갔는데 중국서 넘어온 기 많애서 요새는 마카 똑 죽지 싶더. 탄제가 와 꼬추도 한 개 못 건지고, 사는 기 우습지요, 뭐 ······" (공선옥 2005:169)

중국 농산물의 유입이 농민을 위시한 국내 기층 민중의 삶의 양상을 바꾸어놓는 것처럼 초국적 이주는 한국인의 삶 중에서도 특히 기층 민중들의 삶을 위태롭게 만들고 있는 것이다. 자본을 향한 초국적 이주는 이미 현대 사회의 큰 특징으로 자리 잡고 있다. 그리고 그 이주는 양방향성의 이주가 아니라 일방적인 것이다. 빈국에서 출발하여 부국으로 향하는 이주의 행렬은 자본의 흐름이 방향을 바꾸지 않는 한 변화 없이 진행된다. 그 결과 초국적 이주자들에게서 '고향'이라는 말은 '그립긴 하지만 돌아갈 수 없는 곳' 즉, '마음의 고향'일 뿐이다. 이를 두고 「가리봉연가」의 한 인물은 다음과 같이 말한다.

> "내도 중국에서 왔지만 중국 사람들 돈 밖에 모릅네다. 한국에서는 우리 중국 사람들 다 내쫓을라 하지만 한번 중국 떠난 사람 다시는 중국에 안 갑네다. 자고로 똥파리도 똥 있는 데 꼬여 들 듯이 사람은 밥 있는 데로 꼬여드는 것이 인지상정 아니겠습네까? 한번 고향 떠난 한국 사람들 다시는 고향에 안 가는 이치와 같은 겁네다. 돈 없는 고향 왜 갑네까. 가면 앞날이 보이지 않는 고향은 그저 심정 안에 고향일

> 뿐입네다. 피죽을 먹어도 돈 있는 땅에서 먹는 게 좋습네다. 먹고살기
> 어려워 돈 찾아 고향 떠난 사람은 절대로 고향 안가요 ……"(공선옥
> 2005:86)

'중국 아줌마'로 호칭되는, 식당에서 일하는 한 인물의 위와 같은 이야기는 물질적 풍요가 초국적 이민의 가장 중요한 추동 요인임을 다시 한번 확인하게 한다. 1930년대 한국인의 만주 이주가 국내에서의 궁핍한 삶으로부터 탈출하고자 하는 동기에서 이루어진 것임을 상기하면 역사적 아이러니가 드러나는 장면이다.

지금까지 살펴 본 바를 요약하자면 초국적 이주 주체는 한편으로는 교환 가치를 숭상하는 자본주의 한국사회에서 적응하지 못하고 파괴되는 모습을 보이기도 하고 다른 한편으로는 주도적으로 자본주의의 부정적 요소를 체득하여 한국인을 희생시키는 이기적 모습을 보이는 것을 볼 수 있었다. 그러나 초국적 이주 주체가 긍정적으로 한국사회에 적응하거나 기여하는 모습을 재현한 텍스트도 또한 존재한다. 초국적 이주 주체가 가장 긍정적으로 재현된 문학 텍스트를 찾는다면 먼저 김애란의 단편, 「그곳에 밤 여기의 노래」을 들 수 있다. 「그곳에 밤 여기의 노래」 또한 조선족 출신의 초국적 이주 여성을 주인공으로 취한다. 천운영이나 공선옥의 소설 주인공들이 결혼 중매 업체를 통하여 한국으로 이주했음에 반하여 김애란의 주인공은 노동 이민자로 한국에 입국했다가 한국인과 결혼하게 된 경우이다. 김애란 소설의 주인공 명화는 자신의 이기심을 충족시키기 위하여 결혼이라는 제도를 이용하는

인물이 아니라 인간애에 바탕을 두고 결혼에 임하는 가장 긍정적인 인물로 형상화되어 있다. 그는 중국에 남아 있는 가족을 위해 자신의 육체를 매개로 노동력을 재화와 바꾸어야 한다는 점에서는 초국적 결혼이주 여성을 다룬 다른 텍스트들의 주인공들과 유사하다. 그러나 명화는 육체를 상품화하지 않는다. 명화는 공선옥 소설의 주인공처럼 건강한 노동을 혐오하고 자신의 성을 상품화하여 물질적 풍요를 누리고자 하는 인물도 아니고 결혼을 통하여 자신의 여성 육체의 대가로 안정된 삶을 영위하고자 하지도 않는다. 골프장의 캐디라는 직업을 통하여 자신의 노동력에 근거해서 살아가는 것이다. 그러나 한국에 이주해와 살던 동생이 눈을 잃게 되자 그 동생을 고국에 돌려보내고 명화는 그로 인해 큰 빚을 지게 된다. 그리고 그 빚을 갚기 위하여 명화는 다양한 노동에 종사하게 된다. 명화의 삶은 다음과 같이 그려진다.

> 동생을 배웅하고 돌아오는 길, 명화는 골프장이 아닌 서울을 향해 발걸음을 돌렸다. 그리고 그때부터 그녀의 품팔이 인생이 시작됐다. 찜질방 청소, 발 마사지, 가정부, 서빙, 모텔 청소 …… 명화가 안 해본 일은 거의 없었다. 고용주는 망설이는 척하면서 낮은 임금의 노동자를 반겼다. (김애란 2005:138~139)

위에 드러난 바와 같이 명화가 담당하는 노동직들은 한국의 초국적 노동자들이 종사하는 업종들을 대표한다. 그 업종들은 경제적 여유가 생기면 누구나 기피하고자 하는 것들로서 한국인들이 원치 않는 일자리 들이다. 명화는 한국인들이 원하지 않는 일들에 자신의 노동력을 제공하며 한국사회에 편입되고자 노력하는 이주 노동자들의 삶을 대변한다. 명화가 남성 주인공 용대와 결혼하게 되었을 때 명화는 용대에게 삶의 희망을 주고 용기를 북돋워 주는 역할을 담당한다. 용대의 삶을 풍요롭게 해 주기 위하여 중국어를 녹음하여 가르쳐준다. 초국적 이주자인 명화가 구사하는 언어들은 명화의 존재와 내면세계를 설명하는 데에 있어서 중요한 의미를 지닌다. 중국의 지린성 옌지라는 명화의 고향은 중국적인 요소와 남북한의 요소를 고루 지닌 혼종적 공간이며 따라서 그 지방 출신들은 다양한 언어를 구사한다. 조선족 이주민이 사용하는 한국어는 토착 한국인의 한국어와 구별되고 그 구별성은 곧 차별로 번역된다. 억양과 어휘에 있어서의 미묘한 차이점은 김애란과 천운영의 텍스트에 공통되게 나타나는 점이다.

『잘가라 서커스』의 주인공 해화는 F2 비자를 지닌 채 한국 남자의 아내 자격으로 귀환한다. 그러나 그녀는 옌지지방으로부터 '과거 한국'의 유산인, 지금의 한국사회에서는 받아들여지기 어려운 문화적 차이를 동반하고 돌아온다. 그 차이가 그녀의 이국성을 강조하게 된다. 미묘하게 차이 나는 옷차림새, 약간 다른 어휘와 말투, 억양 등이 그녀가 한국 태생의 한국인이 아니라 중국에서 온 조선족이라는 것을 알아차리게 하는 요소들이다. 강조해야 할 것은 조선족은 현대 한국인과 '매우 조금, 약간'의 차이를 보인다는 것이다. 그들은 한국어로 충분히 의사소통이 가능하다. 그럼에도 불구하고 여전히 차이를 지니게 된다. 말씨와 차림새의 문제를 제거한 다음에도 여전히 남는 미묘한 차이의 문제, 그것은 문화의 흔적이라고 할 것이다. 주인공 해화의 고백은 이와 같은 미묘한 차이로 인하여 조선족들이 한국 태생 한국인들과 구별될 수밖에 없다는 점을 분명히 한다.

> 누군가는 나더러 말투 먼저 고쳐야 살아남는다고 충고했고, 누군
> 가는 조선족들은 낯빛만 봐도 안다고, 그래봐야 소용없는 일이라고
> 한숨 섞인 말을 했다. (천운영 2005:182)

　　해화가 한국인의 혈통을 지니고 있다는 점은 중국 옌지 지역에서도
한결같이 유지해 왔던 한국어, 한국 풍습, 그리고 그 지역 사람들이 공
유한 집단적 기억에서 확인된다. 한국의 언어와 풍습을 그대로 유지했
음에도 불구하고 막상 한국에 왔을 때, 조선족들을 특징짓는 것은 한국
태생의 한국인들과의 동일성이 아니라 그들과의 차이인 것이다. 김애
란 텍스트에도 동일한 차이의 문제가 다루어진다. 언어의 문제는 다음
과 같이 묘사된다.

> 성은 임. 이름은 명화. 지린성 옌지에서 왔다고 했다. 그곳은 한국
> 어와 북한의 조선어 그리고 조선족의 조선어가 뒤섞인 도시였다. 명
> 화는 중국어와 조선어, 한국어를 다 할 줄 알았다. (…중략…) 훗날
> 한국에 왔을 때, 명화는 자신이 발음하는 게 조상들의 말이 아닌, 단순
> 히 타지 사람이 쓰는 '노동자의 언어'일 뿐이라는 걸 점점 깨우쳐 갔
> 다. 소리와 억양이 환기시키는, 어떤 냄새에 대해서도, 죽어도 완벽해
> 질 수 없는 딴 나라말의 질감에 대해서도 명화는 알아갔다. (김애란
> 2005:137)

'조상들의 말'이 조선족이 사용하는 한국어와 한국 태생 한국인이 사용하는 한국어의 공유항으로서 동질성을 제시한다면 '딴 나라말의 질감'이란 둘 사이의 이질성을 대변한다. 조선족 초국적 이주자에게서 언어, 즉 한국어는 의사소통의 긴요한 도구이면서 동시에 자신들의 '타자성'을 강조하는 장애물이기도 하다. 언어는 조선족에게 양날의 칼날과 같이 작용한다. 한국어를 사용한다는 점이 한편으로는 그들로 하여금 한국사회 내에서 이로운 위치를 점하게 해준다. 방글라데시나 스리랑카등과 같은 다른 나라로부터의 이주자들보다는 더 자유롭게 의사소통하고 자신의 권리를 주장할 수 있기 때문이다. 그러나 다른 한편으로는 바로 그 한국어가 결코 그들을 완전히 한국인으로 동화되기 어렵게 만드는 미묘한 차이의 표지이기도 하다. 김재영의 「코끼리」는 한국어를 사용하는 초국적 이주 여성을 주인공으로 삼아 초국적 이주 주체의 삶에서 한국어를 구사한다는 것이 어떤 의미를 지니는가 하는 문제를 천착한다. 한국어를 사용한다는 것으로 인하여 조선족은 다른 초국적 이주자에 비해 유리한 사회적 위치에 놓인다. 작중 인물인 '아이'는 방글라데시 출신의 아버지와 조선족 어머니 사이에서 태어났다. '아이'가 어머니에 대해서 이야기하는 장면을 보자.

> 하긴 어머니는 조선족이니까 어디서든 살아갈 수 있다. 적어도 자신에게 수치를 주거나 학대하려 드는 사람들에게 한국말로 대꾸할 수는 있을 테지. 그만 때리세요. 왜 욕해요. 돈 주세요 따위 말고도 여러 가지 어려운 말들을. 선처, 멸시, 응급실, 피해 보상, 심지어 밀구

> 멍으로 호박씨 깐다느니, 개 발에 땀 난다는 말까지. (김재영 2005:12)

　여기에서 언어는 이주민이 자신의 권리를 지키고 주체성을 견지하는데 필요한 중요한 방어 수단이 된다. 자신이 속한 사회의 언어를 구사할 수 있다는 것은 일종의 방어용 무기를 획득하는 것이며 언어는 곧 주체에게 일정한 권력을 부여하기도 한다. 조선족 어머니가 방글라데시 출신의 아버지보다 더 가정의 중심적인 위치에 놓이게 되는 것은 어머니가 한국어 구사자라는 것 때문이라고 볼 수 있다.

　다시 「그곳에 밤 여기의 노래」로 돌아가, 언어가 주체에게 미치는 영향을 고려하면서 텍스트를 살필 때, 명화가 용대에게 중국어 교습을 시키는 것은 텍스트 상에서 이중의 의미를 지닌다. 즉, 중국어 교습은 중국에서 온 초국적 여성 주체인 명화가 토착 한국인 용대에게 수동적으로 의존하기만 하는 존재가 아니라는 것을 보여준다. 명화는 중국어를 가르침으로써 자신의 차이에서 긍정성을 발견하고 자신이 가진 것을 적극적으로 배우자에게 나누어주는 능동적 존재로 변화한다. 나누어 줄 것이 있다는 것은 수동성을 벗어난 능동성을, 의존성을 탈피한 주체성을, 그리고 더 나아가 작을지라도 주체가 가진 권력을 의미하기 때문이다. 이와 같이 배우고 가르치는 활동을 통하여 그들은 상호 의존하며 격려하는 진정한 동반자가 되는 것이다. 명화는 위암으로 사망하게 되면서 용대와의 길지 않은 결혼 생활을 끝내게 된다. 명화가 사망한 이후에도 용대는 녹음 테이프를 통하여 명화의 목소리를 들으며 계속 중국어를 배운다. 용대가 명화의 녹음된 목소리를 재생기키면서 추억을 상기하는 것은 용대의 삶에 중요한 의미를 지닌다. 그것은 먼저 용대와 명화의 영혼의 교류를 가능하게 해 준다. 또한 명화가 가르치는 중국어 대사들은 폭넓은 문화적 함의와 인생에 대한 철학적 교훈을 지니면서 용대의 삶에 성찰과 의미 부여를 가능하게 한다.

> 이어 붙이면 '워 더 쭈어웨이 짜이날'.
> "제 자리는 어디입니까?"
> 어디. 언제나 '어디'가 중요하다. 그걸 알아야 머물 수도 떠날 수도 있다고. 그녀는 '짜이날'이라는 단어를 잊지 말라 했다. 그 말이 당신이 원하는 곳으로 데려가줄 거라고. 그 다음, 그곳에 어떻게 갈지는 당신이 정하면 된다고. 뜻밖에도 많은 사람들이 길 잃은 나그네에게 친절하다고. 그러니 외지에 나가선 대답하는 것보다 질문할 줄 아는 용기가 중요하다고. (김애란 2005: 132~133)

"제 자리는 어디입니까?" 하는, 반복되는 문장은 텍스트 전반에 걸쳐 강한 상징성을 지닌다. 그것은 초국적 이주자로 살아가는 명화가 자기 자신에게 던지는 존재론적 질문이기도 하고 토착 한국인이면서도 한국 사회는 물론 자신의 가정에서조차 온전히 인정받고 대접받지 못하는 불안정한 용대의 존재를 제시하기도 한다. 텍스트의 시작에서부터 끝까지 반복되는 이 문장은 자신의 자리를 찾고자 노력하지만 결코 그 자리에 이르지 못하고 끝없이 사회의 가장자리로 떠밀려 나가는 주인공들의 삶에 대한 상징이 된다.

이상에서 살펴본 바와 같이 명화는 이질적인 문화의 충돌 지대에서 진정으로 상호 소통하는 법과 상호 이해의 가능성을 나타내는 긍정적인 인물이다. 성실하게 노동하고 진정으로 상대를 이해하고 격려하고자 하며 삶에 대한 희망을 잃지 않는 인물이다. 용대는 명화에 대해 다음과 같이 평가하게 된다.

> 소통에 관한 한 순진할 정도의 믿음이 있던 여자. 일도 참 잘했지만 공부를 했다면 더 좋았을 젊은 아내. 처음, 손바닥에 땀을 닦고 악수를 건네자, 세상에서 제일 작은 부족의 인사법을 존중하듯, 웃으며 따라한 북쪽 여자. (김애란 2005:133)

명화는 겸손하면서 타인을 향해 열려 있는 삶의 자세를 보여준다. 명화는 상호 이해와 소통의 가능성을 잘 구현하는 인물이다. '일도 잘 하는' 인물로서 성실성을 지닌 인물임을, '공부를 했다면 더 좋았을' 인물로서 지혜와 재능을 지닌 인물임을 알 수 있다. 무엇보다도 '소통에 관한 한 순진할 정도의 믿음'을 지녔다는 사실은 그가 인간성에 대한 신뢰와 사회에 대한 낙관적 전망을 지닌 주체임을 말해준다.

초국적 이주 노동자와 결혼 이주자들의 유입으로 한국사회는 다민족 사회로 변모해 가고 있다. 그런 한국사회에서 타인이 소통을 위해 접근해 올 때 '세상의 제일 작은 부족의 인사법을 존중'하는 자세로 그 접근을 받아들이는 명화의 태도는 시사하는 바가 크다. 그것은 서로 다른 문화적 배경을 지닌 사람들이 충돌 없이 조화롭게 살아갈 수 있는 길을 제시한다. 다민족 사회에서 구성원들이 서로 간의 다양한 문화를 존중하며 살아가는 자세가 매우 중요할 것인데 명화는 그런 자세를 모범적으로 보여준다고 할 수 있다. 결론적으로 김애란은 「그곳에 밤 여기의 노래」에서 바람직한 초국적 이주 주체의 전범을 창조한다고 볼 수 있다. 김애란 소설의 주인공인 초국적 이주 여성은 경제적 불평등을 이유로 하여 교환되고 거래되는 모습에서 벗어나 있고 역으로 타자를 희생시키며 자신의 이익만을 실현하고자 하는 부류와도 다르다. 성실하면서도 타자에 대한 존중심을 보여줌으로써 주인공 명화는 한국사회에서 초국적 이주 주체가 뿌리 내리고 동화될 수 있다는 가능성을 구현해 보인다.

4. 결론

'한 피 한겨레'라는 익숙한 표현에서 찾아볼 수 있듯이 한국사회는 오랫동안 혈통에 기반을 둔 단일 민족 국가로 스스로를 파악하고 별다른 의심 없이 이를 받아 들여왔다. 신기욱Kiwook Shin은 한국의 민족주의ethnic nationalism를 논하면서 한국의 경우 혈연, 혈통에 기반을 둔 민족주의가 국가 구성원에게 '정체성'을 강화시켜주는 순기능을 일정 부분 담당해 왔다는 점을 강조한다. 즉 한편으로는 배타적인 면모를 지닐 수 있는 위험을 지닌 것이 민족주의이지만 다른 한편으로 그 민족주의가 구성원들 간의 통합에 큰 역할을 해 왔다는 점을 지적한 것이다. 그리하여 그 민족주의적 열정은 잘 활용하기만 하면 남북한의 통일을 앞당기는 데 기여하는 바가 많을 것이라는 주장을 펼친다(Kiwook Shin 2006:17~18).

그러나 『잘가라 서커스』를 비롯하여 초국적 이주자, 특히 결혼 이민자들을 다룬 텍스트는 이러한 주장에 저항한다. 한국소설에 나타난 다양한 인물들의 내적 갈등과 경험을 살펴볼 때, 혈통에 기초한 단일 민족을 강조하는 민족주의는 그 순기능적인 효력을 상실하고 한국사회의 통합을 방해하는 역기능을 담당할 확률이 더욱 높다는 사실을 확인할 수 있다. '한 피, 한겨레'라는 구호나 한국어라는 동일 언어는 더 이상 사회 구성원들을 결합시키고 개인들에게 동일한 정체성을 부여할 수 있는 근거가 되지 못하고 있음을 이상에서 살펴본 텍스트들은 노정하고 있다. 냉전 시대 한국사회 내부의 '타자' 혹은 적이 이념적 공산주의자와 반자유주의자로 규정되었다면 냉전 종식 이후 그 타자는 곧 초국적 이주자들로 치환되었다고 볼 수 있다. 경제적인 이해관계의 문제가 개입될 때 불안정한 경제적 사회적 기반 위에 놓인 개인들은 위협을 느끼며 자신이 경험하는 불안감의 원인을 눈앞에 보이는 이질적인 존재들인 초국가적 이주자들에게서 찾고자 하는 경향을 보인다. 초국적 결혼 이주자들 중 일부는 가부장제적 사회문화 속에서 그 문화에 적응하지 못하고 희생되기도 하고 더러는 오히려 초국적 결혼을 개인의 풍요를 위한 기회로 이용하며 타인들의 삶을 피폐하게 만들고 있음을 볼 수 있다. 무엇보다도 각 등장인물이 거쳐 온 역사적 변화의 과정, 개인과 집단의 각기 다른 기억, 다양한 문화적 감수성, 그리고 상이한 경제적 토대와 조건은 '피와 겨레'라는 개념을 들어 초국적 이주자들을 한민족으로 아우르기에는 너무나 큰 차이를 야기 시킨다는 것을 볼 수 있다.

한국소설에 등장하는 초국적 이주자들은 다양한 모습으로 자신의 정체성을 찾아 간다. 김애란 텍스트에 나타난 것처럼 여러 가지 변화된 모습으로 "내 자리는 어디입니까?"라는 질문을 던지고 있는 것이다. 이들 이주자들을 대하는 토착 한국인들의 다양한 생각과 태도는 다민족 사회로 이행하는 한국사회가 통과할 수밖에 없는 진통의 과정을 드러내는 것으로 볼 수 있다. 전지구화의 시대, 다양한 사회, 정치, 경제적 이유로 인하여 국경을 넘는 인구의 이동은 더욱 복잡다단한 형태로 계속될 것이다. 그리하여 한국은 다민족 국가의 면모를 강화하게 될 것이며 구성원들 간의 조화로운 삶과 구성원들의 통합을 위하여 국가는 다문화주의라는 덕목을 더욱 강조하게 될 것이다. 위에서 다룬 소설들은 초국적 이민자들이 한국사회 속에서 적응, 충돌, 동화 또는 이화하는 과정들을 보여준다. 그리하여 한국사회를 비추는 거울의 역할을 충실히 하면서 다민족 다문화 시대의 한국사회가 취해야 할 모습을 모색하고 있다.

경계에서 글쓰기

『아메리카 시편』의 미국문화 비판

1. 여행자와 시인 사이

'미합중국'을 뜻하는 '아메리카'라는 이름은 한국을 포함한 세계 여러 국가들에서는 보다 광범한 기의의 장을 갖는다. 그것은 단순히 한 국가를 지칭하는 것을 넘어서, 전 지구적 차원의 정치, 경제, 사회, 문화 권력을 의미한다. 많은 문학적, 역사적 기록물들이 이를 증거한다. 1950년대 이후의 한국문학 작품에 등장하는 미국은 종종 방종과 혼동될 만큼의 자유, 타락의 뉘앙스를 지닌 물질주의, 고유한 공동체의 미풍양속을 해치는 개인주의 등의 상징임을 볼 수 있다. 또한 1945년 해방 이후 1960년대와 1970년대의 월남전 시절을 겪으면서, 미국은 한국인들에게 이념적으로는 민주 자유 우방, 경제적으로는 원조국으로 인식되었다. 그리하여, 80년대 광주 민주화 투쟁 과정을 통하여 그 신화가 깨어질 때까지 미국은 한국의 결핍lack을 결핍으로 갖지 않은 타자the Other로 존재해 왔다.

여기서 사용하는 타자라는 용어는 라캉의 정신분석학에서 차용한 용어이다, 즉, 어린아이가 생후 6~18개월에 이르는 시기에 거울에 비친 자신의 모습을 발견하게 되는데, 이 거울상단계mirror stage를 거치면서 비로소 어슴푸레 하게나마 자아에 대한 인식이 가능해 진다는 것이다. 미국은 한국으로 하여금 스스로의 주체성을 인식하게 만드는 한국의 타자로서 그 역할을 담당해 왔다고 볼 수 있다.

세계화, 또는 전지구화globalization가 진행되고 있는 작금에 이르러서는 전세계를 향한 미국의 영향력은 더욱 강해지고 있다 할 것이다. 문화 이론가 프레데릭 제임슨Frederick Jameson이 우려하는 바와 마찬가지로, 지역 고유의 문화local culture는 붕괴의 위협 아래 놓여 있고, 한번 붕괴된 지역 문화는 복구하기가 거의 불가능하다. 미국의 달러가 가지는 위력, 그리고 이를 수반하는 자국 통화의 가치 하락이라거나, 단순한 의사소통의 수단lingua franca이기를 넘어, 돈과 권력의 수단으로 변질되어 가는 영어의 위력 등을 고려해 본다면, 실로 지구상에 있어서의 미국의 세력은 어마어마하다 할 것이다.

1995년 10월부터 1996년 12월까지의 1년 남짓한 기간에 쓰인, 오세영 시인의 시집,『아메리카 시편』에 수록된 시들을 읽는 것은 전지구화의 중심에 놓인 미국문화의 다양한 면모를 검토하는 작업이 된다. 오세영 시인은 주변부에서 중심으로 이동하는 타자의 눈으로 주류 문화를 본다.

최근의 문화 이론의 핵심에는 '보기seeing'의 문제가 있다. '본다는 것'은 '너'와 '나', '주체'와 '객체' 사이의 존재론적인 경계 설정을 가능하게 한다. 인종에 있어서의 백인과 유색인, 사회의 기득권 세력과 그 타자, 그리고 성별gender에 있어서 주체의 지위를 가진 남성과 그 타자로서의 여성, 이들을 가르는 데에 '누가 누구를 보는가' 하는 문제가 놓여 있다.[1] 시 전편을 통하여 일관되게 드러나는 것은 시인이 '여행자' 수준의 '보기'를 철저하게 거부한다는 것이다. '자신이 갖지 못한 것', 즉 결핍lack, manqué을 타자에게서 찾으려는 것이 바로 여행자 수준의 접근이다. 여행자는 깊이 사유하거나 비판하지 않는다. 여행자는 '다름, 차이difference'를 추구한다. 그리고 그 차이를 통하여 '같음, 동일화'의 무료를 넘어서고자 한다. 따라서 여행자의 타문화 이해는 타자에의 매료에서 출발한다. 충분한 차이를 경험할 때 그 여행 목적의 충족에 이르게 된다. 그리고 그러한 여행자 수준의 접근은 필연적으로 인종주의적ethnocentric일 수밖에 없다. 즉, 과도한 '타자에게의 매료'는 '주체'와 '타자' 사이의 경계를 더욱 공고히 하고 영구화시키는 결과를 낳는 것이다. 과도한 '타자에의 매료'는 '자아 성찰이 결핍된un-self-reflexive' 것으로서, '스테레오 타입에 따라 이미 규정되어 버린 문화의 코드를 따르는culturally coded' 것이다.

오세영 시인의 미국문화에의 접근은 처음부터 이러한 여행자 수준의 접근의 대척점에서 출발한다. 오히려 이국 문화를 비판함으로써 결국에는 자국 문화를 또한 비판하기를 시인은 시도한다. 시집의 「자서」에 시인은 이를 밝혀 놓고 있다.

1 　'보기'의 문제로 서양인의 동양 전유(appropriation)를 문제 삼은 논문으로 레이 차우의 "Seeing Modern China : Towards an Ethnic Spectatorship"이 있다.

> 그러나 이들 시가 이야기하고 있는 것은 미국사회 혹은 미국 문명에 국한된 것만은 아니다. 오히려 그것은 오늘의 우리 사회, 우리의 삶에 관한 내용이다 그러므로 역설적이지만 나는 우리의 얼굴을 우리나라에서가 아니라 미국에 가서 들여다 본 셈이 된다. (「자서」 부분)

여행자 수준의 접근은 그 역명제에도 함께 적용된다. 즉, 과도한 타문화에의 매료와 경도만이 아니라 타문화의 비하나 자국 문화의 우월성을 무턱대고 강조하는 것도 또한 스테레오 타입에 기반한 것으로서, 결국에는 인종주의적 편견을 강화시키는 구실을 하게 된다. 시인은 아울러 말한다. "그러므로 나는 이들 시가 미국을 비판하면서 한국적인 것을 옹호한다거나 우리 고유의 삶의 방식과 전통의 우월성을 강조하려는 의도로 쓰인 것이 아님을 미리 밝혀두고 싶다."(「자서」) 시인이 미국문화를 접하면서 관심을 갖는 것은, 철저하게 그 '표면적인 것superficially' 뒤에 숨은 것이나 그것을 뛰어 넘은 그 무엇이다. 보이지 않는 것을 보고, 들리지 않는 것을 듣고, 감추어진 것을 드러내고, 드러난 것을 다시 해석하고, 쉬 느낄 수 없는 것을 느끼는 것이 시인이다.

자신의 시학을 오세영 시인은 다음과 같이 요약한다.

> 시인은 얻은 것보다 잃어버린 것에 관심을 갖는 사람이다. 만일 그렇지 않다면 시는 항상 과학의 찬가에 불과할 것이기 때문이다. (…중략…) 성경에도 아흔 아홉 마리의 양보다는 잃어버린 한 마리의

양이 더 소중하다고 하지 않았는가. 과학자는 한 마리의 양보다는 아흔 아홉 마리의 양을 더 가치 있게 여긴다. 그러나 시인은 그 잃어버린 한 마리의 양을 더 고귀하게 생각한다. 그래서 시인인 것이다. (「자서」 부분)

위 인용에서 보이는 시인의 태도는 '과학'이라는 단어가 대변하는 상식과 보편의 거부이며, 유익과 효율에의 저항이다. 미국이라는 나라는 서구 특유의 합리성, 능률, 그리고 실질의 대명사로 우리에게 알려져 있다. 일반 여행자라면 쉬이 미국의 그러한 점들을 찬양할 따름일 것이다. 그러나 『아메리카 시편』의 시인은 그러한 일반 여행자의 대척점에 서 있다. 시인의 관심이 늘 표면보다는 이면에 있기 때문이다.

2. 거리distance와 발견discovery

러시아 형식주의자들에 의하면, 문학은 영원한 '낯설게 하기unfamiliarization'의 과정이다. 마치도 장난감 레고 블록을 이리저리 조립하면서 똑같은 질료material로 계속 새로운 것들을 만들어 가듯, 문학가는 이미 존재하는 문학적인 요소들을 새롭게 해체, 배치, 조합함으로써 새로운 형식의 문학 작품을 창출하여 독자에게 신선함을 선사한다.

마찬가지로 여행은 기존의 익숙한 것들이 새롭게 보이도록 하는 효과를 갖는다. 즉, 여행은 여행자로 하여금 친숙한 것들로부터의 거리 두기 distance를 통하여 새로운 발견discovery에 이르도록 하는 것이다.

한국과 미국 사이의 거리, 또는 한국으로부터의 거리 두기는 시집 『아메리카 시편』에 드러나는 여러 가지 발견들의 바탕이 된다. 시인은 친숙한 한국문화로부터 멀어짐으로써 미국문화의 낯설음을 발견하는 것은 물론, 한국문화 또한 재발견하게 된다. 너무나 일상적이어서 그 의미를 생각할 겨를도 없었던 것들이 거리 두기를 통하여 새롭게 시인 에게 다가오는 것이다. 예를 들어 「햄버거를 먹으며」는 미국 햄버거를 마주 한 채, 한국 음식문화를 생각하는 시이다.

> 김치와 두부와 멸치와 장조림과 ……
> 한 상 가득 차려 놓고
> 이것저것 골라 자신이 만들어 먹는 음식,
> 그러나 나는 지금
> 햄과 치즈와 토막난 토마토와 빵과 방부제가 일률적으로 배합된
> 아메리카의 사료를 먹고 있다. (「햄버거를 먹으며」 부분)

상 위에 차려진 다양한 음식은 그 소비자에게 선택을 허용하는 진정 하고 고유한 의미의 음식인 반면, 햄버거는 완성된 공산품처럼 주어질 뿐이다. 따라서 시인은 햄버거를 '사료'라고 독설적으로 이름 짓는다. 여기에서 시인이 강조하고 있는 것은 앞서 언급한 바와 같이 한 문화의 찬양이나 다른 문화의 폄하가 아니다. 즉 한국 음식이 더 음식다운 것 이고 미국 음식은 그렇지 않다는 단순 비교가 아니다. 시인이 비판하고

자 하는 것은 시의 뒷부분에 나오듯, 인간의 '먹는 것'을 '먹이는 것'으로 바꾸어 버리는 음식의 독재와 인간 길들이기라는 기제이다. 음식을 거부당한 채, 사료에 불과한 것을 섭취해야 하는 인간의 자유 상실에 대한 비판이다. 시를 더 인용해 보자.

> 맨손으로 한 입 덥석 물어야 하는 저
> 음식의 독재,
> 자본의 길들이디.
> 바유는 아득한 기억의 입맛으로만
> 남아 있을 뿐이다. (「햄버거를 먹으며」 부분)

그러한 자유 상실은 비단 미국에서만이 아니라 한국에서도 일어나는 일이다. 따라서, 이와 같은 미국식 햄버거 음식문화의 비판은 곧 미국화된 채 고유한 문화를 잃어 가고 획일화되어가는 한국문화의 비판이기도 하다. 미국에 가서 오히려 한국을 발견하는 것, 즉 거리가 가져다 준 발견에 대한 시인 스스로의 인식을 「자서」에서 찾아볼 수 있다.

> 그러나 이들 시가 이야기하고 있는 것은 미국사회 혹은 미국 문명에 국한된 것만은 아니다. 오히려 그것은 오늘의 우리 사회, 우리의 삶에 관한 내용이다. 그러므로 역설적이지만 나는 우리의 얼굴을 우리나라에서가 아니라 미국에 가서 들여다 본 셈이 된다. (「자서」 부분)

위에서 보이듯 『아메리카 시편』의 미국 비판은 동시에 한국 비판이기도 하다. 발견이 없는 '풍경그리기'식의 여행 시를 발견하기는 어렵지 않다. 그러나 『아메리카 시편』이라는 여행 시는 여행 시 이상의 것이다. 인생의 근원적 고독과 인간 소외에 대한 고찰, 그리고 한계에 다다른 서구의 합리성 비판이라는 철학이 시편에 배어 있기 때문이다. 그리고 그 철학적 사유는 다시 한번, '다르게' 사물을 볼 줄 아는 시인의 발견에 바탕한 것이고, 그 발견은 여행을 전제로 한 것이다.

3. 고독과 인간소외

깔끔하게 구획되고 정리된 풍경, 질서 정연하고 예의 바른 사람들, '예스'와 '노'의 확연한 구분이 미국의 첫인상이다. 시인이 그런 첫인상의 이면에서 발견한 것은 인간의 고독과 소외인 듯하다. 철학자 하이데거Martine Heidegger의 말처럼 인간이 그저 던져진 존재라면, 시인이 그 던져진 자의 고독에 가장 민감한 존재임은 부연할 필요조차 없다. 말도 문화도 사뭇 다른 곳에 던져진 시인은 자신의 고독과 타자들의 고독에 특별히 주의를 기울인다. 『아메리카 시편』 전편을 통하여 자주 발견되는 것은 고독의 이미지들이다. 로빈슨 크루소, 마약, 절망, 쓸쓸한 매 …… 고독의 이미지를 전하는 시어들이다. 그러나 고독을 대하는 시인의 태도는 관조적이다. 고독을 과장하거나 체험이 공감하는 이상의 메타포들을 끌어 들여 과잉된 낭만성을 조장하는 것은 19세기 영국 낭만

파 시인들에게서 흔히 발견된다. 오세영 시에는 그런 과잉이 아주 드물다. 감정 과잉 분출의 절제는 단지 『아메리카 시편』에서만이 아니라 오세영 시인이 초기 시에서부터 견지해 온 바이다. 시인은 고독에 끌려다니기보다는 고독이 습격할 때에조차 그 고독과 정면 대결하는 태도를 보인다. 시 「왜 시가 망했는지 알겠다」를 보자.

혼자서 가는 길이 외롭지 않다면
시적이지만
혼자서 가는 길이 외롭다면 그건
리얼리즘이다.

(…중략…)

혼자서 가는 길이 결국 외롭다면
그건 리얼리즘,
소설보다 신문 기사보다 더 지독한
리얼리즘. (「왜 시가 망했는지 알겠다」 부분)

이 시에서 "시적이라는 것"은 "리얼리즘"의 대립항이다. "리얼리즘"을 '당연한 것, 현실을 있는 그대로 그린 것'이라고 본다면 "시적인 것"은 '현실과는 동떨어진 것, 현실을 초월한 것'으로 볼 수 있다. 따라서 고독은 인간 존재가 당연히 감당해야 하고 짊어지고 나아가야 할 그 무엇이지 피하거나 엄살을 떨며 힘겨워해야 할 것이 아니다. 이 시를 읽으면서 프랑스의 여성 철학자, 시몬느 드 보봐르Simone de Beauvoir의 말, "인생이 나를 이용하기 전에 내가 먼저 인생을 이용한다"는 말을 연상하게 되는 것은 따라서 우연이 아니다. 고통도 고독도 인간 존재가 피해 갈 수 없다면 그것에 정면 대결하고 그것을 현실로 받아들일 수밖에 없다는 시인의 견해는 보봐르의 태도와 흡사하다.

그러나 시인의 '고독이 리얼리즘'이라고 외칠 때 그것이 이웃의 고독에 대해서조차 냉정한 태도를 보이고자 하는 것은 아니다. 오히려 시인은 누구보다도 애정 어리고 동정 깃든 마음으로 이웃의 고독을 지켜보고 있다. 시인이 관찰하고, 묘사하는 이웃들의 모습을 보자.

> 혼자 사는 것이 쓸쓸해
> 옛 모습대로 간직한 방에서 아들의 사진첩을 들고 쓰다듬으며
> 세월을 보내는 산드라 할머니,
> 혼자 사는 것이 무서워
> 앵무새 한 마리, 고양이 한 마리, 그리고 귀뚜라미 한 쌍을
> 데불고 밤낮 몸부림치는 주니퍼 아주머니,
> 혼자 사는 것이 삭막해
> 주차장 한 켠에 목공소를 차려 놓고 틈만 나면 대패질, 톱질로
> 세월을 켜는 머피 아저씨 …… (「왜 시가 말했는지 알겠다」 부분)

이 시에서 보듯 이웃에 대해 애정 어린 관심을 보임으로써, 시인은 고독을 긍정하면서 이웃의 고독을 함께 나누자고 속삭이고 있다. 미국 사회는 인간의 고독을 극대화하는 사회이다. 시인은 미국의 인사말에

서부터 고독을 재촉하는 미국사회의 특성을 찾는다. 문자 그대로 해석하자면 도움을 주겠다는 관심의 표명일 수도 있는 인사말, '메이 아이 헬프 유May I Help You?'를 두고 시인은 다음과 같이 노래한다.

무엇을 도와드릴까요? 라는 뜻이
아니다.
메이 아이 헬프 유?
그것은
무엇하러 왔느냐는 질문,
용무가 없으면 나가라는 명령이다.

(…중략…)

용무가 없으면 각자 관계를 끊고 살자는
아메리카의
메이 아이 헬프 유? 「메이 아이 헬프 유(May I Help You)?」 부분)

결국 친밀함과 친절은 그저 드러내 보이는 몸짓일 뿐, 미국사회는 따뜻한 인간애를 결하고 있음을 시인은 그 인사말에서 발견하는 것이다. 이와 같은 기표와 기의의 불일치는 말의 적확한 지칭 대상의 결여로 연결된다. 겉으로 드러난 친절과 호의, 그 내부에는 극도의 경계와 의심, 그리고 이기심까지 도사리고 있다는 것을 시인은 간파한다. 그리하여 다정한 듯한 미국식 어법이 사실은 "O.K. 목장의 결투"라고 지적한다.

시, 「프렌드」를 보자.

> 가능한
>
> 상대의 기분을 거스를 필요가 없다.
>
> 어차피 우리는 남남으로 사니까,
>
> (…중략…)
>
> 원자탄을 가지고 있어
>
> 싸우지 않고 살아가는 미국인과 소련인의 관계처럼
>
> 아메리카에서는 항상
>
> 상대에게 호감을 표하고 또 그것을 확인해야 한다.
>
> 총이 있으므로
>
> 매번 양보하고 매번 조심해야 하는
>
> 그 젠틀맨쉽
>
> (…중략…)
>
> 내게 호감을 가진 자는 모두 'Friend'로 불러야 하는 그
>
> 〈O.K. 목장의 결투〉 식 아메리칸 어법. (「프렌드」 부분)

위 시에서 시인이 읽는 것은 표면적인 친절과 호의가 실제로는 차단된 인간관계의 반영이라는 점이다. 그렇다면 소외와 고독이 지배하는

미국사회, 더 나아가서는 모든 현대 문명사회에서 인간의 말이 가지는 의미는 무엇일까? 시인은 현대 사회에 있어서의 말의 역할을 고유한 의사소통 기능에서 찾지 않는다. 대신 말은 이제 인간의 존재를 확인하는 수단으로 그 역할이 바뀌었다고 본다. 인간은 존재함으로 인하여 말하고, 말함으로 인하여 존재한다는 것을 시인은 노래한다. 이러한 말과 존재의 관계 속에 '의사소통'이나 '타자와의 관계 또는 이해'는 끼어 들 틈이 없다. 말이 없음은 곧 존재의 불안의 표현이 된다. 그러나 말이 많은 것 또한 필연적으로 존재의 불안정성을 넘어서려는 안타까운 시도로 시인에게 이해된다. 이를테면 중얼중얼 의미도 없는 말을 계속 늘어놓는 것으로 음악의 한 장르를 이루는 랩송을 관찰하면서 시인은 소외된 개인들의 몸부림을 거기에서 발견하는 것이다. 그리하여 랩송은 급기야 '말의 설사'라는 결론에 이른다. 시 「랩송의 철학」 전문을 보자.

말을 잊지 않기 위하여
말을 한다.
말을 하기 위하여 말을 한다.
홀로 있으므로 말을 한다.
아이 엠 소리.
엑스 큐즈 미.
땡큐.
이건 말의 진실한 상대가 없는 말,
그래도

각자 열심히 지껄이는 것은

살아 있음을 증거하기 위한 것일까,

들어줄 사람이 없어 흐름이 막힌 말은

체해 설사를 일으킨다.

말의 설사, 흑인들이, 아니

소외된 아메리카 민중들이 부르는 랩,

로빈슨 크루소의 노래.

오늘의 아메리카는

수 많은 섬들이 떠 있는 바다다. (「랩송의 철학」 전문)

　　자신의 말을 들어줄 대상을 갖지 못한 개인들, 그중에서도 특히 사회로부터 소외된 흑인들이 막힌 말을 설사처럼 쏟아내는 것이 랩송이라고 노래한다. 로빈슨 크루소도 살아있다는 이유로 혼자 말을 했을 터인데, 현대 사회의 개인의 말은 크루소의 경우에서처럼 존재 확인의 기능에 더 충실하다고 본다. 현대인들은 각자 하나의 로빈슨 크루소, 또는 크루소가 난파당해 기거했던 한 개의 섬과도 같은 것이다.

　　고독은 시인이 응시하는 타자들만의 문제는 아니다. 시인이 자신의 고독이 아닌 타자의 고독을 지켜보기에만 관심이 있다면, 『아메리카 시편』의 시들은 위에서 언급한 일반적인 여행자 시에서 멀지 않을 것이다. 그러나 시인은 자신의 고독 또한 함께 노래한다. 어쩌면 시인이 느끼는 고독이 시인과 미국의 타자들 사이의 공통분모를 이루는 것일

지도 모른다. 시인이 자신의 고독을 노래할 때에는 동양 또는 한국적인 정서를 빌어오는 것이 흥미롭다. 한국적인 모티프를 차용함으로써 타국에서 느끼는 고독이 더 선명하게 부각되는 느낌이다. 또 이러한 두 문화의 적절한 혼용은 시편들로 하여금 이질적인 것들의 결합을 통한 포스트모더니즘 시의 특징을 갖게 한다.

　미시시피 강변의 한니발을 방문하여 느낀 정조를 시로 나타낸 「한니발에서」는 전체적인 느낌이 고려 말 조선 초의 한시를 읽는 듯하다. 즉 이국 땅에서의 전쟁에 병사로 나가, 두고 온 가족을 걱정하는 전통적인 정서가 거기에 있다. 가장 모던하다고 할 수 있는 미국에서, 전통 한시의 정조를 빌어 고독을 노래하는 것에 이 시의 의미가 있다. 달리 말하자면 '지금 여기'라는 현대 한국의 시공에서 한시의 정서와 유사한 시적 정서를 전개하였다면 진부해 보일 수도 있을 터인데, 시적 공간이 미국으로 전환됨으로 하여 묘미를 갖게 되는 것이다.

> 먼 이역의 하늘에서는 병과소리 그치지 않고
> 가까이 땅에서는 가무소리 흥청대느니
> 한 생이 낳고 죽음이 또한
> 이같지 않으리.
> 고국의 병든 아내에게서는
> 일편 소식이 없는데
> 나 오늘 한니발에서
> 홀로 저녁 노을을 비껴 나는 한 마리

쓸쓸한 매가 되고 싶구나. (「한니발에서」 부분)

위 시와 더불어 주목을 요하는 시는 「브루클린 가는 길」이다. 「브루클린 가는 길」은 명백히 이상 시, 「오감도 제1호」의 패러디이다. 성공적인 패러디의 예를 이 시에서 발견할 수 있다. 짜임새, 즉 틀은 이상의 시를 그대로 빌어 왔지만, 시적 제재로는 미국사회에서의 한 이방인의 존재를 취하였다. 그 이방인의 존재가 이상 시의 틀 속에서 효과적으로 드러나고 있는 것이다. 시 전문을 보자.

제1의 백인이 걸어가오.
제2의 백인이 걸어가오.
제3의 백인이 걸어가오.
(…중략…)
제 13인의 백인이 걸어가오.

길은 화려한 데파트먼트 앞 네거리가 적당하오.

제1의 백인이 가슴에 총을 숨겼다 해도 좋소.
제2의 백인이 가슴에 총을 숨겼다 해도 좋소.
제3의 백인이 가슴에 총을 숨겼다 해도 좋소.
(…중략…)

제 13인의 백인이 가슴에 총을 숨겼다 해도 좋소.

총은 21구경 리벌버 6연발 피스톨이오.

제1의 흑인이 걸어가오.
제2의 흑인이 걸어가오.

(…중략…)

그들은 그렇게 무서우니까 웃는 사람과 무서워서 웃는
사람들 뿐이오.
'하이'하고 제1의 황인이 걸어가오. (「브루클린 가는 길」 부분)

"모두 무서워하는 사람과 무서운 사람들뿐이오"라는 시구는 "제1의 백인이 가슴에 총을 숨겼다 해도 좋소"로 시작해서 "제13인의 흑인이 가슴에 총을 숨겼다 해도 좋소"에까지 이르는 정황 설정으로 인하여 원작에서보다 더 설득력을 얻는다. 또한 "제1의 흑인이 걸어가오"라는 시구들의 변주를 거침으로 해서, "제1의 백인이 '하이' 하고 웃소"라는 시구가 연결되는 것을 한결 자연스럽게 만든다. 일견 무의미해 보일 수도 있는 언술들이 지루하리만치 반복된 다음에 마지막 시구에서 시인 자신의 모습이 등장하게 된다. 그리하여 그 마지막 시구는 혼자인 황인, 시인 자신의 고독한 이방인적인 존재를 강조하게 되는 것이다.

4. 이항대립의 구조를 넘어서

시인이 미국에서 발견하는 또 하나의 중요한 점은 미국사회, 더 나아가서는 서구 사회의 질서를 이루는 데 기여하는 '이항대립의 구조'라 할 것이다. '이항대립의 구조'는 미국사회와 문화의 비판에 있어서 가장 핵심적인 요소라 할 수 있다. 직선과 곡선, 예스와 노, 경계와 안팎 등의 다양한 메타포를 동원하여 미국문화의 본질을 분석한다. 직선과 곡선을 대비하여 직선과 곡선의 특성을 통해 미국 사회문화의 본질을 찾는 시 「직선은 곡선보다 아름답다」를 보자. 동양의 도교나 불교에서 보이는 순환의 논리를 숭상하는 시인의 철학이 드러나 있는 시이다.

> 직선은 곡선보다 더
> 아름다운가,
> 긍정의 표시로 ○표 대신 ×표를 요구하는
> 아메리카식 체크.
> 당신은 전에도 미합중국에 입국한 적이 있습니까,
> 사회보장번호 등록 신청서에
> '예스' 대신 치는 ×표.
> 돌아가면 가는 길도 오는 길인데
> 지구는 둥근 원인데
> 한사코 직선을 고집하는

그들의 길

직선으로 배열된 바둑판 거리,

직선으로 쭉 뻗은 프리웨이,

직선으로 금을 그은 국경선,

직선으로 조합된 성조기,

인간은 때로

멀리 돌아가는 것이 더

아름다운 법인데

곡선보다 직선을 추구하는 아메리카의 길

아메리카의 삶. (「직선은 곡선보다 아름답다」 전문)

　　"길"은 '삶'의 상징으로 쓰이는 말이다. 그 길의 모양은 삶의 방식을 드러내주게 된다. 직선으로 뻗은 미국의 프리웨이를 미국의 상징으로 받아들이는 이는 비단 오세영 시인만이 아니다. 미국 여성 작가 바비 앤 메이슨Bobbie Ann Mason의 소설 『월남에서In Country』에는 월남전 참전 군인이 미국에 돌아와 자신이 월남이라는 낯선 공간에서 느꼈던 좌절을 토로하는 부분이 있다. 그 좌절의 가장 큰 원인은 월남의 도로에 있었다. 미국처럼 잘 구획되어 있지 않고 마구 헝클어진 채 종잡을 수 없이 보이는 것이 월남의 길들이었던 것이다. 즉 미국의 반듯한 고속도로와는 달리 월남의 길들이란 이어지고 끊어지기를 거듭하여 수 갈래로 나눠지고 다시 연결되는 것이었다. '호치민로'가 그런 길 중 가장 전형적인 것이다. 시작과 끝이 분명하고 출구와 입구가 확실하며 이정표가 뚜렷하게 세워진 미국의 프리웨이는 미국의 이성 중심 사고를 반영한다. 상대적으로 짧은 역사를 가진 미국, 계획되어 만들어진 프리웨이만큼 미국인들의 삶을 잘 보여주는 것도 달리 찾기 어려울 것이다.

서로 다른 모습의 길들이라는 문제는 단지 편리와 불편만을 드러내는 것은 아니다. 서로 다른 철학이 그 길들의 뒤에 놓여있기 때문에 문제적이다. 오세영 시인이 천명하듯, '돌아가면 가는 길도 오는 길이다' 또는 '인간은 때로 멀리 돌아가는 것이 더 아름다운 법이다'라는 사고는 상당 부분 도교적인 사유에 기반한 것이다. '유약은 강하다'는 것이 도교의 가르침이기에 '가는 길'도 곧 '오는 길'일 수 있다. 도교적인 것, 좀더 포괄적으로 말하자면 동양적 정서의 미덕을 따르자면 쭉쭉 벋은 미국의 프리웨이는 편리하고 합리적이기는 하지만 분명 더 아름답다고는 하기 힘들다. 시인은 '직선은 곡선보다 아름답다'고 말함으로써 '돌아가는 것'의 아름다움을 망각한, 아니 그런 아름다움을 이해하지조차 못하는 이성 중심의 미국문화를 비판한다.

데카르트Rene Des Cartes에게 와서 그 절정에 이르는 서구 철학은 현실 속의 인간 사회에서 감성에 대한 이성의 우위, 육체에 대한 정신의 지배, 여성보다 남성의 존중 등으로 드러난다. 그리고 빛과 어두움이 양분되어 이해되듯, 전자들은 '음'의 위치에 후자들은 '양'의 위치에 놓여왔다. 이러한 이항 대립을 넘어서고자 하는 새로운 철학적 시도들이 왕성해지고 있는 이즈음, 시인의 시들은 이미 그런 징후들을 보여주고 있다. 데리다Jacque Derrida의 사유를 도입하지 않으면서도 시인은 서구의 지성이 확연히 분리해 놓은 것들이 실은 상호의존적임을 보여 준다. 시 「본느빌에서」에서 노래한대로, "물이 없는 소금은 소금이 아니다. 어둠이 없는 빛이 빛이 아니듯" 빛은 어둠이 있음으로 하여 비로소 빛일 수 있고 소금은 물이 있음으로 해서 비로소 소금일 수 있다는 것이다.

직선이 이성 중심의 서구 사유를 잘 보여주는 것이듯이, 미국문화의 중요한 요소인 검열과 체크에 시인은 또한 주목한다. 푸코Michel Foucault 가 말했듯이 정보의 수집과 보관은 인간과 사회의 관리의 필수항이다. 정보 관리를 위하여 설문지를 개인에게 주고 개인으로 하여금 체크하게 한다. 그 체크만큼 비인간적이고 이항대립적인 것도 달리 찾기 힘들다. 체크에는 예스와 노, 두 가지만 있을 뿐, 중간항이나 애매성이 개입할 여지가 없는 것이다. 개인은 둘 중의 하나만을 선택할 것을 강요받을 뿐이다. 시 「체크」를 보자.

> 공란에 체크하란다.
> 당신은 전에 일 년 이상 미국에 체류한 적이 있습니까,
> 예, 아니오.
>
> (… 중략 …)
> 당신은 과거 마약을 먹어본 적이 있습니까,
> 예, 아니오,
>
> (… 중략 …)
> 아, 가도 가도 끝이 없는
> 체크 무늬 아메리카의 미로

> 교수 임용 재계약을 원하면 서류의 공란에
>
> 체크하란다.
>
> 당신은 지난 일 년 동안
>
> 마약을 먹어본 적이 있습니까,
>
> 예, 아니오. (「체크」 부분)

　'예'와 '아니오,' '예스'와 '노,' '이다'와 '아니다'의 이항 대립은 0과 1이란 두 기호만으로 모든 대상Object을 파악하는 컴퓨터의 구조같다. 그 컴퓨터 같은 사회 속에서는 인간 또한 '예', '아니오'라는 두 기호의 배열과 조합으로만 이해될 뿐이다. 인간의 자유라거나 의지 등은 0과 1의 기호로 정리될 수 없기에 일탈적인 요소가 될 것이다.

　시인은 이러한 이항대립의 구조 속으로 녹아들어가기를 거부하는 존재이다. 앞에서 인용한 「자서」에서 밝히듯, "시인은 얻은 것보다 잃은 것에 더 관심을 갖는 사람"이기 때문이다. '예스'와 '노'라는 이분법에 바탕한 이성 중심적 사유는 결국 '주체'와 '타자' 사이의 벽을 더 견고하게 한다. 그리하여 '주체'의 '주체성'을 공고히하는 과정에서 '타자'의 존재를 무화시키는 결과를 낳는다. 유럽인들이 미국 대륙에 정착하여 자신들의 주체성을 확립해 가는 과정에서 타자화된 존재가 미국 원주민들이다. 그 원주민들의 존재에 시인이 관심을 두는 것은 당연하다. 표면의 정돈됨과 아름다움이 그 이면을 들여다보면 더 이상 아름다움일 수가 없는 것처럼, 잘 정리된 미국의 잔디를 보면서 시인은 일종의 공포를 느낀다. 잔디의 아름다움을 유지하는 데에는 메뚜기나 개미들이 방해가 될 뿐이라 살충제를 뿌린다는 것을 시인이 아는 까닭이다. 마찬가지로 미국 원주민들은 서구인들을 위하여 '인디언 보호 지역'으로 격리되어 있다는 사실에 시인은 주목한다. '보기에 아름다운' 미국의 잔디를 위하여 '상가와 택지와 오피스 빌딩 사이에 조성한 자연 녹지 보존 지역'이 필요하듯이 '보기에 아름다운' 유럽계 백인들의 미국 생활을 위하여 "파파고 인디언 보호지역"이 필요하게 되었다는 역사적 사실을 노래한 것이다.

> 경계를 나누어
> 이쪽을 공원지역이라 한다.
> 코파 야생동물 보존지역 곁에 있는
> 파파고 인디언 보호지역. (「페스티사이드」부분)

페스티사이드 즉, 살충제가 '아름다운 잔디'를 위한 것이듯이 인디언 보호지역이란 결국 다른 인종에게 살포하는 '페스티사이드'임을 고발하고 있는 시이다. 여기에서 주목할 것은 "경계"라는 단어이다. '주체'와 '타자' 사이, '예스'와 '노' 사이, 백인과 흑인 사이, 지역과 지역 사이 그 모든 이항 대립에는 선행 조건으로 경계 설정이 요구된다. 앞서 언급한 소외와 고독의 문제 또한 결국은 '나'와 '타자' 사이의 경계 문제로 환원된다. '경계'와 '사유私有'가 지배하는 미국문화가 시인을 절망시킨다. 시 「앰트랙을 타고」를 보자.

그 전망 좋은 언덕에 올라

푸르른 가을 하늘을 한번 바래고도 싶다만

철조망에 걸린 팻말은

'No Trespassing'

'Private Property'

옛 중국의 왕조는 자신의 강토를 지키기 위하여 장성을 쌓았다지만

오늘의 미국인들은

재산을 지키기 위하여

끝없이 철조망을 치는구나.

소유가 확실한 그들의 사유(私有). (「앰트랙을 타고」 부분)

그 밖에도 여러 편의 시에서 경계boundary의 발견 장면이 엿보이고 그 경계에 대한 시인의 비판적인 태도가 드러난다. 그러나 시인은 「텔레그라프」라는 시에서 보이듯, 이성의 횡포에 저항하는 미국의 '반문화'를 찬양하기도 하고 아름다운 경치를 서정적으로 노래하기도 한다. 물론 시 「지구는 아름답다」에서 볼 수 있듯 아름다움을 단지 아름다움으로만 보는 것이 아니라 그 아름다움에 대한 철학적 관조를 함께 보여준다.

모든 독을 지닌 것은 아름다운 것,

모든 침묵하는 것은 신비로운 것,

산성비에 오염된 호수에서는

아무것도 살지 못한다.

결핵을 앓는 소녀가 아름다워지듯

아마존에서, 킬리만자로에서

폐를 앓는 지구는 더 아름답다.

박명한 미인처럼 아름답다. (「지구는 아름답다」 부분)

사유로부터 자유로워진 시인이 보통의 여행자처럼 비판 없는 서정
을 드러내는 시로 「노여움 가시면 슬픔이 있듯」을 들 수 있다.

알브쿼크 지나면

산타페 있다.

사막의 외딴 섬

서러운 항구

매운 모래 바람에 쫓기운 사람들이

어깨와 어깨를 보듬고 사는 곳,

(…중략…)

노여움 가시면 슬픔이 있듯

알브쿼크 지나면

산타페 있다. (「노여움 가시면 슬픔이 있듯」 부분)

노여움이 끝나는 곳에서 슬픔은 시작된다. 인간의 정서가 그렇게 자연스럽게 변해 가는 것처럼 여행의 진행에 따라 자연스럽게 바뀌어가는 풍경을 바라보는 시인의 너그러운 마음이 그려져 있다. 어쩌면 여행이나 여행시가 가지는 의미도 결국은 '경계를 넘어서 보기'에 있는 것은 아닐까. 그러므로 '내게 익숙한 것들을 넘어서, 타자들의 영역에서, 경계에서 들여다보기'가 『아메리카 시편』의 주제일 것이다.

다시 한번 「브루클린 가는 길」을 보자. 백인도 흑인도 아닌 한 황인 여행자가 미국 땅을 걸어가는 모습을 볼 수 있다.

제1의 백인이 걸어가오.
(…중략…)
제1의 흑인이 걸어가오.

(…중략…)

제1의 백인이 '하이'하고 웃소,
(…중략…)

제1의 흑인이 '하이'하고 웃소,
(…중략…)

'하이'하고 제1의 황인이 걸어가오.

04

비교문학과 영미문학

글 읽기, 글쓰기, 그리고 여성 주체

애니타 브루크너의 『호텔 뒤락』의 여성 주체와 글쓰기

출판은—경매이다 / 사람의 마음의 경매.

창조는 힘이 센 틈새인 것 같았다— / 나를 보이게 만드는.

Publication—is the Auction

Of the Mind of Man.

Creation seemed a mighty crack—

To make me visible.

— 에밀리 디킨슨(Emily Dickinson)

죽어 가던 곳에서

숟가락이 건져내려고 하는 떠 있는 글자들,

그 글자들이 그릇 안에서 내 이름을 만들었던 적이 있었나?

"글을 아는 여자(femme de lettres)"

나는 이렇게 불편한 상태를 이렇게 경외해 본적이 없다.

글쓰기가 가져다주는, 내 살 속에 매일 같이 계속되는 가려움.

—마리아 테레사 리온(Maria Teresa Leon)

1. 여성과 글쓰기의 문제

길버트Sandra Gilbert와 구바Susan Gubar는 여성과 언어의 관계를 논하는 논문, 「성의 언어학—성별, 언어, 성욕Sexual Linguistics : Gender, Language, Sexuality」에서 남성 작가들이 여성에 대해 가졌던 편견을 환기시킨다. 중산층 여성들이 글을 쓰기 시작한 이후로 여성이 말하는데 대한 남성들의 비판과 견제는 심화되었고 여성의 목소리에 대하여 남성들은 노골적으로 불편함을 드러내기 시작했다고 그들은 지적한다. 그 한 예로, 윌리엄 포크너William Faulkner가 이상적으로 생각하는 여성이란 다름 아닌, '나를 버리고 갈 다리도 없고, 나를 붙잡을 팔도 없고, 나에게 말을 걸 머리도 없는 처녀'였음을 지적한다. 포크너에게 있어서 여성이란 "단지 성적 기관"일 뿐이었음을 비판한 것이다(Sandra M. Gilbert · Susan Gubar, 1989:82). 여성들의 글쓰기는 이렇듯 남성 중심사회에 대한 비판과 그 사회의 억압에 저항하여 발전해 왔다. 여성에 대한 혐오와 폄하에도 불구하고 여성의 글쓰기 전통은 계속되어 남성 중심의 문학 정전에 충격을 가하기에 이른 것이다. 19세기와 20세기를 거쳐 21세기에 이르기까지 생산된 여성 작가들의 빼어난 작품들을 고려할 때, 포크너의 위와 같은 언급은 이제 작가의 히스테리의 표현물로 보이기도 한다.

글쓰기는 언어를 매개로 하는 것이다. 언어는 한편으로는 자연nature, 또는 있는 그대로의 상태status quo를 변화시킬 수 있는 의미meaning를 실어 나르는 도구로 간주된다. 그러나 동시에 언어가 형성과 구조에서부터 이미 가부장제의 질서를 내면화한 남성적인 것이라는 주장도 있다.

후자의 지지자들은 언어의 규칙 자체를 의심하라고 외친다. 여성들은 이 언어 체계, 통사 구조에 저항하며 이를 전복시키는 글쓰기를 해야 한다고 주장하는 것이다.

이와 같이 언어를 대하는 상반된 시각으로 인하여 페미니스트들은 두 갈래로 나뉘어 언어와 여성의 관계를 논의해 왔다. 즉 우리가 사용하는 언어가 남성의 것man-made이라면 여성은 자신들이 쓰고 말하는 이 언어로부터 소외될 수밖에 없는 운명인가 그렇지 않은가 하는 문제를 두고 양분된 것이다. 영미 페미니스트들은 언어가 여성에 저항해서라기보다는 여성을 위해서 사용될 수 있다고 주장한다. 그리하여 항존해 온 의미 체계 내에서 여성의 공간을 마련해 보려는 시도를 해 왔다. 반면 프랑스 페미니스트들은 가부장적 전통의 언어의 권위를 깨뜨리는 글쓰기를 시도해야 한다고 주장한다. 여성의 '몸의 언어'를 발견하고 '몸으로 글쓰기'를 시도해야 한다고 본다. 이 양대 진영의 주장을 조정하고자 하는 의도에서 여성들의 글쓰기 전통을 검토한 다음 길버트와 구바는 앞에 든 논문에서 다음과 같은 결론을 내린다. "뚜렷하고 변별적인 여성들의 문학적 전통이 존재해 왔음을 살펴 볼 때에는, 여성들은 그들이 사용하는 언어에 의해 지배받기보다는 그 언어를 지배해 왔다. 그 언어에 의해 소외되기보다는 언어를 창조적으로 활용해 왔다."(Sandra M. Gilbert · Susan Gubar, 1989:82) 즉 프랑스 페미니스트들의 견해와는 달리, 여성 작가들은 기존 통사 구조를 거부하기보다는 그 구조를 수긍하고 기존 언어의 의미 체계 내에서 효과적인 글쓰기를 수행할 수 있었다고 보는 것이다.[1]

---

1 프랑스 페미니스트들의 주장은 Julia Kristeva(1979: 1984), Luce Irigaray, Gillian C. Gill trans.(1985) 등을 참조할 것. 프랑스 페미니스트들의 '여성적 글쓰기(ecriture

이와 같은 길버트와 구바의 입장은 여성 작가들의 문학 작품을 통해 여성 주체의 형성을 살펴보는 데에 매우 유용하다. 애니타 브루크너Anita Brookner의『호텔 뒤락Hotel Du Lac』은 글을 쓴다는 행위와 여성 주체가 맺고 있는 관계를 이해하는 데 많은 시사점을 준다. 여성이 글을 쓴다는 것의 의미는 무엇인가? 여성의 자아나 내면은 글을 쓰는 과정에 어떤 식으로 관계하는가? 여성은 글쓰기를 통해 무엇을 꾀하는가? 여성이 글을 쓸 때, 글쓰기 그 자체는 어떻게 글쓰는 자author의 주체 형성에 관여하는가? 글쓰기는 자신을 둘러싼 사회에 대한 저항인가, 그 사회의 억압으로부터의 탈출구인가, 또는 외부와의 타협인가? 더 나아가 여성 주체는 어떤 식으로 형성되고 재형성되는가? 글쓰는 작가narrator 자신의 모습을 거울상처럼 되비추는 여성 주인공을 가진 텍스트를 통하여 그 여성 주인공의 주체성을 점검하는 것은 이 질문들에 대한 하나의 대답이 될 것이다. 영국소설『호텔 뒤락』은 여성 작가를 주인공으로 취하는 소설이다. 그리고 작가인 그 여성 주인공은 많은 부분, 작가 자신의 모습처럼 보인다. 이제 텍스트에 대해 알아보자.

---

feminine)'의 한계에 대한 비판과, 비선조적 서술 구조를 통한 대안적 '여성적 글쓰기'의 가능성에 대해서는 박진임(2000:194~211) 참고.

2. 애니타 브루크너와 『호텔 뒤락』

영국 여성 작가, 애니타 브루크너의 소설『호텔 뒤락』은 1984년 영국의 유명한 부커상Man Booker Award을 수상한 작품이다. 에디스 호프Edith Hope라는 이름의 여성 로맨스소설 작가가 이야기의 주인공이다. 주인공은 친구들에 의하여 자신이 몸담고 있던 사회에서 격리된다. 그리고 스위스의 한적한 어떤 호텔에 보내진다. 자신을 되돌아보며 예전의 자아를 회복할 시간을 갖도록 하라는 것이 친구들의 주문이다. 그것은, 소설 속의 표현을 그대로 빌자면, "쓰이지 않은 계약unwritten contract"을 어긴 까닭에서이다. 미혼의 상태이던 주인공이 한 남자와의 결혼을 수락해 놓고는 결혼식 당일 아침 그 결혼 약속을 파기하고 말았던 것이다. 주인공에게 사랑하는 사람이 따로 있었기 때문이었다. 에디스가 사랑한 대상은 데이비드David라는 이름의 유부남이다. 결혼식 당일, 에디스는 결혼식장 앞에까지 차를 타고 와서는 내리지 않고 지나쳐 버린다. 결혼식 날 아침, 결혼식 직전까지도 데이비드에게 미처 하지 못했던 말들을 여전히 생각하고 있는 자신의 모습을 발견하고는 결혼에 대한 결심이 흔들렸기 때문이다. '뒤락'이라는 이름의, 고풍스러운 스위스 호텔에서 주인공 에디스는 푸지Pusey 모녀, 보네이으 부인Mme. Bonneuille, 모니카Monica라 불리게 되는 정확한 신원 미상의 여인 등 몇몇 유형의 인물 군을 접하게 된다. 그리고 그 호텔에서 만난 네빌 씨Mr. Neville라는 사람의 청혼을 받아들여 새로이 결혼을 결심하게 된다. 그러나 결혼을 결심한 바로 그날 밤, 주인공은 자신이 미처 깨닫지 못하고 있었던 것을 돌연히 깨닫게 되는 계기를 맞게 된다. 그리하여 주인공은 결국 데이비드에게 돌아가기로 결심하며, 그에게 귀환을 알리는 전보를 보낸다.

이야기의 줄거리만 따라가 보면 일견 진부한 사랑, 그중에서도 불륜의 갈등을 다룬 듯 보일 수 있는 소설이다. 그런데 그런 흔한 소재를 지닌 이 소설이 부커상의 수상작이 된 것은 무슨 까닭일까? 문학상이 반드시 소설의 작품성을 보증하는 충분조건은 아니라 할지라도, 부커상의 권위를 통하여 진부한 사랑 이야기 이상의 것이 소설에 내포되어 있음을 짐작하기는 어렵지 않다. 텍스트는 다양한 측면에서의 접근을 향해 열려있다. 우선, 이 소설이 소설가 주인공을 취하고 있다는 점에서 일종의 소설가 소설, 예술가 소설, 또는 더 나아가 지식인 소설의 계보에서 텍스트를 검토해 볼 수 있다. 예술가, 지식인은 통합적이던 세계관이 깨어지고 난 이후의 근대 세계에서, 그 세계의 지배적인 가치관을 비판하고 저항하는 문제적 인물을 대표한다고 볼 수 있다. 그런 점에서 주인공과 그를 둘러싼 사회의 갈등과 대립을 검토해 볼 수 있다. 둘째, 페미니즘의 중심 주제들을 중심으로 이 소설을 검토해 볼 수 있다. 텍스트는 기본적으로 여성 주인공, 그의 성과 사랑의 이야기이며, 동시에 주변의 다양한 여성 인물들에 대한 작가의 집요한 관찰과 분석이 소설 곳곳에서 나타나고 있다. 그렇기 때문에 여성의 삶의 방식을 분석하는 텍스트로 읽힐 수도 있다. 페미니즘의 주제를 통한 텍스트에의 접근은 더 근본적인 여성 문제에 대한 질문으로 나아간다. 주인공은 종종 20세기 영국 여성 작가, 페미니즘의 대모 격이라 할 수 있는 버지니아 울프Virginia Woolf를 닮은 것으로 묘사된다. 또한 소설에 블룸스버리Bloomsbury 그룹이 언급되기도 한다. 그리하여 작가가 던지는 여성의 본질에 대한 질문들은 종종 울프의 여성관 또는 울프식의 여성 담론에 대한 수정 또는 재고에 대한 촉구가 아닌가 질문하게 한다. 즉 여성에 대한 사회의 억압과 여성의 자아정체성의 확립이 울프 이후의 페미니즘의 중심이었다면, 브루크너는 여성 내부의 문제, 여성들 사이의 문제로 주제를 전환하고 있다. "극도의 여성적인ultra feminine"이라는 표현이 텍스트에 빈번히 등장하는데 "극도로 여성적인" 것이라는 표현에 함축되어 있는 여성의 문제점이 그중 하나이다. 외모로 대표되는 여성적인 성적 매력이나 남성 중심사회가 구축한 여성성을 이용하여 특권을 누리며 소비적인 생활을 하는 인물 군들을 통해서 이 점이 강조된다(Anita Brookner 1986:146 참조). 또한 한 여성의 삶에 절대적인 권력과 영향력을 행사하는 다른 여성들의 존재에 대해서도 작가는 독자의 주목을 요구한다. 주인공의 친구인 페넬로페Penelope는 여성 주체에게 가해지는 동성의 억압을 극명하게 드러낸다. 달리 말해, 여성 자신들이 자신의 여성됨을 이용하여 기생적인 삶을 사는 것의 문제, 그리고 여성들의 공동체 내에서 일어나는, 다른 여성의 독립된 삶에의 간섭의 문제를 이 텍스트는 제기하는 것이다. 이 점에서 『호텔 뒤락』은 기존의 여성 작가들의 문학세계로부터 분리된다. 남성에 의해 억압받는 여성의 현실을 고발하고 여성의 자유와 독립을 주장하는 것을 넘어선 곳에 『호텔 뒤락』이 놓여 있는 것이다.

셋째, 소설의 중요한 한 축을 이루고 있는 것이 주인공이 연인 데이비드에게 쓰는 편지, 그러나 한번도 보내지지 않는 편지이다. 그런데, 이 편지 쓰기, 또는 좀더 광범하게는 글쓰기라는 주제를 중심으로 주인공 여성의 주체성에 접근해 볼 수 있다. 주인공이 쓰는 편지는 부치려는 의도 없이 씌고 또 결코 부치지 않는 편지인 만큼, 편지는 일기 또는 자서전적인 성격을 강하게 지닌다. 더 넓게는 이 소설 자체가 주인공 브루크너의 자서전 역할을 하기도 한다. 주인공이 작가라는 사실과, 주인공의 어린 시절의 추억 속에 자리 잡은 박물관의 기억 등은 작가이며 동시에 미술사가인 작가 브루크너 자신의 이야기로 읽힐 수 있는 것이다.

이제 세 번째 문제, 즉 주인공의 글쓰기 문제를 검토해보자. 주인공이 행하는 글쓰기는 주인공 자신의 여성 정체성female subjectivity을 확립하는데 어떤 역할을 하는가? 이 문제를 검토하는 과정에서, 앞에서 제기한 다른 두 가지 문제, 즉, 소설가 소설의 의미와 페미니즘의 재고라는 문제 또한 어느 정도 함께 다루어지리라 본다.

3. 두 가지 글쓰기의 양상

『호텔 뒤락』은 기본적으로 '글쓰기, 글 읽기와 글의 해석 문제writing, reading and critical interpretation'에 대한 글쓰기로 볼 수 있다. 좀더 구체적으로 말하자면, 소설 쓰기, 소설 독자의 문제, 그리고 쓰기와 읽기를 동반하는 비평적 해석의 문제로 볼 수 있는 것이다. 『호텔 뒤락』에는 다양한 층위의 글쓰기가 나타난다. 주인공 에디스는 자기 자신을 여러 가지 다른 형식의 글들 속에 다시 써넣는 작업을 한다. 에디스에게 있어 삶은 글을 위한 질료로 간주되는 경우가 많다. 소설가라는 자신의 직업적 특성상, 그는 많은 사람들을 만날 때 그들을 관찰하고 그 관찰이나 그들의 이야기의 파편들을 기초로 하여 그들의 삶을 상상한다. "나는 그가 의사라고 연역했다. 사실은 풍토병을 주로 다루는 의사라고 결론지었다"(Anita Brookner 1986:11) "나는 그녀를 벨기에 설탕 상인의 미망인이라고 상상했다"(Anita Brookner 1986:11) 등, 에디스는 만나는 사람들을 소재로 하여 그들의 삶을 작가로서 상상해 보는 것이다. 심지어 에디스의 친구 페넬로페도 에디스가 쓰는 자기의 소설 속의 인물로 이용된다. 페넬로페가 "에디스가 나는 소설 속에 안 써먹는지 몰라" 하고 말하는 것을 듣고 에디스는 혼자 속으로 말한다. "써먹었지. 네가 못 알아 챈 거지."(Anita Brookner 1986:127) 뭔가 예사롭지 않은 일이 일어나고 있을 때, 에디스의 작가 기질은 어김없이 발휘된다. 자신의 흥미를 끄는 대상을 만났을 때, 에디스는 말한다. "이건 꼭 봐야해."(Anita Brookner 1986:33)

주인공 에디스는 로맨스소설을 쓰는 작가이다. 소설 쓰기와 함께 진행되는, 에디스의 또 하나의 글쓰기는 "데이비드에게Dear David"로 시작하는 편지 쓰기이다. 에디스는 대부분의 경우 두 글쓰기를 동시에 진행한다. 진행 중인 두 텍스트는 같은 책상 위에 놓여 있다. 소설이 하나의 매듭을 보일 때, 편지 쓰기가 그 뒤를 따르고, 편지 쓰기가 주인공을 지나치게 감상적으로 만들거나 정서적으로 격앙시킬 때 주인공은 소설 쓰기로 전환하여 그 감정의 과잉을 조절한다. 그의 로맨스소설은 절대로 현실이 끼어 들 수 없는 도피의 공간, 환상의 공간을 만들고, 그의 편지는 반대로 주인공의 현실을 기술한다. 따라서 로맨스에는 주로 에디스의 변화된 모습alternative self이, 편지에는 본연의 모습이 드러난다고 할 수 있다. 그렇다면 로맨스소설과 편지라는 이 두 가지 글쓰기는 서로 서로에게 대립하는 존재이면서 동시에 상호 보완적인 관계에 놓인다고 볼 수 있다. 주인공은 두 가지 상이한 텍스트 속에 자신의 다른 모습들을 각각 다시 써넣는 것이다. 그렇다면 작가는 이 두 가지 양식의 글쓰기를 통하여 자신을 조절하며 자신의 주체성을 형성해 간다고 볼 수 있다. 무의식과 의식이 긴장과 대립 속에 놓이기 때문이다.

주인공에게 있어 로맨스 쓰기는 일의 성격이 강하고, 자서전과 흡사한 편지 쓰기는 취미의 성격이 강하다. 두 상이한 종류의 글쓰기 중에서 에디스가 선호하는 것은 편지 쓰기이다. 에디스가 글을 쓰게 될 때 편지 쓰기가 소설 쓰기에 우선한다.

> 날씨가 좋아지면 저기서 글을 쓸 테야 하고 생각하며 그녀는 두 개의 긴 폴더가 들어 있는 가방 쪽으로 움직였다. 두 폴더 중 하나에는 그녀가 삶의 이 이상한 정지 기간 동안 조용히 써 나가리라 마음먹은 소설, 「찾아 온 달빛 아래」의 첫 장이 들어 있었다. 하지만, 그녀의 손이 먼저 뻗친 것은 다른 폴더였고, 그 폴더를 열자마자 그녀는 본능적으로 책상으로 다가가 딱딱한 의자에 앉았다. 펜 뚜껑을 연 채, 주위를 무시한 채, "내 친애하고 친애하는 데이비드에게"라고 그녀는 썼다. (Anita Brookner 1986:9~10)

위에서 볼 수 있듯, 편지 쓰기는 에디스가 본능적으로 끌림을 느끼는 글쓰기 작업이다. 자신을 들여다보고자 하는 욕구가 또 다른 자아를 상상하는 욕구보다 강해서라고 볼 수 있다. 먼저 소설 속 주인공의 로맨스소설 쓰기에 대하여 살펴보자. 일종의 유배지라 할 수 있는 스위스호텔에서도 주인공은 진행 중인 소설을 가지고 가서 글쓰기 작업을 계속한다. 주인공이 앞서 언급한 대로 자신의 돌발적이며 비상식적인 행동으로 인하여 지인들로부터 분리되어 축출된 상황임을 상기한다면, 그가 소설을 계속 진행한다는 것은 소설 쓰기만이 주인공의 과거와 현재를 연결해 주는 작업이 되고 있음을 의미한다. 주인공의 소설 쓰기는 주인공에게 있어 가장 핵심적인 행위이다. 그것은 생업이기도 하면서 단순한 생업 이상의 의미를 갖는다. 에디스는 조절할 수 없는 슬픔이 찾아 올 때에도 글을 쓰면서 이를 극복하며 혼돈스러울 때에도 글을 쓴다. 자신이 사랑하는 데이비드가 아내와 함께 휴가를 즐기고 있을 것을 생각하는 것은 에디스에게 슬픔을 준다. 그 슬픔을 이기는 방법이 글쓰기이다. "나는 그가 멋진 시간을 보내고 있을 것을 상상했다. 그리고 그를 생각하지 않기 위해 하루에 열 시간씩 글을 썼다."(Anita Brookner 1986:74) 더 나아가 극도로 화가 나는 일을 당할 경우에도 에디스가 그 화를 참을 수 있는 것은, 그 장면을 소설에서 이용할 수 있도록 전환하는 데에 있다. 호텔에서 꽤 떨어진 곳에서 네빌 씨와 대화를 하는 도중, 에디스는 네빌 씨로부터 여성에 대한, 그리고 에디스 자신에 대한 모욕적인 언사를 듣게 된다. 화가 난 에디스가 화를 삭히는 장면을 보자.

> 에디스는 화가 났다. 화를 참기 위해서 — 왜냐하면 누군가의 도움 없이는 호수까지 되돌아가는 길을 찾을 수 없었으므로 — 그녀는 오랫동안 이용해 보아 이미 익숙해진 여러 가지 거리 두기 방법을 시도해 보았다. 가장 나은 것은 그 사건을 소설 속의 한 장면으로 바꾸는 것이었다. '저녁이 도둑처럼 몰래 다가왔다.' 그녀는 중얼거려 보았다. '태양,

불타는 공 ······.' 하지만 소용이 없었다. (Anita Brookner 1986:102)

여기에 이르면, 삶이 단지 소설의 질료가 될 뿐만 아니라, 우리의 여성 작가 주인공의 경우, 소설이 삶을 재구성하는 질료로 쓰이기까지 한다는 것을 볼 수 있다. 다시 말해, 주인공은 삶을 그가 창조하는 텍스트 속에 쏟아 부을 뿐 아니라, 반대로 그 텍스트는 삶 속으로 뚫고 들어와 삶을 살아낼 만한 것으로 변화시키는 역할을 담당하는 것이다. 다시 한 번, 여성 주체의 형성이 글쓰기와 긴밀히 연결된 것임을 여기서 확인할 수 있다.

여기서 잠깐 여성의 창조력과 분노anger의 관계를 언급한 일레인 쇼왈터Elaine Showalter를 상기할 필요가 있다. 쇼왈터는 20세기 여성 작가들에 이르러서야 여성의 분노와 성욕sexuality이 현실감 있게 작중 인물들의 속성으로 그려지기 시작했다고 주장한다. 더 나아가 아이리스 머독Iris Murdoch, 도리스 레싱Doris Lessing, A. S. 바이엇 A. S. Byatt의 작품들에 이르면 이 분노와 성욕이 여성의 창조력creative power의 원천으로 받아들여지고 있다고 주장한다(Elaine Showalter 1991:285). 『호텔 뒤락』이 보여주는 글쓰기와 분노의 관계는, 따라서, 여성 작가 머독, 레싱, 그리고 바이엇의 연장선상에 작가 애니타 브루크너를 놓게 만든다.[2]

이제 한 마디로 '여성에게는, 특히 여성 작가에게는 글쓰기는 주체 형성의 중요한 과정이다' 하고 정언적 명제를 만들어 보자. 그런데 여

---

2 특히 도리스 레싱의 『황금공책(The Golden Notebook)』은 『호텔 뒤락』과 마찬가지로 여성 작가를 주인공으로 삼고 여성의 삶, 사랑, 독립 등을 다루고 있어 함께 연구해 볼 필요가 있다.

성의 주체 형성에 있어서 글쓰기가 갖는 중요성은 여기서 다루고 있는 애니타 브루크너에게만 해당하는 문제일 수는 없다. 거의 대부분의 여성 작가들의 글에 있어, 정도의 차이가 있을 뿐 직간접적으로 드러나는 문제일 것이다. 여기서는 특히 버지니아 울프Virginia Woolf의 예만 들어 보기로 하자. 울프는 브루크너 텍스트 곳곳에서 등장하기에 반드시 검토해 볼 필요가 있다. 카렌 카이볼라Karen Kaivola는 울프에게 있어서 글쓰기가 가지는 의미를 울프의 작품, 「파도」 속의 버나드Bernard의 목소리에서 찾는다. "나는 글귀들을 만들고 또 만들고 해야 한다. 그래서 나와 내 외부의 시선들 사이를 무언가 단단한 것으로 차단시켜야 한다 : 나와 하녀들의 눈길, 시계의 눈길, 지켜보는 다른 사람들, 또는 무관심한 얼글들 사이에."(Karen Kaivola 1991:17) 이 인용에서 카이볼라가 읽는 것은, 외부 세계로부터 도피하여 자궁 속과 같은 개인적 서정의 세계로 도피하는 주체이다. 하지만 필자가 주목하고자 하는 것은, 사회로부터의 도피이든 사회에 대한 비판이든, 사회에 맞서는 개체로서 주체가 형성되고 확립되는 과정에 글쓰기가 놓여 있다는 점이다.

4. 로맨스 쓰기, 로맨스 읽기와 여성 주체

로맨스가 문자 그대로의 허구fiction, 특히 전형적인 감정의 잉여 양식으로 알려진 것에 반하여, 에디스는 로맨스를 자신의 주체 형성에 중요한 역할을 하는 텍스트로 보고 있다. 에디스가 자신의 로맨스에 대해서 언급하는 부분을 보자.

> 당신은 아마도 내 책의 출판인이나 중개인과 마찬가지로 생각했겠지요. 그들은 늘 내 책이 유행을 따라가면서 점점 더 성적으로 자극적이고 흥미로운 것이기를 바랐지요. 당신도 그들처럼 내가 이 분야의 모더니스트들이면 흔히 그러하듯이 풍자와 냉소적 거리를 잔뜩 담아 글을 쓴다고 보았겠죠. 틀렸어요. 나는 내가 쓰는 한마디 한 마디를 다 믿으면서 썼어요. 지금도 그래요. 내 이야기 속의 어떤 것도 내게는 실현될 수 없는 것이라고 이제는 깨닫지만 말이에요. (Anita Brookner 1986:181)

완전한 허구의 형식이라 할지라도, 그리고 재현된 상상의 세계가 실현될 수 없는 세계라 할지라도, 로맨스 또한 주체를 형성해 가는데 중요한 역할을 하고 있음을 보여주는 대목이다. 『호텔 뒤락』이 작가 브루크너의 자화상과도 같은 작품이며 작가의 삶과 작중 주인공의 삶의 상호텍스트성 속에서 읽힐 수 있다면, 여기서 작가 자신의 인터뷰를 살펴 볼 필요가 있다. 인터뷰에서 브루크너는 인간이 진정으로 원하는 것은 '이상적인 동반자ideal company'이며 책은 그 이상적인 동반자라고 말한 바 있다.[3] 즉, 자신의 소설이 독자에게 제공하고자 하는 것은 위로와 희망과 삶에 대한 적절한 해석이라는 것이다. 여기서 텍스트 내부에 나타난

---

3   http://books.guardian.co.uk/departments/general.../0,6000,429694,00.htm

에디스의 문학관을 보자. 로맨스에 좀더 선정적인 장면을 많이 넣어야 하지 않겠느냐는 출판인의 주문에 대해 에디스는 말한다. "현실의 사실들은 내 타입의 글 속에 들어오기에는 너무나 끔찍해요. 그리고 내 독자는 단연코 그런 것들을 원하지 않아요. 내 독자는 착해요. (…중략…) 성공적인 비즈니스 여성들, 오르가즘을 수없이 느끼는 그런 여자들은 다른 곳에 가면 되죠. 시장에는 그런 여자들을 돌보아 줄 사람들이 수없이 많잖아요."(Anita Brookner 1986:28) 불가항력적인 현실, 스스로 어떻게도 할 수 없는 현실을 뛰어 넘는 방식으로 로맨스가 존재한다는 것은 다음에서도 확인할 수 있다. "그녀가 어찌할 수 없는 현실, 그 현실로부터 거리를 두는 것이 소설을 구성하는 것인데, 그녀는 그 소설 속에 얽매여서 피로를 느꼈다. 그 피로는 열정과 창조와 휴식을 막아버리는 듯했다."(Anita Brookner 1986:66) 에디스가 쓰는 로맨스는 일차적으로는 자신을 위한 것이면서 동시에 자신과 같은 부류의 사람들을 위한 것이다. '거친 삶의 현실에서 결코 승리하지 못하는 이들을 위한 위로'로 자신의 로맨스소설을 규정하는 에디스의 말이 이를 증명한다. 『호텔 뒤락』에는 두 가지 유형의 인물이 등장한다. 그들은 뒤에 상술하는 바와 같이 토끼 그룹과 거북이 그룹이며, 글의 세계에 사는 인물들과 글 밖의 세계에 있는 인물들이다. 에디스는 소설이라는 장치를 떠나서는 사물을 볼 수 없는 자로 그려지는 반면, 퓨시Pusey 모녀는 소비품commodity을 물신으로 숭배하며 글의 세계와는 무관한 삶을 사는 인물들이다. 따라서, 많은 사람들이 에디스의 외모를 버지니아 울프에 견주는 것에 반하여 퓨시 부인이 에디스의 얼굴에서 겨우 떠올릴 수 있는 이미지는 앤 공주의 이미지이다. 퓨시를 향한 에디스의 관점을 보자. "어떤 사람들은 참으로 삶을 바쁘게 산다. 아이리스 퓨시는 일년에 잠깐 호텔에 들르는 데 오직 한 가지 목적을 위해서이다. 쇼핑하러 오는 것이다."(Anita Brookner 1986:38)

현실에서는 결코 승리할 수 없는 자들이 자신이 쓰는 로맨스의 독자이며, 현실에서 승리하는 자들은 자신의 글을 읽을 겨를이 없다고 주장하는 에디스의 목소리를 상기해 보자. 그 목소리는 작가 자신의 문학관을 드러낸다. 그리고 그것은 로맨스를 중심에 둔 저자와 독자의 관계를 설명하는 것이기도 하다.

> "그리고 무엇이 가장 강력한 신화인지 알아요?" (⋯중략⋯) "토끼와 거북이" 하고 그녀는 말했다. "사람들은 이 이야기를 좋아해요, 특히나 여성들은. 해롤드, 당신은 내 소설 속에서 잘난 체하지 않는, 쥐상 얼굴의 소녀가 늘 영웅을 차지하는 것을 눈여겨봤을 거예요. 반면, 영웅과 폭풍우 같은 연애 사건을 벌이던 경멸스러운 유혹자는 경쟁에서 져서 다시는 돌아오지 못하고요. 늘 거북이가 이기는 거죠. 물론 거짓말이죠." (⋯중략⋯) "실제 삶에서는 이기는 건 당연히 토끼죠. 매번. 주위를 돌아보세요. 어쨌거나 나는 이솝이 거북이들을 대상으로 이야기를 지어냈다고 생각해요. 명제처럼 말이죠."
>
> "(⋯중략⋯) 토끼들은 책 읽을 시간이 없어요. 경주에서 이기느라 늘 바쁜 걸요. (⋯중략⋯) 위로를 받을 필요가 있는 것은 거북이들이죠. 순한 자들이 땅을 물려받듯이 말이죠."(Anita Brookner 1986:27~28)

작가는 현실에서 이길 수 없는 자들을 위로하듯 로맨스를 통해 현실에서 이루어지지 않은 욕망을 대리 실현시켜줄 대체적 자아alternative self를 생산해 낸다. 그리고 로맨스 독자들은 그 인물들과의 동일시, 그리고 작중인물을 향한 자신의 투사를 통하여 그 대리 실현을 이룬다. 글과 물질의 대립이 푸지 모녀와 에디스를 가르는 변별항이라면, 우리는 이 중간에 글 읽기가 차지하는 영역을 상정해 볼 수 있다. 글 읽기는 여성 주체의 형성에 어떤 작용을 하는가? 글쓰기가 주체를 찾아가는 지난한 여정이라면 글 읽기는 무엇인가? 로맨스 독자들 중의 하나로 에디스 자신의 어머니가 존재한다. 현실에서 꿈을 이루지 못하는 거북이 그룹에 속하는 인물이다.

> 어머니, 그 거칠고 실망한 여인은 사랑 이야기를 읽으면서, 해피엔딩의 단순한 로맨스를 읽으면서 자신을 위로했다. 아마도 그 때문에 내가 로맨스를 쓰는 것일 테다. (…중략…) 어머니의 환상들, 그녀의 한평생동안 변함없이 남아 있던 그 환상들이 나에게 현실을 가르쳤다. 그리고 비록 내가 현실을 내 마음의 앞자리에 두고 있지만, 그리고 꾸준히 그 현실을 잊지 않고 있지만, 내 어머니의 삶보다 내 삶이 뭐 나은 게 있나 때때로 의아해하곤 한다. (Anita Brookner 1986:104)

어머니는 에디스가 넘어서고자 하는 대상이며, 동시에 그다지 많이 극복해내지 못한 에디스의 자아의 일부이기도 하다. 글 읽기만을 할 수 있었고, 글 읽기를 통해 잃어버린 꿈을 재생시킬 수 있었던 어머니와 달리 딸인 에디스는 글을 직접 쓴다. 글, 그중에서도 로맨스를 삶의 한 중요한 축으로 삼는다는 점에서 둘은 유사하며, 하나는 그 로맨스의 생산자요 다른 하나는 소비자라는 데에서 둘은 다르다. 글 읽기하는, 텍스트의 소비자는 자신의 삶을 주체적으로 이끌어 가기에는 역부족이다. 소비자는 주어지는 텍스트를 변형할 능력이 없는 까닭이다. 주체성의 획득은 읽기보다는 쓰기를 통해서 가능한 것이다. 저자만이 자기 삶을 조절할 수 있는 권위authority를 지닐 수 있는 것이다.[4]

그러면 로맨스 생산자인 에디스에게 글쓰기가 아닌 글 읽기는 어떤 모습을 지니게 될까? 다시 말해서 글 쓰는 자의 글 읽기는 어떠할까? 그것은 글 읽는 자의 글 읽기와 어떻게 다른 것일까? 한 마디로 말해서 글 쓰는 자의 글 읽기는 글 읽는 자의 글 읽기보다는 훨씬 선별적이며selective, 글쓰기에 봉사하는 성격의 것이라 할 수 있다. 달리 말하면 완전한 의미에서의 소설 소비consuming fiction라기보다는 생산을 위한 소비, 또는 최소한 생산을 방해하지 않을 만큼의 소비라 할 수 있다. 즉 저자로서의 여성 주체에게 있어서는 글 읽기 또한 글쓰기의 한 구성요소가 되는 것이며, 독자의 글 읽기와는 구별된다 할 것이다. 읽기는 쓰기와 불가분의 관계에 있다. 인터뷰에서 작가 브루크너는 말한다. "소설을 쓰지 않을 때는 무엇을 하나요?" "소설을 읽지요."[5] 텍스트 속에서 주인공이 글쓰기에 지쳐 글 읽기로 돌아서는 장면을 보자.

---

4   앞서 언급한 리디아 류의 논문에서 리디아류는 왕안이의 작품을 플로베르의 『보바리 부인』과의 비교 속에서 읽는다. 류의 분석, "『보바리 부인』은 탁월한 독자(reader Par Excellence)"라는 주장은 탁월한 것이다. 왕안이 작품의 여주인공은 단지 읽기만 하는 것이 아니라 씀으로써 자신의 삶을 이끌어 갈 수 있었음에 반해 보바리 부인은 그러지 못하고 허물어져간다." 『보바리 부인』의 한 주제를 부르조아 사회의 상품 소비로, 또 다른 주제를 여성의 소설 소비로 보아 둘 사이의 관련 양상을 찾아볼 필요가 있다. 보바리 부인의 독서 대상에는 소설은 물론 파리의 지도, 부인 신문 『코르베이유』, 『살롱의 요정』 등도 포함된다. 그가 탁월한 독자임을 증명하는 대목이다. 그리고 그는 로맨스의 세계를 그대로 살아 내는 인물이다. 이에 대해서는 귀스타브 플로베르, 민희식 역(1994:76~77)을 참고할 것.

5   http://books.guardian.co.uk/departments/general.../0,6000,429694,00.htm

소설, 오랜 세월 변함없이 행복하지 못한 자들의 힘이 되어 온 소설이 그녀를 도와주러 와야 할 터였다. 그러나 어떤 소설을 읽을까 선택하는 것이 어려웠다. 왜냐하면 그녀가 글을 쓰고 있는 중에는 전에 한번 읽은 적이 있는 것만 읽을 수 있기 때문이었다. 그리고 그녀가 완전히 지쳐있을 때에는, 그냥 봐서는 모르겠지만, 열에 뜬 상태의 흥분이 심지어 아주 친숙한 것들까지 낯설게 보이도록 만드는 까닭이었다. (…중략…) 그녀는 아주 소중한 것들을 망쳐버릴까 봐 두려웠다. 그래서 아쉽지만 헨리 제임스를 포기했다. 너무 위대한 것도 안돼, 너무 하찮은 것도 불충분해. (Anita Brookner 1986:66)

위의 인용에서 보듯, 글 쓰는 여성 주체에게 있어서는 글 읽기 작업은 극히 까다로운 선별 작업을 거치는 것이다. 생산의 과정 중에는 새로운 지식의 획득을 금기시하고 오로지 이미 읽은 것들 중 골라 새로 읽는다는 대목은, 여성의 출산에 따르는 외부인 출입금지의 풍습을 연상시키기까지 한다. 텍스트 생산 과정을 생물학적 생산과, 글쓰기의 은유를 해부학적 용어와 연관시키는 페미니스트들의 주장이 설득력을 얻는 대목이다. 여기서는 우선 글 읽기가 독자에게 상당한 위로의 역할을 한다는 것을 재확인할 수 있다. 또한, 독자는 글 읽기를 통하여 자신을 들여다보기를 시도한다는 것을 볼 수 있다. 글쓰기를 동반하지 않는 글 읽기, 일반 독자의 글 읽기가 무방비상태로 텍스트에 주체를 노출시키는 작업이며, 그 텍스트에 의해서 조절된다면, ─ 앞서 든 『보바리 부인』과 에디스의 어머니의 경우처럼 ─ 글쓰기를 동반하는 글 읽기는 주체가 텍스트에 조절되기보다는, 주체가 중심이 되어 텍스트를 선택하고 주체의 상태에 적합한 텍스트의 봉사를 받음으로써 주체를 강하게 만든다는 것을 볼 수 있다.

5. 텍스트로서의 편지

이제, 에디스의 편지 쓰기를 살펴보자. 소설 속에서 이 편지 형식의 글을 편지라고 말할 수 있는 근거는 단지 그 글이 편지의 형식을 약식으로나마 취하고 있다는 점뿐이다. 그런데 그 호명 부분, "데이비드에게" 부분을 제외하면, 이 글은 주인공의 일기 또는 수필로 읽어도 무리가 없다. 더구나 그 편지는 부칠 의도가 전혀 없는 편지이다. 막상, 에디스가 진실로 데이비드에게 돌아간다는 전언을 전하고자 할 때, 그가 취하는 형식은 전보이지 편지가 아닌 것이다. 따라서 에디스의 편지는 자기 성찰의 글에 더 가깝다. 그리고 현실의 기록이며 요약이다. 앞서 언급한 대로, 에디스가 창조하는 소설의 세계가 에디스의 욕망desire, 바람wish, 비현실non-reality에 해당한다면, 어떤 의미에서 그 세계는 에디스의 무의식the unconscious의 기록이다. 반면 편지는 사실의 기록이며 의식the conscious이 보는 세계의 재현이다.

또한 앞서 언급한 바와 같이 이 "데이비드에게"로 시작하는 편지글은 편지라기보다는 자서전의 성격이 짙기 때문에, 이 글들을 거울에 비추어지는 자신의 재현mirroring of the self으로 볼 수 있다. 자서전이란 다분히 자기 성찰적self-reflexive 기록이다. 에디스는 작가이며, 주체이며, 동시에 자기 글의 독자가 된다. 즉, 에디스는 호텔 뒤락의 공간 안에서 이야기를 창조하며, 자신의 주체성을 되새기고 재형성하며, 자신의 글을 읽는 것이다. "데이비드에게"로 시작하는, 하지만 결코 데이비드에게 부쳐지지 않는 에디스의 편지 속에는 에디스가 공항의 거울 속에 비추어진 자기 모습을 묘사하는 대목이 있어 흥미롭다. 자서전, 또는 자서전에 흡사한 편지가 이미 자아 성찰이라는 거울의 역할을 해내고 있을 때, 그 속에 묘사된 거울 속의 자아는 결국 두 겹의 거울상이 되기 때문이다.

그런데, 여기서 이 글쓰기를 공간의 문제와 연결하여 다시 생각해 볼 수 있다. "데이비드에게"로 시작되는 편지는 주인공이 영국을 떠나 스위스 호텔로 옮겨가면서 시작된다. 부치든 부치지 않든 사랑의 대상, 욕망의 대상인 데이비드와의 거리 두기로부터 글쓰기는 시작된다. 실제 욕망의 대상인 데이비드가 부재할 때, 편지는 데이비드라는 인물의 대체물substitute이 되며, 에디스는 자신의 좌절된 갈망yearning과 그리움을 그 편지에 쏟아 붓는다. 그런데 유의할 것은, 텍스트의 내러티브가 현재를 중심으로 진행되는 데에 반하여, 편지 속의 내러티브는 자주 과거의 회상을 다룬다는 점이다. 텍스트 속에 또 하나의 텍스트가 놓인 채, 과거는 현재 속에 감싸여 있고, 과거는 현재의 주인공에게 수시로 끼어들며 간섭한다. 에디스의 기억 또한 편지와 아울러 과거를 에디스의 삶에 불러들이는 요소이다. 그리하여 기억들은 에디스의 현재를 간섭한다. 편지와 함께 이 기억들은 에디스의 '서글픈 바람wistfulness'을 증가시킨다. 기억은 텍스트로 구성되지 않은 파편들이다. 그 파편들은 소녀 시절의 기억, 자신의 어머니에 대한 행복하지 못한 기억의 파편들이다. 에디스가 화려하고 사이좋은 푸시 모녀를 볼 때마다, 에디스는 자신의 불행했던 어머니를 생각한다. 어머니는 한 때는 아름다웠지만 자신의 허영심을 만족시켜 주지 못하는 아버지를 만나 불만스럽고 추하게 늙어 갔던 것으로 그려진다. 파편화된 과거의 기억은 편지 쓰기, 소설 쓰기와 더불어 에디스의 내면과 일상을 구성하는 중요한 요소이다.

6. 여성 주체의 문제

여성의 주체성이라고 말할 때, 영어에 있어서의 'identity'와 'subjectivity' 모두 우리말의 주체성에 해당할 것이다. 그러나 필자는 'identity'를 '자아 정체성'으로 번역하여 여성 주체를 일컬을 때의 '주체성subjectivity'과는 분리하고자 한다. 전자가 완결되고 통합된 자아, 의식consciousness이 지배하는 자아의 함의를 지니고 있다면, 주체성이라는 용어는 무의식에 더 긴밀히 연결되어 있고, 형성과 변형 중에 있는 자아를 지칭하게 된다. 이는 카자 실버만Kaja Silverman의 여성 주체성 규정을 따르는 것이다. 실버만은 여성에게 있어서의 '나는 누구인가?'의 특성을 설명하는 데에는 'subjectivity'가 'identity'보다 적절한 용어라고 주장한다. "주체성은 의식보다는 무의식과 문화의 과잉결정cultural overdetemination에 좀더 치중함으로써 의식과 통합성에 중심을 두는 철학적 전통으로부터 근본적으로 분리된다."(Kaja Silverman 1983:126) 따라서, 여성의 주체성은 명료한 의식의 표명과 정연한 언술 속에서 발견되기보다는 감정의 섬세한 변화와 그 묘사 등을 통해서 감지될 가능성이 높다. 그리고 완결되기보다는 모색과 과정 중에 있으므로 이야기의 시작과 끝에 드러나는 주인공의 상태의 차이, 또 중간에 드러나는 모색의 과정 또한 면밀히 관찰되어야 할 것이다. 여성을 주인공으로 삼은 많은 문학 작품에서 자아의 추구quest의 문제가 중심 주제로 거듭 드러나는 것 또한 여성의 주체성이 그만큼 유동적fluid인 성격의 것이며 정언적으로 결정지을 수 없기 때문일 것이다.

『호텔 뒤락』은 전형적인 모색과 추구의 형식을 취하고 있는 텍스트이다. 주인공은 자신을 추스르기 위해 떠났다가 자신의 삶을 정리하여 돌아온다. 후술하겠지만, 그 과정에 봉사하는 스위스의 호반 지대라는 공간은 유동적인 여성의 주체성을 보여주는 효과적인 이미지를 지닌다. 『호텔 뒤락』은 주인공 에디스가 영국을 떠나 스위스의 호텔 뒤락에 도착하는 데에서 시작하여 그 호텔을 떠나기 직전까지의 시간을 다루고 있다. 에디스가 영국이라는 공간으로 돌아가기 위해서는, 텍스트에 나타난 대로, "적절한 기간 동안 사라졌다가 더 성숙하고, 현명하고, 알맞게 송구스러움을 느끼게 되면"이라는 조건을 만족시켜야 한다(Anita Brookner 1986:8). 따라서, 에디스의 유배exile는 반성과 성찰을 통한 성숙을 위하여 기획된 것으로 볼 수 있다. 별도로 마련된 그 시간과 공간은, 주인공 에디스로 하여금 자아를 재형성하도록 해주는 것이다. 먼저 텍스트의 시작 부분에 에디스가 자신을 묘사한 부분을 살펴보자.

나는 신중한 여성이며 친구들도 내가 분별력 없는 시기는 지났다고 나를 보고 있다. 더러 사람들은 내가 버지니아 울프(Virginia Woolf) 를 많이 닮았다고 했다. 나는 살아갈 집이 있는 사람(householder)이 고 집세 지불자이며, 적당히 요리도 하며, 마감 시간 훨씬 전에 원고를 제출하는 사람이다. 또한 나는 내게 주어지는 모든 것에 사인해 준다. 나는 결코 내 책의 출판인에게 먼저 전화하는 법이 없다. 나는 내가 쓰는 글에 대해 특별히 주장하는 바가 없다. 하지만 내 글들이 꽤 잘 읽히고 있는 것은 안다. 나는 이런 다소 흐릿하면서도 신뢰가 가는 성격을 꽤 오랫동안 유지해 왔다. 그리고 비록 내가 다른 사람들을 지겹게 하는 일은 있어도 나 스스로를 지겹게 하는 일은 용납해 본 적이 없다. 내 프로필은 그다지 탁월하지 않은 것으로 되어 있고 나를 아는 많은 사람들은 앞으로도 계속 그러해야 한다고 한결같이 생각한 다. 그리고 이 회색의 고독(나는 막 저 나무의 이파리들이 전혀 움직임 이 없는 것을 깨닫는다)속에서의 치유 기간이 끝나면 나는 되돌아 가 평화로이 지낼 것이다. 그 명백하게 끔찍한 일을 저지르기 전의 나로 돌아가도록 허락 받을 것이다. 사실은 그 일을 저지르고 난 이후 한번도 그 일에 대해 생각해본 적이 없긴 하지만. 하지만 지금은 생각한 다. 지금은. (Anita Brookner 1986:8~9)

위는 에디스가 스스로 그린 자화상에 해당한다. 특별하지도 극적이 지도 않은 조용한 인물로 에디스는 자신을 보고 있다. 이러한 자기 '자 신 들여다보기self-reflection'는 곧 이어 등장하는 거울 장면에서 다시 한

번 나타난다. 그리고 이러한 자기 성찰은 편지의 형식을 취한 글쓰기로 연장된다. '거울'은 여성들의 글쓰기에서 흔히 드러나는 소재이다. 그만큼 여성의 글쓰기가 자아의 성찰과 주체의 형성에 관여하는 것임을 보여 준다고 할 수 있다.[6]

> 갑자기 나는 (공항)여성 화장실의 거울에 비친 내 모습을 발견했다. 그리고 아무 것도 잘못된 것 없는 그 모습을 보고 생각했다. 나는 여기 있으면 안 돼! 나는 잘못 와있어! 떼 지어 몰려오는 사람들, 우는 아이들, 모두들 어딘가 다른 곳에 가 있으려고 열심인데, 여기 평범해 보이고, 약간 마른 듯한 여자가 긴 가디건을 입고, 눈은 먼 곳을 보는 듯, 아무도 해할 것 같지 않은 착한 눈을 하고, 긴 손과 긴 팔에, 유순한 목을 하고. 아무 데도 가고 싶어하지 않으면서도 제 정신으로 돌아올 때까지 한 달 동안 떨어져 있겠다고 말 해 버렸지. (Anita Brookner 1986:10)

거울에 비친 자신의 모습을 통하여 어디론가 떠나게 되어 있는 자신을 비로소 발견하고 놀라는 장면이다. 그 장면은 소설이 전개되는 시간상으로는 전술한 자신의 자화상 에피소드에 선행한다. 즉 거울은 자아를 들여다보고 '지금 이곳'의 자신을 깨닫게 해 주는 최초의 매개물인 것이다. 위 장면은 동시에 에디스가 타의에 의해서 자각 없이 자신의 집home으로부터 떠나오게 되었음을 보여 준다. 주인공이 거울을 직면하고 자신을 거울 속에서 발견하는 장면은 자아의 대면과 각성의 순간을 보여준다.

---

6 중국 여성 작가 딩링의 「소피아의 일기(Diary of Miss Sophia)」에도 거울에 자신을 비추는 나르시즘적인 태도가 묘사된다. Ding Ling, Tani E. Barlow · Gary J. Bjorge eds.(1989)

앞서 스위스의 호반이라는 공간이 여성의 주체성의 메타포라고 언급했거니와 주인공 에디스가 이 공간에서 어떤 경험을 하는지 살펴보자. 리디아 류Lydia Liu는 결정되지 않은inderterminate, 그리고 계속 미끄러지고 빠져나가는elusive 것으로 여성 주체성을 설명한다. 그러한 여성 주체성 형성의 장으로서, 중국 여성 작가 왕 안이Wang An-Yi의 작품, 「금수곡의 사랑」에 드러난 산의 묘사에 주목한다. 산의 이미지들 속에서 산이 자아의 추구를 위한 공간으로 작용하고 있음을 보인다.

> 얼굴이 구름 조각들에 의해 뭉개진 채 드러난 산은 이내(mist), 안개, 흰 구름 등과 함께 사라졌다가, 형태가 바뀌었다가, 다시 확연히 드러나기도 하면서 바닥을 잴 수 없는 자아의 깊이를 상징적으로 드러낸다. 그것은 그 안에서 자아가 액상으로 변하고 변화와 재형성을 할 수 있는 상상과 꿈과 환상의 세계이다. (Lydia H. Liu 1993:50)

『호텔 뒤락』에서 에디스가 산책을 주로 하는 호숫가는 왕 안이 소설에 나타난 산과 비교해 볼 때 더 한층 변화와 재생을 위한 효과적인 공간으로 나타나는 것을 볼 수 있다.

> 그녀의 호숫가 산책은 다른 무엇보다도 꿈속에서 하는 조용한 산책을 생각나게 했다. 그 꿈속에서는 불합리한 것(unreason), 불가피성(inevitability)이 손에 손잡고 꼭 나타나곤 했다. 꿈에서와 마찬가지로 그녀는 절망과, 끝이 암울할 수밖에 없는 호기심(doomed cu-

riosity)을 느꼈다. 마치도 그녀가 이 길을 따라 걷는 목적이 드러날 때까지 이 길을 끝까지 걸어야 할 것처럼 느꼈다. 이 저녁의 그녀의 마음은, 그리고 길의 모습도 마찬가지로, 즐겁지 않은 결말을 예고하는 듯이 보였다: 충격, 배반, 아니면 최소한 기차를 놓치기, 중요한 행사에 거지같은 차림새로 나타나기, 또는 알지도 못하는 혐의로 법정에 서는 일. 불빛 또한 꿈속의 그것과 같았다. 이 이상한 순례를 감싸 안는 불확실한 빛과 어둠의 중간. 낮도 아닌 것이 밤도 아닌 것이

⋯⋯⋯. (Anita Brookner 1986:21)

앞서 실버만의 주장대로 여성 주체성이 액상이며 유동적이며 통합되지 않은 것이라면, 그리하여 데카르트 이후의 철학에서 일컫는 "생각하므로 존재하는" 이성만으로는 설명되지 않는 것이라면, 이 호수의 설정은 여성 주체성의 효과적인 상징이 된다. 뚜렷한 현실이 아닌 꿈속처럼, 낮도 밤도 아닌 중간 지대를 드러내는 불빛처럼, 에디스의 자아는 변화와 재형성을 향하여 온전히 열려 있다고 볼 수 있다. 에디스의 산책이 끝나는 곳에 호텔이 나타난다. 산책길이 꿈 또는 중간 지대로서의 공간이었음에 반하여, 호텔은 현실 공간이다. 호텔은 완전히 불 밝혀져 있다. 그 장면을 두고, 작가는 "거짓되게 흥겨운falsely festive"이라는 표현을 쓴다. 비현실과 현실을 뚜렷이 대비시키는 표현이다. 날씨 또한 호수와 함께 불확실한 에디스의 주체성을 효과적으로 드러낸다.

> 그리고 이 희미하고, 베일에 싸인 듯하고, 점잖고, 하지만 다정하지
> 않은 날씨 : 이 날씨도 이 시련의 시간에 또 하나의 동반자가 되어줄
> 것인가? 두툼한 코트 한 장도 없이 급하게 떠나온 이 여행자에게?
>
> (Anita Brookner 1986:20)

조용한 호수와 그 호수를 따라 나 있는 산책길, 그리고 환하지 않은 날씨, 이러한 정경들은 함께 얼려 주인공 에디스의 주체형성에 작용한다. 그 속에서 에디스의 주체가 용해되었다가 새로이 빚어지게 되는 것이다.

이제, 에디스의 자아, 에디스의 주체성을 타자인 데이비드와의 연결과 대비 속에 좀더 살펴보자. 사랑이란 타자에 대한 관심이다. 타자에 대한 앎의 욕망이다. 데이비드에게는 에디스가 전혀 다가갈 수 없는 부분이 많이 있다. 그는 다른 여성과 결혼 한 몸이기 때문에 데이비드가 에디스와 나누어 가질 수 있는 부분은 극히 제한적이다. 에디스의 고통은 대부분 그녀가 데이비드의 삶의 한 부분만 알 수 있을 뿐이라는 데에서 온다. 에디스의 편지를 보자.

> 하지만 내일은 금요일이고 어두워지기 시작하면 나는 당신이 차를
> 타고 별장으로 가는 걸 상상할 수 있을 테지. 그리고 그 다음에는 당연
> 히 주말, 그 주말에 대해서는 나는 생각하지 않으려고 해. 당신은 알
> 수가 없어. (…중략…) (Anita Brookner 1986:12)

여기까지 쓴 다음 에디스는 멈추고 눈을 끔뻑거린다. 몇 줄 다른 이야기를 더 써넣은 다음, 에디스는 "소중한 내 목숨, 우리 아빠가 엄마를 그렇게 불렀듯이, 당신을 너무나 보고 싶어"(Anita Brookner 1986:12) 하고 그 편지를 끝맺는다. 데이비드가 결코 이해할 수 없는 에디스의 고통은 위에서 보이듯, 에디스가 철저히 그의 전체가 아닌 부분만을 소유하는 데에 머물러야 한다는 사실에서 유래한다. 에디스가 소유할 수 없는 부분, 즉 에디스의 결핍은 대부분 데이비드의 일상성이다. 함께 밤을 지내고 난 다음에도 데이비드의 아침과 그의 출근복 등은 완전히 그의 다른 세계에 속한다는 사실이 에디스에게 아픔을 준다.

> 그리고 그녀는 그를 별로 알지 못한다고 느꼈다. 그의 커프스 링크라거나 시계 같은 것들은 그의 다른 세계에 속했다. 아이들이 학교에 늦을까 봐 아내가 아이들을 부르고 있을 아침, 그 매일 아침마다 그는 커프스 링크나 시계를 챙기곤 했겠지. 그리고 마침내 그녀는 그를 전혀 알지 못하는 것처럼 느꼈다. 그가 자기 차로 달려가 바삐 밤 속으로 사라지는 것을 커튼 뒤에 숨어서 지켜 보면서도. 하지만 그는 항상 돌아왔다. 빨리 올 때도 늦게 올 때도 있었지만, 어쨌거나 돌아 왔다.
>
> (Anita Brookner 1986:29~30)

주인공 에디스에게 있어, 데이비드가 그녀와 나누어 갖지 않는 '일상성'은 커다란 결핍이다. 에디스는 그 일상성의 결핍으로 고통 받는다. 에디스는 말한다. "내가 생각하는 완벽한 행복이란 더운 정원에 하루 종일 앉아 읽고 쓰고, 그리고 내가 사랑하는 이가 저녁이면 집으로 오리라는 것을 알고 안심하는 거예요. 매일 저녁 말이에요."(Anita Brookner 1986:98) 에디스는 데이비드가 그녀에게 극히 작은 시간을 나누어 줄 수 있을 뿐이며, 그가 결코 자신의 가족들을 버릴 수 없는 사람이라는 것을 잘 알고 있다.

　네빌 씨의 등장은 에디스에게 자신이 느끼는 결핍을 충족시킬 수 있는 계기로 받아들여진다. 네빌 씨는 자신을 버리고 떠난 아내로 인해 망신을 당한 사람이다. 그가 혐오하는 것은 자신의 '여성성'을 극대화하여 그 여성성이 가져다주는 허영을 누리는 인물이다. 그가 에디스에게서 보는 것은 그 반대의 모습이며, 그가 에디스에게 제공할 것을 약속하는 것은 에디스의 결핍인 '일상성'이다. 네빌 씨의 제안대로 "집에 훌륭한 '파밀 로즈'라는 도자기 세트가 있는데 그것을 돌볼 안주인"의 역할을 에디스는 수락한다. 둘 사이에는 계약이 성립된다. 상대방을 망신시키지 않을 만큼의 상대방에 대한 인격적 존중을 전제로 할 때에는 각자에게 또 다른 인물과의 사랑을 허용한다는 것이 그것이다. 그러나, 데이비드에게 마지막 이별의 편지를 쓰는—이것이 처음이자 마지막으로 데이비드에게 부치는 편지가 될 터인데—날 밤, 에디스는 자정이 넘은 시간 젊은 제니퍼의 방문을 나서는 네빌 씨와 그의 얼굴에 비친 희미한 미소를 발견한다. 그리고는 갑자기 모든 것을 깨닫게 되고 데이비드에게 돌아가기로 결심한다. 그 순간이 유동적이며 결정할 수 없던 주체성의 결정 부분에 해당하는 것임은 다음의 표현을 통해 알 수 있다. "그리고 그 문, 꿈속에서, 또는 불분명한 깨어남의 순간에 열고 닫히는 그 문은 실제의 문이었던 것이다. 그것이 실제의 문이라는 것과 그 문의 의미를 제대로 생각하지 못했을 뿐."(Anita Brookner 1986:183) 호숫가의 정경이 상징적으로 보여주던, 불투명하던 모든 것들이 명료해지며, 에디스는 자신을 제대로 들여다 볼 수 있게 된다. 그 장면을 통하여 에디스가 발견한 자아는 과연 어떤 모습의 것일까?

> 만약에 내가 네빌 씨와 결혼하면, 이것을 알면서도, 그리고 그가 너무도 쉽고 너무도 빨리 딴 곳을 보게 되리라는 것을 알면서도 결혼하면 나는 돌이나 석고가 되어야 하리라. 나는 그의 수집품 중의 하나가 되어야 하리라. 아마도 그게 그가 원한 것이겠지. 내가 잃어버린 물건 하나를 대신 채워주는 것. 나에게는 내가 가볍게 '육체적'이라 불렀던 즐거움은 여전히 여태까지 있어 왔던 그곳에 그대로 남겠지. 너무나 오랫동안 거기에 있어서 내 일생이 되어버린. 그러면 나는 내가 늘 바라마지 않던 그 삶을 잃는 거야. 내 것이라고 부를 만큼 내 것이었던 적은 한번도 없었지만. 그리고 언제나 어김없이 애매한 네빌의 웃음은 나에게 이 사실을 계속 상기시킬 거야. (Anita Brookner 1986:184)

네빌 씨가 제안한 계약이 결국은 에디스에게 결핍의 충족을 가져다 주지 못하리라는 것은 명료해졌다. 에디스가 부러워 해 왔던 "데이비드의 아내처럼 확신에 차고, 기운 넘치고, 건방지기까지 한, 그러한 받아들여질 수 있는 여성"(Anita Brookner 1986:180)이 될 수 없으리라는 것은 분명해졌다. 그녀는 네빌 씨와 결혼하더라도 또다시 데이비드를 기다려 온 것처럼 계속되는 결핍 속에 살게 되리라는 것을 자각하는 것이다. 일상성은 충족되겠지만, 다른 결핍, 몸과 마음을 모두 함께 나누는 사랑의 부재라는 결핍은 영원히 남으리라는 것을 확인한 것이다.

주인공 에디스는 마침내 귀향을 결심한다. 그녀의 전보가 데이비드의 주소로 보내지는 것으로 보아 데이비드와의 이전의 관계로 돌아가고자 하는 것임을 알 수 있다. 하지만, 에디스는 한 달 동안의 분리 경험을 통하여 이전의 에디스와는 다른 인물이 되어 돌아간다는 것을 또한 알 수 있다. 이전의 자아로부터의 분리와 새로운 경험들을 통하여 재구성된 에디스라는 여성 주체는 이제 더 이상 고통받지는 않으리라는 것을 짐작해 볼 수 있다. 데이비드가 그녀와 함께 할 수 없는 부분들을 이제는 결핍으로 느끼지 않을 것임을 알 수 있다. 갈망과 그리움 등으로 채워졌던, 데이비드에게 보내는 이전의 편지에서와는 달리, 에디스의 전보는 그녀의 결심을 상징적으로 보여준다. 전보라는 속도감을 내포한 통신의 수단이 이전의 편지들에서 보인 '서글픈 바람'과의 절연을 보여주기 때문이다. 그 뿐 만 아니라 빨리 돌아가 기꺼이 그를 만나고자 하는 경쾌함과 즐거운 기대를 보여주고 있는 것이다. 덧붙여, 그 전보에 처음에는 "집으로 감coming home"이라고 썼다가, 지우고 "돌아감returning"이라고 쓰는 것을 눈여겨 볼 수 있다. 두 표현, "집으로 감"과 "돌아감"의 차이는 무엇일까? 작가는 수수께끼처럼 이 문제를 던져 둔 채 소설을 끝맺는다. 따라서 그 두 표현의 차이를 알아내는 것은 소설의 전체적 의미에 접근하는 하나의 열쇠를 찾는 것과도 같다. '집'이라는 단어가 가족의 의미를 동반하기에 '집'은 우선 안온함과 위로, 이해와 사랑의 공간이다. 그러나 동시에 가족의 형성과 유지를 위해서는 거의 완벽에 가까울 만큼의 상호 참여와 의무가 전제되는 것이다. 따라서 단순히 돌아간다는 말은 서로에게 부담이 없는 범위 내에서, 주어진 만큼만을 누리는 것을 용납하겠다는 것으로 해석된다. 이전에 그들이 그러했던 것처럼, 서로에 대한 완전한 참여가 아니라 가능한 만큼만 함께 있음에 만족하겠다는 것이다. 그만큼, 자족적인 주체를 확인할 수 있는 것이다. 관계에 덜 집착하고 완전한 소유에의 욕망으로부터 자유로운 여성 주체로 재구성된 주인공을 보는 것이다. 혹은 에디스가 자신에게는 '집'이 처음부터 없었고 따라서 돌아갈 집 또한 없다는 사실을 받아들이게 되었다고 볼 수도 있다. 이전의 상태로 돌아간다는 의미로도 읽을 수 있는 것이다.

요컨대 에디스가 머물렀던 호텔 뒤락의 불투명함과 애매함의 정경들은 에디스의 주체가 새로 형성될 수 있는, 유동성으로 충만한, 전이tran-sition의 공간을 제공했다. 그리고 무엇보다도 에디스가 쉬지 않고 행한 로맨스 쓰기와 편지 쓰기, 그리고 문자화되지 않은 기억의 파편들은 에디스의 새로운 여성 주체의 형성에 기여한 중요한 요소라고 할 것이다.

7. 결론

언어는 남성의 것으로서 저항하고 전복시켜야 할 그 무엇인가, 아니면 현실에 차이와 변혁을 가져다 줄 수 있는 유용한 도구인가? 여성의 글쓰기 전통을 살펴 볼 때, 여성은 자신이 사용하는 언어에 의해 소외되기보다는 그 언어를 통하여 주체 형성을 시도해 왔음을 보여주는 문학 텍스트를 많이 발견할 수 있다. 여성에게 글쓰기가 가지는 의미가 무엇인가를 생각할 때 글 쓰는 여성을 주인공으로 삼는 소설은 많은 시사점을 제공한다. 그런 소설들 중 대표적인 것으로 『호텔 뒤락』을 생각해 볼 수 있다. 『호텔 뒤락』은 글쓰기와 글 읽기가 여성 주체 형성에서 차지하는 역할을 보여준다. 더 나아가 글 읽기보다는 글쓰기가 독립된 주체를 형성하는 데에 있어 더욱 중요한 요소임을 알려준다. 하나의 소설을 분석하여 '글쓰기, 글 읽기와 여성 주체'라는 큰 문제에 대한 해답을 얻기는 어려울지 모른다. 그러나 여성 작가의 소설, 그중에서도 글 읽는 여성, 글 쓰는 여성을 주인공으로 삼은 소설들은 여성 주체의 형성과 독립이라는 페미니즘의 주제를 생각할 때 빠뜨릴 수 없는 텍스트이다.

미국문학과 영화

영화 텍스트를 활용한 미국문학사 강의

1. 서론

문학과 영화는 상호보족적인 관계에 있는가 아니면 영화는 문학의 지위를 위협하는 대체재로서의 성격이 더 강한가? 문학 강의에 있어서 관련 영화를 활용하는 것이 문학 강의 자체에 도움이 되는가 아니면 방해가 되는가? 이 질문에 대해 답하는 것은 쉽지 않다.

강의 사례를 소개하는 이 글에서 필자는 입문적인 성격이 강한 문학사나 사회문화사, 또는 문학 개론을 강의하는 데에 있어서 영화는 요긴하고도 적절한 교재가 된다는 점을 논의의 시작과 결론에 두고자 한다. 과연 수강 학생들에게 얼마나 심도 있는 이해와 비판적인 안목 형성을 도모하였는가 하는 문제에 이르면 논의는 더욱 복잡해 질 수도 있다. 그러나 앞서 든 개괄적 성격의 문학 강의, 그중에서도 특히 외국문학 강의에서는 영화는 매우 적절한 문학의 보조 자료일 뿐 아니라, 그 자체로 또 하나의 문화 산물로서의 역할을 수행한다고 볼 수 있다. 영미권의 문학과 문화 강의에 있어서는 더욱 그러한데 이는 영미문학을 바탕으로 하는 영화가 수적으로 풍부한 편일뿐만 아니라 질적으로도 뛰어난 것이 많은 까닭이다. 더군다나 몇몇 걸작 문학 작품의 경우에는 시대를 달리하며 적게는 2편에서 많게는 십여 편에 이르기까지 각색을 달리하여 영화화되기도 했다. 따라서 동일한 이야기에 바탕을 둔 다양한 영화를 비교해 보는 것은 특정문화의 변천 과정을 이해하는 결과를 낳기도 한다.

필자의 경험에 비추어 볼 때 특히 미국문학사 강의의 경우에는 영화 텍스트에 기대어 효과적인 강의를 할 수 있다. 그것은 대다수의 수강생들이 영어에 썩 능숙하지 못하고 미국문화에 노출된 경험이 적다는 점, 그리고 대부분 주당 3시간씩 15주로 짜인 학기제라는 시간적 제약 속에서 수강해야 한다는 점에서 기인한다고 볼 수 있다. 학생들의 영어 구사력에 따라 차이가 있기는 하겠지만 영어로 쓰인 문학 텍스트를 제대로 읽고 소화하기란 그렇게 쉽지 않아 보인다.

문학 작품에 수용된 언어는 대개 고도로 함축적이고 섬세하며 상당한 수준의 애매성과 모호성까지 내포하고 있는 경우가 많다. 대학교 2~3학년생을 주된 수강 대상으로 상정할 때 이들로 하여금 한 학기동안, 최소한 5~10명의 작가들의 작품 세계를 맛보게 하는 것은, 비록 단편들만을 채택한다 할지라도 쉬운 작업은 아니다. 구체적으로 예를 들어 미국문학 입문 강의에 거의 빠짐없이 쓰이는 나타니엘 호손Nathaniel Hawthorne의 「젊은 향사 브라운Young Goodman Brown」을 읽는 데에도 많은 학생들이 어려움을 토로하는 것을 볼 수 있다. 호손의 19세기 문장에는 현대 영어에서는 나타나지 않는 어휘가 더러 수록되어 있기 때문이다.

따라서 이와 같은 강의에서는 문학 텍스트를 읽고 해석하고 문화적 의미를 추출하며 그 텍스트가 생산된 당대 현실을 재구성해보는 고전적인 문학 강의를 유보하고, 영화 텍스트 감상을 통하여 영화 텍스트로 변용된 문학 텍스트의 문화적 전언을 이해하도록 하는 것이 한층 효과적인 방법이 될 수도 있다. 필자의 경우 미국문학사 강의에서 서로 다른 세 가지 방법을 동시에 사용하였다. 즉, 한 저자가 자신의 논점을 가지고 쓴 미국문학사 읽기, 미국문학선집에서 발췌한 구체적인 문학 텍스트 감상하기, 그리고 영화 텍스트를 통하여 문학 텍스트의 전언을 확인하고 대비해보기라는 방법을 병행한 것이다. 그 결과 연대기를 따라가기만 한다면 자칫 지루할 수도 있는 미국문학사 강의가 훨씬 역동적으로 느껴졌다는 것이 학생들의 반응이었다.

더 구체적으로는 우선 미국문학사 교재를 한 권 채택하여 신대륙의 발견에서부터 당대의 포스트모더니즘 문학의 출현에 이르기까지 시대별로 한 챕터씩을 읽어가면서 시대적 특징을 파악하게 했다. 그런 다음 주로 단편들을 골라 읽히거나 장편의 일부분을 발췌하여 원문 텍스트를 접하게 함으로써 언급된 작가의 문체나 작품세계를 그야말로 '맛보게' 했다. 그리고 영화 텍스트는 대개 한 시간 정도를 할애하여 이야기의 흐름을 이해하고 주된 논점에 이를 때까지 보여주는 방식을 취하였다.

물론 이 사례는 문학사나 문학 개관 등의 입문적인 성격의 강의에 해당하는 것으로 한정하고자 한다. 비평적인 안목으로 영화 텍스트를 다시 읽는 접근법은 극히 제한적으로 사용했다. 따라서 이와 같은 교수법이 비평이론에 따라 독창적인 방법으로 텍스트를 분석하는 성격의 강의에서는 부적절할 수도 있다. 그러나 학생들로부터 의문이나 비판적

읽기가 제기될 때에는 적극적으로 이를 발전시키도록 유도하는 것 또한 매우 흥미로운 학습에 이르도록 한 것은 물론이다.

2. 주요 교재와 주별 강의 계획

1. 문학 텍스트

주요 문학 텍스트로는 Peter B. High, 송관식·김유조 역의『미국문학사』와 영미문학연구회 편의『영미문학의 길잡이』를 채택했다. 두 책은 주 교재로 사용되었는데 상호 보완의 효과가 있었다. 전자는 대략적인 미국문학의 변천 과정을 이해하는데 도움을 주는 책이다. 다소 소략하다는 감이 있지만 바로 그 점이 미국문학사의 테두리를 대강 그려보게 하는 데에는 더 효과적일 수도 있다고 보았다. 그 책은 번역서인 만큼 영어 원문이 가진 위트를 전달하기에는 다소 역부족이며 책 속에 인용된 문학 작품의 경우 거의 원전의 맛을 살리지 못한다는 단점이 있다. 그 단점을 후자를 통해 보완할 수 있었다. 전자가 서술자가 객관적인 입장을 취하며 문학사의 흐름을 서술하고자 한데 반해 후자는 논자들의 정연한 논지가 돋보이는 책이다. 우선 시대적인 특징들을 거시적으로 서술하고 개별 작가론과 작품론들을 통하여 구체적이고 상세한 서술로 나아가고 있다. 그러다보니 강조되거나 충분히 논의된 작가가 있는가 하면 중요성에도 불구하고 아예 누락되거나 소략하게 소개된 작가도 있다. 두 교재를 함께 사용함으로써 이 단점들을 상호 보완할 수 있었다.

구체적인 작품을 살펴보기 위해서는 선집anthology도 한권 필요하다. 필자가 택한 것은 George Perkins · Barbara Perkins의 『미국문학의 전통The American Tradition in Literature』이다.

2. 영화 텍스트

주로 사용한 영화 텍스트는 다음과 같다. 대부분의 영화는 VHS 비디오테이프로 수업에 사용하는 까닭에 표기된 제작연도는 달리 표기되지 않았을 경우 비디오테이프 출시 년도를 나타낸다.

〈엘리자베스(Elizabeth)〉 Shekhar Kapur Dir. 1998.

〈주홍 글씨(The Scarlet Letter)〉 Roland Joffe Dir. 1992.

〈크루서블(The Crucible)〉 Nicholas Hytner Dir. 1996.

〈파 앤 어웨이(Far and Away)〉 Ron Howar Dir. 1992.

〈라스트 모히칸(The Last of the Mohicans)〉 Michael Man Dir. 1992.

〈순수의 시대(The Age of Innocence)〉 Martin Scorses Dir. 1993.

〈모비딕(Moby Dick)〉 Franc Rodda Dir. 2000.

〈바틀비(Bartleby)〉 Anthony Friedma Dir. 1999.

〈보스턴 사람들(The Bostonians)〉 James Ivor Dir. 1996.

〈여인의 초상(The Portrait of a Lady)〉 Jane Campio Dir. 1999.

〈허클베리핀의 모험(The Adventures of Huckleberry Finn)〉
Peter H. Hunt Dir. 1985.

〈위대한 개츠비(The Great Gatsby)〉 Jack Clayton Dir. 1994
(영화 제작 1974).

〈말콤 엑스(Malcolm X)〉 Spike Lee Dir. 1992.

〈칼라 퍼플(The Color Purple)〉 Steven Spielberg Dir. 1985.

〈빌러비드(Beloved)〉 Jonathan Demm Dir. 2003.

〈정글피버(Jungle Fever)〉 Spike Lee Dir. 2000.

〈조이럭 클럽(Joyluck Club)〉 Wayne Wang Dir. 2002.

〈삼나무에 내리는 눈(Snow Falling On Cedars)〉 Scott Hicks
Dir. 2001.

〈라스베가스를 떠나며(Leaving Las Vegas)〉 Mike Figgis Dir.
1997.

〈플래툰(Platoon)〉 Oliver Stone Dir. 2001.

〈람보(Rambo)〉 Ted Kotcheff Dir. 2002.

〈지옥의 묵시록(Apocalypse Now)〉 Francis Ford Coppola
Dir. 2002.

<메탈 자켓(Full Metal Jacket)> Stanley Kubric Dir. 1987.

<워킹 걸(Working Girl)> Mike Nicholas Dir. 2002.

<프리티 우먼(Pretty Woman)> Gary Marshall Dir. 2000.

<매트릭스(The Matrix)> Larry Wachowski · Andy Wachowski Dir. 1999.

<로보캅(Robocop)> Peter Weller Dir. 1987.

<파리(The Fly)> David Cronenberg Dir. 1999(영화 제작 1986).

아울러 참고로 사용할 수 있는 다큐멘터리는 다음과 같다.

<모든 권력을 민중에게─블랙팬더당과 그 너머(All Power to the People : The Black Panther Party and Beyond)> Lee Lew-Lee Dir. 1997.

3. 강의의 진행

우선, 필자는 18세기까지의 미국문학을 가르치기에 적절한 국내 자료가 많이 부족하다고 느꼈다. 19세기 미국의 르네상스 시기와 20세기, 당대의 미국문학에 대해서는 각 작가 한 명에 대해서도 한 학기를 소요해야 할 만큼 읽힐 거리도 풍부하고 그에 대한 접근도 다양한 편이다. 그러나 18세기까지에 대해서라면 문학 작품 자체가 부족하다고 말하기는 어렵다 할지라도 학생들로 하여금 그 시대를 간접 체험하게 해줄 수 있는 자료는 넉넉하지 못한 편이다. 예를 들어 에드워드 테일러 Edward Taylor처럼 한국에 덜 알려진 작가의 글을 바로 읽어 나가기는 힘든 것이다.

필자는 우선 대륙 발견에서부터 18세기까지의 미국문화에 대해서는 몇 가지로 축약하여 가르치기로 했다. 신세계의 발견, 아메리카 원주민과의 관계, 유럽과의 연결, 청교도주의, 마녀 재판, 계몽주의, 건국의 아버지들 등을 주제어로 뽑아 이를 중심으로 시대적인 분위기를 가르쳤다. 신세계의 건설과 필수적으로 연결된 청교도주의를 가르치기 위해서는 구대륙 유럽의 문화, 그중에서도 종교의 문제를 이해시켜야 할 필요를 느꼈다. 영화 〈엘리자베스〉의 몇몇 장면들, 특히 메리 여왕이 임종 직전에 동생 엘리자베스에게 카톨릭을 보존해 달라고 요청하는데 엘리자베스가 거절하는 장면 등은 신교와 구교의 갈등을 엿볼 수 있는 자료로 활용될 수 있다. 이런 영화 텍스트는 주제가 엘리자베스 여왕 개인의 사랑과 내면적 고독 등에 있는 만큼 전편을 다 보여주기보다는 필요한 장면들만 발췌, 편집하여 제시함으로써 보조 자료로 활용하는 것이 효율적이다.

청교도주의 시대의 억압적인 분위기를 이해시키기 위해 영화 〈주홍글씨〉를 보여줄 필요가 있다. 영화 자체의 미학적인 면으로 보자면 구성이나 대사, 그리고 원작 소설의 심각한 왜곡 등 결점 투성이인 영화이긴 하지만 필자는 영화의 첫 10~20분 정도를 보여주는 것은 의미가 있다고 보았다. 우선 딤즈데일 목사의 설교에 등장하는 "새로운 예루살렘New Jerusalem", "언덕 위의 도시City Upon the Hill" 등의 어휘가 신대륙으로 이주해 온 정착민들이 가졌던 신세계의 비전을 드러내 준다고 보는 까닭이다. 새로운 시민사회를 건설하려는 의욕과 그것이 성경에 기반을 둔 순수하게 신앙적인 것이어야 한다는 전언을 읽을 수 있는 것이다. 아울러 도서관이나 출판시설, 교육시설이 거의 없다시피 했던 정착민 사회settlement society였기에 문화적인 것이라면 유럽 구대륙에 주로 의존했던 당시의 분위기를 영화에서 확인할 수 있다. 영화의 배경으로 등장하는 광활하고 깨끗하며 아름다운 미국의 자연을 보는 것마저도 학생들에게는 도움이 된다고 본다. 무한한 가능성의 땅으로서의 미국 대륙을 시각적으로 확인하면서 콜롬버스의 편지에 나타난 신세계의 묘사를 일부 읽히는 것도 좋을 것이다.

아울러 미국 원주민이 영국인의 배를 침략하는 장면 등에 대해서는 비판적인 읽기를 유도할 필요가 있을 것이다. 뒤에 다룰 〈라스트 모히칸〉에서 보이는 원주민들의 참살 장면과 대비시키며 역사적 사실에 바탕을 두자면 주민들은 대부분의 경우 희생자의 입장에 놓여있었다는 것을 상기시킬 필요가 있다. 이 점에 대해서는 원주민들의 문화를 다룬 책들을 일부 소개하는 것도 좋을 것이다. 예를 들어 1855년, 시애틀의 원주민 추장이 쓴 편지의 일부를 소개할 수 있다. 이미 유명해진 "우리가 공기의 맑음과 물의 반짝임을 소유하고 있지 않은데, 어떻게 그것을 팔라는 것입니까?" 하는. 원주민들이 소유와 정복의 개념으로부터 멀리 떨어져 있었음을 이해시키는 것은 나중에 현대 미국문화의 다양성을 설명하는 데에로 연장될 수 있다.

아울러 영화 〈크루서블〉을 통해 당대의 사건이었던 마녀재판을 이해시킬 수 있다. 나타니엘 호손의 「젊은 향사 브라운」을 읽고 토의하게 하는 과정에서 이 영화 텍스트를 원용하는 것이 좋을 것이다. 도그마라거나 지나친 신념이 불러올 수 있는 재앙의 한 표현이자 집단적 광기의 한 예로서 이 역사적 사실을 상기시킬 수 있다. 그리하여 이 사건을 현대의 레드 콤플렉스Red Complex, 매카시즘McCarthyism과 연결시키며 미국 역사의 한 면을 이해하는 도구로 사용할 수 있다. 그러나 동시에 청교도들이 때로는 극단적인 방향으로 치닫기도 했지만 기본적으로는 삶을 사랑하고 휴머니즘에 충실했었다는 사실도 함께 기억시켜야 할 것이다. 미국사회를 유지하는 건전성의 깊은 뿌리에는 이들의 순수한 종교적 태도가 자리 잡고 있다는 점도 상기시킬 필요가 있다. 또한 영화 〈파 앤 어웨이〉를 통하여 가능성과 도전의 땅으로 그려진 신대륙 미국을 이해시킬 수 있다.

〈라스트 모히칸〉은 1757년을 배경으로 하고 있어 미국 독립전쟁 직전의 미국사회를 이해하는데 도움이 된다. 허드슨강 유역을 중심으로 하여 영국과 프랑스군 사이에 전개된 대륙쟁탈전과 그 사이에 놓인 원주민 모히칸족, 그리고 영국인의 피를 가졌지만 원주민의 문화 속에 자란 호크 아이의 존재가 영화의 중심이 된다. 영화에는 미국인들에게 신민으로서의 의무만을 강요할 뿐 그들이 영국 신민으로서 보호받을 권리는 애써 외면하는 영국인들의 모습이 재현되어 있다. 따라서 독립전쟁으로 치달을 수밖에 없었던 식민지 미국인의 지위를 엿보게 하는 텍스트이다. 아울러 영화에 등장하는 호크 아이의 존재는 문화적 혼종태 hybridity로서의 미국인과 미국문화의 한 원형으로 작동한다고 볼 수 있다. 유럽인과 원주민, 이들 두 종족의 문화를 넘나들고 아우르는 호크아이의 존재는 곧 단일문화의 순수성을 고집하기보다는 다문화주의로 나아가고 있는 미국문화의 본질에 닿아 있다고 볼 수 있다. 혼종성의 장점을 중심으로 학생들의 토론을 유도해 보는 것도 좋다.

18세기 미국문화에서는 벤자민 프랭클린Benjamin Franklin을 반드시 언급한다.『미국문학의 전통』에서 프랭클린의 자서전의 일부를 발췌하여 이성과 실용성을 중시했던 당시의 문화를 이해시킨다. 프랭클린식의 인물을 20세기 작가 스콧 피츠제럴드Scott Fitzgerald의『위대한 개츠비The Great Gatsby』의 주인공 개츠비에서 다시 발견하게 되는데, 프랭클린 강의에서 언급해 두는 것이 복선을 깔아두는 효과가 있다. 프랭클린의 비전Vision이 어떻게 미국인의 꿈으로 발전하고 또 쇠락해 가는가를 뒤에 문학 작품을 통하여 확인하는 것은 학생들에게는 드물게 마주치는 책읽기의 즐거움이 된다.

19세기의 미국사회를 이해시키는 데에는 〈순수의 시대〉가 큰 도움이 된다. 이 영화 텍스트에서도 또한 앞서 18세기까지의 사회를 다룬 것들에서처럼 영화 전체 줄거리보다는 영화 곳곳에 등장하는 작은 모티프들에 주목할 필요가 있다. 물론 전체적인 줄거리 또한 교육적 효과를 충분히 지니고 있다. 영화는 한 여인의 삶을 통해 당시의 미국문화를 그리고 있다. 주인공은 결혼을 해 유럽으로 갔다가 이혼을 하고자 미국으로 돌아온다. 영화는 그 주인공이 폐쇄된 미국사회에서 부딪치는 시련과 사랑을 그리고 있다. 영화를 통하여 법률과 제도에서는 앞서가는 듯이 보였던 미국사회가 내부적으로는 명예와 관습이라는 틀에 여전히 매여 있었다는 사실을 알 수 있다. 그러나 필자는 세부적인 디테일에 더 주목한다. 이를테면 유럽으로부터 책이 든 궤짝이 도착하는 장면 등을 강조한다. 물론 19세기에는 이미 미국 내에서 인쇄와 출판이 활발해진 상태였지만 독립을 이루고도 오랫동안 미국이 영국의 문화적인 전통으로부터 분리되지 못했던 것을 설명하기에 적절한 장면이라 할 것이다.

사실『헨리 아담스의 교육The Education of Henry Adams』등의 책에서 보더라도 미국 대학의 캠퍼스 건축에 필요한 자재들을 영국에서부터 가져와 캠퍼스를 지었던 일화 등을 찾기는 어렵지 않다. 19세기 초 미국작가들, 이를테면 워싱턴 어빙Washington Irving, 제임스 페니모어 쿠퍼James Fenimore Cooper 등이 가지고 있었던 종속적 문학관을 설명하면서 이와 같은 장면을 활용하면 문학과 영상이 교호하는 결과를 불러 올 수 있을 것이다. 어빙의 경우, "우리는 젊은 국민이다. 유럽의 기존 국가들로부터 본보기와 유형을 취해야 한다"고 주장한 바 있다. 어빙의 이러한 언급이 당시 미국의 시대적인 분위기를 설명하는 것일진대 오히려 유럽 생활을 마치고 돌아온 영화의 여주인공은 미국이 유럽을 흉내 내고 있음을 개탄한다. 여주인공의 대사 중에서, "미국이 유럽의 문화를 모방하는 것은 적절치 못하다. 미국은 미국 고유의 문화를 창조할 필요가 있다"는 지적을 이와 연결시킬 수 있다.

19세기 르네상스 시대 미국문학을 이야기하는 데에는 풍부한 문학과 영상 텍스트가 준비되어 있는 편이다. 필자는 앞서 언급한 국가의 건설과 미국문학의 대두 부분에서 R. W. B. 루이스R. W. B. Lewis의「미국의 아담The American Adam」을 반드시 언급한다.「미국의 아담」은 쿠퍼의 작품에 등장하는 내티 범포Natty Bumppo와 같이 바뀌어 나타나며 미국문화의 한 줄기를 형성함에 틀림없다. 자립적이고 모험을 사랑하며 자족적인 이러한 미국인상이 미국 여성에게도 동일하게 적용될 수 있는 것인가? 19세기 작가의 작품들에서는 여성의 지위와 권리를 논해 볼 수 있는 여지가 많은 편이다.

이 질문을 염두에 둔 채 헨리 제임스Henry James 원작의 〈보스턴 사람들The Bostonians〉과 〈여인의 초상The Portrait of A Lady〉을 보게 한다. 수업을 통하여 깨닫게 되는 것 중 하나가 많은 학생들이 서구 여성, 특히 미국 여성은 아주 오래전부터 지금과 같은 자유와 권리를 누려왔던 것으로 생각한다는 점이다. 이러한 영화들을 통해서 미국 여성도 오랫동안 자유를 누리기보다는 억압당해 왔다는 것을 알려 줄 수 있다. 미국 여성들 또한 다른 소수 인종들, 즉 노예 신분에서 출발한 흑인이나 이민자들과 마찬가지로 분열과 갈등을 극복하며 자신들의 권리를 향해 나아갔던 것임을 깨닫게 할 수 있다.

헨리 제임스는 그 문학 텍스트를 학생들에게 읽히기는 어려운 편이다. 영화 〈보스턴 사람들〉을 통하여 여성 주인공 베레나Verena가 가진 양가적 태도를 살펴볼 수 있다. 이 영화 텍스트 또한 풍부한 논의거리를 제공한다. 여성 해방과 사랑이라는 두 명제가 상충하는 것으로 제시되고 있는 만큼, 여성의 권리와 진정한 자유가 무엇인지에 대해 흥미로운 토론을 유도할 수 있다. 영화 속의 장면들, 남성들의 전유물이었던 하버드대학의 풍경, 남성의 전유물이었던 라틴어 교육 등에 주의를 환기시키며 금남의 구역이 거의 해체된 현대와 그 시대를 대비시키는 것도 흥미롭다. 베레나의 연설에 등장하는 여성의 현실에 대한 웅변도 분석적으로 듣기를 권하는 것이 좋다.

19세기 미국문학에서는 18세기 문학에서와는 사뭇 다른 태도가 나타나고 그 점에 주목해서 강의를 진행할 필요가 있다. 즉 초기의 건국의 아버지들이 가졌던 진취적이고 적극적인 기상과 의지들이 도전받고 회의되는 것이 특징이 된다. 나다니엘 호손, 허만 멜빌Herman Melvill, 에드가 엘런 포Edgar Allan Poe, 스테판 크레인Stephen Crane 등이 대표적인 인물들인데 이들은 모두 인간의 내면에 깃든 사악함이나 악마적인 기질 등 부정적이고 어두운 면을 그리거나 상황을 극복해 나가기보다는 상황에 굴복하는 인물들을 보여준다는 공통점을 지니고 있다.

필자는 영화 〈모비딕〉을 보여주고 멜빌의 「필경사 바틀비Bartleby, the Scrivener」를 읽게 했는데 소기의 효과를 거둘 수 있었다. 흰 고래에 대한 집요한 복수의 욕구에 불타는 아합Ahab 선장이 끝내 그 고래에게 끌려가고 마는 귀결과, 전달되지 못한 편지와 쓸쓸한 죽음이 드러내는 바틀비의 무력하고 소외된 존재를 평행선상에 놓아 대비토록 한 것이다. 광활한 바다의 모티프와 월스트리트Wall Street라는 비인간적인 자본의 시장을 연계해보도록 유도하는 것도 좋다. 인간의 한계와 무기력함을 확인하도록 만드는 이들 19세기 작가들의 특징을 확인시키는 동시에 이들을 18세기까지의 이상적인 미국인상, 즉 진취적이고 자족적인 미국인상과 대비시켜 볼 필요가 있다. 또한 19세기 미국문학에 나타나는 리얼리즘과 자연주의적 경향을 아울러 설명하는 것이 좋다.

뉴잉글랜드New England 중심의 미국문화 전통과는 전혀 다른 남부의 문화를 확인시키는 의미에서 마크 트웨인Mark Twain의 〈허클베리핀의 모험The Adventure of Huckleberry Finn〉은 꼭 보아야 할 영화 텍스트이다. 등장인물의 성격 파악이나 줄거리, 또는 등장하는 에피소드들 모두가 교육적인 효과를 불러일으키기에 충분한 것이지만, 영화의 배경이 되는 남부의 풍경만 잠깐 지켜보게 하는 것도 그에 못지않게 교육적이라고 본다. 뉴잉글랜드를 배경으로 하는 다른 영화 텍스트들과는 달리 이 영화 텍스트를 통하여 문화보다는 자연을, 그것도 개발되지 않은 남부의 자연을 학생들은 느낄 수 있을 것이며, 소외와 궁핍이 주를 이루는 남부인의 삶과 플랜테이션Plantation의 풍경 등을 볼 수 있을 것이다.

  19세기 말에서 20세기에 이르는 전환기의 미국문학을 이야기할 때에는 적절한 영화 텍스트를 구하기가 어려워 문학 텍스트를 발췌해 읽고 특징을 설명하는 방식을 취하였다. 시어도어 드라이저Theodore Dreiser와 윌라 캐이더Willa Cather, 그리고 셔우드 앤더슨Sherwood Anderson을 기억해야 할 작가로 가르친다. 드라이저의 텍스트는 뒤의 두 작가와는 달리 모더니즘적인 기법을 보여주는 텍스트가 아니라 리얼리즘, 또는 일부의 평자들이 일컫는 바와 같이, 뉴리얼리즘의 계열에 드는 것이라 볼 수 있다. 즉, 드라이저의 『시스터 캐리Sister Carrie』는 이상적이고 계몽적인 메시지를 담고 있는 것도 아니고 초월적인 인간의 영혼을 다루는 텍스트도 아니다. 그와는 반대로 주위 환경과 경제적 여건에 의하여 한계 지어지고 조종당하는 인간의 모습이 그려지고 있다. 드라이저의 『시스터 캐리』에 드러난 대로 주인공 캐리의 비도덕성을 통하여 시대의 변화를 감지시킬 수 있다. 정조의 관념이 없이 물질적인 욕망에 이끌려 가는 여주인공의 모습과 점차 경제적 안정을 잃고 왜소해져 가는 등장인물 허스트우드George W. Hurstwood는 산업 사회, 소비 사회에 들어선 미국의 모습을 읽어 내기에 꽤 적합한 텍스트가 『시스터 캐리』임을 보여준다.

  더 나아가 텍스트의 공간적 배경이 되는 시카고와 뉴욕의 모습을 엿볼 수도 있다. 주인공 캐리가 제화 공장에 취직하는 장면, 그리고 브로 드웨이의 스타로 부상하는 장면들에 드러난 대로 산업 도시로 성장해 가던 시카고의 모습과 문화의 중심지 뉴욕의 모습을 볼 수 있는 것이다. 드라이저의 텍스트가 형식이 아닌 내용에서 20세기 초의 미국을 보여준다면 캐더와 앤더슨의 텍스트는 형식적인 면에서 모더니즘의 등장을 보여준다. 캐더의 『나의 안토니아My Antonia』는 이야기의 도입 부분에서 뒤에 전개될 이야기 텍스트가 저자의 손에 들어오게 된 경위를 소개한다. 그리하여 이야기 속의 이야기라는 새로운 문학 텍스트의 틀을 제공한다. 앤더슨은 『와인스버그, 오하이오Winesburg, Ohio』에서 각기 다른 이야기들을 묶어 내는 옴니버스Omnibus 스타일을 택하고 있다. 필자는 이 작가들의 문학 텍스트 중 일부를 읽게 함으로써 문체의 특징을 파악하게 하는 방식을 택했다.

20세기 미국문학을 이야기하는 자리에서 빼놓을 수 없는 작가들이 '잃어버린 세대Lost Generation' 작가라 불리는 스콧 피츠제럴드F. Scott Fitzgerald와 어네스트 헤밍웨이Ernest Hemingway 등이다. 피츠제럴드의 『위대한 개츠비』는 학생들이 꽤 흥미로워하는 텍스트이며 여러 가지 접근을 가능하게 해 주는 풍부한 텍스트이다. 『위대한 개츠비』는 여러 차례 영화화되었지만 잭 클레이튼Jack Clayton 감독의 1974년 작을 손쉽게 구할 수 있을 것이다. 1920년대 재즈 시대를 보여주는 의상이나 소품 또한 이야기 줄거리 못지않은 교육적인 효과를 준다고 본다.

과도한 물질문명의 발호와 그에 따른 정신적 황폐, 자신이 원하는 것을 손에 넣고 모든 것을 자신의 통제하에 두려고 하는 미국인의 의지가 주인공 제이 개츠비Jay Gatsby와 데이지Daisy에 반영되어 있다고 보아 인물 분석을 통해 텍스트에 접근하는 것이 좋을 것이다. 학생들의 일차적인 영화 읽기는 대개 데이지라는, 허영에 차고 모호한 인물에 대한 비판과 그러한 데이지에게 인생을 거는 개츠비의 사랑이 과연 의미가 있는 것인가 하는 인물의 성격 분석에 모아진다. 그러나 토론을 통하여 개츠비의 데이지를 향한 열정이 과연 한 여인에 대한 열정에 불과한 것인지 아니면 그것을 넘어서 자신의 결핍을 채워나가며 그리하여 결국에는 모든 것을 자신의 통제하에 두려는 한 미국인의 초상인지 묻는 것으로 발전한다. 앞서 언급한 벤자민 프랭클린 류의 미국인상을 다시 한번 환기시키며, 문학 텍스트 『위대한 개츠비』에서 개츠비 사후에 발견된 개츠비의 결심을 적은 일기를 거기에 비추어 읽어 보게 한다. 그러면 인간을 '하나의 작은 자동 기계automaton'로 바꾸어 놓으려 한다는 비난을 받기도 했던 프랭클린식 인물을 개츠비를 통해 확인하게 할 수 있다. 이는 18세기를 지배했던 미국의 꿈이 20세기에 들어 어떻게 미국의 악몽으로 바뀌게 되는지 보여주는 것이기도 하다.

아울러 부차적인 인물로 그려지는 머틀Myrtle과 그 남편의 평범하고 소박한 삶, 그리고 그와는 대조적인 데이지와 톰 부캐넌Tom Buchanan의 풍요로운 생활에 주의를 기울이게 한다. 그리고 머틀의 톰을 향한 욕망 속에 내재된 물질적, 계급적 상승에의 욕구 등을 환기시킬 필요가 있다. 또한 톰이 집사에게 개츠비에 대해 조사해 보라고 시키는 장면은 주의를 요한다. 톰이 어떤 사람의 정체성을 알고자 할 때 그가 꼽는 몇 가지 요소들에 관심을 기울일 필요가 있다. 부모는 누구이며 클럽은 어디에 소속되어 있는지를 알아보라는 톰의 언사는 뜻하는 바가 많다. 기회와 평등, 그리고 가능성의 상징으로 알려진 미국사회에서도 한 개인의 사회적 위상을 결정짓는 것은 자신의 고유한 능력 이외에도 상당 부분 그 개인을 둘러싼 외부적 요소임을 확인할 수 있는 것이다.

〈위대한 개츠비〉는 재즈 시대의 풍경을 알아보기에 어떤 면에서는 문학 텍스트보다 한층 더 효과적이라 할 것이다. 화려하고 낭비적인 파티 풍경과 부나비처럼 떠도는 파티 참가자들의 모습, 그리고 유럽에서 보내오는 화려한 개츠비의 옷들은 영화 텍스트에서 시각적이고 효과적으로 드러나는 까닭이다. 아울러 '재의 계곡'을 촬영한 장면은 이스트에그East Egg의 화려함과 대조를 이루며 퇴색해 가는 미국의 꿈을 잘 보여준다. 그리고 가난한 윌슨 부부의 자동차 정비소 풍경은 크고 화려한 개츠비나 부캐넌의 거주지와 직접적인 대비를 보여준다. 앞서 언급한 바와 같이 〈위대한 개츠비〉에서 벤자민 프랭클린이 꿈꾸었던 인물의 체화로 개츠비를 이해할 수 있고 현실 앞에 무력하게 분해되고 마는 미국의 꿈을 확인할 수 있는 것이다.

20세기 중반 이후의 미국문학과 문화는 당대 미국문학 또는 문화인 까닭에 역사적인 맥락보다는 현재성을 지닌 주요 쟁점 위주로 접근한다. 그 이전의 시대에도 적용해 볼 수 있는 방법이지만 당대 문화를 다룸에 있어서는 특히 성별gender, 인종race, 계급class을 중심으로 접근해 나가는 것이 좋을 것이다. 이 개념들은 긴밀하게 상호 관련되어 있어 위에 든 영화 텍스트들은 포괄적으로 성과 인종, 그리고 계급이 어울려 만드는 차이와 배제의 역학을 이해시키기에 적합한 텍스트들이다. 즉 미국사회에서의 흑인의 소외와 차별, 그리고 그에 대한 저항은 곧 여성이 경험한 분리와 배제의 경험을 닮아 있고, 흑인 여성의 경우에는 그 흑인 됨과 여성 됨으로 인하여 이중의 고통을 강요받게 됨을 볼 수 있다. 더 나아가 이는 소외된 계급의 문제와 연결된다. 이들은 사회의 하층부를 형성하며 사역과 의무를 담당할 뿐 권리로부터는 멀어져 있는 것이다.

흑인의 문제, 더 정확한 용어로는 아프리카계 미국인의 삶을 반영하는 영화 텍스트들은 학생들에게 아주 효과적인 텍스트로 활용된다. 필자는 우선 다큐멘터리 〈모든 권력을 민중에게〉를 보여줌으로써 1960년대 미국의 인권 운동의 등장과 함께 시작된 아프리카계 미국인의 저항을 구체적인 역사적 사실로 이해하게 한다. 그리고 영화 〈말콤 엑스Malcom X〉를 보여주며 리차드 라이트Richard Wright의 『토박이Native Son』를 번역본으로나 원서로 읽게 한다. 그리하여 삶의 전망이 차단된 흑인들의 삶의 현실을 이해시키며 그 속에서도 탈출과 해방을 위해 분투하는 모습을 보여준다. 「빌러비드Beloved」와 「칼라 퍼플Color Purple」을 통해서는 흑인 여성이 겪어야 했던 트라우마trauma을 강조하며 여성이 자신의 운명을 타파해 나가는 데에 있어서 이야기와 기억하기, 글 읽기, 그리고 여성들 사이의 자매애적인 유대와 의사소통이 중요한 역할을 하게 된다는 것을 강조한다.

영화 〈정글피버Jungle Fever〉를 통해서는 인권 운동의 결과로 흑인들의 권익이 훨씬 나아진 이후에도 여전히 지속되는 인종 차별의 현실을 이해시킬 수 있다. 남성 주인공 플리퍼Flipper는 자신의 능력으로 중산층으로의 진입에 성공한 일종의 모범적 흑인의 형상화로 파악할 수 있다. 그가 백인 여성과 갖게 되는 외도 사건이 그들 주변의 사람들에게 일으키는 반응들을 통하여 미국사회에 여전히 엄격하게 남아있는 인종간의 벽을 확인해 볼 수 있다. 동시에 미국의 정체성 논의에서 인종의 문제가 왜 그리도 중요한 핵을 이루고 있는지를 이해시킬 수도 있다. 다문화주의의 의미를 이 부분에서 환기시키는 것도 좋을 것이다.

소수 인종의 문제를 다루는 영화 텍스트로는 〈조이럭 클럽Joy Luck Club〉이 적합하겠다. 〈조이럭 클럽〉에서는 네 쌍의 모녀를 중심으로 전개되는 중국계 미국인의 삶의 모습을 통해 이민자들의 문화를 확인해 볼 수 있다. 물론 작가가 보여주는 이분법적인 태도에 대해서는 비판적인 토의를 유도해 보는 것도 좋을 것이다. 소설과 영화 텍스트에서는 과거/현재, 중국/미국, 어머니 세대/딸 세대, 부정/긍정의 이분법적 구도가 반복되고 있음을 쉽게 확인할 수 있는 것이다.

아울러 일본계 미국인의 특수성을 이해시키는 데에는 제2차 세계대전과 일본의 진주만 공격, 그리고 그것이 빚어낸 일본계 미국인의 캠프 감금의 경험이 반드시 언급되어야 한다. 〈삼나무에 내리는 눈〉은 이러한 역사적 사실에 대한 이해를 돕는 좋은 텍스트가 될 것이며 아울러 존 오카다John Okada의 『노노보이No-No Boy』나 모니카 소네Monica Sone의 『니세이 딸들Nisei Daughters』을 조금 읽히는 것도 좋다.

현대 미국문화를 다룸에 있어서, 그리고 미국문학사 논의에서 자주 언급되지는 않지만 중요성에 비추어 볼 때 간과하기 힘든 부분이 바로 베트남전쟁의 재현이다. 패권주의로 치닫는 미국의 현대사를 가장 간명하게 보여주는 하나의 사건이 바로 베트남전쟁이며 앞서 든 인권운동의 성장과 전개, 그리고 페미니즘의 공과도 이 베트남전쟁에 대한 언급 없이는 사실상 불완전할 뿐이다. 전쟁이라는 제재 자체가 휴머니즘의 제 문제들을 검토해 볼 수 있는 장의 구실을 하기도 하지만, 베트남전쟁을 이해하는 것은 미국문화 이해라는 측면에서 더욱 중요하다. 1990년대의 걸프전에 이어 이라크전이 미국의 현재를 이해하는 데 필수적인 요소인 것처럼 1960~1970년대의 미국문화의 본질을 파악하기 위해서는 베트남전을 이해해야 한다. 베트남전의 역사성을 탐구하는 것은 곧 이라크전을 화두로 한 미국의 이해라는 토론의 장을 형성하는 것으로 쉽게 이어질 수 있다. 수많은 영화가 자료로 활용될 수 있지만 그중에서도 〈플래툰Platoon〉, 〈람보Rambo〉, 〈지옥의 묵시록Apocalypse Now〉, 〈메탈 자켓Full Metal Jacket〉 등의 영화가 특히 유용할 것이다.

그 밖에도 현대 미국문학, 미국문화를 이해하는 데에는 다양한 주제별 접근이 가능하다. 일종의 S.F.를 통하여 점점 더 중요성을 얻어 가는 가상 세계의 문제에 접근해 보는 것도 흥미로울 것이다. 다소 언급이 덜된 감이 있는, 크로넨버그David Cronenberg 감독의 1986년작 〈파리〉도 중요한 텍스트로 보인다. 인간과 파리의 유전자가 합성되어 새로운 혼종적 존재가 탄생한다는 이 이야기는 바로 사이보그Cyborg와 가상 세계의 출현을 예고하는 텍스트로 보인다. 〈로보캅RoboCop〉, 〈매트릭스Matrix〉 등의 영화는 학생들이 먼저 발표와 토론을 제안해 오는 경우가 많은, 학생들이 아주 흥미롭게 여기는 텍스트이다.

그러나 단지 S.F. 등과 같은 첨단 과학 문명에 바탕한 텍스트만이 현대 미국문화를 설명하는 것이 아니라는 것 또한 강조할 필요가 있다. 〈로보캅〉 텍스트만 예로 들어 보더라도 이는 미국 서부영화의 전통을 그대로 답습하면서 거기에 로봇 기술이라는 첨단 테크놀로지의 옷을 입힌 것일 뿐이라는 것을 알 수 있다. 서부영화의 주된 모티프였던, 절대로 패배하지 않는 주인공, 선한 자good guy와 그에 맞서는 악한 자bad guy의 이분법등의 모티프가 그대로 반복되는 것이다. 또한 80년대의 상업 영화 〈워킹 걸Working Girl〉이나 〈프리티 우먼Pretty Woman〉 등을 보면서 페미니즘의 물결이 거세게 일어난 이후에도 여전히 지속되고 있는 신데렐라 모티프의 반복을 확인해 볼 수 있다.

앞서 언급한 성별, 인종, 계급은 현대 미국문화의 이해를 위한 유용한 접근법을 제시하지만 이들 담론이 언급하지 못하는 점, 그러나 그럼에도 불구하고 현대 미국문화의 주요한 특징으로서 간과될 수 없는 점으로서 현대 미국인의 실존적 고독의 문제를 들 수 있다. 공동체community 중심이기보다는 개인 중심이며, 고도로 발달한 자본주의 사회인 현대 미국사회가 낳은 인간의 고독과 소외, 그리고 의사소통의 단절과 극복 등의 문제를 다룬 영화로 피기스Mike Figgis 감독의 〈라스베가스를 떠나며Leaving Las Vegas〉를 다루는 것이 좋겠다. 〈라스베가스를 떠나며〉를 마지막 시간에 배치하는 것은 한 학기에 걸친 미국문학사 강의를 종결하는 좋은 방법이 될 것이다.[1]

3. 결론

이상에서 언급한 것 이외에도 미국문학 개관, 또는 미국문학사 강의에 필수 불가결한 텍스트가 충분히 많이 있을 수 있고 더 나은 텍스트도 많을 것이다. 그러나 15주라는 제한된 시간과, 학부의 영문과 학생들이 강의 대상이라는 점을 고려해 볼 때 다양한 미국문학의 면모를 아

---

1   영화 〈라스베가스를 떠나며〉를 미국문학의 전통 속에서 파악하고자 하는 시도로는 태혜숙(2000)을 참조할 것.

라 카르트A la Carte식으로 맛보게 하기에는 이 정도의 텍스트에 바탕을 두고 강의를 계획해도 큰 무리는 없을 것이다.

보다 중요한 것은 학생들이 얼마나 많은 미국문화 산물을 습득했는가가 아니라 미국문화의 이해를 위한 안목을 얼마나 잘 갖추었는가 하는 점일 것이다. 미국문학의 흐름을 일괄하면서 각 시대에 있어서의 사회상과 시대 정신, 그리고 사조의 변화를 파악하는 데에 앞서 든 영화 텍스트들의 활용이 큰 몫을 하리라 본다.

비선형적 서술구조와
여성적 글쓰기의 한 가능성

글로리아 네일러를 중심으로

1. 머리말

'여성'이라는 단어가 문학 연구방법론에 자주 등장하는 말이 되고 문학비평 담론에서 중요한 위치를 차지하게 된지 이미 오래되었다. 필자는 미국에서의 페미니즘 운동은 1960년대 말~1970년대에 본격적으로 형성되기 시작하였고, 주요 문학 담론에 여성 주체의 문제가 등장하기 시작한 것은 1980년대 초·중반이라 본다. 한국에서 적극적으로 여성을 문학 연구의 주제, 또는 주체로 삼기 시작한 것은 '여성사연구회'가 발족되어 활약하기 시작한 1980년대 중반부터로 간주한다. 그 동안 '여성'이라는 주제에 대하여 참으로 다양한 담론들이 등장하였고 여성문제는 문학이나 영화 등의 예술 장르에서도 다양한 방식으로 재현의 주제가 되어 왔다. 구체적으로 살펴보자면, 먼저 여성이 어떤 식으로 차별되고 억압되어 왔는지를 고발하는 예술작품들이 가장 기본적인 형태의 여성재현방식이었다. 여성이 남성 중심의 사회 속에서 스스로의 목소리와 주체성을 찾아가는 궤적을 다룬 작품들이 그 뒤를 이어왔다. 또한 여성 공동체나 여성들 상호 간의 영향, 의존, 또는 질서 관계를 탐구하는 일군의 문학, 영화 작품들을 볼 수 있다. 더 나아가서는 성과 성별의 본질을 탐구하고 성적 차별과 소외의 구체적인 근원과 발생을 탐구하는 작품들도 등장하였다. 동성애의 문제라든지 성전환 등의 주제에 대한 탐구가 그 연장선상에서 또한 이루어졌다. 동성끼리의 사랑과 성전환이라는 주제는 남성, 여성이라는 이항 대립의 구조가 얼마나 인위적인 구조물인가를 밝혀내고 있다. 이항 대립적 차이와 구분을 넘어섬으로써 진정한 휴머니즘에 이를 수 있다는 전망을 보여주기도 한다.

문학 연구의 분야에서 페미니즘적 연구가 발전되어온 과정을 살펴보자. 초기의 페미니즘문학 연구는 우선 문학에 재현된 여성상들을 연구하는 것이었다. 그리고 여성 작가들의 작품을 재평가하여 그 문학사적 위치를 찾아주는 것이었다. 남성 작가 중심의 문학사에서 소외되거나 사장되어온 여성 작가들의 작품들이 문학정전에 포함되게 된 것은 페미니즘 연구의 성과라고 볼 수 있다. 최근의 연구는 여성 주체의 본질을 찾고 여성들의 특징을 규명하는 것에 주목한다. 여성 특유의 경험을 재평가하고 여성들 고유의 욕망의 구조를 밝혀내고자 하는 시도를 볼 수 있다. 즉 남성과 여성이라는 이분법에 바탕을 두고 여성을 남성의 타자로 인식하면서 중심에 있는 남성과 주변부에 위치한 여성을 대립적 존재로 받아들이는 경향을 넘어서고 있다. 여성의 담론discourse 자체를 연구하여 그 안에서 미묘한 방식으로 작동하고 있는 권력power과 욕망desire의 구조를 분석하는 연구가 새로이 등장했다. 이러한 연구의 결과물로서는 낸시 암스트

롱Nancy Armstrong의 『가정소설에서의 욕망Desire in Domestic Fiction』을 대표로 들 수 있다. 구체적이고 물리적인 육체에 주목함으로써 성과 성별이라는 개념항의 작위성을 드러내고자 하는 연구도 주목받고 있다. 담론에 앞서 존재하며 살아 움직이고 즉각적으로 자극에 반응하는 육체를 연구함으로써 여성 주체의 본질에 접근하고자 하는 방식이다. 주디스 버틀러Judith Butler의 『문제-질료가 되는 육체Bodies that Matter』가 출판된 이후, 육체 담론은 다양하게 전개되고 있다.

이제 페미니즘의 시각에서 여성 작가의 글쓰기의 특수성을 살펴볼 필요가 있다. 여성 작가는 어떻게 남성 작가들과는 다른 방식으로 삶을 표현하는가? 여성 작가의 작품 속 여성 인물들은 어떤 모습인가? 여성 작가를 통하여 인간과 그들을 둘러싼 세계가 어떤 모습으로 드러나야 바람직한 것일까? 여성의 글쓰기에 독자는 어떤 방식의 책읽기로 대응하는 것일까? 줄리아 크리스테바Julia kristeva나 헬렌 식수Helen Cixous, 루스 이리거레이Luce Irigaray 등의 프랑스 페미니스트들은 '여성적 글쓰기ecriture feminine'의 개념을 주창한 바 있다. 그들은 여성의 글은 남성의 글과 근원에서부터 다르다고 본다. 크리스테바의 『시적 언어의 혁명Revolution in Poetic Language』, 식수의 『메두사의 웃음Laugh of Medusa』, 이리거레이의 『하나가 아닌 성This Sex Which Is Not One』은 프랑스 페미니즘을 대표하는 책들이다.

필자는 '비선형적 내러티브'를 여성적 글쓰기를 실천할 수 있는 가장 현실적인 방식 중의 하나로 제시한다. 비선형적인 내러티브는 포용과 평화, 그리고 개방을 지향하는 여성문학을 가능하게 만드는 형식이라고 주장한다. 그리고 그러한 비선형적 내러티브를 보여주는 대표적인 작가로서 미국 흑인 여성 작가 글로리아 네일러Gloria Naylor를 든다. 프랑스 페미니스트들이 주장한 '여성적 글쓰기'는 현존하는 언어 체계가 이미 남성 중심적 구조를 갖고 있으므로 그 언어 자체를 전복시키고 와해해야 한다는 주장이다. 그러나 의사소통의 도구인 언어 그 자체를 벗어나서 이루어지는 글쓰기가 과연 가능한 것인가? 언어를 벗어나 버리고 파괴해 버리면 어떤 대안적인 방식으로 의도를 전달할 수 있을까? 프랑스 페미니스트들의 주장이 혁명적인 성격을 지니고 있음에도 불구하고, 실천적 힘이 부족함에 반하여 '비선형적 내러티브'는 실천 가능한 여성적 글쓰기로 파악할 수 있다.

2. '여성적 글쓰기'의 한계

프랑스 페미니스트들은 전통적인 글쓰기와는 완전히 다른 글쓰기를 주장한다. '여성적 글쓰기'가 인류의 사유 체계를 바꾸어 여성의 해방에 기여할 것이라고 식수는 언급한다. 이리거레이는 여성은 본질적으로 권위적인 단수이기보다는 민주적 복수multiplicity에 가깝다고 주장한다. 크리스테바는 '작가'라거나 '작품'이라는 개념 자체를 부정하면서 작가 대신 '말하는 주체speaking subject'라는 용어를 사용하고 작품을 '의미화 과정signifying process'이라고 부른다. 명료한 의식을 전제로 하는, 단일 주체로서의 작가 대신에 의식과 무의식, 욕망과 제약 사이에서 분열린 존재로 작가를 본 것이다. 작품 또한 완결된 의미의 체계로 보지 않고 그 체계를 향해가는 과정으로 본 것이다(Leon S.Roudiez, julia Kristeva 1979:6~19). 그리하여 기존의 상징계the symbolic의 언어 질서 체계를 따르고 있는 문학 작품보다는 무의식과 상상계the imaginary, 전 오이디푸스적인 기호계the semiotic에 닿아 있는 충동들의 흐름을 실어내는 과정으로서의 작품을 찬양한다. 그는 전자를 '페노 텍스트pheno-text', 후자를 '게노 텍스트geno-text'라고 부른다. 더 나아가 게노 텍스트 내부의 충동적인 움직임은 사회적 변화와 연결될 수 있는 잠재적 힘을 지니고 있다고 주장한다. 즉 문학 텍스트 자체의 변화에서 새로운 변혁적 힘을 감지할 수 있다는 것이다. 억눌린 충동과 욕망이 텍스트를 통하여 드러날 때 그것은 기존의 질서에 충격을 주고 그 질서를 변혁시킬 수 있는 힘을 가진다고 본다. 크리스테바가 한 말을 그대로 인용해보자.

> 시적 언어와 미메시스는 도그마(dogma)와 결탁한 논쟁으로 나타날 수도 있다. 하지만 그것들은 도그마가 억압하는 것을 움직이게 할 수도 있다. 성스러운 것의 폐쇄된 내부에서 그 성스러운 것을 지키는 수문역할을 하는 것이 아니라 반항자가 된다. 그래서 이 실천에 의해 개진된 복잡성(complexity)과 의미화 실천(signifying practice)은 사회적 혁명에 참여하는 것이다. (Julia Kristeva 1984:61)

크리스테바의 이와 같은 주장이 아주 새로운 것은 물론 아니다. 사회 현실의 반영으로 예술을 이해하는 반영론의 대척점에 서서 예술이 가지는 예언자적 기능, 사회 변화에 기여할 수 있는 가능성을 강조한 이들이 더러 있다. 예를 들어 사회학자 다니엘 벨Daniel Bell은 예술가의 상상력은 희미하긴 하지만 미래 사회의 현실을 예감한다고 하며 그 예로 자본주의 사회의 변화를 스테판 말라르메Stéphane Mallarmé 의 문학이 징조적으로 보여준다고 주장하였다. 소설가 막심 고리키Maxim Gorky가 "미학은 미래의 윤리학"이라고 했던 것과 같은 맥락에서이다. 크리스테바가 궁극적으로 주장하는 것은 우리 사회가 다중성이 인정되는 사회로 전환해야 한다는 것이다. 그런 다중성의 사회에서 성별의 차별이 해소될 수 있다고 본다. 그 목적을 이루기 위하여 상징질서를 부정하고 거부하는 글쓰기가 필요하다고 그는 지적한다. 굳어진 사회 질서에 충격을 주고 그 질서를 교란시켜 움직임을 주자는 그의 사고의 근원은 미셸 푸코Michel Foucault의 생각에 닿아 있다. 언어가 가질 수 있는 힘에 주목하면서 푸코는 "언어는 권력의 도구이며 동시에 결과이기도 하지만 또한 편으로는 장애물, 제동 장치, 저항의 거점, 반대편 전략의 출발절도 될 수 있는 그러한 불안하고도 복잡한 작용이 있다는 것을 인정하자"(이광래 1989:22에서 재인용)라고 말한 바 있다.

이상의 논의를 간추려보면 다음과 같다. 첫째, 우리가 일상적으로 사용하는 언어는 상징계의 것으로서, 필수적으로 그 상징계의 지배자인 아버지의 법을 따르는 것이 되고 따라서 남성적인 것이다. 둘째, 그러므로 여성적 글쓰기는 그 상징계의 언어 질서 자체를 거부하고 상상계의 질서를 따라야 한다. 크리스테바가 아방가르드 작가들을 고평하는 것은 이와 같은 사고 때문이다. 아방가르드 작가들이 기존 언어 질서에 대한 반항과 거부를 잘 보여주며 전복적인 삶을 가능하게 한다고 그는 본다.

그러나 여기에서 문제점이 발견된다. 아방가르드 시인들의 글을 읽고, 그 글을 내면화하며 그 글 속에 담긴 혁명적 무의식, 움직임, 교란과 파괴의 충동 등에 영향받거나 동조할 수 있는 독자가 과연 얼마나 있을 수 있을까? 문학 전문가에게조차 난해하게 파악되는 작품들이 다수의 일반 독자에게 영향력을 발휘할 수 있는 것일까? 상상계에 근원을 둔 전위적인 글들은 실험적이고 그 언어는 기존의 언어 체계의 구속을 벗어나 있다. 따라서 다양한 해석의 가능성을 향하여 열려 있는 것이 사실이다. 그러나 의사 전달의 도구인 언어를 부정해버린다면 어떠한 매개체를 통하여 혁명적 이데올로기가 전달될 수 있을 것인가? 크리스테바로 대표되는 프랑스 페미니스트들이 주장은 실천의 면에서는 여러 가지 한계에 부딪칠 수밖에 없다.[1]

기존 언어의 틀을 벗어난 글쓰기는 유미주의나 언어 유희의 폐쇄적 공간 안에 놓이게 되기 쉽다. '예술을 위한 예술'의 배타적 세계에 스스로를 유폐시키게 될 수 있다. 그렇다면 실현 가능하면서도 변혁적인 힘을 지닌 글쓰기는 어떤 것일까? 그 작품을 체험하는 것이 곧 새로운 생

---

1   실제 크리스테바의 문학이론을 빌어 작품을 분석하고자 할 때, 크리스테바의 용어들인 상상계, 코라, 충동 등은 이론가 본래 의도한 바와 달리 상징계의 언어 바깥에 위치한 것들이 아니라, 상징계 언어 질서 자체 내에서의 이종성(heterogeneity)으로 잘못 읽히고 원용되는 것을 볼 수 다. 그렇게 되면 그 용어들은 언어질서의 거부나 교란이 되기는커녕 그 질서 속에서의 아름다운 저항의 메타포(metaphor)에 불과한 것이 되고 만다. 김승희(1999)가 그러한 경우에 해당한다. 그가 예로 들 작가들, 고정희, 최승자, 김혜순 등은 언어 체계 내의 주변적인 것들과 추방된 것들을 글쓰기에 이용하고 있을 뿐 언어 자체를 넘어서거나 거스르는 실험성을 보여주는 이들은 아니므로, 이론과 그 실제 적용이 분리되는 결과를 낳았다. 고정희가 사용하는 구어체나 판소리, 사설조 같은 구비문학적 형식을 일러 상징계의 언어가 아니라 할 수 없고, 최승자의 시어에 나타나는 악과 뱀, 기타 비천한 것들의 이미지들은 철저히 상징계 질서 내의 언어 질서에 충실한 은유들이다. 더구나 이런 구비문학적 전통은 김지하, 고은, 신경림 등의 작품 등에서 이미 나타난 것들로서 여성 작가의 글쓰기에서 새로이 드러나는 것이라 보기 어렵다.

각의 틀을 받아들이는 것이 될 수 있는 그런 글쓰기는 어떠해야 하는가? 기존의 언어를 부정하는 과격함을 떠나 그 언어를 그대로 사용하면서도, 내용에 있어서는 물론 그 형식에 있어서도 좀더 민주적이고 덜 독단적이며 다양성과 가능성을 담아낼 수 있는 글쓰기는 무엇일까? 그런 글쓰기가 곧 여성적 글쓰기가 되어야 하지 않을까? 여성적 글쓰기에서 수용과 조화의 철학을 담아내는 형식이 추구되어야 함은 자명하다.

선형적 내러티브는 'linear narrative'의 번역어로서 기승전결의 구조를 가지고 순차적인 시간의 흐름을 따르는 전통적인 이야기 방식이다. 비선형적 내러티브는 전통적인 이야기 서술방식과 다르게 다중적 multiple 시각perspectives과 목소리voices가 드러나는 내러티브이다. 그것은 선형적인 서술들이 평행하게 병치되는 구조를 취하기도 한다. 비선형적 내러티브에서는 시간과 공간의 구성이 순차적이고 일관되지 않다. 그리고 주인공protagonist와 조역minor characters의 경계를 긋기가 모호하다. 사건의 전개 또한 기승전결의 구조를 갖기보다는 여러 개의 중심을 가지고 산발적으로 진행되는 경향이 있다.

3. 비선형적 내러티브의 '여성적 글쓰기'

이제 비선형적 내러티브가 어떻게 여성문학의 영역을 확장하는지, 또 어떤 의미에서 여성의 경험을 드러내기에 적합한 서술방식인지 살

펴보자. 여성 작가들과 여성문학 이론가들은 종종 전통적 서술구조 또
는 이야기 방식과 거기에 깃든 철학과의 관계에 주목해 왔다. 이리거레
이는 기존 남성 철학가들의 사유체계를 '침투penetration'의 철학이라 부
른다. 이해 반해 여성의 사유는 '애무-위무caress'의 철학이라고 주장한
다. 전자는 상대를 제압할 목적을 가지며 자신의 사유로써 상대의 사유
를 대체하고자 의도하는 것이라고 본다. 반면 후자에서 강조되는 것은
대상과의 공존과 대화와 상호작용이다. 후자에서 타자는 정복의 대상
이 아니라 주체와 양립하고 주체의 주체됨을 가능하게 한다.[2]

같은 맥락에서 퍼트리샤 토빈Patricia Tobin은 선형성linearity과 가부장
제 사이에는 긴밀한 관계가 존재해 왔음에 주목하였다. 서양철학은 기
본적으로 시간을 선형적으로 파악하는데 아리스토텔레스Aristotle가 극
과 서사시의 요건으로 내세운 것들을 보면 이 점이 확연히 드러난다고
그는 주장한다. 아리스토텔레스는 극과 서사시의 요건이 "사건들의 배
열"이라고 지적한 바 있다.

> 시작은 무언가의 뒤를 따르지 않는 것이며, 그 뒤에 무언가가 따라
> 나올 때 시작이다. 끝은 무언가를 뒤따라 나오면서 그 뒤에는 아무것
> 도 없는 것이다. 중간이란 자연적으로 무엇인가가 뒤에 오면서 또한
> 그 뒤에 무엇인가가 따라 나오는 것이다. (Patrica Tobin 1979:1)

---

2 이리거레이의 주장을 구체적으로 인용해보자. "너는 내 안에 있지 않아. 나는 너를 내
  위장이나, 내 팔이나 내 머리 속에 두고 있지 않아. 내 기억 속에도, 내 마음속에도, 내
  언어 속에도 있지 않아. 너는 거기 있어. 마치 내 피부처럼."(Luce Irigarary, Gillian C.
  Gill trans, 1985:215)

토빈은 서양철학의 이와 같은 선형성이 서양사회의 위계 질서 — 아들에 대한 아버지의 권위, 감정에 대한 이성의 우위, 남성의 여성 지배 등 — 를 산출해낸 것이라고 보며 소설은 아리스토텔레스가 주장하는 시간의 선형성을 근간으로 삼아 발생하였다고 파악한다. 그렇다면 페미니즘이 옹호하는 여성 작가의 글쓰기는 그 선형성을 전복하려는 시도에서 출발해야 할 것이다. 작품에 있어서 내용이 작가의 이데올로기를 반영하는 것과 마찬가지로 그 형식 또한 이데올로기로부터 자유로운 것이 아니다. 형식 자체에도 이미 이데올로기는 배어 있다고 할 수 있다. 새로운 서술양식의 중요성을 일깨우는 이론가로 비평가 앤 크래니 프랜시스Anne Cranny Francis를 또한 들 수 있다. 프랜시스는 단일하고 권위적인 목소리가 독주하는 전통적 서술방식을 고용할 때 작품은 종종 새로운 가능성의 세계가 아닌 진부한 남성적 권력의 자장 속으로 도로 빨려 들어가고 만다고 주장한다. 저항이라는 내용, 즉 전언을 전통적 형식 속에 담을 때 '억압과 그에 대한 저항'이라는 내용은 거기 있어도, 텍스트 자체의 이데올로기는 역으로 남성성을 받아들이도록 만든다고 그는 주장한다. 텍스트의 형식에서도 권력이 작동한다면 기존 형식은 남성성을 권력의 발생장소로 삼고 있기 때문이다(Anne Cranny Francis 1990:195).

여성의 예술 장르에 있어서 형식이 가지는 중요성에 대해서는 그 밖의 많은 이론가들 또한 주목한 바 있다. 형식의 중요성을 본격적으로 논의한 이는 테레사 드 로레티스Teresa de Lauretis로 보인다. 드 로레티스는 영화이론가 로라 멀비Laura Mulvey의 논지를 도입하고 확장시킨다. 그리하여 단선적인 시작, 발전, 그리고 종결의 시간구조를 가진 전통적인 서술구조는 그 특성상 지배와 복속, 힘의 대결이라는 사디즘Sadism적인 요소가 있음을 지적해낸다. 어떻게 해서 이야기가 사디즘적인 요소를 지니게 되는지를 멀비의 글을 통해 먼저 살펴보자.

> 사디즘은 이야기를 필요로 한다. 무엇인가가 일어나게 만드는 것이 이야기이고 이야기는 다른 사람의 내부에 변화를 일으키게 강요하고, 그것은 힘과 의지의 전투이며, 승리와 패배의 대결이고, 이 모든 것은 시작과 끝을 가진 단선적 시간 속에서 일어난다. (Launa Mulvey 1975:14)

처음과 끝이 분명하고 그 흐름이 가지런한 전통적인 이야기는 위에 든 이론가들이 공통적으로 지적하듯 정복과 지배의 철학을 일정 부분 반영한다고 볼 수 있다. 독자에게 자신이 알고 있는 유일한 진실을 주입시키고 독자를 자신의 의지대로 변화시키고자 하는 저자의 욕망이 전통적인 서술방식을 생산한다. 영어에서 권위authority라는 말이 저자author라는 말과 그 어원을 같이하고 있음을 상기해 볼 수 있다. 이제 그 전통적이고 권위적인 이야기 방식을 넘어서서 "여성의 영화는 욕망의 작동 과정을 체화하는 것이어야 한다"고 드 로레티스는 주장한다.[3] 그리고 그 체화는 전통적인 서술방식에 의지할 때에는 불가능하다고 말한다. 또 하나의 전통적이고 규범적인 서술구조를 통하여 여성해방이라는 주제를 진정성 있게 재현할 수 없다는 주장이다. 억압당하는 여성

---

3 드 로레티스의 주된 논의 대상은 영화 장르이나 그의 논의는 문학 장르에도 그대로 적용할 수 있다(De Lauretis 1984:107).

을 재현하는 영화를 만든다고 가정할 때, 그 억압은 '결백한' 카메라의 눈을 통하여서는 고스란히 담겨 나올 수 없다. 카메라 자체가 결코 이데올로기로부터 자유로울 수 없다고 그는 본다. 따라서 영화를 만들 때에는 전하고자 하는 내용을 잘 구조화하는 것이 중요하다고 주장한다.[4] 영화에서 카메라는 주로 남성 관객을 주 대상으로 삼아 남성의 쾌락pleasure 추구에 봉사하는 방식으로 사용되어 왔다고 멀비는 주장한 바 있다. 그러므로 여성 영화는 카메라의 남성적 성격을 근본에서부터 부정하면서 생산되어야 할 것이다.

문학 장르에 한정하여 전통적인 서술구조의 독재성을 넘어서고자 하는 일군의 작가와 이론가들을 찾아 볼 수 있다. 선형적 내러티브를 거부하고 복합적이면서 다중적인 내러티브를 구사하고 있는 작가들 중 대표적인 인물로 맥신 홍 킹스턴Maxine Hong Kingston, 토니 모리슨Toni Morrison, 글로리아 네일러Gloria Naylor를 들 수 있다. 맥신 홍 킹스턴의 『여인 무사 Woman Warrior』에는 「이름 없는 여인」, 「여인 무사, 화무란」, 「샤먼, 어머니」, 「미친 여인」 등의 제목이 붙은 네 편의 이야기가 병치되어 나타난다. 중국계 미국인인 주인공이 자신의 주체성subjectivity을 찾아가는 과정에 그 네 편의 이야기가 복합적으로 기능하고 있다. 네 편의 이야기들은 일견 무관하고 분리된 듯하면서도 한 주제 안에 묶일 수 있는 성격의 것이다. 그 네 편의 이야기는 서로 협동하여 아직 확립되거나 공고해지지 않

---

4 사진기사의 말을 들어보면, 사진을 찍는 데에도 사진을 찍기 전에 어떤 목적에 사용할 사진인지에 따라 미리 렌즈의 종류와 광도 등을 선택 조절한다고 한다. 더구나 카메라의 각도에 따라 대상이 얼마든지 변형된 이미지로 포착될 수 있음을 고려하면 사진으로 드러나는 진실이란 조종된 카메라가 한정하는 진실일 수 있다. 사진사의 주의, 사상, 감정은 물론 기타 여러 이데올로기가 복합적으로 카메라에 작용한다고 볼 수 있다.

은 주인공의 자아정체성을 구성한다고 볼 수 있다.

토니 모리슨의 『술라Sula』에서도 소설은 「자살의 날」이라는 제목이 붙은 소설 속의 작은 이야기에서 출발한다. 전체적인 이야기와는 일견 무관한 듯 해 보이는 또 하나의 이야기가 삽입되어 있는 형국이다. 소설 도입부의 그 이야기는 소설의 공간적 배경이 되는 마을의 전설이다. 그 전설이 소설 전체의 주제를 제시하는 역할을 담당한다. 주인공 술라의 이야기는 그 친구인 넬Nel의 이야기와 계속 평행을 이루며 전개된다. 더구나 다른 인물들 하나Hanna나 에바Eva의 이야기도 계속해서 주인공의 이야기에 틈입한다. 그와 같은 이질적 이야기의 삽입은 어떤 효과를 독자에게 가져다주는가? 그것은 주인공 술라의 정체성 형성이 다른 인물들의 존재로부터 분리될 수 없음을 보여준다. 술라와 넬의 서술이 교차하는 것은 둘이 그만큼 긴밀히 연결되어 있음을 강조한다. 작가 토니 모리슨이 단일하고 완전한 존재로서의 자아보다는 무리 또는 복수의 형태로 존재하는 자아를 강조하고 있음을 알 수 있다. 모리슨은 형성 과정 중의 자아정체성을 내러티브의 형식, 그 자체를 통해 보여주고 있다. 단선적이지 않은 내러티브, 위계질서를 벗어난non-hierarchical 내러티브는 반가부장제적인non-patriarchal 공간을 소설 내부에 이루어내는 효과를 갖는다.

작품에 등장하는 이름에 대한 에피소드는 내용의 측면에서 모리슨이 추구하는 바를 상징적으로 보여준다. 이름 짓기의 문제를 두고 작중 인물 에바가 하는 말에 주목해 볼 필요가 있다. 에바가 집안의 여러 명의 아이들에게 모두 같은 이름을 지어준다. 모든 아이들이 '듀이Dewey'라는 이름으로 불리게 된다. 그러자 작중 인물 한나가 "사람들이 어떻게 개들을 구별하지?"라고 묻는다. 이에 대한 에바의 대답은 "왜 개들을 구별해야 하지?"다. 구별과 차이, 중심과 주변을 분명히 하는 것이 로고스logos적이고 선형적인 남성성의 철학에서 나온 관습이라면 구별을 넘어서는 동질성의 철학이 에바에게서 드러난다고 볼 수 있다.

비선형적 내러티브를 작품에 구사하고 있는 여성 작가는 그 밖에도 여러 명이 있다. 에이미 탄Amy Tan의 『조이럭 클럽Joy Luck Club』, 샌드라 시스네로스Sandra Cisneros의 『망고 스트리트의 집The House on Mango Street』, 제인 앤 필립스Jayne Anne Philips의 『기계의 꿈Machine Dreams』, 어슐라 러 긴Ursula K. Le Guin의 『늘 집으로 돌아오기Always Coming Home』등의 작품들에서도 비선형적 내러티브가 잘 구현되어 있다. 글로리아 네일러Gloria Naylor는 토니 모리슨, 앨리스 워커Alice Walker와 비교될 수 있는 흑인 여성 작가이며, 그중 비선형적 서술구조를 소설에 가장 효과적으로 구현하고 있는 작가라 할 수 있다.

4. 글로리아 네일러의 『브루스터 플레이스의 여자들The Women of Brewster Place』

글로리아 네일러는 미국 흑인 여성들의 삶을 잘 형상화한 작가로 평가받고 있다. 그는 흑인 여성으로서 경험하는, 인종과 성별의 차이에서 오는 고통, 억압, 차별을 예리하게 묘사해내었다. 그의 작품 『브루스터 플레이스의 여자들』과 『마마데이Mama Day』는 비선형적 내러티브의 효과를 잘 보여주는 작품들이다. 전자는 가난으로 인하여 삶의 막다른 골목까지 내몰린 여성들이 함께 어울려 사는 공간을 재현한다. 그 공동체 속 개인들의 삶을 하나씩 비추면서 그 삶의 질곡을 개별적으로 그려낸다. 그러나 동시에 그것들이 함께 어울려 '흑인 빈민 여성의 삶'이라는 더 큰 주제를 재현하게 된다. 여러 악기가 어울려 교향곡을 이루어내는 것과 같다. 하나의 악기가 개인으로서의 흑인여성의 삶에 해당하고 각각의 악기 소리는 어울려 '흑인 여성 주체'라는 교향곡을 이룬다. 『마마데이』는 『브루스터 플레이스의 여자들』보다는 비선형적 내러티브가 덜 두드러지는 작품이라고 할 수 있다.

그러나 『마마데이』의 장점은 진실이라는 것이 일시에 파악될 수 있도록 객관적으로 존재하는 것이 아니라 관점에 따라 얼마든지 변형되고 재구성되는 것임을 보여준다는 데에 있다. 한 서술자의 술회가 이야기하는 진실과 그 진실의 틈 사이사이 빈곳을 파고드는 또 하나의 진실을 작가는 동시에 그려낸다. 또는 그 진실을 정면으로 거스르고 대항하는 또 다른 진실을 제시하면서 양자를 계속 대비시켜 나가기도 한다. 그 결과 독자는 각기 다른 입장과 각기 다른 이야기들을 종합해서 나름대로의 진실을 재구성하도록 요구받게 된다.

일본 작가, 아쿠타가와 류노스케Akutagawa Ryunosuke의 『수풀에서In a grove』를 읽어본 독자는 이런 독서 체험을 쉽게 이해할 수 있을 것이다. 『수풀에서』는 구로자와 아키라 감독이 〈라쇼몽〉이라는 영화를 만들 때 각색하여 사용한 이야기이기도 하다. 『수풀에서』에서 작가는 한 남자의 주검을 둘러싼 상이한 술회들을 세 겹, 네 겹으로 병치한다. 지나가던 목격자의 피상적인 진술에서부터 자신이 살해자라고 주장하는 도둑의 증언이 나타나고, 죽은 남자의 아내의 진술이 나타나 이전의 진술들에 대항한다. 그리고 마지막에는 죽은 자의 영혼의 고백까지 차례로 서술된다. 독자를 당황하게 만드는 것은 그들의 주장들이 완전히 서로 다른 방향을 향하고 있어 겹치는 바가 거의 없다는 것이다. 그런데도 서술자 모두는 자신의 말이 진실이라고 주장한다. 그리하여 『수풀에서』는 일면적이고 단선적인 전지적 작가 시점이 가질 수 있는 잠재적 폭력성과 독선을 고발하는 작품이 된다. 이와 같은 방식으로 『마마데이』 또한 진실이라는 것의 모호한 본질을 보여준다.

『브루스터 플레이스의 여자들』을 좀더 살펴보기로 하자. 『브루스터 플레이스의 여자들』은 낡고 누추한 도시 빈민가를 배경으로 하고 있다. 소설의 첫 장인 「새벽」에 언급되어 있듯 "그들은 다른 선택의 여지가 없어서 여기에 온" 사람들이다. 세상 어느 곳에도 발붙이지 못하고 몰려서 막다른 골목인 브루스터 플레이스에 살게 된 사람들인 것이다.

> 그들은 자신들이 도망쳐 나온, 늘 배고픔에 시달리던 남부의 여건보다는 여기에 있는 것은 무엇이든 다 낫다고 절박하게 인정하면서 이 거리에 매달렸다. 브루스터 플레이스는 이곳을 영 떠나게 되는 이들은 극히 예외적인 이들이라는 것을 알고 있었다. 그들은 다른 선택이 없어서 여기에 왔고 같은 이유로 머무르게 될 것이므로. (Gloria Naylor 1983:4)

소설에는 매티 마이클Mattie Michael, 에타 매 존슨Eta Mae Johnson, 시엘 터

너 "Ciel" Turner, 키스와나 브라운"Kiswana" Browne, 코라 리Cora Lee, 그리고 테레사Theresa와 로레인Lorraine이라는 이름을 가진 인물들이 등장한다. 이들은 키스와나만을 제외하고는 대부분 사회로부터 소외되거나 내적으로 상처받은 존재들이며 더 이상 갈 곳이 없다는 점에서 닮아 있다. '브루스터 플레이스'를 외부로부터 차단하는 벽이 상징하듯이 그 동네에 사는 여성들은 그 막다른 골목을 집으로 공유하는 것이다.

이야기는 「새벽」장에서 시작하여 「해질녘」장으로 끝난다. 그리하여 이야기는 시작과 끝이 서로 맞닿은 원형의 구조 속에 실린다. 그 가운데에 각 인물들의 각기 다른 이야기들이 서술되는 여섯 개의 장이 놓인다. 그리고 마지막 「해질녘」장으로 이야기가 완결되기 바로 전 「구역 파티」장이 있는데, 그 장에서는 모든 인물들이 함께 모인다. 『브루스터 플레이스의 여자들』에서는 그 인물들의 다양한 소외와 고통의 이야기가 장마다 그려질 뿐 핵심이 되는 이야기가 없다. 그 누구의 이야기도 다른 이들의 이야기보다 더 중요하거나 덜 중요하지 않다. 한 이야기가 다른 이야기를 지배하지 않는다. 이야기의 시작과 끝을 명쾌하게 갈라낼 수 있는 전형적인 이야기 구조와 달리 『브루스터 플레이스의 여자들』에는 명확한 시작도 확실한 끝도 없다. 독자는 어느 장이든 골라서 이야기를 읽기 시작할 수 있으며 순서에 관계없이 이야기를 재배열하여 읽을 수 있다. 이야기의 조각들을 모아서 전체를 이루는 것은 독자의 몫이다.

작가이며 문학이론가이기도 한 어슐라 르 긴Ursula Le Guin 또한 비선형적 서술구조를 작품에 도입한 작가이다. 르 긴은 비선형적 내러티브에 대하여 몇 가지 은유를 사용하여 설명한다. 르 긴에 따르면, 전통적인 선형의 내러티브는 대상을 꿰뚫는 화살에 비할 수 있다고 한다. "기존의 내러티브의 적합한 모양은 화살이 아니면 칼날이다. '여기'에서 시작해서 '저기'로 가고, 탁하고 대상을 맞히는. 그러면 대상은 죽어서 떨어진다."(Ursula K.·Le Guin 1989:169) 선형의 내러티브가 필연적으로 대상의 정복을 노리는 것이라면 비선형적 내러티브는 여러 목소리를 함께 담고 어느 한 목소리가 다른 목소리를 억누르지 않는 열린 공간을 지향한다. 선형의 내러티브가 뿌리, 줄기 또는 가지, 또는 열매를 가진 늠름하고 웅장한 나무라면 비선형적 내러티브는 작고 번식력이 무성한 캘리포니아 참나무처럼 아무 곳에서나 잘 번식하고 연결점만 있으면 번져나간다.[5] 뿌리, 줄기, 열매는 내러티브의 시작, 발전, 결말에 상응한다고 볼 수 있다.

또한 비선형적 내러티브는 방이 여럿 달린 집과도 같다고 한다. "이 방에서 저 방으로 갈 수도 있고 돌아오거나 밖으로 나갈 수도 있다. 아무 문이나 열기만 하면 된다."(Ursula K.·Le Guin 1989:181) 르 긴은 미국의 원주민들이 사용했던 약 가방의 은유를 들기도 한다. 약 가방에 약을 여기 저기 넣듯 모아온 다양한 이야기를 주렁주렁 주워 담는 그런 이야기 구조를 새로운 서술구조로 제시한다. 나무와 캘리포니아 참나무의 비유에서 알 수 있듯, 선형의 내러티브가 승리와 정복을 꾀한다면 비선형의 내러티브에서는 관계가 강조된다.

부연하거니와 『브루스터 플레이스의 여자들』에는 캘리포니아 참나

---

5 가타리의 구근(Rhizome) 이론과도 상응하는 주장이다. 들뢰즈와 가타리 또한 기존의 철학을 비유하며 '계통수'라고 불렀다. 또한 '계통수'에 대항하는 구근의 비체계성과 변화무쌍한 연결 가능성을 찬양하고 있다. 그들의 책, 『수천의 고원(A Thousand plateaus)』(1987)을 참고할 것.

무나 약가방의 속성이 그러하듯이 서술상의 권력 중심점이 없다. 모든 인물과 사건이 동등한 중요성을 부여받으며 카메라의 파노라마식 앵글에 포착되듯 하나하나 비춰질 뿐이다. 중심과 주변의 경계가 없고 서술상의 위계질서가 없다. 그 결과 각각의 인물들이 서술하는 이야기는 미국 흑인 여성들의 전체 초상화를 그리는 밑그림의 조각들을 제공한다. 네일러의 비선형적 내러티브는 중심인물도 중심구조도 상정하지 않기에 긴장감이 부족한 서사로 보일 수도 있다. 이야기의 파편들이 구심점을 향하여 집결되기보다는 파편 그 자체로 남아 있기 때문이다. 그러나 그 비선형적 내러티브는 흑인 여성들의 삶을 그리기에 효과적인 창지이다. 작가가 제시한 파편들을 종합하여 더 큰 의미를 추출하는 것은 독자의 몫으로 남아 있다.

5. 결론과 남는 문제

지금까지 비선형적 내러티브가 가능하게 만드는 민주적 소설 공간에 대해 논해보았다. 내러티브가 지니는 철학적 의미와 저자의 권력에 대해서는 아직 충분한 논의가 이루어졌다고 볼 수 없다. 그러나 드 로레티스가 지적하는 '내러티브 속의 욕망'은 더욱 연구되어야 할 주제이다. 다양한 내러티브들을 접하면서도 그 내러티브가 어떠한 이데올로기를 강화하고 있는지를 다루는 연구는 부족한 편이다. 논문의 내러티브, 신문 사설의 내러티브, 그리고 무엇보다도 정치 혹은 체육과 과학 담론의 내러티브 속에 담긴 의지가 어떤 식으로 독자에게 작동하는지에 대해서도 살펴보아야 할 것이다.

한 가지 문제점을 지적하며 본 장을 맺고자 한다. 지금까지 비선형적 내러티브를 여성문학의 가능성으로 제시하였다. 그렇다면 그러한 비선형적 내러티브를 남성 작가들이 구사할 때 그것을 어떻게 파악할 것인지 살펴보아야 할 것이다. 크리스테바가 시적 언어의 혁명을 논하며 예로 든 작가들은 대체로 아방가르드 남성 작가들이었다. 마찬가지로 실험적이며 선구적인 남성 작가들 또한 이러한 비선형적 내러티브를 구사하고 있다. 존 도스 파소스John Dos Passos의 작품에 보이는 비선형성과 보네거트Kurt Vonnegut 작품의 불연속성 그 대표적인 경우이다. 여성이 비선형적 내러티브를 구사하기에 남성보다 더욱 적합하다고 주장하는 이론가도 있다. 예를 들어 제인 갤럽Jane Gallop은 "아방가르드 남성 작가들은 여성 작가들이 이미 이르러 있는 곳에 도달하려고 발버둥치고 있다"고 언급한 바 있다. 생물학적인 기준에 따른 근원주의 또는 본질주의Essentialism에 빠져버리는 오류를 경계하면서 성별의 문제를 중심으로 비선형적 내러티브라는 주제를 다시 살펴볼 필요가 있다. 비선형적 내러티브를 보여주는 소설들은 더욱 다양한 형태로 나타나고 있다. 더욱 다양하고 복합적인 삶의 재현이 그 내러티브를 통하여 가능해질 것이라고 본다.

05

비교문학과 문화연구

타자로서의 동양

레이 차우의 줄리아 크리스테바 비판 제고

1. 여성과 동양

문학 이론가 주디스 버틀러Judith Butler는 "일견 무관한 듯 보이는 사안들이 실제로는 서로 서로를 파악하는 조건들이 된다"고 주장한 바 있다. 그렇다면 인종이라는 개념항category은 성별sexuality이라는 또 다른 항목 속에서 설명될 수 있다, 마찬가지로 성별gender의 개념항은 인종이라는 항목을 통하여 이해될 수 있다. 예를 들어, 식민 국가나 신식민 국가는 그 국가 권력을 공고히 해 나가는 과정에 있어서 성별의 관계 gender relations를 흉내 내곤 한다. 남성에 의한 여성의 주변화와 유사한 방식으로 국가 권력은 실행되는 것이다. 강력한 정치적 경제적 권력을 가진 국가가 상대적으로 약한 권력의 국가를 복속시킬 때 권력에 따른 성별의 양상이 재현됨을 볼 수 있다. 또한 식민 통치의 경험에서 피식민지인이 겪는 모욕은 종종 피식민지인의 남성성 상실emasculation로 표현되곤 한다(Judith Butler 1993:117).[1]

미국에서 활동하는, 홍콩 출신의 문학이론가, 레이 차우Rey Chow는 저서, 『여성과 중국의 근대성Women and Chinese Modernity』의 한 장을 영화 〈마지막 황제〉의 분석에 할애한다. 「근대 중국 보기-인종에 바탕을 둔 관객이론을 위하여Seeing Modern China : Toward a Theory of Ethnic Spectatorship」라는 제목의 논문이다. 레이 차우의 글을 읽는 것은 위에 인용한 버틀러의 주장을 다시 생각해 보게 한다. 차우는 서구인이 동양을 재현할 때 그들이 어떻게 동양을 왜곡하고 타자화하는지 분석한다. 그리고 동양을 타자화한다는 것은 동양을 여성화하는 것과 마찬가지임을 보여준다. 이 장에서는 위에 든 차우의 글을 통하여 주체와 타자의 문제를 다시 이해하고자 한다. 서양인이 서양 중심적 시각으로 재현한 동양 문화를 차우는 비판하고 있다. 차우의 글은 일차적으로는 동양과 여성이 인류 문화에서 어떤 방식으로 타자화되고 동시에 희화화되어 재현되는지를 보여준다. 그러나 그 글은 더 나아가 그와 같은 동양과 여성의 타자화가 단지

---

1   식민주의 문학 담론(Colonialism)의 대상 텍스트로 자주 언급되는 작품들에는 이와 같은 탈남성성(emasculation)이 자주 나타난다. 이를테면 토니 모리슨의 『내 사랑한 자(Beloved)』에 나타나는 흑인 남성, '할(Hal)'의 경우, 그는 남성성을 발휘하지 못하는 무력한 존재로 그려진다. 흑인 여성이 자신의 여성성과 모성성의 상징인 육체와 모유를 백인 남성들로부터 유린당할 때, 그 여성을 보호해 주지 못하고 지켜보기만 해야 하는 것이다. 다른 소수 인종의 미국문학이나, 특히 아시아계 미국문학, 예를 들어 맥신 킹스턴의 「여인 무사」, 에이미 탠의 「조이력 클럽」 등에 보이는 무기력한 아버지 혹은 남성의 부재도 이러한 맥락에서 설명해 볼 수 있다. 1930년대를 중심으로 한, 일제식민지하에서 생산된 한국 근대문학에서 이러한 탈남성성화된 남성 이미지는 반복되어 나타난다. 이상의 「날개」에 보이는, 기생 아내에게 기생하는 남편, 김동리의 「무녀도」에 나타나는 무당 모화의 남편을 들 수 있다. 모화의 남편은 부재하는 인물로 그려지다가 모화의 죽음 이후에야 딸을 찾으러 나타난다. 또한 김동인의 「감자」에서는 복녀의 육체가 갖는 교환가치에 생존을 의존하는 남편이 등장한다. 그 밖에도 김유정의 「봄봄」, 강경애의 「지하촌」 등 무수한 작품에서 식민지 시대 한국 남성들은 불구이거나, 룸펜이거나 아예 부재로 나타난다. 식민지 남성 주체의 '탈남성성'을 보여주는 주체들이다.

동양과 여성에 국한된 것이 아니라는 것을 깨닫게 해 준다. 동양을 타자화하고 여성을 대상화하는 것의 문제는 모든 타자들의 존재를 받아들이는 태도로 연장된다는 것을 차우의 글은 보여준다. 김종갑은 미국작가 랠프 엘리슨Ralph Ellison의 『보이지 않는 인간』을 예로 들어, 타자로서의 흑인을 논한 바 있다. 흑인은 존재하지만 그 존재가 백인 중심사회에서는 인식의 대상이 되지 못한다. 그런 까닭에 흑인은 존재에서 부재로 전환된 모순적 존재가 된다고 그는 지적한다. 그리고 백인의 자아정체성 형성의 필수항으로 '보이지 않는/부재하는 흑인'의 존재가 요구된다고 언급한다. "보이지 않는 것이 흑인의 운명으로 한정되지 않는다. 그것은 이른 바 모든 타자의 운명이다. (…중략…) 흑인의 문제는 동일자와 타자라는 이원적 위계의 한 사례에 불과하다. 흰 피부와 검은 피부의 구별도 동일자와 타자라는 이원적 서열, 특히 정신과 육체라는 위계가 빚어낸 결과의 하나이다."(김종갑 2001:40)

정신이 주체가 되기 위하여 타자화한 육체, 백인의 정체성 형성을 위하여 지워진erased 흑인 ……. 그와 같은 다양한 이항 대립적 구도의 연장선상에 동양과 서양, 여성과 남성이 놓여있다. 그러므로 서양의 타자로 등장하는 동양의 재현 양상을 분석한다는 것은 결국 정신의 타자인 육체, 백인의 타자인 흑인, 남성의 타자인 여성에 대한 이해로 연장된다. 그리고 이와 같이 타자화된 주체들에 대해 분석하고 이해한다는 것은 결국은 이들 타자들의 복권을 위한 시도가 될 것이다. '존재하지만 보이지 않는다'는 앨리슨의 항변처럼, 차우는 "우리를 그린 영화에 우리는 없다. 만약 있다면 그건 우리의 참 모습이 아니다. 서구인들은 그들이 보고자 하는 것을 우리에게 투사할 뿐이다"라고 주장한다. 차우의 논의를 더 구체적으로 살펴보자.

2. 영화 〈마지막 황제〉는 왜 문제적인가?

차우는 먼저 '보기seeing'의 중요성을 강조하면서 논의를 시작한다. '본다는 것'은 '나'와 '너', 즉 '주체'와 '객체' 사이의 존재론적인 경계설정을 가능하게 한다고 주장한다. 인종에 있어서의 백인과 유색인, 사회적인 기득권세력과 그 타자, 그리고 성에 있어서 주체의 지위를 가진 남성과 그 타자로서의 여성……. 이와 같은 이항대립적 구도 속에 '누가 누구를 보는가' 하는 문제가 놓여있다. 그렇다면 '누가 누구를 보는가? 그리고 어떻게 보는가?' 하는 것은 매우 중요한 문제이다. 서구 중심적 문학 이론의 발달과 전개 과정은 필연적으로 '타자'들을 설정하고 그들을 주체로부터 배제함으로써 이루어졌다. 차우는 그 배제된 타자의 눈으로 서구 이론을 되받아 읽고자 한다. 그리하여 서구 중심으로 구축된 이론의 결함들을 찾아내고자 시도한다. 그러한 차우의 작업은 더 넓게는 로라 멀비Laura Mulvey의 '영화 관객으로서의 여성의 불안정한 위치'라는 주제에 닿아있다. 그러나 차우는 멀비처럼 단지 성별gender의 문제에만 관객spectatorship의 주제를 한정시키지 않는다. 멀비는 여성 관객의 입장에서 영화와 여성의 관계를 논한다. 멀비의 주장에 따르면, 여성은 영화 공간에서 주체로 표현되지 못하고 대상화되어 있다. 즉, 여성은 남성의 눈을 위한, 남성 관객의 시각적 즐거움을 위한 타자이다. 여성은 객체로서 영화에 등장할 뿐이다. 영화의 제작 과정이 남성 관객을 염두에 둔 것이기에 남성이 관객이 될 때에는 모든 것이 자연스럽다. 그러나 여성이 영화의 관객이 될 때에는 예기치 못한 문제가 발생한다. 여성 관객은 모순적인 태도를 요구받게 된다. 여성이 관객이 될 때 그들은 스크린에 비친 대상화된 여성과 자신을 동일시해야 할 것인지, 아니면 그 여성과 거리 두기를 해야 할 것인지 몰라 당황하게 된다. 일종의 정신분열적 상황에 여성 관객은 놓일 수밖에 없다(Laura Mulvey, 1989:159~176).

차우는 이와 같은 멀비의 논지를 연장하여 서구인이 동양을 타자화하여 영화를 만들었을 때, 동양인이 겪을 수밖에 없는 분열적인 상황을 검토한다. 그리하여 서구 이론의 맹점을 비판한다. 반복하건대 남성이 여성을 타자화하고 대상화하여 제작한 영화를 여성이 감상할 때, 여성 관객은 남성 관객이 느낄 수 없는 당황스러움을 느낄 수밖에 없다. 모순적인 위치에 놓인 그러한 여성 관객과 마찬가지로, 동양인은 서양인이 재현한 동양을 접할 때 당혹스러운 상황에 놓인다. 서구인의 눈에 비친 동양, 서구인의 입맛에 맞게 왜곡되어 재현된 동양, 그리고 '제대로' 사유하거나 자신들의 역사를 주체적으로 이끌어 갈 수 없는 미숙한 존재로 그려진 동양인을 바라보아야 하는 동양 관객은 매우 '난처한' 입장에 놓인 관객이 될 수밖에 없다.[2] 더 구체적으로 차우의 논지를 따라가며 서구인의 동양 파악에 드러나는 문제점을 검토해 보자.

---

2   〈마지막 황제〉가 처음 개봉되었을 때, 동양인 관객으로서 그 영화를 감상한 필자의 최초의 느낌 또한 당황에 가까운 어떤 것이었다. 무엇인가가 과장되거나 왜곡되어 있다는 느낌이었다. 그 막연했던 느낌이 어디에 근거한 것이지를 차우는 명쾌하게 밝히고 있다.

3. '타자(other)'과 '이전(before)'으로서의 중국

〈마지막 황제〉의 감독, 베르나도 베르톨루치Bernado Bertolucci는 1987년의 인터뷰에서 자신이 중국을 여행하며 받았던 인상에 대해 다음과 같이 토로한 바 있다.

> 나는 신선한 그 무엇을 찾고 있었기 때문에 중국에 갔다. (…중략…) 중국을 보자마자 중국을 사랑하게 되었다. 중국인들은 매우 매력적이었다. 그들은 순수(innocence)를 지니고 있었다. 상업주의(consumerism)에 오염되기 *이전의(before)*, 서구에서 일어난 일들이 일어나기 *이전의(before)* 사람들이 거기 있었다. 하지만 동시에 그들은 이루 말할 수 없이 세련되고, 우아하고, 정교한 사람들이었다. 중국은 4000년의 역사를 지니고 있지 않은가? 이 혼합(mixture)이란 저항할 수 없는 어떤 것이었다. (이탤릭체 – 원은)

차우는 이와 같은 베르톨루치의 태도를 '여행자' 수준의 접근이라 부른다. 서구에 없는 것, 즉 상업주의에 오염된 서구인이 갖지 못한 것을 중국에서 찾고자하는 것은 문화적 감수성이 매우 단순하고 원시적인 여행자에게나 어울릴 자세라고 비판하는 것이다. 동시에 차우는 베르톨루치를 '인종주의적ethnocentric'이라고 재단한다. 그러나 차우가 '인종주의적'이라는 단어를 쓸 때 그는 일차원적인 인종주의를 의미하지는 않는다. 차우는 베르톨루치 감독이 중국에 매료되었다고 하는 고백을 할 때 그는 일차원의 인종주의는 이미 넘어서고 있다고 주장한다. 단순히 다른 인종을 열등한 존재로 보는 데에 그치는 것이 아니라고 주장한다. 그러면 무엇이 문제인가? 문제는 오히려 이와 같은 '타자에의 매료'가 사실은 더 심각하게 '자아 성찰이 결핍된un-self-reflexive', '스테레오 타입에 따라 이미 규정되어 버린 문화의 코드에 따르는culturally coded' 태도를 드러낸다는 데에 있다. 타 인종을 열등하다고 보는 단순한 인종주의보다 그런 자세가 더 한층 교묘하고 불쾌한 것이라고 차우는 주장한다.

〈마지막 황제〉의 이야기는 잘 알려진 것처럼 중국의 마지막 황제, 부의에 대한 이야기이다. 부의는 세 살에 중국의 황제가 된 인물이다. 궁전에서 내시들에 의해 길러진 그는 중국이 이미 공화국으로 바뀐 후에도 그 변화를 이해하지 못한다, 1930년대에는 일본에 부역하여, 꼭두각시 국가인 만주국의 황제가 되기도 한다. 이후 공산 중국 시절에는 일본에 부역한 죄로 인하여 수용소 생활을 하게 된다. '재교육'이란 이름으로 불리는 훈련 프로그램을 거쳐 수용소 형기를 마친 후에는 평시민으로 여생을 보낸다. 베르톨루치의 관점을 따르자면, 부의의 생애란 다름 아닌, '어둠으로부터 광명에로'의 이야기이다. 베르톨루치는 부의를 '점점 작아지지만, 동시에 점점 자유로워진 위인'이라고 본다. 차우는 베르톨루치의 이 언술 속에 담긴 긍정이 '흥미롭다'고 말한다. 베르톨루치가 이해한 바에 따르면 중국은 서구의 '이전'이자 동시에 나름대로의 세련됨을 갖춘 나라이다. 또한 부의는 '해방'을 향해 나아간 사람이다. 그러나 차우는 질문한다. 부의가 무엇으로부터 자유롭다는 것이며 어떻게 자유롭다는 것인가? 광명은 무엇이고 어둠은 과연 무엇인가? 이와 같은 물음을 던지며, 차우는 아주 기본적인 것만 보더라도 베르톨루치의 접근은 문제적이라고 지적한다. 차우는 먼저 베르톨루치의 스크린에 나타난 모순을 지적한다. 영화에서 베르톨루치는 과거에 속하는 중국을 눈부시게 현란한 황금색으로 꾸며 촬영하였다. 반면 공산 중국의 묘사는 검은 색과 푸른 색으로 단순 처리되어 나타난다. 부의가 제국으로서의 중국이라는 과거로부터 해방되어 공산 중국으로 전진해 왔다면 왜 화면은 그와 반대되는 방식으로 전개되는가? 영화는 시작부터 모순적이라고 차우는 비판한다.

차우는 〈마지막 황제〉가 중국을 타자화하여 "보는seeing" 무수한 담론들의 교차점에 놓여 있다고 본다. 그리하여 현대 중국에 대한 다양한 '서구인들의' 반응들을 보여주는 탁월한 예라고 본다. 서구인의 동양 담론 중 전형적인 것으로서 동양이 지닌 '여성성femininity'에 대한 것을 들 수 있다. 차우는 이 '여성성' 문제를 논하기 위하여 베르톨루치의 또 다른 언술을 인용한다. 자신의 영화 촬영에 동원된 일본인과 중국인 영화 제작자들을 비교하며, 베르톨루치는 일본인들이 좀더 남성적이고 중국인들은 보다 여성적이며 수동적이라고 언급한 적이 있다. 중국인들이 여성적인 것은, 지적이고 세련된 사람들이 힘을 필요로 하지 않는 것과 마찬가지라고 베르톨루티는 설명했다. 차우는 중국을 '여성성'과 연관시키는 것의 문제점을 설명하기 위하여, 프랑스 페미니스트, 줄리아 크리스테바Julia Kristeva의 책, 『중국 여성에 관하여About Chinese Women』를 먼저 문제 삼는다. 차우는 크리스테바와 베르톨루치의 입장이 서로 다르지 않다고 주장한다. 크리스테바가 여성성의 문제와 결부하여 중국을 이상화idealization하고 있음을 비판하며 차우는 그런 점에서 크리스테바와 베르톨루치가 유사하다고 주장한다. 차우는 크리스테바의 책들에 일관된 것이 있다면, 그것은 서구 이론에 있어서의 결핍deficiencies을 계속 지적한다는 점이라고 꼬집는다. 그런 맥락에서 차우는 크리스테바의 『중국여성에 관하여』 또한 사실상 중국에 관한 책이 아니라 '서구의 지적 근원의 결핍'에 관한 책이라고 비판한다.

4. 한 서구 페미니스트의 자기 모순 — 다른 문화를 여성화하기

　크리스테바는 서구문화에서 여성은 남성의 갈비뼈에서 만들어진 존재에 불과한 것으로 재현되어 왔음을 지적한다. 아담과 이브의 이야기에 잘 드러나 있는 것처럼 여성은 신God과 남성Man의 거래에서 배제된, 부차적인 존재에 불과하다는 것이 서구의 여성관이라고 주장한다. 따라서 여성의 성욕sexuality은 최소한 육체의 차원에서조차 인식되기를 거부당한 것이라고 본다. 그 결과 여성의 성욕은 상징계에서 완전히 지워져 있다고 주장한다. 크리스테바는 여성성의 문제에 관한 한 중국은 서구와 다르다고 본다. 중국문화는 여성의 성욕을 인정하면서 서구와는 다르게 성차sexual difference를 구성해 왔다고 크리스테바는 주장한다. 그리고 그 예로서 중국 여성의 전족foot-binding을 들고 있다. 크리스테바가 찬양하는 중국의 전족 문화는 차우의 격렬한 저항의 대상이다. 바로 그 전족의 예가, '여성성'의 이름으로 타문화를 이상화하면서 전유하는 극단적인 경우라고 차우는 반격한다. 크리스테바는 프로이드Sigmund

Freud의 이론을 도입하여 중국 여성의 전족은 여성성의 잠재적 힘을 드러내는 것이라고 주장한다. 할례circumcision가 남성성의 상징적 거세symbolic castration에 해당하는 것처럼, 전족은 '여성의 거세castration of woman'의 상징이라고 크리스테바는 주장한다. 크리스테바의 사유를 따라가면 다음과 같다.

먼저, 할례는 금지의 표식이다. 그리고 그 표식은 남성의 육체에 새겨진다. 그러므로 할례는 서구에서는 잔혹행위mutilation, 복속subordination, 그리고 차이difference의 표식을 받아들이는 자는 바로 남성이라는 것을 보여준다. 서구 남성은 한 몸으로 여성과 남성, 양성의 역할을 수행하게 된다. 즉, 서구남성은 한편으로는 남성이면서 동시에 다른 한편으로는 "아버지에게는 여성"(Julia Kristeva 1977:26), "자기 아버지의 딸"(Julia Kristeva 1977:85)이 된다. 따라서 서구 여성은, 여성이 가진 남성과의 육체적 차이에도 불구하고, 전혀 담론의 대상이나 위협의 대상조차 되지 못한 채un-counted, 잉여superfluous로 남게 된다. 반면, 중국에는 여성이 전족을 하는 문화가 있다. 여성이 전족을 해야 한다는 것은 여성이 남성과 동등하게 상징계를 요구한 까닭이라고 볼 수 있다. 또한 전족은 여성의 몸을 통해 전시되는 것이다, 그러므로 여성의 몸을 통해 드러난 전족은 남성과 여성 사이의 부단한 투쟁의 상징이며 표식이다.

위와 같이 요약되는 크리스테바의 사유에 대하여 차우는 "크리스테바의 중국 읽기는 유토피아적이다"라고 일축한다. 크리스테바가 주장하는 바를 따라 가다 보면, 터무니없는 결론에 이르게 된다고 차우는 비판한다. 즉 크리스테바의 주장대로라면 중국 여성이 사회적 권력을 요구하는데 중국사회가 이를 거부한 것이 아니라 인정했다는 것이 된다. 또 그 인정의 증거가 전족이라는 결론에 이르게 된다. 차우는 인류학적으로 볼 때 크리스테바의 논리는 '원시적'이라는 이름에 값한다고 강하게 비판한다. 상대방의 가치를 인정하고 교환하는 방식의 하나로서 '잔혹 행위cruelty'를 행하는 것은 원시사회에서나 가능한 것일 터이기 때문이다.

더 나아가, 차우는 크리스테바의 여성 담론들 — 이를테면, 남성이 시간으로 해석됨에 반하여 여성은 공간이라는 점, 남성이 "역사의 시간time of history"을 점할 때, 여성은 그 부정negative의 관계를 형성한다는 점 — 은 고스란히 크리스테바의 중국 담론들로 옮겨와 적용될 수 있다고 주장한다. 차우가 파악한 바의, 크리스테바의 주장은 다음과 같이 요약할 수 있다. 크리스테바의 여성론은, 거칠게 요약해서, 서구의 상징계가 여성을 선험적으로 배제시키고 있다는 것이다. 따라서 여성은 자신을 완전하고 극단적인 아웃사이더로 드러내어야 한다고 크리스테바는 주장한다. 여성은 여성 자신을 부정으로, 재현할 수 없는 어떤 것으로 보여주어야 한다. 크리스테바의 '코라chora'라거나, '기호론적인 것the semiotic'의 개념이 위에 든 바의 '부정적으로밖에는 표현될 수 없는 것'을 잘 나타내는 경우에 해당한다.

크리스테바가 타문화, 즉 중국을 이해하는 데에 있어서도 동일한 태도가 드러나고 있다고 차우는 비판한다. 베르톨루치가 중국을, '이전'으로 읽었듯이, 크리스테바도 똑같이 중국을 '시간을 넘어선 이전timeless before'으로 읽으며 낭만적으로 상상할 따름이라고 차우는 지적한다. 크리스테바의 논지를 좀더 자세히 살펴보자. "중국에는 (…중략…) 낯설음이 지속된다. (…중략…) *콤플렉스 없이without complexes* 현대 세계로 들어서며, 동시에 그 어떤 이국 정서로도 설명할 수 없는 독특한 논리를 보존하고 있다."(Rey Chow 1991:12 이탤릭체—원문) 이와 같이 크리스테바가 외디푸스 이전의 단계Pre-Oedipal로 중국 현실을 설명하는 것은, 차우만이 아니라 가야트리 스피박Spivak 또한 트리스테바 이론의 비판에 나서게 만든 대목이다. 스피박은 크리스테바가 근원origin을 해체하기는 커녕, 근원을 복구recuperate하려 한다고 비판한 바 있다.

다시 요약건대, 차우가 보기에는 크리스테바는 다른 문화에서 새로운 것을 배우는 것이 아니라 다른 문화에 대해서 '서구 안에서from within the West' 조금 다른 독법을 시도해 본 것에 불과하다. 왜냐하면 크리스테바는 중국문화의 그 어떤 고유성도 결국은 단순히 서구 담론의 "부정적negative"이거나 "억압된represssed" 그 무엇을 보여주는 것으로 이해할 뿐이기 때문이다. 차우는 결론적으로 묻는다. "중국을 타자화하고 여성화함으로써 크리스테바는 결국 자신이 도전하고 있는 서구 철학을 재생하고 반복하고 마는 것이 아닌가?" 결국 '크리스테바—서구—중국'의 삼각형은 '남성Man—신God—여성Woman'이라는 서구 질서의 삼각형을 흉내 내고 있는 것에 불과한 것이다.

아울러 차우는 크리스테바의 중국 담론에서 세 가지 오류를 덧붙여 지적한다. 요약해 보자.

> ① 크리스테바는 중국어가 사성을 갖고 있다는 점을 들어, 중국어가 원시의 "오이디푸스 전 단계", "구문 이전의 단계(pre-syntac-tic)", "상징계 이전 단계(pre-symbolic)" 언어이며, "모성적인 것"에 의존하는 언어라고 본다(Julia Kristeva 1977:55~57). 그렇다면

크리스테바의 주장은 "원시주의(primitivism)"이며, 그에 따르면 중국은 현대(contemporary)의 외곽(outside)에 머물며, 전진해 갈 수 없는 부동성(immobility)에 갇혀있다는 말이 되고 만다. ② 카자 실버만(Kaja Silverman)이 이미 크리스테바의 여성론을 비판한 바 있다. "어머니를 코라라거나 자궁의 내부에 떨어뜨림으로써, 크리스테바는 어머니를 침묵으로 끌어들였다"는 것이 그 비판의 핵심이다. 마찬가지로 중국에서 크리스테바가 발견했다는 '모성적' 질서 또한 "텅 비고 평화스러운 중심"에 불과하다. 또한, 전족의 예에서 볼 수 있듯, 크리스테바 식으로 전족을 이해하면, 그것은 결국 '중국 여성은 일상에서 겪는 육체의 고통을 보존해야 한다'는 결론에 이르게 한다. 크리스테바는 중국 여성에게 전족에 대해 불만을 터뜨리게 만들기는커녕, 여성이 상징계 안에서 주체로 설 수 있는 가능성조차 빼앗아 버린다. "전족의 고통을 받음으로써 태고적부터의 진실을 몸으로 드러내고 있구나" 하고 그들의 고통에 찬사를 보내고 있으니 말이다.

③ 역설적으로, 크리스테바는 타자로서의 중국 여성이 주체로 서는 것은 거부하면서 중국의 '타자성(otherness)'의 하나인 도교(Taoism)는 긍정한다. 정신적 영감을 찾아 동양을 연구하는 다른 서구인들과 마찬가지로, 도교가 중국사회에서 지니는 "전복적이고" "해방인" 영향을 긍정하는 것이다. 도교는 유교의 여성 혐오주의와 공모하여 '침묵'과 '부정성'을 여성적인 것으로 강요해 왔

> 다. 이러한 도교를 긍정해 주면 그 결과는 중국 여성으로 하여금, 일상생활을 양보로 일관하게 만든다. 따라서 여성들이 사회적으로 억압받는 것을 받아들이게 만드는 것은 물론 여성들 스스로 그 억압의 공모자가 되게 만든다.

이제 요약한다면, 크리스테바의 중국 담론은 결국 중국을 18세기 이후 계속되어온 '영원한 정체'에 머물게 만든다고 차우는 주장한다. 따라서 타문화를 여성화하는 논리는 더 철저히 연구되고 비판되어야 한다. 다시 베르톨루치의 영화로 돌아가 〈마지막 황제〉의 미학이 어디에서 오는가를 차우는 재검토한다. 그 결과 〈마지막 황제〉의 영상의 힘은 모두 이상에서 언급한 '타문화의 여성화'에 전적으로 의존하고 있음을 차우는 또한 밝힌다.

5. '마지막황제'의 여성화와 카메라의 역할

지금까지 서구 이론가의 '타자로서의 중국 보기seeing China'가 '남성의 여성 보기'와 유사한 맥락에서 이루어진 것임을 검토했다. 여성과 영화의 관계를 다룬 다양한 담론들에 기대어 보면, 〈마지막 황제〉의 주인공인 황제, 부의라는 인물은 서구 영화에서의 여성의 역할을 그대로 수행하고 있음을 보게 된다.

영화에는 2겹의 시각적 문제visualism가 공존한다. 첫 번째는 부의가 황제로서의 권력을 휘두를 수 있는 시각이고, 두 번째는 그가 수동적인 존재로 그려지는 시각이다. 황제로서의 부의에겐 당연히 권력이 주어진다. 모든 사람 위에 군림하고 명령할 수 있는 권력이다. 그러나 동시에 그는 철저하게 감시당하고 이중의 응시gaze를 경험하는 위치에 놓인다. 베르톨루치의 카메라는 한 편으로는 한 인간, 부의를 둘러 싼, 극도로 화려한 볼거리로 가득 찬 장면들을 찍어낸다. 동시에 동일한 카메라는 더없이 고독한 한 인간의 내면을 담아내는 역할을 함께 담당한다.

앞서 언급했듯 로라 멀비는 전통적인 서사 영화를 여성의 관점에서 검토했다. 그리하여 서사영화에서의 여성의 부재와 카메라의 역할을 논하였다. 멀비의 주장을 따르자면 여성의 부재는 당연히 문제적이다. 여성 부재라는 문제점을 무마하는 방법으로 영화에서는 두 가지 방법이 주로 동원된다고 멀비는 주장한다. 그 하나는 "여성 주체에게 죄나 병이 있다는 것을 보여주기 위하여 취조하고 조사하는 방법"이고 다른 하나는 "여성의 성에 대한 에로틱한 과잉 투자erotic over-investment"이다.[3] 먼저 에로틱한 과잉투자에 대해 살펴보자. 앞의 언술에서 '여성'이라는 단어는 '부의'로 치환할 수 있다. 카메라 앞에서 부의가 차지하는 공간은 다름 아닌 여성의 공간이다. 부의는 오래되고 몽롱한inarticulate, 즉, 시간적으로나 언어적으로 타자인 어머니의 세계에서 벗어나지 못

3　'스펙터클(spectacle) 즉, 볼거리로서의 여배우'를 생각하면 될 것이다. 영화에서나 드라마에서, 카메라에 찍히는 여배우는 대체로 비현실적으로 아름다운 얼굴과 육체의 소유자이며, 카메라는 그 여배우가 계속 바꾸어 입는 의상을 충실히 담아내고, 더러 혹은 자주 여배우의 육체를 관음증적으로 훔쳐보는 역할까지 대행하여 남성 관객을 만족시키기에 열심이라는 점을 상기하면 될 것이다.

하는 존재로 그려진다. '에로틱한 과잉 투자'에 해당하는 것은 감독이 공들여 재구성한 중국의 자금성 풍경이다. 이국적인 건축물, 무궁무진 펼쳐지는 예술품, 화려한 의상, 특이한 생활 습관, 수천 명의 시종들과 성 주위에 놓인 낙타에 이르기까지 베르톨루치 감독은 서구관객의 문화적 결핍을 충족시켜줄 갖가지 것들을 필름에 담아낸다. 관객으로 하여금 스크린 위에 펼쳐지는 '중국'을 즐기는 여행자들이 될 수 있게 만드는 것이다. 박물관에 가기라도 한 것처럼 중국문화를 감상하게 한다. 그러나 그와 같은 박물관 수준의 전시보다 더 중요한 역할을 하는 것은 카메라 자체가 카메라에 찍히는 대상에게 보이는 에로틱한 태도amorous attitude⁴이다.

영화의 장면들 중에 황제 부의가 동생을 만나는 장면이 있다. 황제는 동생이 황제에게만 허용된 노란 색의 옷을 입은 것을 보고 화를 낸다. 그로 인하여 둘이 다투는 사이, 동생은 "너는 더 이상 황제가 아니야" 하고 소리를 지른다. 말해서는 안 되는 역사적 진실을 말하고 만 것이다. 그 대목에서 관객의 관심은 처음에는 노란 색 옷에, 그 다음에는 그 색깔이 상징하는 황실의 예의 규범에 주어진다. 그러나 그 중국 고유의 위계질서에 대한 관심은 곧 역사적이고 정치적인 '운명 혹은 기정사실 fait accompli'에의 관심으로 치환된다. 이러한 치환은 부의가 거역할 수 없는 격렬한 역사의 희생물이라는 동정심에 바탕을 둘 때에만 가능해지는 것이다. 카메라는 부의의 편에 선 듯, 부의에게 애정을 구하듯 그의 마음의 상태를 적절히 담아내는 역할을 한다. 그 바로 전 장면, 즉

---

4   'amorous'라는 단어에는 순수한 감정으로서의 사랑과 더불어 성적인 사랑의 메타포도
     있으므로 '에로틱'이라는 단어로 번역한다.

동생이 황제를 찾아오는 장면에서는 카메라는 외로운 이미지와 음악을 담아내었다. 부의의 외로운 마음의 상태를 잘 알고 있다는 듯이 ……. 황제의 외로운 마음의 상태는 단지 카메라에 의해 전시될 뿐만 아니라, 카메라에 의해 조작되고 해석된다. 더 나아가 주인공인 황제의 주관적인 기억이 카메라와 뒤섞이기도 한다. 영화를 에로틱하게 만드는 것은 이러한 카메라의 역할이다. 부의가 여성의 역할을 맡고, 카메라는 그 여성화된 대상을 위로하고 어루만지는 남성의 역할을 맡기 때문에 전체적으로 에로틱한 영화 공간이 생성되는 것이다. 그런데 간과해서는 안 될 점은 관객은 카메라의 존재를 어렴풋이 느끼고 카메라를 통한 소리를 들을 수 있을 뿐 결코 관객에게 카메라가 보이지는 않는다는 것이다. 그것은 바로 카메라가 구조적으로 '응시gaze'하는 역할을 맡고 있기 때문이다.[5] 영화의 서사에서 부의는 만주국의 황제가 되어 일본에 부역한다. 그 뒤 공산 중국이 건국되자 일제시대 자신이 행한 부역 건에 대해 취조를 당하게 된다. 카메라는 재빨리 그 취조를 대신 수행해 줄 대리물stand-in을 중국 역사에서 찾아낸다. 카메라는 부의의 고백을 그대로 담아내지 않는다. 대리인의 눈을 통해 보이는 부의의 모습을 보여준다. 중간자의 개입에 의해 한 겹 걸러진 이미지를 실어내는 것이다. 그 취조자의 역할은 무표정하고 강압적인 한 공산주의자가 맡는다. 그 취조자의 모습은 마오쩌둥의 모습을 연상시킨다. 그리하여 공산주의자가 황제를 취조하는 형식을 취하는 것이다. 캠프에 끌려온 부의는 정신을

---

5   다시 한번, 응시(gaze)의 중요성에 대해서는 차우가 논문 초기에 제기했듯, 누가 누구를 어떻게 보는가 하는 'seeing'의 문제임을 상기해 볼 수 있다. 보는 자와 보여 지는 자의 관계는 권력의 관계이다. 식민주의 이론에 있어서 식민지인과 피식민인 사이의 지배(dominance)와 굴종(subordination)의 관계 또한 응시의 관계로 설명할 수 있다.

차리면서 "여기가 어디인가Where Am I?" 하고 질문한다. 그 질문은 부의가 처음 자금성에 도착했을 때 던졌던 그 질문 그대로이다. 자신이 어디에 있느냐고 묻고 있는 주인공 부의의 모습은 무기력하기 짝이 없다. 스스로 운명의 주체가 되지 못하고 여성화된 부의의 모습을 다시 한번 확인하게 되는 장면이다.

위의 장면에서 문제가 되는 점이 또 하나 있다. 그것은 취조자 공산주의자가 자신의 역사에 대해 매우 무지한 자로 묘사된다는 점이다. 그 공산당원은 중국 역사에서 과연 무슨 일이 일어났는가를 알기 위하여 역사책 한 권을 뒤적이는 것으로 그려진다. 그런데 그가 참조하는 역사책은 레지날드 존스턴Reginald Johnston이 쓴 영어 역사책이다. 존스턴은 스코틀랜드의 역사가이자 한 때 부의의 가정교사 역할을 했던 인물이기도 하다. 중국인이 자신의 역사를 이해하기 위해서 서양 역사학자가 쓴 중국역사책을 참고하는 것이다. 그 역사책은 소도구에 불과하다고 볼 수도 있지만, 중국인은 "자신의 고유한 역사에 대해 무지해서 이방인이 쓴 역사책을 참조로 한다"는 전언이 그 대목에는 실려 있다. 즉, 서구는 지식과 계몽의 공간이고 중국 또는 동양은 무지와 암흑의 공간이라는 서구 중심의 이분법적 사유가 그 장면에 재현되어 있다. 서구인의 지적 우월성을 보여주는 장면은 그것만이 아니다. 존스턴이 부의의 교육을 맡기 위하여 자금성에 입성하는 때는 부의가 유모의 품을 벗어나는 때와 일치한다. 따라서 존스턴의 등장은, 교육과 계몽을 향한 소년 주인공의 첫걸음을 상징하는 것이 된다. 동시에 부의가 서구인을 만나는 시점이 곧 유아적 세계로부터의 탈피를 마련해 주는 순간이 된다. 환각적, 퇴폐적, 모성적인 세계에서 유모의 젖을 빨던 소년이 성인으로 성장하는 계기를 서구인 존스턴이 담당하게 된다. 주인공 부의에게 투사된 여성성과 수동성은 영화의 서사를 따라 일본인들이 등장하게 될 때에 극대화된다. 정신분석의 용어를 빌어 설명하자면, 부의는 수겹의 '거세castra-tion'를 경험하게 된다. 처음에는 몰락해 가는 만주국에 부역한 죄수로, 그 다음에는 공화국의 탄생에 따른 정치적 소용돌이의 희생자로, 그리고 마침내는 공산 중국의 이름 없는 시민으로서 ……. 다시 한번, 카메라의 숨겨진 응시에 대해 살펴보기로 하자. 부의가 심문을 당하는 장면에서의 카메라의 역할이 가장 주목할 만하다. 공산주의자가 부의에게 비인간적이고 잔혹한 문책을 계속하는 장면을 다시 한번 살펴보자. 심문자라는 악역을 피한 카메라는 자유로이 "동정적이고 우호적인" 인본주의자의 모습을 지닌 채 '타자들'의 몸 주위를 돌아다니게 된다. 카자실버만Kaja Silverman의 주장을 상기해 볼 수 있는 장면이다. 소설의 내러티브에 드러나는 응시의 문제에 대해 언급하면서 실버만은 "소설 내부의 응시는 소설 바깥의 응시를 숨겨주는 역할을 맡는다"라고 말한 바 있다. 소설에서와 마찬가지로 영화에서도 영화 밖의 카메라의 응시에 주목하고 영화 텍스트의 외부에 존재하는 감독의 시선에 유의할 필요가 있다. 스피박이 「하위 주체는 말할 수 있는가?」라는 논문에서 환기시킨 바를 생각해 볼 수 있다. 또한 스피박이 언급한 바, "유색인종 남자로부터 유색인종 여자를 구출해 내는 역할을 맡는 것은 주로 백인 남성"임을 생각해 볼 때, 베르톨루치의 카메라는 스피박이 지적한 백인 남성의 알레고리로 이해할 수 있다(Gayatri Chakravorty Spivak 1988:296~297).

더 나아가 영화에 등장하는 여성 인물들에 대해서도 생각해 볼 수 있다. 주인공 부의가 여성의 모습으로, 또 여성화된 채 몰락해가는 중국의 상징으로 카메라 앞에 놓여 있다면, 영화 속의 여자 주인공들의 위치는 더욱 문제적일 수밖에 없다. 그 여성 인물들을 "구조 밖의 외부인astructural outside"이라고 차우는 명명한다. 즉, 여성 인물들은 영화 속에서 '타자'의 '타자'가 되어버린다. 그리고 이 타자의 타자로 등장하는 여성은 '자연nature'과 '히스테리hysteria' 사이를 왕복할 수밖에 없게 된다. 〈마지막 황제〉에 등장하는 여성 인물들은 부의의 유모나 황후, 그리고 후궁의 역할을 맡고 있다. 그들 여성 인물들은 '쾌락의 대상objects of pleasure'에 불과하거나 '쾌락에 중독addicts to pleasure된' 비정상적인 인물로 그려질 뿐이다.

이상에서의 논의를 종합하자면, 영화 〈마지막 황제〉는 한 문화가 타문화를 '여성화된 볼거리feminized spectacle'로 축소시킨 전형적인 예에 해당한다는 것을 알 수 있다. 그와 같은 타자화의 양상은 할리우드가 〈마지막 황제〉를 수용하는 모습에서도 다시 드러난다. 오스카는 9개의 영화상을 〈마지막 황제〉에 수여했다 그러나 오스카상이 영화의 어떠한 면모에 주목했는지를 살펴보자. 상은 모두 영화의 제작 부문에 주어졌다. 영화상, 감독상, 각본상 등이 그 영화에 돌아갔다. 영화의 주인공, 중국계 미국배우 존 로운John Lone은 오스카상 후보로 거론도 되지 않았다.

베르톨루치 감독은 다음과 같이 말한 바 있다. "나는 이야기꾼이지 역사가가 아니다. (…중략…) 역사가는 진실에서 시작해서 거짓으로 끝난다. 이야기 또는 신화는 거짓으로 시작해서 진실로 끝난다." 베르톨루치의 그 말을 인용하며, 차우는 동양관객의 입장에서는 그의 '진실'이 의심스러운 진실이라고 지적한다. 영화가 비디오테이프으로 만들어 출시되었을 때, 그 비디오테이프의 선전 문구는 베르톨루치의 언술을 요약한 듯 했다. "황제, 플레이보이, 죄수, 그리고 인간!" 그보다 더 드라마틱한 영화의 소재를 달리 찾을 수 있을까? 황제에서 시작하여 플레이보이를 거쳐, 죄수로, 마지막엔 평범한 시민으로 변해 가는 극적 인생을 살다 간 한 인간! 그것은 가장 영화적인 인생이라 이를 만하다. 베르톨루치는 스스로를 이야기꾼이라고 주장한다. 즉 거짓을 통하여 진실을 말하고자 하는 사람이라고 자칭한다. 영화 읽는 사람, 특히 영화 읽는 동양인은 그가 거짓을 통하여 드러내고자 한 진실을 액면가대로 받아들일 수는 없다. 차우는 다양한 비평 담론을 동원하여 그 점을 강조하고자 했다. 베르톨루치 감독이 말하는 진실이란 '서구인의 눈을 통한' '서구가 본 진실'에 불과한 것이라는 것을 비서구 관객과 독자는 잊지 말아야 할 것이다.

"권력과 욕망의 등을 높이 올려라!"

장예모의 〈홍등〉에 나타난 권력과 욕망

1. 서론—장예모 감독의 영화 세계

　　중국의 장예모 감독은 중국을 대표하며 세계적인 명성을 지닌 감독이다. 그의 영화 작품들은 중국을 비롯한 아시아에서는 물론 서구에서도 많은 영화 애호가들을 매료시켜왔다. 그는 동양의 신비로움과 아름다움을 화면에 펼쳐낸다. 또 섬뜩하리만큼 강렬한 빛깔과 충격적인 장면을 스크린에 담아낸다. 장예모의 출세작, 〈붉은 수수밭〉에는 중국의 드넓고 황량한 땅덩어리가 등장한다. 거침없이 황량한 수수밭이 있고, 그 수수밭을 누비는 강한 바람이 그 영화에는 그려진다. 문명화되지 않은 거친 자연을 배경으로 삼아 잔인하고 광기 어린 역사가 또한 펼쳐진다. 살아있는 사람의 가죽을 벗기는 인상적인 장면이 장예모 영화의 특징을 보여준다. 가마에 실려 가는 새색시의 작은 발에 카메라는 초점을 맞춘다. 그리하여 그 신체 부위가 하나의 물신fetish처럼 영화에 재현된다. 정신분석학자인 프로이드Freud는 성적 욕망의 대상을 드러내는 신체 부위로 여성의 발을 강조한 바 있다. 영화의 그 장면은 프로이트의 주장을 시각적으로 재현하고 있다. 영화의 중심에 놓이는 것은 인간이 지닌 복합적인 욕망의 문제이다. 무성하게 우거진 수수 단을 쓰러뜨린 채 은밀히 펼쳐지는 인간의 성적 욕망을 재현한 장면은 매우 강렬한 인상을 남긴다. 영화에는 예기치 못한 반전이 끊임없이 꼬리에 꼬리를 물고 전개된다. 그러한 반전은 관객에게 충격 효과를 가져다주면서 영화의 흡인력을 더욱 강하게 만든다. 그런데 그 반전의 핵심은 인간 삶의 예측 불가능성, 혹은 그 다층성, 다중성에 있다. 한 예로 술을 빚는 장소에서 불결한 방뇨의 장면이 등장한다. 그러나 다음 장면에서 그 방뇨로 인하여 주조 중인 술은 더욱 그윽한 맛을 갖게 된다는 것을 알 수 있다. 인생의 아이러니를 잘 보여주는 장면이다. 영화는 곳곳에서 예측 불가능한 의외성의 장면들을 보여준다. 거나하고 유쾌한 취기에 휩싸여 호기를 부리는 인물이 등장한다. 곧바로 이어지는 장면은 그 인물이 대문 밖으로 내던져지는 것을 보여준다. 끊임없이 부침을 거듭하는 카니발적인 요소를 지닌 인물과 행동, 그리고 사건들로 영화는 채워져 있다. 장예모 감독이 구현해내는 화려하고 선명한 색상의 효과와 극적이고 강렬한 인간 욕망의 문제는 〈붉은 수수밭〉에만 한정되어 있지 않다. 그의 특징들은 이후의 영화 텍스트에서도 동일하게 드러난다. 〈국두〉도 그중의 한 예이다.

〈국두〉에서는 선명한 붉은 물감의 색이 스크린에 투사되어 있다. 압도적인 색상의 효과는 강렬한 이미지즘의 영화로 〈국두〉를 기억하게 만든다. 영화의 서사가 전개되는 공간은 옷감에 물을 들이는 염색 터이다. 드러낼 수 없는 은밀한 인간의 욕망이 펄럭이는 옷감처럼 강렬한 인상으로 전달된다. 옷감을 물들이는 붉은 물감이 마치도 낭자한 피처럼 선명한 색상으로 화면에 투사되는 것은 인간 욕망의 강렬함을 상징한다. 영화의 여성 주인공은 나이 많은 남자와 결혼한 상태이다. 그러나 자신의 욕망의 대상은 남편이 아닌 다른 젊은 남자이다. 그리하여 여성 주인공은 결혼 제도의 틀을 벗어난 성적 결합을 통하여 아이를 출산하게 된다. 그 아이에게는 생물적인 아버지와 사회제도상의 아버지가 일치하지 않는다. '아버지'됨을 적법하게 주장할 수 있는 인물의 행동과 아버지이면서도 자신의 '아버지'됨을 드러낼 수 없는 자의 내면세계를 영화는 그려낸다. 자신의 아들을 바라보는 후자의 안타까움을 정밀하고도 미묘한 방식으로 구현해 낸 것이다. 장예모의 카메라는 수수밭에 아무렇게나 던져진 듯 가만히 숨어서 인간 욕망의 전개 과정을 포착하여 보여준다. 또는 강렬한 붉은 색깔 속에 자신의 존재를 숨긴 채 욕망의 작동방식을 지켜본다.

초기의 두 작품 〈붉은 수수밭〉과 〈국두〉에서 살펴본 바와 같이 장예모 감독의 영화에서 삶을 끌어 갈 힘의 원천으로 작동하는 것은 인간의 성적 욕망이다. 장예모 감독은 생명의 근원이면서 인간 존재를 유지하는 강력한 힘인 그 욕망이 서로 충돌하고 교차하는 장면들을 계속하여 그려낸다. 그가 다양한 방식의 접근을 통하여 재현하는 그 욕망의 지향점은 금지된 대상에 놓이곤 한다. 그리고 그 욕망의 발현 과정은 광기처럼 발현하며 쉽게 구도화하기 어려운 궤적을 보여준다. 이 글에서 다루는 〈홍등〉 또한 그 연장선상에 놓이는 영화 텍스트이다.

2. '국가의 알레고리'와 〈홍등〉

〈홍등〉은 장예모 감독이 이전의 영화들에서 다루어 온 욕망의 문제를 권력이라는 주제와 연관지어 그려낸 텍스트이다. 인간의 욕망이 어떤 미묘한 방식으로 권력과 결합되는지를 보여 준다. 그런 의미에서 〈홍등〉은 '권력과 욕망의 알레고리'의 텍스트라고 부를 수 있다. 문학 이론가 프레드릭 제임슨 Frederick Jameson은 "제3세계의 문학예술은 필수적으로 국가의 알레고리다"(Frederick Jameson 1986:65~88)라고 말한 바 있다. 제3세계 작가들에게는 국가의 형성과 국가 정체성의 문제가 가장 심각한 주제이며 그런 까닭에 제3세계의 작가들은 국가의 개념을 떨쳐버린 채 글을 쓰기 어렵고 제3세계 작가들의 모든 작품들은 국가의 알레고리로 해석할 수 있다는 주장이다. 제임슨의 그러한 주장은 제3세계 문화 이론가들로부터 무수한 비판을 받았다. 제3세계를 타자화하고 제3세계 내부의 차이들을 무시한 오리엔탈리즘적 태도를 보여주는 언술이라는 것이 비판의 요점이었다.

그러나 제임슨의 그 주장이 무리한 일반화의 오류를 안고 있음에도 불구하고 〈홍등〉만큼은 국가의 알레고리로 읽을 수 있는 요소를 다분히 지니고 있다. 이 글은 〈홍등〉에 나타난 권력과 욕망의 관련 양상을 살펴서 〈홍등〉이 현대 중국이라는 국가 내부에서 일어나는 권력 갈등을 알레고리로 보여주는 텍스트임을 주장한다. 〈홍등〉에 재현된 집은 중국이라는 국가를 상징한다. 집안의 여인들은 중국사회에서 살아가는 다양한 인물들로 읽을 수 있다. 또한 여인들이 보여주는 '홍등'에의 집착과 그들이 홍등을 소유하기 위하여 벌이는 다툼은 국가 내부의 권력 갈등으로 읽힐 수 있다. 또 홍등의 위치가 한 처소에서 다른 처소로 이 동해가는 길, 즉 홍등의 행로는 국가 권력의 이행 과정으로 파악할 수 있는 것이다.

그러나 동시에 이 글은 〈홍등〉이 단순히 "중국이라는 국가의 알레고 리"에 불과한 것은 아니라고 주장한다. 〈홍등〉이라는 영화 텍스트는 단순한 알레고리를 넘어서 인간 욕망과 권력의 본질과 그 관련 양상에 대한 보다 근원적이고 철학적인 성찰을 보여주는 텍스트임을 보일 것 이다. 〈홍등〉은 권력과 욕망이 어떻게 형성, 유지, 생산, 재생산되고 강 화되는지를 보여주는 함축적인 텍스트이다. 동시에 영화 속의 등장인 물들은 욕망과 권력의 메카니즘mechanism 속에서 타협과 저항을 통하여 자신의 주체성을 구축해가는 인물들이다. 다시 한번, 필자는 권력, 욕 망, 그리고 주체라는 핵심적인 철학적 주제가 중국사회의 특수성을 배 경으로 하여 스스로 질문하고 해답을 모색하는 과정 중의 텍스트로 〈홍등〉을 해석한다.

3. 공간과 주체성

먼저 〈홍등〉의 등장인물들이 구현해 내는 여성 주체의 문제를 살펴보자. 영화의 여성 인물들은 모두 다양한 방식으로 자신의 고유한 주체성을 추구하고 있다. 우리말의 주체성은 영어의 'identity'와 'subjectivity', 양자를 모두 아우른다. 영어에서는 내포하는 바가 조금 다른 두 어휘이지만 우리말로는 모두 주체성으로 번역할 수밖에 없다. 여성 주체를 설명할 때에는 영어의 경우, 'subjectivity'가 더욱 적절하다. 카자 실버만Kaja Silverman이 설명한 바에 따르면 'identity'는 완결되고 통합된 주체를 의미한다. 그러므로 'identity'는 성별에서는 남성 주체를 설명하기에 적합하고 인간의 의식consciousness에 더 접근해 있는 개념으로 볼 수 있다. 반면, 'subjectivity'는 인간의 무의식에 더욱 긴밀히 연결되어 있고 문화의 중층 결정과 관련되어 있다고 볼 수 있다. 그러므로 고정되기보다는 형성 과정 중에 있는 여성 주체를 설명하는 데에는 'subjectivity'가 더욱 적절하다고 볼 수 있다. 실버만의 설명을 살펴보자. "'subjectivity'라는 개념은 (…중략…) 의식보다는 무의식과 문화의 중층결정에 더 중심적인 자리를 내 줌으로써 철학적 전통과 결별한다."(Kaja Silverman 1983:126) 이 글에서 사용하는 여성의 주체성은 'subjectivity'의 번역어인 주체성이다.

〈홍등〉에서 여성 인물들의 주체성은 권력과의 관계 속에서 형성된다. 권력에의 욕망이 여성 주체들의 존재를 규정하는 기본 조건이며 주체성의 확립 또한 권력의 획득에 의해 가능해지는 것으로 그려진다. 권력에의 욕망이 여성 인물들 사이의 갈등, 경쟁, 시기, 음모 등을 유발하는 원천이 된다. 주인공 남성의 처첩인 여성 인물들은 집안의 건물 한 채씩을 차지한 채 자신의 공간으로 남성 주인공이 찾아와 주기를 기대한다. 주인master이라는 이름으로 지칭되는 남성 주인공이 자신의 처소에 찾아오면 하인들은 붉은 등을 그 집 문 앞에 걸어서 주인이 거기에서 하루 밤을 지낸다는 사실을 알린다. 여성 인물들은 모두 자신의 집 앞에 홍등이 밝게 걸리기를 바라게 된다. 그러므로 홍등은 곧 여성 인물들의 욕망의 대상이 된다. 주인은 자신이 그 밤 누구의 거처에 거할 것이지를 아침에 결정한다. 그의 결정이 내려질 때까지 처첩들은 한자리에 다함께 모여 주인공의 결정을 기다린다. 홍등이 걸리는 공간은, 정확히 말하자면, 첩들의 집 앞이다. 주인이 정부인의 집에서 밤을 보내는 일은 전혀 없기 때문이다. 정부인은 주인의 성적 욕망의 대상이 되기에는 너무 나이가 많은 것으로 나타난다. 그는 스스로를 불교의 세계 속에 가둠으로써 주인과 첩들을 중심으로 일어나는 욕망과 권력의 소용돌이로부터 벗어나 있다. 정부인이 종교적인 세계에 몰입하는 것은 이미 욕망과 권력의 전투에서 승산이 없다고 판단한 자가 스스로의 자존심을 지키는 방편으로 파악할 수 있다. 염주 알만 돌리는 정부인의 태도는 다음과 같은 전언을 대신한다. "홍진을 떠난 곳에 나는 있거니, 애닯도다, 중생이어. 무명을 벗지 못하여 스스로 자신의 욕망의 포로가 되어 있음을 깨닫지 못하나니!" 세 번째 첩이 처음으로 정부인을 찾아와 인사를 드리는 장면에서도 정부인은 아무런 인사를 하지 않는다. "죄로다. 죄야" 하고 되뇔 뿐이다. 정부인이 대변하는 삶은 스스로를 현실에서부터 격리하여 종교적인 세계에 몰입한 주체의 삶이다. 정부인의 존재는 종교인들의 삶을 상징한다. 인간을 형성하고 있는 육체의 존재를 거부하고 육체의 요구를 무시하며 정신만이 인간을 인간으로 만드는 유일한 요소라고 인정하는 태도를 그는 보여준다. 육체를 거부함으로써 정신의 숭고함을 지키고자 하는 정부인의 모습은 한편 지극히 불교적이며 동양적인 것이다. 그러나 다른 한편으로는 서구인의 시각에서도 그것은 그리 낯선 모습은 아니다. 서구 합리주의와 계몽주의의 대부인 르네 데카르트Rene Des Cartes 또한 육체의 부정에 기반을 두고 이성을 수호하고자 한 철학자이기 때문이다. '나는 사유한다. 고로 존재한다'로 요약되는 데카르트의 주장은 서구 이성 중심주의의 근간을 이루어 온 것이라 할 수 있다. 최근에 이르러 탈구조주의자와 포스트모더니즘의 반격을 받게 될 때까지 데카르트의 이성 중심주의는 서구 철학의 핵심을 이루었다 해도 과언이 아니다. 이와 같은 이성 중심주의의 전통에서는 정신은 순수하고 절대적인 것으로, 육체는 훼손되기 쉽고 불안정한 것으로 간주된다. 그 결과, 데카르트는 신에게서 가장 완벽하고 절대적인 것을 찾는다. 그리고 정신mind만을 영원한 것이라고 부르며 존중한다. 데카르트를 더 인용해보자. "(…중략…) 인간의 육체는 쉽게 부패할 지도 모른다. 그러나 인간의 마음 또는 영혼(나는 이 둘을 구별하지 않는다)은 그 본질에 있어서 불멸적인 것이다."(Rene Des Cartes 1911:141) 더 나아가 신의 존재에 관하여 데카르트는 다음과 같이 설명한다.

> (…중략…) 신에 관한 한은, 내 마음이 선입견으로 미리 지배당하고 있지 않다면, 그리고 내 생각이 감각적인 것들의 끝없는 압력에 의해 분산되어 있지 않다면, 신보다도 더 빨리 더 쉽게 내가 알 수 있는 것은 없을 것이다. 세상에 신의 존재보다 더 명백한 사실이 어디 있겠는가? 우리의 실존이 그 정수에 닿아 있는 그런 절대자의 존재보다 (…중략…) (Rene Des Cartes 1911:183)

데카르트의 사유를 따르면 존재를 결정하는 것은 외양이 아니라 정수, 즉 에센스essence이다. 영화 속 정부인의 주체성은 불교라는 종교적 세계의 주체성이다. 그러나 종교라는 맥락을 떠나 데카르트 식의 서구 사유구조 속에서 살펴볼 경우에도, 정부인이 대변하는 것은 다름 아닌, 육체에 대한 정신의 우위, 감성에 대한 이성의 우위다. 현실을 떠난 초월적인 정신의 세계 속에 자신의 주체를 설정하고 있기에 정부인에게 있어서는 홍등은 전혀 무의미한 물체이다. 기의 없는 기표인 것이다. 정부인이 홍등이라는 기호에 투사하는 것은 경멸에 불과하다.

정부인이 종교에 기대어 현실을 초극하고자하는 인물이라면 그와는 대조적으로 첫 번째 첩은 현실에 대한 애착이 가장 강한 인물이라 볼 수 있다. 첫 번째 첩은 타락한 정치가의 상징으로 파악된다. 그는 자신의 참 모습은 감춘 채 위선적인 삶을 살아가며, 타인을 조종해서 자신의 이익을 실현하고자 하는 인물들의 전형을 이룬다. 두 번째 첩은 중국의 경극 가수 출신으로 나타난다. 중국의 대표적인 문화 장르가 경극인 것을 염두에 둔다면 두 번째 첩은 예술가를 상징한다고 볼 수 있다. 자신의 재능을 이용하여 사람들의 관심을 끌고 예술을 통하여 자신만의 자유로운 영역을 구축하고자 한다. 마지막으로 주인의 세 번째 첩이 되는 주인공 송련은 지식인을 상징한다. 그는 대부분의 지식인들이 그러하듯이 현실을 예리하게 파악하고 비판할 수 있는 능력을 지니고 있으며 현실에 만족하거나 안주하지 못한다.

앞서 정부인은 자신의 주체성을 초월계에서 찾고 있으므로 홍등이 상징하는 권력과는 무관한 존재임을 설명하였다. 그렇다면 정부인을 제외한 나머지 첩들에게는 홍등은 어떤 기호로 받아들여지는가? 주인이 그 날 어느 집에 거할 것인지 결정하고 나면, 주인이 그날 선택한 첩에게는 그날의 식단을 결정할 권력이 주어진다. 아울러 그 첩에게는 심부름꾼의 발 마사지가 제공된다. 홍등을 차지한다는 것은 집안의 여성들이 바라는 것이므로 당연히 그 날 홍등을 차지하게 된 자는 다른 여성들의 질투와 시기의 대상이 된다. 홍등을 차지하고 유지하려는 욕망, 그리고 그 빼앗긴 홍등을 되찾고자 하는 욕망이 팽팽히 맞서고 충돌하며 그 결과 음모와 계략이 집안의 공간들을 가득 채우게 된다.

그런데 영화에서 주인은 모습을 보이는 경우가 거의 없다. 간혹 주인이 등장하는 장면에서도 그의 얼굴은 보이지 않는다. 주인은 뒷모습으로만 등장하여 실루엣을 보여줄 뿐이다. 그렇다면 주인은 살아 있는, 감정을 가진 인물이라기보다는 오히려 또 하나의 기호라 할 수 있다. 영화의 서사에서 중요한 것은 그의 존재 혹은 부재일 뿐이다. 달리 말해 그의 존재는 0과 1이라는 두 숫자로 구성되는 이분법적 구도를 통하여 설명할 수 있다. 그의 존재가 1이라면 부재는 0이 되는 것이다. 프랑스 철학자 미셸 푸코Michel Foucault는 정치 체제 안에서 중요한 역할을 하는 것은 '존재하는 왕의 몸'이라고 지적한 바 있다(Michel Foucault 1972:55). 왕의 존재가 정치에서 갖는 의미와 마찬가지 역할을 주인의 몸은 수행한다. 한 집안으로 축소된 정치의 자장 내에서 주인의 몸은 왕의 몸과 유사한 권력의 기호로 작동한다. 불 밝혀진 홍등이 비추는 공간은 주인의 현존을 드러내는 공간이다. 동시에 홍등의 공간은 그 주인에게서 퍼져 나오는 권력의 영토를 경계선을 그어 확정한다. 그래서 홍등은 주인의 환유metonym이며, 권력의 기표signifier로 작동한다. 하인들이 줄줄이 홍등을 들고 이동하는 발걸음은 권력이동의 선을 정확하게 드러내는 구실을 한다.

주인의 몸이 하나의 기호가 된다는 것은 집안의 여성 주체들, 그중에서도 특히 주인공 송련의 몸이 기호가 되지 않는다는 점과 대조를 이룬다. 〈홍등〉에 나타난 여인의 몸은 살아 움직이는 몸이다. 그의 몸, 즉 육체는 마음이 원하는 바를 실어 내는 매체이며 더 나아가 관객들에게 볼거리spectacle를 제공하는 몸이다. 영화에서 주인공 송련은 매일 색깔을 바꾸어 가며 몸의 윤곽을 그대로 드러내는 중국 드레스를 입고 나온다. 그런 송련의 몸은 관객들에게 즐거움을 주는 '볼거리'의 역할을 담당하는 것이다. 그런데, 영화의 소재가 된 원작 소설에서는 송련의 몸은 이지적인 여성의 다소 빈약한 몸으로 묘사되어 있다. 마치도 여학생의 몸과 같이 여성적인 매력이 부족한 몸으로 소설에는 등장한다. 시각예술인 영화 장르의 특수성에 맞추어 여성의 몸이 각색된다는 사실을 알 수 있다. 송련의 육체가 '볼거리'의 몸임을 상기해볼 때 주인의 몸이 수행하는 기호의 역할은 더욱 분명해 진다. 주인의 몸은 하나의 그림자에 불과하다. 왕의 존재가 지니는 의미에 있어서 '실제 있음'보다는 '있다'는 소문이 더욱 중요하게 되는 것처럼 영화 속 주인의 존재, 즉 그의 몸은 그 효과에만 의미가 투사되는 대상이다.

기호로서의 주인의 존재는 여성 주체에게는 권력의 발생 지점에 해당한다. 여성 인물들이 자신의 주체성을 확고히 할 수 있는 것은 오로지 권력이 그들에게 힘을 실어 줄 때이며 그 권력의 발생은 주인의 '함께 있음'에 의해서 가능해진다. 송련이 처음 주인의 집에 들어올 때 두 번째 첩이 송련에게 주는 조언은 홍등이 지닌 권력의 의미를 분명하게 보여준다. 오랫동안 홍등을 차지하지 못하면 여성들은 자신이 원하는 음식을 식단에 올릴 수 없다. 또한 그럴 경우 하인들의 태도마저 차갑게 변한다고 그는 조언한다. 제한된 공간의 한정된 권력의 장을 고려한다면 한 개인이 주체성을 획득한다는 것은 필연적으로 다른 개인의 주체성을 위협하는 것으로 귀결 될 수밖에 없다. 사회학에서 이야기하는 이른 바 '제로섬 게임zero sum game'의 법칙이 적용되는 것이다. 재화는 제한되어 있으므로 얻는 자가 있으면 반드시 잃는 자가 있게 마련이다. 한 주체가 홍등과 그 홍등이 보장하는 권력을 소유한다는 것은 다른 주체가 그러할 수 없다는 것을 전제로 한다. 주인은 하룻밤에 두 집에 거할 수 없으므로 둘 이상의 개인이 동시에 자신의 주체성을 실현하는 것은 원초적으로 불가능하다. 권력은 배타적인 것이기 때문이다.

푸코는 권력은 개인을 떠나 정치 체제 같은 거대한 조직 속에만 존재하는 것이 아니고 우리의 일상에 직접 파고들어 사소한 것까지 간섭하는 힘이라고 설명한 바 있다. 그리고 개인들은 권력의 테크놀로지, 즉 권력의 작동 기제 속에서 권력을 내재화하도록 길들여진다고 지적했다. 그렇게 권력을 내재화함으로써 개인은 '유순한 육체'로 재탄생한다고 보았다. 송련이 주인의 집에서 경험하게 되는 일련의 의식들은 푸코의 '유순한 육체'의 형성 과정에 정확하게 대응한다. 푸코가 지적한 바를 좀더 살펴보자. 18세기 프랑스의 역사 기록들에서 발견한 것을 바탕으로 삼아 푸코는 육체가 길들여지는 과정을 설명한다. 즉, 육체는 "조종되고, 형태가 만들어지고, 훈련된다. 그래서 순종하고, 부름에 응하고 기계적으로 되고 역량을 증가시키게 된다((The body—인용자) is manipulated, shaped, trained, which obeys, responds, becomes skilful and increases its forces)." 또한 "육체는 복속되고, 사용되고, 변형되고 개선될 수 있는 유순한 것이다(a body is docile that may be subjected, used, transformed and improved)."(Michel Foucault 1979:136)

〈홍등〉에 등장하는 일련의 의식들은 권력을 내면화하여 유순해지는 여성들의 몸을 보여준다. 이를테면 홍등에 불을 붙이고 내어 거는 것, 발 마사지를 하는 것, 그 발 마사지에 길들여져서 마사지를 기대하는 것, 마사지를 받지 못하면 초조하게 되는 것, 그리고 아침마다 안마당에 모여 주인의 결정을 기다리는 것 등은 영화 속 여인들에게 행해지는 권력의 테크놀로지들이라 할 수 있다. 영화 속의 여성 주체들은 먼저 욕망을 배운다. 그런 다음 그 욕망의 결과가 선물하는 것을 다시 욕망하게 된다. 욕망이 더욱 공고해져가는 과정을 송련의 변화를 통하여 확인할 수 있다. 송련은 처음에는 주변에서 일어나는 일련의 일들을 의아해하며 방관자처럼 바라보게 되지만, 시간이 지남에 따라 자신 또한 타인들이 욕망하는 것을 함께 욕망 하게 된다. 그리고 그 욕망이 실현되는 것을 경험한 다음에는 더욱 더 강하게 이전에 욕망하던 것을 욕망하게 된다. 순환하는 욕망의 바퀴 속으로 쓸려 들어가는 송련의 존재는 욕망이 지향하는 권력과 권력이 추동하는 욕망의 발생과 순환 과정을 잘 드러내 보여준다.

4. 모성과 여성 주체

홍등은 권력과 욕망의 상징임을 이상에서 살펴보았다. 홍등의 붉은 빛은 성과 권력을 향한 욕망을 선명하게 보여준다. 그런데 더 나아가 홍등은 잉태의 상징이 되기도 한다. 오래전부터 중국인들에게 있어서 붉은 색은 행운과 부와 번성한 자손의 상징으로 여겨져 왔다. 중국문화 속, 결혼식에서 압도적으로 많이 사용되는 빛깔이 붉은 빛이며, 또한 붉은 빛은 재앙을 방지하는 수호의 색깔로 간주되기도 했다. '홍등가' 라는 말이 '성매매의 거리'를 뜻하는 것처럼 붉은 빛은 성의 상징이기 도 하다. 〈홍등〉은 중국문화에서 붉은 색이 상징하는 바를 충분히 활용 하고 있다. 홍등을 소유한다는 것, 집 주위를 붉은 등으로 훤히 밝힌다 는 것은, 권력을 과시하는 것이며, 자신의 주체성을 가질 자유가 주어 졌다는 것을 알리며, 주인이라는 유일하게 합법적인 성적 대상을 전유 함으로써, 성적 욕망을 충족시킬 수 있다는 신호가 된다는 것은 이상에 서 살펴본 바와 같다. 더 나아가, 홍등의 소유로 상징되는 성의 전유는 잉태의 가능성까지 예고하게 된다. 잉태에 이어 남아를 생산하게 될 경 우, 여성 주체는 더 한층 강화된 권력을 소유하게 될 것이다. 남자아이 는 주인의 성姓을 물려받아 그의 가계를 이어가게 되는 특권적인 존재 이다. 그러므로 남자아이를 생산한 어머니는 주인과 아들이라는 두 남 성의 권력을 동시에 사용할 수 있는 막강한 권력을 갖게 된다. 임신과 남아 출산의 가능성을 고려할 경우 홍등을 향한 여인들의 욕망은 더욱 강렬해 질 수밖에 없다. 홍등으로 상징되는 권력과 욕망의 기제에서 가 장 궁극적인 것은 아들의 출산을 향한 여성 주체의 욕망이 될 것이다.

출산을 가능하게 하는 것은 여성의 몸이다. 지식인 송련을 포함한 영 화 속의 여성들의 몸은 그 여성들이 표방하는 각기 다른 성향과 기질에 관계없이 한결같이 훈련되어진 유순한 육체들로 드러난다. 그들의 몸 이 유순하다는 것은 앞서 말한 권력의 테크놀로지에 의해 길들여진 몸 이라는 뜻이다. 앞서 언급한 바와 같이 푸코가 18세기 프랑스 역사의 기록에서 발견한 또 하나의 사실은 육체는 결코 자유롭지 않다는 것이다. 육체는 조종되고 길들여지고 훈련되어 유순해지는 것인데, 〈홍등〉의 여인들의 몸은 유순해져가는 몸을 잘 보여준다. 홍등이 권력과 욕망의 시각적 표상이라면, 홍등과 함께 발 마사지 소리는 그 권력과 욕망의, 혹은 권력을 향한 욕망의 청각적 상징이 된다. 송련이 결혼 첫날밤 발 마사지를 받게 될 때 첫 번째 첩은 "익숙해 질 거야" 하고 일러준다. 그가 일러 준대로 송련은 곧 발 마사지에 익숙해지고 마사지 받기를 갈망하게 된다. 몸이 길들여지는 것이다. 송련은 다른 곳에서 들려오는 마사지 소리를 들을 때마다 성과 권력에의 욕망으로 몸을 뒤튼다. 하인을 시켜 대리 마사지를 하게도 해 본다. 그러나 본격적인 마사지와는 비교도 할 수 없어 실망하게 된다. 몸은 자신을 길들인 바로 그 쾌감을 정확하게 기억하고 있기 때문이다.

발 마사지가 권력의 테크놀로지이며 홍등이 권력의 상징이자 남성 시선의 매개물이라면, 주인공 송련이 이와 관련하여 어떻게 자신의 주체성을 획득하며 자신의 공간을 형성해 가는지 알아보자. 주인의 집에서 송련이 가장 새로운 인물이라는 것, 그리고 가장 젊은 여성이라는 것 밖에는 송련은 자신의 주체성을 공고히 할 요소를 지니고 있지 않다. 주인이 송련을 한동안 찾지 않게 되자 송련은 자신의 권력이 심각하게 줄어드는 것을 알게 된다. 송련이 권력을 상실하는 것은, 자신이 좋아하는 야채 반찬을 식탁에서 발견할 수 없다는 데에서 먼저 드러난다. 주인이 자주 찾는 둘째 첩의 기호에 맞추어 고기 반찬만이 주로 식탁에 올려진 것이다. 하인들이 이를 두고 뒷얘기들을 주고받기 시작하며 송련의 몸종인 안얼조차도 송련을 업신여기게 된다. 송련이 안얼에게 발 마사지를 대신해 보라고 부탁을 하자 얀얼은 "마사지하는 사람을 직접 와서 하게 할 힘이 있으면 해 보시죠" 하고 거절한다. 송련은 주인과 홍등을 되찾음으로써 자신의 권력의 장을 획득할 방법을 고안해 낸다. 그것은 임신한 것으로 위장하는 것이다. 위장 임신이라는 방법을 통하여 송련은 절대권력이라 부를만한 엄청난 권력을 획득하게 된다. 임신을 했다는 것으로 인하여 송련은 매일 발 마사지를 받고 주인은 늘 그의 처소에 머무르게 된다. 또한 송련의 집에는 밤낮 없이 홍등이 환하게 불 밝혀진 채 내 걸린다. 발 마사지 소리 또한 쉼 없이 울려 퍼진다. 마치도 집 전체가 권력생산의 장으로 바뀔 듯한 정도가 된다. 송련의 몸은 후계자가 될 아들을 생산하게 될 지도 모르는 몸이기 때문에 소중히 여겨진다. 남아를 생산한다는 것은 한 가문의 성姓을 이어가는 일로서 그것은 가부장제의 전통 중 가장 중요한 것 중의 하나이다. 남아 출산은 상징계의 질서를 공고히 하는 사건이 된다. 송련의 몸이 소중히 다루어지는 것은 그 몸이 지니는 상징계의 가치 때문이다. 상징계의 질서가 탄생하고 보존되는 것이 여성의 몸을 매개로 하여 가능하다는 것이 역설적이다.

이제 송련이 욕망하고 위장을 통하여 도전하게 되는 모성의 권력에 대해 살펴보자. 모성이란 단순히 생물학적 생산에 한정되는 것이 아니다. 모성은 '자연'을 중심으로 하는 담론보다는 '문화'의 담론에 더 긴밀히 연결되어 있다. 여성에게 권력을 부여하는 것이 모성이며 '열락 jouissance'의 공간을 제공하는 것 또한 모성이다. 〈홍등〉에서는 아들을 낳았다는 것을 이유로 권력을 행사하는 둘째 첩, 비록 가장된 것이기는 하지만 임신을 했다는 것으로 인해 관심과 보호를 받는 송련의 경우가 이를 잘 설명한다. 거짓으로나마 모성을 창조해 냄으로써 송련은 자신의 주체를 확고히 하는 데 성공한다. 송련이 임신을 위장하여 차지한 권력의 규모는 엄청난 것이다. 송련은 그 권력을 이용하여 오래 된 집안의 전통까지 무너뜨린다. 처첩들이 모두 모여 식사하는 전통을 무너뜨리고 식사를 자신의 처소로 배달하여 주인과 단둘만의 식사를 하도록 한 것이다. 이제 송련의 공간, 수없이 많은 홍등이 내걸리고 발 마사지 소리가 끊임없이 들려오는 그 공간은 완전하고도 안전한 절대 권력의 공간으로 보인다. 줄리아 크리스테바가 모성에 대해 언급하면서 주장한 바대로 그 공간은 열락의 공간으로 보인다. 벨리니Bellini의 그림에 대해 논하면서, 크리스테바는 다음과 같이 지적했다.

> (…중략…) 벨리니에게는, 모성이란 환히 불 밝힌 공간의 형성(a luminous spatialization), 억압의 끝에 존재하는 열락의 궁극적인 언어이다. 그곳에서 육체와 자아정체성, 기호들이 배태되는 것이다.
> (…중략…) For Bellini, motherhood is nothing more than such a luminous spatialization, the ultimate language of a jouissance at the far limits of repression, whence bodies, identities, and signs are begotten. (Julia Kristeva 1980:269)

그러나, 송련이 창조한 권력의 공간이 모성의 힘으로 이룩된 절대 권력의 공간이기는 하지만 그 공간 또한 감시로부터 자유롭지는 않다. 송련의 위장 임신은 안얼에 의해 폭로되고 만다. 송련이 권력을 상실하는 것은, 그 권력의 획득 과정이 생생한 상징들로 가득 찼던 것만큼이나 상징적으로 재현된다. 붉게 빛나던 홍등들은 검고 어두운 천으로 덮여버린다. 동시에 송련의 처소는 어둡고 조용한 공간으로 변모한다. 발마사지도 멈춘다. 붉은 색과 검은 색의 대조는 권력의 획득과 상실을 극명하게 보여준다. 붉은 빛이 풍요와 행운을 상징했다면 검은색은 죽음과 절망을 상징한다.

거짓이 폭로된 후 송련은 다음과 같이 중얼거린다. "조금만 더 비밀이 유지되었더라면 정말 임신이 될 수도 있었을 터인데." 송련이 시도했던 것은 원인과 결과를 치환함으로써, 의도한 결과에 궁극적으로 도달하는 것이다. 그는 가짜 임신을 통하여 진짜 임신에 이르고자 한 것이다. 그리고 가짜 임신이 진짜 임신으로 부드럽게 변환하기만 했다면 가짜 임신이라는 사실은 숨겨지고 지워져 버렸을 것이다. 가짜 임신의 유일한 증거이자 흔적은 진짜 임신에 이르지 못하는 것, 즉 임신 실패 뿐일 것이다. 그러므로 송련이 상상한 공간은 '뫼비우스의 띠'의 공간이라 할 수 있다. 뫼비우스의 띠가 보여주는 공간은 안과 밖이 분간되지 않는 공간이다. 안이 곧 밖이고 밖이 곧 안이 되는 공간이다. 안이 밖으로, 그리고 밖이 안으로 부드럽게 바뀌어져 어디서부터 밖이 시작되고 끝나는지 알아낼 길이 없다. 뫼비우스 띠에서 보는 것처럼 가짜임신은 진짜 임신으로 부드럽게 바뀔 수도 있었을 것이다. 송련은 혼자 중얼거린다. "사람이 귀신이고 귀신이 사람이지." 송련이 상상한 공간, 원인과 결과가 뒤바뀐 공간은 루이스 캐롤Lewis Carroll의 『이상한 나라의 앨리스Alice in Wonderland』에서도 발견되는 공간이다. "(…중략…) 원인과 결과의 치환; 잘못을 저지르기 전에 벌부터 받기, 꼬집기 전에 울기, 파이를 나누기도 전에 먼저 접시에 담아내기(the reversal of cause and effect; to be punished before having committed a fault, to cry before having pricked oneself, to serve before having divided up the servings)."(Constantin V. Boundas 1993:41) 앨리스가 경험하는 이상한 공간과 마찬가지로 송련이 상상한 공간 또한 원인과 결과가 전도된 공간이다.

마지막으로, 하녀 얀얼이 만들어 내는 작은 공간 또한 무시할 수 없는 흥미로운 공간이다. 얀얼은 하녀인 까닭에 처첩의 대열에 올라 설 수 없는 존재이다. 그럼에도 불구하고 송련에 대한 얀얼의 부러움은 너무나 강하여 얀얼 또한 홍등을 향한 욕망을 기르게 된다. 홍등은 곧 권력의 상징인 까닭에 얀얼의 선망 또한 권력에의 욕망이 된다. 송련이 잃어버린 피리를 찾아 얀얼의 방을 뒤졌을 때 송련이 발견하게 된 것은 누더기 같은 작은 홍등들이다. 얀얼의 방, 즉 얀얼의 공간은 한마디로 주인집에 이루어진 권력의 장, 그 축소판이라 할 수 있다. 하녀 얀얼과 얀얼이 모방한 홍등에의 욕망은 홍등을 내거는 의식이 집안 전체에 얼마나 큰 영향력과 권력을 행사했는지를 잘 보여준다. 주인의 집에서 모든 여성들이 그들의 신분이나 위치에 관계없이 욕망을 지니고 자신의 주체성을 형성해 온 것을 알 수 있다. 홍등의 전유를 향한 욕망이 권력으로 연결되고 그 권력과 욕망은 영화 속 여성 인물들의 주체성 형성에 가장 중요한 요인으로 작용했음을 알 수 있다.

5. 결론

〈홍등〉은 단순한 현실의 재현물도 아니며, 모더니즘을 구현하는 미학적 시도에 불과한 영화도 아니다. 공간과 주체성이라는 개념을 중심으로 분석해 보면 주인공 송련이 소속된 집의 공간은 주인을 중심으로 한 한 가정의 가치 중립적인 공간이기를 멈춘다. 네 명의 처첩들이 자신의 주체성이 실현될 수 있는 공간을 위하여 서로 경쟁하고 갈등하고 각축하는 넓고 복잡한 권력의 장으로 그 공간은 변화함을 알 수 있다. 욕망과 권력, 그리고 그 욕망과 권력의 길항작용에 근거를 둔 주체성이라는 철학적 주제들이 은유로 드러난 영화가 〈홍등〉인 것이다. 에드워드 사이드Edward Said가 말했듯, 세상이 하나의 텍스트라면 영화는 그 세상을 축소하여 반영하는 또 하나의 텍스트이다.

기독교와 비교문학

1. 서론

문학은 사람이 언어를 이용하여 사상이나 감정을 표현하는 예술의 한 장르이다. 언어는 기본적으로 인간 사회에서 의사소통의 수단이라는 중요한 역할을 담당해 왔으며 그 언어를 도구 혹은 소재로 삼는 문학은 인류 역사상 문화를 생산하고 전파하며 향상시키는 데 크게 기여하였다. 종교는 인류의 지적 산물 중 가장 고급하고 세련된 것이라 볼 수 있다. 문학은 종교적인 상상력과 교훈을 언어를 통하여 재현하는 역할을 또한 담당하였다. 그리고 인류 역사상 가장 큰 영향력을 발휘해온 종교가 바로 기독교라 할 수 있다.

기독교 사상을 소재 혹은 주제로 삼은 문학 작품은 동서양에 걸쳐 이루 말할 수 없이 다양하고도 풍부하다. 김봉군 교수는 기독교문학을 "기독교적 상상력으로 창작된 문학"이라고 정의하며 기독교적 소재를 다룬 작품은 유사 기독교문학이지 기독교문학이라 볼 수 없다고 주장한 바 있다. 그러나 이 장에서는 기독교를 소재 혹은 주제로 삼은 문학 작품을 모두 기독교문학으로 정의하고자 한다. 기독교는 사랑을 중심 원리로 삼아 인류의 삶을 정서적 윤리적으로 순화시키고 향상시키는 중요한 역할을 담당해 왔다.

그런 기독교의 사상은 성경에 가장 집약적으로 드러나 있으며 설교, 강론, 성경 해석, 찬송가, 교회 음악, 연극, 영화 등을 통하여 다양한 형태로 표출되어 왔다. 인류 역사를 예수 탄생 이전인 기원전과 기원후로 나누는 데에서 확인할 수 있듯이 인류 역사상 가장 큰 사상적 문화적 혁명은 바로 기독교의 출현이라고 할 수 있다. 예수의 탄생과 죽음을 계기로 인류 문화상 커다란 전환점이 형성되었다고 볼 수 있으며 인류 문화는 그러한 기독교적 사상을 정립, 강화, 전파하는 과정에서 눈부신 발전을 이루었다고 볼 수 있다. 20세기에 들어 철학자 니체가 "신은 죽었다"고 말하면서 이천 년 동안 이어져 온 철학의 전통에 정면으로 도전장을 제시하기까지 기독교는 그야말로 인류의 도덕을 유지하고 인류를 정신적으로 승화시키는 데에 지대한 영향력을 발휘하였다. 사실상 니체의 기독교 사상 부정도 기독교적 문화의 오랜 전통 위에서 이루어진 것이라 할 수 있다. 기독교를 긍정하고 숭상하든 또는 부정하고 넘어서고자 하든 기독교에 대한 이해는 인류 문화 활동에 절실히 필요한 것이었다.

인류의 등장과 함께 언어가 출현하고 그 언어는 이야기와 노래의 형태로 표현되어 인류 문화의 중요한 축을 이루었다. 문학이란 단순하고 원시적인 형태의 이야기와 노래가 발전하여 이루어진 것이라 할 수 있으므로 문학 또한 인류 역사의 전개 과정에 늘 존재해 왔다고 볼 수 있다. 이제 기독교와 문학의 관련 양상을 살펴봄으로써 문학이 어떻게 기독교적 상상력을 통하여 발전하고 역으로 기독교 사상은 어떻게 문학을 통하여 더욱 풍성해져 왔는지 살펴보자.

2. 한국문학과 기독교

　19세기 말, 20세기 초에 기독교가 한국에 도입된 이래 기독교는 한국문화의 지평에 커다란 족적을 남기며 급격하고도 광범하게 전파되었다. 엄밀하고 좁은 의미에서 기독교적 상상력이 한국문학 창작에 등장하는 것은 기독교가 도입된 지 한참 지난 뒤의 일이지만 도입 직후부터 기독교적 사상과 정서는 한국문화에 큰 영향력을 행사했다고 볼 수 있다. 성경과 찬송가의 번역에서 기독교가 한국문화에 스며든 최초의 장면을 발견할 수 있다. 많은 찬송가 구절 중에서도 김봉군 교수는 다음과 같은 번역 구절을 빼어난 기독교적 표현이라고 고평한다. "내 주는 저 산 밑에 빛나는 백합화", "주 하나님 지으신 모든 세계, 내 마음 속에 그리어 볼 때, 하늘의 별 울려 퍼지는 뇌성, 주님의 권능 우주에 찼네", "예쁜 새들 노래하는 아침과 노을 비친 고운 황혼에 사랑하는 나의 목자 음성이 나를 언제나 불러 주신다." 이러한 찬송가 구절 몇을 들어볼 때에도 기독교를 통해 유입된 서구 문명은 불교와 유교의 전통 속에서 상상력을 구사해 오던 한국문학의 지형도에 매우 혁명적인 변화를 불러왔다고 볼 수 있다. 변화와 함께 한국문학의 지평을 좀더 전지구적으로 확대했음은 말할 것도 없다. 이를테면 자비 혹은 윤회의 사상을 바탕에 두고 소를 찾아가는 '심우도'의 사상과 진흙 속에 연꽃을 피워 올리는 불교적 상상력의 자리에 '빛나는 백합화'가 대신 들어서고 있는 것을 볼 수 있다. 유교적 전통 속에서는 매화, 난초, 국화, 대같은 사군자의 이미지가 숭상되어 윤선도나 정철 같은 조선의 선비들이 이러한 대상을 즐겨 노래했음을 상기해 볼 수 있다. 기독교적 순결을 표상하는 백합화와 초월을 대변하는 별과 창조의 권능을 상징하는 뇌성이 사군자의 정적인 이미지를 대신하고 있음을 또한 확인할 수 있다. 조선시대 선비 정철의 「사미인곡」에서 볼 수 있듯 유교적 전통에서는 흠모와 숭상의 대상이 '님'으로 불리는 군주였음에 반하여 "세계를 지으신 주 하나님"이 세상의 주인으로 등장하고 있고 양떼를 모는 '목자'가 군주를 대신하여 마음의 주인이 되어있음을 볼 수 있다.[1]

　기독교가 한국에 전파된 이후 한국문학에 끼친 기독교의 영향은 지대했다고 이미 언급했지만 기독교 사상이 온건히 담긴 성경은 그 자체로 매우 복합적이고 우수한 문학 텍스트라고 할 수 있다. 성경이 지니고 있는 문학적 특성을 먼저 살펴볼 때 이 점이 분명해진다.

　성경은 그 자체로 다양한 형태와 양식을 갖춘 훌륭한 문학 작품으로 볼 수 있다. 인류의 역사가 전개되는 과정에서 성경의 구절들과 성경에

1　현대소설 중 김훈의 『흑산』에는 천주교가 도입되던 시기, 조선의 문화적 풍경이 재현되어있다. 천주교 신봉자였던 홍사영을 정죄한 논리는 외래 종교를 신봉한다는 사실 자체에 있기보다는 군주에 대한 반역을 시도했다는 데에 있었다. 기독교적 논리가 유교적 질서에 정면으로 도전하므로 반역죄를 구성한다는 것이다. 군주가 어버이처럼 백성을 잘 다스려 태평성세를 누리고 있는데 군주가 아닌 다른 존재를 어버이라 부르며 섬기는 것은 군주에 대한 반역이라고 간주한 것이다.

삽입된 이야기들을 해석하는 작업은 계속되어 왔다. 그것은 성경이 풍부한 해석을 가능하게 만드는 복합적인 문학 텍스트임을 증명하는 것이기도 하다. 성경은 두고두고 읽고 그 뜻을 음미하고 내재된 의미를 파악하고 분석해 볼 만한 훌륭한 문학 텍스트인 것이다. 동시에 성경이 담지하고 있는 지혜는 인간의 삶을 고양시키고 풍요롭게 만드는 데 매우 절실히 필요한 것이기도 하다. 따라서 성경이 인류의 문화 활동의 발달에 지대한 영향력을 발휘했다는 점은 두말 할 나위가 없다.

3. 한국의 기독교 시

존 러스킨John Ruskin은 진선미성眞善美聖 모두가 하나님의 본성에 속한다고 말한 바 있다. 따라서 인생의 진리 추구를 주제로 하여 언어를 통하여 예술적 미를 완성하는 문학예술의 창조는 하나님의 본성을 따르는 것으로 볼 수 있다. 이제 구체적인 문학 장르를 검토함으로써 기독교문학에 대해 살펴보기로 하자. 문학이라는 상위 장르는 시, 소설, 수필, 희곡, 평론 등 다양한 하위 장르를 거느리고 있다. 각각의 하위 장르에서는 기독교 정신이 소재나 주제로 사용된 수많은 문학 작품들을 발견할 수 있다. 그중에서도 이 장에서는 기독교 정신을 구현하고 있는 국내외의 시와 시인에 대해 살펴보기로 하자. 폴 발레리Paul Valery는 "산문은 걸음이오 시는 춤"이라고 했다. 시는 언어를 가장 응축된 형태로 사용하여 최고도의 아름다움을 완성하는 문학예술 장르라는 말이다.

성경 자체에서도 아름다운 문학성이 구현된 장들을 찾아볼 수 있음은 이미 언급한 바 있다. 구체적으로『구약성경』의「시편」과「아가」에 수록된 구절들은 모든 구절이 아름다운 시구로 읽힌다. 또한 성경은 시가 기독교 정신을 앙양시키고 구현함에 있어서 매우 중요한 역할을 담당할 수 있음을 명시하고 있기도 하다.「시편」95장 2절에는 "우리가 감사함으로 그 앞에 나아가며 시로 그를 즐거이 노래하자"고 기록되어 있다.「시편」51장 15절에는 "주여, 내 입술을 열어주소서. 내 입이 주를 찬양하리이다"라는 구절이 등장한다.『신약성경』「에베소서」5장 19절에는 "시와 찬미와 신령한테는 노래들로 서로 화답하여"라고 기록되어 있어 시는 천지의 창조주인 주를 찬양하고 주께 감사를 드리고 사랑을 표현하는 매우 중요한 문학 장르임을 알 수 있다. 또한『신약성경』「베드로전서」1장 24절에는 다음과 같은 시적 표현이 등장한다.

> 모든 육체는 풀과 같고
> 그 모든 영광이 풀의 꽃과 같으니
> 풀은 마르고 꽃은 떨어지되
> 오직 주의 말씀은 세세토록 있도다

자연과 그 자연에 깃든 인생의 유한성을 성경이 가르치는 기독교적 진리의 영원성에 대비시켜 진리의 가치를 강조한 표현이다. 많은 시인들은 이와 같은 기독교의 진리를 언어미학으로 표현해 왔다.

우선 한국 시인들 중 기독교 시인을 대표하며 시를 통하여 기독교 사상을 '장미의 향기'처럼 드러낸 시인들을 살펴보자. 모윤숙, 노천명, 윤동주, 김현승, 김남조, 구상, 이해인 등으로 기독교 시인의 계보는 이어져왔다. 우선 윤동주(1917~1945)는 믿음, 사랑, 소망의 기독교 정신을 십분 구현한 시편들을 창작하였다. 그의 「서시」에 등장하는 "죽는 날까지 하늘을 우러러 한 점 부끄럼이 없기를"이라는 구절은 윤동주 시인의 정신적 순결성을 보여주며 종교적이며 근원적인 죄의식을 잘 드러내 보인다. 윤동주 시인의 대표작인 「서시」를 살펴보자.

> 죽는 날까지 하늘을 우러러 한 점 부끄럼이 없기를
> 잎새에 이는 바람에도 나는 괴로워했다.
> 별을 노래하는 마음으로 모든 죽어가는 것을 사랑해야지
> 그리고 나에게 주어진 길을 걸어가야겠다.
> 오늘 밤에도 별이 바람에 스치운다.

윤동주 시인이 시어로 채택한 어휘들, "하늘", "별", "잎새", "바람" 등은 모두 자연의 일부를 지시한다. 자연 중에서도 하나같이 순결한 이미지를 지닌 사물들을 소재로 삼았기에 이 시는 창조주의 사랑을 찬양하는 시편으로 읽을 수도 있다. "모든 죽어가는 것을 사랑"하리라는 구절은 힘없고 가련한 대상에 대한 측은지심을 드러내고 있다. 그 또한 기독교적 사랑의 구현 장면으로 볼 수 있다. "나에게 주어진 길을 걸어가"리라는 표현은 창조주의 섭리와 부름에 따르겠다는 순명順命의 의지를 보여준다.

김남조 시인은 시집 『목숨』과 『나아드의 향유』 등을 통하여 부단히

기독교적 사랑을 문학적으로 형성화해 왔다. 그래서 김남조 시인을 한국 기독교 시인 중 대표적인 인물이라 할 수 있다. 그의 대표작 「너를 위하여」를 보자.

나의 밤기도는 길고 한 가지 말만 되풀이한다.
가만히 눈 뜨는 건 믿을 수 없을 만치의 축원.

갓 피어난 빛으로만 속속들이 채워 넘친
환한 영혼의 내 사람아
쓸쓸히 검은 머리 풀고 누워도
이적지 못 가져본 너그러운 사랑,

너를 위하여 나 살거니
가진 것 모두 너에게 주마
이미 준 것은 잊어버리고
못다 준 사랑만을 기억하리라,
나의 사람아.

눈이 내리는 먼 하늘에 달무리 보듯 너를 본다.
오직 너를 위하여 모든 것에 이름이 있고 기쁨이 있단다,
나의 사람아.

여기에서 '주고 또 주는' 희생과 사랑의 정신이 드러나 있다. "너"로 지칭된 사랑의 대상은 주로 빛과 환함의 이미지 속에 드러난다. "갓 피어난 빛", "환한 영혼", "눈 내리는 먼 하늘의 달무리" 등에서 이 점을 확인할 수 있다. 그러한 사랑의 대상을 돋보이게 하기 위하여 시적 화자인 주체는 빛의 반대인 어둠과 밤, 암흑 속으로 후퇴한다. "나의 밤기도", "쓸쓸히", "검은 머리" 등의 시어가 보여주듯 시적화자는 밤에 기도를 드리며 눈을 감고 있어 암흑의 영역에 들어 있다. "쓸쓸히 검은 머리 풀고" 누워있다고 묘사함으로써 시적 화자는 '낮'의 영광으로부터 매우 먼 곳에 위치해 있음을 알 수 있다. "먼 하늘의 달무리"가 사랑의 대상임을 고려한다면 머리 풀고 바닥에 드러누운 주체는 더욱 낮은 자리에 위치하게 된다. 주체와 사랑의 대상 간의 멀고 먼 거리를 짐작해 볼 수 있다. 그리하여 결국 "이름"과 "기쁨"으로 드러나는 영광은 사랑의 대상에게로 돌려진다. 자신을 낮추고 죽임으로써 상대에게 빛과 "이름"으로 대표되는 영광과 기쁨을 선사하고자 하는 이러한 사랑의 자세는 매우 기독교적인 사유의 결과물임을 알 수 있다. 아들을 십자가에 못 박혀 죽게 만듦으로써 세상에 평화를 가져다주고자 한 창조주의 사랑을 어둠 속에서 상대를 축원하는 기도를 올리는 시적 화자에게서 다시 발견할 수 있기 때문이다. 김남조 시인의 또 다른 가작, 「서시」를 살펴보자.

가고 오지 않는 사람이 있다면
더 기다리는 우리가 됩시다.

더 많이 사랑했다고 해서
부끄러워 할 것은 없습니다.

더 오래 사랑한 일은 더군다나 수치일 수가 없습니다.
요행히 그 능력이 우리에게 있어 행할 수 있거든
부디 먼저 사랑하고 더 나중까지 지켜주는 이가 됩시다.

사랑하던 이를 미워하게 되는 일은 몹시 슬프고 부끄럽습니다.
설혹 잊을 수 없는 모멸의 추억을 가졌다 해도
한 때는 무척 사랑했던 사람에 대해 아무쪼록 미움을 품는 일이
없었으면 합니다.

위 시에서 보듯 김남조 시인은 사랑하고 또 사랑하라고 강조한다. 사랑할 수 있는 능력을 지닌 것을 감사하라고 당부한다. 세상이 사랑으로 넘치게 될 때 기독교적 유토피아가 구현될 것이라는 비전을 보여준다. 이러한 순결과 사랑의 기독교 시 전통에 기여한 또 한 명의 시인으로 구상 시인을 들 수 있다. 그의 「은총에 눈을 뜨니」를 보자.

이제사 비로소 두이레 강아지만큼 은총에 눈이 뜬다.
이제까지 시들하던 만물만상이
저마다 신령한 빛을 뿜고

> 그렇듯 안타까움과 슬픔이던
>
> 나고 죽고 그 덧없음이 모두가 영원의 한 모습일 뿐이다.
>
> 이제야 하늘이 새와 꽃만을
>
> 먹이고 입히시는 것이 아니라
>
> 나를 꽃으로 기르고 살리심을 눈물로써 감사하노라,
>
> 아침이면 해가 동쪽에서 뜨고
>
> 저녁이면 해가 서쪽으로 지고
>
> 때를 넘기면 배가 고프기는 매한가지지만
>
> 출구가 없던 나의 의식 안에 무한한 시공이 열리며
>
> 모든 것이 새롭고
>
> 모든 것이 소중스럽고
>
> 모든 것이 아름답다.

구상 시인은 시어의 선택에 있어서 윤동주나 김남조 시인에 비해 매우 직설적임을 알 수 있다. 시는 문학이론가 존 크로우 랜섬John Crowe Ransom의 말처럼 "사상을 장미의 향기와 같이" 느껴지게 만드는 언어에 의해 이루어지는 예술 장르임을 염두에 둔다면 구상 시인의 문학성에 대해서는 다소 부정적인 평가가 있을 수도 있다. 즉, 이 시편에서 "의식", "시공", "은총" 등의 추상어를 여과 장치 없이, 상징이나 은유의 도움 없이 도입한 것으로 인하여 시의 문학성이 떨어진다고 평가할 수도 있기 때문이다. 그러나 구상 시인은 기독교적 사랑을 쉽고도 직접적으로 전달하고자 하는 데에 더욱 관심이 있었던 것으로 보인다. 그의 겸손한 감사의 태도는 "이제사 비로소 두 이레 강아지만큼 은총에 눈이 뜬다"고 한 첫 구절에서 드러난다. 인생을 충분히 살고서도 난지 겨우 보름 정도 밖에 안 된 강아지에 자신을 빗대고 있는 것이다. 시인이 체험한 기독교적 사랑의 은총은 "무한한 시공이 열린다"는 표현에서 극대화되어 나타난다. 사랑의 자각이 가져다주는 신생의 기쁨을 한껏 드러내는 기독교 시의 가작으로 볼 수 있다. "모든 것이 새롭고, 모든 것이 소중스럽고 모든 것이 아름답다"는 시적 종결은 기독교 시인이 창조주에게 바치는 감사와 찬송의 노래라 할 수 있다.

윤동주와 김남조, 구상 등의 시인이 순수문학의 영역에서 기독교적 사랑을 작품으로 구현한 시인이라면 대중문학의 영역에서는 이해인 수녀 시인을 대표적으로 찾아볼 수 있다. 문학 또한 예술의 한 장르이므로 예술적 창조와 감상에는 일정한 훈련이 필요한 것이 사실이다. 그러나 교육이나 훈련을 덜 받아 순수 문학을 충분히 이해하기에는 부족한 일반인들에게 대중문학이 지대한 영향력을 끼쳐왔음을 부인할 수 없다. 영향력을 우선으로 삼아 문학 작품을 평가한다면 대중 문학의 기여 또한 무시할 수 없다. 1980년대에 폭발적인 대중적 인기를 누렸던 이해인 수녀의 시편들은 대중적인 기독교시의 한 전형을 이루고 있다. 그의 대표작 「민들레의 영토」를 보자.

기도는 나의 음악
가슴 한 복판에 꽂아 놓은
사랑은 단 하나의 성스러운 깃발

태초부터 나의 영토는 좁은 길이었다 해도

고독의 진주를 캐며 내가 꽃으로 피어나야 할 땅

노오란 내 가슴이 하얗게 여위기 전

그이는 오실까

당신의 맑은 눈물 내 땅에 떨어지면

바람이 날려 보낼

기쁨의 꽃씨

흐려오는 세월의 눈시울에 원색의 아픔을 씹는

내 조용한 숨소리

보고 싶은 얼굴이여.

　한 송이 소박하고도 흔한 민들레꽃에 빗대어 창조주에 대한 사랑을 노래하고 구세주의 재림을 구하는 시편이다. 이 시에서 "당신"은 개인적인 사랑의 대상이기도 하고 종교적인 구원자이기도 하다. 한 편으로는 민주화 투쟁을 전개하던 1980년대의 시대적 상황을 고려해볼 때 간절한 민주화의 열망을 표현한 시로도 해석할 수 있다. "기도"가 "음악"이며 "사랑"이 "깃발"로 드러나 있어 기독교적 사랑의 아름다움과 숭고함을 잘 보여주는 시편으로 볼 수 있다.

　이상에서 살펴본 바와 같이 기독교 시의 근원에는 사랑이 놓여있다. 사랑은 인간 존재의 가장 핵심적인 요소이므로 사랑 없이는 예술 또한 그 존재 의미를 잃고 말 것이다.

4. 서구의 기독교문학

　서구의 문학 전통에서 기독교는 뚜렷한 정신적, 정서적 전통을 이루어 왔다. 성경은 그 자체로 훌륭한 문학 작품으로 볼 수 있다고 언급한 바 있다. 『구약성경』「출애굽기」 15장 21절에 기록된 '미리암의 노래' 는 『구약성경』에 기록된 가장 오래된 시 작품 중의 하나이며 고대의 시 문형을 반영하고 있는 문학 작품으로 볼 수 있다(박춘덕 1997:162).

> 미리암이 그들에게 화답하여 가로되
>
> 너희는 여호와를 찬송하라
>
> 그는 높고 영화로우심이요
>
> 말과 그 탄 자를 바다에 던지셨음이로다.

　문학 텍스트로서의 성경은 말할 것도 없고 성경을 떠나서도 기독교 문화로부터 자유로운 서구문학 작품을 찾기는 사실상 불가능하다. 따라서 기독교 정신을 구현한 시와 시인에 대해서 간략하게 소개한다는 것은 매우 어렵다. 영미 문화권, 프랑스, 독일, 이탈리아, 스페인 등 다양한 유럽 국가들의 문화권에서 다양한 색채를 가진 수작들이 오랜 기간 동안 꾸준히 계속 창작되었다. 일부 시인만 언급한다고 해도 우선 영국의 존 밀턴John Milton, 조지 허버트George Herbert, 존 던John Donne, 윌리엄 블레이크William Blake, 크리스티나 로세티Christina Rossetti, 엘리어트 T. S. Eliot 등을 들 수 있다. 미국의 에밀리 디킨슨Emily Dickinson 또한 매우 독창적인 시세계를 통하여 기독교 정신을 구현하였다. 이탈리아의 단테Dante, 독일의 릴케Rilke, 괴테Goethe도 기억해야 할 문호이며 러시아의 톨스토이Tolstoi도 위대한 기독교 사상가이며 문인이다. 프랑스 시인인 프랑시스 잠Francis Jammes도 언급되어야 하는 기독교 시인이다. 지면 관계상 몇 시인의 작품을 소개함으로써 서구의 기독교 시를 이해하는 발판으로 삼고자한다. 우선 일반인에게 잘 알려진 릴케의 「가을날」을 번역으로 살펴보자.

> 주여, 때가 되었습니다.
> 여름은 아주 위대했습니다.
> 당신의 그림자를 해시계 위에 놓으시고 벌판에 바람을 놓아주소서
> 마지막 과일들을 결실토록 명하시고
> 그것들에게 또한 따뜻한 이틀을 주시옵소서
> 그것들을 완성으로 몰아가시어
> 강한 포도주에 마지막 감미를 넣으시옵소서
> 지금 집 없는 자는 어떤 집도 짓지 않습니다
> 지금 외로운 자는 오랫동안 외로이 머무를 것입니다.
> 잠 못 이루어 독서하고 긴 편지를 쓸 것입니다.
> 그리고 잎이 지면 가로수길을 불안스레 이곳저곳 헤맬 것입니다.

릴케의 위 시는 계절의 변화를 소재로 하여 인간과 대 자연의 창조주를 찬양하면서 순종하는 삶의 태도를 보여준다. 성숙과 결실의 계절인 가을이 시간적 배경이 되어 있으며 자연의 순리를 수긍하는 겸손한 자

세를 통하여 인생을 마무리하고자 하는 시적 화자의 심경이 드러나 있다. 벌판의 바람, 마지막 과일, 포도주의 감미 등은 창조주의 은총의 손길이 구석구석 미치어 아무도 소외되지 않고 주어진 삶을 마무리하기를 바라는 시적 화자의 소망을 보여주는 시어이다.

서구의 기독교문학은 대개 원죄, 기원, 찬미, 믿음, 구원의 주제를 취하고 있다. 앞에서 살펴본 릴케의 시세계는 기독교적 기원의 자세를 잘 보여준다고 할 수 있다. 영국의 존 밀턴John Milton은 유명한 『실낙원 Paradise Lost』에서 인간의 원죄에 대한 절규를 보여준다. 사도 바울이 편지 속에서 "그러면 어떠하냐 우리는 나으냐 결코 아니라 유대인이나 헬라인이나 다 죄 아래에 있다고 우리가 이미 선언하였느니라"(『신약성경』 「로마서」, 3장 9절)라고 언급한 것처럼 인간은 원죄를 타고난 존재이며 하나님의 사랑을 통하여서만 구원에 이를 수 있다. 밀턴을 위시한 서구 시인들은 이러한 원죄의 문제를 재현하는 다양한 작품들을 보여주었다. 단테Dante의 『신곡Divine Comedy』은 신에 대한 찬미를 그 주제로 삼는다.

믿음은 그러한 원죄에서 벗어나는 유일한 통로이다. 『구약성경』의 「욥기」는 그러한 믿음에 대한 본질적인 추구를 보여준다. 욥은 자신이 감당하기 힘든 갖은 시련에 처하여서도 오로지 믿음으로 순명하는 자세를 보여준다. 루터가 『기독교 강해』에서 "신앙이란 자기를 떠나 하나님 앞에 서는 능력"이며 "오직 믿음뿐"이라고 역설한 것도 그러한 믿음의 중요성을 강조한 것이다. 러시아의 문호 레오 톨스토이Leo Tolstoy의 『부활』은 인간이 믿음을 통하여 죄에서 벗어나 구원의 길에 들어서는 과정을 잘 보여준다.

구원에 관하여 좀더 알아보자. 박근원은 예수 탄생 이후의 구원의 의미를 '새롭게 변화된 삶으로서의 개인 구원, 이웃으로부터의 자기 소외의 해방, 하나님의 형상대로 지음 받은 인간에로의 회복을 경험하는 것'으로 정의했다. 중세기 수도원 중심의 구원은 악과 죄의 형벌에서의 도피를 의미했다. 이를 새롭게 해석한 사람이 루터와 칼빈 같은 종교개혁자다. 이들은 구원을 영생이나 사후 세계의 약속이 아니라 현세의 질서 속에서 이해했다. 따라서 오늘의 구원은 영혼 구원과 사회 구원을 동시에 수용해야 한다. 즉 힘없고 억눌린 자의 해방과 하나님의 형상대로 지음 받은 인간화를 뜻하며 자기 상실, 고독, 소외로부터의 주체성 회복을 의미하는 것이다(박춘덕 1997:165~166).

『부활』은 톨스토이가 71세 때인 1809년에 발표한 소설로서 세계 100여 개 국어로 번역되어 읽혔다. 제목이 상징하는 바와 같이 『부활』은 주인공인 귀족 네플류도프 공작이 죄와 이기심으로 가득 찬 '어둠'의 세계에서 벗어나 사랑과 연민이라는 '빛'의 세계로 옮겨가는 이야기이다. 네플류도프 공작은 회개한 후 자신이 희롱하다 버린 카츄샤라는 여인을 위하여 카츄샤의 유배지인 시베리아까지 동행하는 '실천하는 신앙'을 보여준다. 네플류도프 공작의 입에서 나온 말과 같이 "말로써가 아니라 행동으로써 속죄하고 싶다는 거요. 난 당신과 결혼하기로 결심했소." 네플류도프 공작은 권력욕, 재물욕 등 세속적 욕망으로 빚어진 죄악의 대속자상을 보여준다. 김봉군 교수의 지적처럼 "네플류도프로 하여금 귀족, 지주, 공장주, 장군, 재판소의 전속 사제, 재판관, 변호사등 위선과 탐욕에 찬 당시 러시아 지배층의 죄악상에 눈을 뜨게 한 것은 자기의 죄로 인하여 전락한 카츄샤의 비참한 운명이었다. 그는 지위와 명예, 재물 등 그의 모든 소유를 포기하였다. 그는 세속의 욕망을 버림으로써 자유와 마음의 평화를 얻었다."(김봉군 2006:132) 이와 같이 신앙과 그에 따른 회개는 인간을 새롭게 탄생하게 해준다. 『부활』의 주제로 드러나는 사랑과 평등의 사상은 작가 톨스토이가 직접 실천하고자 했던 것이기도 하다. 믿음으로 갱생하여 구원에 이르는 삶을 보여주는 『부활』은 기독교 소설의 한 전범을 이룬다 할 수 있다.

찬미는 신앙 고백의 한 표현이다. 따라서 기독교 시에서는 찬미의 시를 많이 발견할 수 있다. 『구약성경』의 「시편」은 거의 신앙 고백의 노래들로서 하나님의 영광에 대한 찬미로 가득하다. 그중 제150편을 보자.

> 할렐루야
> 그의 성소에서 하나님을 찬양하며
> 그의 권능의 궁창에서 그를 찬양할지어다
> 그의 능하신 행동을 찬양하며
> 그의 지극히 위대하심을 따라 찬양할지어다
> 나팔 소리로 찬양하며
> 비파와 수금으로 찬양할지어다
> 소고 치며 춤추어 찬양하며 현악과 퉁소로 찬양할지어다
> 큰 소리 나는 제금으로 찬양하며
> 높은 소리 나는 제금으로 찬양할지어다
> 호흡이 있는 자마다 여호와를 찬양할지어다
> 할렐루야

"호흡이 있는 자마다"라는 표현은 모든 생명의 창조주인 여호와를

경외하는 구절이다. 이렇게『구약성경』「시편」의 경우에서 보듯 찬미는 창조주에 대한 사랑의 궁극적인 표현으로서 많은 문학 작품에 있어서 시인, 소설가의 영감이 찬미에 바쳐져 왔다. 환희와 찬미의 노래는 창조주의 뜻대로 창조된 세계를 아름답게 묘사하여 독자가 함께 찬미에 동참하게 만든다.

　이러한 찬미, 감사, 겸손, 온유의 기독교 정신을 시를 통해 잘 구현한 프랑스 시인으로 프랑시스 잠Francis Jammes을 들 수 있다. 그는 소박한 전원시인으로 분류된다. 그의 시에는 대자연의 아름다움이 서정적으로 잘 묘사되어 있으며 그 자연에 곁들여 사는, 자연의 일부로 인간과 인간 사회가 그려져 있다. 1911~1912년에 출간된『기독교 농경시』는 주님에 대한 찬미의 시로만 이루어져 있다. 그의 시 중에서 가장 잘 알려진,「당나귀와 함께 천국에 가기 위한 기도」의 일부를 보자.

> 오 주여,
> 내가 당신께로 가야 할 때에는
> 축제에 싸인 것 같은 들판에 먼지가 이는 날로 해주소서.
> 내가 이곳에서 그랬던 것처럼
> 한낮에도 별들이 빛날 천국으로 가는 길을
> 내 마음에 드는 대로 선택하고 싶나이다.
> 지팡이를 짚고 큰 길 위로
> 나는 가겠나이다. 그리고 내 동무 당나귀들에게
> 이렇게 말하겠나이다.

—나는 프랑시스 잠,

지금 천국으로 가는 길이지.

주님의 나라에는 지옥이 없으니까.

나는 그들에게 말하겠나이다.

　—푸른 하늘의 다사로운 동무들이여,

날 따라들 오게나.

별안간 귀를 움직여

파리와, 등에와, 별들을 쫓는

내 사랑하는 가여운 짐승들이여 ……

　프랑시스 잠의 이 시는 창조주의 명대로 이 땅에서의 삶을 소박하고
도 아름답게 마무리한 다음 순명하며 천국으로 돌아가고자 하는 시인
의 기원을 잔잔히 드러내고 있다. 눈 여겨 볼 만한 특징적인 부분은 시
인이 천국 가는 길에 데려갈 동반자로서 당나귀들을 호명하고 있다는
점이다. 특히 "내 사랑하는 가여운 짐승들이여"하고 노래함으로써 시
적 화자만큼이나 소박하고 단순한 삶을 살아가는 생명체에 대한 연민
과 동정을 드러내고 있다는 점이다. "푸른 하늘의 다사로운 동무들"이
라는 표현이 당나귀의 순박한 성정을 잘 드러내고 있다. 당나귀의 행태
를 묘사한 부분도 정겹고 아름답다. "별안간 귀를 움직여 파리와, 등에
와, 별들을 쫓는"이라고 하는 표현에서 당나귀를 지켜보는 시인의 섬세
하고 애정 어린 눈길을 느낄 수 있다.

　이 땅에서의 삶을 마감하고 길을 떠나는 나그네의 이미지는 '죽음'

을 형상화하는 방식으로 자주 채택되어 왔다. 한국시에서도 미당 서정주의 「귀촉도」에서 보듯, "눈물 아롱 아롱 피리 불고 가신 님의 밟으신 길은 ……" 하고 길 떠나는 사람의 이미지가 등장한다. 잠의 이 시는 한국 시인 신경림의 「낙타」를 연상시킨다.

> 낙타를 타고 가리라, 저승길은.
> 별과 달과 해와
> 모래밖에 본 일이 없는 낙타를 타고.
> 세상사 물으면 짐짓, 아무것도 못 본 체
> 손 저어 대답하면서,
> 슬픔도 아픔도 까맣게 잊었다는 듯.
> 누군가 있어 다시 세상에 나가란다면
> 낙타가 되어 가겠다 대답하리라.
> 별과 달과 해와
> 모래만 보고 살다가,
> 돌아올 때는 세상에서 가장
> 어리석은 사람 하나 등에 업고 오겠노라고.
> 무슨 재미로 세상을 살았는지 모르는
> 가장 가엾은 사람 하나 골라
> 길동무 되어서. (신경림 2002:112)

프랑시스 잠이 순명하며 천국으로 돌아가리라고 노래하며 자신의 동반자로 가엾은 당나귀를 불러들인 것처럼 신경림은 낙타를 타고 소박하고 단순한 귀천을 하리라고 노래한다. 그리고 잠이 불쌍한 당나귀를 동반자로 삼은 것처럼 신경림 또한 '세상에서 가장 어리석은 사람' 하나 태워가겠노라고 노래한다. 창조주의 섭리에 순명하고 이 땅에 남아 있을 불쌍한 존재들에게 연민과 동정을 느끼는 자세는 모두 기독교 정신을 구현하는 모습으로 볼 수 있다.

그 밖에도 무수한 소설, 수필, 희곡 작품들이 기독교 정신을 문장으로 구현해내고 있다. 위에서 예를 든 작가들의 대표작을 일별한다면 서구에서 기독교문학의 전통이 구성되고 발전해 온 과정을 이해할 수 있을 것이다. 『신약성경』「요한복음」1장 1절부터 14절의 말씀을 살펴보자.

> 태초에 말씀이 계시니라 이 말씀이 하나님과 함께 계셨으니 이 말씀은 곧 하나님이시니라 그가 태초에 하나님과 함께 계셨고 만물이 그로 말미암아 지은 바 되었으니 지은 것이 하나도 그가 없이는 된 것이 없느니라 그 안에 생명이 있었으니 이 생명은 사람들의 빛이라 빛이 어둠에 비치되 어둠이 깨닫지 못하더라
>
> 하나님께로부터 보내심을 받은 사람이 있으니 그의 이름은 요한이라 그가 증언하러 왔으니 곧 빛에 대하여 증언하고 모든 사람이 자기로 말미암아 믿게 하려 함이라 그는 이 빛이 아니요 이 빛에 대하여 증언하러 온 자라
>
> 참 빛 곧 세상에 와서 각 사람에게 비추는 빛이 있었나니 그가 세상에 계셨으며 세상은 그로 말미암아 지은 바 되었으되 세상이 그를 알지 못하였고 자기 땅에 오매 자기 백성이 영접하지 아니하였으나 영

접하는 자 곧 그 이름을 믿는 자들에게는 하나님의 자녀가 되는 권세를 주셨으니 이는 혈통으로나 육정으로나 사람의 뜻으로 나지 아니하고 오직 하나님께로부터 난 자들이니라 말씀이 육신이 되어 우리 가운데 거하시매 우리가 그의 영광을 보니 아버지의 독생자의 영광이요 은혜와 진리가 충만하더라

「요한복음」의 이 말씀은 기독교와 문학의 관계를 설명하는 데 유용하다. 종교가 이 세상의 현실적이고 즉물적인 인식을 넘어선 영성의 차원으로 인간을 고양시키는 역할을 하는 것과 마찬가지로 문학은 언어를 매개로 표현이라는 수단을 통하여 인간의 심성과 정신을 고양시킨다. 그래서 종교와 문학은 어둠에 맞서는 빛의 역할을 하고 생명을 순전하게 기르는 데에 큰 기여를 한다. 유대인들의 기독교는 처음에는 현실 중심적인 헬레니즘 문화를 비판하며 출발하였다. 이후 헬레니즘 문화의 특징을 어느 정도 수용함으로써 문학은 신성神性 표현과 인간 사회의 재현을 적절히 아우르게 되었다. 기독교문학은 기독교 정신을 적극적으로 전파시키는 종교적 기능과 함께 인간의 정서를 고양시키는 예술로서의 문학적 기능을 동시에 수행해 왔다. 한국과 서구의 기독교문학은 기독교 정신의 발전 과정을 이해하고 인류 문명발전 과정에서 기독교가 담당해온 역할을 이해하게 한다. 기독교문학은 앞으로도 더욱 다채로운 성격으로 전개될 것이며 인류 문명의 발전과 인간 정신의 고양에 기여할 것이다.

1부_ 전지구화 시대의 비교문학과 번역

시조의 번역과 한국문학의 세계화—시조의 영어 번역을 중심으로
『번역학연구』 8-1, 한국번역학회, 2007.

김대행, 『한국시가구조연구』, 삼영사, 1976.

김만수, 「지상과 천상을 동시에 바라보는 시각—서벌 시조의 의미」, 김제현·이지엽 외, 『한국현대시조작가론』, 태학사, 2001.

김용직, 『현대시원론』, 학연사, 1989.

김천택 편, 홍문표·강중탁 역주, 『청구영언』, 명지대 출판부, 1995.

김하명, 『시조집』(해외우리문학연구총서 83), 한국문화사, 1985.

김학성, 「시조의 3장구조와 미학적 지향」, 『한국 시조시학』 1, 고요아침, 2006.

김효중, 「문학 작품 번역과 세계관」, 『비교문학』 28, 한국 비교문학회, 2002.

박진임, 「아시아계 미국문학의 모델에서 다문화적 통찰의 중심으로—한국계 미국문학, 그 시작에서 오늘까지」, 『대산 문화』 2005.겨울, 2005.

_____, 「문학 번역과 문화 번역—한국문학 작품의 영어 번역에 나타나는 문제점 연구」, 『번역학연구』 5-1, 한국번역학회, 2004.

박진임·Michelle Ha 역, 「좋은 시조 번역 코너—The sound of flowing Water」, 세계시조사랑협회, 『시조월드』 13, 문학과청년, 2006.

박철희, 『한국시사연구』, 일조각, 1997.

유성호, 「현대시조의 양식적 위상과 쟁점」, 『한국 시조시학』 1, 고요아침, 2006.

유영난, 『번역이란 무엇인가』, 태학사, 1995.

임종찬, 「현대시조의 진로모색과 세계화 문제 연구」, 세계시조사랑협회, 『시조월드』 11, 문학과청년, 2005.

조윤제, 「시조의 자수고」, 『한국 시가의 연구』, 을유문화사, 1954.

조창환, 『한국현대시의 운율론적 연구』, 일지사, 1986.

정병욱, 『한국고전시가론』, 신구문화사. 2003.

T. S. Eliot, 이승근 역, 『시의 효용과 비평의 효용』, 학문사. 1981.

Barbara Johnson, "Taking Fidelity Philosophically", Joseph Graham ed., *Differences in Translation*, Cornell University Press, 1985.

David McCann, *Anthology of Modern Korean Poetry : Korean Edition with Oh Se-Young*, Haenaem Press, 1997
_____, *From and Freedom*, Brill, 1988.

Eugene A. Nida, *Componential Analysis of Meaning*, The Hague : Mouton, 1974.

Eugene A. Nida · Charles Taber, *The Theory and Parctice of Translation*, Leiden : E. J. Brill, 1969.

Frederick Fuller, *The Translator's Handbook*, The Pennsylvania State University Press, 1984.

Gregory Jusdanis, *Belated Modernity and Aesthetic Culture : Inventing National Literature*, University of Minnesota Press, 1991.

Guenthner F · M. Guenthner-Reutter eds., *Meaning and Translation*, London : Geral Duckworth and Co., 1978.

John Beekman · John Callow, *Translating the Word of God*, Grand Rapids : Zondervan Publishing, 1974.

Katharine Barnwell, *Introduction to Semantics and Translation*, Horsleys Green : Summer Institute of Linguistics, 1980.

Kathleen Callow, *Discourse Considerations in Translating the Word of God*, Grand Rapids : Zondervan Publishing, 1974.

Kevin O'Rouke, *Shijo Rhythms*, Seoul : Eastward, 2001.
_____, *Mirrored Minds : A Thousand Years of Korean Verse*, Eastward, 2001.
_____, *The Book of Korean Shijo*, Boston : Harvard University Asia Center, 2002.

Nancy J. Vickers, "Lyric in the Video Decade", *Discourse* 16-1, Indiana University Press, 1993.

Richard Rutt eds., *The Bamboo Grove*, Ann Arbor : Univ. of Michigan Press, 1988.

Sondo Yun, Kevin O'Rouke trans., *The Fisherman's Calendar*, Eastward Publication, 2001.

Theodore Savoy. *The Art of Translation*, London : Jonathan Cape, 1968.

문학 번역과 문화 번역―한국문학 작품의 영어 번역에 나타나는 문제점 연구

『번역학 연구』 5-1, 한국번역학회, 2005.

김효중, 「문학 작품 번역과 세계관」, 『비교문학』 28, 한국비교문학회, 2002.

나희덕, 『뿌리에게』, 창작과 비평사, 1991.

유영난, 『번역이란 무엇인가』, 태학사, 1995.

이기문 감수, 『동아 메이트 국어사전』, 두산동아, 1995.

이태준, 『이태준 문학전집』 2―돌다리, 깊은샘, 1995.

Hwang, Suk-Young, Chun, Kyung-Ja Trans., *Shadow of Arms*, New York : Cornell Univesity, 1994.

Kang, Sok-Kyong et al., Bruce. Juchan Fulton trans., *Words of Farewell : Stories by Korean Women Writers*, Seattle : Seal Press, 1989.

Miyoshi, Masao, ""Globalization", Culture, and the University", Frederick Jameson · Masao Miyoshi eds., *The Cultures of Globalization*, Durham · London : Duke UP, 1998.

Reich, Robert, *The Work of Nations*, New York : Vintage, 1991.

Webster's New World Dictionary(3rd ed) New York : Prentice Hall, 1986.

한국 비교문학의 현황―수용과 발전 과정

『문학사상』 2003.8.

이혜순, 『비교문학』, 과학정보사, 1986.

Lionel Grossman · Mihai I. Sparison eds., *Building a Profession : Autobiographical Perspectives on the Beginning of Comparative Literature in the United States*, State University of New York Press, Albany, 1994.

2부_ 비교문학과 아시아계 미국문학

한국계 미국문학, 그 시작에서 현재까지
『대산문화』 18, 2005.12.

김용익의『푸른 씨앗』에 나타난 주체와 차이의 문제
『미국학논집』 37-3, 한국아메리카학회, 2005.

Kihan Lee, 「Teaching Asian American Literature in the Korean Context」, 『영미문학교육』
　　9-1, 한국영미문학교육학회, 2005.

김용익. 『푸른 씨앗』. 샘터, 1991.

_____. 『인간/꽃신 외』. 금성출판사, 1981.

김윤규. 「재미한인 이민 소재 소설의 갈등 구조-『뉴욕문학』의 경우」, 『문화와 융합』 24. 문학과
　　언어연구회, 2002.

김종회. 『한민족 문화권의 문학』, 국학자료원, 2003.

신진범. 「아동문학의 관점에서 조명해본 토니 모리슨의『가장 푸른 눈』과 김용익의『푸른 씨앗』」
　　『동화와 번역』 8, 건국대 동화와 번역 연구소, 2004.

임진희. 「한국 영문과의 상황에서 한국계 미국문학 교수법의 모색」, 『영미문학교육』 9-1, 한국영
　　미문학교육학회, 2005.

조윤제. 『국문학사』, 동국문화사, 1949.

Bruce Fulton, "Place and Identity in Korean American Young-Adult Fiction", Seongkon
　　Kim·Sohee Lee eds., *Diaspora in Korean (Immigrant) Literature*, Seoul : IACKS, ASI SNU,
　　2004.

Elaine Kim, *Asian American Literature*, Philadelphia : Temple UP, 1982.

Gloria Anzaldua, *Borderlands/La Frontera*, San Francisco : Aunt Lute Books, 1987.

George Leonard, *The Asian Pacific American Heritage : A Companion to Literature and Arts*, Garland P,
　　1998.

Jinhee Yim, "Beyond Linguistic Marginality : The Configuration of Pidgin English In Asian
　　American Literature", *Journal of American Studies* 31-2, 1999.

Yongik Kim, *Blue in the Seed and Other Stories*, Seoul : Si-Sa-Yong-O-Sa, 1990.

강용흘의 조국관, 미국관, 세계관—『동양 선비 서양에 가시다』를 중심으로

『미국학논집』40-3, 한국아메리카학회, 2008.

강용흘, 유영 역, 『초당』, 혜원출판사, 2002.

_____, 『동양 선비 서양에 가시다』, 범우사, 2002.

김서형, 「조지 산타야나와 새로운 미국의 정체성—문화적 다양성을 중심으로」, 『미국사연구』27, 한국미국사학회, 2008.

김욱동, 『강용흘, 그의 삶과 문학』, 서울대 출판부, 2004.

이광수, 「강용흘의 『초당(Grass Roof) 상(上)」, 『동아일보』, 1931.12.17.

이보형, 『미국사 개설』, 일조각, 2005.

임선애, 「한국 이야기하기와 미국 찾아가기—강용흘의 『초당』 읽기」, 『한국사상과 문화』30, 한국사상문화학회, 2005.

Jinim Park, "A Portrait of Korean-American in Kang Younghill's East Goes West", 『현대영미소설』14-3, 한국현대영미소설학회, 2007.

Carlos Bulosan, *America Is in the Heart*, Seattle : University of Washington Press, 1946.

Elaine Kim, *Asian American Literature : An Introduction to the Writings and Their Social Context*, Philadelphia : Temple UP, 1982.

Eunsook Koo, "A Cosmopolitan's Encounter with African Americans : Younghill Kang's East Goes West", *Journal of American Studies* 34-2, 2002.

Jerome Karabel, *The Chosen : The Hidden History of Admission and Exclusion at Harvard*, Yale · Princeton · New York : Houghton Mifflin, 2005.

Joseph Wood Krutch ed., *Thoreau : Walden and Other Writings*, New York : Bantam Books, 1962.

Mildred Silver, *A Brief History of American Literature*, Kentsuji : Shikoku Christian College UP, 1966.

Peter B. High, 송관식 · 김유조 역, 『미국문학사』, 한신문화사, 1999.

Younghill Kang, *The Grass Roof*, New York : Charles Scribner's Sons, 1931.

_____. *East Goes West*, New York : Kaya, 1997.

일본계 미국인의 자화상—존 오카다의 『노노보이』 연구

『현대영미소설』10-2, 한국현대영미소설학회, 2003.

Albert Memmi, Howard Greenfeld trans., *The Colonizer and the Colonized*, Boston : Beacon P., 1967.

Cathy Caruth ed., *Trauma : Explorations in Memory*, Baltimore · London : Johns Hopkins UP, 1995.

Dori Laub, "Truth and Testimony : The Process and the Struggle", Cathy Caruth ed. *Trauma: Explorations in Memory*, Baltimore · London : Johns Hopkins UP, 1995.

Elaine H. Kim, *Asian American Literature*, Philadelphia : Temple University Press, 1982.

Frank Chin, "afterword", John Okada, *No-No Boy*, Seattle · London : University of Washington Press, 1976.

Homi K. Bhabha, *The Location of Culture*, London · New York : Routledge, 1994.

Jinhee Yim, 「Beyond Linguistic Marginality : The Configuration of Pidgin English In Asian American Literature」, 『미국학논집』 31-2, 한국아메리카학회, 1999.

Joan Chang Chiung-huei, *Transforming Chinese American Literature: A Study of History, Sexuality, and Ethnicity*, New York : Peter Lang, 2000a.

＿＿＿＿＿＿＿＿＿＿＿＿＿＿, 「Conflicts between Nation and Family」, 『미국학논집』 32-2, 한국아메리카학회, 2000b.

John Okada, *No-No Boy*, Seattle · London : University of Washington Press, 1976.

Kingkok Cheung ed., *An Interethnic Companion to Asian American Literature*, New York : Cambridge University Press, 1997.

Monica Sone, *Nisei Daugther*, Seattle : University of Washington Press, 1979.

Roger Daniels, *Prisoners Without Trial*, New York : Hill&Wang, 1993.

Stan Yogi, "Japanese American Literature", Kingkog Cheung ed., *An Interethnic Companion to Asian American Literature*, 1996.

Shirley Geoklin Lim, *Asian-American Literature: An Anthology*, Lincolnwood : NTC, 2000.

Toni Morrison, *Sula*, New York : Plume/Penguin Book, 1973.

인종과 자본의 시각에서 본 일본계 미국문학 읽기
－존 오카다, 모니카 소네, 그리고 일본계 미국인의 수용소 경험
『영어영문학』 59-4, 한국영어영문학회, 2013.

박진임, 「존 오카다의 『노노보이』에 나타난 일본계 미국인의 어두운 자화상―아시아계 미국문학의 특수성에 대한 한 고찰」, 『현대영미소설』 10-2, 한국현대영미소설학회, 2003.

한국미국사학회 편, 『사료로 읽는 미국사』, 궁리, 2006.

Bruce Cumings, *Dominion from Sea to Sea : Pacific Ascendancy and American Power*, New Haven : Yale UP, 1986.

Elaine H. Kim, *Asian American Literature*, Philadelphia : Temple UP, 1982.

George Perkins・Barbara Perkins, *The American Tradition in Literature*(9th edition), Boston : McGraw-Hill College, 1999.

Hwang Junghyun, "Liberal Homosociality in Cold War America : Racial Integration and Gendered Citizenship in John Okda's *No-No Boy*", *Journal of American Studies in Korea* 43-1, 2011.

Joan Chiung-huei Chang, "Conflicts between Nation and Family", *Journal of American Studies in Korea* 32-2, 2000.

_____, *Transforming Chinese American Literature : A Study of History, Sexuality, and Ethnicity*, New York : Peter Lang, 2000.

John Okada, *No-No Boy*, Seattle・London : U of Washington P., 1976.

Kingkok Cheung, ed., *An Interethnic Companion to Asian American Literature*, New York : Cambridge UP, 1997.

Meizhu Lui et al., *The Color of Wealth: the story behind the U.S. racial Wealth Divide*, New York : The New Press, 2006.

Monica Sone, *Nisei Daugthers*, Seattle : U of Washington P., 1979.

Shirley Geoklin Lim, *Asian-American Literature : An Anthology*, Lincolnwood : NTC, 2000.

Stephen J. Whitfield, *The Culture of the Cold War*, Baltimore : Johns Hopkins UP, 1991.

Viet Than Ngquen, *Race and Resistance : Literature and Politics in the Asian America*, Oxford University Press, 2002.

피터 바초의 『세부』와 필리핀계 미국문학

『미국소설』 16-2, 미국소설학회, 2009.

박진임, 「존 오카다의 『노노보이』에 나타난 일본계 미국인의 어두운 자화상―아시아계 미국문학의 특수성에 대한 한 고찰」, 『현대영미소설』 10-2, 한국현대영미소설학회, 2003.

_____, 「포스트 콜로니얼리즘과 여성―안수길의 「새벽」, 『북간도』, 「원각촌」 을 중심으로」, 『한

국현대문학연구』17, 한국현대문학회, 2005.

소-링 신시아 웡・스테픈 수미다 편, 김애주 외역, 『아시아계 미국문학의 길잡이』, 한국문학사, 2003.

이숙희, 「문화적 식민화의 저항─제시카 하게돈의 『개고기 먹는 사람들』」, 『현대영미소설』 10-2, 2003.

Bobbie Ann Mason, *In Country*, New York : Harper, 1986.

Calrlos Bulosan, *America Is in the Heart*, Seattle : U of Washington P., 1973.

Jaeho Roe, "Revising the Sign of "America" : The postcolonial humanism of America Is In the heart", *English Language and Literature* 49-4, 2003.

Jessica Hagedorn, *Dogesters*, New York : Penguin, 1991.

John Okada, *No-No boy*, Rutland : Charles E Tuttle Co., 1957.

Lisa Lowe, *Immigrant Acts*, Durham : Duke up, 1996.

Masao Miyoshi, "A Borderless World? From Colonialism to Transnationalism and the Decline of the Nation-State", *Critical Inquiry* 19-4, 1993.

Minjung Kim, "Confusing Genealogics and the Remapping of Gender and Nation in Ninotchka Rosca's State of War", *Journal of American Studies* 32-2, 2000.

Peter Bacho, *Cebu*, seattle : U of Washington P., 1991.

Shirley Geoklin Lim, *Asian-American Literature : An Aethology*, Lincolnwood : NTC, 2000.

Sucheta Mazumder, "Asian American Studies and Asian Studies : Rethinking Roots", Shirley Hume・Hyungchan Kim・Stephen S. Fugita・Amy Ling eds., *Asian Americans : Comparative and Global Perspectives*, Pullman : Washington UP, 1991.

Rosca Ninotchka, *State of Warm*, New York : Norton, 1988.

3부_ 비교문학과 한국문학

국경넘기와 이주의 시학─안수길의 『북간도』 연구
『한국현대문학연구』11, 한국현대문학연구회, 2002.

권영민 편, 『한국 현대문학 대계』, 민음사, 1994.
권영민 외편, 『염상섭전집』, 민음사, 1987.

김윤식, 『안수길연구』, 정음사, 1986.

김윤식 편저, 『안수길』, 지학사, 1985.

김윤식·김현, 『한국문학사』, 민음사, 1973.

박경리, 『토지』, 솔 출판사, 1993.

박태원, 『천변풍경』, 깊은샘, 1995.

안수길, 『북간도』 상, 삼중당, 1983a.

_____, 『북간도』 하, 삼중당, 1983b.

_____, 『한국대표문학전집 7 - 북간도』, 삼중당, 1974.

오양호, 『한국문학과 간도』, 문예출판사, 1988.

_____, 『일제강점기 재만조선인문학연구』, 문예출판사, 1995.

이경순, 「민족주의 담론과 성적 주체 - 아니타 데사이의 낮의 밝은 빛」, 『현대영미소설』 8-2, 한
    국현대영미소설학회, 2001.

이소희, 「호미바바의 '제3의 영역'에 대한 고찰 - 탈식민 페미니즘의 관점에서」, 『현대영미문학
    페미니즘』 9-1, 한국현대영미소설학회, 2001.

전수용, 「탈식민주의 존재양태로서의 잡종성 - 루시디의 악마의 시를 중심으로」, 『현대영미소설』
    4-1, 한국현대영미소설학회, 1997.

최서해, 『탈출기, 홍염외』, 혜원출판, 1998.

Benita Parry, "Problems in Current Theories of Colonial Discourse", *Kunapipi* 11-1, 1989.

Franz Fanon, *Black Skin White Masks*, London : Pluto, 1986

Homi K. Bhabha, *The Location of Culture*, London·New York : Routledge, 1994.

Jenny Sharpe, *Allegories of Empire : The Figure of Woman in the Colonial Text*, Minneapolis : U of
    Minnesota P., 1993.

포스트 콜로니얼리즘과 여성 - 안수길 소설의 여성 재현 문제
    『한국현대문학연구』 17, 한국현대문학연구회, 2005.

김윤식, 『안수길연구』, 정음사, 1986.

김윤식 편저, 『안수길』, 지학사, 1985.

박진임, 「국경넘기와 이주의 시학」, 『한국현대문학연구』 11, 한국현대문학연구회, 2002.

안수길, 『북간도』 상·하, 삼중당, 1983.

오양호, 『한국문학과 간도』, 문예출판사, 1987.

_____, 『일제강점기 재만조선인문학연구』, 문예출판사, 1995.

이경순, 「민족주의 담론과 성적 주체-아니타 데사이의 낮의 밝은 빛」, 『현대영미소설』 8-2, 한
국현대영미소설학회, 2001.

천춘화, 「안수길의 만주 체험 문학 연구」, 서울대 석사논문, 2004.

Aijaz Ahmad, *Jameson's Rhetoric of Otherness, In Theory*, New York : Verso, 1992.

Homi K. Bhabha, *The Location of Culture*, London · New York : Routledge, 1994.

Jenny Sharpe, *Allegories of Empire : The Figure of Woman in the Colonial Text*, Minneapolis : U of
Minnesota P., 1993.

Judith Butler, *Bodies that Matter*, New York : Routledge, 1993.

Masao Miyoshi, "A Borderless World? From Colonialism to Transnationalism and the
Declinme of the Nation- State", *Critical Inquiry* 19-4, 1993.

이주와 공생의 전망
-천운영, 김애란, 김재영, 공선옥의 소설에 나타난 다문화 주체 연구
『비교한국학』 24-1, 국제비교한국학회, 2016.

공선옥, 『유랑가족』, 실천문학사, 2005.

김애란, 「그곳에 밤 여기의 노래」, 『비행운』, 문학과지성사, 2005.

김재영, 『코끼리』, 실천문학사, 2005.

박정애, 「여성, 이주와 정주 사이-2000년대 한국소설에서 다문화가족의 성별적 재현 양상연구」,
『여성문학 연구』 22, 한국여성문학회, 2009.

송명희, 「다문화 소설 속에 재현된 결혼 이주 여성-공선옥의 「가리봉연가」를 중심으로」, 『한어
문교육』 25, 한국언어문학교육학회, 2011.

엄미옥, 「현대소설에 나타난 이주여성의 재현 양상」, 『여성문학연구』 29, 한국여성문학학회,
2013.

여성가족부, 「결혼 이민자 가족 실태조사 및 향후 추진계획 발표」, 2007.3.21. (http://www.mo
gef.go.kr/korea/view/news/news03_01.jsp?func=view&currentPage=3&key_typ
e=&key=&search_start_date=&search_end_date=&class_id=0&idx=164304) 검
색 : 2014.2.19.

_____, 「여성가족부 국제결혼 이주여성 지원 사업 추진」, 2005.3.16. (http://www.moge

f.go.kr/korea/view/rev) 검색 : 2014.1.20.

장미영, 「디아스포라문학과 트랜스내셔널리즘─천운영 장편소설『잘가라 서커스』를 중심으로」, 『비평문학』 1-38, 한국비평문학회, 2010.

천운영, 『잘가라 서커스』, 문학동네, 2005.

Caren Freeman, "Marrying Up and Marrying Down : The Paradoxes of Marital Mobility for Chosonjok Brides in South Korea", Nicole Constable ed., *Cross-Border Marriages : Gender and Mobility in Transnational Asia*, Philadelphia : University of Pennsylvania Press, 2005.

Christine S. Y. Chun, "The mail-order Bride Industry : The Perpetuation of Transnational Economic Equalities and Stereotypes", *University of Pennsylvania Journal of International Economic Law* 17-4, 1996.

Eunkyung Min, "The Daughter's Exchange in Jane Jeong Trenka's The Language of Blood", *Social Text* 94. 2008.

Hyerahn Pak, *Narratives of Migration. Ph. D. Dissertation*, Seattle : University of Washington, 1991.

Kiwook Shin, *Ethnic Nationalism in Korea*, Stanford : Stanford University Press, 2006.

Lydia Liu, "Invention and Intervention", Tani Barlow ed., *Gender Politics in Modern China*, Durham : Duke University Press, 1993.

Nicole Constable, "Introduction : Cross-Border Marriages, Gendered Mobility, and Global Hypergamy", Nicole Constable ed., *Cross-Border Marriages : Gender and Mobility in Transnational Asia*, Philadelphia : University of Pennsylvania Press, 2005.

＿＿＿＿＿＿＿, "A Tale of Two Marriages : International Matchmaking and Gendered Mobility", Nicole Constable ed., *Cross-Border Marriages : Gender and Mobility in Transnational Asia*, Philadelphia : University of Pennsylvania Press, 2005.

Sarah J. Mahler, "Transnational Relationships : The Struggle to Communicate Across Borders", *Identities : Global Studies in Culture and Power* 7, 2001.

경계에서 글쓰기─『아메리카 시편』의 미국문화 비판

오세영교수화갑논총간행위원회 편, 『오세영의 시 깊이와 넓이』, 국학자료원, 2002.

4부_ 비교문학과 영미문학

글 읽기, 글쓰기, 그리고 여성 주체—애니타 브루크너의 『호텔 뒤락』의 여성 주체 글쓰기
　『현대영미소설』 8-1, 한국현대영미소설학회, 2001.

귀스타브 플로베르, 민희식 역, 『보바리부인』, 신원문화사. 1994.

Anita Brookner, *Hotel Du Lac* New York : E. P. Dutton, 1986.

Elaine Showalter, "The Female Tradition", Warhol Robyn R · Price Herndl Diane eds.,
　　Feminisms : An Anthology of Literary Theory and Criticism, New Brunswick : Rutgers UP, 1991.

Kaja Silverman, *The Subject of Semiotics*, Oxford : Oxford UP, 1983.

Karen Kaivola, *All Contraries Confounded : The Lyric Fiction of Virginia Woolf, Djuna Barnes, and Marguerite
　　Duras*, Iowa City : U of Iowa P., 1991.

Lydia H. Liu, "Invention and Intervention : The Female tradition in Modern Chinese
　　Literature", Tani E. Barlow ed., *Gender Politics in Modern China : Writing and Feminism*, Durham
　　: Duke UP, 1993.

Sandra M. Gilbert · Susan Gubar, "Sexual Linguistics : Gender, language, Sexuality",
　　Catherine Belsey · Jane Moore eds., *The Feminist Reader : Essays in Gender and the Politics of
　　Literary Criticism*, Cambridge : Blackwell, 1989.

미국문학과 영화—영화 텍스트를 활용한 미국문학사 강의
　『문학과 영상』 4-2, 문학과영상학회, 2002.

영미문학연구회편, 『영미문학의 길잡이』 2, 창비, 2001.

태혜숙, 『미국문화의 이해』, 중명, 2000.

Peter B. High, 송관식 · 김유조 역, 『미국문학사』, 한신, 1996.

F. Scott Fitzgerald, *The Great Gatsby*, Harmondsworth : Penguin, 1970.

George Perkins · Barbara Perkins, *The American Tradition in Literature*(8th ed.), New York :
　　McGraw-Hill, 1994.

John Okada, *No-No Boy*, Seattle · London : University of Washington Press, 1976.

Henry Adams, *The Education of Henry Adams*, London : Oxford University Press, 1999.

Herman Melville, *Bartleby and Benito Cereno*, New York : Dover Pubns, 1990.

Monica Sone, *Nisei Daugthers*, Seattle : University of Washington Press, 1979.

Richard A. Wright, *Native Son*, New York : Perennial, 1987.

Richard Warrington Baldwin Lewis, *American Adam: Innocence, Tragedy and Tradition in the 19th Century*, Chicago : University of Chicago Press, 1959.

Sherwood Anderson, *Winesburg. Ohio*, New York : Penguin, 1992.

Theodore Dreiser, *Sister Carrie*, New York : Signet, 2000.

Willa Cather, *My Antonia*, Boston : Houghton Mifflin Co., 1988.

비선형적 서술구조와 여성적 글쓰기－글로리아 네일러를 중심으로
『내러티브』 1, 한국서사연구회, 2000.

김승희, 「상징질서에 도전하는 여성시의 목소리, 그 전복의 전략들」, 『여성문학연구』 2, 한국여성 문학학회, 1999.

이광래, 『광기의 역사에서 성의 역사까지』, 민음사, 1989.

Anne Cranny Francis, *Feminist Fiction : Feminist Uses of Generic fiction*, New York : St. Martin's Press, 1990.

Gilles Deleuze · Felix Guattari, *A Thousand plateaus*, Minneapolis : Minnesota University Press 1987.

Gloria Naylor, *The woman of Brewter place*, New York : Penguin Books, 1983.

Julia Kristeva, *Revolution in Poetic Language*, New York : Columbia Univ. Press, 1984.

Laura Mulvey, "Visual Pleasure and Narrative Cinema", *Screen* 16-3 Autumn, 1975.

Leon Roudiez, "introduction", Julia Kristeva, *Desire in Language*, Oxford : Basil Blackwell, 1979.

Luce Irigarary, trans. Gillian C. Gill, *Speculum of the Other Woman*, Ithaca : Cornell Univ. Press, 1985.

Patricia Tobin, *Time and the Novel : The Genealogical Imperative*, Princeton : Princeton Univ. Press. 1978.

Teresa de Lauretis, *Alice Doesn't*, Bloomington : Indiana Univ. Press, 1984.

Ursula K · Le Guin, *Dancing at the Edge of the World*, New York : Harper&Rows, 1989.

5부_ 비교문학과 문화연구

타자로서의 동양—레이 차우의 줄리아 크리스테바 비판 재고
  『타자비평』 2, 예림기획, 2002.

Rew Chow, *Woman and Chinese Modernity : The Politics of Reading between West and East*, University of
    Minnesota Press, 1991.

"권력과 욕망의 등을 높이 올려라!"—장예모의 〈홍등〉에 나타난 권력과 욕망
  『문학과영상』 2-1, 문학과영상학회, 2001.

Constantin V. Boundas, *The Deleuze Reader*, New York : Columbia UP, 1993.

Frederic Jameson, "Third World Literature in the Era of Multinational Capital", *Social Text*
    15, 1986.

Julia Kristeva, Leon S.Roudiez trans., *Desire in Language*, New York : Columbia UP, 1980.

Kaja Silverman, *The Subject of Semiotics*, New York : Oxford UP, 1983.

Michel Foucault, *Power/Knowledge*, New York : Pantheon Books, 1972.

_____, Alan Sheridan trans., *Discipline and Punish*, New York : Vintage Books, 1979.

Rene Meditations Descartes, *Philosophical Works of Descartes* 1, 1911.

기독교와 비교문학
  유윤종 외, 『성경과 세계』, 평택대 출판부, 2016.

김봉군, 『기독교문학 이야기』, 창조문예사, 2005.

박춘덕, 「기독교시의 내용과 현실」, 『비교한국학』 3, 국제비교한국학회, 1997.